目 录

第一章　坠楼身亡

那些即将到来的重大的刑事案件是没有任何预兆的。但是当电话响起来的时候，不能说许健从来都没有相应的预感。当然，那些预感不会过于强烈，只会处于似是而非状态，否则一个身为刑警的人将会长期处于惶惶不安之中，没有安生之时。

刚刚办完一个案子，递交结案报告后，许健心情畅快地走到窗边。在心情紧张或愉快的时候，他都会想到吸烟。许健认为国内有三种烟鬼：一种烟鬼是建筑工人，他们工作时间又长又累，不得不借吸烟解困和偷懒；另一种烟鬼是艺术家，他们从烟碱里寻找创作灵感；还有一种烟鬼是警察，他们吞云吐雾的原因跟建筑工人和艺术家都有类似的地方，一要解困和打发时间，二要寻找破案灵感。

许健在窗边吸烟。双响敲门声传来，张宾推门进来。许健知道来者是谁，就没有搭理他。

张宾走到许健身后，“头儿。”

许健感到张宾的声调有点儿异常，就回头看他一眼。

张宾说：“头儿，你的背影很像某个天王级歌手演员。”

许健说：“我不像黎明！”

张宾说：“我才没空儿拍你的马屁！昨晚我做了一个梦，我反复想过，还是向你公开吧。昨晚我梦见你坠楼身亡。”

许健恬然不以为怪，“你就喜欢糟蹋我。”

张宾说：“你死得很奇怪。你为了一首音乐跳下去了。”

许健说：“什么音乐那么刺激，触及灵魂？最近我不怎么听音乐。下次你要梦见我光临维也纳金色大厅宋祖英演唱会!”

张宾再次谈到音乐，“头儿，你说你为什么会为一首音乐而自杀呢?”

许健走到办公桌旁，在烟灰缸里掐灭香烟，“谁会为一首音乐而自杀呢? 那是你日有所思夜有所梦，你自己解梦吧!”

张宾说：“你说，人世间有没有人为一首音乐而自杀的?”

“谁敢保证喝开水不会噎死人呢?”许健说，“不过，你梦里的东西跟现实恰恰相反，是不会发生的，至少不会发生在我身上。”

张宾说：“你的意思是，你不会自杀，恰恰相反，你要谋杀别人?”

许健说：“不必枉费心机谋杀你了！你快饿死了!”

张宾说："对，我快饿死了！"

许健又绕回刚才那个话题，"难道我的背影真的很像天王级歌手演员张国荣吗？我大腹便便的，这不可能！以后不许胡说八道，我是张国荣的铁杆儿歌迷！"

"自杀是一门很高深的学问，我看书不多，我不懂。"张宾说，"晚饭吃什么？"

"想在我这儿蹭饭？"许健含混地咕哝一句。

张宾说："恰恰相反，请你吃狗肉，怎么样？"

许健说："也许老虎肉可以吃，但狗肉不能吃！再吃狗肉，我提议把你调到警犬基地工作！"

张宾说："官大一级压死人！我的头儿，你不要知法犯法，吃老虎肉犯法！"

许健说："我认识一个女孩，她养了一条京巴狗……"

张宾当即抢白，"哦，老婆在澳洲，情有可原！"

许健说："你不能断章取义！那女孩很爱那条京巴狗，她就像布道一样，规劝我好半天，让我忘掉自己曾经吃过狗肉，并且今生今世不再吃狗肉！"

最后许健和张宾达成共识，到南郊吃海南风味的羊肉火锅。

傍晚时分气温下降，许健和张宾更加觉得今晚吃羊肉火锅是对的。但是来到南郊，在某个地方兜了几个圈子，未能找到那个自我吹嘘大有海南风味的羊狗兔肉火锅店。

正找着目的地，张宾把车子开得挺慢的。一辆卡宴切线超车，跑到前面去了。

张宾精神一振，"嚯，这是最新款式的保时捷卡宴，刚买的，还未上牌子，没一两百万开不动它！"

许健说："就跟着它，它也在找地方吃饭！"

张宾驾车紧紧咬着卡宴的屁股。但是张宾左看右看，看不出卡宴有寻找饭店的意思。

张宾说："我的头儿，你不能三句不离本行，滥用推理的权利。你怎么知道卡宴也在找地方吃饭？我说它回家去行不？"

许健说："现在我根本不尿推理那一壶。我不想动脑筋。张探长，我凭直觉跟你赌。如果卡宴回家吃饭，今晚我请你吃饭。如果它到外面下馆子，对不起，你请我吃饭。丑话说在前面，卡宴到哪里吃饭，你就请我在哪里吃饭！"

张宾说："如果你输了，你请我到哪里吃饭？"

许健说："撑死了不能超过羊狗兔肉火锅店的标准。"

张宾欣赏前面的卡宴，扭头朝许健扮了个鬼脸，"这辆卡宴下馆子可不得了，它吃的是鲍鱼海参鱼翅燕窝，喝的起码是蓝带马爹利、轩尼诗 XO，我可不能舍命陪君子！不对等不公平，我不跟你赌！再说赌博是犯法的！"

南郊科学城内的道路宽阔，行驶的车辆也不多。

庄传智和唐默凝坐在卡宴里。唐默凝在学习驾驶汽车。

车载音响播放的是英文歌曲《昨日重现》。

庄传智的肢体语言表明他正沉醉于音乐当中。

唐默凝说："这首歌好听吗？"

庄传智说："你可以上网问那些受过高等教育的六〇后七〇后。"

唐默凝蛮不讲理地说："换一个有点儿摇滚的，贾斯汀·比伯的《Baby》。"

庄传智说："这个没有！"

唐默凝伸手拍拍庄传智的胳膊，"这就下载一个，用你的笔记本电脑！"

庄传智急了，"小心开车，你没驾照！"

唐默凝说："不用担心，我会照顾好你的车子！"

庄传智说："对了，晚上我们吃什么？"

唐默凝说："你订了丹霞路的私房菜吗？"

庄传智说："晚上我没空儿，过几天再吃吧。再说了，你要抓紧时间学开车！"

唐默凝说："今晚我们吃肯德基川辣嫩牛五方，几分钟搞定！"

庄传智说："小心驾驶，看准前面有没有警察！"

唐默凝说："那些警察我都认识，再说他们吃饭去了！"

一辆警车从卡宴后面闪出来，把唐默凝吓了一跳。她手足无措，慌乱中把车载音响关上了。《昨日重现》的音乐声一下子消失了。

这辆警车快速超越他们，疾驰而去。

唐默凝朝庄传智吐舌头。

"掩耳盗铃！"庄传智说，"不要吹牛皮，牛皮不吹是不会破的！"

唐默凝抿嘴而笑，她的鼻翼两侧露出一对对称的娇嫩的小酒窝。

张宾说："可以想象，卡宴里坐着一个中年男人，年纪甚至比你大。可是他身边的小姑娘不是十八就是二十，一朵花。"

许健说："你暗讽我老了？"

张宾说："那个男人不是搞房地产，就是搞 IT 的。有钱人真酷啊！"

许健说："还讥笑我没钱！"

张宾说："像他那样，跟一个小姑娘两人世界，那个羊肉火锅一定吃得有滋有味。"

许健摸一下自己的肚皮，"胡说，一个饿了快一天的人，吃火锅更有滋味。"

张宾说："你饿了快一天了？那就恭喜你了！"

许健说："早上我睡过头了，没吃早餐。回到单位，'飞机'起飞后就无法停下来，中餐也没吃。当时还真不饿，现在'飞机'降落了，才感到饿坏了。别跟着卡宴了，我们找个什么快餐店，吃现成的，更好！"

张宾指着前面不远处，"头儿你看，那不是羊狗兔肉火锅店吗？"

前面有一个很大的招牌，"羊狗兔肉火锅店"七个字特别的大。许健和张宾欣喜若狂，不再理会那辆卡宴。

张宾说："要不要请你那个养狗的女朋友来吃饭？"

许健说："我都饿得六亲不认了！我们分头行动，你找个地方停好车，我去点菜！"

按相关规定，警察不能开着公车去办私事儿。把警车停在饭店的停车场影响不好。

许健先下车，张宾把警车开走，找一个不显眼的地方把它藏起来。

张宾刚停好车，许健跑过来。

张宾感到很失望，“头儿，不会吧，一顿安稳的晚饭又没有了？”

许健已经拉开门，坐进警车里，做一个开车的手势。

张宾立即把车开走。

这个城市的狗肉做得很不错。本地人大都有吃狗肉的嗜好，远道而来的客人，不用说也有一部分是冲着狗肉而来的。沽售狗肉的饭店和大排档总是车马盈门。

那个店名叫鲁智深酒肉饭店的，每天大约宰杀二十条狗，生意最火红的时候，狗的供应就跟不上了。

距离营业结束还有六个多小时，饭店里的狗肉已快销售一空了。老板不甘心两个多小时后放着生意不做，一有空就打电话，挖空心思再弄些狗肉过来，恨不得把自己老婆养的宠物哈巴狗也给宰了。

这时，三个年轻人气喘吁吁地把一个鼓鼓囊囊的麻袋从饭店的后门抬进来。麻袋里的东西正在不停地挣扎，不用说那肯定是活狗。竟然有人送货上门，老板喜出望外，走过去要打开麻袋看看货色。那三个家伙豪气地异口同声说不用看了，那是疯狗，好不容易才捉到的，三十斤左右，只要一百块钱。老板觉得太划得来了，况且此时不是讨价还价的时候，就痛快地掏出钱来。那三个家伙接过钱，一眨眼就不见了。

今晚生意特别好，厨师和服务员都忙个不停，人手不够是显而易见的，老板只得亲自动手杀狗。勒死的狗最好吃。不过勒死一条疯狗挺麻烦的。既然那是疯狗，就更要提防它跑出来咬人，必须干净利落地结束它的生命。

厨房的一个角落里就有一根结实的木棒，是快速杀狗的致命工具。老板操起木棒，估摸准麻袋里狗头的位置，就狠狠地给它当头一棒。老板杀狗无数，这一次也干得漂亮，麻袋里的东西微弱地呜咽一声，颤动几下就不动了。老板吹了几声口哨，叫来厨师干余下来的活儿。打开麻袋一看，里面竟然是一个被捆成一团、嘴里塞着臭袜子并被胶带封嘴的小孩子！厨师吓个半死，闻讯而来的老板更是心惊胆战。

饭店里的食客一哄而散。可还是有不少人站在门外看热闹。

救护车呼啸而来，可惜小孩子已经死亡。

许健和张宾赶到鲁智深酒肉饭店。技术人员也随即赶到。

老板惊魂未定，对那三个家伙的体貌特征语焉不详，只是一味地强调他们瘦骨嶙峋。

据推测，那三个家伙是吸毒人员，为了谋取毒资，他们把一个小孩子装进麻袋里，抬到鲁智深酒肉饭店，诈骗成功，拿着一百块钱跑了。他们万万没有想到，饭店杀狗不验明正身就当头一棒。丧尽天良的“麻袋命案”就这样发生了。

110 指挥中心立即组成八个侦探小组，以案发地点为圆心，半径长度取七公里，划分八个扇形区域，在此范围内以先近后远的方式分别调取监控录像，查找那三个家伙的踪影。

张宾作为侦探小组的成员走了。许健自觉饥饿难忍，就走进厨房找东西吃，却只找到一大碗饭。饭店里空无一人，服务员全都站在店外，餐桌上的残羹冷炙无人收拾。许健不想吃狗肉，找到一盘吃剩一半的、油脂凝固的炒油菜，就用来下饭。有人提议请厨师给他炒一两个热菜，被许健拒绝了。他狼吞虎咽地刨起饭来。

正当许健拿着饭碗，嘴巴还在嚼着，新官上任的市公安局局长竟突然出现了。正在现场忙碌的警察谁都没料到局长会来巡视，难免有点儿措手不及，纷纷停下工作看着局长。许健急忙囫囵吞下嘴里的食物，也不放下手上的饭碗，快步走近局长。

许健说："施局长，对不起，我中饭还没吃，实在太饿了，就吃了一碗白饭，凉的。等一下我付钱。"

局长没有理会许健，到现场转了一圈。

局长眉头紧锁，问身边的许健："你叫许健是吧，能不能在一个星期内破案？"

许健说："我们一定废寝忘食，竭尽全力！"

局长说："这案子影响极坏，你们必须竭尽全力，一定要在最短的时间内给市民一个交代。今晚这碗饭鸡毛蒜皮，破案后我请你好好撮一顿！"

许健点了一下头。

局长说："这个地方你也能吃一大碗白饭？"

许健说："实在太饿了……我保证抓住凶手！"

局长说："做警察最辛苦，有时有这顿没那顿的。睡觉也不安生。估计晚上不会有事儿了吧？"

许健说："但愿如此。"

局长说："记住，破了案你要做的第一件事儿，就是给我打电话，无论什么时候。实在打不通，你往110指挥中心打。"

许健又点一下头。

局长很快就走了。

许健留在现场忙了两个多钟头。

网民把这起恶性事件命名为"麻袋命案"。

这个案子以惊人的速度在互联网上传播开了，成千上万的网民心有余悸地发表议论，迫切要求迅速破案，伸张正义。

就在"麻袋命案"发生后不到七个小时，又发生了一宗死亡事件。相对于"麻袋命案"，这个死亡事件实在太平淡了，连来到现场的警察和法医都还在谈论着"麻袋命案"。

一个名叫庄传智的外科医生，在当班时间从医院住院大楼第四楼层的医生休息室坠落身亡。

看起来，死因没有任何可疑之处。从医生休息室的窗户往下坠落，下面虽是种满花草的软泥，但庄传智是硬着陆，所以他数处骨折且体内涌血不止。庄传智被送进重症监护室抢救了将近七个小时后，因心力衰竭导致生命体征完全消失，其准确的死因是高空坠落造成全身多处骨折及脏器损伤。

庄传智在坠楼之前曾经留下一份遗书。经过技术鉴定，确认是庄传智亲笔所书。

庄传智的遗书相当简单，只有寥寥数语：

真的非常抱歉，我不想活了，但是我的死亡与任何人无关。希望活着的人，希望我的家人，能无所畏惧，过好每一天的日子。

但是，在生命的最后时光里，庄传智却表露出极度强烈的求生欲望。虽然他不能睁眼，也不能张口说话，然而，当别人拉住他的手时，他就会攥住对方的手不放，他好像把体内的一丝余力全用在这手上，并试图把这股力量传递出去，这种举动令对方非常惊讶。按理说，他并不想就这么死掉。如果他是选择弃世的自杀者，那么，什么样的灵丹妙药都无法激发他的求生之心，但在弥留阶段，他却不愿意离开……一个看似微小的矛盾就出现在这里，这到底说明了什么呢？亲近庄传智的人都猜测，一定有一件事儿让他至死也放心不下。

公安机关认定庄传智为自杀身亡，并开具死亡证明。但是死者的家属却认为庄传智死于他杀，委托律师找到医院所属地解放路的派出所，要求予以立案侦查。解放路派出所坚持认为庄传智的死因没有可疑之处，作出不予立案的决定。死者的家属不服气，到公安分局告状，找了局领导，还找上了刑警大队。

由于“麻袋命案”影响恶劣，许健为之寝食不安，不想见到与“麻袋命案”无关的人。现在庄传智的家属和律师找上门来，许健便跟刘教导员商量，想安排一个副教导员跟他们见面。见面的结果如何，事后许健只会简单地过问一下。

庄传智坠楼后，许健曾到现场走马观花地看了一番。对这个坠楼事件的定性，非自杀身亡莫属，许健对此完全没有异议。当时，许健想起十个小时前张宾说过的话，庄传智坠楼自杀身亡就像是那番话的翻版。

许健忍不住给张宾打电话，此时张宾正在看与“麻袋命案”有关的监控录像。

张宾说：“抓到凶手了？”

许健说：“还得靠大家努力啊。刚才省人民医院有个外科医生坠楼，定性为自杀身亡。我竟然觉得那个外科医生就是你。”

张宾说：“就是我？为什么？”

许健说：“你忘了？下午下班前你在我办公室说过，某某人要跳楼自杀。”

张宾哈哈一笑，“你不说我倒忘了。你不觉得我那是开玩笑吗？”

许健说：“以后你再说那样的话，我就不会觉得你是开玩笑了。”

张宾说：“头儿，你这么关心我，以后我就不吓唬你了。”

“你从我办公室的窗口跳下去，是一个纯粹的自杀行为。但是如果我叫你跳下去，你愿意服从命令吗？”许健说，“你曾经给我出过难题，现在我以其人之道还治其人之身。”

“你是我的头儿，我可以为你赴汤蹈火。但你想让我自杀，就恕难从命了，除非……”张宾卖关子。

许健说：“除非把你变成猫，有十条命？”

张宾说：“No！No！除非太阳从西边出来！”

许健说：“我给你吃点儿迷幻药，控制你的思想和行为。”

张宾说：“这倒差不多。”

许健说：“你说我还有别的办法吗？”

张宾说：“你应该没别的办法了。要杀一个人，你就得赤膊上阵，痛下杀手；你想借刀杀人，那就难了；而你叫我跳下去，那就更难了。”

许健说：“我叫你跳下去，那叫用思想杀人。”

“我看书不多，”张宾说，“但是我知道，用思想杀人，是最难的了。”

许健突然加快语速，“Over。专心看监控录像。”

张宾说：“Yes，Sir!”

等张宾挂了电话后，许健才放下话筒。这是许健的习惯，再忙也是这样做。

许健实在找不到庄传智死于他杀的理由。他吸完一根香烟后，便全副身心投入到那起“麻袋命案”中。

据未经证实的消息，那三个家伙已经逃回四川遂宁老家。许健带领追捕小组，分乘两辆丰田霸道赶赴四川遂宁执行任务。在当地公安机关的配合下，仅花了不到两天的时间就把那三个家伙捉拿归案。

“麻袋命案”终于在案发后第六天告破。市局局长非常高兴，让许健以最快的速度把那三个家伙带回来，预定于明天傍晚前开个新闻发布会，他们必须到场亮相。许健明白这是个政治任务，他保证准时、安全地把那三个家伙带回来。

许健顾不上吃饭，立即驱车往回赶，带上一大袋子蛋糕和两箱饮用水在路上充饥。

许健安排两个犯罪嫌疑人坐在一辆车上，另一个犯罪嫌疑人和许健同处一辆车里。那三个家伙骨瘦如柴，看起来手无缚鸡之力，许健放心了，一闭眼就睡了几个小时。后来让一个电话叫醒，许健再也睡不着，拿起多普达手机上网。许健对张宾说，一会儿待他完全清醒了，他就替张宾开车。

网上一个本市论坛的帖子，一下子抓住了许健的眼球。许健看到了有关一个医生之死的疑问。这件事就发生在辖区之内，而且据说死因存在争议，自然会引起他的关注。

这个帖子没有指名道姓说那个医生何许人也，但是许健推测那个医生就是庄传智，而帖子的作者可能是庄传智的同事。

这个帖子的内容应该是真实可信的。

当天晚上科主任临时安排庄传智值夜班。除了庄传智之外，护士站还有一个实习医生和三个护士。

晚上十时半后，医生和护士交接班完毕，各病房的患者大都就寝，护士站也安静下来。一个年轻漂亮的护士嚷嚷要吃宵夜，而且吃的必须是医院食堂以外的东西，例如肯德基或Pizza。实习医生想请客却囊中羞涩。庄传智看在眼里，主动要求由他请客，拿出手机先给114查号台打电话问本市必胜客和肯德基的外卖电话，打必胜客的电话却发现对方打烊了。接着打肯德基宅急送的电话，但是对方在晚上十时后同样停止了送餐服务。最后只好在麦当劳凑合，一共要了五个套餐，算上配送费，只花了不到一百五十块钱。订餐后庄传智还开玩笑说省了不少钱，如果要的是Pizza，起码要花二百五十块钱。

大约半小时后，麦乐送把麦当劳套餐送到。吃过麦当劳后，实习医生说了一个笑话，听众无不忍俊不禁，其中包括庄传智。实习医生特意说了这个笑话，因为他发现庄传智有点儿郁郁寡欢。在实习医生的眼里，庄传智是一个好医生也是一个好同事，他希望庄传智每天都过得开开心心的。实习医生发现，庄传智喝了麦当劳的咖啡后，他的心情有所好转，还哼了几句流行歌曲。

但是不愉快的事情还是发生了。

第二天凌晨零时三十分左右，一个车祸伤者因术后并发症等诸多原因而突然死亡。这个患者的手术是四天前由副院长主刀的，庄传智是患者的主治医生。患者家属财大气粗，仗势欺人，聚众向庄传智兴师问罪，并喝令主刀的副院长立即站出来给一个说法。一度出现动手动脚的情况，庄传智几乎被推倒。庄传智保持镇定，低声下气地作出解释并尝试沟通。院长和科主任先后赶到，他们分别不遗余力地当众分析患者的死亡原因，指出这绝对不是医疗事故。

患者家属毕竟缺乏专业的医学知识，在医疗事故有关问题的争辩上显得理屈词穷，无法占据上风。他们扬言明天请卫生厅的专家作鉴定，继续虚张声势地叫骂。

护士站恢复平静的时间是凌晨二时。

院长对庄传智讲了些安慰性质的话，话还没说完，接了一个电话，院长就匆匆地走了。庄传智依然很生气，脱下白大褂掷在地上。

科主任看出庄传智心情不佳，打算叫来另一个外科医生替班，让他回家休息。庄传智坚持说他没事儿。科主任几番表示好意，但是看到庄传智实在不想回家，也就不再勉强，再三叮嘱他要保持心情舒畅。科主任还请庄传智放心，因为院长要求全院加强安保，外一科所在的第四楼层已经增加了两个保安，一旦出现突发事件将会有足够的保安来增援。

科主任离开后，庄传智对实习医生和三个护士说，他先去休息了，有什么事儿随时叫醒他。他走进值班医生休息室，关上门就再也没有出来。谁都知道庄传智此刻不好受，而且他上了一天的班也实在太累了，没有人去打扰他。细心的实习医生看到，休息室内一直没有熄灯，因为从房门底下的缝隙有光线泻出来。不过，庄传智在休息室内到底干了一些什么事儿，就无人知晓了。

一个小时后，庄传智从这间位于第四楼层的医生休息室的窗户跳了下去。

首先引起庄传智的同事怀疑的，是这么一件事。庄传智在进入医生休息室后，在凌晨二时十九分曾经给这个精通电子和电器性能的同事打电话，向他请教一个有关笔记本电脑电源适配器的技术性问题。最近庄传智的电源适配器在工作不久发热后，就停止供电，不过冷却后，又恢复供电。那到底是电源适配器的问题，还是笔记本电脑的问题？这个同事认为那跟笔记本电脑无关，应该是那个电源适配器出了故障，它的输出功率无法达到设计要求，建议庄传智更换它。原装品牌的电源适配器，在专卖店和网购的售价分别是四百多元和一百多元，至于网店商家吹嘘的同类 OEM 产品，网购售价则不超过四十元，不过这种产品其实是便宜无好货的山寨货，它的质量非常不稳定。这个同事还特地问了庄传智的笔记本电脑是什么品牌的，回答是东芝。

可以说绝大多数的自杀者，自杀前不会再试图与任何人作思想上的交流，更不会去关心那些自己生命之外的事。所以这个同事觉得庄传智的行为极为反常：既然庄传智不顾一切地赴死，他怎么还牵挂自己的笔记本电脑呢？

这个同事还注意到庄传智的遗书。警察曾让科主任和这个同事看过庄传智的遗书，请他鉴定那是不是庄传智的亲笔所为。相对于平日庄传智所书写的病历、处方和工作报告而言，遗书上的字迹较为潦草。但科主任和这个同事还是不约而同地认为，那确是庄传智的真迹。

作为刑事警察，许健接触过几份自杀者留下的遗书。有的自杀者死志坚定而且心情非常平静，思维保持清晰、活跃，往往笔下运走千言以上，页面极少涂改。至于遗书上的字迹，跟死者平常的字迹无异，从中看不出字迹与他的情绪有什么关系。庄传智留下的遗书字迹潦草，又能说明什么呢？说明他是在受到威胁，或者是在心绪动荡的情况下，执笔写这份遗书的？这个恐怕只有上帝才知道了，不能用做直接的证据。

假如这份遗书确实出自庄传智之手，它作为遗书最大的缺陷是没有说明自杀者因什么而死，也就是说刺激他作出自杀选择的原因将永远无法得到他本人的确认。庄传智的亲人、朋友或同事，以及那些认识他的人，必然都很想搞清楚他为什么非要结束自己宝贵的生命不可。当他们觉得庄传智自杀身亡的理由不充分时，自然会认为他是死于非命，说穿了就是死于蓄意谋杀。

最后，这个同事还提出这样一个疑问：既然庄传智心如铁石地选择了自杀，那么他就应该选择让自己死得痛快一点儿，比如登上这座高达三十二层的住院大楼的顶层纵身往下一跳，在不到五秒的时间内坠落到地面。可以设想他将摔得绝无人形，霎时间气绝身亡，这样就完全可以免除他在生命弥留的那将近七个小时里，在重症监护室所受的地狱式的煎熬。

这个实习医生和三个护士还互相证实，在庄传智走进医生休息室后，这段时间平安无事，他们一直在断断续续地聊天，干些零碎的私活儿。没有人进入医生休息室。医生休息室的门口正好处在他们的视线之内，他们可以保证没有任何可疑的人或事情出现。因突发事件被派驻外一科的两个保安也证实，当时他们正严密监视第四楼层内的动静，没有发生可疑的事情。第四楼层的六个监控录像摄像头也在正常工作之中，医生休息室的门口也在摄像头的监控范围之内，经查看录像，排除了当时除庄传智之外还有人进入医生休息室的可能。

这个庄传智的同事所撰写的这个帖子有细节、悬念和推测，还是比较吸引人的。作者表明他是一个医科大学六年级学生，还是一个侦探迷，素爱阅读侦探小说和推敲侦探难题，有一定的刑侦知识。在庄传智出事后，他立即报警并很好地保护现场。在刑事警察赶到之前，不允许任何人踏进这间医生休息室，甚至还在那把门锁的球柄上套了一个聚乙烯保鲜袋。

这个帖子里所提到的实习医生和庄传智的同事应该是同一个人，而且就是发帖者。许健是这么猜测的。

这个实习医生在帖子里数次提到庄传智在进入医生休息室后，庄传智还给他打电话问及笔记本电脑电源适配器的事儿。实习医生对此大惑不解。许健也有同感。

许健放下手机，揉了几下眼睛。用手机上网，使用地点还在有点儿颠簸的车内，那当然不太好受。

许健环顾前后左右，“这是什么地方？”

张宾说：“快到武汉了。”

张宾的话音刚落，许健已经打通了刑侦大队的同事的电话。他要求同事把庄传智坠楼事件的现场勘验报告和技术鉴定报告放在他的办公桌上，他出差回来就要看。同事告诉许健，由于死者家属坚决要做尸检，这项工作正在解剖中心进行着。

技术鉴定报告显示，医生休息室的门锁的球柄上大面积地、完整地留有庄传智的指纹和掌纹。尽管也留有一些他人的指纹痕迹，但是那些指纹模糊不清，面积非常小，几乎被庄传智的指纹和掌纹所覆盖。可以证实庄传智在进入医生休息室后是反锁了门的，而且室内门锁的球柄上也全是他的指纹和掌纹。此外，室内没有可疑的痕迹，也没有可疑的指纹。

医生休息室内一切如常。唯一的窗户旁边没有椅子或其他可以用做台阶的东西。事发时，庄传智打开窗户，直接爬上了窗台。庄传智在窗户旁边和窗台上都没有待多久，因为他留下的痕迹表明，他毫不犹豫就跳下去了。

唯一值得注意的是，庄传智的手机和笔记本电脑都摔破了，七零八落地躺在医生休息室的某个角落里。手机的耳机导线也给扯断了，还被重重地踏上一脚。那是一部索爱手机，播放音乐功能非常强大。那台索尼笔记本电脑也是高配置的，最适宜于上网玩大型游戏。不用说，毁坏手机和笔记本电脑的罪魁祸首肯定是庄传智。当时位于护士站的实习医生和三个护士曾经听到医生休息室里传出轻微的响声。由于医生休息室的隔音效果不错，里面很大的响声，经过数倍消声才能传到外面去。如此的响声没有引起实习医生和三个护士的特别注意。事后提起那似是而非的响声，他们也只会联想到很可能是庄传智不小心撞在双层床上，或者是因坐姿不够端正而使身体挪动了椅子，这么一来床或椅子的腿儿跟地板磕撞一下，大都会发出如此的响声。一般地说，从医生休息室里传出这样的响声不奇怪，那是不会引起别人的注意的。

庄传智的同事都知道，庄传智平时非常喜欢音乐，都找他拷贝或下载音乐。

据说庄传智并非一个脾气暴躁的人，到底是什么原因刺激到他，把手机和笔记本电脑怒掷于地呢？

庄传智手机最近几天的通讯记录必然也会被分析一下的。没有发现异常的地方。通讯记录显示，庄传智在凌晨二时十二分接到一个由本医院座机打给他的电话，通话时间不到五分钟。随后他在凌晨二时十九分给实习医生的手机打了一个电话，通话时间也不长。接着他给蔺藜的手机打了一个两分钟的电话。几分钟后他的手机通过互联网接收一个下载文件，好几个有刑事警察身份的网虫认为，这个下载文件极有可能是一首音乐。而且他还用手机 QQ 跟网友聊天。当然，他也可能用笔记本电脑上网。

庄传智喜欢音乐，这只是一种在正常的情况下才会持续呈现的状态。因此在自杀之前下载一首音乐的举动，确实是一件令人费解的事情。另一件令人费解的事情前面已经反复说过了，就是庄传智在自杀之前关心笔记本电脑电源适配器的问题。

庄传智那部索爱手机已经不可逆转地损坏，据说那个下载文件是储存在手机内的固定内存卡里的。眼下要先修理好手机，才能看到那个下载文件是什么东西。

就当那个下载文件是一首优美的音乐吧。许健祈求但愿如此。

侦破“麻袋命案”的新闻发布会结束后，正好是晚宴时间。不少领导给许健敬酒。许健不善于喝酒，身心疲惫更让他无法抵挡酒精的冲击，一下子趴下了，像病人一样呕吐。

同事开车送许健和张宾回家。半路上许健问去哪里，同事说送他回家。许健说不回家，到办公室去。由于许健真的醉了，说话的声音和语气显得很固执。张宾也大喝一声，吵闹着要去办公室。

同事只好掉头，把许健和张宾拉到单位里。

庄传智的尸检报告出来了，摆放在许健的办公桌上。

通过对死者的胃内容、血液和肝组织进行针对麻醉药物或致幻药物的定性鉴定，得出鉴定结论为：所送的检材中不含有麻醉药物或致幻药物的成分。

死者家属委托的律师曾经推断，事发当晚庄传智主动或被动地服用了致幻性神经药物，致使他在神志不清的情况下坠楼。现在，这种情况已经被排除了。

一等许健放下尸检报告，张宾马上拿过去看。

尽管许健还是醉醺醺的，但是他认为死者的死因无可疑之处。

经办此案的刑事警察一丝不苟地勘查现场和走访调查，尸检报告表明死因无可疑之处。就此得出了庄传智自杀身亡的结论，这个结论在程序上是无可挑剔的，经得起盘问的。尽管庄传智之死存在着一些既令人颇为费解又值得推敲的问题，但这些问题只是疑点，无法转变成为凶杀案件的证据。为此有关分局领导作出不予立案的决定。

许健也认为就此立案的依据不足。

张宾说：“好事儿，这世上少了一个凶手。”

许健指着沙发，“我想睡觉，你睡行军床。”

张宾说：“头儿，你光喝酒没吃东西，肚子里什么东西都吐出来了！我们去喝点儿稀饭吧！”

“有满汉全席我都不吃。”许健躺在沙发上。

张宾对同事说：“你去弄个被子来，然后去买点儿稀饭和榨菜。头儿醒来就让他吃。”

张宾也累得要命，找地方睡觉。

几天后的深夜时分，张宾中上腹疼痛，数小时后腹痛转移并固定于右下腹，还有呕吐和低烧症状。张宾实在忍不住了，给许健打电话。许健出身于法医专业，对有关身体的医学问题一知半解。他判断张宾得了急性阑尾炎，赶到张宾家，要送张宾去庄传智生前供职的那个省人民医院。

张宾说：“要做手术吗？”

许健说："男子汉大丈夫还怕做手术？"

张宾疼痛难忍龇牙咧嘴，"这么多好医院，为什么舍近求远？"

许健说："可以报医保。"

张宾说："附近不是有个三甲医院是我们的定点医院吗？做个小手术也用不着跑那么远啊！"

许健说："就去省人医，到时我接你回来！"

许健把张宾送进省人民医院，很快就在外一科做了一个简单的手术，耗时还不到一小时。按理说张宾至少要住院一个星期。

手术后的第一个晚上，张宾想找一个人好好地聊天，可是他没有感情较深的女朋友，要好的朋友正在忙着，用手机上QQ也没有见到跟他谈得来的好友。张宾很快就放弃了与人聊天的念头。同病房的病友有女朋友相伴，脸上堆满幸福的笑容，这让张宾倍感寂寞。病友和女朋友到室外散步，张宾更加孤独了。

实习医生走进来，向张宾自我介绍："我姓林，我叫华生，你叫我华生吧。"

张宾正躺在病床上，见到华生就坐起来。这不仅仅是以示礼貌，张宾还要表明自己的身体已经毫无问题了。

张宾说："我还可以叫你华生医生呢！不过柯南·道尔会抗议的，因为华生医生是他的专利、版权！"

华生不觉莞尔，"我也喜欢福尔摩斯。"

"你喜欢谁是你的自由。"张宾说，"我身体素质好，不用住满七天吧？我想住五天就出院了。"

华生说："你的家庭护理肯定不到位，会影响身体健康的。身体最重要，这个你不会不知道吧？"

张宾说："在这里不是也躺着吗？在哪里躺着都一样！"

华生说："在这里躺着不一样。你想一下，一个小混混在外面挨了一刀，跟在我们外一科挨了一刀，其中差别很大对吧？"

张宾说："强词夺理。"

华生说："张探长，别急，过一会儿你们领导会来看望你，你就安心养病吧。"

张宾没好气地说："我们领导给你打电话了？"

华生说："中午我跟你们领导在QQ上聊了几句。"

张宾冷笑一声，"我不否认，你挺幽默的。"

华生说："你们领导说会给你带点儿苹果。"

张宾拿起手机看了一眼，放下手机又拿起杯子喝水。他本想说些什么，最后还是在微笑中冷笑了一声。

许健走进病房，把一袋子苹果放在床头柜上，顿时让张宾目瞪口呆。

张宾说："头儿，你来了怎么不给我打个电话？我去迎接你啊！"

许健看一眼张宾，"听说你不安心养病？这是不对的。"

张宾说："谁说我不安心养病？"

许健扭头看着华生，“你就是那个实习医生，网名‘华生医生’的？”

华生点了一下头，“你好，我也知道你是谁。”

许健说：“张探长，你住院这几天，有件事儿请你给留个心眼，就是特别注意一下吧。这就是我选择让你住这个医院的原因。昨天晚上你疼得要生要死的，就没跟你说。”

张宾说：“什么事儿？”

许健说：“在这病房里一躺就好几天，你一定觉得很无聊。庄传智医生之死，华生医生觉得有点儿可疑。工作之余他会协助你一下，你就在医院里走访调查打听，看看能找到什么……”

张宾低头垂眼，眼皮不再动一下，“我认为找不到任何东西。”

许健说：“找不到任何东西，这不是什么坏事儿。”

张宾说：“头儿，庄医生死亡事件立案了？”

张宾看一眼许健，朝华生摆摆手。华生领会张宾的意思，转身走出病房。

张宾说：“不是没立案吗？”

许健说：“你考虑一下吧，如果你愿意，你就走访调查打听一下。华生医生会配合你。如果你不愿意，你就好好听医生的话，躺在床上好好休息。”

张宾说：“只不过做了个小手术，我能动，不需要卧床不起。头儿，有什么重要的案件，我能办的，你就交给我。”

许健看着张宾。

“那个医生的死亡事件，我觉得不予立案并非错误的决定。”张宾说，“我看书不多，但是我知道我们不应该白忙一场。还有，你也不应该白忙一场。”

“不是谁白忙一场的问题。”许健说，“你不相信我。”

张宾一直坐在病床上，他一急就要站起来，许健手疾眼快地按住了他。

张宾说：“我的头儿，我不是不相信你。我觉得，庄传智坠楼死亡没有可疑的地方。就当是幽灵杀死他的。马拉多纳用上帝之手进球，全世界都看到了，那不犯法。你听说过幽灵杀人会犯法，会受到惩罚吗？”

许健搬来一把椅子，坐在张宾的身边，“不够条件立案，凶手隐藏很深，这两种情况并不对立。我也同意不予立案，这并不代表我撒手不管。对这个死亡事件，我一时茫无头绪。如果最终证明这个死亡事件并非他杀，你说，这是好事儿还是坏事儿？”

张宾说：“按你的逻辑，我们当刑事警察的，要保持中立，只需为案子寻找证据，固定证据。因此你认为既不是好事儿，也不是坏事儿。”

许健说：“既然不是坏事儿，它就是好事儿！”

张宾说：“头儿，你手头上的活儿多着呢，够你寝食不安、焦头烂额的吧！”

许健说：“死猪不怕开水烫，我怕什么？”

张宾站起来，许健想按住他却来不及了，被他推向门外。

许健说：“干什么！”

“没办法，现在猪肉很贵啊。头儿你说的话，就是命令，我服从。”张宾继续把许健推向门外。

许健说：“去哪儿？”
张宾说：“到外面去，吸烟。”
许健说：“吸烟不好，你刚做了手术。”
张宾说：“如果对生命不构成即时的危险，我还是吸烟。谁叫我们是烟不离手的农民工、警察。”
张宾领着许健来到一个小阳台，自由自在地吸烟。
许健说：“华生医生会全力配合你的。”
“我会跟华生医生合作的，还会请他吃饭。”张宾说，“可是，这对华生医生有什么好处呢？他为什么会帮助我？”
许健说：“你忘了他的网名，‘华生医生’？”
张宾说：“他崇拜福尔摩斯？”
许健说：“至少他会协助福尔摩斯，你就是二十一世纪山寨版福尔摩斯。”
张宾说：“跟一个实习医生打交道，对我会有好处的。”
许健说：“什么好处？”
张宾说：“我请华生医生给我介绍个女大学生。”
许健说：“这个，不予立案！”
一个电话把许健叫走了。
华生看着许健的背影显得非常失望，“我想跟许大聊几句。”
张宾说：“你跟我聊吧。”
华生说：“许大经常上网吗？”
张宾说：“有时吧。你怎么加到了他的QQ？”
华生说：“我在本市论坛发了一个帖子，许大跟了我的帖子，他留言要跟我在QQ上谈几句，我就加了他的QQ。”
张宾说：“这么说，我们的头儿主动联系你的？”
“算是吧。”华生说，“从某个角度看，我觉得他不像一个刑警大队长。”
张宾有点儿不满了，“为什么？这么说，我很丑，我像小丑，更不像警察吧？”
华生说：“看样子，他不会格斗吧？”
张宾说：“华生医生，这你就不懂了。我看书不多，但是上兵伐谋我懂，诸葛亮是不需要赤膊上阵的！”
华生说：“许大书生气很重，就像我们的教授。”
张宾说：“像教授的人多了。如果多一个像教授的刑警大队长，你觉得怎么样？是好事还是坏事？”
华生说：“其实我欣赏许大的书生气。我当然希望见到一位教授级的刑警大队长！”
“问题是，”张宾做一个手势，特意拉长语调，“你怎么觉得庄传智之死是可疑的？”
华生严肃地说：“别人怎么说，这倒没什么，关键是你们当警察的怎么说。”
张宾闭嘴不说了。

第二章　名表和豪车

华生通过电子邮件把庄传智家里的一些情况告诉了许健。

庄传智一家六口人挤在旧城区一套面积不到七十平方米的房子里。家里上有年老的父母，下有一个十二岁的儿子庄岩。他的妻子甄莉一年多以前截瘫了，就在家里躺着。他的妹妹庄秋玲未婚，不过近年来庄秋玲不知去向，连个电话也没有打回家里。

应该说庄传智的工作环境还是不错的。他身为外科医生，月薪六千多元。据说庄传智是拒收红包的，也拒绝跟医药代表合作。跟庄传智同科室的那些普通的外科医生，在收受患者红包和医药回扣的情况下，月收入过万元，大都住进了高档住宅区的洋楼，有的甚至用豪华轿车代步。对于一个现代都市家庭来说，首先要解决的两大问题，就是安居和便捷的交通工具。甄莉曾经跟庄传智吵闹，必须在两年内购置一辆中级轿车，五年内购置一套高档住宅。过去庄传智和甄莉两个人每个月的工资合计一万元左右，庄传智一度打算用按揭购房的方式，购买一套面积较大、居住环境较为舒适的房子，然后再买一辆紧凑型的轿车。然而随着甄莉因截瘫而卧床不起，庄传智一家人的好梦就此被打破了。

问题就出在庄传智的妻子甄莉的身上。这么说吧，要是他有那么一个难解的心结，那个难解的心结必然跟甄莉有关。这一年多以来，不管庄传智身处何处，他都必须面对卧床不起的甄莉，他的坏心情由此可想而知了。

甄莉曾经是一个护士，跟庄传智共事于同一个医院。甄莉曾经背叛庄传智，红杏出墙勾搭上一个腰缠万贯的知识分子。但是这段婚外情没有维持多久。甄莉和她的情人一齐遭遇车祸，情人不幸罹难，而甄莉的身体自肚脐以下部分全部瘫痪，双腿失去知觉不听使唤，大小便失禁。甄莉的美梦被击碎了，庄传智的心态和生活方式也彻底改变了，他不但要囫囵吞下妻子不忠的耻辱，而且还不得不接收残废了的妻子，供养她并给她治病。

对于庄传智自杀身亡，他的父母庄富强和郭秀娟觉得事情来得太突然了，可一切已无可挽回，他们只得默默地接受。但是他的妻子甄莉却不是这么想的。

甄莉立即给蔺藜打电话。蔺藜是甄莉的好朋友和前同事，立即应甄莉的要求为她请了律师。

甄莉对律师说，庄传智已经原谅了她，并且多次主动告诉她，他将在近期内筹集一大笔钱，把她送到美国去治病，企图毕其功于一役，根治她的截瘫残疾。甄莉一再声称庄传智是家里的主心骨，他是有责任心的，他绝对明白，没有他，这个家庭必然会陷入灾难之中，因此他不会因任何的委屈和困难而自杀。

甄莉还就事论事地拿钱说事儿。她说如果庄传智为缺钱而烦恼，他会想办法挣钱的。比如说他身为外科医生，收受患者或患者家属所送的红包只是举手之劳。她说没有任何一件事儿可以让庄传智长久烦恼，因为他与众不同，他的内心世界非常充实。

然而甄莉也承认，她并不完全了解庄传智的一切。当她看到庄传智的遗书时，简直不敢相信自己的眼睛，半晌说不出话来。

甄莉请律师找到有关专家，对庄传智的遗书作笔迹鉴定。

几个笔迹专家一致认定遗书确为庄传智亲笔书写的。其中一个笔迹专家还是行内权威人士。

那一页被称做遗书的A4复印纸，就放在甄莉的床头。复印纸上那些简单的文字，她早就可以倒背如流。她既惶恐不安又耿耿于怀的是，这份遗书里没有说明有关财产的分割问题。甄莉是一个残疾之人，她的医保金额少得可怜，相对于她的巨额医疗费来说简直就是杯水车薪，她需要大笔资金才有活下去的可能，没有大量的钱，她就彻底绝望了。甄莉最担心的事儿是，庄传智私藏一笔钱，而这笔钱暗地里落在他父母的手上，她一分钱也拿不到。甄莉更担心会被扫地出门。甄莉和庄富强、郭秀娟的关系一直非常紧张，目前她栖身的住所的所有权是属于庄传智的父亲庄富强的。在购买这套房子的那段时间里，恰好甄莉红杏出墙，庄传智在气愤之余特意留了一手，坚持让庄富强成为房产证上唯一的产权人。如果庄富强和郭秀娟有了驱逐她的念头，对她而言无疑是非常可怕的事情。

甄莉觉得前景就像一个大黑洞，她根本无法摆脱被吞噬的命运。她需要庄传智活着，而现在，她至少要从庄传智的死亡事件中获得一定的好处。正是因为甄莉一再坚持，并委托律师找到医院的负责人和公安分局的领导，才出现了诸如尸检和笔迹鉴定那些后续发生的事儿。

但是几天之后，律师代表甄莉向医院领导表明，庄传智的死因是工作强度和心理压力太大，从而导致他产生弃世的念头。要求医院就此承担相应的责任，向庄传智的家属赔偿五十万元，并妥善解决今后甄莉的生活和医疗费用。

这就意味着甄莉接受庄传智自杀身亡这个说法。庄传智的父母庄富强和郭秀娟对庄传智的死因一直没有异议，当初他们甚至不同意解剖庄传智的尸体。

许健给待在医院病房里的张宾打了一个电话，把有关庄传智家庭及甄莉的事儿转告他。

张宾和华生找了一个时间在病房里碰头。

“甄莉突然不再追究庄传智的死因，”张宾说，“是不是想从医院那儿获得更大的好处？”

华生说：“应该是吧。我可以问一下甄莉的好朋友蔺藜，她们之间无话不说。蔺藜是外一科的护士，我跟她挺熟的，还去过她家，给她家的台式电脑重装系统。”

张宾有点儿心不在焉，“事情本来就是这样发展的。你谁也不用找了，那是多此一举。”

华生说：“你也认为，庄医生死于自杀？”

张宾说：“刚才我用手机上网查资料，有人调查统计，国内每两分钟就有一人自杀身亡，八人自杀未遂，每年有二十五万人死于自杀！华生医生你算一下，如果有百分之几的自杀事件无中生有地变成凶杀案件，就有了一万多宗一点儿线索也没有的凶杀案件，这叫我们当刑事警察的变成无头的苍蝇，怎么去侦查？难道叫我们无中生有地抓一万多人来当替罪羊？”

华生说：“我觉得应该具体地、有区别地看待问题。那一万多宗案件我不管，我就管庄医生这一宗。况且，你们许大也支持我这么做！”

张宾忍不住笑了，拍拍华生的肩膀，“拉倒吧。庄传智不是自杀身亡，是自己杀死自己，凶手就是他自己。钟馗来了还差不多，钟馗是捉鬼的，因为庄传智死后变成鬼了。福尔摩斯先生来了，鸡蛋里挑骨头，你想想能挑出什么东西来？”

华生异常认真地说：“张探长，有一个细节你注意到没有？”

张宾轻松地说：“我劝你还是珍惜时间，刻苦学习医学知识，做一个好医生！”

张宾不以为然，拿起遥控器要给电视转换频道。电视正播放央视三套的《星光大道》节目。但是张宾找来找去，找不到一个他喜欢的节目。他只好让《星光大道》重新出现在荧屏上。

华生走近张宾，尽量做出姿态，让张宾认真听他说话，“甄莉说过，不久前庄传智好几次主动告诉她，要把她送到美国去治病。去美国治病，就得筹集一大笔钱。庄传智是一个普通的外科医生，撑死了一年的个人总收入才不过人民币十二万元。就算他一家人不吃不喝，他也几乎要花十年时间，才能积攒到人民币一百万元，折合十多万美金，方可动身去美国。显而易见，庄传智所说的在近期内筹集资金，一定另有渠道，而且很有把握。”

张宾依然不感兴趣，“上班时间你跟病人聊天，领导不会批评你吗？”

华生说：“我觉得我们应该想办法找到庄医生筹集资金的渠道。”

“无中生有，漫无边际。我的华生医生，回头是岸！”张宾哭笑不得，“我看书不多，但是我知道你应该刻苦学习医学知识，做一个好医生！”

张宾显得有点儿不耐烦了，做了一个手势，向华生示意他要看电视，不要再跟他说话。

华生怏怏不乐地离开病房。

华生不在乎张宾说什么，当天深夜来到蔺藜的家里。

蔺藜的前夫是搞对外贸易的，过去常把用做商检样品的衣服和鞋子拿回家里。前几年她的前夫自觉有自立门户的能力了，就辞去贸易公司的工作，到澳大利亚开办服装和鞋子经营公司，已经在那里站稳了脚跟。前年蔺藜和前夫离婚了，五岁的女儿被送到前夫父母家里，每个星期蔺藜抽出半天的时间去陪女儿。

华生和蔺藜的关系非同一般。

蔺藜是一个未满三十岁的女人。她的眼睛不算大，而且还是单眼皮，如果墨守成规地依照美人标准来评判她的五官，她确实不怎么漂亮。但是她的身材高大结实，性情活泼奔放，还是颇为引人注目的。

在一个炎热的中午，蔺藜穿着低腰牛仔裤，蹲在地上找东西的时候，她那裸露出来的一部分屁股和腰眼显得非同一般的白皙，让华生不禁怦然心动，想入非非。

华生比蔺藜小五岁，无法抵挡她的勾引，跟她发生过几次性爱关系。这天晚上他来到她的家里，孤男寡女同处一室，自然少不了一番激情。

还躺在床上，盖着同一床被子，华生要吸烟，被蔺藜制止了。

"在我这儿干什么都行，就是不能吸烟。"蔺藜说，"我最讨厌我前夫吸烟。"

华生说："好，我不吸烟。今天你跟甄莉见过面吗？"

蔺藜说："刚才她还打来电话呢，聊了很久。"

华生说："为什么甄莉不再坚持要查清庄医生的死因了？难道她已经接受庄医生死于自杀身亡的说法？"

蔺藜说："庄医生死后，一开始甄莉并不希望庄传智的死因被定性为自杀身亡，因为甄莉一直认为如果庄传智死于自杀，她得到的补偿将不会是一个大数额。"

那个受甄莉委托的律师跟甄莉见了面。律师首先问甄莉对庄传智死亡事件的看法，甄莉把自己的意图如实相告。甄莉并不是真的觉得庄传智死因可疑，非要为他伸张正义，把这个案件搞个水落石出不可。其实甄莉的目的很单纯，就是为了在庄传智死亡这件事上得到更多的补偿。

律师问："庄传智购买了意外人身保险吗？"

甄莉说："我不太清楚。如果有，也是单位里统一购买的，保险金额不会很大。他本人可能没有特意购买。"

"如果庄传智没有特意购买大保额的意外人身保险，从保险索赔的角度来看，追查他死于自杀或他杀意义不大。"律师说，"你想找凶手赔偿你损失？"

甄莉点一下头。

律师说："可能你不清楚，假如庄传智死于他杀，再假如抓到了凶手，凶手在刑事诉讼部分被判处死刑，结局是完美的。但是在民事诉讼部分，结局可能就不那么完美了。庄传智家人向凶手索赔，即使法院支持你们的意见，判决凶手赔偿几十万元，但是这个判决能不能被有效地执行，这就难说了。民事诉讼部分最坏的结果是，可能在凶手那里庄传智家人一分钱也拿不到！"

甄莉说："我该怎么办？"

律师说："庄传智生前供职的医院，或多或少会给庄传智家人补偿一笔钱。其实，即使庄传智是自杀身亡的，医院给的补偿也不会少。"

甄莉问："为什么？"

律师说："你可以以工作强度和压力太大从而导致庄传智不堪重负自杀身亡为理由，向医院施加压力，要求给予庄传智家人最大限度的赔偿或补偿。"

甄莉说："最大限度是多少？"

律师说："二三十万吧。如果能找到因医院管理不善而导致医生自杀身亡的证据，并且还有新闻记者配合，在平面媒体或电子媒体上炒作、发酵这个话题，搞得路人皆知，在这种情况下，医院就有可能被迫赔偿给庄传智家人四五十万元。"

甄莉说："如果能给我四五十万，那还差不多！"

律师说："这笔钱不完全是你的，你要和你儿子、你公公婆婆等庄传智的家属按比例瓜分这笔钱。按照你目前的情况，可能你公公婆婆会担心你把你儿子的那部分钱用于其他用途，因而提出你儿子的那部分钱由他们监管，直到你儿子长大成年。当然，你也可以提出跟他们共同监管你儿子应得的那部分钱。"

甄莉说："我明白了，即使庄传智是自杀身亡，单位也会补偿一大笔钱。"

律师说："就目前的证据来看，我认为庄传智是自杀的，不存在其他的可能性。如果你一定要追查他死于他杀，意义不大，而且你还要花一大笔钱。我是执业律师，我会向你收费，这个你是清楚的。你应该直截了当地委托我去向医院索赔。这样，你就不会走弯路，所花的律师费也是最少的。"

甄莉表示听从律师的意见和安排。

这个律师受甄莉的委托，找医院的领导交涉，主要目的不外乎尽可能要钱。

刚才蔺藜一边跟华生说甄莉和律师见面的情况，一边穿衣服。然后蔺藜走出卧室。

华生急于倾听蔺藜所讲的各种有关庄传智死亡的事儿，也匆匆起床穿衣服。

蔺藜走进来，拿来一盒乳酸奶饮品，让华生喝了它。

华生说："你觉得庄医生死得可疑吗？"

"我敢肯定庄医生死于自杀。"蔺藜说，"但是他跳楼死掉了，有点儿不明不白。究竟不明不白在哪儿，我不是神，也不是神探，就不知道了。"

华生茫无头绪，用手整理一下头发。

蔺藜看一眼床头柜上的笔记本电脑，"不是有个警察住在我们外一科病房吗？你们搭档查案子，找到什么证据了吗？"

"我上一会儿网，看看我的帖子。"华生走过去，伸手拿起笔记本电脑。

蔺藜说："这台笔记本的电源适配器有问题，供不了电。你先洗个澡吧，一会儿到书房去用台式机上网。"

华生感到好奇，"怎么你的笔记本电源适配器也有问题？什么问题？"

蔺藜支吾其词。

华生仔细一看这台笔记本电脑，是东芝公司的产品。华生顿时恍然大悟，"是不是刚开机的时候电源适配器也能供电，但是一会儿它发热后就出问题了，停止供电？"

蔺藜不得不点一下头。

华生看着蔺藜，"你的电源适配器出了问题，为什么不直接找我，而是找庄医生呢？你不知道我是半个电脑专家吗？你忘了？你家的台式电脑重装系统，还不是我来搞定的？"

"我知道，庄传智在临死前给你打过电话，问你电源适配器的事儿。"蔺藜叹了一口气，“我承认，庄传智跳楼之前，我给他打过电话，主要的目的是安慰他几句。我是关心他的。那些电源适配器的事儿，我随口说的。当时我觉得关心他安慰他，就要做得不动声色，这样更好。没想到他最终还是出事儿了。我怕惹麻烦，我给他打电话的事儿就捂住不说出来。但是庄医生之死完全跟我无关，这是真的！”

华生说：“你给我透露什么是没问题的啊！”

“说得不好听，我们是露水夫妻，人心叵测，人命关天的事儿，我敢乱说吗……”蔺藜夺过华生手上的笔记本电脑，打算把它藏起来，却一时找不到合适的地方。

华生轻描淡写地说：“是福不是祸，是祸躲不过。没杀人你慌什么？”

蔺藜把笔记本电脑放回原处。

华生说：“庄医生出事儿前，你给他打过电话，说你的笔记本电脑不供电问题。他当即打电话咨询我，我跟他说电源适配器坏了，让他换一个。当时，他有没有给你回电话？”

蔺藜说：“有，他给我回电话，建议我不要贪便宜，让我花个四百多元，到专卖店买一个原装品牌的电源适配器。他匆匆说完，就挂了电话，前后不到两分钟。我打给他那电话，是用医生办公室的电话打的。他回打给我的电话，打给了我的手机。这个可以查到他的手机的通讯记录。但是他的死确实跟我无关。你仔细想想，两个几分钟长度的电话，能说明什么呢？恐吓、要挟和勒索？当晚我也值夜班，就待在你身边，你可以为我作证。”

华生想了一下，“当晚你没什么异常的地方？”

蔺藜赌气地哼一声，“你贼喊捉贼，我还怀疑是你作的案呢！”

“那你要为我作证，我没有作案时间。”华生说，“对了，我可以陪你去买那个原装品牌的东芝电源适配器。”

蔺藜说：“想收买我？”

“我们换个话题，换一个轻松一点儿的话题。”华生说，“我先去洗个澡。要不，女士优先，你先洗个澡。”

蔺藜躺在床上，踢一下华生的脚，华生便走向卫生间。

华生美美地洗了个澡。他发现蔺藜在另一个卫生间，以更快的速度洗了个澡，还换上干净整洁的衣服。华生问她这么晚了还要出门吗，她没有回答。

等到华生穿好衣服，蔺藜就说话了，“我承认，我跟庄医生是情侣也好，是伴侣也好，我和他曾经也有过那种关系。我是一个健康的女人，离了婚的女人，我也需要。我觉得他对我也不错。但是，他自杀身亡，真的跟我毫无瓜葛。以后万一有人说我的闲话，你就不要添油加醋、添枝加叶了。”

“你说到哪里去了？”华生说，“有关庄医生的事儿，我很感兴趣。你可以详细说说吗？想起什么说什么，不设主题。”

蔺藜说：“够了，今晚到此为止，别的我不想说了。”

华生说：“庄医生说过要筹集一笔钱，送甄莉到国外治病。这一笔钱少说也十多万美金吧。你说，庄医生有什么办法，通过什么渠道才能筹集到这么多钱呢？”

蔺藜摇一下头，“我跟他从不谈论钱的问题。这个我真的不知道。不早了，你回去吧。”

本来今晚华生还想住在蔺藜家里。他看到蔺藜的心情不佳，也没有让他留下来的意思，只好向蔺藜道别了。蔺藜送华生到家门口。

华生看到蔺藜似乎有话要说，就把香烟掏出来，还装模作样地做了一些其他动作拖延时间。

蔺藜说：“有一天晚上，我约庄传智来我这里。他很快就来了，待了不到五分钟，又匆匆地走了。什么也没干。”

华生说：“庄医生有急事吗？”

蔺藜说：“庄传智说他今晚没空儿。他穿着一套西服，看上去非常高贵的西服。而且他戴着一块手表，看上去很名贵的手表。他的那套西服和那块表，我只见过一次。”

华生有点儿摸不着头脑。

蔺藜说：“那套西服和那块手表，那一身行头，如果我没看错的话，没有十多万拿不下来。”

华生似懂非懂地看着蔺藜，“十多万？那你可能看错了。他搞一身那么贵的行头干什么？”

蔺藜说：“我也不明白，他怎么可能有那么多钱？他是暴发户？”

蔺藜忍不住透露她曾经见过庄传智和他的小情人在一起。那个女孩年轻漂亮，而且他们待在一辆宝马里。

华生精神大振，急忙追问宝马的车牌号、车身颜色和特点。

蔺藜说：“我知道那是宝马，七系列的，大概2008款的。当时没想过要记下车牌号，车身颜色是银色的。”

华生说：“那宝马驾驶座上坐着的那个男人真的是庄医生？”

蔺藜非常肯定地说：“庄传智我还会认错吗？”

华生说：“你的意思是，庄医生开宝马泡小女孩？”

蔺藜说：“总之，这件事让我感到世界变化太快了。说不定，过不了几天你也开辆大宝马，身边美女如云。”

前年国庆节之前，蔺藜买了一辆最新款式的波罗。此前蔺藜早已拿到驾照。在买了车子后的几个月里，不论白天黑夜，只要有时间，蔺藜都驾车兜风过把瘾。由于驾车时间不长，动作较为生硬和反应较为迟滞，蔺藜总是把车开得很慢。

成为有车一族两个月之后的一个晚上，蔺藜觉得自己的驾驶技术大有起色，便较有信心地打算把车子开进沃尔玛地下停车场。这两个月所有的空闲时间全用于驾驶练习了，今晚蔺藜打算疯狂大购物。

这是蔺藜第一次驾车进入沃尔玛地下停车场，她费了很大的劲儿才找到停车场的入口。蔺藜的驾驶技术毕竟还不够纯熟，在狭窄和人多车多的空间里她未免有点儿紧张。最终她还是不太漂亮地把波罗停了下来，几乎蹭上一辆刚刚倒进停车位子的车子。

对方的车子就停在蔺藜的波罗的左侧，两车之间的距离不足一尺。

蔺藜欲下车兴师问罪，却苦于无法打开车门，如果打开车门就有可能蹭了对方的车子。实在要下车的话，只得从波罗的右侧出去。不过自己心爱的车子未被毁容，蔺藜也不太着急，还自嘲地笑了几声，喝了几口可乐。

蔺藜把车窗玻璃降下来，正要跟对方理论一番，隔着对方的车窗却依稀可辨对方衣着不凡，而且极像庄传智。对方的身边坐着一个妙龄少女，离蔺藜不到一步之遥，看上去十分漂亮。

蔺藜从来没有听说过庄传智购车了。此时在沃尔玛地下停车场里，蔺藜更不敢相信对方就是她所熟知的庄传智。蔺藜怀疑自己搞错了。蔺藜伸手去拍对方的车窗。

对方的车子马上开走了。车子走得急，差一点儿跟另一辆直行通过的车子相蹭。

那确是一辆宝马。

蔺藜大吃一惊。

蔺藜看着宝马和庄传智不辞而别的背影，一切本来清晰的东西却变得模糊起来。蔺藜马上给庄传智打电话，超过半分钟后他才接听。

蔺藜生气地说："为什么不接电话？"

庄传智说："不是接了吗？怎么啦？"

蔺藜说："你在哪儿？"

庄传智说："我刚吃完饭，在小区内散步。"

蔺藜说："你撒谎！你就在沃尔玛附近，开着一辆大宝马，旁边有个漂亮的小妞！"

庄传智笑了："有这等好事儿？"

蔺藜说："平心而论，你庄传智泡妞我毫无意见，我决不会说三道四的。最主要的是我看到你开大宝马，替你高兴，我打心里高兴，我要恭喜你！"

庄传智笑得更响了，"你说到哪儿去了？我一个穷医生能开大宝马？有辆大众迈腾我就心满意足了！"

蔺藜说："你撒谎吧，继续撒谎！"

庄传智说："我为什么要撒谎，为什么要骗你呢！哎呀，蔺藜，我有点儿事儿，明天再聊好吗？"

"不许挂电话，我就生气你跟我撒谎！"蔺藜气不打一处来，"自己开个大宝马，狗眼看人低，看我开个波罗就不瞥我一眼！我问你，你那大宝马打哪儿来的？"

庄传智说："蔺藜，你这是怎么啦？今晚怎么拿我穷开心？"

蔺藜说："你说的，现在你真在你住的那小区里？"

庄传智说："是啊。"

蔺藜说："骗我是小狗。"

庄传智说："我没小狗那么可爱，有的小狗很值钱的。蔺藜，我真有点儿事儿，明天再聊好吗？"

蔺藜急中生智，想出一个验证庄传智有没有撒谎的办法，"如果你在一分钟内找到一个男的，在电话里跟我说一声哈啰，你就可以挂了！"

庄传智说："我的姑奶奶，你这是干什么呢？"

蔺藜说："快，找个男的。我声明不能用女的滥竽充数啊！"

蔺藜是这么想的：庄传智正开着车，身边那个女孩不可能冒充男人跟蔺藜说话。庄传智冒充另一个男人的声音蒙混过关也是行不通的。在车水马龙的马路上，庄传智找一个合适的地方停车，然后再找一个男人跟蔺藜说一声哈啰，这不是一件容易的事儿。

蔺藜幸灾乐祸地笑了，等着既短暂又漫长的一分钟过去，在庄传智原形毕露的时候，再变着法儿收拾他。

蔺藜坚信自己不会看走眼。此刻蔺藜最感兴趣的是，庄传智和宝马被捆绑在一起的事儿到底意味着什么。

庄传智大喊："喂，蔺藜，你还在吗？"

蔺藜说："我怎么会不在呢？找到货真价实的男的了？请他跟我说一声哈啰。"

庄传智大喊："喂，蔺藜，我的手机没电池了！你等一下……"

蔺藜听到手机里通话中断的声音。

蔺藜急忙再打过去，庄传智的手机已经关机。蔺藜没想到会这样，气得把手机摔在副驾驶座位上。

蔺藜怎么也想不通，第二天她回到医院里，就想找到庄传智算账。但是庄传智上班后就忙个不停，还有几个实习医生如影随形地跟着他。蔺藜一直没有找到和庄传智单独对话的机会。而且他似乎在刻意躲避她，中午的时候他没有在医院的食堂里用膳。

蔺藜急于和庄传智见面，就打电话约他。

庄传智在蔺藜的一再要求下，答应当晚跟她见面。

下班之后，蔺藜在医院大门外不远的地方等着庄传智。

庄传智践约按时徒步而至。

蔺藜第一句话就问："你的宝马呢？"

庄传智戏谑地说："我的姑奶奶，你放过我吧！我有宝马，你都有悍马和宾利了！"

蔺藜说："我说的是正经事儿。你的宝马呢，请问？"

庄传智说："开什么玩笑，我有宝马，还来医院耕这一亩三分地？"

蔺藜盯着庄传智，"你到底怎么了？昨天晚上我在沃尔玛地下停车场看到你了。"

庄传智坦荡荡地让蔺藜看个透，"我曾经去过沃尔玛，但不是你所说的那个时间。"

蔺藜说："你的代步工具是一辆闪闪发光的宝马，坐在你身边的是一个很漂亮的女孩，配得上那辆宝马。你不要跟我说，一定是我看错了。别人看错了，还情有可原。对我来说，我只可能认错车，但不可能认错人！"

庄传智说："你不是DNA鉴定，你认错人的可能性是存在的。"

蔺藜说："你想一下这么近的距离，我会看错吗？再说了，我相信当时你也看到我了。可是你假装没看到，一阵风溜走了！"

庄传智说："我为什么会溜走呢？你一定看错了！"

"车上有个漂亮的女孩，因此你故意躲着我，是吗？"蔺藜说，"到底怎么回事儿？

我想听真话!”

庄传智说:“我快崩溃了! 你真的看错了，亲爱的!”

蔺藜说:“真没想到，你对我都不愿意说真话。而且，你也没对你老婆说真话!”

庄传智无奈地摇头。

庄传智和蔺藜在一段很长的时间里没有说话。

他们静静地站了一会儿。

后来蔺藜发现庄传智的西服既笔挺又合身，看上去很顺眼，款式也很新颖，就猜测那一定是国际名牌货色。

蔺藜说:“哪儿来的钱买这么名贵的西服，少说也要一两万块钱吧?”

庄传智说:“我穿得整齐、严肃一点儿，是为了尊重你，尊重其他人。这西服哪值一两万块钱呢? 蔺藜，今晚你怎么啦?”

蔺藜叹了一口气，“那天我和朋友逛西武商场，就特意看了西服。如果我没看错的话，你这西服是 Boss 品牌，两万多块钱。”

蔺藜喝令庄传智站着不要动，动手掀开他的西服的底襟，果然看到了 Boss 的商标。再抬起他的手腕一看，估计他的那块手表也是名贵的奢侈品。

蔺藜冷笑一声，“福布斯富翁排行榜上都有你的名字了，还装孙子呢! 是不是中了彩票特等奖了?”

庄传智说:“我真的彻底崩溃了!”

蔺藜不得不说重话，“庄传智，我不明白你为什么会这样! 我宁愿你的西服、手表都是不值钱的冒牌货，宁愿开宝马的那个人不是你，也不愿意亲耳听见你说假话!”

庄传智显得很难受。

蔺藜继续痛骂庄传智:“你回忆一下，你什么时候撒过谎呢? 人家把红包塞给你你都推掉了。过去我总认为你是一个老实巴交的老好人，现在我倒觉得你是一个城府很深、老谋深算的暴发户。我说得对吗?”

庄传智保持沉默。

蔺藜发现庄传智的表情是由安宁和善良组成的，并不含有羞耻和不安的成分。看来庄传智已经摆脱了难受和难堪的心理状态。

蔺藜说:“你真厚颜无耻，庄传智，你是最大的骗子! 外表诚实内心欺骗，这就是最大的欺骗!”

“你怎么想的，你就怎么说吧! 言者无罪。”庄传智说，“但是，我将用时间来证明，我根本不是骗子，绝对没有骗你!”

蔺藜不以为然，“你老婆跟我聊天，老是埋怨你穷，恨铁不成钢。没想到你背地里竟然有豪车有漂亮情人，还有名贵的西服和手表，说不定还有豪宅和游艇。你真是中了大奖吗? 我对此表示怀疑。甚至我觉得你是一个隐藏很深的毒贩呢!”

庄传智和蔺藜在一段更长的时间里没有说话。

庄传智始终否认昨晚他到过沃尔玛地下停车场，更加断然否认他跟宝马和某个女孩有关系。

本来蔺藜有一个和庄传智共进晚餐的设想。不过最终他们不欢而散了。

蔺藜和华生全神贯注地说话，不知不觉又走进蔺藜家里，华生随手关上门。蔺藜在茶几上拿起茶杯，喝了刚才未喝完的茶水。华生想到了吸烟，这一次蔺藜没有制止他。他们来到阳台，这里方便华生吞云吐雾。

蔺藜叹一口气，"人都死了，现在说那些东西好像没什么意义了。"

华生说："这不可能吧？"

蔺藜说："就是化成灰我也认得他庄传智！问题是你倒有可能不熟悉他。"

华生说："我们的同事，一个外科医生，即使他是主任是院长，他哪儿来的钱买那么高级的轿车？你知道宝马有多贵吗？怪不得有五百万元天价医疗案，医患关系紧张，有那么多的医生和医药代表勾结起来……"

蔺藜立即为庄传智辩护："我比你了解庄传智，他不是那种没良心没品德的人！他甚至连一个红包都没收过！而且他绝对是一个勤俭持家的好男人，不是那种挥霍无度、风花雪月的骗子！"

华生说："他驾驶豪车，穿两万多元的西服，这跟他的外科医生的身份是非常不符的。这根本不可能。你解释一下，为什么他变得像毒枭一样神秘和富有呢？"

蔺藜有点儿惊惶，"他不可能是毒贩吧？"

华生说："事情的发展是有其前因后果的。如果他是毒贩的话，那么他就不得不自杀。"

"你的推理不成立。"蔺藜说，"不过庄传智真的一夜暴富了！"

华生说："我最关心的是，庄医生到底是不是死于自杀。我越想越害怕，觉得他是被别人谋杀的！"

蔺藜摇摇头，"你看侦探小说看多了吧，中毒太深了。"

华生想了一会儿，"我可以负责任地告诉你，直到今晚，有一个刑警仍然对庄医生的死亡感兴趣。"

"感兴趣？"蔺藜不无揶揄地说，"公安机关抓个黄赌毒是没问题的。庄传智之死，都这样了，还能怎么样？肯定是不了了之。"

华生说："那刑警是个领导。出于对生命的尊重，那刑警会继续调查庄医生之死，希望你随时配合他的工作。"

"我也糊涂了。说不定那天晚上在沃尔玛停车场我看走眼了。如果他不是一夜暴富了，就是谁把车子借给了他。"蔺藜明显在打退堂鼓。

华生说："蔺藜，你怎么改变说法了？"

蔺藜说："不是说，这件事不予立案吗？"

华生说："我本人认为，庄传智死得太不明不白了。"

蔺藜说："那天晚上我也在值班啊。我就没看出有什么人可以进入医生休息室，把他扔下楼去。要把他扔下楼去，没两三个身强力壮的男人，那是办不到的吧？"

华生说："有一些事儿无法解释。你说，谁会把一辆如此高级的轿车借给一个外科医生泡妞呢？如果他让你把你的波罗借给他泡妞，你肯定不愿意！”

刺骨的寒风扑面而来，蔺藜觉得很冷，便依偎在华生的怀里。

蔺藜说：“我同意你这个观点。”

华生也觉得寒冷，拉着蔺藜走进室内。

华生说：“我真的觉得庄传智死得不明不白。”

蔺藜说：“我最担心警察来找我麻烦。”

华生说：“别担心。出于对生命的尊重，警察不怕麻烦，我们也不应该怕麻烦。”

华生说服蔺藜找个合适的时间陪他到庄传智家里走一趟。华生有预感，一定会在庄传智家里找到一些意想不到的东西。

仅用了六天的时间，那个令人窒息的“麻袋命案”就告破了，三个犯罪嫌疑人被全部捉拿归案。那三个家伙是吸毒者，干出这件惨绝人寰的事儿的初衷，仅仅是想骗一点儿钱换白粉。

那个案子上了网络、报纸和电视后，闻者无不震惊和愤怒。那个案子是无法被轻易忘记的。

破了那样一个舆论压力极大、新闻价值极高的案子，许健没有半点儿沾沾自喜的意思。他知道感情愤怒是一回事儿，刑法却是另一回事儿。那三个家伙肯定罪不当死，但是他们必须受到严惩。许健把自己关在办公室里，亲自起草那个案子的侦查终结报告，为的是利用自己码在报告上的文字，对那三个家伙的所作所为给予道德鞭挞，以此发泄自己心头的愤慨。许健做了这么多年的警察，对于某些刑事案件，他确实有一种来自职业习惯的冷静。在这里冷静和麻木是同义词。尽管他一如既往地持有对案子的责任心和侦查灵感，但是他见怪不怪了。然而在电脑前敲击那些文字的时候，许健却极为沉不住气，像一个热血沸腾的愤青。他没有孩子，但是他这个抱有愤青之心的人，有一颗爱孩子之心！

其实许健根本不愿意接手那样的案子。准确地说他不希望那样的案子会在人间发生。当然他也希望其他性质的刑事案件不要发生，让他可以安静地看书或听音乐。

许健还没有写完那份侦查终结报告，华生就找上门来了。许健急于写完报告，让华生在外面等一会儿。华生在办公室门外的走廊里足足等了一个小时。

许健把侦查终结报告打印出来，找来相关的同事签字，再把报告归档和移交。这个“麻袋命案”总算暂告一段落了。

许健打了几个电话，忽然记起华生，便把华生拉进办公室，让他坐在沙发上。许健拿来一盒中华香烟，给华生扔过去一根。

华生指着办公桌，“那不是有个小牌子，‘禁止吸烟’吗？”

“那是对我的同事说的。你是我的朋友，还是热心市民，可以吸烟！”许健说，“我呢，正好借此在办公室舒舒服服吸一根烟。”

许健和华生坐在沙发上吸烟。

许健说：“华生医生，我很欣赏你，你知道为什么吗？”

华生说:“我很执着，喜欢无中生有。”

“这是一部分。”许健说，“你最大的优点是冷静。等我这么久，你依然很冷静，很有耐心。”

华生轻描淡写地说:“我在等待最佳时机。”

许健说:“无事不登三宝殿，我知道你有事儿找我。你说吧。”

“最佳时机在你有空的时候。”华生把一块手表和一张信用卡放在茶几上，“你慢慢地看看这些东西，就能看出名堂来。”

许健仔细地看着那块手表和那张信用卡。

华生说:“这是庄传智医生的遗物。”

许健指着那张信用卡，“这是一张工行白金卡。我见过。”

华生说:“对，是工行白金卡。”

“这块手表是什么品牌的?”许健想了一下，“这种手表我好像见过，可能在坐飞机的时候我在航空杂志上看过。”

华生说:“庄医生的老婆只答应借给我三个小时，她还担心公安局会把手表和信用卡当做证物扣留。我费了九牛二虎之力说服她，保证三个小时内把东西完璧归赵，而且还由她最要好的朋友担保，才把东西借到，匆匆送过来请你看看。至于那是什么品牌的手表，值多少钱，你可以上网查一下。不过网上查到的价格不准确，也许这块手表几百块钱就可以买到。”

许健说:“我们看最高的价格。这块手表少说也好几万吧。”

华生有点儿惴惴不安，“庄医生他老婆琢磨了好半天，也许她估计这块手表不太值钱，还有信用卡里也不会有多少钱，所以她才愿意借给我。如果这块手表市面价格是几万块钱，信用卡里有个十多万，也不足为奇。一个外科医生有办法挣这么多钱。本来我想找张探长的，可是，不瞒你说，他对此不感兴趣……”

“华生医生，请保持你一贯的冷静。”许健说，“你来找我是对的。”

此时办公桌上的座机鸣叫起来。许健走过去接听电话。这个电话的通话时间较长，许健示意华生上网。

华生敲击键盘点击鼠标，上百度查询资料。

许健还在跟同事长篇大论地通话。华生紧紧地盯了屏幕一阵，然后急切地抬头看向许健。许健会意，凑近屏幕看了一眼，当即被吓了一跳。随即他以最快的速度结束了通话。

许健拿起手表仔细地看着，小心翼翼地把它放在鼠标垫子上面。

许健说:“这不是冒牌货吧?”

华生说:“如果它不是冒牌货，它的价钱就跟一辆低配置的奥迪 Q7 差不多了。”

许健说:“平常我们听说过的名贵的手表有劳力士、欧米茄，还有什么百达……”

“百达翡丽。还有江诗丹顿。”华生说。

许健说:“这块手表叫宝玑，我孤陋寡闻没听说过。你听说过吗?”

华生摇了摇头。

许健看着屏幕，“这不是一个普通的医生所应该佩戴的手表。两百多年前，瑞士人路易·宝玑先生发明了一种叫做陀飞轮的钟表调速装置，这个装置可以让钟表运转精确。直到今天它仍然代表钟表制造的最高水平。在香港购买一块宝玑陀飞轮手表，要花人民币七八十万，内地就更贵了。”

华生轻轻地敲一下放在鼠标垫子上的手表，“这是冒牌货吧?”

“制造工艺很精致，看上去巧夺天工，不像是冒牌货!”许健说，“我想知道，庄医生老婆在哪儿找到这块手表的?”

华生说：“庄医生老婆截瘫了，行动不便。他儿子年纪不大，不懂事儿。是我当着庄医生老婆的面，翻箱倒柜，在庄医生卧室一个极其隐蔽的地方找到的。我估计那是庄医生生前故意藏在那个地方的。要是其他人去搜查，恐怕还找不到呢。”

“不错，你有一点儿侦探天赋。”许健说，“这样吧，我想请钟表专家鉴定一下。你能把这块手表放在我这儿两天吗？我给你打个收条。”

华生既兴奋又为难，“可是，我答应过庄医生老婆只借用三个小时啊！现在已经超时了，说不定她马上就要打电话来催我!”

许健拿起手表，再仔细看一遍，发现了一个机械问题。他轻轻地晃动手表几下，盯着手表里的各个运转的部件。

华生说：“怎么啦?”

许健说：“这块手表可能是坏的。”

华生说：“说不定是网购的，很便宜，几百元一块。”

许健上网查询一番，又拿起手表看看，“这块手表只是出了故障，不过不像是冒牌货。网上那些所谓的专家说，陀飞轮手表很娇贵，不经摔，不能碰撞。如果摔了，或者重重碰撞一下，就会弄坏了。”

华生说：“这块手表真的价值好几十万?”

许健点一下头，“这样吧，我给你一张收据，你拿着收据去跟庄医生的老婆解释一下。我保证两天内归还。”

“拖她一两天，这应该没问题。”华生说，“我想到了另一个问题。万一这块手表真是原装正品的宝玑陀飞轮手表，那么，一个医生收藏一块这么名贵的手表意味着什么呢?”

许健说：“一块名贵的手表并不意味着会改变对庄医生死亡的定性。我只是尽一个警察的责任而已。”

华生指着信用卡，“这个要不要调查一下?”

许健动手写收据，“这个也留下来吧。”

这天晚上华生值班。

华生走进病房，正想问张宾自我感觉如何。张宾不说话，示意华生跟着他走到一个掩人耳目的地方。华生知道张宾将要说的话与那块宝玑手表和那张信用卡有关，就盯着张宾的脸。

张宾说："这个医院里，一个普通的外科医生的正常收入和灰色收入加起来会是一个什么样的数字？我要的是最大的数字！"

华生说："一年二十多万吧。庄医生可能没那么多。"

张宾点一下头，"我也了解过了，庄医生有点儿良心。"

华生说："庄医生那块手表是货真价实的宝玑手表吗？"

张宾说："你说，一个普通的外科医生，如果他有一千多万的存款，却一家六口人住在六十多平方米的房子里，这可能吗？"

尽管早已有了思想准备，但华生还是不敢相信，"一千多万？庄医生真的有那么多钱？这样的话，那块宝玑手表也是不怕火的真金？"

张宾非常感慨，"我越来越不明白了！"

华生说："这么说，他一定另有一套房子，而且是豪宅，秘密住处，别人不知道的。"

张宾自叹不如。

华生说："说不定他还金屋藏娇。"

"我看书不多，有些事儿我完全不明白。"张宾说，"你说，庄医生有那么多钱，他不贪污不受贿，为什么要一死了之呢？"

华生说："这些问题，恐怕只有庄医生和上帝才能回答了！"

华生找到甄莉，把宝玑手表和信用卡交还给她，并向她索要那张许健亲笔写的收据。甄莉并没有责怪华生多管闲事。保姆不在家里，甄莉请华生帮个忙，把她抱到客厅，放在轮椅上。

客厅里只有华生和甄莉。庄传智的父母到学校去接庄岩回来。保姆有点儿不舒服，去附近的私人诊所看病了。庄秋玲已经有近两年没回家了。

华生一时找不到开场白。甄莉看着华生，流露出有点儿失望的情绪。

甄莉说："这块手表不值多少钱，是吧？"

华生说："我说，这块手表，还有信用卡，它们是一大笔钱，你信吗？"

甄莉摊开双手，"如果有一大笔钱，庄传智早就拿出来用了！"

华生环顾一下这间简陋的客厅。客厅窄小且采光不佳，各种各样的东西四处堆积，使空间显得更加局促，如此的环境不由得让人产生一种苦闷和压抑的感觉。华生也注意到，这套房子面积不大，只有三个窄小的卧室。庄传智的父母同住一室，甄莉和保姆占据一室，庄传智的妹妹庄秋玲独居一室。庄传智和儿子庄岩，还有那辆甄莉使用的轮椅，只能以客厅为落脚点了，为此客厅里没有沙发，只有两张折叠床。

华生怎么也想不明白，庄传智手头上有一千多万元，他可以花一大笔钱购买一块并不实用的宝玑手表，为什么不购置一套房子解决安居问题呢？或许他真的另有一套房子，就像他的宝马一样不为人所知？

甄莉还抱有一丝希望，"你也是知道的，庄医生心理有问题，怕钱多烫手，从不收受红包，也从不跟医药代表狼狈为奸。他靠工资吃饭，能有多少钱？不过，这个工行白金卡总有点儿钱在里面吧？”

华生说：“庄医生经常买彩票吗？”

甄莉嗤之以鼻，“他买彩票，可是能中吗？他的命不好，就是跳楼自杀的命！”

华生说：“你有没有感觉到，曾经有一天他中大奖了，喜不自禁，欣喜若狂？”

“那是不可能的，不会有那一天！”甄莉突然意识到什么，死死地盯着华生，“庄传智生前中了大奖？”

华生再三斟酌措词。

甄莉大声地说：“中了多少钱？”

华生说：“庄医生到底中没中奖，我不知道。不过，庄医生的信用卡里有钱，不少的钱。”

暂且不问信用卡里有多少钱，甄莉急不可耐地说：“怎样才能把卡里的钱取出来？”

华生说：“这个，你到银行咨询一下。”

甄莉压低声音，“卡里到底有多少钱？”

华生贴在甄莉的耳边说了一个数字。甄莉激动得差点儿从轮椅上站起来。华生急忙按住甄莉。

甄莉左顾右盼，一时说不出话来。

华生说：“仔细再搜一下，或许还能搜出钱来！”

甄莉兴奋地说：“对！别的房间也搜一下！一定还能搜出宝贝来！”

房子外面传来响声。

甄莉立即把食指放在嘴唇上，“你不要出声，不要动，看我的眼色行事，我叫你搜你才搜，搜到的东西给我，不能给其他人。”她急急地发誓：“我会感激你的，你不会白做的！”

甄莉的话音刚落，庄富强和郭秀娟打开门进来。

由于庄富强和郭秀娟在场，甄莉不让华生搜查庄传智留下的宝贝遗物，华生只好走了。

华生没走多远，接到甄莉打来的电话。

甄莉说话的声音不大，华生几乎听不清楚。甄莉的意思大概是，“到医院里庄传智的办公桌和文件柜搜一下，那才是藏宝贝的地方！”

张宾出院了。许健履行诺言来接他，他向许健抱怨，医院这地方真不是人待的。

医生吩咐张宾还要安心静养几周，不过张宾在家里躺了一天半就觉得太闷了，第二天下午回到刑警大队。

快要下班了，许健还在办公室里。

许健说：“你来干什么？近来案子比较多，你要注意身体，以最快的速度康复、归队！”

张宾说：“我想跟你聊一下庄传智跳楼事件。这个事件越来越散发出经济犯罪案件的味道了。”

“经济犯罪案件的味道?”许健用探询的眼光看着张宾，“昨天你跟我说过同样的话。”

张宾说：“是的，如果庄传智是党员，那就是纪委监察部门管的事儿。如果他是平头百姓，那就是经侦大队管的事儿。跟我们不搭界。”

许健说：“这样的话昨天你也说过。”

张宾说：“如果是刑事案件就好了，我对这个事件有点儿兴趣。”

许健说：“要不我跟经侦大队吴队说说，你借调过去帮忙办一个案子?”

“借调过去就有用吗?”张宾说，“这个事件，就是按经济犯罪案件论处我估计也立不了案!”

许健不置可否。

张宾说：“我个人很想知道，一个普通的外科医生怎么可能有一千多万元的存款，还有一块将近一百万元的手表!”

“兴许他还有一辆大功率的宝马。”许健想了一会儿，“华生医生不是对这件事儿很感兴趣吗?”

张宾说：“这么说，我们把责任推给华生了?”

许健低头不语。张宾要吸烟，许健做一个制止他的手势。

“头儿你也是烟鬼，你怎么能制止烟鬼吸烟呢?”张宾说，“庄传智那么多的钱到底从何而来? 头儿，我想听听你这个专家的看法。”

许健说：“这一次我就不妄加评论了。”

张宾说：“哦，你说的，如果一个人想身败名裂就做天气预报专家。”

许健有一个搞天气预报的中学同学，现在那个老同学是省气象台的首席天气预报员。去年老同学预报破坏性极强的超强台风“鲇鱼”即将登陆海南，结果“鲇鱼”完全不给面子，来了一个九十度转弯，跑到福建去登陆了。“鲇鱼”台风登陆那天，海南和广东西部风和日丽。

想到那个老同学，许健就发笑，“某些时候我们不得不做身败名裂的天气预报员。因为总得有人做这项工作。”

张宾说：“会不会是庄医生中大奖了?”

许健说：“你也是彩迷，你也有可能中个几千万的大奖呀!”

张宾说：“我中不了大奖，别人就有可能中大奖啊!”

“什么逻辑?”许健说，“你就认为，庄传智一定是中了大奖?”

张宾说：“那你说，那是什么原因?”

许健说：“我不知道。所以我对那件事儿也很感兴趣。”

张宾口袋里的手机鸣叫起来。他拿出手机一看，对许健说对方是华生。张宾一边跟华生通话，一边不由得站起来。张宾刚挂机，许健就追问：“又找到东西了?”

张宾说：“庄医生老婆和华生搜查了庄医生办公桌和文件柜，找到一张购车发票以及车辆购置税发票，差不多两百万元，是保时捷卡宴。另外，还有一些捐款给灾区的汇款单，捐款的数额约为五百万!”

许健也坐不住了。

张宾说："查明的款项和财物差不多两千万了。如果这些钱是贪污受贿而来的，足够判他一个死刑或者死缓!"

许健说："别忘了，这不一定是经济犯罪案件。"

"如果你告诉我这不是犯罪，你肯定不是这个意思。"张宾说，"我看书不多，如果我说这事件是刑事案件呢?"

"如果你说这事件是刑事案件，"许健毫不犹豫地说，"所有知情者都会哈哈大笑。但是事情有时却是这样的：真理只掌握在少数人手上!"

张宾没有听明白，"真理掌握在谁的手上？不会是掌握在我的手上吧?"

"让柏拉图与你为友，让亚里士多德与你为友，更重要的，让真理与你为友。"许健说，"听说过这句话吗?"

张宾说："你曾经教育过我，这是哈佛大学的校训。我还记得。"

许健说："我不说了。今天我们说的话，总有一天你会明白的。"

张宾严肃地点了一下头。

第三章　一个漂亮女孩

华生火速赶到刑警大队，把从庄传智办公桌和文件柜搜查到的票据的复印件放在许健的面前。这些票据深藏坚壁，分别夹在几本厚厚的医学教科书里，如果搜查之时目的不明确或者不够认真，这些票据将稍纵即逝，永远也不会被找到。

许健让张宾仔细看看。

许健说："庄医生老婆反应如何?"

华生说："她不敢相信，很激动，很开心。"

许健说："发票的原件在庄医生老婆的手上?"

"她紧紧抓住原件不放，就像那是她的生命。另外她还把庄医生当做是挖不尽的宝藏。她成竹在胸地认为庄医生还有豪宅，还有其他的实业，她要高薪聘请我去调查，把卡宴找到，还要把庄医生那些豪宅和实业找到。"华生用中立的语气说，"庄医生老婆兴奋得快发疯了。"

张宾说："庄医生不是要给老婆筹集去美国治疗的费用吗? 原来他根本不用伤脑筋，他有得是钱，捐款做慈善家，还刚购置了豪车卡宴!"

华生说："两位警官先生，我请教一下，怎样才能找到那辆卡宴呢?"

张宾警惕地看着华生，有点儿揶揄地说："华生医生，庄医生老婆聘请你要花多少钱?"

华生说："你们误会了。我的意思是，如果找到卡宴，卡宴现在在谁的手上，这个人就知道更多的庄医生的秘密情况。"

张宾说："他购买的那辆卡宴的车体是什么颜色的?"

许健说："发票写的是玄武岩黑。"

张宾说："什么叫做玄武岩黑?"

许健动动鼠标，敲击几下键盘，让张宾看屏幕。

屏幕上有各种颜色的卡宴的图片。张宾指着其中一张图片，认为庄传智所购买的那辆卡宴就是这种颜色的。

许健说："卡宴的颜色还有海洋蓝、马卡达姆金、水晶银、流星灰、橄榄绿。另外还有 GTS 红、北欧黄、火山灰……"

华生说："听起来挺唬人的。"

许健突然想起在庄传智跳楼自杀之前的那个傍晚，他和张宾在南郊曾经见过一辆未挂号牌的卡宴。他问张宾还记得那辆卡宴的车体颜色吗。

“有点儿印象!”张宾得意地做了一个手势，“当时天色较暗。不是玄武岩黑、流星灰，就是海洋蓝吧!”

许健说：“对，不应该是黄色的、白色的，也不会是红色的。”

“你怀疑就是那辆卡宴?”张宾摇一下头，“我眼尖，记忆力也不错，那辆卡宴的屁股后面多一个英文字母S!”

“哦，你的意思是，图片上那辆卡宴的车型是Cayenne，庄传智购买的这辆是Cayenne S，多了一个S!”许健动动鼠标，指着屏幕让张宾看。

张宾说：“对对，就是这样，多一个S!”

许健说：“张探长，你确保你看得那么准?”

华生不由得笑了，“不会那么厉害吧？某些电视剧里，在警察认识的人之中，就存在犯罪嫌疑人；警察见到的物品就是可疑物品。可是现实生活中哪会那么巧?”

张宾说：“当晚那辆卡宴实在太引人注目了，我和许大拿它来打过赌！庄医生所购买的那辆卡宴，屁股后面多一个S，价钱一定更加昂贵！在中国，卡宴可不是一个普通医生的代步工具!”

华生补充一句：“即使院长也不能那么张扬。”

许健说：“现在我觉得有两个问题。第一个问题是还能找到庄医生藏起来的宝贝吗？另一个问题更关键，庄医生的钱到底从何而来的?”

张宾对华生说：“我不怕别人笑话，我认为这个事件是刑事案件。”他想了一下，“准确地说，庄医生之死有可能是刑事案件。”

华生说：“什么性质的刑事案件呢?”

张宾硬着头皮说：“庄传智可能是制毒专家。”

华生说：“庄医生是外科医生。据我所知，他对药理知识不是很了解。换言之他对毒品的制造也不精通。”

张宾说：“那你说庄传智为什么会一夜暴富?”

华生耸一下肩膀，双手做了一个无奈的手势。

许健说：“做警察也好，做福尔摩斯也好，难就难在这里!”

华生说：“你们说的话，我理解。但是现在说庄医生之死是刑事案件，或者牵涉刑事案件，为时尚早。”

许健冥思苦想，叼一根香烟就要点燃，张宾急忙提醒他不要主动违反他自己定下的办公室禁烟的规矩。

许健给张宾和华生递烟，“你们说，案子重要，还是禁烟的形式主义重要?”

张宾和华生不再说话，各自忙着为自己点燃香烟。

许健问华生：“找到庄医生的日记了吗?”

华生说：“如果找到了庄医生的日记，很可能就揭开庄医生暴富之谜了。但是一直没找到。我特意问过他老婆，她说庄医生没有写日记的习惯。”

许健说：“你检查过庄医生用过的电脑吗?”

华生点一下头，“一无所获！”

张宾问华生喜欢喝什么茶，却给他倒了一杯白开水。华生口干舌燥，几口把水喝掉了。

华生对许健说：“贪赃枉法也许跟庄医生不沾边。庄医生暴富了，那是他的隐私。他的隐私是受法律保护的。即使他有罪，但是人死罪入土。我认为，再查下去也不会有什么结果。要不，就到此为止了？”

张宾朝华生竖起大拇指，“华生医生，你想逼我们头儿表态？”

华生不吭声。

许健拍拍华生的肩膀，“小伙子，最不应该半途而废的人，就是你呀！”

华生望着许健，“你能够告诉我吗，既然庄医生的死亡事件不予立案，你为什么还在上面花费你的宝贵时间？”

“这个问题不容易回答。”许健脱口而出。

许健显然无法用空洞的语言来回答这个问题。他只好做一个手势，让华生在他身边坐下来。随后许健连续接了两个电话，还有三个内勤人员送来报告和报销单据请他签字。

华生说：“我渐渐觉得，庄医生之死没有可疑之处。那些可疑的事儿其实是他的隐私。我们对此抱有好奇之心，所以就觉得它非常可疑。”

许健说：“庄医生所做的很多事儿，连他老婆都不知道。比如，他老婆认为他没有写日记的习惯。我看未必是这样。”

张宾说：“头儿，按照华生医生的说法，你想打听庄医生的隐私。”

许健对华生说：“找庄医生的日记，那也许是侵犯他的个人隐私。但是找那辆卡宴意义就不同了。”

张宾说：“我认为找那辆卡宴不算是侵犯庄医生的个人隐私。况且庄医生老婆还高价聘请华生医生去找那辆车呢！”

华生说：“如果这几天找不到那辆卡宴，不用说，庄医生老婆也会到属地派出所去，要求派出所出面寻找那辆卡宴。那辆车一两百万啊，庞然大物，庄医生老婆不找到它绝不罢休！”

张宾说：“我估计那辆卡宴很快会找到的。”

“不一定。”华生说，“庄医生不在了，车不会自己动。那辆卡宴正藏在某个角落里，庄医生老婆要找到它可不容易，除非派出所出面找。”

“就等它浮出水面吧。”张宾问华生，“你有一夜暴富的可能吗？可惜我就没有一夜暴富的机会了。老实说，如果有的话，我愿意过把瘾就死。”

华生老老实实地说：“我有一夜暴富的机会。”

张宾说：“不是吹牛吧？这机会是谁给你的，能告诉我吗？”

“我伯父。”华生说，“好啦，我不多说了。以后如果我一夜暴富了，我一定请你和许大吃一顿一万多块钱的晚餐。”

许健说：“华生医生，如果你一夜暴富，这世上就会少一个福尔摩斯。”

华生说：“不管我腰缠万贯或一贫如洗，我都喜欢当一个福尔摩斯。如果是富豪级的福尔摩斯那当然更好了，我不抽烟斗，我吸雪茄。”

许健笑着说：“你破过几个案子?”

华生说：“在学校里，附近的寝室丢了一台笔记本电脑，我怀疑是内鬼所为，但最终虎头蛇尾，抓不到盗贼。”

许健说：“你办的第一个案子就是寝室失窃事件?”

华生不好意思了，“这是我承办的唯一的案子。”

张宾说：“继续努力啊!”

华生想了一会儿，不由得笑了。某天华生在麦当劳吃东西。他身边有个小男孩用麦当劳的A4广告彩页折叠纸飞机。纸飞机制造出来后，小男孩在纸飞机的头部呵几口气，再把它往高处投掷。在纸飞机的头部呵几口气，这种事儿华生小时候也做过。后来华生就这个现象询问来自五湖四海的校友，他们都表示这不过是出于模仿他人，不约而同地多此一举。华生曾经尝试追查谁是始作俑者，也想弄清楚为什么别人会一窝蜂地盲目跟风，但在“为什么要往纸飞机的头部呵几口气”这个问题上，答案五花八门，每个人都各执一词。

许健表示他在孩提时也不问缘由，如此这般地朝纸飞机的头部呵了几口气。

张宾说：“那是给飞机预热?”

“应该是给飞机加油吧!”华生说，“有人说，呵几口气的目的是，让机头稍微重一点点。也有人说，吹掉机头上的毛刺，让它变得更加流线型。”

许健说：“我看，呵几口气就是赐给纸飞机生命和力量，让它搭载机主的梦想，飞得更高更远!”

“也许就是这样吧，呵的是仙气，让纸飞机乘长风一飞冲天!”华生说，“这是世纪悬案啊，我算是无能为力了，必须另请高明。”

“真是世纪悬案，即使福尔摩斯先生来也束手无策。”许健说完这句话，就让张宾把华生带来的几份票据按一式两份复印。张宾马上到档案室去了。

“纸飞机世纪悬案，有意思！华生医生，你太可爱了。”许健说，“今晚我请你吃饭。”

华生说：“真的?”

许健说：“我早就应该请你吃顿饭了。”

许健、张宾和华生来到南郊。

在几条主要马路上来来回回跑了几趟，他们先后见到几辆卡宴。张宾开玩笑地说，每一辆卡宴的出现，就意味着他们离庄传智跳楼事件的真相更近。华生提醒张宾，他们所见到的卡宴都是有牌号的。

张宾感到肚子饿了，“头儿，在哪里请我和华生医生吃饭?”

许健说：“华生医生又不是外人，找个经济型的饭店吧，食物干净又新鲜!”

张宾说：“这样不好吧？我们来吃饭，目的就是为了做好工作。我们应该到豪车扎堆的地方吃饭。哪里豪车扎堆，哪里就可能有卡宴！”

“张探长，你这是趁火打劫！”许健扭头对华生说，“华生医生，第一次请你吃饭，我豁出去了，吃得不好你不要见外！”

华生说：“客气！”

张宾热情洋溢地说，不远处有一个香港人当老板的丹霞86私房菜馆，收费并不特别贵。老板就常常坐在离食客不远的地方，有点儿管家的影子，服务很细致周到，但是他绝不会多插话。推荐的菜式有酱烧鲭鱼、花胶北菇汤、鹅肝酱炒芥兰片、玫瑰露酒灌海虾和咖喱牛腩，令人一饱口福后回味无穷。除此之外还可以欣赏私房菜馆里的仿古装潢和摆设，品尝香茗和欣赏怀旧歌曲，一切恍如时光倒流，回到一生中最快乐的时光当中。

许健说：“你说得简单点儿吧，在那个私房菜馆三个人要消费多少钱?”

“那不是高端私房菜，并非高不可攀。每人一百五十块钱以上就可以了。”张宾看一眼手表，“并非有钱就可以进去吃东西。至少要提前一天打电话订餐。现在打电话过去，恐怕悔之晚矣！”

许健一笑置之，“死了张屠户就吃浑毛猪啊？我们总不会在一棵树上吊死吧?”

华生说：“提前订餐，可以确保原材料到位、餐位落实。在私房菜馆吃饭，就像打电话给管家，告诉他我要回家吃饭。”

许健说：“华生医生，你在私房菜馆吃过饭?”

华生说：“是啊。我伯父和我两个人。”

张宾立即追问：“你伯父很有钱吗?”

“恶俗！”许健说，“张探长，别忘了你的工作！”

张宾说：“我知道，我们的目的是寻找庄医生生前的足迹。”

“没忘了就好。”许健对华生说，“今晚我也请你吃私房菜，如果现在能订餐的话。”

华生说：“许大，不用客气。其实随便吃点儿什么就行了。”

“其实花个四五百块钱，到哪儿都能吃得不错了。”张宾说，“头儿，你那钱也是血汗钱，干干净净的，我和华生医生不能宰你。听我的，我们就找个经济实惠的小饭店吃饭吧。”

许健说：“那由你们定了。”

华生说：“就这样定了。”

张宾不无羡慕地说：“庄医生和他的小情人，以卡宴为代步工具，品尝的可能是每人三百元标准的私房菜。”

张宾叽里咕噜骂了几句，不知道骂的是谁。

许健说：“你说什么?”

张宾提高声音，“头儿，华生医生，我豁出去了，我请客，吃私房菜！他庄传智吃得起，我们也吃得起！”

“我说一句话，”华生说，“张探长，你不能以死人压活人啊！”

张宾说："华生医生，就冲你这一句，我是活人我请客！我们这就到那个香港老板的私房菜馆去！"

华生说："没有打电话预约，岂不白跑一趟？"

"怎么会白跑一趟呢？"张宾说，"如果看到玄武岩黑的卡宴停在那儿，就那儿好了。如果看不到卡宴，我们就问一下老板，那辆未上牌的玄武岩黑的卡宴怎么今晚没来。"

华生说："那个香港老板挺精明的，不会把别人的隐私或信息透露给你吧？"

张宾说："我们当警察的，有时不得不死马当活马医。"

许健说："出示警官证，那个老板会说的。"

"你们请我吃饭，"华生乐呵呵地说，"我忘了你们是警察了！"

张宾拿出手机要打电话。

许健说："打给私房菜馆香港老板吗？"

张宾说："是啊。"

"不用打啦，我们是来找卡宴的。"许健说，"到那儿一问，没饭吃我们就不吃，看一下我们就走。如果那私房菜看起来好吃的话，以后我们可以提前预订嘛。"

丹霞86私房菜馆并不好找，它位于丹霞路86号湖畔花园住宅区内。

张宾把车子开进湖畔花园地下停车场。

许健说："这是什么地方？"

张宾说："一个还算高档的住宅区呀！"

张宾停车于地下停车场门禁前。保安问他找谁。

张宾说："F41E。"

"哦，来吃私房菜的。"保安把停车卡刷一下，打开门禁放行。

保安双手把停车卡递给张宾，张宾双手接过停车卡，朝保安道谢。

地下停车场内灯光昏暗。尽管不是晚上，住户的车子大都没回来，但是这里停放了很多车子。

华生好奇地说："F41E是来吃私房菜的密码？"

张宾说："不是，F是F区，4幢1楼E号房。"

华生说："我想不起我们是来吃饭的。不过保安双手把停车卡递给张探长，那动作倒像递过来一碗饭。"

许健说："我也没来过这种地方吃饭。到这地方来，倒像回家了，吃饭不用给钱！"

张宾说："这就是吃私房菜的魅力。"

张宾把车子停下来，让许健和华生下车，再把车子倒进狭窄的车位。

许健说："张探长，你是怎么找到这个地方的？难道真是酒香不怕巷子深？"

张宾用遥控器锁好车，"有个老同学做大生意的，请我们几个老同学吃饭叙旧，地点就在这儿。由于印象太深，我牢牢记住了。"

他们说说笑笑，几乎忘了到这里的目的。

地下停车场里大都是豪车。

许健说："私房菜要提前预订，恐怕吃不上了。我们也不能白跑一趟，就看一下停车场里有没有那辆卡宴。不管有没有那辆卡宴，我都请客。"

华生说："我是华生医生，为破案而生，不必跟我客气。"

张宾说："更不用跟我客气。"

许健说："好，分头找一下。"

华生没走多远，就看到一辆车体灰暗的玄武岩黑的卡宴。而且它没有挂牌，车型是 Cayenne S！华生兴奋得拍了它一下，它的防盗报警马上疯狂地鸣叫。

许健和张宾走过来。

张宾立即从公文包里取出发票复印件，走到卡宴的左侧后视镜旁边，打算核对车架号码。轿车的车架号码一般都在前挡风玻璃左下角处。但是卡宴的车架号码不在这里。张宾用手机内置的闪光灯照明，在前挡风玻璃下仔细查看。

张宾说："头儿，你说车架号码在哪儿？"

许健拿出手机，"我上网问一下。"

"直接问卡宴车主更准确。"张宾说，"你就不认识一个卡宴车主？"

许健说："华生医生就认识一个。"

张宾说："可惜不在人世了。"

华生说："我突然觉得，庄医生曾经就坐在丹霞 86 私房菜馆里吃饭、品茶。"

许健用手机上百度搜索了一下，发现有网友声称，要看卡宴的车架号码，必须打开引擎盖或后备厢。

张宾说："挡风玻璃上贴着一个临时车牌号，找车管部门核查一下车架号码，挺简单的，明天找个人去办一下就行了。"

许健说："有网友说车架号码在副驾驶座的脚垫下面。"

一个保安走过来。

保安说："请问你们是警察吗？"

许健对保安说："我们是刑警大队的，请问这辆车是谁的？"

保安说："这辆车我们不知道，不过它放在这儿半个月了吧。有记录的。"

华生说："挡风玻璃灰尘挺厚的，有半个月没动过了吧？"

张宾用食指蹭一下挡风玻璃，"放在这儿好些天了。"

许健问保安："这车子是谁开来的呢？"

保安说："没印象。每天进进出出的车子实在太多了。"

许健对保安说："没什么事儿了。请问 F41E 怎么走？给我们开一下电梯门吧。"

保安说："好的。"

保安领着他们来到电梯厅门前，用门卡打开门禁。

丹霞 86 私房菜馆就在一楼的两套住宅内。房子装潢得古色古香的，还有一个小花园。据说在同一时间可以设宴八席。

香港老板竟然小声地说还有一桌三人九百块钱的宴席。

许健说："怎么这么巧？"

张宾说："我们是来看看的。人家点的餐，能不能便宜一点儿?"

香港老板爽快地说："是好东西，不应该浪费。八折怎么样?"

张宾不太满意，朝香港老板扮一个鬼脸。

华生从钱包里抽出一沓钞票，递给香港老板，"老板，多还少补。我们肚子饿了，请抓紧时间上菜吧。"

"华生医生，怎能让你花钱?"张宾让香港老板把钱还给华生。

许健掏出钱包，"还是我来吧。"

"两位大人别跟我争了，我也跟庄医生一样有大把钱的。骗你们是小狗!"华生说话的样子不像开玩笑。

"你们先坐下来喝茶吧。这顿饭谁请都一样，先吃了饭，吃得高兴了再说。"香港老板把钱还给华生，"小老板，你先拿着钱。"

华生朝老板摆手。

张宾说："老板，你为什么说我们的小兄弟是小老板呢?就因为这是你们香港或广东人的语言习惯，见了男人就称呼他为老板?"

香港老板说："这位小兄弟穿着阿玛尼的风衣，这可不是一般的成衣啊!"

张宾仔细看一下华生的风衣，"冒牌货吧，淘宝网上买的!"

华生说："三百多块钱。"

"摩连奴穿的那件阿玛尼风衣用人民币买的话至少要五位数。这位小兄弟的阿玛尼风衣并非打折商品，"香港老板笑了，"而是意大利天才设计大师乔治·阿玛尼的大作。摩连奴说，这种风衣温暖舒适，因为它的含毛量很高。"

许健说："我们先坐下来，喝茶。"

他们坐在客厅里，悠然自得地喝茶。

张宾忍不住问："摩连奴是谁?"

许健说："你看NBA太多了!摩连奴就是穆里尼奥，香港和广东球迷叫他摩连奴，其他省份的球迷叫他穆里尼奥、摩力鸟或狂人。"

张宾说："不是曼联的吧?"

华生放声大笑，"波尔图、切尔西、国米和皇马的前任或现任主教练!曼联未来的主教练!"

张宾盯着华生，还看一眼那件挂在衣架上的风衣，"你真是富二代?"

华生说："为了让大家吃得开心，我承认我是准富二代。"

私房菜很快就端上来了，卖相和味道果然不错。菜式有上汤白花菜、佛跳墙和泡椒羊肚大乌贼，还有外婆母鸡杂菌汤。

张宾胃口大开，"太好了，有钱真好!"

许健说："你们觉得来得早不如来得巧吗?好像有人给我们订餐一样。"

张宾说："会不会是三个人的分量，原价是六百块钱的?"

许健说："我们不能永远怀疑一切，好好吃饭吧。"

这些菜的味道太好了。

张宾说：“吃得高兴了，也不能忘了我们来这儿的目的。”

华生说：“张探长，你好像知道那辆卡宴就在下面的停车场放着。你有第六感？”

张宾摇一下头，“那是我赌气。庄传智有资格吃私房菜，我们怎么就不能吃私房菜？所以我们就来了。”

华生说：“这是一个巧合？”

张宾说：“瞎猫碰到死耗子！”

华生看一眼许健，许健一笑置之。香港老板就站在不远处，许健朝他招手。香港老板马上走过来。

华生心领神会地搬来一把椅子，让香港老板坐在许健身边。

香港老板说：“请问，有何指教？”

“请坐。”许健说，“本来我们不是来吃饭的，我们来想碰个运气，结果碰上了。”他问张宾和华生：“是吧？”

张宾和华生点一下头。

许健说：“谢谢你，老板！没有你，我们得另找地方吃饭，挺扫兴的。”

“你们运气不错！从吃私房菜的角度来说，大家算是一家人。你们让我来定菜式，我谢谢你们信任我。”香港老板说，“我想，你们一定很想知道这顿饭原来是为谁而做的，是吧？”

许健说：“是呀。”

香港老板说：“一个做房地产生意的老板订的餐。今天他刚从国外回来，打算三个人来吃饭。不过下午五点他的秘书给我打电话，说他有急事儿来不了啦。”

张宾说：“订了餐来不了，这不奇怪。一个大老板想好好吃一顿饭不容易啊。他得陪各种各样的达官贵人吃饭，忙啊。”

华生说：“请问，那个老板是哪个房地产公司的？”

香港老板微笑地摇头，“这个我就不能透露了。”

许健把警官证亮了一下，“我们是警察。我们有几个问题想问一下。很一般的问题，而且是非正式的，你不必紧张。”

香港老板严肃地点一下头，“那老板是家盛地产公司的董事长。”

华生喝了一口茶，“我这是随便问问。”

许健说：“请问你的食客里面，有没有一个卡宴的车主。那辆卡宴是黑色的，未挂牌，就停在地下停车场。”

香港老板右手的食指和中指不自觉地敲击几下桌面。许健把他的这个动作看在眼里，立即盯着他不放。

“既然我能把阿玛尼风衣认出来，卡宴的车钥匙我也能认出来。”香港老板看一眼许健，继续说下去，“有一个食客曾经拿着一把卡宴的车钥匙。”

许健说：“那个男士不到四十岁，一副读书人的模样。”

香港老板说：“对，挺斯文的，穿着高档西服。正是由于他穿着笔挺的西服，他没把车钥匙放进西服的口袋里。”

张宾说："我插一句。但是他的手机的通话记录表明他没打过你的订餐电话。请问他如何订餐的？"

香港老板说："订餐的是一个女生。他们的事儿，我不了解，你们有什么事儿，可以问那个女生。"

张宾说："我们怎么找那个女生？"

"她就在这儿。"香港老板说。

香港老板证明，这个女孩每天都预订两个人的晚餐，却一个人不安地进食，像在等着谁。一连数天都是如此。

张宾说："可以查看一下订餐记录吗？我们想知道那个中年男士有多久没来了。"

香港老板面露难色，"我们订餐不用姓名的，不过，那女生不是正在这儿吗？你们可以找她谈一下呀！"

张宾说："不用姓名，那总会用一个符号吧？否则你怎么订餐？"

香港老板想了一下，"我记起来了，那个男士姓林，女生姓唐。具体的名字，你们可以问那女生啊！"

华生掏出手机，找到庄传智的照片，请香港老板看。

香港老板说："没印象了。有点儿像。你们可以问那女生啊！"

许健说："老板，好了。一会儿那女生吃饱了，找你结账，你通知我们一下。我们想向她打听一些情况。"

香港老板如释重负。"好的好的！"他站起来又说，"今晚这顿饭，是人家订好的，不吃也浪费了，就当是我请客。"

香港老板把钱还给华生。

华生说："老板，你别这样。一会儿我们走的时候，我把钱留在餐桌上，你记得来拿。"

老板说："不用不用，我说过我请客的，谢谢你们大驾光临！"

许健说："老板，打扰了。我们是来吃饭的，吃饭要埋单，你不能坏了规矩。"

华生跟着香港老板走开了，看一眼那个女孩，很快就回来了。

张宾问："漂亮吗？"

华生说："那样子保时捷了，差一点儿就法拉利啦！"

张宾说："那就是很漂亮的意思吧？"

华生点一下头。

"快吃饭吧。"许健说，"为什么在这个地方，庄传智变成了林某某呢？而且他身边的女人不再是截瘫的甄莉，而是一个美丽活泼的女孩？"

张宾说："有钱人当然酷了，找一个女孩算什么。"

许健带头抓紧时间吃饭。

张宾说："头儿，我温馨提示你一下。"

许健说："提示什么，赶紧吃饭吧，我们一会儿跟那女孩走。"

张宾说："所以要提示你，这不是刑事案件，你不能太认真了。"

许健点一下头，“对，过头了就是滥用职权了。”

华生最先吃完饭，表示声援许健。许健和张宾也狼吞虎咽地吃下这些佳肴。香港老板显得很热情，为他们送来了功夫茶。他们喝足了茶，还花了大力气才强行付了账。香港老板终于明白他们不愿意白吃这顿饭，也不愿意为付账而浪费时间，不得不把华生塞过去的钞票郑重地放进口袋里，一再向他们道谢。

唐默凝从一个房间走出来。

平时张宾的发型是典型的陆军短发模式，最近他故意让头发长一些。不过这让他形成一个新的习惯动作，一旦遇上漂亮的女孩，就条件反射般地反复用手整理发型。现在看到了唐默凝，张宾便举手做他那个习惯性动作。

华生也如此。

张宾小声地对许健说：“那个女孩要走了。”

许健、张宾和华生不约而同地跟着唐默凝走向门口。香港老板跟在后面送客。

唐默凝说到地下停车场去，香港老板立即抢先一步，揿了电梯的按键。

唐默凝走进电梯，许健带头走进去，张宾和华生紧随其后。

地下停车场人迹稀少。唐默凝有点儿心神不安，没有走出电梯。

“唐小姐，请不要害怕，我们是警察。请问你认识这个人吗？”华生把手机递给唐默凝，让她看屏幕上庄传智的照片。

唐默凝有点儿吃惊，“他到底怎么了？可以告诉我吗？”

电梯厅门关了一半，许健急忙揿一下按键，电梯厅门打开了。

许健说：“到电梯间去说。”

唐默凝犹豫不决。

华生说：“走吧，没事儿的。”

唐默凝走出电梯，一直往外走，并没有在电梯间停留。

华生快步追上去，“唐小姐，请等一下，”

唐默凝不得不停下脚步，“请问你们是警察，还是检察官，或者是纪委监察部门的工作人员？”

华生说：“他们两个是警察，我是实习医生。你放心，我们只是随便问你几个问题。”

“你是实习医生？不会吧？”唐默凝说，“请问，林寒水是不是被‘双规’了，可以告诉我吗？”

“林寒水？”许健反复斟酌措词，“请问你是谁？”

唐默凝说：“我是林寒水的女朋友。”

许健说：“你多久没见过林寒水了？”

唐默凝不假思索地说：“半个月了。准确地说十六天了。”

许健指着华生的手机，对唐默凝说，“照片上那人叫林寒水？”

唐默凝说：“是的。”

许健说：“你再仔细看看。”

华生把手机里庄传智的照片在屏幕上放大，以便唐默凝看得更清楚。果然唐默凝指认照片里的庄传智为林寒水。张宾和华生大惑不解。

“你是林寒水先生的女朋友?”许健说，“请问，你知道林寒水是哪个单位的吗?”

唐默凝说：“不太清楚。他一定有职有权吧，不然也不会有那么多钱，挥金如土，现在还出事儿了……”

许健从公文包里取出笔记本电脑。张宾收集到几张很清晰的庄传智的工作和生活照片，许健让唐默凝在比手机屏幕大得多的笔记本电脑屏幕上看个究竟。

唐默凝看到一幅庄传智身穿白大褂的照片，简直不敢相信自己的眼睛。

唐默凝不禁要问：“请问，林寒水是演员，还是医生？是公务员，还是民营公司老总?”

许健说：“请问你叫什么名字？我们要看看你的身份证。”

唐默凝暗暗叫苦，愁眉苦脸地出示身份证。

许健和张宾反复看着唐默凝的身份证，无法把唐默凝和身份证上的照片对上号。唐默凝主动作出解释：她的面部做过三次整容手术。

华生死死地盯着唐默凝的脸，让她觉得很不自在，不得不转身避开华生的目光。

华生要过身份证看了一下。

许健说：“你说你做过整容手术，这个我姑且相信了。但是，请问怎样才能确认你的身份呢?”

唐默凝有点儿担心地说：“我又不犯法，你们总不会调查我吧?”许健还未回答，唐默凝又说：“我可以走了吗？请把身份证还给我。”

华生把身份证还给唐默凝。

许健说：“这样吧，唐小姐，为了方便联系，请你留个电话给我们。”

唐默凝从坤包里取出手机，给张宾留了电话号码。

唐默凝说：“我可以走了吗?”

许健说：“唐小姐，你不想知道林寒水的情况?”

唐默凝说：“当然想知道，请你们如实告诉我。”

许健说：“唐小姐，你仔细想一下，你的男朋友是不是不姓林，姓庄，叫庄传智，是一个外科医生?”

“不可能!”唐默凝说，“好啦，我不想在这儿浪费时间，我也不习惯被人家随便叫过去审问。林寒水一人做事一人当，你们找他去!“

唐默凝向停车场出口走去。

许健立即让张宾打唐默凝的电话，只见唐默凝从坤包里取出手机。

张宾跟唐默凝通话，“唐小姐，我是张警官，离你不远。对不起，打扰了！这是我的电话，有什么事儿可以随时联系我们。”不久他对许健说：“唐小姐挂机了。她的脾气不小啊!”

许健说：“是她的手机就好，有必要的时候我们联系她。”

华生指着唐默凝的背影，“我认识她。”

“不可能吧？”张宾说，“怎么离奇巧合的事儿越来越多！”

华生说：“对，就是她，唐默凝！”

许健说：“她都整容了，也许做过好几次面部手术，你怎么会认识她？”

华生说：“我真的认识她，大学的。三年前她是大学的大一学生。”

张宾说：“那你是怎么认识她的？”

华生说：“她不认识我。但是，很多网友都认识这个漂亮的女大学生。”

前几年林志玲最红的时候，一眼看上去，唐默凝还真有点儿林志玲的影子，美丽和清纯简直就是唐默凝的标志。更重要的是她比林志玲年轻，才刚袅袅踏进桃李之年。要说她是电影学院表演系的学生，这种说法也是站得住脚的。既然唐默凝是这样的一个女孩，追求她的英俊男孩或成功男士必定很多。在这所地处华东的著名大学里，外表帅气和才华横溢兼具的男士为数不少，但是唐默凝只喜欢捉摸不定的、恍如天外来客的戴高鸿。

在一个春宵苦短的晚上，做爱是无法回避的主题。这本来是一个激情四射的夜晚，却遇到了百年一遇的寒冷天气。似乎注定了这是一个特殊的日子，它将深深地烙印在当事人今后的人生记忆中。

唐默凝和戴高鸿待在宾馆的客房里。

宾馆有供暖系统，客房里暖融融的。

一进入这间客房，唐默凝和戴高鸿就迫不及待地融为一体。

对于唐默凝和戴高鸿来说，这绝对不是第一次了。法国式热吻，没有半推半就，主动为对方宽衣解带，抚摸对方并吮吸。唐默凝还从戴高鸿裤子的口袋里掏出一个安全套，熟稔地为他套上……

第一次做爱结束后，唐默凝和戴高鸿洗了一个鸳鸯浴。

唐默凝和戴高鸿意犹未尽，坐在床上卿卿我我。

突然，宾馆的电力设施发生故障，备用电源也不能发挥有效的作用，供暖系统一下子瘫痪了。

电力并没有马上恢复。

客房里没有灯光，温度急剧下降。户外怒号的狂风和密匝匝的雨雪一齐拍打着窗户玻璃，让唐默凝觉得寒意被无限地放大。客房的隔音效果还是不错的，唐默凝和戴高鸿没有听到走廊和隔壁房间传来人的动静，只听到风声和雨声。他们恍如置身于极地的冰天雪地里，周围没有任何动物和植物，只有他们两个人相依为命。他们穿上衣服，蜷缩在被窝里。

唐默凝的声音有点儿颤抖，“如果这儿是荒山野岭、林海雪原，我们迷路了，没有星光引路，没有通讯设备，没有雪地交通工具，不可能求救、逃脱，也没有吃的……也许我们真的会冻死、饿死在这儿。”

“你是女人，我有责任让你好好活下去。女人的脂肪总比男人的多，女人要消耗的热量却比男人的少，所以你一定会比我活得更长久。”戴高鸿坚定地说，“我有一个办法。”

是一个什么样的办法呢？唐默凝觉得即使上帝在这里也没有任何办法了。她倏地想到生死恋的概念，接着想到死亡和永恒到底意味着什么。要是和戴高鸿一块儿死在这里，唐默凝倒是觉得死而无憾。这时她觉得死亡并不是一件可怕的事情，虽然她还年轻，还不应该想到死。

戴高鸿一本正经地说：“凝儿，你可以吃我的肉。”

唐默凝最喜欢吃牛排，听到戴高鸿的话，她几乎忍俊不禁，正准备发表自己对牛排的看法，并且打算让他请自己吃牛排。一转念她却被戴高鸿的这一番话感动了，在黑暗中痴痴地看着他的脸庞。

戴高鸿是一个在绘画和音乐方面皆天赋异禀的家伙，不能说他没有表演的艺术细胞。也许唐默凝从他身上看到的不是演技而是真情。

戴高鸿说：“真的，你会比我多活几天。我死掉后，你就吃我的肉吧。你一定要活下去，在等待中坚持下去，直到有人来救你！”

唐默凝说：“真的？”

戴高鸿正经八百地说：“你先吃我的臀部的肉。然后你用石块砸开我的头盖骨。我的脑一定是最好吃的，就像猴脑。我口袋里有打火机，你再找一把刀子。你把我的肉切成薄片，这样更容易烤熟。这么冷的天气，我的肉不会很快坏掉的，你至少可以吃上一个月。”

唐默凝抽泣了。

戴高鸿说：“别哭，我愿意这么做。”

一个人为幸福而微笑或狂笑，这种情况比比皆是。如果一个人被幸福弄哭了，就可以断定这个人获得了真正的幸福。唐默凝千真万确为幸福而哭泣。戴高鸿的肉体乃至他的爱，是上帝赐给她的，是最珍贵的东西，她怎么吃得下他的肉体呢？

戴高鸿说：“如果你吃掉了我，我就上天堂了，可以见到上帝。我会对天堂的看门人彼得说，无论天堂多么美好，千万别把你放进去。凝儿，你一定要活下去，为我而活下去，在人间。”

“现在社会节奏很快，有人往往会闪电般看上对方，又闪电般离开对方。”唐默凝作出解释，“是看上对方，不是爱上对方。”

戴高鸿有点儿不明白唐默凝在说什么。

唐默凝继续说下去，“曾经双宿双飞的男女分手以后，不会痛心，没有恨，没有受到伤害。总之，这个世界的男人与女人，他们之间爱得很粗糙，很机械，很公式化，很突然，很短暂，很不坚决。如果能够深深爱着和记挂对方，这实在不容易。”

戴高鸿明白了。两个人要说的话，似乎都说到高潮了，应该结束了。唐默凝和戴高鸿低着头，极力地回味他们到底说了一些什么话。戴高鸿突然激动得发抖，定定地看着唐默凝。唐默凝也在发抖。

雨和雪越下越大，实在太冷了。

唐默凝说："我很冷，抱着我好吗？"

戴高鸿抱住唐默凝，用尽全身的力气。她几乎无法喘气。如果他不撒手，她会死掉的。他稍作放松，立即感到她也紧紧地抱着他。他们都借着微弱的光线凝视对方。

唐默凝粗粗地喘着气，"也可能我先死掉。如果这样，你可以吃我的肉。你会先吃什么呢？是心还是肝？"

戴高鸿说："这个我没想过。如果真是这样，我选择你的心，凝儿。"

唐默凝说："那你就把刀刺向我的心脏？"

戴高鸿不得不摇一下头，但是他把手放在唐默凝的胸部。

唐默凝也抚摸戴高鸿的胸部。

不知道过去了多久，宾馆里的电力设施恢复供电，客房里随即有了光明，暖气也逐渐恢复了。

也许天堂是美好的，但是谁也不想到天堂去。

戴高鸿开玩笑地说，从来没有听说过天堂里是可以做爱的。非婚姻性关系早就不再被称为禁果了，但是唐默凝却偏爱禁果这个词汇。因为禁果实在太美丽、太值得珍视了。

一种不可抗拒的力量把唐默凝和戴高鸿送进了传说中的伊甸园。唐默凝和戴高鸿又一次做爱。尽管他们精疲力竭，但是仍然紧紧地拥抱对方。

唐默凝很想对戴高鸿说，她非常爱他，但是她没有说出来。她知道这句话就像蹩脚的台词，一点儿作用也没有。

唐默凝说："我真是你一直在寻找的人吗？"

戴高鸿点了一下头。

唐默凝从来不会缺乏男人的追求和诱惑。然而她排除了别的男人，一心一意扑进这个才华横溢、性格内向的未来画家和音乐家的怀抱。戴高鸿幸运地获得了她的芳心，他完全可以确认唐默凝就是那个他梦想中的女孩。

但是唐默凝是理科大一的学生。投身理科的学生更相信科学规律，对信誓旦旦总会抱有些许的怀疑态度。唐默凝早就知道某些哲学家认为人不可能两次踏进同一条河流。按照生物学的观点，凡是具有生命的东西都不会是永恒的、一成不变的。根据同样的理论和逻辑，唐默凝明白要永久地得到对方的心是不可能的。唐默凝对此没有感到悲观，却感到了无尽的沉重和责任，发誓要把这份爱进行到底。

唐默凝想得太复杂了。

她就想保持这一份真爱。

在宾馆的客房里做爱，本来这一切只应该存在于唐默凝和戴高鸿的记忆之中。

事情大都是在不知不觉中发生的。唐默凝不曾想到，这一次戴高鸿事先偷偷地在客房里安置了数码摄像机。即使在停电期间，客房里一团漆黑，有红外线取景功能的摄像机依然能够把客房里发生的一切原原本本地记录下来。

后来戴高鸿对此作出解释，他只是试图把自己的青春和激情留下来，在未来的日子里重温旧梦。绝对没有别的意思。

然而由于戴高鸿过于粗心大意，那段长达七十二分钟、占用空间1.53GB的性爱视频竟然落在了别人的手上。他人出于什么目的已经无法考究，总之，这段女大学生性爱视频被剪辑为五个十分钟左右的视频，传发至某些网站，立即便成为互联网红极一时的视频而被疯狂下载。

一个跟唐默凝非常要好的女同学给唐默凝打电话，唐默凝才如梦初醒。此时周围不少人都欣赏了那五个女大学生性爱视频，唐默凝理所当然地成为了焦点人物。

其实，从人性化和艺术的角度看，这五个视频还称不上有浓厚的色情成分。如果仅仅从私人欣赏的角度出发，视频里唐默凝完美无缺的身材、呈现出独特美感的欲望和激情，这一切都可称得上妙不可言，甚至可以说，比起一部高格调、有品位的艺术电影是有过之而无不及。脱掉衣服后，并非所有红得发紫的女明星都会依旧显得美丽高贵，只有极少数的裸体女人宛如女神，而唐默凝无疑是其中之一。

在此之前，外貌不俗的台湾政治人物璩美凤被别人用针孔摄像机偷拍了她的做爱场面。虽然璩美凤备受心理压力，但事后她美名大振，她很快就走出阴霾，在阳光下愉快地过日子。据说数年前她和一个比她年轻十岁的男人结婚了，在英格兰过了将近四年快乐的日子。她最终原谅了那个别有用心地录制了她的做爱场面的人。最近几年，网络上甚至出现了不少自拍或偷拍的性爱视频。有些性爱视频被公开是带有阴谋的，不少性爱视频中的女主角，试图凭借自己的性爱视频被广泛传播来出名。

但是单纯的唐默凝却完全受不了。她感到无地自容，美梦毁于一旦。而且她无法向父母和认识她的人交代。她彻底崩溃了。

在唐默凝的脑海里，死亡变成了抹杀屈辱、获取内心安宁的法宝。

唐默凝没有去找那个和她做爱的戴高鸿，也不打算让他承担任何的责任。她没有恨别人，只是深深地恨自己。当天晚上她以只求速死的勇气，服食了大量的安眠药，试图彻底摆脱身体和人世间的痛苦和牵挂，进入那个传说中的天堂。

“我看过那五个视频。”华生突然想到什么，“两位警官，我看那种视频，而且还下载了它，犯法吗?”

许健示意张宾回答这个问题。

“你不在网上传播它，不公开播放它，你没有盈利，应该不犯法吧。”张宾笑着说，“你坦白交代，就更不犯法。”

华生说：“在大部分的时间里视频的图像比较清晰，可以清楚地看到女主角的脸庞，简直跟她身份证那照片一模一样。即使她经过三次整容，但是从她的体貌来看，三年过去了，我还敢肯定就是她。而且身份证的名字是唐默凝。”

许健说：“视频主角的名字也叫唐默凝吗？网络上搜索得到?”

华生说：“当时进行了人肉搜索，结果我还记得，叫唐默凝，大学〇七级学生，电子信息工程专业的。”

许健问张宾："你看过这几个视频吗?"

"那个自拍视频我听说过，可是找不到下载的地方。"张宾开玩笑地对华生说，"把那几个视频拷贝给我，以供破案之用。"

华生也开玩笑地说："我可不会自投罗网。"

"庄传智跟唐默凝是什么关系，我就搞不明白了。"张宾说，"那个跟唐默凝发生关系的男人，不会是庄传智吧?"

华生说："绝对不是。"

张宾说："怎么那些跟庄传智有关的事儿就像戏剧一样?"

华生说："可是，我们却像多管闲事儿的人。"

许健拍拍华生的肩膀，"小伙子，破案的事儿，就像好莱坞的戏剧一样充满悬念。"

华生说："这个我承认。破案的事儿好玩。"

"对，好玩。"许健对张宾说，"再等一会儿，唐默凝可能打电话来。我们问她要林寒水的手机号码。我觉得她所提供的肯定不是庄医生那个号码。而且正关机。"

华生说："你这么说，我也想明白了。她真的不知道庄医生这个人吗?"

许健说："也许吧，她甚至不知道庄传智已经死了。"

张宾还是不理解，"唐默凝说的是真话吗?"

许健说："我相信她说的是真话。"

第四章　是同一个人吗?

果不其然，唐默凝打了张宾的电话，问张宾现在在哪里。张宾说他们几个还在湖畔花园的地下停车场里。唐默凝说她在湖畔花园的南门，想跟他们谈谈。张宾说立马过去，请她在那里等一下。

唐默凝站在湖畔花园南门的灯光下，当唐默凝看到许健等三个人时，她的表情显得更加忧郁了。

唐默凝说："刚才地下停车场给人的感觉太压抑了，在这儿我们谈一下，好吗?"

许健说："我们的谈话是非正式的，你不要有顾虑。"

华生说："这样说吧，我也是在校大学生。你想知道什么事儿，可以问我。"

许健说："是的，你可以问华生同学。"

唐默凝认真地看了华生一眼。

华生说："小唐同学，希望你说实话。平时你是怎么跟林寒水联系的?"

唐默凝说："林寒水和我有约定。我不能打电话找他，也没有他的手机号码。如果我们要联系，就在 QQ 上留言。比如我们要一块儿吃顿饭，就提前一天通过 QQ 留言给对方。"

华生说："林寒水的 QQ 号码可以告诉我吗?"

唐默凝忍不住追问："林寒水到底怎么啦? 他被关在哪里?"

华生说："你先告诉我他的 QQ 号码。"

唐默凝被迫说出林寒水的 QQ 号码。

华生打开手机核对一下，对许健和张宾说："不是庄医生那个。"

唐默凝说："你们老提那个庄医生干什么? 他相貌很像林寒水，是不是林寒水的孪生兄弟? 不过他不是林寒水，而且他不姓林。"

华生说："湖畔花园地下停车场，就在 F 区 4 幢下面有一辆玄武岩黑的卡宴，未挂牌的，那辆车子是林寒水的吗?"

唐默凝没有犹豫，从坤包里取出卡宴的车钥匙，"我承认那辆车子是林寒水的。车钥匙我可以交给你们，但是你们要给我打个收据。"

许健说："暂时不需要你把车钥匙交给我们，不过，我们现在想看一下车子的车架号码。你可以随我们到地下停车场跑一趟吗?"

唐默凝说："我不想到地下停车场去。你们给我写个收据，上面留下你们的警官证号码。车钥匙你们可以拿走，什么车架号码就拜托你们自己去看吧。”

许健从公文包里取出纸和笔，很快就写好了收据。他掏出警官证，让唐默凝核对一下警官证的号码是否与收据上所写的相符。

唐默凝把收据放在坤包里，“好，车钥匙就移交给你们了。”

许健让张宾和华生拿着车钥匙到地下停车场去，他留在南门陪唐默凝。

唐默凝说：“许警官，我也请你说实话，林寒水真的被你们带走了，回不来了？”

许健说：“唐小姐，我再强调一下，我们不是在办案。”

唐默凝说：“那你们在干什么？”

许健说：“请你稍等一下，我会告诉你一个消息。我们正在核实这个消息。反正今晚我们是热心市民，不是警察。”

唐默凝忐忑不安地看着许健。

张宾和华生快步走进地下停车场。张宾迫不及待地揿了一下车钥匙，立即听到不远处传来车子喇叭的鸣叫声。张宾和华生更加兴奋，小跑来到卡宴旁边。

张宾打开卡宴的后备厢，在备胎位置右上方找到车架号码，经核对，这辆车子正是庄传智所购买的。

张宾立即打电话把这一情况告诉许健。

许健与张宾通话。唐默凝从许健的表情上看到了一线希望，“结果如何？你有什么消息要告诉我的？”

“事儿太多了，比较复杂，从何说起呢……”许健挂了电话，对唐默凝说，“你住在哪儿？”

唐默凝对此非常敏感，“你们要搜我的家吗？请问你们有搜查证吗？”

“我说过了，我们这不是在办案。”许健说，“这么说吧，我们两个警察都是庄传智医生未见过面的朋友。刚才那个大学生是学医科的，实习医生，他是庄传智医生的同事。”

唐默凝说：“我不明白，庄医生到底是谁？”

许健说：“也许你不知道，十一月二十六日凌晨三时左右，庄医生坠楼死亡。”

“庄医生死掉了？”唐默凝变得惊惶失措，“你是不是想告诉我，林寒水死掉了？”

许健说：“很可能如此。我们已经查明，庄医生就是卡宴的车主，现在我们想搞清楚的是，林寒水到底是不是庄传智医生！”

唐默凝盯着许健，“你不会骗我吧？确实，在二十六日后我再也没有见到林寒水！我在QQ留言给他，他一直没理会！”

张宾和华生赶回来了。

许健说：“如果这是骗你就好了。非常不幸，庄医生死了！那个跟林寒水体貌极为相像的人死了！”

唐默凝看着许健和华生，脸庞抽搐了几下。她双手掩面，却掩不住哭声。

在去唐默凝家的路上，许健问唐默凝是怎么认识林寒水的。唐默凝没有回答，哭得更响了。

唐默凝住在一个环境不错的小区里。这套两室一厅的房子经过精心装修，各种家电和家具齐全，看样子什么东西都像新的。房子的租金跟张宾的工资差不多。据说这套房子的主人搬到郊外高尔夫球场旁边的别墅区里了。

“房子是林寒水租的，付了一年的房租。”唐默凝说，“他真的不在了吗？”

许健没有回答，反问道：“林寒水有衣服放在这儿吗？”

唐默凝带许健走进卧室。衣柜里有不少男人的衣服。唐默凝说这些衣服全是林寒水的。

许健让华生辨认，华生找不到一件似曾相识的衣服。华生保证他从来没有见过庄传智穿过这些衣服。许健仔细一看，衣柜里那些男人的衣服，有CK品牌的休闲装，也有Zegna品牌的西服和阿玛尼风衣。阿玛尼是广为人知的时装品牌。许健没有听说过Zegna品牌，但是这套西服看起来给人一种非一般的感觉。许健让唐默凝打开电脑上网，才知道Zegna是百年老店，它的西服价格不菲却广受世界各地达官贵人的青睐。张宾和华生不约而同地朝电脑的屏幕吐吐舌头。

华生问：“林寒水有写日记的习惯吗？”

唐默凝摇头，“我不知道。”

华生说：“你见过他的身份证吗？”

唐默凝说：“没有。”

华生说：“你们没有一起在宾馆酒店住过吗？我们这个城市治安管理很严格，每一个进入客房的人都要作身份证登记。”

“我们没有一起住过宾馆酒店。”唐默凝说，“我记起来了，他说过他的身份证遗失了。”她恍然大悟，“也许是他故意不让我看他的身份证。他到底是一个什么样的人呢？”

华生没有回答这个问题。

唐默凝说：“他会不会是间谍？”

华生说：“当然不是。”

唐默凝说：“也是，世上没这么好的间谍。林寒水是一个好人，善良的人。”

华生敏感地抓住了问题，朝许健点一下头，“在今天像庄医生这种好人并不多见。唐小姐这句话说对了。这句话印证了林寒水和庄传智是同一个人。”

许健看了一眼电脑。

华生问唐默凝：“电脑里有林寒水的照片吗？”

唐默凝说：“有几张吧。他不喜欢照相。”

屏幕上那几张林寒水的照片，让华生更加确信庄传智和林寒水是同一个人。

华生一再说：“他就是庄医生！”

唐默凝又快哭了。

张宾说：“会不会是两个人，他们是孪生兄弟？”

华生说：“我没听说过庄医生有一个孪生兄弟。”

张宾说："问题是，你没听说过并不代表不存在。比如说你没听说过我有女朋友，可是事实上……"

许健朝张宾做了一个手势，张宾不再说下去。

"林寒水真的不在人世间了？"唐默凝问完就哭了。

"小唐同学，请你冷静！"华生说，"事情还没有搞清楚呢。林寒水有写日记的习惯吗？"

唐默凝说："这个问题你问过了。我真的不知道。"

华生说："他有没有留下手书的文字，就是手迹，在这儿？"

唐默凝说："可能没有。"

许健说："林寒水经常待在这儿吗？"

唐默凝说："很少。"

许健说："一般他什么时候待在这儿？"

"人都死了，说什么也没用。他是个大好人。"唐默凝说，"他从不在这儿过夜。他都是匆匆就走了。我知道他还有一个家，就在不远的地方。"

许健说："你有没有注意到他的身上隐约有一股医院的味道？"

"我始终认为他是搞 IT 的。也许他没说实话，也许他是一个领导干部。"唐默凝说，"对了，我想起来了，他给我手写了一张留言条子。"

在卫生间门口，粘贴着一张条子，上面的留言是：每次使用电热水器前，在合闸通电后必须先光脚与湿手，触摸花洒和水龙头，如果没有漏电方可使用！

唐默凝指着条子解释，林寒水认为尽管电热水器内有防电墙安全装置，但是他觉得小心谨慎和科学使用才能确保安全。由于他曾经听闻好几个有关电热水器漏电导致使用者触电身亡的事件，他便先入为主地认为电热水器始终是有安全隐患的。为此他反复叮嘱唐默凝在使用电热水器时务必严格执行他在条子上白纸黑字写着的安全规则。而且他要求唐默凝不能把条子撕掉，让它留在卫生间门口，以起到警钟长鸣的作用。

张宾对唐默凝说："林寒水很细心，是个好人。"

华生仔细地辨认条子上的字迹，"不对，这不是庄医生亲手写的。庄医生的字不是这样的。"他问唐默凝："你亲眼看到林寒水写这个条子吗？"

唐默凝想了一下，"没有。在我午睡的时候，他写好就粘贴上去了。然后当天晚上他在 QQ 给我留言。"

张宾说："这些字体不够龙飞凤舞。医生的字体天生就不想让别人看懂。"

唐默凝盯着华生，眼里闪出希望之光，"真的不是那个庄医生的字迹吗？这么说庄医生和林寒水不是同一个人了？"

华生说："庄医生的字写得不太潦草，但是没这么端正，也没这么柔软。这条子上的字迹有点儿女性化，书写方式与庄医生的截然不同。我敢肯定不是庄医生写的。"

许健对唐默凝说："对不起，我不得不问你，林寒水身上有些什么个人特征、标记？比如哪个地方有胎记，哪个地方有痣。"

张宾小声地说："对呀，世上只会有孪生兄弟，不会有大同小异的痣和胎记。问一下甄莉，问她庄传智身上有什么特别的标记，就可以以此确定庄传智和林寒水是不是同一个人了。”

华生看一下手表，“太晚了。明天找个时间，我去甄莉家里，面对面跟她说清楚，否则甄莉会对我起疑心的。”

许健说：“就明天吧，这事儿急不来。”

华生问唐默凝：“不好意思，唐小姐，我问你一下，你发现林寒水身上有什么特别的胎记和痣吗？”

“林寒水不是那种人，而且我和他根本没那种关系。我说了你们也不相信，反正我说的是实话。”唐默凝说，“林寒水说话不结巴，走路端正，还没有谢顶，不是左撇子。对了，他眼睛近视，好几百度吧。”

华生说：“庄医生也近视，多少度我就不知道了。林寒水的眼镜是不是塑料黑框的那种？”

唐默凝说：“林寒水的眼镜是我陪他去配的，眼镜架是丹麦时尚品牌林德伯格，镀金架。”

华生说：“庄医生的眼镜架看上去也没什么特别的。”

张宾说：“这年头，知识分子有几个不近视的？”

华生倒吸一口冷气，“如果林寒水和庄医生是同一个人，我想我会崩溃的。如果那样，我真不知道庄传智和林寒水到底是谁，他到底想干什么？”

最忧心忡忡的人还是唐默凝。

许健回到电脑前，征求唐默凝的意见，能否登录林寒水的QQ。

林寒水的QQ号码是一年多以前由唐默凝申请的，密码还是原来那个，唐默凝驾轻就熟登录了。

林寒水的QQ空间没什么东西。

在庄传智坠楼的那天晚上，没有网友跟林寒水聊天。其实林寒水的QQ里没有好友。他只跟唐默凝一个人聊天。唐默凝的网名叫小唐菜。在庄传智坠楼后的十六天里，唐默凝天天好几次给林寒水留言，但是林寒水却始终杳无音讯。

华生说：“林寒水怎么不加几个好友呢？”

“这个问题最好问他本人。”唐默凝说，“庄医生为什么要跳楼自尽呢？”

华生说：“如果我们能回答这个问题，今晚我们就不会在这里了。”

“对，这简直是浪费时间。”张宾说，“我们问了、说了很多多余的话。我们头儿说过了，我们不是来办案的。”

唐默凝说：“多余的话？”

张宾说：“我们是刑警，管辖区内刑事案件的。如果是经济犯罪案件，不归我们管。自杀也不归我们管。所以说，我们问了、说了很多多余的话。”

许健朝张宾摆摆手，“唐小姐，你最后一次见到林寒水是什么时候，在哪里？”

唐默凝说：“十六天前，十一月二十五日晚上。那天晚上我们在私房菜馆吃饭。当晚我们约好了，第二天晚上也吃私房菜，还在那个老地方。没想到第二天晚上林寒水就失踪了，怎么也联系不上。我唯有每天晚上都在私房菜馆等他。”

张宾说：“为什么卡宴留在湖畔花园地下停车场那儿，车钥匙在你手上？”

唐默凝说：“我整容了，相貌与身份证照片不符，要考个驾照过不了验明正身这一关。我会开车，但是我不常开，就怕让警察抓到。十六天前那个晚上，林寒水喝了一点儿啤酒，为了安全起见他打个车回去了。卡宴就留在湖畔花园里面。没想到一放就放了十六天。”

张宾把卡宴的车钥匙放在茶几上。张宾看了许健一眼，许健没说什么。

唐默凝看着许健。

许健说：“唐小姐，你还是有个心理准备吧。林寒水在十六天前坠楼自尽了。”

华生指着卫生间门口，“可是，许大，那些字不是庄医生写的。”

“别忘了，卡宴是林寒水的，但是发票在庄医生的抽屉里。这就是两个人交集重叠的地方。就凭这一点，可以认为林寒水和庄传智是同一个人。”许健对华生说，“我们可以提取几个指纹回去比对一下。不过，恐怕没必要了。”

华生想请唐默凝去认尸，不过他没有说出来。

唐默凝坐在一个角落里，不想再说话。

唐默凝对林寒水的死亡或失踪感到非常伤心。许健不忍心再留在这间房子里，便让华生把他的电子邮箱地址、QQ号码留下来。

许健示意张宾和华生跟他走。

唐默凝走过来拦住许健，“警察先生，林寒水不会自杀的，他的死亡是刑事案件！”

许健说：“你有什么想法，有什么问题，有什么证据，给华生医生发个电邮吧。他会转交给我的。现在你需要冷静，节哀顺变。”

唐默凝急得要跳起来，“你不相信林寒水死于他杀？他为什么要自杀？一个人选择自杀、实现自杀会有一个过程的！我就曾经自杀过！”

唐默凝说的话让许健目瞪口呆。

唐默凝继续说下去，“即使林寒水吃错药不想活了，起码他也会跟我说一声，可是他没有！我觉得他的心理根本没问题，也没有一丝一毫反常的举动！”

许健摸一下头发，不知道说什么。

“你们不能走！”唐默凝说，“忘了给你们倒水了。冰箱里有饮料有蛋糕，你们自助吧！”

张宾说：“我们得走了。如果你有什么线索、证据，可以给我们发邮件啊！”

唐默凝说：“反正你们不许走。冰箱里有吃有喝的，谁肚子饿了谁去拿！”

许健说：“现在这个样子，你一定无法冷静下来。你应该先想办法好好睡觉，明天一早你头脑清醒了，你有什么要说的，给我们发个邮件。”

唐默凝说：“现在我就很清醒。我敢说林寒水死得不明不白！”

“这样吧，我先问你一个简单的问题。”许健说，“你是怎样认识林寒水的？”

张宾和华生对这个问题也很感兴趣。

唐默凝想了一会儿，“这是录口供吗？”

“小唐同学，这绝对不是录口供。”许健微笑一下，“严格地说，这不是一个案子。因为没有立案。这是朋友之间的谈话，不用记录、签名和揿指模。”

唐默凝说：“这样的话，我可以拒绝回答这个问题吗？”

“当然可以。”许健说，“但是，我希望你能回答我。如果你不愿意口头表达，可以给我发电邮。我只想听真话。”

唐默凝说：“我可以考虑一下。”

华生向唐默凝作出解释，许健和张宾不是写小说的人，更没有窥探别人隐私的嗜好，他们对唐默凝和林寒水的关系和交往感兴趣的原因是为了判定庄传智是否死于自杀。他劝唐默凝把她和林寒水的那些故事和盘托出。

唐默凝请华生煮了咖啡。此时她表示愿意回答许健的提问。

林寒水不在人世了，唐默凝所说的话无法对证，她会说实话吗？

华生特意询问唐默凝：“对不起，我想知道你是否曾经就是那个大学一年级学生唐默凝？”他想知道唐默凝是否愿意说实话。

华生的话音刚落，许健感到很对不起唐默凝。实在不应该揭她的尚未痊愈的伤疤。

唐默凝一直低着头。最终她点一下头，“那是两年多以前的事儿了。”

那天晚上唐默凝偷偷地来到大学教学大楼顶层。就着一瓶矿泉水，她毫不费劲儿地吞下整整一瓶安眠药，找一个较为黑暗的地方坐下来，等着死神的到来。

才过了几分钟，楼下传来响亮的欢笑声，唐默凝突然有了强烈的求生的欲望。她找到那个空了的安眠药的塑料瓶子，把它扔下楼去。她相信这么一扔，砸到人的可能性为百分之十，吓人一跳的可能性为百分之五十。接着唐默凝把两只鞋子扔下楼去。半个小时之后，唐默凝被找到了，并被立即送到附属医院。一瓶安眠药未能带走唐默凝，而且也没有给她留下后遗症。

唐默凝痛定思痛，觉得活着是苍天恩赐给她的，但是她认为苍天还是粗心的，为什么不让她失去记忆，最好是脑海里一片空白，忘掉过去所发生的一切事情呢？

死里逃生让唐默凝有了一星半点活下去的信心。但是她迫切地希望生活在一个没有人认识她的世界里。

唐默凝躺在医院的病床上，拒绝任何人的探视。

简直度日如年。过去的一切记忆都成了唐默凝的噩梦。几天过去了，唐默凝觉得自己的精神生命又被杀死了好几次。

不过唐默凝的体力渐渐地恢复了。

在一个小雨绵绵不绝的早上，唐默凝悄悄地扔下熟悉的人和环境，扔下穿过的衣服和看过的书本，扔下近视眼镜，甚至扔掉身份证和信用卡。除了两手空空，心灵也失去了。就像刚被洗劫过一样。此时唐默凝有如一个刚出生却没有爹娘的婴儿。

唐默凝犹豫片刻，考虑到没有身份证和信用卡将寸步难行，不得不把身份证和信用卡捡回来。

唐默凝以最快的速度离开医院，赶到火车站。她是这么想的，她以医院为出发点，再度展开人生的征程。

不管任何一趟车，不管目的地在何方，唐默凝请售票员随便给她一张车票，目的地越远越好。细心的售票员觉得她很反常，反而一个劲儿追问她到底要到哪里去。她充耳不闻，最后她坚决地选择即刻要启程的那趟车，目的地是终点站。进入车厢里，她紧闭双目、面无表情地坐在座椅上，在心里不停地哼着那首不再流行的歌曲《Lydia》，一心盼着高速列车尽快动起来。

高速列车为唐默凝开动了。唐默凝明白到自己再也不会回到这个城市，再也不会跟过去认识的人有任何联系。她想到了电影《阿凡达》，觉得就像到潘多拉星球定居一样。尽管如此她仍然不愿意睁开眼睛，跟这个城市作一个简捷的告别。

高速列车经过几个小时的行驶，即将到达终点站。但是这对唐默凝来说，无穷的麻烦才刚开始。最大的麻烦是没有钱。信用卡里仅能取出一千多块钱，她全取出来了，买车票就花了好几百。

唐默凝始终没有看一眼坐在身边的林寒水。在她的感觉中，旁边的人是一个中年男人。此时她不得不问林寒水："请问，终点站是哪一个城市？"

林寒水不解地看着唐默凝，"在这趟列车上，没有一个人会不知道自己要到哪里去吧？你的车票呢？上面有目的地的站名。"

过了一会儿，唐默凝才找到车票，反复地看着它，仿佛看着自己求到的签。

林寒水说："第一次来这个城市吗？我也是。"

唐默凝没有心情搭讪。

林寒水对唐默凝说，本来不是他，而是另一个人来出差的。另一个人不幸急病突发，林寒水就代替另一个人来了。

唐默凝好像没有听到林寒水的说话。

唐默凝下了高速列车，随着人流走出火车站。她把近视的眼睛眯上，力求较为清晰地看一眼这个陌生的城市的市容。

唐默凝首先购买一副近视眼镜，当然她还有吃一顿麦当劳的钱，住宿的费用就没有了。她在麦当劳里饱餐一顿后，至此她已经囊空如洗。

唐默凝在麦当劳的洗手间内洗了一把脸，不知道自己要到哪里去，该干些什么。如果此时有人让她当暗娼，她将会再三考虑一下。

唐默凝走出麦当劳，在这个繁华的都市漫无目的地走着。她打算寻找一间合适的酒吧。这间酒吧应该是豪华和高贵的。对于一个女人来说，以最快速度挣到钱的事儿，应该发生在酒吧里。这个唐默凝是知道的。当然要用上全世界所有女人都有的东西。

傍晚时分唐默凝找到一个酒吧。门前停车场有几辆豪车，不少穿着暴露和艳丽的妙龄少女进进出出。

唐默凝正要走进去，林寒水叫住了她。

唐默凝说："干什么？"

林寒水提着简单的行李，他既貌不惊人且缺少财大气粗的外形，这不是唐默凝寻找的那种男人。唐默凝没有理会林寒水，继续走向酒吧。

林寒水几步追上来，伸手拦住唐默凝，“有什么需要我帮你的吗？”

唐默凝说：“不要多管闲事儿，不要管我！”

林寒水说：“你下火车后，我一直跟着你。请你相信我，我真的能帮你。”

在高速列车上，唐默凝没有戴近视眼镜，也没有兴趣看清邻座那个中年男人的长相。这几个小时唐默凝一路走过来，没有注意到有人在身后跟着。唐默凝低喝一声：“跟着我干什么！”

“你长途跋涉来到这个陌生的城市，手上什么也没有，我想你一定需要帮忙。”林寒水说，“就是这个原因，我一直跟着你。”

唐默凝冷笑一声，“没人救得了我，神仙也救不了我。我谢谢你了，你还是走吧。”

林寒水说：“我也曾经看破红尘，一度有弃世的念头。但是后来我找到了人生目标，我觉得还有什么比……”

唐默凝毫不客气地打断林寒水的说话，“我根本不想死，你不要编故事了！请你离开，否则我怀疑你心怀叵测！”

林寒水挡住唐默凝进入酒吧的去向，“不要借酒消愁，那样会更糟糕。”

唐默凝低喝一声：“你到底想干什么？你以为你是救世主吗？”

林寒水说：“那边有个咖啡馆，我请你喝一杯咖啡，好吗？”

唐默凝仔细地看着林寒水。

一辆宝马在唐默凝和林寒水身边停下来。一个三十多岁的男人从宝马里出来。他戴着近视眼镜，一副衣冠楚楚风度翩翩的模样，还显得有点儿孤独。他看了唐默凝一眼，朝酒吧大门走去。唐默凝目不转睛地看着他的背影。

唐默凝指着他，“对不起，我需要的是那种男人。”

林寒水盯着唐默凝，“你不能这样。”

唐默凝说：“准确地说，我需要钱。我是一个死过一次的人，我需要活下去，我不害怕丢脸，只要活得体面、有尊严。我跟你说了心里话，说了心里肮脏的东西，我不希望再见到你，请你离开，好吗？”

林寒水的脸上出现一个下决心的表情，很明显的一个表情，“我可以借钱给你。你需要借多少钱？”

唐默凝看着林寒水，“我不会相信你的。”

林寒水说：“不过你一定要跟我说清楚，你为什么会这样。如果你能说服我，我就借钱给你，不会是陷阱的。”

唐默凝说：“我没有时间，我也不想受骗！”

林寒水下了一个更大的决心，“我想请你喝一杯什么，就喝咖啡吧。你的坐台费多少钱？我给。”

唐默凝说：“你能给多少钱？”

林寒水说：“你楚楚可怜，我知道你孤独无援。但是，今晚你必须说服我，为什么你需要钱，大概一共需要多少钱？”

唐默凝说：“我需要很多钱，可能你拿不出来。”

林寒水说："职业规范让我形成一种习惯，无论在什么情况下我都滴酒不沾，这酒吧我就不进去了。我们喝咖啡，好吗？"

唐默凝问："那你是干什么的？"

林寒水说："可以不告诉你吗？"

唐默凝有点儿挖苦的意思，"为什么不敢告诉我？"

林寒水说："你需要的是钱，而不是要揭秘我的隐私。"

唐默凝说："对不起，我害怕受骗上当。"

林寒水说："我像骗子吗？"

唐默凝说："你穿得普普通通，手表和眼镜又不是名牌货，你怎么有能力帮我呢？"

林寒水愁眉锁眼，看着黑暗的地方。

唐默凝不再理会林寒水，转身走向酒吧。

林寒水紧追几步，一把抓住唐默凝的胳膊，"我先给你一千块钱，不要你做任何事情，也不附加任何条件。如果你能说服我，你想借多少钱，我都可以满足你！"

唐默凝让林寒水放开她，她朝酒吧大门的反方向慢慢地走去。林寒水跟着她。

唐默凝说："我不要你那一千块钱。不过，你可以给我在附近的宾馆开一间房吗？"

林寒水说："可以。"

唐默凝住进一间四星级酒店的客房。住宿的押金是林寒水付的，共八百块钱。

林寒水住在半公里外一个两星级酒店里。

唐默凝很疲倦，但是她没有洗澡。她觉得林寒水随时会来敲门。

但是一个小时过去了，客房的门未被敲响。床头柜上的内线电话却响了。

唐默凝劈头盖脸就问："你想干什么？"

林寒水说："我打算睡觉了。你也早点儿休息吧。"

唐默凝说："今晚你不会来我的房间了吧？"

林寒水在电话里说："有什么事儿，明天跟我说吧。你放心，我会帮你的，只要你的理由充分合理。"

唐默凝说："你真的想赔本赚吆喝吗？"

林寒水说："我再说一遍，本来来出差的人不是我，我是临时代替人家来的。我们在这个城市相遇，怎么说我们也有点儿缘分。但是我不喜欢做交易，也不喜欢乘人之危。你是怎么想的，我不会怪你。今晚你反锁好门，放心睡觉吧。这个地方很安全的。"

唐默凝说："好的，谢谢。"

唐默凝放下电话，想了半天还是想不明白。她有点儿不相信，这么容易就遇上好人？

唐默凝也不多想了，闭上眼睛很快就睡着了。

一阵不太友好的门铃声。唐默凝记得已经把"请勿打扰"的牌子挂出去了，怎么还有人来叫门。她觉得肯定不是林寒水。她拿起手机看时间，就快凌晨二时了。

来者是两个警察，他们首先请唐默凝出示身份证。

唐默凝出示身份证，用不满的口气说话，“四星级的酒店还查房?”

肥胖的警察说：“你住在这儿想干什么?”

唐默凝说：“我在这儿休息不行吗？难道我给的钱不够?”

壮实的警察说：“是你给的钱吗？我们调查过了，你这房间押金八百块钱，是一个中年男人付的。而且我们听到了，在金山酒吧大门前，那个中年男人说要给你一千块钱。你们之间好像有法律不允许的交易!”

唐默凝说：“做警察的不会不知道吧，办案要有证据。我和谁有不法交易，请问你们有证据吗?”

肥胖的警察说：“对不起，我们出于好意，想给你提个醒，不要那样，迷途知返。”

唐默凝说：“没有证据是吧？我要休息了，请你们离开!”

壮实的警察说：“对不起。不过请你不要那样，迷途知返。我们这个城市是文明城市，请你自重!”

唐默凝说：“你们一定知道那个中年男人在哪里。他跟我说给我一千块钱，不需要我做任何事情。他的这句话想必你们也听到了。他还说过要借钱给我。这句话你们听到了吗？现在自私自利的人多，骗子也多。我担心那个中年男人是个骗子，拜托你们给查一下他的底细，看看他有没有行骗的记录，行吗?”

两个警察哭笑不得。

第二天早上，林寒水给唐默凝打来电话，说他又为她入住的那间客房付了八百块钱，请她多住一天。今天他一整天都有事儿要办，中午不能来看她，请她自己解决吃饭问题。不过晚上他会来请她吃饭。林寒水匆匆说完，就挂了电话。唐默凝给服务总台打电话，服务总台证实林寒水又付了八百块钱住房押金。

那天晚上就在那个四星级酒店的西餐厅，林寒水请唐默凝吃饭。唐默凝说起昨晚那两个警察查房的事儿。林寒水说那两个警察也查了他的客房。他估计那两个警察分别在他和唐默凝的客房门外守株待兔几个小时，苦于找不到证据，只好昂然直入对犯罪嫌疑人给予口头警告和教育。

唐默凝说：“你估计到警察会来查房?”

林寒水说：“没有。我不擅此道。昨晚我退避三舍，只想让你安心睡觉。”

唐默凝不说话了，也不吃东西。

林寒水说：“吃呀，明天才开始减肥。”

唐默凝说：“你真的那么高尚?”

林寒水开玩笑地说：“世上本无高尚的人，卑鄙的小人多了，相对地说，也就有了高尚的人。”

唐默凝说：“现在说正经的事儿，我不喜欢你幽默。”

林寒水有点儿不解地看着唐默凝，“为什么会这样？看上去你不像那种女人。”

唐默凝说：“你问这个干什么？你不知道自己是什么角色吗?”她觉得林寒水不是嫖客又是什么呢。

林寒水苦笑一声。

林寒水觉察到唐默凝郁郁寡欢，就关心地问她："怎么，你觉得心里难受是吗？"

唐默凝说："有吗？"

林寒水说："看得出来。"

唐默凝摇头。

林寒水说："你是在校大学生吧？"

唐默凝选择了沉默。

"对不起，本来我不应该问你那些伤心的往事。但是……"林寒水想了一下，"你能告诉我，你打算向我借多少钱呢？"

唐默凝说："我说出一个数目来，恐怕会吓着你，说什么你也不愿意。"

林寒水说："说吧。如果我有钱，一定借给你。"

唐默凝说："我想彻底整容，改头换面。请你上网查一下，整容要花多少钱？"

"整容要花好几十万啊。要整得漂亮，还要跑几趟韩国。"林寒水说，"你的模样挺不错的，为什么要整容呢？"

唐默凝张口结舌，因为再说下去就必须说出心头之痛了。她不想轻易说出来。

林寒水说："如果说你整容的目的是想当个演员，我想了一下，这个命题也是不成立的啊。"

唐默凝把食物吃完，酒杯里的红酒也全喝了。她指着林寒水酒杯里没喝完的红酒，示意他一饮而尽。

林寒水说："我不会喝酒。"

唐默凝说："不会喝也要喝了。"

唐默凝找服务员要了小半杯红酒，要跟林寒水干杯。林寒水无法推辞，就把酒喝了。唐默凝叫来服务员还想要酒，林寒水急忙要求服务员把红酒换成雪糕和咖啡。

唐默凝说："不，你不能小气，我就要喝红酒！"

林寒水说："吃个哈根-达斯雪糕那不更好？"

唐默凝说："好吧，看在哈根-达斯的份上，就不喝红酒了！"

走出西餐厅大门时，唐默凝已经露出醉意，走路有点儿飘忽和摇晃。她要林寒水送她回楼上的客房。

回到客房里，唐默凝想吐，林寒水把她扶进卫生间。唐默凝蹲在马桶边上，怎么也吐不出来，更加觉得难受。不过她仍然有感到难为情的意识，伸手推几下林寒水，让他离开卫生间。林寒水给她送去一杯凉开水，她一口气喝了半杯。

林寒水待在客房里，在唐默凝没有走出卫生间前，他不便离开。

唐默凝在卫生间里待了将近一个小时，似乎一直没有吐出来。林寒水偶尔叫她，她也即时应答一声，或者敲几下马桶的盖子作为应答。后来卫生间传来洗澡的响声，林寒水就放心了。

唐默凝洗完澡走出卫生间，仍然整齐地穿着牛仔裤和衬衫，默默地坐在床上。

林寒水站起来，"你早点儿休息吧，我走啦。"

唐默凝躺在床上，"你洗个澡吧。"

林寒水摇头，“我不明白，为什么要这样呢？”

唐默凝说：“不要问我，你想干什么，就请便吧。如果警察来了也不要害怕。男女之间谁不干这种事儿？只要干得有意义就好。”

林寒水说：“请别把男人看得那么坏。”

唐默凝并不想跟林寒水多说话，更谈不上笼络感情，只想尽快结束这一切，算是还他一个人情。

唐默凝说：“不要充当清教徒苦行僧了，快去洗澡吧。”

“不必这样。”林寒水说，“你不是学生吗？你为什么要花一大笔钱整容？如果你说得有道理，那些钱我给你搞定。”

唐默凝说：“你洗个澡吧，在这客房过一晚。明天我就会毫无保留地告诉你的。”

林寒水说：“你现在就告诉我吧。”

唐默凝站起来，在客房里走来走去，“我不明白，你真的想赔本赚吆喝？你为什么会这样？你是二十一世纪的中国人吗？假如我是一个衣衫褴褛的丑男人，你还会慷慨解囊吗？”她在林寒水的对面坐下来。

林寒水说：“我并不是腰缠万贯的老板，我只能拯救或帮助极少数的人。那些美丽、可爱的生命，当然会得天独厚，更让人宠爱有加。如果对方是衣衫褴褛的丑男人，帮助他的力度就不会那么大，倾尽我所能了！”

唐默凝说：“即使一无所获，你也在所不惜？”

林寒水说：“这种事儿，我一生中只能做一两次而已。”

“其实，以我的道德观和价值观来衡量问题，你和我是否做爱，都不能说明你卑鄙可耻或高尚脱俗。”唐默凝说，“我最担心的是你不能帮我。”

林寒水说：“钱不是问题。你应该告诉我了，为什么会这样？”

唐默凝刚才躺在床上，这时她坐起来，用枕头垫背靠在床头上，“你是个网虫吗？”

林寒水说：“如果有时间，我会上网看看新闻，在 BBS 灌水。”

唐默凝说：“你真的不认识我？”

林寒水摇头，“我们见过面吗？”

唐默凝说：“大学女生性爱视频，你听说过吗？”

林寒水说：“听说过。”

唐默凝说：“看过吗？”

林寒水摇头。

唐默凝说：“你在网上找过那个视频的种子吗？”

“找过，都是骗人的或无效的种子。”林寒水曾经试图下载那个女大学生性爱视频，但是他花了将近半个小时，未能找到相关的 BT 种子。

无数的男人已经看过唐默凝的裸露的身子和赤裸裸的肉体欲望，那让唐默凝感到屈辱和绝望。当她听到林寒水亲口承认曾经试图下载那个视频的时候，一时无法控制自己的情绪，扑过去举手猛打他。

唐默凝哭喊，“你为什么偷窥我！”

林寒水任凭唐默凝暴打。

唐默凝没有力气了，蹲在地上抱头痛哭。

林寒水呆呆地坐着。

唐默凝说："我早就说过，男人没一个是好东西！"

林寒水试图安慰唐默凝。

唐默凝指着林寒水怒骂："你这个卑鄙的伪君子！小人！"

林寒水没有发出任何的声音。

唐默凝和戴高鸿是真心相亲相爱的。那种爱蕴含古典的DNA，是多么的珍贵。那种爱本来可以变成经典。至少他们会结婚生子。如今唐默凝觉得那种爱比死亡更冰冷。

唐默凝觉得比死亡更可怕的，是曾经相爱的双方都活着，却老死不相往来。忘掉戴高鸿是不可能的，但是唐默凝再也不想见到他，将终生憎恨他。

今晚唐默凝义无反顾地选择出卖自己的肉体，并没有自暴自弃甘于堕落的意思。经历过屈辱和生死，唐默凝认为生命比爱更重要。她不想做行尸走肉，她希望自己有幸重新开始，过上体面的、有尊严的生活，并净化自己的灵魂。应该这样说，今夜她试图用卑微、不光彩的手段获得高尚的未来。

即使在唐默凝伸手解开自己的牛仔裤时，她觉得自己在精神上仍然是纯洁的。

唐默凝把她和戴高鸿的那些事儿，以及那长达七十二分钟、占用空间1.53GB的女大学生性爱视频一事，原原本本地告诉林寒水。在结束讲述的时候，唐默凝不掩饰也不说得冠冕堂皇，她用这样的一句话来总结：她需要一大笔钱用于整容。

唐默凝说："不要再刨根问底问我什么，要说的话我都说过了。"

林寒水说："我还不知道你的名字，你可以告诉我你的名字吗？"

"我不想亲口告诉你我的名字。"唐默凝说，"我想改头换面，隐姓埋名。"

林寒水用手机上网百度一下，女大学生性爱视频女主角的生活照片就出现在手机屏幕上。不用作比对了，那个女主角就是唐默凝。

林寒水站起来，他的心里似乎作出了决定。

唐默凝闭上眼睛，脱掉牛仔裤，"可以不脱衬衫吗？"

林寒水从钱包里取出一张银行借记卡，放在唐默凝身边，"这点儿钱，你先拿着，在这儿住几天。密码是六个〇，我专门为你改设了这个密码。"

唐默凝没有看这张银行借记卡。

林寒水走向客房的门口，"用于整容的那几十万，我为你筹集。半个月以内我把钱给你。"

唐默凝不敢相信，"真的？"

林寒水说："我们也要着手联系一个好的整容医生，手术在国内或在韩国做，由你决定吧。你要问清楚，手术后你的容貌变了，能不能顺利入境？"

林寒水正要打开门，唐默凝从床上跳起来。

唐默凝说："真的？"

林寒水说："钱从来都是一个严肃的合同性质的问题，我从不喜欢拿钱来开玩笑。

我要么不理不碰它，要么对它很敬畏。”

“有点儿听不懂你的话。”唐默凝说，“我拿你的钱，要跟你签订一个什么样的合同，付出什么样的代价？”

林寒水说：“不用签合同，你也不需要付出代价。只要你找到自己的灵魂，就可以了。”

唐默凝卑贱地认为，她不是超级女明星，她用于一夜情的肉体远远不值几十万块钱。如果一夜情跟几十万之间画上等号，这个等号是不符合逻辑的。

唐默凝说：“你不要骗我了，免费的东西是最昂贵的。”

林寒水说：“你说得好像有道理。能不能举一个例子？”

唐默凝说：“大学一个副教授到娱乐城玩，三陪小姐看上他了，跟他睡觉，不收取任何费用。结果半年后，三陪小姐怀上孩子了，她马上露出喧宾夺主的本性，说肚子里的孩子是副教授的，强迫副教授跟老婆离婚，改天换地娶她。三陪小姐还闹到大学校长那里去了。结果副教授被迫离婚娶了三陪小姐。”

林寒水说：“那是因为有人心术不正。”

唐默凝说：“你真的没什么阴谋吗？”

林寒水说：“说什么你也不会相信的。这样吧，以后我们可以不再见面了，我把钱打进卡里，就是你手上我那个卡里。如果你将来要还钱给我，你就联系我吧。”

唐默凝说：“我真不敢相信，你是现实中的人。我不是在做梦吧？”

“不是。”林寒水说，“我走了。”

“等一下。”唐默凝以最快的动作把牛仔裤穿起来，“我们不再见面了，你的手机号码不留给我？到时我怎么联系你？”

林寒水说：“手机号我不给你。我们以后不再见面了。不过，钱我一定借给你。”

唐默凝用不相信的眼神看着林寒水，“我可以问一下，你是干什么的吗？”

林寒水说：“你可以猜一下。”

在唐默凝的猜测中，林寒水不是中了大奖，就是巨额财产的继承者。也可能他是贪污受贿惯犯，总之他的钱得来全不费功夫。最可怕的是他是境外间谍头子，在招募谍报人员。

唐默凝说：“我猜不到。”

“也许你觉得世上的男人都不是善良和可爱的动物，而是内心充满欲望和邪恶的猛兽。”林寒水说，“你应该养一只小白兔。我也属兔。”

唐默凝说：“今晚你别走了，就睡在这房子里，反正还有一张床。”

林寒水指一下床头柜上的银行借记卡，“里面有足够的钱，你可以在这里住十多天，直到我把款子存进去给你。”

唐默凝说：“今晚你别走了。我们会相安无事的。”

林寒水摇头，“唐默凝，我记住你的名字了，钱我一定会借给你。我也相信你会把钱还给我。最后我说一句话，如果十年、十五年后，你把钱还给我，我会觉得我没做错什么事儿，我会更加觉得这个世界太美好、太可爱了。”

唐默凝有点儿激动，眼眶里噙着泪珠，朝林寒水大声地说："今晚你不能走，我害怕一人待在这儿！"

那一夜林寒水没有走。

唐默凝觉得很疲倦，倒在床上很快就睡着了。她睡得很香，几乎没有做乱七八糟的梦，在黎明之前还做了一个好梦。这一个晚上林寒水没有越雷池半步，走近唐默凝的床边。唐默凝觉得林寒水是正人君子，或者是伪君子。也许他不是伪君子，而是一个生理上有疾病的人。

兔子急了也咬人？有时俗话不一定是符合逻辑的。有些兔子终生也不咬人。唐默凝希望林寒水永远是一只善良的兔子。

林寒水出差到那个华东沿海城市，参加一个为期五天的会议。就在这五天的时间里，唐默凝认为林寒水是一个值得信任的人。唐默凝感到她已经走在一条安全、正确的路上，不用再担心路上的风雨雷电和陷阱，于是她死缠硬磨跟着林寒水回到他所居住的城市。

许健、张宾和华生吃掉一盒蓝罐曲奇，还有不少瑞士巧克力和国产酸牛奶。唐默凝正在为他们泡茶。茶叶也是名贵的大红袍。

许健和张宾不约而同地看一下手表。

唐默凝说："我所讲的这个故事平淡无奇，没用是吧？"

"你的运气不错，遇上了一个大好人。"许健说，"后来你拿到那笔款子了吗？"

唐默凝说："两年前就拿到了，拿到钱我就整容了。整容后林寒水说，认不出我了。"

许健问："他一共给你多少钱？"

唐默凝说："说不清。四五十万吧。他在我身上花了不少钱。"

"他在你身上花了不少钱，你知道他是出于一种什么样的心态吗？"许健说，"对不起，我不得不这样问你。"

"他是一个好人。他的心态，就像拿钱打水漂。"唐默凝说，"不过，他相信我会把钱还给他。这两年我一直在断断续续地读职业技术学院。明年我就可以参加工作挣钱了。"

许健说："这房子租金居高不下，其实你可以住那种小一点儿的房子。"

唐默凝说："这个问题我考虑过了。不要铺张浪费，是对的。这房子明年七月到期，到期我就搬走。明年八月后，我就是打工一族，自食其力了！"

华生说："林寒水在你这儿真的一无所求吗？"

唐默凝说："他在我这儿两袖清风，无怨无悔，鞠躬尽瘁，死而后已。"

张宾问许健："林寒水真的想干什么？你能想到吗？"

华生说："他能想到，他就是林寒水了，庄医生死亡事件就揭开谜底了！"

许健想了一下，对华生和张宾说："一个苹果落在牛顿的头上，他发现了万有引力。爱因斯坦晒太阳，他提出了 $E = mc^2$ 这个公式。他们是伟大的思想家。我们吃过苹果，晒过太阳，为此我们收获过思想心得吗？”

华生说：“许大，你说庄医生是思想家？”

许健说：“你说，他不是思想家，那他是什么呢？”

“不过有一件事，我一直很担心。”唐默凝真的很担心。

许健问：“你担心什么？”

“第一次见到林寒水，我觉得他是一个穷书生，工薪阶层，靠微薄的工资度日。他把我领进四星级宾馆消费，给我的感觉是他打肿脸充胖子。但是后来我觉得他像公务员，手上大权在握，不断有人给他送钱送东西，所以他大把大把地花钱不心疼。如果他不是国家干部，就是中了大奖。”唐默凝指一下这间房子，“租金不便宜啊，一个月四千多！”

“这房子漂亮，不贵，”张宾说，“但是，有点儿奢侈！”

“所以说，庄医生不一定是思想家。他可能花的不是自己的钱，崽卖爷田不心疼。”华生说。

张宾说：“那他花了谁的钱，卖了谁的田？”

华生说：“这个我就不知道了。”

许健走进卫生间。他还洗了一把脸，用纸巾把脸上的水擦干。

唐默凝的手机鸣叫起来。她看了一眼手机屏幕，拒绝接听这个电话。

许健说：“唐小姐，你还想说什么吗？”

唐默凝的手机再次鸣叫起来，她依然拒绝接听，“我觉得有必要的，都说了。”

许健若有所思地点一下头。

唐默凝说：“警官先生，我所说的话，你认真听了吗？你能记得住吗？”

“你这是什么意思？”许健说，“好像你还有话要说？”

唐默凝说：“我总觉得林寒水不会自杀。他问心无愧，他不会那么脆弱，而且他完全不必那样做。”

许健再次点一下头。

门铃鸣叫起来。这种声音把唐默凝吓了一跳。她几步走进卧室，把插座上的无线门铃拔下来。

许健说：“这么晚了，谁按门铃？”

唐默凝说：“糟了，那家伙找上门来了！”

张宾一时想不起来，“谁？”

华生说：“是他？”

唐默凝说：“就是他！人世间比死亡更可怕的，是阴魂未散！”

华生说：“戴高鸿在外面？”

传来敲门声。

唐默凝说：“就是这个阴魂还缠着我！两位警官先生，你们可以把这家伙赶走吗？而且还请你们警告他，不允许他来骚扰我！”

“那家伙太可恶了，”张宾说，“我来轰他走！”

华生抢先走过去打开门，门外站着的男人穿着制服。在华生的眼里，对方似乎有点儿艺术家的气质。华生劈头盖脸地问："你来干什么？"

这个穿制服的男人说："对不起，这么晚了打扰你一家人，深感不安！我是物业公司工作人员，今晚这幢楼的消防系统报警装置失灵，很可能会误报警。明天我们将请专业人员来维修。如果今晚误报警，请你及你家人不要惊慌。我们会考虑是否关闭它，以免它扰人清梦。今夜我们物业公司工作人员通宵值班，以确保业主和物业的安全。请放心。"

物业公司工作人员走后，张宾说："报警装置失灵？"

"那家伙没找上门来，谢天谢地！"华生说，"我也很讨厌那家伙！"

许健打了一个呵欠，抬腕看一眼手表。

"唐小姐，你早点儿休息吧，"张宾说，"天下无不散之宴席。"

唐默凝觉得很失落，"你们要走了？"

第五章　红杏出墙

这天下午五点半下班后，华生正要到食堂吃饭，蔺藜给他打来电话，让他到她家去。华生知道在那个地方一定会发生什么事儿。他向往那些事儿，于是他十万火急赶到蔺藜身边。

在蔺藜家里，那些牛排和红酒是道具，华生魂不守舍地吃完这顿由蔺藜烹调的味道还算不错的西餐，他的眼光始终没有离开蔺藜，仿佛她就是主食。他们做爱就是主题。

蔺藜把华生推进卫生间，让他好好洗个澡。蔺藜在另一个卫生间沐浴一番。

蔺藜走出卫生间，穿着一身新买的秋装套裙，像盛装出席名流汇集的晚宴。

蔺藜把客厅的灯关上了。在黑暗中华生顿时激情澎湃，仿佛变成另一个人。当蔺藜把窗帘拉上后，华生走过去抱住她，她也抱住他。他脱掉自己的衣服，动手要脱蔺藜的裙子，她像少女一样躲开了。蔺藜小声地说女人脱了衣服不漂亮，尤其是那种既有点儿肥胖且年纪稍大的女性。蔺藜把华生推倒在铺有地毯的地板上，趴在他的身子上吻着他，还把她那硕大的乳房压在他的嘴唇上，他的鼻孔被堵住了，憋得他无法喘气。

在华生的体内那种该死的欲望一下子就草草地燃烧完毕。不过蔺藜没有埋怨他，她的双手不停地抚摸他的脸颊。他意识到蔺藜需要的只是纯粹的肉欲满足。

华生抱歉地说："我满足不了你，是吧？"

蔺藜说："你又不是机器，机器的额定功率是固定的，每天的工作时间可以延长……"

华生说："我比不上庄医生？"

蔺藜在华生的额上轻轻地打一下，"怎么又提到他？"

华生说："庄医生有写日记的习惯吗？"

蔺藜说："这个问题你问过了。"

"给我讲一些庄医生的家事吧，"华生说，"用妇道人家的口吻。"

蔺藜有点儿不高兴，"我不是喜欢说长道短的妇道人家！"

庄传智有一个愿望，就是娶到一个美丽的公主。

庄传智是在十五年前进入医院工作的。

在庄传智所就读的大学里，男性学生占绝大多数。即使有那么几个女同学，大都长得不怎么样，还瞧不起身边的男同学。医院里漂亮的女医生有如凤毛麟角，但是女护士堆里自然有几个看上去赏心悦目的女孩。庄传智进了医院后，觉得真正的阳光灿烂的日子来临了。

蔺藜的姨妈是护士长，非常喜欢老实巴交的庄传智，很想把庄传智和蔺藜撮合在一起。无奈相比之下他们之间的年龄差别实在太大了。当年蔺藜是一个实习护士，还未满十七岁。蔺藜的姨妈一直很热心，为庄传智介绍过几个女孩，不过他都看不上。

甄莉的父亲是省人民医院的一个普通的药剂师。甄莉在卫生学校毕业后，她父亲踏破铁鞋找院长磨嘴皮子，好不容易才把她弄进医院里当一个护士。每一个护士在上岗前都必须接受例行的培训，蔺藜的姨妈是辅导老师，先于庄传智见到了甄莉。蔺藜的姨妈很快就打电话告诉庄传智，他梦中的公主可能出现了。庄传智抽空跑去偷偷看了，目光从正在上课的十多个女性准护士中掠过，最后定格在甄莉的脸上。

蔺藜的姨妈说得不错，甄莉真的是公主般的女孩，长得太漂亮了。

蔺藜的姨妈有空儿不是找甄莉聊天就是请她吃零食。甄莉很快就把蔺藜的姨妈当成亲姐姐，心里想着什么都跟她说了。那个时候甄莉正好失恋了，蔺藜的姨妈抓紧时机把她推进庄传智的情感的地带里。

娶甄莉为妻，庄传智觉得最不满意的地方是，她的文化程度和职业都不太理想，尤其她是那种极具虚荣心、追求享受的世俗女人。也因为她不是处女。在庄传智认识甄莉之前，他从来没有想到自己的妻子会是一个女护士，不过自从跟甄莉过从甚密以后，他觉得娶个护士当老婆也没什么。他很快就发现甄莉不是处女了，感到非常难过和遗憾。甄莉也痛快地承认自己不是处女，还对庄传智说如果不喜欢她，她也不勉强。不过庄传智并没有坚持非要找一个处女不可。别的男人看不上的女人，他也不会看上的。

是甄莉的体貌吸引了他，庄传智一直都这样认为。而且他觉得他和甄莉的婚事，是上帝注定的，他不得不认命。

庄传智曾经跟甄莉讲过那个她就是他的美丽公主的寻梦经历，甄莉竟然大煞风景地说，美丽公主都是酸溜溜的文人胡诌出来的人物，有什么了不起的，以前追她的那些男人都一个劲儿说她活像当红明星呢！庄传智很失望，彻底明白甄莉不是他的梦中的公主，至少她和他梦中的公主是貌合神离的。他也曾经想过，到底哪一个女人是他梦中所描绘的那一个公主呢？

当时甄莉对嫁给庄传智并没有抱着积极的态度，她始终极力要求他首先解决住房问题。既然医院里的住房紧张，就必须面对现实地到市面购买商品房。但是这个先决条件一直没能妥善地解决。庄传智和甄莉的关系在往后的三年里磕磕绊绊的，最终还是因为一时不慎甄莉怀孕了，她不得不奉子成婚，住进庄传智那拥挤不堪的家里。

甄莉认为她嫁给庄传智是不幸的，婚后她一向毫不掩饰地表达自己那怨天尤人的心情，经常就金钱和家境等各种问题责难庄传智，言论和语调都非常尖酸刻薄，把他气得半死。她甚至屡次当着儿子庄岩的面骂庄传智是窝囊废。

庄传智甚至得出一个这样的结论：即使他是木乃伊也会让甄莉气得吐血不已。

甄莉和庄传智的主要矛盾源自于他们家庭金钱的欠缺和庄传智一直没有长足进步。

和庄传智一起从医科大学毕业被分配进省人民医院的还有两个同班同学。一个老同学很快就获得到英国公费留学镀金的机会，在不到五年的时间里取得博士学位，归来后成为国内权威的脑血管外科专家，不费吹灰之力就升任副院长，还是最有希望的院长接班人。另一个老同学在学术上似乎没有任何建树，却不时在一些国内二流的医学杂志上发表七拼八凑的论文，更重要的是在人事关系上左右逢源，而立之年就评上副教授，同时占据外二科科主任的位子。庄传智平日任劳任怨，领导把又脏又累的活儿派给他，他总是默默地完成了。流水般来去的患者及其家属也对他颇为满意，不少人自发地写公开信表扬他。庄传智也获得一些无关痛痒的奖励，然而他还是长期落在失收的田地，评职称时还吃了大亏。

患者住进病房里，会随波逐流地给主治医生送红包，绝对不敢有怠慢的意思。患者做手术，就更要识相，否则损失将会更大。但是庄传智一概拒收红包，总是机械地对送红包者说："我从业多年，从来没有收过红包。至于手术上的事儿，我会做好的，你不应该担心。如果你硬把红包塞给我，我会以你的名义把它转交给红十字会或者慈善基金会。"庄传智一直是这样做的。庄传智不需要送红包者感激他，也不担心对方怀疑他不敢负责任和怀疑他医术有限，因为他必须这样做。另一方面庄传智始终拒绝跟医药代表合作，等于拒绝接受额外的收入，这也使他的同事觉得他是一个大怪人，处处提防他。

最令甄莉恨得牙痒痒的，就是庄传智拒收红包，不跟医药代表合作。有一次儿子庄岩讲一个他从幼儿园学来的入宝山空手而归的故事，甄莉因触景生情而大发雷霆，把手上拿着的伊利牛奶砸在庄传智的头上。

有时在忍无可忍的情况下，庄传智会跟甄莉大吵大闹。他们的关系一直比较紧张。甄莉原本就长得挺漂亮的，体貌保养得还算不错，三十多岁也不显老，反而有一股成熟的风韵，庄传智隔三差五还得找她解决性问题。她知道她在性生活上的忍耐力比他强，就常常以此要挟或者惩罚他，让他苦不堪言，不得不向她屈服，甚至答应她的某些无理的要求。

这些年来庄传智确实是一个普通的外科医生，在职业道德方面是没有问题的。他忍辱含垢、很不开心地过着最平凡不过的升斗小民的日子。如果他因涉足利润巨大的非法的生意而成为暴发户的话，那么他一定会痛痛快快地把钱掏出来，让甄莉大手大脚地花钱，从而扬眉吐气地成为一个颐指气使、豪情万丈的伟男人。但是庄传智从来没有挥金如土的迹象。

过去甄莉也对蔺藜说过，庄传智算是一个节俭的人。但是平时给儿子买点儿诸如书和好吃的东西，或者偶尔到外面餐馆里吃顿好的，看起来庄传智也不缩手缩脚。但是他绝对不是一个大把烧钱的人。

甄莉最抱恨不已的，就是庄传智不是一个可以大把烧钱的人！除了可以挥金如土，甄莉还希望住在别墅里，至少有两个卫生间供她选择使用。她更想坐在后花园内，悠然自得地跟一条名贵的小狗玩耍。

虽然庄传智和甄莉在同一个单位上班，有时两人的上下班时间是相同的，但是甄莉拒绝和庄传智一起挤公共汽车和地铁。至于甄莉使用什么样的交通工具上下班，庄传智不得而知。不过他猜测她大都乘坐公共汽车和地铁。如果打车的话，即使她乘坐的是无执照出租车，每天一个来回也得花费五十多块钱。他相信甄莉还不至于如此奢侈。

一年多以前，有一天庄传智回到家里，庄岩一见到他就兴奋地说个不停。

庄岩说："老爸，刚才在光明大道麦当劳那个十字路口，奶奶接我回家。我看见一个叔叔很像你，开着一辆大宝马，不是最新款式的，但是那个叔叔挺酷的。老爸，那个叔叔真是你吗？"

庄岩非常聪明，平时在甄莉的指点下，他对豪车了如指掌。庄岩不但能够根据车标或车身造型，迅速分辨出几十米外的轿车是哪一个厂家的产品，甚至对轿车的款式和发动机排量都有所了解。甄莉对此大加赞赏，逢人就吹嘘庄岩是一个小天才。

甄莉走过来。由于房子太狭窄了，甄莉一不小心就被一个小凳子绊了一下，显得颇为生气。她两眼瞪着庄传智，尖酸刻薄地说："那怎么可能，住这破房子里的男人，会开宝马坐奔驰？除非你重新投胎做人，等待下辈子的奇迹。"

庄岩还是小孩子，继续用客观的口吻说话，"车子我不会认错的，老爸我也不会认错的！"

甄莉没好气地对庄岩说："除非你换一个老爸！"

庄岩说："那个开大宝马的叔叔确实很像老爸！对了，那叔叔也穿白色的衬衫，不过，那叔叔系领带，真的酷毙帅呆了！"

甄莉不以为然地说："很像是吧？你怎么不系领带？"

甄莉仔细看一下庄传智的衬衫，那是一件纯白底紫蓝两色细竖条的衬衫，它的口袋上有品牌 Versino 的英文字样，甄莉惊讶得欲言又止。她知道这个品牌的衬衫。几年前甄莉陪蔺藜逛时装城，蔺藜花九百块钱买了一件 Versino 衬衫，作为生日礼物送给她的前夫。

甄莉说："这是梵思诺衬衫，你自己买的？什么时候买的？哪儿来的钱？"

不过庄传智显得不慌不忙，"冒牌翻版货，地摊上买来的。"

甄莉伸手摸一下庄传智的衬衫，"哎唷，手感很好哦，好像纯棉的！"

庄传智说："山寨衬衫厂赶上世界先进水平啊！"

甄莉再次挖苦庄传智，"这种五十块钱不到的冒牌货，头一回穿起来还能蒙一下别人，洗过后就面目全非了！有本事穿货真价实的名牌货去！别丢人现眼！"

庄岩特意掏一下庄传智的裤袋，从里面抽出一条领带。他盯着庄传智，"老爸，刚才那个叔叔真的是你？"

甄莉却不停地冷笑。

庄传智不紧不慢地说："小傻瓜，如果是老爸，早就叫上你一块儿兜风去了！谁不知道你是个超级汽车迷呢！"

甄莉嗤之以鼻，"岩岩，别指望他了！你这个穷光蛋老爸要是能开上宝马，那人家就能开上波音飞机了！"

"你开隐形 B－2 战机。"庄岩非常失望地把领带扔回给庄传智。

最近庄传智经常在夜深之际才回家，不得不面对甄莉的质问。甄莉已经怀疑他有外遇了，每次都严加盘问，从不让他轻易过关。不过他渐渐变得不再惧怕被甄莉抓住把柄，也不再惧怕甄莉跟他吵闹。如果甄莉紧追不放，他就有可能被迫鼓起勇气自曝内幕，即使离婚也在所不惜。甄莉曾经多次吵闹要跟他离婚。其实庄传智早就受够了。甄莉不是他所爱、所渴望的妻子，也不是在精神和事业上跟他志同道合的伴侣。甄莉只能是他的敌人。因为在这个世界上，除她之外没有人如此长久地、恶狠狠地咒骂他、讥讽他和瞧不起他，让他生不如死，一度有过杀死她然后当场自杀的念头。

有一天晚上庄传智彻夜不归。而且他的手机也因耗尽电量而关机。他从外面给家里打电话，让他妈妈郭秀娟转告甄莉，当晚他和几个老同学待在一起。

第二天庄传智踏进医院大门的时候，上班时间就快到了，他拔腿就跑，气喘吁吁地跑进住院大楼的电梯大厅。正值电梯使用高峰期，七台电梯前站满人。眼看要迟到了，庄传智拼命挤进电梯里，蔺藜正好在他的身边。电梯内响起超负荷报警铃声，电梯自动中止工作。庄传智和蔺藜只好退出电梯，但是报警铃声还不绝于耳。再也没有人愿意退出来。电梯里的称重系统可能不太稳定，庄传智突发奇想，使劲儿地朝电梯地板跺跶两下子，称重系统因此被骗了，报警铃声随即终止，电梯厅门合拢，庄传智和蔺藜被挡在电梯之外。

电梯大厅越来越多人。庄传智和蔺藜的上班地点同在第四楼层。他决定放弃电梯，快步走向消防通道。蔺藜则留下来等电梯。此时甄莉迎面闯出来截住庄传智大举问罪。庄传智是超级围棋迷，常在网上找对手手谈。于是他急中生智，没有多说话，掏出一沓百元钞票递给甄莉。多年来庄传智的工资卡由甄莉控制，他只能领取三百元作为交通费，为此他常常身无分文。甄莉颇觉意外，喝问庄传智钱从何来，他声称昨晚通宵达旦与老同学下围棋，这就是赢下的彩头。甄莉检验那八张百元钞票的真伪，竟然大致上相信他的解释，接着她发出十赌九输的警告，严禁他以后参与赌博活动，包括下带彩头的围棋。庄传智提醒甄莉上班要紧，但是她依旧不依不饶，继续追问那个跟他下围棋的老同学的名字和工作单位。

蔺藜走过来，先跟甄莉约好明天晚上去烫发，再通知庄传智赶快去参加一个由副院长主持的病例研讨会议。

甄莉只好暂时作罢，转身挤进等电梯的人群中。

庄传智在消防通道拾级而上。蔺藜追上庄传智，小声地说甄莉的嗓门既响亮且发音清楚，是个当律师的料子。刚才甄莉所说的话，她几乎全听见了，特地前来解围救驾。她还笑着问昨晚他是不是真的跑到什么地方鬼混去了。

庄传智嗔怪蔺藜幸灾乐祸。

中午医生办公室里只剩下庄传智和蔺藜。

蔺藜对庄传智说：“刚才我和你老婆在第一食堂里见了面，边吃边聊半个多小时呢。”

庄传智冷冷地说：“甄莉又骂我了吧？这个你就不用转告了。”

蔺藜说：“她没有骂你。她只是觉得你鬼鬼祟祟的，不知道在折腾什么。不过她有一个定论：庄传智这人穷，穷就不会想那些乱七八糟的东西。”

庄传智盯着蔺藜，“你没有乱说吧？”

蔺藜说：“我是那种人吗？不过，今天在这儿，我打算出卖甄莉。”

庄传智说：“甄莉有什么事儿吗？你还是不用说了。我不想听。”

“我出于好心！”蔺藜有点儿着急了，“作为你的好朋友、同事，我一定得告诉你。而且，你也应该挽回来！”

庄传智认真地看着蔺藜，“甄莉到底怎么啦？”

蔺藜说：“前天晚上，甄莉和你吵架了，是不是？”

庄传智点一下头。前天晚上睡觉前，不知道什么东西刺激了甄莉，她寻衅跟庄传智吵闹。这段时间甄莉老爱莫明其妙地发脾气。

当时甄莉说：“你出去泡妞也好，干什么也好，我都不在乎。不过有一个问题你必须解决！这破烂的房子，我们都住了十一个年头了！我实在受够了！我们不能等猴年马月政府搞拆迁！活人哪能让尿憋死！赶快想辙吧！生命苦短，我再也不能跟你点灯耗蜡了！你看我跟你苦熬，用不上最好的化妆品，人都变老了！岩岩命不好，出生在这破房子里，也有自卑感了，在同学面前抬不起头来！你再不解决房子的问题，我也不提离婚，为了给你挣钱买房子，我去做鸡，老母鸡也下蛋，让你的脸面全丢光，到外面去找最高的楼跳下去吧！”

庄传智说：“再过一年，咱们挣下的钱就够首期的了，到郊外偏远的地方买个一百多平方米的！”

甄莉说：“你别骗我了！房价只涨不跌，明年首期还是不够，永远也不够！岩岩读名校，也要花一大笔钱！我们要想办法一次性把房子买下来，不能搞按揭当房奴给银行打工！我们不能把眼光停留在房子上！时代观念变了，别人都买车了，买车又换车了！我们要买车，就算是雨燕、伊兰特，麻雀虽小五脏俱全也是车子！”

“买车？那我们也要看现实啊！”庄传智说，“车辆使用维护费用，如汽油、保险、停车费、路桥费和维修保养费，那是一笔很大的费用啊！”

甄莉说：“你看着办吧！该说的我都说了！”

蔺藜伸出手在庄传智的脸前晃几下，让他从回忆的通道上返回来。

庄传智叹着气。

蔺藜清一下嗓子，开始把甄莉的秘密说出来。

蔺藜说那是大半个月前的事儿了。那天晚上甄莉上夜班，麦董又给甄莉打来电话。

麦董自诩为IT精英，是某个著名国际网络公司的高级管理人员。半年前麦董的妻子因胃溃疡而住院，麦董到病房探望妻子，认识了当班护士甄莉，此后经常找机会接近她。在他的妻子出院前，他跟甄莉已经混得很熟了。他借故送给甄莉一些小礼物，还曾经驾驶奥迪送甄莉回家。甄莉非常羡慕麦董那一派财大气粗的样子。当然麦董也有一副文质彬彬的模样，挺讨女人喜欢。

那天晚上的护士站出奇的平静，零点到来时她正在想着心事，麦董打来电话要请她吃宵夜。即使此时甄莉没有当班，她也不能贸然应邀出席。因为甄莉知道麦董的最终目的是什么。以前也有过几个别有用心的男人以各种手段试图勾引甄莉，甚至老着脸皮缠住她，要跟她进行不道德的交易。甄莉还是有一定的理智的，她绝对明白那些长得较为帅气的男人和那些满身铜臭的男人只是冲着她那几分残存的姿色而来，一旦让他们得到了，他们不会珍惜的。过不了多久他们就会转而奔向别的有姿色的女人。因而跟那些男人那样做不值得，而且一旦那样做了，那就等同于打开了自己精神和肉体的潘多拉盒子，将会身不由己，再也无法抽身走回来了。

甄莉对蔺藜说，虽然麦董是一个更具魅力的男人，也是一个好不容易才遇上的男人，但是她还是极力抵抗，不让他轻易得逞。

甄莉婉拒了那顿宵夜，麦董却欲罢不能，当即亲自到香格里拉酒店订购各种精美的点心，请人送到甄莉所在的护士站。几个同事看到如此的盛情和厚礼都大吃一惊。甄莉急忙解释，是一个不久前康复出院的患者心存感激，特地送来东西以示感谢。她请几个同事分而食之。

但是当晚麦董紧缠不放，在下半夜还打来电话，非要跟甄莉见面不可。甄莉再次很有礼貌地拒绝了。麦董很有信心地说，如果今晚不能见面，从明天开始他就天天给甄莉送花。甄莉实在无法抵抗了，就答应如果明天晚上有空儿就一定打电话给他。此时甄莉已经有了在明天晚上和麦董共进晚餐的心理准备了。那个地方一定是一个非常高级的餐厅。

那就得盛装出席。在赴宴之前，甄莉急得快跳起来了。这几年一味地攒钱买房子，甄莉只买了几套便宜的衣服，鞋子也早就过时了，首饰和坤包更显得俗气和寒酸。甄莉几乎想给麦董打电话，推掉这天晚上的约会。这使甄莉对庄传智的愤恨有增无减。

麦董准时驾驶奥迪来到约定的地点，让甄莉上车坐在他身边。

蔺藜说到这里，庄传智生气了，“怎么现在才告诉我？”

“我不可能未卜先知啊！”蔺藜说，“今天午餐我遇到甄莉，我发现她满面春风。看来她和麦董相处得很不错。”

庄传智觉得如果强迫蔺藜说下去，她将会说出更可怕的事儿，他不由得有点儿发抖了。

蔺藜继续说下去。

坐在奥迪里，麦董那能说会道的嘴巴就没有停过，他讲了几个网上广为流传的笑话，让甄莉忍俊不禁。双方的距离一下子拉近了。

麦董把奥迪停在一个豪华公厕旁边。

麦董说：“你有零钱吗？”

甄莉急忙拿起坤包找钱。

麦董说：“不是。你进去一趟，把衣服给换了吧。”

麦董伸手从车子的后排座椅上拿过来几个漂亮的购物袋，放在甄莉的脚边。不用说那是新买的衣服，还是挺响亮的国际品牌，但是甄莉弄不懂那些英文商标。她知道不能收麦董送出的贵重的东西，就把购物袋放回后排座椅上。

甄莉说："谢谢你了。不过，这不合适。"

麦董说："你这是怎么啦？待会儿我们去的是一个很讲究的地方，你应该盛装出席。"

甄莉说："我是说尺寸不合适，不合身。还是拜托你把货退了吧。"

麦董很有信心地说："对于别的女人来说，这衣服可能不合适，但是对于你来说，尺寸大小绝对合身。相信我的眼光没错。"

"我真的不能收下来。不就是一顿饭吗？随便找个地方不就行了吗？"甄莉说完这句话，觉得很心酸。

"这不行。我请你吃顿饭容易吗？不能凑合了事！"麦董从公文包里拿出一个精致的小盒子递给甄莉，把话说死了，"这项链也戴上。这衣服和项链算是借给你的，吃完饭出来了，要是不高兴，这衣服、项链你就找一个垃圾筒全扔了！"

甄莉无法抗拒。

在豪华公厕里，甄莉首先细看那条项链。甄莉一直非常渴望拥有一条南非钻石项链，曾几何时她无数次往那些首饰专卖店跑，买不起也得看个够，享受一下与钻石近距离接触的心情。不过她非常在意那些专卖店店员看她的眼神，她一直觉得他们瞧不起她，甚至轻蔑地盯着她看。然而此刻的一切有如梦境一样，钻石项链已经千真万确地落在她的手上。她不能完全确认它就是真货，而且项链上所镶嵌的那些钻石显得不够颗粒饱满。但是她觉得它至少可以以假乱真，体现出几万块钱的价值。此时甄莉的脑海里出现的第一个念头是，明天就戴着它到那个首饰专卖店里亮相，理直气壮地要求那些狗眼看人低的专卖店店员把最新款式的项链和戒指推介给她。

甄莉仔细地看一下那套衣服，原来是价值不菲的宝姿时装。那套衣服穿在她的身上，一下子让她变了模样，就像灰姑娘变成公主、皇后一样。甄莉变得如痴如醉，觉得时光倒流了，自己简直可以从头再来。

甄莉穿戴整齐回到奥迪里，麦董稍作点头，说效果还算不错。他还说如果下次有机会，先把甄莉送到本市顶级的好莱坞美容院美容一番。甄莉娇嗔地说这又不是嫁给他，他用不着花那么多心思。麦董含蓄地笑了，一会儿又说他这个人有个坏习惯，就是什么都追求完美。最近他有投资青春偶像电视剧的意向，如果有可能，让甄莉当一个有几句台词的高级群众演员。

麦董把奥迪停在一个五星级酒店的大门前。甄莉刚要开门下车，麦董急忙把手放在她的大腿上制止她。麦董打开中央门锁，门童随即把车门拉开，用标准的姿势把甄莉和麦董迎下车。麦董把奥迪交给代客泊车的酒店职员，挽着甄莉的手臂走进酒店的大堂。甄莉想推开麦董，但是这个豪华的酒店里似乎有一个能彻底改变一个人的心理的磁场在强力地作用着，甄莉恍如置身于另一个世界。她不想迷路，也挽着麦董的手臂。

麦董和甄莉在西餐厅共进烛光晚餐。

麦董说："西餐怎么样？"

甄莉说："这牛排好吃。"

麦董说："我在法国吃过一道用鹅颈做的菜。厨师先把鹅颈的骨头抽出来，再往里头填一些蘑菇什么的，味道挺不错的。下一次吧，我们吃法国菜。"

甄莉说："在哪儿？到法国去？"

"如果你有时间的话。我是空中飞人，经常打波音的打空客的，欧美那些大城市常来常往。"麦董又开始讲笑话了，"我们公司里有一对年轻的恋人。女的对男的说，亲爱的，我最大的愿望是你在三个地方吻我。男的说，嗨，小事一桩！哪三个地方？女的说巴黎、威尼斯和巴哈马！"

甄莉吐着舌头，"那三个地方好像很远啊！"

麦董财大气粗地说："打波音的打空客的，就不远了！"

甄莉不置可否。

麦董说："红酒是最好的东西。一位获得诺贝尔奖金的学者说，喝了红酒智商会提高百分之三十。别的那些用高粱、玉米、甘薯酿造的白酒就没有这种功效。当年的猿猴就是吃了发酵了的果子，相当于喝了红酒，从而进化为人。"

甄莉说："真的吗？"

麦董说："这是1982年的拉菲庄园的红酒，世界顶级葡萄酒，平时难得一见。"

1982年法国波尔多Lafite庄园的葡萄得天独厚长得特别好，那一年酿造的葡萄酒是二十世纪七十年代末期至今最好的，大都让达官显贵喝掉了，世上所剩无几。

对拉菲庄园的红酒的灵魂和历史，麦董如数家珍娓娓而谈，充满激情地说："拉菲红酒不是工业产品，不是由出价最低的承包商代工制造的。它是上帝的杰作，是上帝赐给我们的甘露！"

甄莉完全被镇住了。

麦董提议今晚不能错过跟二十七年前的事儿进行零距离接触的机会，要了一瓶1982年的拉菲红酒。

麦董和甄莉举杯同饮。甄莉不大会喝酒，但是坐在这个高级餐厅里，面对这么名贵的红酒，她怎么也要喝一些。

甄莉喝完了杯中的红酒，麦董亲自为她倒酒，让她多喝一些。

麦董公文包里的手机鸣叫起来，是公司的职员打来的，说的是英语。麦董跟甄莉解释，他必须把一份设计报告书里的几个关键数据向身处美国的总公司CEO汇报一下，那份设计报告书就储存在笔记本电脑里，电脑就在奥迪的后备厢里。实在刻不容缓，但是很快就会处理好的。他让甄莉稍等一下，他到酒店的地下停车场去搞定这件事儿。

麦董提着公文包，匆匆地走出去。

甄莉喝了不少红酒，有点儿醉的感觉。但是她并不觉得不舒服，而是感到全身每处的神经细胞都飘飘然，在尽情奔放和发泄。麦董不在这里，甄莉要了一杯矿泉水慢慢地喝着，借此消磨时间。她认为这里的矿泉水比外面的好喝多了。但是半个小时过去了，麦董还没有回来。她知道麦董正忙着，不便打电话打扰他。但是一个小时过去了，餐桌上的佳肴都变得冷冰冰了，麦董还无影无踪。她不得不打他的手机，竟然关机了。她到卫生间去，服务员紧紧地尾随盯住她，她想了一下才明白，麦董不在这里，服务员觉得她有逃账的嫌疑。甄莉感到不寒而栗。

甄莉又坐了一会儿，服务员走过来问她要不要结账。她再次打麦董的手机，依然在关机状态。这时甄莉再也笑不出来，无奈地让服务员先把账单拿过来。

服务员把账单放在甄莉的面前，账单上三万两千多块钱的数字赫然在目。甄莉大吃一惊，怀疑账单有问题。服务员说这是电脑计算和打印的账单，一般都不会出错。光是那瓶拉菲红酒的价钱就是两万八千八百块。

甄莉不由得偷偷看一眼那瓶红酒，只喝了一小半。

甄莉焦虑地等着麦董回来。但是麦董就像外星人一样在地球消失了，他的手机也死死地关闭。甄莉如梦初醒，觉得自己被麦董残酷地捉弄了。

麦董简直就是骗子！

由此甄莉认定麦董送给她的项链、衣服全是冒牌货，是仅花一点儿的钱从地摊买来的诱饵。她考虑过报警，不过警察会相信她的话吗？然而甄莉没有结账的能力。她的坤包里只有不到三百元的现金，随身携带的那两张银行借记卡里一共只有七千多块钱。

甄莉向服务员提出能不能用她的钻石项链作抵押，明天再来结账。见过世面的餐厅值班经理查看过她那个早已过时的非真皮的坤包和那双不值一提的皮鞋，脸上掠过难以察觉的轻蔑和讥讽，也就不再有兴趣去研究她的衣着和项链了。但是经理很有礼貌地说，这里历来都是用现金或者银行卡结账的，今晚不能破例，请她想办法把账结了。

甄莉渐渐地认定钻石项链是假冒伪劣商品，自知理亏没有胆量再看它一眼。但是她不敢给庄传智打电话，只好向蔺藜求救，要她务必拿上两万五千块钱火速赶来。她知道蔺藜的前夫留给蔺藜不少钱，一定能为她解围。蔺藜非常为难，说她手头上只有一万多块钱，建议甄莉尽快跟庄传智联系一下。蔺藜反复强调庄传智一定有办法的。

甄莉只觉得蔺藜冷酷无情，完全不管她的死活，却没能明白蔺藜的话里的真正意思。即使事后回想起来，她也只觉得蔺藜一心要把这件涉及大量金钱的事儿推给庄传智去管。

甄莉六神无主地看着餐桌上的残杯冷炙。

值班经理一再催促甄莉结账。

经过请示后，值班经理请甄莉离开餐厅，到保安部办公室去。甄莉明白对方将会报警，她必然会被送往派出所。甄莉要求到地下停车场去找麦董，这被值班经理拒绝了。气氛越来越紧张，甄莉不愿意离开餐厅，拿起万分沉重的手机再给麦董这个该千刀万剐的家伙打电话。她对能打通这个电话不抱有任何希望。

电话依然未能打通，麦董竟然从天而降。甄莉看到一个男人走过来，在辨认出来者正是麦董后，她的视觉倏地一片模糊，手机重重地掉在地板上。甄莉强忍泪水，此时心里竟然一点儿也不恨麦董，甚至还把他当做是大救星。

麦董立即明白出了什么事儿，就向餐厅值班经理声明由他来结账，让服务员把冷却了的菜热一下，还打算再加两个菜。

甄莉说她吃不下了，只想尽快离开这里。

麦董没有结账的意思，一个劲儿地向甄莉解释和道歉。一个半小时前，麦董来到酒店地下停车场，上车打开电脑，却意外发现那份设计报告书里那几个关键数据好像不太理想。在这种情况下，决不能就此草草地向总公司CEO汇报，这是他一贯的办事原则。于是麦董十万火急赶回公司，找来有关的同事研究那些数据。他是工作狂，工作起来他就会忘掉一切。麦董还特别说明，在回来的路上他心情轻松多了，想先给甄莉打个电话，但是手机没电了，早就关机了。那是因为他曾经用手机无线上网，手机电池过不了多久就耗尽电量了。

甄莉曾经怀疑这顿烛光晚餐是麦董故意设下的圈套。麦董搭建这个平台，就是为了给她演一出戏。不过麦董总是把话说得慢条斯理却振振有词，甄莉毫不犹豫就相信了。甄莉觉得这个西餐厅故事峰回路转，有钱就能使事情变得既简单且值得回味，有钱人真是太伟大了。在甄莉的心目中，麦董是一个工作狂、事业成功人士和懂得享受、体贴女人的完美男人，比庄传智好上一千倍。特别是他那花钱的气势，完全把甄莉镇住了。麦董是一个什么样的男人，对此甄莉异常清楚。但是她却渐渐地忘记自己是谁了。

甄莉的心情好了起来，她和麦董一滴不剩地喝掉那瓶拉菲庄园的红酒。麦董也不怎么会喝酒，很快他们都醉意洋溢了。对于甄莉来说，那瓶昂贵的拉菲红酒先是魔鬼，但是最后它变成了把一个男人和一个女人推向梦幻结局的魔液。

喝这样的红酒，喝的就是感觉和想象。

甄莉很兴奋，想的东西越来越多。这顿晚餐不但给甄莉带来大喜大悲的记忆，还仿佛延续了一个世纪，陪着她走过极其漫长的路，让她有幸站在一个新的起点上。她除了获得一个概念和标准，从而可以给自己重新定位，还自我感觉拥有了一个崭新的世界。那不是飘忽不定的感觉，那是既定的事实。那毫无疑问是一个她所渴望的、真正属于她的世界。

这顿烛光晚餐结束的时候，已是晚上十时四十分。

麦董把甄莉领进酒店里的客房，双方一言不发，倒在床上就发生了关系。在甄莉看来，由于那瓶拉菲红酒，这一切是必然会发生的事儿了。

第六章　身份之谜

庄传智面无表情地听着蔺藜讲故事。头皮有点儿痒，他抓挠几下。在蔺藜看来，这是庄传智下意识地摸一下头上是否有一顶绿帽子。

庄传智结巴地问："甄莉跟麦董做爱，这种事儿她也跟你说了？"

蔺藜点一下头，"她说了，说得很简单。"

庄传智在自己的头上打几下，没用多大的劲儿，"这世界笑贫不笑娼，她什么都敢说出来，真不要脸！"

蔺藜说："你不应该感到悲哀。你也睡过别人的老婆，你也有小三。"

庄传智想了一会儿，"谁说我有小三的？"

蔺藜说："你不必抵赖了，我都看见了。"

庄传智说："那你看错了。"

蔺藜大声地说："我会看错吗？就是化成灰我也能把你认出来！我再说一句话，你有大宝马，难道你没有能力把奥迪比下去吗？"

庄传智一时无语。

"怪不得你老婆哀其不幸，怒其不争！"蔺藜说，"你不要给宝马丢脸了！"

庄传智说："你真的看错了。"

蔺藜看一眼庄传智，要继续给他讲甄莉和麦董的故事。庄传智做了一个动作幅度不太大的手势，让她不要说话。庄传智怔怔地坐了一会儿，不跟蔺藜打招呼就走开了。很快他又返回医生办公室，叮嘱蔺藜不要跟任何人说起这件事儿，包括他在内。蔺藜当然答应了。

现在蔺藜不管庄传智和她的约定，跟华生讲甄莉和麦董的故事。

"如果庄医生开的是大宝马，是完全有实力把奥迪比下去的。"华生说，"麦董的奥迪是A6L还是A8L？"

蔺藜说："应该是A6L吧。我也坐过。"

华生喟叹一声："庄医生那顶绿帽子本来是可以不戴上去的。如果甄莉知道庄医生是开大宝马的主儿，就不会把麦董那家伙奉若神明，一步步走向深渊了。"

"当时甄莉是这么对我说的，"蔺藜记忆犹新，"她和麦董那些事儿虽然不太光明正大，却是符合逻辑的。当时她认为她上了麦董的床，是自然而然的。因为她觉得自己拥有了希望，有了一种新的生活。"

华生说："这么说，在甄莉看来，庄传智因为没有给甄莉希望，就变成了应该承担责任的一方？"

蔺藜说："当时我也觉得，如果庄医生有宝马的话，为什么不拿出来让甄莉看一眼？一则自己扬眉吐气，二则甄莉获得了希望。"

华生说："你说，如果庄医生有宝马的话，他为什么藏着掖着呢？"

"谁也看不懂。"蔺藜说，"我也怀疑我弄错了，庄医生根本没有大宝马。"

华生说："也许你没有看错。"

"我也听说了，甄莉给我打电话……"蔺藜说甄莉知道庄传智购买一辆卡宴后，哭得很伤心，肠子都悔青了。如果甄莉早知道庄传智是一个名符其实的富翁，她就不会被麦董引诱了，截瘫的噩梦也就断然不会降临在她的身上了。甄莉说应该自杀的不是庄传智，而是她这个有眼不识泰山的蠢女人。

华生说："庄医生是如何暴富的？甄莉跟你是怎么说的？"

蔺藜说："这几天你不是跟甄莉见过几次面吗？她如何跟你说的？"

华生说："她跟我说的不一定是真话。"

蔺藜说："甄莉说庄医生是一个性格怪僻的富翁。"

华生说："说得不准确。"

蔺藜说："甄莉是不了解庄传智的。否则，甄莉就不会把希望寄托在麦董的身上了，之所以他们双方遭遇悲剧，是因为他们彼此不理解。"

"对，你说得对。"华生说，"怎么后来甄莉截瘫了？"

蔺藜说："你还是听我慢慢说吧。"

事后麦董先去洗澡。

甄莉也洗了澡。在炎热的夏天里，身处空气调节的客房，用热水长时间淋浴也是肉体上美好的享受。

麦董穿戴完毕，在征求甄莉的同意后，点燃香烟吸着。

麦董看一下手表，"我在这儿还能待大半个小时。因为我约了朋友谈合同细节事宜。你呢，回家也行，留在这儿也行。"

甄莉说："你为什么不马上走掉呢？"

麦董说："我得尊重你，不能完事儿后立马拍拍屁股走掉。老实说，你挺漂亮的。你是最漂亮最有女人味儿的护士，不过，你不应该当护士。"

此时甄莉坐在离麦董不远的地方，目不转睛地看着他，觉得这个男人越来越可爱了。

甄莉说："那你说我应该做什么样的工作呢？"

麦董说："你自己想想吧，看看能不能把自己的潜力挖掘出来。真的，你不应该当了几年的护士，就一辈子都当护士。比如孙中山和鲁迅，他们都是学医的，但是他们都没有一辈子当医生。一个是民主革命的先行者，一个当上了作家。"

甄莉受到了鼓舞，"是啊，树挪死人挪活，我得走出自己原来的生活圈子，重新开始。不过，我需要帮助，你能给我一个机会吗?”

麦董说：“今年你三十了吧？没有大专文凭吧?”

“你怎么记得这么清楚?”甄莉想了一下，“我没跟你说过啊，打哪儿打听到的?”

麦董说：“要是我对你没感情，我会跟你上床吗？我从来不跟陌生的女人胡来。那样说不好，应该这么说，我不容易爱上一个女人。三十岁也不算老，关键是你有没有理想，专心学习。我建议你先拿个大专文凭，再拿 MBA，将来就当一个民营公司的老总。”他还说地球上的生命绝对不会永远存在的。地球跟随太阳系在环境险恶的宇宙高速漂流，在今后数千万年的时间里，将会被黑洞吞噬或者被恒星击碎。这就像人必定会死亡一样。但是人却不能因此而悲观甚至坐以待毙。人必须在有限的时间里自强不息，体现人作为复杂生命的价值。

在甄莉看来，麦董简直就是伟大的教育家。

甄莉觉得这样的话题，比谈情说爱更有吸引力。以前庄传智也滔滔不绝地讲过类似的大道理，甄莉充耳不闻，对此嗤之以鼻。但是这样的大道理出自麦董的嘴巴，效果就迥然不同了。

大半个钟头一晃而过。时间一到麦董就匆匆地走掉了。但是他却把无穷的希望留给了甄莉。虽然甄莉只上过卫生学校，年复一年地当了十四年护士，但是她还是有野心的，至少还是有虚荣心的。她一直想住进最好的房子里，拥有最豪华的轿车。现在她还幻想有一天自己能成为一个对社会有用的人，有强大的经济实力，能为一顿乃至无数顿价格几万块钱的晚餐付账，周游世界出入总统套房有如家常便饭。然而这一切庄传智是不可能满足她的。她也很清醒，麦董是不会放弃他妻子而跟她结婚的。不过她终于看到了一条通向她的辉煌人生的路：争取拿到 MBA，在麦董的帮助下成为特大民营公司的老板或管理者。

甄莉决定从明天开始发奋读书。

零时已过了，甄莉正想离开客房的时候，她的手机鸣叫起来。她猜测一定是庄传智打来的。事先她已经跟庄传智打过招呼，说有一个女性老同学约她逛商场买衣服，她大约会在晚上十一时左右回家。在接电话之前甄莉还设想好跟庄传智说她正跟那个女性老同学在酒店的餐厅里喝夜茶，很快就回家去。

甄莉拿起手机看来电显示，没想到那是蔺藜。她这才记起三个小时前曾经打电话向蔺藜求救的事儿，不禁哑然失笑。

蔺藜说：“没见你打电话来，那顿饭埋单了吧?”

甄莉忍不住笑了，笑得挺开心的。

蔺藜倒糊涂了，“什么呀，怎么回事呢？都急死我了!”

甄莉说：“刚才我喝醉了，跟你开个国际玩笑，看你够不够朋友义气，没想到在关键的时刻，你不顾我的死活。你不是我的朋友，以后我再也不理你了!”

蔺藜说：“那真是开玩笑啊？哎呀，你吓死我了！不过，想起来也是，一顿饭能吃掉几万块钱吗？你们吃的是娃娃鱼、穿山甲?”

甄莉说：“不环保的东西我们不吃!”

蔺藜说："你到底跟谁在一块儿？"

甄莉说："暂时不告诉你，肯定是个男的。说起来话长，吊吊你的胃口。"

蔺藜开玩笑地说："小心受骗上当。"

"半老徐娘了，还怕别人骗吗？"甄莉说，"明天你得上早班吧？不是，那也早点儿休息吧！挂了啊！"

挂掉电话后，甄莉突然有了一种强烈的诉说欲望，很想找一个人彻夜聊天。最合适的人选自然是蔺藜。明天是星期天，正好她和蔺藜都轮休。于是甄莉又给蔺藜打电话。蔺藜的女儿在前夫父母家里，蔺藜在自己家里闷得慌，立即驾车赶来了。

蔺藜走进这间标准客房的时候，不由得扮一个鬼脸。但是这个鬼脸无法抹去她猜疑的神色。当她看到甄莉穿着宝姿时装时，似乎得到了答案。

蔺藜说："这房子一晚一千多块钱吧！"

甄莉说："这你就不用管啦。想吃点儿什么？我打电话叫来。等一下去餐厅吃也行。我也饿了。"

蔺藜说："你先坦白，这房子是哪个帅哥酷哥开的？哪个老板开的？"

甄莉从冰箱里取出一听椰汁递给蔺藜。

蔺藜说："看来，吃一顿几千块钱的晚餐也是真的？"

甄莉伸出三个指头。

蔺藜说："三千块钱？"

甄莉摇一下头，"这是个零头。"

蔺藜说："三万块钱？真的？"

甄莉点一下头。

蔺藜说："疯了。"

甄莉说："我也觉得他疯了。"

蔺藜很感兴趣，"那个人是谁？"

"年纪比老庄小几岁，搞IT的，一副读书人的样子。"甄莉说，"先不说他。以后有机会，我让你见见他。"

蔺藜说："你就黄鹤一去不复返了？庄医生怎么办？"

"以后的事儿，谁都说不准。不要为老庄担忧。穷则思变，他肯定有办法的。问题是他死脑筋，不识好歹，不可救药。这种人，反时代，反主流，怎么会有好下场呢？我跟着他，真是三生不幸，倒血霉了！不要管他！"甄莉骂起庄传智就气得要命。

蔺藜觉得那是庄传智和甄莉的家事，就没有插嘴。

甄莉突然换一个话题，"我想考个大专文凭，再拿个MBA，你说行吗？"

蔺藜伸手摸一下甄莉的前额，"你有病，还是喝多了？我们都是当护士的命。要是命好，自己的老公飞黄腾达了，一人得道，鸡犬升天，当老婆的也飞黄腾达了。要是命不好，嫁猪随猪嫁狗随狗，就完了！我觉得你还是指望你家老庄吧！"

"你这是讽刺我！"甄莉说，"我不能靠那个没本事、没男人气概的人！没有他，我更行！"

蔺藜说："今晚你到底怎么啦？"

甄莉说："你给那老家伙打个电话，就说我在你家里，今晚不回去了。我可怜他，不想他为我担心。"

蔺藜一听就明白了，"那老家伙"指的是庄传智。

在餐厅吃完宵夜，已经是凌晨二时了。这个晚上甄莉无法入眠，兴奋地跟蔺藜说她要发奋读书的决心。至于她和麦董的那些事儿，她在兴奋之余也有所吐露。最后蔺藜昏昏欲睡，根本听不进甄莉在说什么。她不相信甄莉会成为一个勤学苦读的成功者。

第二天一早甄莉给麦董打电话。麦董明确地说，他也很想见到她，不过必须在一周之后。以后他们每周相聚一次。甄莉跟麦董撒娇，嗔怪他折磨她。麦董说目前他只有甄莉这个唯一的女朋友，他不会不珍惜的。然而对于男人来说事业永远被放在最重要的位置上，他的时间非常有限，不可能天天谈情说爱。这句话听起来充满陈词滥调的味道，难免让甄莉疑心重重。不过接着麦董作出科学的分析：一个男人如果真心爱一个女人，即使没有付出一生的光阴和精力，也必须付出无数的时间和心思，如果一个男人同时跟几个女人发生恋情，那么这个男人将会一事无成的，因为他在女人的身上耗尽了全副身心。麦董说得头头是道，甄莉惊叹只有麦董才会这样说话。如果麦董所说的话被证明是真的，她会觉得这个世界实在是太美好了！

甄莉急于证明麦董送给她的那条钻石项链是不是值钱的东西。蔺藜说它很像卡地亚的产品，于是她陪着甄莉往处在希尔顿饭店内的那个专卖店走了一趟，在店员的指点下，这才看清了麦董送给甄莉的那条钻石项链上那个由正反两个英文字母 C 从开口处相对接合而成椭圆的品牌商标。店员还确定了该钻石项链就是该专卖店售出的，价格为四万多元。

甄莉由此确定麦董是爱她的，她当然也相信麦董说的是真话。

甄莉到银行去租用一个保险箱，把那条钻石项链藏起来。然而她明白认识麦董的最大的收获不是钻石项链，而是她从此拥有无限的希望。这非常重要，她可以因此而心平气和却充满活力地过日子了。她决定不再跟庄传智吵架，把有限的业余时间全用于学习。至于那套宝姿时装，甄莉就跟庄传智说是自己新买的。

几天之后蔺藜特地在医生办公室里找庄传智单独聊天。在此之前蔺藜已经就甄莉的那些事儿找过庄传智。这一次庄传智见到蔺藜，有躲闪她的意思，却来不及了。

蔺藜说："这些事儿，你是不能回避的。"

"你不必再说了！"庄传智坚决地说。

"我觉得你应该反思一下。"蔺藜说，"你不能什么也不做！"

庄传智说："我跟你说过了，甄莉和那个奥迪男人的事儿，不必告诉我。那是过去的事儿了，不可避免地发生了。你也不应该再说了。今天你出卖了甄莉，明天你也会出卖我的。我就是这个意思！"

蔺藜说："我只想提醒你，要多多关心自己的老婆。你有没有注意到，甄莉她是不是变了，正在努力学习大专课程？"

庄传智想了一下，"她没跟我说过。甄莉她到底怎么啦？"

蔺藜说："我也不知道。所以说，必须关心自己的老婆！"

蔺藜的话起了作用。

这天晚上庄传智回到家里，甄莉不在卧室，庄岩说她在卫生间里。梳妆台上放着一个背包，庄传智还以为是庄岩的，庄岩说是甄莉的。趁甄莉不在这里，庄传智把庄岩支走，动手翻看那个背包。

过去甄莉随身携带的是一个不大的坤包，里面装有一些化妆品之类的小东西。这几天庄传智一不留意，甄莉已经换了一个较大的背包，里面的夹层放置一台小巧的索尼笔记本电脑。他仔细一看，这个背包还是国际品牌Gucci，辣妹送给贝克汉姆的西服就是这个品牌的。庄传智不能确定这个背包是不是冒牌货，不过看起来它确实与众不同。背包里还有雅诗兰黛和香奈儿化妆品、迪奥香水。庄传智认识这些国际品牌。

看来甄莉所用的东西全都升级了。

庄传智最大的发现是甄莉的背包里还有几本电视大学教材。看来蔺藜所言不虚。庄传智和甄莉一起生活了十一年，非常了解她，知道她绝对不是一个喜欢读书的人，甚至她没有买过一本正儿八经的书。他大惑不解，是一股什么样的力量促使甄莉改弦更张、重拾课本的呢？这股力量可喜也可怕。

这是庄传智第一次偷看甄莉的隐私的东西，未免有点儿慌手乱脚。

甄莉正好走进卧室，把庄传智抓个正着。

甄莉厌恶地说："未经我同意，你怎么可以乱翻我的东西呢？"

庄传智有点儿窘，"我不是……"

甄莉说："男子汉大丈夫，有什么话直说吧，以后别乱翻我的东西！"

庄传智说："你念电大吗？"

甄莉不哼不哈，根本不愿意说话。

庄传智强作笑颜，故意刺激甄莉，"能考上大学的女同学，特别是念工科、医科的，没几个漂亮的。高学历是丑女的专利，你长得还算可以，你行吗？"

甄莉反唇相讥，"别以为高学历是你的专利。我会证明给你看的，我比你更喜欢念书、更有上进心和更有理念。"

庄传智一下子不知道眼前这个女人是谁了。

庄传智根本不明白，到底是谁把甄莉洗了脑呢？他第一个想到的对象是传销组织，而不是某个有钱的男人。

庄传智说："你迷上传销了？"

甄莉不想搭理庄传智，"拉倒吧，以后你会明白的。我不想跟你说什么，你只要站在一边看就行了。"

庄传智更加吃惊了。

第二天晚上庄传智特意找到蔺藜，谈有关甄莉的事儿。

庄传智问："你还知道甄莉别的事儿吗？"

蔺藜说："甄莉就像换了一个人。该说的我都说了。遗憾的是，我应该早点儿告诉你。"

庄传智说："这不能怪你。"

蔺藜说："你还是想办法挽回自己的婚姻吧。我认为你有能力，你应该可以跟那个奥迪男人平起平坐！”

庄传智不吭声。

蔺藜说：“那个麦董不就有几个破钱吗？不就有一辆奥迪吗？难道你没有钱，没有大宝马吗？你也是有物质基础的！你应该振作精神，把属于你的老婆夺回来！”

庄传智摇头，“把老婆夺回来是我应该做的事儿。但是蔺藜你看错了，我根本没有大宝马，也没钱！”

张宾给华生打来电话，问他在哪里。华生说他在蔺藜家里，不过没有什么突破性进展。华生简单说了几句话，张宾就挂了电话。

蔺藜说：“警方很关心这个案子？”

华生叹了一口气，“庄医生之死也没什么特别的，没有立案，这个不是案子。庄医生的故事很吸引人，但是我越来越觉得索然无味，就像鸡肋食之无味弃之可惜。不是刑事案件，我就不想浪费时间了。”

“那你就别调查了，别问了。”蔺藜说，“庄医生之死有点儿出乎意料，但是也在情理之中。他千真万确是自杀身亡的。”

华生说：“你说过他死得有点儿不明不白，有点儿出乎意料，你的意思是什么？”

“还不是我那个笔记本电脑电源适配器的事儿。自己都快死了，还管别人芝麻绿豆的事儿干什么？”蔺藜突然想到一个问题，“那个电源适配器的事儿，如果你说出去，万一警察认为是重要线索，也跑来问我，你就给我惹大麻烦了！”

华生说：“你对警察有成见。”

蔺藜说：“当年也有人给我介绍警察，但是我讨厌一本正经的警察。”

华生说：“我还想当个警察呢。”

蔺藜说：“你还是当个福尔摩斯吧。”

华生说：“私家侦探像老鼠一样神出鬼没，更让你讨厌。”

蔺藜说：“不过我再次警告你，别让警察找上我门来！”

“警察不会找你的。”华生说，“这不是刑事案件。”

蔺藜再次警告，“如果警察来找我，我就说不知道，什么也不知道！警察要是把包庇罪强加在我头上，我找你算账！”

华生说：“你不知道谁是凶手，你包庇谁？由此可见包庇的罪名是不成立的。”

蔺藜说：“总之不要给我惹麻烦了！”

“我的姑奶奶，你怎么突然不高兴了？”华生说，“想吃什么？我们找个地方吃宵夜。”

蔺藜假装生气，“我想吃了你……”

华生嬉皮笑脸，一下子抱住蔺藜。

蔺藜在他的身上打了一下，“还想再来一次吗？”

华生觉得太无聊了，蔺藜的提法正中下怀。

蔺藜没有丝毫埋怨华生那软弱的性能力的意思。她还是不让华生脱掉她的衣服，华生的欲望被激活了。蔺藜体内有节育环，她跟华生做爱用不上安全套。这一次她帮助他使用安全套。后来华生明白蔺藜用心良苦，那是让他因受到较小的刺激从而持久拥有男性的力量。但是这一次华生发挥得还是不理想。他只好尴尬地向蔺藜说对不起。蔺藜微笑地捧着华生的脸说他还是有进步的，后来还为他按摩了身体。

蔺藜说："你跟女朋友做爱，也是这样虎头蛇尾的？"

华生说："我长得不够帅不够酷，没有女朋友。"

蔺藜说："你没跟女孩睡过觉？我不信。"

"跟你睡觉，我想起了庄医生。"华生答非所问。

蔺藜说："胡说，庄医生不是我前夫！"

"我不明白，"华生说，"本来庄医生和甄莉的悲剧都是可以避免的。为什么庄医生会变得不在乎甄莉呢？难道庄医生有了小三？"

蔺藜说："你没有注意到吗？庄医生从来都否认他腰缠万贯，否认他有大宝马。"

华生说："如果他是特大贪污受贿犯罪分子或者毒贩，他也一样否认自己的罪行。"

蔺藜说："庄医生肯定不是特大贪污受贿犯罪分子。不管怎样，他也应该为保住自己的老婆而努力吧？"

华生说："你有没有听说过，庄传智想跟甄莉离婚？"

蔺藜说："没听说过。不过甄莉倒有要跟他离婚的意思。甄莉不止一次提出协议离婚，但是庄医生不同意。"

蔺藜一再劝说庄传智找甄莉好好地谈一下。庄传智说他也认为有必要找甄莉，把心掏出来跟她推诚相见。不过甄莉一向对他的劝告和说教置若罔闻，甚至反唇相讥，因此跟甄莉谈心，一定要选择恰当的时间和恰当的地点。

一天晚上庄传智和甄莉同时上夜班。在夜深人静的时候，庄传智找到甄莉。此时甄莉正忙里偷闲地看书，看得正入神。

庄传智说："我来看看你！"

甄莉被吓了一跳，一看来者是庄传智，就没好气地说："你来这儿干什么？"

庄传智说："你看什么书呢？"

"不用你管！"甄莉说，"今晚你来做什么手术？长话短说，我时间有限啊！"

"你也认为书中自有黄金屋，为自己加急充电？"庄传智说，"有信心吗？"

甄莉没有回答，又在依然故我地埋头读书。

庄传智说："你真是甄莉吗？"

甄莉实在忍不住了，站起来背对着庄传智，"你到底想干什么？我干什么非得要你同意才行吗？"

庄传智说："我不是这个意思。你求上进念书，理所当然我要全力支持你。你好好念书就是了。有什么不懂的，可以问我。我翻一下书也许还能记起来呢！"

甄莉冷笑一声，"你那六年医学本科白念了。商务英语，你懂吗？"

庄传智说："英语我懂！"

“别吹牛了！以后家务事儿我就不沾边儿了，你闲着无事，你就接手吧！”甄莉说，“你并不是没有好处的。以后我不会跟你吵闹了，也不会说话气你了。对我来说那样多没意思。对你来说你以后即使毫无长进也没人监督和批评你了！”

庄传智说：“家务事儿不是有我老妈吗？”

甄莉说：“我待在家里不干活儿，你妈会没意见吗？告诉你，为了学习的需要，我可能住到外面去，安安静静地念书。家里的房子太小了，我打算租一套房子，离你家不太远，离这儿也不远。”

庄传智觉得甄莉真的全变了。她像一颗小行星，在某个外力的作用下改变了运行轨道。要让它重新回到原来的轨道上，那是根本不可能的。

甄莉说：“你想说什么呢？”

庄传智说：“你不愿意听我说三道四，其实我想找你谈心。”

甄莉非常冷漠地说：“免了吧，我可不想跟你吵架，也没什么好谈的。”

庄传智说：“我们不用吵架，找一个安静的咖啡厅坐下来。在那个地方，就是想吵也吵不起来。”

“你兜里没几个钱，到那种高消费的地方去，我心里更难受，坐不住喝不下。”甄莉说着就来气了，不禁有感而发，“你在五星级酒店里吃完东西没钱埋单，即使你是一个心地善良的人，即使你是白求恩式的好医生，那有用吗？人家会放过你吗？”

庄传智想了一下，不得不庸俗地投其所好，“明天发工资了，给你买套好的衣服，让你开心一下！”

“还说呢，听起来我就恶心！你也太没出息，我都替你脸红！你的同班老同学都当院长主任了，还有的成为社会精英当跨国大公司CEO了，而你呢？你已经准确无误地被现代社会淘汰了！用时髦的话说，被边缘化Out了！”甄莉越说越来劲儿。她好像高高在上，变成了庄传智的导师和救世主。

这一次谈话只好到此为止了。

就在第二天，甄莉租到一套位于十五楼的两室两厅一厨一卫的房子。房子在海关宿舍区，离她供职的省人民医院不远，还处在热闹的旧城区内，真是个好地方，甄莉好不容易才相中这套房子，问题是租金太贵了。

甄莉请来农民工把墙壁粉刷一新，还购买了一些家具和日常用品，在那里安营扎寨了。她对庄传智说她以后下班后的行程安排是，回到家里尽力帮忙做一些家务，饭后就一个人回到这套房子来，还请庄传智不要随意来这里打扰她，影响她的学习和生活。

后来庄传智去看过了，甄莉所租赁的房子实在不错。表面上甄莉没有说什么，但是庄传智能感觉到她内心并不平静。甄莉还主动地把庄传智推倒在新买的床上，过了大半个月来的第一次夫妻生活。但是直到庄传智离开这所房子，甄莉也没有说过一句完整的话。庄传智没有快乐和放松的感觉。

海关宿舍区的大门外，是旧城区热闹的街市。旧城区最大的好处是，不用出远门，什么好吃的东西都能买到，而且价格较为便宜。

庄传智买了一瓶酸奶。

看着海关宿舍区的大门，庄传智感到心酸。甄莉梦想的安居乐业来到了她的现实生活中。但是这毕竟不是庄传智给她带来的。庄传智不知道自己应该怎么办，他又买了一瓶酸奶，尽管他意识到不一定能喝下去。

在这之前庄传智最担心甄莉找他吵闹。现在他觉得冷漠比吵闹更可怕。反而他想找甄莉吵架了。一种既愤愤不平且莫明其妙的感觉逐渐占据庄传智的心头。他转身走进海关宿舍区大门，来到甄莉租住的那套房子的门前，硬着头皮按门铃。

大约过了一分钟，在庄传智快要气炸的时候，甄莉把门打开了。

甄莉没有说话，也没有理会他的肢体语言，而她的表情却是非常平静的。她走到书桌旁坐下来，拿起书看起来，就像庄传智不复存在一样。为此庄传智估计刚才甄莉也在看书。

庄传智万分好奇地说："是什么人什么事儿，给你那么大的希望和毅力，让你发奋读书呢？我想知道。"

甄莉仿佛没有听到庄传智说的话，继续看着书。

"今天你必须告诉我。"庄传智打算找个地方坐下来。

甄莉拿着书，走到庄传智身边。

甄莉说："刚才你说什么？"

庄传智一下子觉得太没意思了，一边打着呵欠一边说话，"没有。"

"没有？"甄莉轻蔑地说，"我知道你在想什么。如果你怀疑我，你可以像特务一样盯梢我，或者潜伏在某个地方守株待兔等着捉奸。但是如果我没干什么偷人的事儿，你就不能打扰我的生活和学习！"

庄传智自嘲地朝甄莉摆摆手。

甄莉觉得还不解恨，"我向你保证，在这间房子里，我决不会让一个成年的男人进来，其中包括你！"

庄传智无话可说了。

甄莉说："告诉你吧，很简单，我读书，是因为我相信知识改变命运！"

庄传智坐立不安，真想马上离开这里。

甄莉说："你也算是读书人，你应该能理解我为改变自己的命运而做出的努力！"

"可是……"庄传智无法表达自己不安、大惑不解的心情。

甄莉放下书，犹豫了一会儿，说要请庄传智吃一顿饭。

庄传智有什么理由推辞这顿饭呢，"就我们两个人？岩岩呢？"

甄莉说："就我们两个人。"

庄传智说："我们很久没有一起两人世界地吃过一顿饭了。以前有过，谈恋爱的时候。"

甄莉没有理会庄传智说什么，问他打算到什么地方吃饭，他一时答不上来。甄莉说就吃西餐吧，接着拿起手机拨打电话，很有礼貌地向一个最高级的西餐厅订餐。这让庄传智未免有点儿吃惊，觉得甄莉大有进步了，略知吃正规的西餐的礼仪：在高档的西餐厅进餐是需要事先预约的。

甄莉明目张胆地说："想知道我为什么有那个西餐厅的电话号码吗？"

庄传智满腹狐疑，但是他不便追问。

甄莉仔细地打扮一番，穿上新买的礼服，还洒上一点儿香水。这更让庄传智吃惊了。他不知道甄莉何时买了一套这么漂亮得体的礼服。即使非常昂贵的休闲服，也不应该随意穿着上西餐厅，这个规矩庄传智是懂得的。而此时他恰好穿着休闲服。纯棉的衣服特别容易褪色，他身上的衣服看上去显得无精打采的。

庄传智问："我要换衣服吗？"

甄莉不经意地说："算了吧，你也没有像样的西服。"

庄传智和甄莉走到海关宿舍区大门外。

甄莉不像往常那样在出行的时候责骂庄传智是无车阶级，无法以小车代步。今天她显得善解人意，由庄传智全权安排，坐出租车或乘公共汽车，她都没有意见。

庄传智选择打车。

甄莉把庄传智领到这个城市里最高级的西餐厅。

庄传智顿时明白了，正是在这个西餐厅里，甄莉喝过一瓶自 1982 年开始酿造的、价值两万八千八百元的拉菲庄园的红酒。这瓶拉菲红酒让她悲愤，也让她感受到金钱具有无所不能的权力。可以说这瓶价格惊人的拉菲红酒彻底改变了她对这个社会的看法，也改变了她的命运。

今天这个西餐厅里外国的客人比较多，服务员忙个不停。

庄传智和甄莉坐下来后，甄莉客气地问他要吃点儿什么。庄传智突然想起来，甄莉是从椅子的左侧入座的。遗憾的是他记起来，自己就近从椅子的右侧入座，而且没有像绅士一样，为她把椅子往后搬一下，引导她从椅子的左侧入座，让她先坐下来。那才是西餐厅里格式化的最得体的入座方式。表面上甄莉已经非常懂得享受西餐的礼仪和高贵了。这让庄传智浩叹不已，拿着菜谱有点儿不知所措。

甄莉示意庄传智让她来，她就开始熟练地点菜了。她微笑地看着服务员，说到英文菜名的时候，一点儿也不显得生疏和没有信心。这时庄传智觉得，甄莉已经由一个小女人，变成迷人的贵妇人了。而且他觉得她离他渐渐远去了。

服务员问："请问，喝点儿什么呢？"

甄莉说："红酒吧，法国的，酒龄十年左右的就可以了……"

庄传智忍不住卖弄一下，"红酒的酒龄相差两三年，这个问题不大。关键是那一年的葡萄长得好不好……"

甄莉打断庄传智的话，"你在哪本书看到的？不要不懂装懂。"

甄莉在酒水簿上一时找不到价格合适的红酒，抬头看着服务员，请她推荐一下。

服务员对庄传智说："你好，你是林先生吧？我记得你在我们这儿有存酒的，轩尼诗 XO，要不要取出来呢？"

庄传智故作糊涂地摇头，表示不明白服务员在说什么。

甄莉哑然失笑，在她看来庄传智根本不可能在这么高档的西餐厅抛头露面，他第一次踏足于此绝对是在今天。

甄莉不以为然地对服务员说："对不起，他姓庄，你一定搞错了。请来一瓶玛歌产区的，Chateau Monbrison，2000年的，这一年对于波尔多是个好年份。"

甄莉礼貌地示意服务员可以离开了。

服务员重复一遍甄莉所点的红酒的资料，经核对无误后，请甄莉和庄传智稍等，就去藏酒室找这瓶红酒了。

庄传智目瞪口呆地看着甄莉。

甄莉小声地说："花多少钱你不用管，这顿饭我请客。我还没有请过你吃饭呢。多喝点儿酒啊。"

看来这顿饭要花不少钱，不过却是带有浪漫情调的、让人难以忘怀的美味佳肴。

然而庄传智全然食不甘味。

大概甄莉也是这个样子。

饭后的咖啡上来了，就快到了结账的时候。

庄传智抢着要付账。

甄莉说："说好了的，我来埋单。"

庄传智说："我是男士，还是我来埋单吧。"

甄莉小声地说："这是什么地方？你就不要抢着来了！"

甄莉从坤包内拿出信用卡，脸上真切地露出一副舍我其谁的表情。庄传智完全被她的这种表情压制住了，也考虑到她完全有能力付账，就不再吱声。

这顿饭吃完了，该付的账也搞定了。但是庄传智没有离开餐桌，他意识到这顿饭的主题还不够明朗，现在是切入主题的最后的时候了。

庄传智说："说吧，我想听真话。你到底想说什么呢？"

甄莉显得很矜持，没有马上回应庄传智的话。她在征求他的意见后，又要了两份咖啡。

甄莉小声地说："你知道这是什么地方吗？"

庄传智点一下头。

甄莉说："在这儿不可以高声说话。所以基于这一特点，我请你吃了这么一顿饭。"

甄莉话中有话，庄传智当然明白她的意思。甄莉不让他高声说话，这使他感到委屈和耻辱。现在他在甄莉的眼里，已经变成一个蛮不讲理的人了。他根本不是那种蛮不讲理或强词夺理的人，为什么要对一个是自己的妻子的人高声说话呢？

庄传智真想跟甄莉好好地谈一下，但是他却找不到合适的语句。他要做的事儿可能是，找一个男人打一架。

但是甄莉显然对庄传智视而不见，小口喝着咖啡，仿佛一个人在自斟自酌。

庄传智实在难以忍受，"我们真的无话可说了？"

甄莉说："那是你的观点。"

庄传智看着甄莉，"我们真的会离婚吗？"

甄莉说："我暂时没有考虑这个问题。"

庄传智说："我劝你一句，不要伤害了孩子。孩子是无辜的。"

“不要用孩子来压人。”接着甄莉说了一些隐晦的话，“我这样说吧，你是上帝赐给我的不合适的礼物。”

对于庄传智来说，今晚的关键词不是茫无头绪，就是无可挽回。

庄传智依稀地记起一些统计数字，去年在这个城市里就有将近一万五千对夫妇办理离婚登记手续。据社会学家预测，离婚率还将会逐年攀升。

但是庄传智并不想跟甄莉离婚。

华生说：“因为没有大房子，没有奥迪，这就注定了庄医生要被漂亮的老婆抛弃？”

蔺藜说：“有时我也替庄医生愤愤不平。”

华生说：“庄医生不是有大宝马，有小三吗？大房子他肯定也会有的。他为什么不把甄莉休了，让小三光明正大地当正宫娘娘？”

“问题就在这里，庄医生不承认他有大宝马，有小三。”蔺藜说，“庄医生还跟我说他不想离婚。他要我去劝一下甄莉，我也想找一个合适的时间去劝一下甄莉。可是直到甄莉出了事儿，我都没有跟她谈过。因为我知道我说什么也没用。”

华生说：“后来甄莉残废了，庄医生也没提过跟她离婚的事儿？”

“是的。庄医生没有嫌弃甄莉，给她请了一个保姆，把她照顾得舒舒服服的，还打算筹集一大笔美金，送甄莉到美国治疗。”蔺藜说，“庄医生是个大好人。如果不是庄医生而是其他男人，甄莉自作自受，早就被扫地出门了！”

华生说：“导致甄莉残废的外部原因，我也听说了。不过，我想听听你所说的版本。你的版本应该是如实报道。”

蔺藜觉得肚子饿了，做个手势让华生不要说了。

华生说：“你怎么啦？”

蔺藜说：“民以食为天。这会儿我想喝啤酒、吃烧烤。”

“好啊，我说过我请客。”华生说，“开上你的波罗，我们找个好地方。”

蔺藜说：“你是学生，有钱吗？掏出来我看看。”

华生掏出鼓鼓的钱包，打开让蔺藜看。

蔺藜开玩笑地说：“偷谁的？”

华生说：“捡的，假钞！不过臭猪头自有烂鼻子闻，我这假钞很多人等着要呢！”

蔺藜高兴地说：“好吧，充大款，待会儿你埋单！”

第七章　第二境域

那天是星期天。

庄传智接到的那个电话是交警打来的。

交警说一个半小时前在郊外的高速公路上发生一宗一死一重伤的严重交通事故。死者是一个男人，坐在轿车的副驾驶座位上。重伤者是一个女人，她是驾车者。她被困在严重扭曲变形的轿车车厢内，一直昏迷不醒。营救人员花了将近一个小时才把她从车厢内弄出来，其时她还有生命的迹象，于是被紧急送往医院抢救。交警在重伤者的手机里，查到很多电话号码，选择性地拨打几个电话，很快就打到庄传智的手机上。

那个生命垂危的女人就是甄莉。

庄传智猜测那辆事故轿车肯定是奥迪。

庄传智火速赶到医院急救中心。

甄莉一直处于昏迷状态中，她的腰椎和双腿骨折，全身上下伤痕累累，一切面目全非。当班医生告诉庄传智，甄莉脑部还受到强烈的震荡，各个内脏也有不同程度的损伤。最要命的是，甄莉的腰椎第五节粉碎性骨折，极有可能致使马尾神经受到不可逆转的损伤，她将下身没有任何知觉，大小便失禁，永远站不起来。当然这还有待进一步治疗和诊断。

两个月之后经专家确诊果真如此。断裂的骨头和血管都可以接合，唯独损伤的神经无法治愈。这是现代医学的一道难题。

那个在那次交通事故中死亡的男人叫麦董。他当场就死在甄莉的身边。据甄莉向交警供述，当时她在车上学习驾驶，麦董在她身边作技术性指导。她已经学习驾驶两个多月了，对自己的驾驶技能和经验有良好的感觉。在交通事故发生前，她一直得心应手地操纵奥迪，四平八稳地高速行驶。麦董也没有向她发出提示或警告。但是在前面路况骤变的情况下，由于车速太快了，在极短的时间内她惊慌失措导致所采取的措施失误，她驾驶的奥迪首先失控追尾撞击前面慢行的大型货车尾部，继而冲向左侧的护栏，最后车子向前翻滚，摔了个仰八叉。在车子翻滚的时候，甄莉已经失去知觉了。跟在奥迪后面的路虎紧急制动，幸而躲避得当才没有被波及。路虎的司机说，如果奥迪被路虎碰撞，后果将更加严重，记者的报道将会是这样的：高速公路上那一堆烂铁从前的名字叫奥迪。

十多个小时后，甄莉在重症监护室醒过来，随之而来的是一种生不如死的感觉。

她恨不得在交通事故中当场死去。

麦董的遗孀当即做出强烈的反应，聘请有名望的律师跟甄莉打官司。律师指出甄莉是可耻的第三者，以色相勾引麦董，并在既无证且鲁莽驾驶的情况下，导致麦董当场死亡和一辆九成新的奥迪报废，要求公安机关立案追究甄莉的刑事责任，并提起民事诉讼，要求甄莉赔偿各种损失费用五百万元。法院已经受理这个案件。

甄莉在重症监护室待了十五天后，转入普通病房。甄莉再次要求庄传智让她安乐死。不过庄传智苦口婆心地劝她不要做傻事儿。由于庄传智发誓永不抛弃甄莉，甄莉不再寻死觅活，逐渐安静下来。

蔺藜和庄传智有过一段谈话。

“怎么办？”蔺藜说，“甄莉可能残废了。还有一个更大的问题，死者的老婆起诉甄莉，索赔五百万元。你咨询过律师吗？”

庄传智说：“甄莉哪里赔得起。”

蔺藜说：“可是，甄莉赔不起，你是她的丈夫，你可能会受到牵连。”

庄传智再次摇头。

“你不是很有钱吗？”蔺藜说，“我跟甄莉也是好朋友，但是我觉得，说什么也不能让你为甄莉的过错埋单啊！即使有钱也不能这样埋单啊！”

庄传智说：“我赔不起，我也不应该赔。如果我有钱，我会捐给边远山区失学的孩子。”

蔺藜话锋一转，“甄莉出了这么大的事儿，你的责任不可推卸！”

庄传智说：“这个我知道。”

蔺藜说：“甄莉搬到外面住了这么久，好几个月了吧？我已经多次提醒过你，你也应该会考虑到她勾搭男人、红杏出墙的。为什么你不制止她呢？”

“可是都这样了，说这个还有意义吗？”庄传智补充一句，“比如毒品，那么多人吸毒，谁制止得了？”

蔺藜想了一下。比如金钱和享受就是毒品，甄莉瞄上了毒品并且曾经服用过毒品，让她戒毒那将是世上最难的事儿了。蔺藜不得不认同庄传智的说法。

蔺藜说：“如果当时你同意离婚，把离婚手续办了就好了。现在你就不会这么被动了。”

庄传智说：“我想给我儿子留住妈妈，保存一个完整的家庭。当时我是这么想的。那个时候我怎么也想不到会出这么大的事儿。”

“话又说回来，如果离婚，甄莉的日子就所剩不多了。”蔺藜说，“那我就不明白了，你手头上有大宝马，自然也会有大房子，有大把的钞票。这些都是王牌啊，甄莉能不崇拜你，对你服服帖帖的？你为什么不使用这些王牌呢？你罪责难逃，可以说你就是帮凶！”

庄传智的嘴巴没有动。看来他对这个问题早就有思想准备。

蔺藜沉不住气了，“你前怕狼后怕虎，我不明白，你到底有什么好顾忌的？难道你是见不得光的坏人吗？”

庄传智小声地说："不是这个问题。"

蔺藜说："就是这个问题！"

庄传智再次强调，"不是这个问题。"他的声音几乎听不见。

蔺藜咄咄逼人，"那是什么问题呢？"

庄传智长叹一声，"你还小，你不懂。有些事儿无法表达，一言难尽。"

蔺藜比庄传智年少十岁，但是她认为自己的社会阅历不浅，"我不小了。虽然我读书不多，但是我明白人世间所有的故事可以用两个字来概括，一个是情字，一个是钱字。"

庄传智说："正因为你受教育的程度不高，而且你思想简单，你无法理解人生的价值和真谛。如果人只是单纯地为情为钱而活着，除此之外其他的东西一片空白，那么这个世界还可爱吗？按你这么说，布鲁诺为了捍卫真理而被烧死，那些为了征服南极或珠穆朗玛峰而永远倒在冰天雪地里的勇士，那些为了寻求自由而战死沙场的男人，他们的生存和死亡都是毫无意义的，是吗？甄莉就是这么认为的！"

"你又布道了，又讲大道理了！"蔺藜大惑不解地看着庄传智，"我的意思并非如此。我不跟你辩论真理。我要问你，你和甄莉怎么办？"

庄传智低着头仿佛对着地板说话，"看一步走一步吧，肯定能熬过去的！"

蔺藜说："如果是这样的话，你一家人的幸福，你父母的、你的，都将会被剥夺了。"

庄传智说："我会说服我老爸老妈的。"

蔺藜说："恐怕你无法说服他们。甄莉残废了躺在家里，他们就不得不伺候甄莉。那种苦不能让老人来受，甄莉也不能这样折磨老人！"

庄传智说："我给甄莉请个保姆或护工。"

"我真为你担心。不是请个保姆就能解决问题的！"蔺藜说，"不过，我也替甄莉开心高兴。她嫁给你真是三生有幸。"

"我说你受教育的程度不高，还说你思想简单，你不要生气。我和你的想法不同。"庄传智的手机鸣叫一声，他一边说一边看手机里的短信，注意力并不完全集中在跟蔺藜对话这件事儿上，"这么说吧，你是现实社会的人，我是第二境域的人，两种人是走不到一块儿去的。"

庄传智第一次这么说，蔺藜迅速捕捉到这个字眼。

"你说什么？第二禁欲？"蔺藜说，"什么叫第二禁欲？"

庄传智叹一口气，"我也不知道。"

蔺藜说："老婆都这样了，你当然要禁欲了。"

庄传智说："我不是这个意思。"

"没什么不好意思说的，"蔺藜说，"弄不好下半辈子你都要禁欲了，受得了吗？"

庄传智说："我真的不是这个意思！蔺藜，你受教育程度不高……"

蔺藜打断庄传智说的话，"我受教育的程度也不算低了，我跟你不但熟络，还有点儿那种情分。你说的话我能听不懂吗？"

庄传智说："蔺藜，我知道你对我好。你不用担心，我真的没问题。"

蔺藜说："禁欲是悲剧。不过我也担心你跟甄莉离婚。没有你，甄莉就活不下去了。"

庄传智说："现代医学科技很发达，说不定甄莉能重新站起来。"

蔺藜说："现代医学科技很发达，可是，那是用钱堆砌起来的啊！"

庄传智说："你三句不离钱！"

"庄传智，没有钱你会寸步难行的！"蔺藜说，"如果你不是一个有钱人，你肯定需要很多钱，我问你，从此以后你收不收红包？你跟医药代表合作吗？"

庄传智不高兴地说："我的事儿不用你管！"

华生和蔺藜把吃宵夜的地点定在食街，美食是烤羊肉串，还有烤牡蛎和烤鱿鱼，当然少不了烤韭菜和烤玉米，蔺藜最喜欢吃这两种植物。蔺藜还叫了半扎啤酒。

蔺藜喝了一杯啤酒，就坚决不喝了。

华生说："我也会开车，我来开车。你再喝一杯！"

蔺藜说："啤酒也是酒。我不能喝第二杯，不能成为甄莉第二。"

"第二杯？甄莉第二？刚才你说什么？第二什么？"华生说，"第二禁欲？第二禁欲是什么意思？"

蔺藜说："禁欲的意思，你这高材生也没弄明白？禁欲就是禁欲，那是和尚和清教徒干的事儿。"

华生说："禁欲的意思我知道。但是第二禁欲的意思我不明白。"

蔺藜说："第二禁欲就是禁欲的意思。"

华生搜索枯肠，"你肯定误解了庄医生的本意。第二禁欲这个词，令人费解。庄医生想表达什么意思呢？难道第一不禁欲，第二就禁欲？"

蔺藜说："他不是这个意思。我反复问过庄医生，可是他顾左右而言他。"

华生说："当时庄医生说，你是现实社会的人，我是第二禁欲的人，两种人是走不到一块儿去的。是这样的吗？"

蔺藜说："是呀，他是这样说的。可是，这又能说明什么呢？"

食物凉了就不好吃，蔺藜催促华生抓紧吃东西。

"按庄医生说话的思路和逻辑，你是现实社会的人，我是第二禁欲的人，这不对吧？"华生琢磨一下，"他应该是这么说的，你是现实社会的人，我是第二境遇的人，两种人是走不到一块儿去的。这不是更接近平常人说话的语法习惯吗？"

蔺藜说："你说的是第二……"

华生咬文嚼字，"第二境遇。环境的境，遭遇的遇。禁欲和境遇听起来差不多，不认真听还真听不出差别来。"

"我的语文水平不高，对禁欲和境遇区别不清楚，这不奇怪。"蔺藜做一个让华生吃东西的动作。

华生用手机上网百度一下，找到一个跟境遇同音的词汇，那就是境域。境域这个词汇跟社会这个词汇的意思有点儿相似，用在同一句话里就显得门当户对。“你是现实社会的人，我是第二境域的人，两种人是走不到一块儿去的。”华生反复朗读庄传智说过的这句话，觉得自己念得朗朗上口，就像电影里的经典台词。

蔺藜说：“你这是抠字眼啊。”

华生说：“可能就是这样了，庄传智说的是第二境域，地域的域，境域有两个意思，一个意思是境地，另一个意思是土地的界限。”

蔺藜说：“第二境域？这到底是什么意思？”

华生说：“相对于现实社会，第二境域就是另一个社会，或者是异度空间。”

“《异度空间》我知道！”蔺藜说。

那是张国荣和林嘉欣联合主演的电影。林嘉欣在某一天产生了幻觉，导致鬼魂在她的脑海里出没。张国荣是心理医生，试图帮助林嘉欣摆脱幻境中的鬼魂。张国荣的中学时代的女友跳楼身亡，在张国荣将她的遗物都找出来之后，一直不相信人世间有鬼魂存在的张国荣也遇到了鬼魂，在他的脑海里女友的鬼魂跟他缠绵不休……

“你的意思是，庄医生遇上了鬼魂？”蔺藜说，“你的脑袋有问题。”

蔺藜打了一个呵欠，华生却精神抖擞。

华生说：“第二境域，字面上不好解释，我也一头雾水，不得要领。”

蔺藜说：“这个词汇是庄医生胡编乱造的吧？”

“大概是吧。”华生绞尽脑汁，“第二境域，是不是二度空间？或者是异度空间？”

蔺藜说：“二度空间是什么意思呢？”

华生说：“二度空间不是物理问题就是绘画问题，这些我都不太熟悉。”

蔺藜说：“既然是胡乱编造的，你就不必为它浪费时间了。”

华生说：“庄医生说你是现实社会的人，我是第二境域的人，那肯定意有所指吧？”

“庄医生随便说一句，你就当是圣旨，当是《圣经》。”蔺藜说，“你太多心了，适合当个小侦探。”

华生说：“庄医生说他是第二境域的人，这么说他就是来自未来的人，来自异度空间的人。我所说的这个异度空间，不是那个鬼魂的空间，而是一个跟现实社会截然不同的空间。”

蔺藜说：“那么，现实社会的人，就是像我这种想吃山珍海味、想穿金戴银、想升官发财、想不劳而获的凡夫俗子，对吗？”

华生说：“也许是吧。”

蔺藜说：“那么第二境域的人，就是不收红包，不食人间烟火，原谅老婆红杏出墙，对伤残的老婆不离不弃，是一个真正的品德高尚的人，是吗？”

华生点一下头。

“放屁！”蔺藜说，“那么，庄传智包二奶，开豪车，吃山珍海味，生活奢侈腐化，这算什么呢？这不是凡夫俗子吗？难道庄传智还是品德高尚不食人间烟火的天使吗？”

华生顿时哑口无言。

蔺藜说：“你还想说什么呢？”

“庄医生饶恕了甄莉，没把她扫地出门，还把她当做宝贝，这让大家都觉得庄医生是个古怪的人。”华生说，“我来你们医院里实习快半年了，认识庄医生也半年了，觉得他的脾气并不古怪，不过他确实像谜一样，让人琢磨不透。”

蔺藜说：“他并不古怪。我认识他十年了，现在反而不知道他是谁了。”

“庄医生的死亡是纯粹的自杀事件，”华生说，“问题是他怎么一夜暴富了。”

蔺藜说：“在网上发个帖子，发动网友来个人肉搜索。”

华生说：“有用吗？最熟悉庄医生的人，不是我和你吗？还有甄莉。”

蔺藜说：“不一定。”

华生说：“你的意思是，在第二境域，也许有人比我们更熟悉庄医生？”

蔺藜说：“你比我聪明，你自己猜去吧。”

华生食欲大增，大咀大嚼吃东西。

蔺藜说：“如果这是好莱坞电影的情节，那个开奥迪的男人就是杀死庄医生的凶手。”

“你怎么啦？你不担心警察来找你啦？”华生说，“庄医生是坠楼身亡的，他的死亡不应该跟其他人有关系。况且那个奥迪男人早就死了。”

蔺藜说：“所以只能说，庄医生是让鬼魂杀死的。或者是让来自第二境域的人杀死的。我完全没说到他死于现实的谋杀。”

此时华生只对餐桌上的食物感兴趣。

蔺藜说：“有那么一件事儿，以后我会告诉你的。”

华生说：“什么事儿呢？”

蔺藜说：“老实告诉你吧，即使现在我说出来，那也是无关痛痒的事儿，没意思，却对我有较大的影响。”

华生好奇地说：“你还是告诉我吧，我保证不说出去。”

“小侦探，暂时不能告诉你。”蔺藜叹一口气。

华生说：“我们之间还有不能说的话吗？”

蔺藜说：“你的身份特殊，真的不能告诉你。”

华生用责怪的眼神盯住蔺藜。

“都怪我口无遮拦，女人的老毛病。”蔺藜说，“别问我了！说出来我会臭名远扬的！”

华生说：“拉倒吧，你跟我说怎么会臭名远扬呢？”

蔺藜说：“你不要问了！我警告你，如果把警察招上门来，我就臭名远扬了！”

华生不解地看着蔺藜。

蔺藜说：“本来那是无关痛痒的小事儿，你听了也没用！”

华生看到蔺藜有抵触的情绪，就没有再追问。蔺藜露出一副无精打采的样子，华生特意挑了一串羊肉串，说它是最好的，放在蔺藜面前。

蔺藜说：“凉了，不好吃。”

华生要服务员把食物用微波炉热一下。

蔺藜摆摆手，“不用了，不想吃了，打包回家。”

华生做个手势让服务员离开。

华生说：“第二境域到底是什么意思呢？你说，甄莉知道吗？”

蔺藜说：“庄医生偶然说出一个比较新颖的词汇这不奇怪，但是这个词汇并不重要，也许根本不可能派上用场。”

华生说：“明天我给甄莉打个电话。”

“你已经说过庄医生是自杀身亡的。”蔺藜说，“可是你喝了几杯啤酒，又对庄医生的死感兴趣了。我可以告诉你，即使有不明不白的地方，杀死庄传智的是他自己，而不是另有其人。既然自杀身亡无可疑，尘埃落定了，我们以后就不要反反复复提起庄医生了，我很伤心。真的很伤心。”

华生喝下半杯啤酒，“如果将来我死了，你还活着，你会很伤心吗？”

蔺藜想了一下。

华生又补充一句，“此时你还有好几个男朋友，你一贯花花肠子死性不改。”

“我恨我前夫。不过如果他死了，我也会伤心的。”蔺藜说，“我们医务人员，见的死亡事件多了。你死了，我会怀念你的。”

有异物掉进华生的气管，华生咳得很厉害，显得非常痛苦。蔺藜靠过来，在华生的背部拍几下。折腾了几分钟，华生才安静下来。

蔺藜说：“呛上什么东西了？”

“可能是半粒胡椒。”华生说，“庄医生家里，除了甄莉是明白人，还有谁是明白人呢？”

蔺藜说：“你说的明白人，就是聪明人吧？庄医生有个妹妹，挺漂亮的，人也很机灵。我听甄莉说过，她小姑傍大款，庄医生极力反对，她小姑一怒之下跑到外面去，无影无踪，连个电话也不打回家里。”

华生说：“你说，甄莉她小姑知道第二境域是什么意思吗？”

蔺藜有点儿生气了，“你又来了！”

华生装模作样地说：“甄莉她小姑漂亮吗？”

蔺藜说：“这个也不许问！”

华生做了一些哑语的动作，示意自己不说话了。他抬腕看一眼手表，还不到十一时。

蔺藜戏谑地说：“什么表？不是宝玑陀飞轮吧？”

蔺藜所说的话涉及庄传智，华生正要抢白蔺藜几句，此时他口袋里的手机鸣叫起来，蔺藜的耳朵尖先听到了，做个手势让他接听电话。

华生接听电话，表情有点儿变化，明显地流露出对通话的内容很感兴趣。

蔺藜不由得盯着华生。

华生掩住手机的话筒，问蔺藜这是什么地方。

蔺藜说：“谁？”

华生说：“庄医生的妹妹，庄秋玲。”

蔺藜说："她要来？"

华生点一下头。蔺藜要过手机，向庄秋玲问好，把这里的具体位置告诉她。

最后华生通过手机对庄秋玲说："好吧，你来吧。这个地方很好找，离你所在的解放路派出所大概也不远。要我去接你吗？"

庄秋玲说不用，她坐出租车过来。

庄秋玲本来是皇冠假日酒店的服务员，两年以前她跟家人不辞而别，直到半年前才打电话回家里，通话时间只有短短的三分钟。当时庄秋玲声称在深圳，日子过得很好。她的父母只闻其声不见其人，天天为她担惊受怕。最近几个月庄秋玲音讯全无。今天下午庄秋玲突然心血来潮，给父母打电话，才知道庄传智已经不在人世。她无法接受这个噩耗，乘红眼航班赶回来了。

庄秋玲没有回到家里，先赶到解放路派出所报案。派出所值班领导给予的答复是，对于那个死亡事件，分局刑警大队曾经到现场勘查、解剖尸体并询问有关证人，走访调查死者原工作单位，最终作不予立案处理。庄秋玲坚持要报案，跟派出所值班领导理论一番。值班领导不得不给分局刑警大队打电话，许健正好也在值班。许健跟庄秋玲在电话里谈了一会儿，建议她去找华生。庄秋玲坚决不同意，一定要立即见到许健，但是许健另有十万火急的任务，挂了电话拔腿就走了。庄秋玲急得跳起来，不得不前来找华生。

华生说："当年曾经有很多科学家自发组织在一起，试图证明爱因斯坦的相对论是错的。现在呢，我认为即使所有认识庄医生的人都来了，即使歇洛克·福尔摩斯、赫尔克里·波洛和李昌钰都来了，也无法证明庄医生死于他杀。"

蔺藜说："庄秋玲一回来就跑到派出所报案，她手头上肯定有什么证据吧？"

华生摇一下头，"庄医生出事儿快二十天了，庄秋玲才知道。就此可以推测，庄医生的那些事儿，庄秋玲知道得不多。"

蔺藜说："那她跑到派出所报案干什么？"

"天知道。"华生说，"庄秋玲漂亮吗？"

蔺藜佯作不满地哼了一声。

华生说："你别误会。跟我打交道的人，不论男女，我当然希望他有点儿明星相。这样做事儿会更有信心。"

蔺藜说："那我有明星相吗？"

"你自信心不足啊！"华生说："有那么一点点吧。"

蔺藜说："罚你喝酒！"

华生不愿意再喝啤酒。他必须保持清醒的头脑，等待庄秋玲的到来。

庄秋玲很快就赶到了，怀里抱着一个婴儿。

华生用评头品足的眼神打量庄秋玲，觉得她长得很不错，身上有一种成熟女性的诱人的魅力。蔺藜也看着庄秋玲，问庄秋玲还认得她吗，庄秋玲似乎没有听到蔺藜的话，她的注意力全部集中在华生的身上。在审视华生一番后，一股失望和不满的神色涌上庄秋玲的脸。她正要责问华生，此时庄秋玲的母亲郭秀娟匆匆赶到。郭秀娟看到庄秋玲怀里的婴儿，惊讶得合不上嘴巴。

郭秀娟一把抓住庄秋玲，劈头盖脸地喝问她："你怎么搞的，这是谁的孩子?!"

庄秋玲说："老妈，叫你来是请你帮忙，别在这地方吵架!"

郭秀娟越骂越生气，"庄秋玲，你怎么这么糊涂啊！你闯大祸了，让你气死了，这是谁的野孩子?！你不说今晚我就死在这里!"

庄秋玲说："老妈，你要冷静!"

华生和蔺藜七嘴八舌劝着郭秀娟，但是他们说的话都没有打中要害，更没有起到震慑的作用，郭秀娟充耳不闻。餐厅里的食客都不吃东西了，一齐看着庄秋玲和郭秀娟。烧烤店老板也跑来促请郭秀娟少安毋躁。但是郭秀娟对庄秋玲不依不饶。

庄秋玲大喝一声："老妈，我请你来是让你给我看住孩子，我要办一件事儿！这件事儿无论如何我也要管，因为我哥不是自杀的！是被别人谋杀的!"

一下子郭秀娟被镇住了，目瞪口呆地看着庄秋玲。包括华生和蔺藜在内，周围所有的人都倒吸一口冷气。

郭秀娟也急了，"如果你有证据，你赶快到公安局报案啊!"

庄秋玲说："这个你不懂，你不要说话!"

郭秀娟被唬住了，不敢再说话。

庄秋玲把婴儿递给郭秀娟，她不得不接过去。婴儿啼哭不停，郭秀娟用各种办法哄着婴儿，试图让婴儿安静下来。

蔺藜请华生和庄秋玲坐下来。

庄秋玲用挑刺和不信任的目光看着华生，"请问，你是哪个单位的?"

华生说："我想，许警官已经告诉了你，我是庄医生生前的同事，实习医生，福尔摩斯崇拜者，业余私家侦探。"

庄秋玲毫不客气地说："警察把责任推给你是不负责任的!"

华生无可奈何地摊开双手，"警察认为这是自杀身亡事件。"

庄秋玲说："什么警察，浪费纳税人的钱!"

华生冷静地说："不过我就事论事，实话实说，庄医生的死亡出乎大家的意料。但是那是一个普通的自杀身亡事件。警察认定这个自杀事件，在程序上和证据上都是毫无问题的。"

庄秋玲气愤地瞪着华生，"警察怎么让我来找你？今晚我真是见鬼了!"

"庄医生出事儿当晚，我和他一起值夜班。"华生指一下蔺藜，"她也在。庄医生走进医生休息室之后，我们可以证明，监控录像也可以证明，没有第二个人走进或离开医生休息室。庄医生的尸检报告的内容我还记得，死者体内多脏器损伤，并伴有出血，损伤反应明显，符合生前损伤，而且其损伤为一次性形成。死者骨折处和肌肉断端均未见锐器砍击痕迹。综上所述，结合现场分析推断，庄医生死于高坠损伤导致心力衰竭。"

庄秋玲站起来，"书呆子，这只是表面文章!"

华生请庄秋玲坐下来。

庄秋玲摆摆手。

华生说："也许，你有你的理由。"

餐厅本来就不是一个安静的地方。不少客人猜拳行令喝个痛快，嘈杂喧闹之声不绝于耳。

庄秋玲左右看看，对华生说换一个地方说话。她往餐桌上扔下两百块钱，催促华生和蔺藜快走。庄秋玲还是认得蔺藜的，对她直呼其名。

波罗在夜深人静的马路上跑了将近二十分钟，来到一个叫康乾庭院的高级住宅区的大门前。这楼盘的广告至今让人记忆犹新，当时是这么吹嘘的：社会精英汇聚于此！

郭秀娟问庄秋玲是不是住在这里。

庄秋玲没有回答，指点蔺藜把车子开过门禁，来到某一幢大楼的地下停车场。庄秋玲熟练地用密码打开电梯的门，乘电梯直上第三十六楼层，用钥匙打开坚固的防盗门，在鞋柜里找到合适的拖鞋，一气呵成地长驱直入，一切如同回家一样。不过由于她的表情过于悲伤和沉重，没有人愿意弄出一点儿声音。

婴儿大声地哭着，庄秋玲接过婴儿，走进主人卧室。

沙发上放着的几本医学杂志和一部似曾相识的黑莓智能手机，立即跳进华生的眼帘。华生是黑莓之机迷，常常在梦中机不离手。不久前华生来到医生办公室，无意中看到庄传智办公桌的抽屉里有一部黑莓，就请庄传智拿出来，让他一睹这款大名鼎鼎的手机的芳容。这东西让华生爱不释手，过目不忘，他还记得那部黑莓的右上角有摔过的伤痕，那个伤痕曾经让有吹毛求疵心理的他心疼不已。

此时华生不顾一切地走过去，拿起黑莓仔细端详。华生当即发出一声轻微的惊叫，几乎要伸出双手拥抱蔺藜。

蔺藜感觉到华生有了新发现。

华生说："Black Berry，这是庄医生的黑莓手机！庄医生曾经在这儿待过，这儿是庄医生的家！"

蔺藜心里也有了答案，"真的？"

华生说："我敢肯定。"

蔺藜和华生坐在沙发上。

庄秋玲从主人卧室走出来，郭秀娟抱着婴儿跟在她身后。

蔺藜抬头看着庄秋玲。

庄秋玲慢慢地坐在华生对面，扭头朝蔺藜点一下头。

走进如此的豪宅，郭秀娟惊讶得合不上嘴巴。

华生明知故问："这是庄医生的家吗？"

"是的。"庄秋玲说，"坐在这里，我想告诉你，庄传智之死是不正常的！说不定有人在他喝的饮料里放了迷幻剂，用电话遥控他，让他糊里糊涂就跳楼自杀了！"

蔺藜说："社会上和网络上偶有传闻，某人让别人拍拍肩膀，顿时就中了别人的迷幻药，对别人的话言听计从，当场把手上的钞票给别人，或者回家取钞票、首饰、存折给别人。如果用迷幻药可以轻而易举地骗人钱财，那么用迷幻药骗人从楼上跳下去，大概也不难吧？”

“我上网查过了，日本电影《追捕》就有类似的情节。杜丘假装被强迫吃了中枢神经阻断药，行为受别人支配，坏人指挥杜丘说，你看，多么蓝的天，走过去，你可以融化在那蓝天里，一直走不要朝两边看，明白吗？杜丘。快，去吧！紧接着矢村对坏人说，昭仓不是跳下去了吗？唐塔也跳下去了，所以请你也跳下去吧！”庄秋玲看着华生和蔺藜，“经典的电影，经典的台词，看过吗？有印象吗？”

蔺藜点一下头。

华生说：“那是电影里的情节，虚构的。”

庄秋玲说：“还有，我也查到美国中央情报局用迷幻剂LSD控制人的资料。迷幻剂肯定是存在的，绝对不是虚构的。”

郭秀娟很紧张，不间歇地盯着华生和庄秋玲。庄秋玲把郭秀娟推进主人卧室，在关上门前叮嘱她好好睡觉，告诉她卧室里也有卫生间，不要自作主张走出来。

华生说：“法医提取了死者的胃内容、心血和肝组织做针对麻醉药物或致幻药物的定性鉴定，鉴定结论为所送的检材中不含有麻醉药物或致幻药物的成分。那份尸检报告还有这些关键的内容，刚才我忘记说了。”

庄秋玲问：“庄传智真的没有服食迷幻剂吗？”

华生说：“据我所知，从尸体上提取的检材，每种检材都按一式三份提取，送到三个权威单位检验。没问题。”

庄秋玲说：“对方有权有势，会不会逐一地收买那三个检验单位？”

华生说：“同时收买三个权威检验单位，我看一点儿也不容易。没有谁能办得到。”

庄秋玲说：“对方非同小可，什么事儿都做得出来，无所不能！”

华生变得警觉和谨慎，“对方，就是特定的某人或者某集团。你认为可能存在某人或者某集团，他们非要置庄医生于死地不可吗？”

庄秋玲说：“那是绝对存在的！”

华生说：“你可以指出具体的嫌疑人来吗？”

庄秋玲犹豫片刻，“让我想一下。”

蔺藜问：“秋玲，我想知道是什么原因促成庄医生一夜暴富的？”

庄秋玲显得面有难色，两次要张嘴却三缄其口。

“不是因为买彩票中大奖，也不是因为贩毒？”蔺藜猛地觉得自己出言不逊了，急忙向庄秋玲道歉，“对不起，我不应该这样说庄医生。过去我跟庄医生是好朋友。”

庄秋玲说：“你说的两种情况，都不是。”

华生说：“可以告诉我是什么情况吗？”

庄秋玲想了一会儿，“几个小时前，今天下午我才知道我哥去世的消息。一切太突然了。让我想一下。我知道问题出在哪里。”

但是庄秋玲长时间没有说话。

华生说：“庄医生的事儿你都了解，是吗？”

庄秋玲点一下头却又摇头。

“你知道庄医生所说的第二境域是什么意思吗?”蔺藜说,“第二境域。”

庄秋玲摇一下头。

华生说:“庄医生住哪间房子?”

过了几秒钟,庄秋玲才明白华生想知道什么,指着一间离厨房和卫生间较远的卧室。

华生说:“可以进去看看吗?”

庄秋玲想了一会儿,“暂时不可以。他的房间里有什么东西,我也不知道。我得找个时间清理一下,如果有可疑的东西,我会通知警方或你。”

华生说:“庄医生有写日记的习惯吗?”

“有这个习惯。”庄秋玲翻动那几本医学杂志,“过去他从不写日记。他说过他害怕写作文。不过,他住进这套房子几天之后的一个晚上,当时他就坐在这儿看电视,看历史纪录片,看到蒋介石天天写日记。于是他也开始写日记。他特地买了几本精美的日记簿,进口的。”

蔺藜问:“庄医生什么时候入伙的?他常常住在这儿吗?”

庄秋玲看一眼华生,叹一口气对蔺藜说:“据我所知,过去他极少来这儿。即使偶尔来了,也只不过待几个小时。当天晚上他必定会赶回我父母那儿,风雨不改。”

华生说:“可以让我看一下庄医生的日记吗?”

庄秋玲回绝了他,“你不能看我哥的日记。这是他的个人隐私。”

华生说:“庄医生生前跟蔺藜提到了第二境域这个词汇。或许第二境域是一个概念吧。一个人别有一番天地,这是个人秘密,也可能是祸根。因此我对庄医生所说的第二境域很感兴趣。也许,庄医生的日记对第二境域这个词汇有记载,还有解释。”

庄秋玲说:“他提过什么第二境域?”

蔺藜说:“是的。”

“第二境域。”华生找到一支笔,在手掌上写下这个词汇,让庄秋玲看。

蔺藜说:“现在庄医生很多东西都是谜。”

庄秋玲说:“我哥有豪宅、有名车的事儿,你们知道吗?”

华生点一下头。

蔺藜说:“你嫂子甄莉手上有你哥购买卡宴的发票和车辆购置税发票。”

庄秋玲说:“我哥秘密购车,那两张发票怎么会落在甄莉的手上?”

华生张口结舌,蔺藜替他打掩护,“你嫂子去医院要庄医生的遗物,她在庄医生办公桌的抽屉里无意中找到的。”

庄秋玲说:“车子甄莉没找到吧?”

蔺藜看了华生一眼,“没听说。”

庄秋玲惶惶不安,想了一会儿,把华生的左手拉过来,看一眼手掌上面写着的几个字。

华生说:“第二境域。”

“我哥有豪宅，有名车。上个月二十几号他打电话告诉我，刚买了一辆卡宴。他还向贵州山区失学的孩子捐款。我想，他所提过的第二境域大概就是这个意思吧。”庄秋玲补充一句，“你们说，第二境域是不是暗地里的意思呢?”

蔺藜看一眼华生。

华生自言自语，“大概就是这个意思吧。如果能看到庄医生的日记，第二境域就真相大白了!”

庄秋玲说：“暂时不行。而且，第二境域根本不是什么阴谋。”

华生说：“我是庄医生的好朋友，我会保守秘密的。我要做的事儿是，了解庄医生为什么会出现这样的情况。”

庄秋玲说：“我哥那些日记，我会先看一遍的。如果有什么不对头的地方，我会拿去找办案警察看的。”

蔺藜说：“给他们复印一份。”

庄秋玲说：“到时再说吧，我先看看。”

庄秋玲走进厨房，从冰箱里取出水果。

蔺藜打量一下客厅里的装修内容和家具摆设，走进厨房帮忙清洗水果。华生也走进来。

蔺藜说：“这套房子，没有六百万拿不下来吧?”

“我哥和我一起买的，七百多万。还有个地下车库停车位。”庄秋玲欷歔不已，“我哥和我跑过几个楼盘，才定下这儿。”

华生对蔺藜说：“表面上庄医生是工薪阶层，一家三代，还有妹妹和甄莉的保姆，共七口人蜗居于六十多平方米的旧房子里，更不幸的是，妻子截瘫在床上。庄医生的日子过得不怎么样，甚至算得上很不得意、苦不堪言。但是这只不过是表面的现象。庄医生却拥有第二境域，过着的是春风得意、花天酒地的贵族式的生活，还可以给失学的孩子捐款，改变别人的命运。人生辉煌之时他怎么会萌生弃世的想法，并把它付诸现实呢？庄医生想不通的东西到底是什么呢?”他问庄秋玲：“你知道吗?”

“对我哥来说，自杀是不可能的。他的性格不是这样的。这不符合逻辑。”庄秋玲说，“我哥死于他杀。明天我要求重新解剖检验尸体。”

华生说：“恕我直言，警方办案既认真又专业，办案程序无懈可击。检材一式三份，由三个权威单位检验，这就能说明警方是毫不马虎的。我劝你不要纠缠于三个权威的检验单位都被某人或某集团别有用心地收买这个虚拟问题，那绝对没有实质性的意义。”

庄秋玲冷笑一声，“本来今晚我想请刑警大队的办案人员来看一下这房子、豪车，还有我哥向失学孩子捐款的事实，难道这些不能说明我哥是不会自杀的吗?”

“我举一些例子。”华生说，“就拿韩国人来举例子。现代集团创始人郑周永的第五个儿子、现代峨山公司董事长郑梦宪跳楼自杀，前总统卢武铉跳崖自杀，明星崔真实上吊自杀和安在焕烧炭自杀……”

庄秋玲生气地打断华生的说话，“自杀是韩国的流行病。郑梦宪和卢武铉因为贪污舞弊而丑闻缠身，不得不以自杀的方式一了百了。那些韩国明星自杀是因为他们患上抑郁症。但是，你们能说我哥有什么丑闻缠身，会患上抑郁症吗？如果我哥死于自杀的话，这个世界一定是不可思议、颠倒黑白的！”

蔺藜郑重地举起一只手，“至今我还不清楚，庄医生到底是凭什么方式一夜暴富的。”她扭头问华生：“那句话怎么说，福兮什么，祸兮什么？”

华生说：“福兮祸之所伏，祸兮福之所倚。”

蔺藜说：“我认为福就是祸，祸就是福，是一对孪生兄弟，难兄难弟。所以我认为，庄医生出事儿的原因，就是一夜暴富。”

庄秋玲不说话了。

“庄医生暴富的原因，你是知道的？”华生说，“这个问题很关键，可以告诉我们吗？”

庄秋玲欲言又止。

华生说：“如果你找警方要求立案的话，现在警方唯一感兴趣的就是庄医生凭什么方式一夜暴富。这个问题你无法回避！”

“这个，我一定会跟警方讲清楚的。而且我要向警方指出谁是凶手！”庄秋玲说，“不过，我要考虑一下。我不能违背我哥的愿望。”

庄秋玲回到客厅，抱头坐了一会儿，说自己很疲倦。这是明显的送客姿势，华生和蔺藜都看出来了，只好站起来告辞。

离开康乾庭院时，华生和蔺藜说个不停，话题就是康乾庭院。

波罗跑了足足十分钟后，华生和蔺藜的话题始终不变。

蔺藜说：“住在康乾庭院里头别提有多舒服！如果我是庄医生，打死我也不会自杀！”

华生说：“打死我也不会自杀？蔺藜你这句话会成为网络名言的！今晚我就把它挂在网上！叫网友帮忙顶帖！”

“还开玩笑！”蔺藜说，“你说，庄医生为什么会自杀呢？号称伟大的侦探福尔摩斯的助手华生医生，你有标准的答案吗？”

华生摇一下头。

蔺藜说：“为什么庄秋玲不愿意把庄医生一夜暴富的原因说出来？”

华生说：“关键就在这里。”

蔺藜说：“说什么你，等于没说！”

“我看，那是丑闻，说不定是特大丑闻！”华生说，“不是光明正大的事儿。如果是丑闻，就要把它掩盖起来，深藏不露，以免遗臭万年。不过，你说，庄医生会跟什么样的特大丑闻沾边儿呢？”

蔺藜说：“我猜不到，姑妄听之。”

华生说：“从目前的情况来看，她应该是跟庄医生最亲近的人啊，虽然分隔两地，也会经常电话联系的，何况今天是网络时代。庄医生出事儿快二十天了，庄秋玲怎么会今天才知道呢？”

蔺藜说："你怀疑庄秋玲也有问题？"

华生进而想到，庄秋玲不让他看庄传智的日记，也许那些日记与那个假想的特大丑闻有一定的关联，问题就在这里。在庄传智身上肯定藏有见不得人的东西。不过怀疑一个逝者跟特大丑闻扯上关系，这种事儿好像不应该是一个年轻人干的。华生是这么想的。华生暂时不打算把自己的这些想法告诉蔺藜。让蔺藜知道得太多，这可能是不对的。绝大多数的女人都不可能严守秘密。

华生打开车窗玻璃，冷风扑面而来，车厢里冷冰冰的。蔺藜急忙把车窗玻璃关上。

华生突然想到，庄传智给失学的孩子捐款，唐默凝给他的评价也是正面的。在工作中庄传智更是一个大好人。没有任何证据表明庄传智做过跟丑闻有关的事儿。这时华生对第二境域这个词汇有所理解了。为了不让别人知道自己的某些事儿，别出心裁地画地为牢，并在这个特区内自定思想和行为规则，这可能就是庄传智构筑第二境域的初衷。

"我没说庄秋玲有问题。"华生说，"有关庄医生的所有事儿，要高度保密，谁也不能告诉，包括甄莉，明白吗？"

蔺藜说："那当然。"

华生说："庄医生为了不让别人知道他的某些事儿，付出了代价。"

蔺藜说："这么说，庄医生千方百计要掩盖自己的丑事儿？"

华生说："如果是我，什么样的丑闻都没什么大不了的。为了一个还没有传出去的丑闻而自杀，放弃一套豪宅，还放弃卡宴、美丽的小三、捐款助人为乐的慈善家称号，打死我我也不答应。问题是，庄医生有自己的想法。"

蔺藜说："我越来越糊涂了。"

华生说："不让别人知道他的某些事儿，这是庄医生生前的愿望。所以，有关庄医生的所有事儿，要以绝密的级别保密！"

"你有点儿啰嗦。"蔺藜说，"我明白了。"

庄秋玲给华生打来电话。她那个拉杆行李箱遗留在食街内那个烧烤店里，请他和蔺藜跑一趟，把它取回来。

庄秋玲特别强调，那个拉杆行李箱是LV家族的产品，而且是庄传智的。

第八章　读唇专家

华生具有一个侦探所应该具备的惊人的记忆力，但是他也有缺点，有时有点儿得过且过，顾此失彼也在所难免。一个多小时前在那个烧烤店里，他和庄秋玲处于某种对峙状态中，那种较为紧张的气氛始终没有解除。蔺藜和郭秀娟也不轻松。结果庄秋玲从机场带来的拉杆行李箱就被落在烧烤店的某个角落里了。

华生和蔺藜赶到食街内那个烧烤店，没能找到那个拉杆行李箱。老板一个劲儿地解释，当时店内太热闹了，他和服务员都没有注意到那个东西。蔺藜认为老板有故意推卸责任之嫌，就跟他吵起来。华生当即报警。

湖滨路派出所的警察办事干净利落，立即调取食街内的监控录像。监控录像表明，一个多小时前庄秋玲确实拉着行李箱进入烧烤店，此后不久她离开烧烤店，行李箱没有被带走。跟她同时离开的人也没有带走行李箱。五分钟之后，一个穿着深色风衣的中年男人提着那个拉杆行李箱走出烧烤店大门。看上去他不慌不忙的，就像东西是他本人的一样。

这家伙绝对有反侦查能力。在走出烧烤店大门时，他知道有一个监控录像的镜头正对着大门，于是他刻意地用手遮脸，并适当地低头和弯腰。他留下的就是一些有头无脸的录像画面。此后他非常熟练地规避镜头，食街内其他的镜头没有捕捉到这家伙的庐山真面目。离开食街后，他一下子消失在茫茫的黑夜里。

警察注意到，这家伙身边还有一个比较胖的中年男人。这两个人可能是同伙关系。

警察分别给华生和烧烤店老板做了询问笔录。警察说这个拉杆行李箱失窃事件到底是盗窃案还是侵占案，由有关领导认定，并向华生和蔺藜保证一定会加紧办案，明天就调取食街周围各个片区的监控录像，寻找拉杆行李箱的下落。

华生和蔺藜认为警察做得不够。华生向警察一再申明这个拉杆行李箱是国际名牌货，价值几万元，要求警方连夜追查立即破案，把东西追回来。警察耐心地说，他们一定会尽力破案，但是那是需要一个过程的。

华生不得不给张宾打电话，此时张宾竟然在食街内某个川菜馆吃宵夜，一接到电话他就问华生，那个丢失的拉杆行李箱是不是路易·威登？华生喜出望外，觉得此刻福尔摩斯附体于张宾身上。

华生和蔺藜领着警察赶到那个川菜馆，张宾已经控制住一个中年男人。这个中年男人没有说过一句完整的话，双手不停地比划。警察跟这个中年男人打过交道，知道他的诨号叫龙王，是一个聋哑人。龙王的身高和体形与监控录像里的可疑人物相仿，但是龙王穿着浅色风衣，而不是深色的。

张宾让龙王脱下风衣，把风衣反过来，再让龙王穿上。原来这是双面穿的衣服，反过来就是深色的风衣了。但是龙王用手语拒绝承认他偷了东西。龙王那副残疾的模样显露无遗，围观的人都把龙王看做是弱势群体而加以同情。做了坏事儿的嫌疑人被抓获后，大都以装聋作哑的伎俩来逃避侦查。但是龙王真的是聋哑人，一时拿他没办法。

警察问张宾凭什么认定龙王就是那个拎走拉杆行李箱的家伙。

张宾说活该这家伙倒霉。

平时张宾喜欢上网，最近他最为感兴趣的一则新闻是，国足队员几乎人手一只LV拉杆行李箱，有的队员还有LV和Gucci背包。那些LV拉杆行李箱和LV背包的特写照片，张宾早已烂熟于心。一个小时前张宾和朋友来到食街，张宾看到一个中年男人提着一个LV拉杆行李箱迎面走过来，他顿时想到莫非有国足队员来这里吃东西。但是这家伙衣着寒酸，既身材不高且年龄偏大，哪里有国足队员英姿勃发的影子，说不定这家伙就是小偷。不过朋友急着要吃地道的川菜，张宾不便公开身份盘问这家伙。出人意料的是，在一刻钟后这家伙竟然大摇大摆地走进张宾所在的川菜馆，点了一个水煮鱼。这家伙跟四川籍的老板很熟，看来他是专门来吃地道的川菜的。张宾认为龙王是惯偷，胆子非常大。在偷到值钱的东西后，龙王认为最危险的地方就是最安全的地方，于是他便返回食街内。不幸的是他遇到了张宾。

龙王主动邀请警察到他租住的房子去，房子里没有可疑的东西，更别说有一个LV品牌的拉杆行李箱了。

龙王被带进湖滨路派出所讯问室。但是他依旧发出难听的咿咿呀呀的声音，怎么也听不出个所以然来。

华生的心一下子凉了半截。他相信龙王就是偷窃拉杆行李箱的人，但是要把失物追回来，那真是一个难度较大的目标。

当晚龙王被留置于湖滨路派出所。

华生只好给庄秋玲发个短信，把目前龙王的情况告诉她。然后他和蔺藜回到蔺藜家里，抓紧时间睡几个小时。

上午九时半左右，一个懂手语的聋哑学校的老师被请来了。通过老师居中翻译，派出所的警察讯问龙王。

龙王的真实姓名叫陈琼，据他交代他的名字也是他唯一会写的两个方块字。自小父母双亡的他，不知道父母叫什么名字，也不知道自己的家在哪里，没有任何亲戚和朋友，靠捡破烂为生。昨天他捡破烂发了点儿小财，就有了当晚到川菜馆开斋吃荤的打算。龙王刚走进食街的大门，一个长相类似老板的男人请他帮忙。龙王跟着对方来到烧烤店，按他的要求拎起那个拉杆行李箱，把行李箱搬运到食街外那个对方指定的地方。龙王以为行李箱是对方的，帮对方搬运东西他就可以赚几个辛苦钱。

警察说："箱子搬到什么地方了？"

手语老师给龙王做翻译。

龙王用手语作答。那个长相类似老板的男人是胖子，走路比较缓慢，一直跟在龙王后面。走出食街大门，朝右边步行一百米后，对方在长虹桥下面即工商银行对面的马路边上拦截一辆出租车，请龙王把行李箱放在出租车后备厢里，当场给了龙王三十块钱。对方坐进出租车走了，龙王拿到唾手可得的三十块钱，心里乐开了花，返回食街内的川菜馆。他取消原来那个吃毛血旺的想法，豁出去了就吃水煮鱼！

警察说："胡说！狗改不了吃屎，陈琼你就是惯偷！那个胖子根本不是老板，而是你的同伙！"

龙王做了一些手语，"冤枉啊！人家请我提行李，我挣几个辛苦钱怎么啦？你们说我偷东西，有证据吗？东西呢？"

警察说："陈琼我问你，你提着行李箱走路，为什么刻意用手遮挡自己的脸，不让监控探头拍到？这不是做贼心虚是什么？"

龙王做了一些手语，"这个我没有注意到。大概天气太冷了，我保暖。"

警察说："我们的监控探头足够多，天罗地网，你跑不了的！现在我告诉你，行李箱内的衣服、美容化妆品、笔记本电脑都是名牌产品，总价值超过两万块钱。那个LV行李箱本身就价值四万多块钱。共计六万多块钱，这个盗窃罪不小了。如果你主动坦白交代问题，交还物品，可以考虑从轻处罚，对你很有好处！"

龙王摇一下头，"我没有偷东西，我帮人家提行李的，挣几个辛苦钱！如果那个老板模样的胖子是贼，冤有头债有主，你们抓他去呀！"

龙王是聋哑人，有时拒绝打手势，嘴里不时发出含混且高亢的声音，实在不好对付。

尽管湖滨路派出所的警察和张宾都认为龙王有撒谎的嫌疑。但是在有关的监控录像还没有调取回来的情况下，暂时找不到让龙王放弃抵抗的有效的办法。

张宾说："下午监控录像调取回来，如果录像的画面模糊不清，或者不好认定……"

警察说："即使有录像为证，可以认定他就是盗窃嫌疑人，但是要拿到他的口供就难了。他是聋哑人，聋哑是他的防火墙。"

张宾说："不是有手语老师在吗？"

警察叹一口气，"张探长我问你，如果我们不想说话了，我们会做些什么呢？"

张宾说："如果跑不了，就闭嘴。"

"你回答得不太准确。如果我们不想说话了，我们会干净利落地做一个手势。"警察朝张宾做了一个他不想说话的手势。

张宾说："做个手势比撒谎容易得多，不用费脑筋。百口莫辩的时候还可以大打出手。"

警察说："聋哑人对付审讯就是有办法。"

张宾说："如果有监控录像作证，拿不到龙王的口供也不要紧，法院一样可以给他定罪。问题是那个LV拉杆行李箱在哪儿呢？"

这是张宾第一次跟聋哑人打交道。他不禁有点儿担心那个 LV 拉杆行李箱找不回来。

张宾看一眼龙王，没想到龙王正在盯着他。

张宾说："贼眼溜溜，看什么看!"

警察说："他听不到!"

对龙王的问讯就这样中止了。

手语老师告辞了，张宾驾车送她回聋哑学校。

张宾问："老师，龙王会不会是正常人，他蓄意假装聋哑人借此逃避法律处罚?"

此前龙王曾经被其他派出所抓获。这是手语老师第二次跟龙王打交道。她明确地表明，她本人可以向警方保证，犯罪嫌疑人陈琼是聋哑人。陈琼告诉手语老师，在他年幼的时候——当时他未满六岁，由于患脑膜炎吃药打针出了问题，他的听觉神经逐渐损坏从而造成因聋致哑这个严重的后果。属于后天性聋哑。虽然他的发声器官是正常的，可是听觉神经损坏是不可逆转的。他听不到声音，便再也无法学会说话。他不仅没有读过书，而且没有学过正规的手语，他的表达方式就是那种模仿别人和自我创造相结合的手语。

"龙王说他是后天性聋哑?"张宾说，"他说的话不一定是真的。也许他听得见，能说话。"

手语老师说："陈琼能说话？看不出来啊！派出所好几位警官跟他打过交道，都知道他又聋又哑。"

张宾说："他会装，会骗人。"

手语老师说："你注意到没有，陈琼嗯嗯啊啊，发音不清，但是他每次嗯嗯啊啊都提高嗓门儿。这说明了他自己也听不到自己说的话。"

张宾说："是吗?"

"我们戴耳机听音乐的时候说话，通常也会不知不觉地提高嗓门儿。"手语老师说，"这就是因为我们听不到自己说的话。"

张宾说："你说得有道理。测试过他的听力吗?"

手语老师说："有过。曾经有个警官在陈琼的耳边出其不意地用力鼓掌，他毫无反应。还有一次迅雷不及掩耳地在他身后吹哨子，他也没反应。可以说陈琼的听力损失超过九十分贝，基本上听不到，是全聋。"

张宾说："如果他戴助听器，有用吗?"

手语老师说，"你观察到他耳朵里有东西吗?"

张宾说："当时我担心他戴助听器，检查过了，没东西。"

手语老师说："以前我也检查过他，他没有使用人工耳蜗。"

张宾说："人工耳蜗跟助听器差不多吗?"

手语老师说人工耳蜗由植入体和语言处理器两部分组成。植入体在耳孔内，那是看不到的。语言处理器的大小相当于以前的 BP 机，跟植入体无线连接，可以放在衣服口袋里，或者挂在腰间。如果不搜查的话，那也是看不到的。

手语老师说："尽管陈琼属于后天性聋哑，但是他长期不接触语言，语言发育等于零，现在即使他通过使用助听器或人工耳蜗听到一些微弱的声音，也不会听懂别人说的是什么。如果想开口说话，就更难了。假设他会说话，那就只会说极其简单的词汇，而且发音肯定是很生硬的，还要配合手语，别人才有可能听明白。"

"不能小看龙王。"张宾说，"我请教一下，龙王能不能说话，如何测试呢？"

手语老师说："这个不能采取主动，因为对方极有可能会不合作，甚至弄虚作假。除非有可靠的人证明他曾经会说话或者一直是哑巴。"

张宾说："那得走访证人，调查取证。"

手语老师说："对于聋哑人来说，听力比发声更关键。如果他听得到，就有了跟别人交流的最起码的基础，进而学会说话。"

张宾说："我总觉得他能听懂我们说什么。"

手语老师说："他根本听不见。即使他戴助听器，种植人工耳蜗，他也听不见。"

张宾说："我总觉得他听得见，他一点儿也不害怕，我们怎么想的他了如指掌，他知道我们怎么对付他，拿他没办法。"

手语老师说："他很聪明，这倒是真的。"

张宾说："本来他就很狡猾，好像还有神仙帮助他。"

手语老师想了一下，显得有点儿不安，"张警官，你是否怀疑我和陈琼串通一气？"

张宾说："没有啊，这怎么可能呢？"

"我真的没有向陈琼通风报信！"最后手语老师如是说。

手语老师这么一说，反而让张宾多心了。除了手语老师，其他人要向龙王通风报信也不容易。张宾立即赶回湖滨路派出所，在手语老师没有在场的情况下，和派出所的警察一起讯问龙王。

张宾和派出所的警察现学现卖，用刚刚学会的不多的手语讯问龙王。但是龙王反反复复表达的还是同样的意思。而且龙王做出一脸无辜、委屈和茫然的神态，让不知情的人非常同情他。

拉杆行李箱找不回来，庄秋玲把郭秀娟叫到湖滨路派出所。郭秀娟找到所长大吵大闹，再三发出警告，如果抓不到杀害庄传智的凶手，她也不想活了，在派出所大门前自杀，自行暴尸三日。

所长一再向郭秀娟保证，一定想尽一切办法破案，把拉杆行李箱追回来。此外所长还耐心地解释，庄传智那件事由分局刑警大队和解放路派出所共同负责办理，跟湖滨路派出所无关，他对此一无所知。

但是郭秀娟依然缠住所长大吵大闹。

所长招架不住，向许健求援。

许健不敢怠慢，带着张宾火速赶到湖滨路派出所。

所长认为即使目前没有收集到龙王作案的确凿证据，而且跟龙王交流确实存在困难，无法问到更多的东西，但是不能让龙王脱离监控，应该对龙王实行刑事拘留，这样才能把案子查个水落石出，把行李箱追缴回来。

办案的警察说："我心里窝了个疙瘩。假如龙王是犯罪嫌疑人，在这种情况下让他走了，这当然是错误的。假如龙王确实如他自己所说的那样是无辜的，那我们把他审问半天了，也冤枉了他，何况他还是个聋哑人，属于弱势群体。"

所长急得跳起来，"自己都被蚊子咬了，还替人家挠痒痒!"

张宾说："龙王是我抓到的，我可以保证没有认错人。"

"那就报上去，先把龙王刑拘了再说。"所长说，"龙王这家伙不是什么好东西，上次他在我手上逃脱了，这一次一定要让他尝尝法律的滋味!"

许健说："先把行李箱找回来。"

所长说："许大，你有办法?"

许健说："龙王是哪里人？我想知道得具体一点儿。"

所长说："广西邕宁县良庆镇人，客家人。"

许健说："你们所里有广西籍的客家人吗?"

所长说："广西人都没有。"

许健说："客家方言很难听得明白的。我们找个说客家方言的广西人，想个办法测试一下龙王，看他有没有听觉。"

所长说："怎么个测试法?"

许健说："叫那个广西人躲在暗处，用客家方言说几种邕宁土特产食品的名称。如果龙王听到家乡的方言、家乡的食品，他一定会有所反应的。"

所长说："还不如把他送去测谎，这样会测试得更准确一些。"

警察说："可是他是聋哑人，如何测谎?"

许健说："理论上，只要他听得到，就可以测谎了。但是测谎也不是好办法。"

张宾说："刑事拘留龙王这不难。可是继续审他也不会问到什么东西。如果那个行李箱找不回来的话，证据也不齐全。到时检察院不予批捕，案子退回来补充侦查，怎么办?"

所长说："最终还是不了了之。"

张宾说："搞得不好，就会有律师免费代理业务，替他来找你们要求国家赔偿。"

许健叹了一口气，"陈琼应该就是偷行李箱的犯罪嫌疑人，即使真像他所说的那样，他替别人搬运行李箱，别人用出租车把行李箱运走了，这也说明了在你们的辖区内有一个以聋哑人为主的盗窃犯罪团伙，得手后就有计划地迅速转移赃物。万一陈琼被抓到扣押了，他是个聋哑人咿咿呀呀讲不清，比划个不停，警方找不到赃物，就会拿他没办法。"

所长说："你说我们怕谁呢？就怕这种残疾人，遇上他们真是有理说不清了!"

张宾看着所长，"詹所长，问你一个问题。"

所长说："老兄你请。"

张宾说："你也打算跟陈琼打交道?"

所长说："是啊。你们拿他没办法，我只好老将出马了。"

张宾说："你是否注意到，龙王能听懂我们说话。无论我们说话的声音多么小。"

“他不可能听得到吧！”所长说，“不过他很会装模作样，而且装得很到位。”

张宾提醒所长等人，在讯问龙王的过程中他们有没有注意到，每当他们吹胡子瞪眼睛的时候，龙王就俯首低头，露出一副老实巴交的模样。但是每当他们把眼光移开龙王的脸，自己人之间互相交流的时候，龙王就会抬头紧盯警察的脸看着什么，眼里闪出一种恨不得看穿别人心灵的冷光。

“对！有时我冷不丁地看到龙王定定地看着办案民警。当时我没留意，更没往深处去想。”所长有点儿醒悟了，“许大，你是刑侦专家，你告诉我到底发生了什么事儿。”

警察说：“龙王真的能听得见我们说话？”

所长说：“许大，你没跟龙王打过交道吧？你知道他的底细？”

“龙王我没见过。”许健说，“不过，我觉得你们最大的失误就发生在讯问过程中。”

张宾和所长一齐看着许健。

许健慢条斯理地说：“这也是这类聋哑人犯罪案件在办理过程中存在的最常见的问题。按规定讯问的时候至少要有两个警察在场。那两个或那几个警察一旦确定了被讯问对象听不见，往往就会不由自主地低估对方，放松警惕，警察之间的交流随便起来，当着对方的面想说什么就说什么。”

张宾说：“龙王真的听不见啊。”

许健说：“龙王确实是聋哑人。但是失之东隅，收之桑榆。许多聋哑人虽然听不见，但是他们的眼睛绝对犀利，看看你们的表情，甚至看看你们的口型和嘴唇的动作，基本上就能弄明白你们要表达的意思！”

警察脱口而出，“我跟张探长说过，龙王这家伙很难缠，他好像看穿了我们的底！他真能看得懂我们说的话？”

“有这个可能。”许健说，“西方曾经有一门非常古老的职业，那就是读唇术。”

张宾说：“好莱坞的电影里有读唇专家。”

警察说：“难道龙王是读唇专家？”

张宾说：“不是所有的聋哑人都会读唇术吧？”

许健问所长：“你是球迷吗？”

所长说：“是啊，超级球迷！骨灰级别的！”

“2006年世界杯决赛加时期间，马特拉齐对齐达内说了一句话惹火了齐达内，齐达内一头顶翻马特拉齐，被红牌罚下场。你们说，马特拉齐对齐达内究竟说了一句什么样的话，让足球绅士齐达内火冒三丈？”许健说，“这个问题涉及读唇术。”

张宾说：“当时电视画面回放，我们都看到马特拉齐动动嘴皮子，齐达内当即头顶马特拉齐，马特拉齐像被枪杀一样倒下。马特拉齐不承认他问候齐达内的母亲。这不奇怪，骂人的人是不会承认他骂了人的。齐达内始终也没有透露对方说话的内容。”

许健说：“巴西的读唇专家分析，当时马特拉齐连续两次向齐达内说你姐姐是妓女。法国电视台评论员认为当时马特拉齐说的是你是意大利养出来的一条忘恩负义的狗。英国人则说，马特拉齐刻意挑衅齐达内，向祖籍非洲阿尔及利亚的齐达内说你是恐怖分子!”

所长说:“这个我知道。马特拉齐究竟说了什么,我也很感兴趣。对,主要有三个答案:你姐姐是妓女,你是意大利养出来的一条忘恩负义的狗,你是恐怖分子。但是哪一个是正确的,好像至今马特拉齐和齐达内都没有予以证实。”

许健认为马特拉齐向齐达内恶语相加的话应该是你姐姐是妓女。

“读唇专家的分析,有时未必可以一字不漏或字字正确地读出对方所说的话。”许健说,“还是回到行李箱案子这个话题。说得严重点儿,有时候两个办案警察之间递一个眼色,说一句话,往往自己人还没有明白,倒是被犯罪嫌疑人全看明白了。警察到底掌握了多少证据?对案件到底心里有没有数?两个参与讯问的警察相互之间配合得怎么样?结果,犯罪嫌疑人洞若观火,了如指掌,知己知彼。在这类特定的案件中,优势恰恰属于你们的对手,而你们却处于不知彼的劣势之中,这样的审讯你们怎么还审得下去?”

所长说:“我承认,残疾人也有他们的专长,比如盲人不怕走夜路,盲人的听觉也出类拔萃。可是,读唇术就难学会了。除非那个人有特异功能,有天才,像X光、B超、CT、核磁共振,可以看穿别人的五脏六腑,他才会成为读唇专家。”

许健说:“说那是特异功能,也有一定的道理。因为并非每一个聋哑人都会读唇术。也许有那么一个聋哑人,他有这方面的天赋,因此他就无师自通掌握了读唇术。读唇术应该是自己意会的,没有专门培训的机构。”

所长说:“好,有则改之,无则加勉,吃一堑长一智,好好总结经验教训就是了!要避免这种情况的发生,参加讯问的警察必须在实践中磨练观察力,特别在审讯犯罪嫌疑人时,要做到不露声色,不以其开口交代而喜,不以其闭口不谈而怒。”

许健说:“对,这样的话,即使遇到类似聋哑人掌握读唇术的情况,也能占据主动,技术性压倒对手。”

“许大,还有一个问题。”所长说,“你想个办法把行李箱找回来吧,晚饭我请客。”

“不是有个手语老师吗?你也请她吃饭吧。”许健说,“快把手语老师请过来。”

所长立即派车,把手语老师接来了。

龙王被带到所长办公室。

许健亲手打开办公室内所有的灯光,还叫张宾把窗帘彻底敞开。

办公室一下子变得光线充足,形成摄影棚的条件,走进这里的人,都处在聚光灯之下,呈现出他在镜头前的真实面貌。

许健请所长拿出一根中华香烟,放在龙王的嘴里,并为他点燃。

许健对手语老师说:“请你叫陈琼看着我的嘴唇,盯着看。”

“好的。”手语老师当即用手语把许健的话转告龙王。

许健对龙王说:“詹所长的烟比我的好。他的是中华,我的是广东香烟,没那么好。”紧接着他对手语老师说:“这些话不用给陈琼打手势。下面我说的话,如果我没有特别说明,你也不用翻译。”

手语老师朝许健点一下头。

龙王显得有点儿不知所措，大口吸着香烟。

“这香烟不错吧？古巴哈瓦那的雪茄更好呢，什么时候你请詹所长抽一根。”许健朝龙王打手势，让他注意看着他的嘴唇。

龙王照办了。

许健对龙王说：“兄弟，我知道你看着我动动嘴皮子，就知道我说了一些什么。算你有本事。你拿了人家的拉杆行李箱，大家都心知肚明。我们正在调取监控录像，寻找那个拉杆行李箱。我是这个区内的刑警大队长，只要我大动干戈，就当凶杀案来处理，我不信拿不回来。但是如果你自己把行李箱交出来，你的刑罚将会减轻不少，不过判个两三年，你很快就能出来了。而且我还告诉你，这行李箱是一个女士遗失的，但是它的主人是那个女士的大哥。她大哥刚身亡不久，就请你出于人道考虑，不必增加她的痛苦。”他在龙王的对面坐下来，让龙王看着他的嘴唇，“我还告诉你，这箱子是我老同学的遗物。这老同学睡在我上铺，跟我最要好。当年我借他十块钱，十年后我有钱了要还给他，他不要了。我请他吃一顿三百块钱的饭，我还感到对不起他。我告诉你陈琼，就是走遍天下，掘地三尺，我也要把这个拉杆行李箱找回来！”

手语老师看得目瞪口呆。

龙王好像深有感触，慢慢地低下头。

所长搬来一把椅子，坐在龙王的对面，做手势让龙王看着他的嘴唇，“到时我们可以出面向法官求情，刑期会减轻的，就一两年。陈琼先生，认了吧，把箱子交回来，别让同伙把里面的笔记本电脑，还有衣服化妆品等东西出手了！如果这样你就后悔莫及了！全市的监控摄像头好像星星一样，我就不信找不到那个拉杆行李箱子！不要聪明反被聪明误，误了卿卿的性命！”

许健对所长说：“跟龙王不能说书呆子文绉绉的话，他听不懂。得说他那个群体的话。”

所长想了一下，伸手拍拍龙王的肩膀，“你听着，这箱子是许大队长老同学的遗物。他亲自出马，没有什么东西要不回来的！”

许健对龙王说：“要说的话，我们都说了。你考虑几分钟吧。”

龙王朝许健点一下头。

许健请手语老师向龙王打个手语，让龙王好好考虑一下。

未等龙王有所表示，许健让所长把他送回留置室。

张宾有点儿担心，“头儿，詹所长这顿饭不好吃吧，我们抓紧时间调取全市的监控录像，同时到外面去找找那个行李箱吧！”

“那要花很多时间。”许健说，

所长对张宾说：“看龙王的表情，他好像看懂了许大和我说的话。龙王是个聪明人，不会做愚蠢的事儿的。”

一个小时后，龙王通过手语老师要求所长再给他一根中华香烟，并表示愿意立即领着警察去同伙那里找回拉杆行李箱。

LV 品牌的拉杆行李箱重新回到庄秋玲的手上。经过仔细清点，行李箱里所有的东西都完好无缺。但是她并不感激许健和所长。

庄秋玲说："我哥庄传智死于非命，我要求警方马上立案侦查，捉拿凶手。如果你们再拖拖拉拉，我就找网络和平面媒体曝光！"

郭秀娟又一次发出警告，如果抓不到杀害庄传智的凶手，她也不想活了。

许健和所长费尽口舌也未能说服庄秋玲和郭秀娟。

昨天晚上华生曾经通过电子邮件，详细地向许健汇报有关庄秋玲领着他和蔺藜到位于康乾庭院内的庄传智家里的事儿。但是现在面对着两个咄咄逼人的女人，许健觉得准备得不够充分，此时不宜直截了当地提到庄传智那些事儿。

"如果你们有什么证据，或者具体怀疑什么人，可以告诉我们。"许健旁敲侧击地说，"比如，庄传智的社会关系可能很复杂，平时他跟什么人来往密切？他有多少财产？哪些财产来路不明？这些情况你们也应该原原本本地提供给我们，这样有助于破案。"

庄秋玲犹豫了一下，"我们不是警察，没有提供证据、捉拿凶手的义务。我们再次提出强烈的要求：重新解剖检验庄传智的尸体！"

尽管许健很忙，但是在龙王被送往看守所前，他匆匆赶到湖滨路派出所，参与对龙王的读唇术测试。

测试的方式是这样的：手语老师和龙王分别被安排待在两间分隔较远的房子里。某个人跟龙王说话，然后请手语老师过来，由手语老师用手语询问龙王，刚才那个人对他说了些什么话。

龙王通过紧盯讲话者的嘴唇，就可以破译对方讲话的内容，而且准确率颇高。不过手语老师也指出，龙王所作出的读唇翻译有啰嗦之嫌，往往会推己及人地多译出一些别人根本没有说过的词儿，但是龙王还是把握住了别人说话的大体意思。

张宾终于明白了，"怪不得我总觉得龙王能听懂我们说话。"

所长不得不佩服，"有人能看穿我们的五脏六腑，真的有这种人！"

所长没有食言，当即兑现了他所许诺的请客吃饭。许健挺高兴的，和手语老师喝了半杯红酒。饭局快要结束的时候，手语老师又说到龙王。

手语老师说："龙王是个人才，不可多得，也许你们警方用得上吧！"

张宾说："我们这个城市这么多安保监控探头，每天都会拍到不少犯罪的画面，可惜都没有音频。如果有需要，可以请龙王去读唇翻译，一些有力的证据不就由此产生了吗？"

所长说："对呀，龙王有专长，可以担任警方读唇证人，为警方提供证言证据。这么一来，他将功赎罪，不就可以不用坐牢了吗？"

"龙王的确是个人才。"许健说，"由犯罪嫌疑人或服刑人员所提供的证言或证物，是否合法有效，这就难说了。不过，我认为参考价值当然是有的。"

所长说："要利用好这个专家。"

许健说："还有一个问题。那些道路和街道的监控镜头拍到的录像，根本看不清人的嘴唇的动作，读唇专家怎么能破译对方讲的话呢？"

所长说："不过，龙王这个人还是有用的。"

许健说："那当然。天生我才必有用。"

吃个半饱也就对得起古道热肠的所长了。

许健忘不了庄传智的死亡事件。

一放下饭碗许健和张宾就跑到唐默凝那儿。唐默凝见到他们，说出的第一句话是这样的："我很想见到你们，又担心你们带来更坏的消息。"

许健问："庄传智就是林寒水，这个是可以肯定的。庄传智有个妹妹，你知道吗？"

唐默凝说："没听说过。"

许健说："都说庄传智死于他杀，可是什么证据也没有。"

唐默凝说："没有证据就是自杀吗？"

许健说："我快疯了。"

"我想不出林寒水为什么会自杀。"唐默凝说，"如果要我提供林寒水死于他杀的证据，我也无能为力。"

唐默凝的笔记本电脑正处于在线状态。

许健看了一眼笔记本电脑的屏幕，正挂着几个QQ号。

唐默凝说："林寒水的QQ我整天都挂着。没有人加他，也没有人找他聊天，给他留言。"

许健拿过笔记本电脑，把林寒水的QQ里里外外看了一遍。

唐默凝说："没什么东西吧？这个QQ号是我给他申请的，网名叫小林飞刀，是我和林寒水联系的唯一通讯工具。他极少加别人，也没几个人加他，里面没几个好友。"

许健说："这是林寒水的QQ号。你有庄传智的QQ号吗？"

唐默凝摇头，"他从没告诉我他叫庄传智，我也不知道他的其他的QQ号。"

张宾说："找庄传智的QQ号，我们可以问华生医生、问藺藜呀，也许他们有。"

许健点一下头。张宾立即打个电话给华生。不到两分钟，华生便通过短信把庄传智的QQ号和网名发送到张宾的手机上。庄传智的QQ的网名跟林寒水的QQ的网名极为相似，叫小庄飞刀。

但是登录这个QQ号需要过密码这一关。

张宾不假思索地提供两个解决密码问题的方案：其一是给腾讯公司发个公函，要求提供该QQ号的密码；其二是请个网络高手来破解密码。后者最简单快捷。

许健说："张探长，你头脑简单了。"

张宾不服气地苦笑一下。

许健告诉唐默凝："你把林寒水这个QQ号的密码写下来。另外，你把你所知道的林寒水的信用卡密码、手机用户密码、电子邮箱密码，或者其他林寒水常用的密码数字，都写下来。我们就用这些密码试一下。"

一般人都会选择两三组自己背得滚瓜烂熟的数字作为密码，特别是三十岁以上的人。年轻人大多经常选择不同的数字组合作为密码却不时忘了密码，在一再受到教训后，也倾向于固定地选择两三组熟悉的数字作为密码。

张宾恍然大悟，不由得点一下头。

就用这个办法，许健成功地登录庄传智的QQ。它的密码跟林寒水的QQ登录密码完全一致。

这些天有个叫遥若☆辰的网友一直试图跟庄传智聊天，得不到他的回应。遥若☆辰每隔几小时就给庄传智留言，留言的内容千篇一律：请问你还好吗？怎么样了不会有事儿吧？你快回答我呀！你这不是吓我吧！吓死我了到底怎么了……

许健问："遥若☆辰是谁呢？"

唐默凝说："不知道。你看看他的QQ空间。"

遥若☆辰的个人资料显示，她是一个年龄为二十七岁的白领丽人。

查看庄传智自杀当晚的聊天记录，却是空白的。许健很少玩QQ，对QQ的内容和规则不太熟悉。对此唐默凝解释，当晚庄传智并不是使用这台笔记本电脑上网登录QQ的。某次的聊天记录如果不作网络保存，就会自动保存于本地电脑的硬盘里。因此要看当晚的聊天记录，就要找到当晚庄传智使用的那一台电脑。如果作网络保存，当天的聊天记录大概可以保存一个月，除本地电脑外，也可以用其他电脑上网登录QQ查阅聊天记录。如果庄传智把聊天记录存在网络硬盘上，就可以永久保存了。不过其他人却不容易找到这些聊天记录。

唐默凝说："也许当晚林寒水并没有上QQ聊天，他本来就不喜欢上网聊天。"

张宾说："当晚他可能使用手机上QQ聊天。"

唐默凝说："那就要找到那部手机。"

张宾说："手机摔坏了，大卸八块。"

"找高手修复吧。"唐默凝说，"也可以问一下遥若☆辰啊。说不定当晚她跟林寒水聊过天，聊天记录还在呢。遥若☆辰在线吗？"

许健说："可能不在，她的头像没有颜色。"

唐默凝说："那并不代表她一定不在。她可能隐身了。问她一下吧。"

许健通过庄传智的QQ小庄飞刀问遥若☆辰在吗，对方立即回答，显得兴高采烈。她说小庄飞刀你好啊，你跑到哪里去了？

遥若☆辰的打字速度很快，估计她用搜狗拼音输入法到了炉火纯青的地步。她说那天晚上她吓坏了，她希望小庄飞刀在跨过那个坎后，从此一马平川，自由自在地奔跑。

唐默凝说："看来，遥若☆辰是小庄飞刀的红颜知己，他们之间无话不说。也许遥若☆辰知道一些小庄飞刀最后的事儿。"

许健说："是啊。我们问一下。"

许健直截了当地告诉遥若☆辰，他不是小庄飞刀，而是他的女朋友"长发飘逸"。紧接着就告诉遥若☆辰，小庄飞刀已经不在人世了，他待的地方是天堂。

遥若☆辰一下子说不出话来。不是她不相信，而是她惊呆了。

许健对遥若☆辰说："我知道，小庄飞刀出事儿那天晚上，你和他聊过天。我想知道当晚小庄飞刀最后说过一些什么话，当晚到底发生了什么事儿。这对我来说很重要。"

遥若☆辰说："天啊，你真的不是小庄飞刀，你不会……"

许健说："我不会骗你的。我是小庄飞刀的女朋友。请你一定如实告诉我当晚到底发生了什么事儿，并把你和小庄飞刀的聊天记录发过来给我。十分感激，我在等着。"

过了一会儿，遥若☆辰问："你到底是谁？可以打开摄像头吗？"

许健说："请吧。"

许健把笔记本电脑交给唐默凝，并打开客厅里所有的灯光。

唐默凝让笔记本电脑内置的摄像头对准她的脸。

张宾问唐默凝："这个摄像头多少像素的？"

唐默凝说："大概三十多万像素吧。"

张宾说："太低了。我那国产笔记本都一百三十万像素。"

"你那是插值像素一百三十万，用软件升级上去的，不是实际像素。人家的索尼实际像素三十万可能比你的插值像素一百三十万图像更清晰，不信你试试。其实人家这三十万像素的摄像头视频聊天足够了，还不卡。"许健说，"好了，不谈这些，看看遥若☆辰怎么说。"

遥若☆辰说："长发飘逸你是人吗？真漂亮。"

唐默凝说："我当然是人了，《聊斋志异》不会历史重演的。请你告诉我当晚小庄飞刀跟你说了一些什么话。请你把聊天记录发过来让我看看，好吗？"

当晚小庄飞刀和遥若☆辰的聊天记录很快就发过来了。

当时小庄飞刀只有寥寥数语，他说他觉得太难受了，不想再继续活下去了，要离开这个现实社会，寻找属于他的天堂。这样的话小庄飞刀反复说了三次。遥若☆辰感觉到这不像开玩笑，不遗余力地苦口婆心劝说小庄飞刀苦海无边回头是岸。遥若☆辰拼命地说话，可以看出她竭尽全力了，始终没有放弃劝说和拯救小庄飞刀的努力。

一分钟之后，遥若☆辰又发来一份聊天记录，也是当晚的。按时间排序，这份聊天记录排在刚才那份聊天记录之前，小庄飞刀使用的是手机 QQ。其时小庄飞刀心情不错，给遥若☆辰讲了两个笑话。按时间推算，这个时间庄传智应该进入医生休息室了。

许健说："当晚庄传智的心情起伏很大，这到底是为什么呢？是什么东西刺激了他呢？"

张宾说："这两份聊天记录有伪造的可能吗？"

许健说："姑且相信它是真实情况吧。也可以找腾讯公司核实一下。不过，这两份聊天记录跟当时庄传智坠楼的时间对得上号，有参考价值。"

"刚开始心情愉快地聊天，后来还打开视频。最后变得惊恐，摔坏电脑和手机。他们聊天的过程就这样，"张宾说，"我认为大致符合当时的情况。"

唐默凝对遥若☆辰说："谢谢你，你富有爱心和同情心，上帝会保佑你的。请问，你知道是什么东西刺激了小庄飞刀，迫使他由此选择了绝路？”

遥若☆辰说她也不知道当晚到底发生了什么事儿。当晚她跟小庄飞刀断断续续地聊了约二十多分钟，在大部分的时间里小庄飞刀用手机跟她聊天。由此遥若☆辰猜到可能他一度躺在床上，语气平和地用手机跟她聊一些无关紧要的事儿。聊到开心处，小庄飞刀觉得手机输入汉字的速度太慢了，就舍弃手机用电脑，双方随即都打开视频。后来风云突变，小庄飞刀的情绪变得急躁和惊恐，聊天的话越来越简单，毫无顾忌地表露出恐惧和轻生的意思。遥若☆辰觉得大事不好，立即着手保存对方的视频。但是仅仅过了两分多钟，小庄飞刀在摄像头前一晃就不见人影了，他的QQ随即也掉线了。

许健记起来了，在医生休息室一个角落的地板上，躺着一台笔记本电脑的尸骸。

许健立即让唐默凝追问：“视频记录还在吗？”

遥若☆辰说：“在。”

唐默凝说：“多长时间，清晰吗？”

遥若☆辰说：“大约两分三十七秒，还算清晰。”

遥若☆辰竟然保存了当晚一个时段的聊天视频记录，这让许健和张宾精神大振。唐默凝也显得有点儿颤抖。

那个长度为两分三十七秒的视频发过来了。

唐默凝看到视频里的庄传智，咬住牙绷住劲儿。张宾不识趣，特意问她这是林寒水吗，唐默凝僵硬地点一下头。

索尼笔记本电脑内置的摄像头显然是不错的，它所录制的图像较为清晰，可以看到庄传智的嘴巴动了好几下，甚至可以清晰地看到他的眼神饱含彷徨和恐惧的神色。但是令人不解的是，当时庄传智戴着耳机。

张宾说：“他在唱歌？”

“不像。”许健问唐默凝，“你说呢？”

唐默凝说：“不像。”

许健说：“如果他在唱歌，他的表情应该有陶醉的成分。”

张宾说：“我看这就是陶醉。”

唐默凝说：“恰恰相反，那是恐惧的表情。”

张宾说：“可惜视频里没有音频。”

许健一下子有了灵感，猛拍一下自己的脑袋。

张宾看着许健，“头儿，你有主意了？”

许健说：“张探长，你想知道当时小庄飞刀说什么，是吧？”

张宾也一拍自己的脑袋，“对，我们有个神人！就让龙王看看庄传智当时说了一句什么样的话！”

唐默凝一时没有听明白许健和张宾说什么，“那个神人是电脑高手吗？能够把无声变有声？这不可能吧？”

许健说：“那个神人是读唇专家，真的配得上那个神字。”

张宾说：“但是，这段视频会不会不是当晚的？遥若☆辰会不会撒谎？”

许健觉得遥若☆辰没有必要撒谎，不过张宾的怀疑是谨慎的行为。的确应该仔细甄别证据，排除各种疑点。许健打开自己的笔记本电脑，查看当晚有关庄传智自杀事件的刑事勘验照片。经过对庄传智所穿的毛衣和衬衫的衣领、胡子和头发的长度作细节性比较，可以确认这段视频的录制时间和照片的拍摄时间是相同的，就在事发当晚。

张宾打了一个大呵欠。许健被感染，也打了个呵欠。

许健继续在小庄飞刀的QQ内巡查。他发现在那段生死时间，就在遥若☆辰跟小庄飞刀聊天的同时，一个叫湖柳是歌的网友也在做着同样的事儿。湖柳是歌显然是音乐爱好者，跟庄传智趣味相投，议论的话题自然离不开音乐。当时湖柳是歌通过在线QQ发送文件功能，给小庄飞刀发送来一首歌曲《Yesterday Once More》。小庄飞刀接收了。

许健问唐默凝："听过这首《昨日重现》吗？"

"早听过了，怀旧名曲。"唐默凝急忙声明，"现在我可忍受不了怀旧名曲。"

张宾说："别放这种音乐，在这个时候。"

许健放弃播放这首《Yesterday Once More》的意愿。

张宾偷偷示意许健该告辞了。许健呵欠连连，也想早点儿回家休息了。

龙王被刑事拘留，待在看守所的监室里，现在这个时候应该按时休息了。在正常的情况下，如果要提审他就要等到明天的上班时间。目前这个龙王盗窃案子由湖滨路派出所办理，明天就请派出所的办案警察协助一下。

暂时见不到龙王，许健和张宾不约而同地觉得有点儿美中不足。晚饭都没有吃好，饥饿感也随之而来。离开唐默凝的住处之时，华生刚刚下班，许健让张宾绕道接上华生，一起找个地方吃宵夜。

华生对有关视频非常感兴趣，强烈要求亲眼见证龙王破译庄传智留下的片刻唇语。

许健说："至今我还认为，这不是刑事案件。我手头上还有几个大案要案，督办领导一有心情就打电话来骂我个淋漓尽致，我焦头烂额，我想当个医生或教师有多幸福。华生医生你也出了力，既然你有兴趣，也不是什么刑事案件，你要见证一下那没问题。明天上午九点半，市第一看守所，在兰石村公安基地里头，听说过吗？你自行解决交通工具，准时到达。"

华生说："太好了，明天早上我不用当班！我打个车过去！"

"头儿，有个问题。华生医生不是律师，现在龙王是犯罪嫌疑人，华生医生见龙王……"张宾表达了疑问，但是他不好意思批评许健违反办案纪律。

华生说："要是不合法，我就不去了。"

许健微笑地给华生倒茶，"我知道你喜欢办案子，我认为对你来说当个警察还不如当个律师。也不必求人，你直接参加每年一度的律师执业资格考试就可以了。律师见犯罪嫌疑人，这是合法的。明天你先破例见犯罪嫌疑人，对你来说当个律师不难吧？等你当上律师了手续再补办吧！"

张宾和华生都笑了。

张宾说："我担心看守所那些警察和辅警铁面无私，不让华生医生进看守所。"

许健说："你搞得定的。你不是经常进看守所提审嫌疑人吗？"

第二天上午九时半，由于有许健和张宾的引领，华生顺利地进入看守所。湖滨路派出所的办案警察和张宾去办理手续把龙王从监室提出来，许健和华生去挑一间光线充足的讯问室。

华生不安地说："看守所里保安太严密了，还有几道大门。许大，万一被查出来，你违纪带我进来，你怎么办？"

许健说："华生医生，只要查明庄医生之死无可疑之处，我还要请你吃饭。你辛苦了。你就不必为我担心了。我不会违反程序乱办案的。我没事儿的。"

"你是一位好警察，我真担心害了你……"华生颇以为忧。

"其实我和张探长想好了，就说你是手语老师，来协助我们提审聋哑人的。"许健说，"我们不谈谁是好警察了。来的路上我想着别的案子。我要考虑一下如何跟陈琼说。"

华生有点儿急了，"许大，我忘了提醒你，龙王是一个聋哑人，你们提审龙王，没有手语老师配合，这不是对牛弹琴吗？看守所里不会有懂手语的警察吧？"

许健说："这个你别担心。龙王会读唇术，他会大致上知道我们说什么的。甚至他能精确地知道我们所说的话的意思。"

华生说："可是，龙王打手语，你们看不懂。"

许健指着张宾那个硕大无朋的公文包，"你猜一下，里面有什么东西？"

华生说："猜不到。"

许健说："我让张探长把 DV 带来了。"

"数码摄像机？"华生钦佩地看了许健一眼，"哦，把龙王的手语拍下来，请手语老师翻译。"

许健说："手语老师不在这儿，不受现场影响，她的手语翻译可能更加客观。"

华生点一下头。

张宾和办案警察很快就把龙王带进来了。

龙王有点儿紧张，向许健要了一根烟和一杯水。

张宾把一根香烟递给龙王，"抽我的，我的烟好。"

龙王美滋滋地吸着香烟。

张宾说："陈琼，不要紧张。你放心，你配合办案，交还所盗窃的物品，我们会履行诺言，为你向检察官和法官求情，希望法官对你从轻量刑。"

龙王小幅度地朝许健和张宾鞠躬致谢。

张宾拿出视力表，测试龙王的视力。龙王的视力是没问题的。

张宾说："好，我们将会用一段视频测试你的读唇能力。如果通过测试，你将会获得将功赎罪的资格和机会，甚至获得一份固定的、高收入的职业。"

龙王喜出望外，在喝水的时候呛着了。

张宾说："你要把握机会，集中精神认真破译，争取通过测试。"

张宾开始录像，把镜头对准龙王。

龙王比划一下，要到一支笔和一张纸，当即写下几个字："让我当读唇专家?"

龙王竟然会写字，还写得相当顺畅，大大地出乎许健和张宾的意料。

"你什么时候学会写字的?"许健说，"为什么你不交代清楚你会写字?"

龙王又写了几个字："现在不是交代了吗? 我要将功赎罪!"

许健说："你什么时候学会写字的? 先说说你学会读唇术的过程。"

龙王痛快地答应了。他一边写字，一边做手势，讲述自己的身世。

五岁时龙王感染脑膜炎，治好后听力只有正常人的五分之一。当高音喇叭在他的耳畔喧哗之时，他才能听到声音。那就是耳聋了。医生说耳聋也是可以治愈的，不过要到省城的大医院做手术，要花很多钱。十三岁那年，为了筹集那一笔医疗费，也为了生存下去，龙王不得不云游四海，展开小偷小摸的职业生涯。有时满载而归，有时束手就擒。十五岁那年龙王在湖南株洲被当场抓住，失主和围观的群众把龙王往死里打。龙王挺了过来却从此彻底成了聋子，世界在他的感觉中是无声的。

本来龙王就是聪明的孩子，其实他曾经上学念书，认得不少字。十五岁那年他全聋后，自己无师自通学手语，后来又想办法钻到别人的心里去，试图凭着看别人嘴唇的动作来揣摩别人说话所表达的意思。结果几年之后他成功了。从此他为自己掌握这项技能而感到骄傲，一直想用这项技能来谋生。

龙王打着手势，其间也不停地书写，把自己要说的话告诉许健。龙王要讲清楚一件事儿，当然要比那些生理机能正常的人多花一些时间。

"我知道，你跟一般的聋哑人不同。"许健说，"你会读唇术，有人知道吗?"

龙王说："我跟别人说过，人家不相信。"

张宾有些急不可耐，打开笔记本电脑，让龙王看视频。

龙王首先看到的是某段新闻联播的视频。央视新闻主播说的话，龙王几乎可以准确地判读。后来龙王看了周杰伦在《夜曲》中半说半唱的视频。这一次龙王被难住了，他认为周杰伦说的是台湾土话，而且说得太快了。不过他判读的结果比张宾用耳朵判读的结果更胜一筹。张宾几乎一个词汇也听不懂，不得不自叹不如。

张宾在笔记本电脑上用暴风影音播放庄传智出事儿当晚那个两分三十七秒的视频。

龙王一共看了两遍。

张宾说："视频里的人说了几句什么话?"

龙王写下几个字："音乐! 该死的魔鬼! 魔鬼不会只带来一包毒药!"

张宾做个手势，让龙王看着他的嘴唇，"看到他戴耳机，你就捕风捉影，见风是雨，胡编乱造什么该死的魔鬼!"

龙王摇一下头，"当时这个人是这么说的，不过他死了，死无对证了。"

许健和张宾交换一下眼色。华生和办案警察引颈观看龙王写的字，越来越觉得有意思。

龙王又写下几个字："这个人已经死了。"

许健说："何出此言?"

龙王一时没有看明白许健说文言文的嘴型。

许健重复一遍，“何出此言？”

龙王很有信心地书写：“他已经死了。临死前他断断续续、反反复复说着一句话，音乐！该死的魔鬼！魔鬼不会只带来一包毒药！”

“陈琼，这是测试，我们要测试你读唇的准确率。准确率怎么样，先不告诉你。”许健激励龙王，“你运用自己掌握的读唇术，将会成为警方的证人或协助警方办案。你所提供的证据要得到警方或法院的认可或采纳，除了你必须干得漂亮外，还要有诚信。陈琼，从现在开始做一个诚实的人！”

龙王点一下头。

许健顺着这句话的语气重复，“音乐！该死的魔鬼！魔鬼不会只带来一包毒药！”

龙王非常肯定，“他说到了音乐、魔鬼、毒药！”

许健说：“你再看一遍！”

龙王做个手势，表示不用看了。

许健继续追问：“你凭什么说视频里这个人死掉了？”

龙王书写起来，“他那种表情，接近死亡的表情。我有个表哥，得了精神病最后自杀了，自杀前差不多就是这个样子，自杀死掉后差不多也是这个样子。一见到他我就想起我那个精神病的表哥。”

张宾问：“你表哥是上吊的？”

龙王做了一个跳跃的动作，接着伏在桌子上书写：“跳楼比上吊容易得多。”

“音乐！该死的魔鬼！魔鬼不会只带来一包毒药！”许健对华生说，“这是谁说的话？不会是名言吧？你用手机上网，分别用谷歌和百度搜索一下这句话，换几个不同的关键字试一下，明白吗？”

华生点一下头，马上用手机上网。

张宾让龙王再看一看那个两分三十七秒的视频。

龙王拒绝了，“太难受了，我不想看了。”

许健朝龙王竖起大拇指，算是鼓励他一下。

华生说：“搜不到。这句话不是名人说的。”

许健说：“魔鬼不会只带来一包毒药！这句话听起来挺有道理的，应该是某个名人说的吧？”

华生说：“搜不到。谷歌也搜不到。”

张宾说：“这句话真是庄传智说的？”

华生说：“张探长你应该这么说——庄传智真的说了这么一句话？”

“我有所怀疑。”张宾看了龙王一眼。

有个上级领导督促办案的电话打过来，许健急着要赶回刑警大队。

龙王被送回看守所的监室，临走的时候他依依不舍地看着许健和张宾。

张宾把车开得飞快，许健问华生在哪里下车。

张宾说要送办案警察回到湖滨路派出所，正好路过省人民医院西门，让华生在那个地方下车。

“我有空儿，哪儿下车都一样。”华生说，“看来龙王的读唇破译水平还是挺高的，是个天才。”

张宾说：“可是他也不是全都判读对了。周杰伦的那些话他就没有看懂。如果抠字眼的话，龙王说得也不全对。”

许健说：“只要把大体意思弄对了，就不必抠字眼。”

张宾说：“谁敢保证他把大体意思弄对了？马特拉齐和齐达内那件事儿，不同的读唇专家就有不同的判读版本。我觉得读唇术就像赌博，凭感觉下赌注。”

华生说：“许大，龙王说庄传智自杀前说的话是‘音乐！该死的魔鬼！魔鬼不会只带来一包毒药！’，你相信吗？”

“张探长你小心开车。我们跟陈琼说话，用不着手语专家来协助翻译。在我看来，陈琼基本上读懂了我们的唇语。这就很厉害了。”许健看一眼华生，“你有没有注意到，陈琼在读唇破译时，他的注意力高度集中。我发现他是一个有毅力、沉稳、性格内向和爱读书写字的人。”

华生说：“他有作为读唇专家的那种特质。我说的特质是天赋的意思。”

许健说：“马特拉齐和齐达内那件事儿，不同的读唇专家就有不同的判读版本。这不奇怪。因为说话的是意大利人马特拉齐，而读唇专家分别是巴西、法国和英格兰人。差别就在这里。”

张宾说：“我看书不多。头儿，你说详细点儿。”

许健说：“我也注意到，只要是陈琼所掌握的语言，他一般都能有效地破译。也就是说，如果是那些他会组织的语句和他曾经阅读过的词句，或者是那些他所熟悉的话题，他必定能轻而易举地破译。如果是那些陈琼所不掌握的语言，如外国语言、本国方言、文言，对他来说那就有难度了，或者根本无从下手。我还认为，破译单词或词组比破译句子难度更大。”

“对，我认为如果有上下文或者语言环境的支持，破译唇语将会提高效率，而且不容易出错。”华生说，“我也注意到，你们跟陈琼说话，他几乎能完全读懂你们的唇语。这就说明了他破译现场大活人讲的话比破译屏幕上的人物的唇语更容易一些。”

张宾说：“你们说得都有一定的道理。可是庄传智那句话——音乐！该死的魔鬼！魔鬼不会只带来一包毒药！真的是他说的吗？真能成为证言证据吗？”

进入市区路段，车子行驶缓慢。

张宾指着前面不远处一个女孩，问华生她像不像唐默凝。华生看了一会儿，戏说张宾老眼昏花，哪里有唐默凝的影子。

许健有了灵感，“那句话，可以核实一下嘛，找某个人求证。”

张宾说：“找谁？”

许健说：“可以问一下唐默凝或者跟庄传智要好的人。”

华生立即给唐默凝打电话。华生非常小心地问：“你听说过一句话吗？音乐，该死的音乐，魔鬼不会只带来一包什么的！”

张宾小声地说：“你说得不正确，华生医生。”

“……好的，我随便问一下。打扰你了，再见。”华生挂了电话，一股惊奇溢于言表。

许健说：“唐默凝怎么说？”

“她说，毒药！”华生说，“魔鬼不会只带来一包毒药，林寒水曾经说过这样的一句话！”

张宾说：“这么说，龙王说的话是对的？”

许健说：“应该是对的。”

张宾说：“神了，龙王真是神人！”

许健说：“测谎结果不能作为有效证据，这是法律上规定的。同样，不管陈琼多么神，陈琼所判读的唇语，谁敢担保它的准确性是百分之一百？所以我不赞成把它作为证言证据，只可以作为办案的参考辅助材料。”

张宾说：“我们言归正传。头儿，现在你认为庄传智的死因有可疑之处吗？”

许健直截了当地说：“在没有取得新的有效证据之前，我认为庄传智的死因没有可疑之处。”

许健接了一个电话。

在许健结束通话后，华生对他说：“许大，当个刑警太有意思了。我父亲是大老板，什么都有，钱不是问题。如果我能当上刑警，我父亲可以免费给你们刑警大队盖个大楼。我说的是真话，不骗你。”

许健打趣地拍一下华生的头，“那你来当我这个大队长，我来当个实习医生，怎么样？”

华生说：“那可真委屈你了！”

许健叹一口气，“当个实习医生可能比当个刑事警察开心一些。”

张宾认真地说：“华生医生，怎么想到把你父亲搬出来了？这个我们可不欣赏啊！”

华生支吾其词。

“当一个好警察并不取决于他有一个好父亲。”许健说，“华生医生，你是知道的，福尔摩斯就没有一个好爸爸。”

张宾受到了启发，“庄医生不是毒贩，也没有中大奖，那他会不会有一个腰缠万贯的父亲？”

“有这个可能。”华生说，“这个，可以问一下庄医生的妹妹。庄秋玲心里有一个大秘密。”

许健说：“我们关心的是刑事问题。”

张宾说：“对，我们不是好莱坞的编剧导演，对别人的隐私不感兴趣。”

许健转换话题，不无遗憾地说：“如果陈琼在进行读唇破译前，能够做一些针对性的准备工作，这可能有助于提高结果的准确程度。”

张宾说：“你这么看重龙王？”

“有时不得不死马当活马医。”许健说，“陈琼是个人才，总会有用得上的时候。”

第九章　十二怒汉

庄秋玲和郭秀娟强烈要求立案侦查庄传智之死事件。她们凭着直觉认为庄传智死于谋杀，不顾一切地大吵大闹，给许健留下深刻的印象。如果她们把事情闹大了，可能会给许健造成一定的影响，但是这不是许健担心的问题。许健始终觉得那不过是一个自杀事件，谁也不可能把它升级为刑事案件。但是出于人性化的思维方式和职业病给他带来的谨小慎微的工作方式，许健还是愿意跟踪了解那些跟庄传智有关的事件。当然这是有限度的，毕竟不是办案子。

许健想到了华生，请他继续关注那些跟庄传智有关的事件。但是华生对此感到乏味和厌倦。

华生说："庄医生死于自杀，这是板上钉钉的事儿。"

"如果是刑事案件，那就不能让你碰了。庄传智的死亡定性为自杀，那不是刑事案件，我才会委托你调查事件。"许健说，"你不是觉得当警察很有意思吗？"

华生说："如果我认为有一个凶手隐藏在这个事件里面，我会不为名不为利，甘当无名英雄，单枪匹马踏破铁鞋一干到底。可是，这个事件里面显然是不会有凶手的，你说是吗？"

许健说："存在凶手的可能性非常小。"

"没有凶手，那我就会感到碌碌无为，味同嚼蜡。"华生说，"许大，换了你，你愿意干吗？"

许健仍然希望华生能替他办这件事，可是他一时找不到合适的理由。

华生说："庄医生一夜暴富，然后花天酒地风花雪月，那些事儿我都不感兴趣。我觉得那是鸡毛蒜皮的事儿。我不爱打听别人的隐私和小道消息。我不是那种专门打听别人婚外恋、财产、行踪的私家侦探。"

许健说："对你来说确实有点儿屈才。但是基于对生命的尊重，你必须这样做！"

华生说："许大，你这句算不上名言、金句吧？算了吧，恕难从命。"

许健不说话，走到离华生较远的地方吸烟。

华生担心许健听不清楚他说的话，就大声地说："每个人只能死一次，庄医生不可能既死于自杀，又死于他杀。无论庄秋玲和她妈去哪里告状，都不会给你们带来麻烦和损失。你到底担心什么？如果到时你有麻烦，我会在网上力挺你的！我保证说到做到！"

"华生医生，你忘了，当时你在网上说，你对庄医生之死抱有几个疑问。"许健说，"怎么，你感到疲倦了?"

华生说："对，我感到厌倦。我撤销那几个疑问。"

许健说："如果是我，我是不会轻易改变自己的想法的。"

华生说："基于失去亲人和朋友的痛苦，某些人对庄医生突然死亡表示不可接受或疑问，这个是可以理解的。"

许健扔掉烟蒂，拿出一盒香烟，递给华生一根香烟。

华生点燃香烟，顺手把许健的香烟也点上，似笑非笑地说："吸香烟的人地位大都比较低下，即使他吸的是好几千块钱一条的黄鹤楼或者熊猫。许大，你烟不离手，地位更低下。"

许健亮一下由中指和食指夹着的香烟，"我这是红塔山，便宜。"他突然意识到自己不明白华生话里的意思，"你说什么?"

华生说："香烟比较细，吸烟的人拿烟姿势大同小异，大都用食指和中指夹着。姿势很猥琐，像小丑一样。"

"吸烟确实不好，可是你也不应该这样羞辱我啊。"许健说，"华生医生，我问你，福尔摩斯吸烟吗?"

华生说："当年你不是偷了一本叫《福尔摩斯探案全集》的书吗？那本书你没看过?"

许健说："张探长跟你说的？窃书不算偷。那好，我再考你一下，福尔摩斯用的烟斗是左的还是右的?"

华生说："我知道福尔摩斯不是左撇子。"

"你的观察很细致，"许健说，"如果你能观察到福尔摩斯用左烟斗，那就更好了。习惯用右手的人应该用左烟斗。"

华生说："我质疑一下，烟斗有左右之分吗?"

许健说："如果我是烟斗设计者，肯定有左右之分。"

华生说："不要绕开话题，你知道雪茄是如何拿住的吗?"

许健用右手做一个 OK 的手势，"是这个样子吧?"

华生点一下头，"我觉得那些吸香烟的人地位低下，即使他们模仿那种吸雪茄的形式，用大拇指和食指拿着香烟的过滤嘴儿。这样模仿不够气派，反而像东施效颦。旧社会街上没钱买香烟的小混混，从地上捡起别人没吸完的烟屁股抓紧时间狠狠地吸两口，就用这种姿势。"

许健忍不住笑了，拿出手机上网，百度一下雪茄的价格，"上等的哈瓦那产雪茄，在中国一些五星级宾馆里，买一根最低也要数十美元。精制的 Behike 品牌的雪茄每根三百七十五欧元，在某些高消费的地方如戴高乐机场，每根居然标价四百欧元。"许健对华生说："你要原谅我，雪茄我消费不起。我不是邱吉尔和卡斯特罗。今天你怎么啦，华生医生?"

华生说："那你应该戒烟。二十多年前卡斯特罗就戒烟了，不再吸免费提供给他的

Cohiba 牌子的雪茄，无论它怎么能使男人展现领袖风范，无论它带来何等的享受。如果你不吸烟，就不存在吸雪茄还是吸香烟的问题了。”

“哦，原来你拐弯抹角建议我戒烟。我也戒过烟。不过警察的职业让我受不了，我不得不吸烟。”许健说，“你父亲吸的是雪茄？”

华生说：“我父亲吸不起雪茄。”

许健说：“你不是说过你父亲很有钱，钱没问题吗？”

“有关我父亲的问题，以后适当的时候再告诉你。”华生说，“我想，如果庄医生吸烟的话，他肯定吸雪茄。”

许健找一个地方把烟蒂扔掉，“不完全如此，可能你只说对了一半。”

华生也把烟蒂扔在同一个地方，“哦，你的意思是，在医院里在家里他吸香烟，在那个第二境域里他吸雪茄？他见人说人话，见鬼说鬼话？”

许健说：“大概就是这个意思。你说这究竟是怎么回事儿呢？”

华生说：“很明显，这是精神上的问题而不是刑事案件。”

许健感到沮丧，“看来无法说服你了。”

华生点一下头，“如果你觉得心里不舒服，我请你喝点儿什么。咖啡好吗？”

许健说：“这样吧。庄医生妹妹不是说过，庄医生写了一些日记吗？我想看看，你替我联系一下，好吗？”

华生说：“这个可以。她让不让你看，那是她的事儿。”

华生给庄秋玲打了个电话。庄秋玲拒绝提供庄传智的日记，并且婉言拒绝华生登门拜访。华生告诉许健，庄秋玲的态度全变了，语气也不同了。

许健说：“庄秋玲是怎么说的？”

华生说：“她说，今天下午她到医院去了解过了，她认为庄医生死于自杀是没有疑问的。所以她不再要求公安机关立案侦查凶手，她也不希望别人去打扰她的日常生活。”

许健又拿出一根香烟，露出了少见的轻松。

华生说：“乌云散去了，你的心情好一点儿了吧？”

许健说：“如果这个世界少了一个冤魂，我的心情当然会好一些。”

华生说：“许大，你心慈手软，好像当不了那个铁血刑警啊！”

许健说：“华生医生，你对刑警的认识是不够的。其实刑警支队里那些搞痕迹和物证提取、检验、鉴定的刑事科学技术人员，还有法医，他们都是刑警。”

华生说：“不对。我同学的父亲是某地刑警支队的法医，但是他的身高不足一米六八。男性刑警的身高标准一般在一米七以上，南方的刑警最矮也要一米六八。”

“任何事情都不是绝对的。也许身高不到一米六八当不了警察，却当上了公安厅厅长，这种情况不少啊。”许健说，“李昌钰就不是那种一夫当关、万夫莫向的成龙式的刑警。严格地说，李昌钰所从事的工作是刑事鉴识，他只是一个高级刑事科学技术人员。从前刑事鉴识科学是辅助警方调查办案的配角，李昌钰最大的成就就是把它升级为主导调查办案的主角。破案率提高了，大案要案也破了，为此不少人把李昌钰誉为神探。众所周知，抓住辛普森并不难，但是要固定证据给他定罪，就难了！李昌钰是辛普森一案辩方的专家证人，可以说，他就是让辛普森脱罪的幕后推手……”

附近马路上几辆警车飞驰而过，警笛声持久不息。

谈到李昌钰这个威名远扬的国外同行，许健谈兴正健，但是华生不客气地打断他说的话。华生毫不妥协地说：“庄秋玲不让我管，我偏要管！”

许健不解地看着华生，“你怎么啦？”他不明白华生为什么说变就变。

华生说：“我是最接近、最了解庄医生的人，庄秋玲问了其他人，竟然就确信庄医生是自杀身亡的，这不是问路于盲吗？”

许健说：“但是，华生医生，你不是也坚定不移地认为庄医生是死于自杀，并对这件事不再感兴趣了吗？怎么突然你来了个一百八十度的大转弯？”

华生说：“不让我管，我偏要管！真理往往就掌握在少数人的手上！”

许健不由得笑了，“华生医生，你管什么？这是民事事件了。民不告官不管。走吧，我请你吃宵夜，今晚我有胃口。”

“我偏要搞个明白，那到底怎么一回事儿。”华生盯着许健，“反正现在你有空儿，你得陪我去一趟康乾庭院庄医生那个家。前几天你托我办事儿，我不遗余力给你办了，不收你一分钱费用。出于公平原则，你也要帮我一下。到时如果我被庄秋玲拒之门外，或者她再一次声明不要我管，那不过只浪费了你几十分钟的时间。几十分钟你都不愿意浪费吗？”

许健苦笑一下。

华生用上激将法，“你不是说过，基于对生命的尊重，你必须这样做吗？”

“必须有人反对，基于慎重对待生命的原则！”许健说，“这是电影《十二怒汉》的台词。”

华生说：“一个人的生与死，就交给十二个人来裁决……”

“那出电影我看过，那个故事我还记得。”许健看一下手表，“差点儿忘了，今天是周末，有英超重头戏曼联主场对切尔西。你喜欢看足球吗？跟我走！我老婆在澳洲，我一个人住。今晚你就住在我那儿，宵夜吃那个速冻水饺，我家冰箱有，快要过期的！还有哈根-达斯雪糕！”

华生说：“十二个陪审员，分别属于社会各个阶层，他们互不相识，每个人的经历和社会地位都不同，为了履行公民的义务而来到法庭。他们的任务是决定被告的生与死。在完成任务后，他们每人会收到由美国政府支付的三美元补偿，然后分道扬镳，彼此不再往来和交涉，各自过各自的日子。但是这十二个陪审员，却愿意为一个和自己素昧平生、毫不相干的被告人的性命而相互争吵、指责、谩骂、激辩。由那个平日忙得没空儿的建筑师最先提出疑问，认为被告人谋杀亲生父亲的罪名不成立，接着他分别说服了每天也忙个不停的广告公司的策划师、因父子关系行将破裂而即将失去儿子的父亲、身体状况不佳的老人……还有一个等着看球赛的业务员最终也被说服了。这十二个陪审员为的是什么？因为他们要公平正义地对待自己的同类！”

华生越说越激动。

许健说："我可以不看球赛。但是，你也知道的，有用吗？"

华生说："一个临床经验丰富医术了不起的医生，一个屡破大案受人敬仰的警察，都会因他持有高度的理性和掌握尖端的专业知识而逐步变成精密的机器，与此同时也渐渐地变得麻木。我认为即使最低等的动物也比精密的机器高级，因为它能感觉到痛。有一种动物拥有感情，更有一颗美丽的心灵，这种动物就是人。你是人，你没有权利麻木地对待一个生命！"

许健朝华生竖起大拇指。

华生说："我就要做《十二怒汉》中的第一条怒汉，一比十一，最终说服另外十一个人！"

"华生医生，你精神可嘉，但是我感到忧虑。侦破一宗刑事案件，证据才是最关键的。"许健说，"庄医生坠楼死亡已经定性为自杀。如果你由一比十一逆转为十二比〇，那么我问你，由你们投票通过的杀害庄医生的凶手是谁？"

华生说："必须有人反对，基于慎重对待生命的原则！至于谁是凶手，我不管，那是法官的事儿。我向李昌钰学习，收集证据，让刑事鉴识结果来说话。"

许健说："如果有这种科学的态度，那是好事儿啊！"

华生这个年轻人的心里还有激情和愤怒，对此许健感到欣慰。他觉得华生太可爱了。

许健和华生启程去康乾庭院。

华生一直目不旁视。

在一个十字路口，绿灯熄灭黄灯闪亮，许健没有加速冲过去，而是把车子停下来。

华生说："为什么不开过去？这又不是闯红灯。何况你这是警车！"

许健不急不慢地说："那不是刑事案子，你不应该急。如果你是外科医生的话，你应该有点儿冷漠，这才符合你的身份。"

"刚才我出言不逊，我道歉。"华生说，"让一个刑警大队长去干一个该由私家侦探干的活儿，确实没意思。但是我记起了《十二怒汉》的故事。"

许健说："这比看一场英超更有意义。我总觉得今年曼联没戏，不看也罢。"

华生说："我也喜欢曼联，但是我更喜欢巴萨。"

"每个人都有自己的看法。"许健说，"实习结束后，你还回到省人医当医生吗？"

华生说："我不想当医生，可是我父亲强迫我学医。"

许健说："你父亲为什么强迫你学医呢？你应该子承父业，学工商管理啊！"

华生说："我父亲还非要把我送到省人医实习，他说人民医院是全省最好的医院，而且他认识院长。"

许健说："你父亲为什么强迫你学医当医生呢？"

华生的手机鸣叫起来，声音较为响亮，许健的身体条件反射般地弹跳一下。他马上伸手到裤子的口袋里取手机。

"我的，你的手机铃声也是这样的？吓了你一跳。"华生接听电话。

是蔺藜打来的电话。她说甄莉告诉她，郭秀娟和庄秋玲强迫甄莉交出那块宝玑陀飞轮手表和那张工行白金卡。甄莉坚决不从，还请来私家侦探，在全市范围内寻找庄传智名下的财产。

许健问："蔺藜成了你的助手？"

华生说："算是吧。"

许健说："看来，将会有更多的跟庄医生有关的隐情浮出水面。"

许健和华生进入康乾庭院。

许健第一次来到这个高级住宅区。他感慨地说，无论多贵的房子都有人买得起啊。

庄秋玲打开门，还算客气地把许健和华生请进去。她把婴儿交给保姆，在客厅和厨房两个地方走来走去，费了很大的劲儿才找到茶具和茶叶，还把瓶装矿泉水倒进电水煲里烧开。看样子她要泡一道好茶。

华生还没有开口，庄秋玲就申明不再要求警方对庄传智坠楼身亡事件予以立案侦查，同时也要求华生不要以私家侦探的形式插手这个事件。

华生耐心地讲述庄传智坠楼事件中一些不合常理或逻辑的问题。但是华生的话无法打动庄秋玲，她希望庄传智坠楼事件能够画上一个句号。

华生不便再提他要求看庄传智的日记这件事儿，这肯定会自讨没趣。

跟庄秋玲说不上话，许健和华生只好不停地喝茶。茶叶是陈年的普洱，矿泉水的水质不错，茶具看上去像紫砂产品，泡出来的茶当然好喝了。不过他们喝不出滋味。

婴儿啼哭不止，庄秋玲的心思也全部转移到婴儿的身上。华生觉得再不走就惹人生厌了，朝许健做一个眼色，未等许健表态，他就站起来主动告辞了。

庄秋玲把他们送到电梯间。

许健和华生乘电梯进入地下停车场。

华生显得垂头丧气的，"请问还来得及看曼联对切尔西的下半场吗？"

许健晃一下手机，"张探长发来短信，他说上半场战况激烈，但一比一和气收场。"

华生说："张探长不是跟女朋友约会吗？他这么忙还关心足球？"

许健说："他才是真正的曼联球迷。"

华生说："有时我也看足球。曼联习惯于下半场发力，绝杀总是发生在下半场。快走，我要看一场好球赛，让今晚变得有意义一些。"

许健和华生快步走向警车。

停车场内光线不足。

无意中华生看到一辆奔驰，觉得挺眼熟的。华生立即左右看看。他的养父林瀚纯挂了电话，正在惊讶地看着他。林瀚纯显得有点儿不相信自己的眼睛。对于在这里遇上华生，林瀚纯觉得实在太巧了。

林瀚纯朝华生招手。

不久前林瀚纯到欧洲去。在没有看到林瀚纯之前，华生认为他还待在欧洲呢。

华生请许健等一下，他快步走近林瀚纯，"伯父，你也住在这里吗？"

"我来看一个人。"林瀚纯看一眼许健和警车，"华生，这是你的朋友吗？没什么事儿吧？”

华生说：“我的朋友。”

华生正想把许健介绍给林瀚纯，林瀚纯对华生说：“你在这儿正好。你到我车子里拿那个水果篮子，还有花篮，我们一起到楼上看一个人。你的朋友如果有空儿的话，请他等一下。要是没空儿就请他先走了。”

许健急不可待，“那我先走了。我想赶上曼联和切尔西下半场。再见！”

许健匆匆地驾车走了。

华生提着果篮和花篮，跟着林瀚纯走向电梯。

林瀚纯打一个电话，“秋玲，我来看看你，给我开一下电梯门。”

电梯厅门按键盘灯光闪亮，意味着电梯门禁解除了。

华生诧异地问：“伯父，你来看谁？”

林瀚纯一下子被问住了，左右各看一眼，“庄医生的妹妹，你见过她吗？”

几天之前华生还不认识庄秋玲。此时华生不好对林瀚纯和庄秋玲之间的关系妄加猜疑，也想象不到将会发生什么事儿，于是他不打算轻易说话，就朝林瀚纯做一个似是而非的表情。

华生说：“伯父，你认识庄医生？”

林瀚纯没有说话。

“庄医生出事儿了，”华生非常谨慎地说，“伯父，你知道吗？”

林瀚纯说：“几天前我从欧洲回来，还在北京，你们刘院长要到美国公干，给我打了个电话，他顺便把庄医生那件事儿一五一十告诉我了。我什么都知道了，所以没给你打电话。我很痛心。”

华生说：“我也是，很痛心。”

电梯厅门打开了，华生让林瀚纯先走进去。

华生继续刚才的话题，“庄医生为什么自杀，刘院长是怎么说的？”

“他当然打官腔了。”林瀚纯说，“你都知道了？”

“几楼？”华生把手伸向电梯按键盘，“我也不完全知道。不过，我认为他不应该自杀。他没有那种动机。”

林瀚纯稍为想一下，“三十九层吧。”

电梯轿门关上，轿厢快速上升。看来电梯很不错，非常平稳和安静。

林瀚纯说：“庄传智为什么自杀，这个问题我想了很久。他的思想很复杂，谁也不可能杀死他，只有他自己可以杀死自己。可以肯定，这世上没人知道他为什么自杀。”

“也许吧。”华生心里不明白，林瀚纯和庄传智到底是什么关系呢？

林瀚纯说：“其实他的思想真的很复杂，我对他的了解不深。”

电梯轿厢来到第三十九楼层，轿门和厅门都打开了。

林瀚纯把电梯的轿门和厅门关上，在按键盘按一个负二，“也许我记错了，不是三十九层。让我想想。”

轿厢向下运行。

华生假装糊涂，“可以问庄医生的妹妹。”

“华生，当时我介绍你到庄医生身边实习，我没有告诉你庄传智是我的亲生儿子，也没有告诉庄医生他和你林华生的关系。”林瀚纯说着不得不说的话，显得很吃力。

华生大吃一惊。

林瀚纯所说的那些话的内容，有如好莱坞电影里的剧情，不像现实中的东西。面对这种复杂和诡诞的家庭成员关系，华生没有一点儿思想准备，震惊之余不寒而栗。

轿厢到了负二楼层，这里是地下停车场。

林瀚纯给庄秋玲打电话，问到具体的位置。林瀚纯在按键盘按一个三十六。

一对年轻的夫妇走进轿厢内，到第十七楼层去。

四个人一路上都没有说话。

这对年轻的夫妇离开轿厢后，林瀚纯和华生仍然都不说话。

华生满脑子不明白的东西。

庄秋玲抱着婴儿在门前等着。林瀚纯走过来，满心喜欢地看着婴儿。

这让华生张口结舌。华生甚至觉得这个婴儿跟林瀚纯面貌相像。

庄秋玲看到华生跟在林瀚纯后面，也有点儿惊讶。

“我们之间的关系非常复杂。庄秋玲是庄医生的妹妹，庄医生是我的亲生儿子。”林瀚纯一时语塞，“林华生是我堂弟的儿子，也是我的养子，过继到我家里。秋玲，你和华生相见不相识，那是过去的事儿了。我们先进屋去，坐下来喝杯茶。”

林瀚纯仍然说着不得不说的话。

庄秋玲责备华生，“你怎么不早点儿告诉我？”

华生有点儿委屈，“真的很对不起，这半年我一直在庄医生身边实习，我把他看做我尊敬的老师。直到今天我才知道庄医生和我是一家人。”

林瀚纯说：“这都怪我。一言难尽，今天就不说这个了。”

华生终于搞清楚了一个问题。林瀚纯是庄传智的亲生父亲，这就是庄传智一夜暴富的真正原因。

林瀚纯是家盛地产有限公司董事长，他的妻子徐雪莲只为他生下一个孩子，那是一个叫林德巍的男孩。自小林德巍娇生惯养，长大后他放荡不羁。若问网络时代版本的纨绔子弟是什么样子的，他就是样板。更不幸的是林德巍染上服食毒品的恶习，陷入不能自拔的境地。林瀚纯不顾徐雪莲的反对，坚持把林德巍送进强制戒毒所。林德巍在戒毒所里吃了不少苦头，在失去毒品来源的情况下，戒掉了吸毒的恶习。但是在离开戒毒所后林德巍依然不能把持自我，反而变本加厉地加大服食毒品的剂量。

在林德巍两进两出戒毒所后，他依然无法摆脱对毒品的依赖。戒毒专家是这样预测的：毒品将终生陪伴他，他将死于服食毒品。这样的预测等同于结论，为此林瀚纯对林德巍失去了信心。

去年林瀚纯打算第三次把林德巍送进戒毒所，徐雪莲提前向林德巍通风报信，他当即逃之夭夭。一年多过去了，至今音讯全无。林瀚纯当然知道徐雪莲暗地里跟林德巍有联系，而且为他提供大量的金钱。林瀚纯认为正是这种不管死活的溺爱方式加速葬送林德巍的一切希望，但是他无法说服徐雪莲。林瀚纯曾经聘请几个私家侦探寻找林德巍的下落。但是林德巍把戒毒视为畏途，认为戒毒所就是监狱，发誓不再回到那个黑暗的地方。林德巍有如惊弓之鸟，经常更换落脚点，私家侦探拿他没办法，一次次无功而返。

终于有一天林瀚纯对林德巍彻底失望了，不顾徐雪莲的激烈反抗，决定把自己堂弟的儿子林华生过继进自己家里，名正言顺地成为他的公司未来的接班人。

华生的父亲是一个老实巴交的鱼塘承包者，一直在家乡养鱼。养了二十多年的鱼，养殖技术和经验丰富，就是缺少一些商业头脑。几年前林瀚纯回国涉足房地产业，不少人就劝说华生的父亲投靠林瀚纯。林瀚纯很快就日进斗金声名鹊起，但是华生的父亲不为所动，始终坚守他的鱼塘。

平时华生的父亲跟林瀚纯极少往来。

在林瀚纯所在的林氏家族里，跟华生同辈的成丁有三十多个，华生的学历是最高的。华生考上省城的大学那一年，曾经跟着父亲来过林瀚纯家里。林瀚纯比较欣赏华生，让年长四岁的林德巍向华生学习，戒掉好逸恶劳的毛病。那一天林德巍下不了台，华生也被对方视为眼中钉肉中刺。徐雪莲则皮笑肉不笑。华生不由得感觉到林瀚纯家里壁垒森严，有如高不可攀的白金五星级饭店。因此后来华生不再在林瀚纯家里出现，即使林瀚纯亲自打电话邀请他也如此。

几个月前暑假期间，华生回到家乡，经常到父亲承包的鱼塘帮忙。那天华生从鱼塘里捞起几条太阳鱼，用沙锅煮鱼汤孝敬父亲。父亲觉得喝太阳鱼汤过于奢侈，认为华生应该选择价钱便宜的鲫鱼，因为鲫鱼汤也很鲜美。正在这个时候一辆奔驰来到了鱼塘边。华生敏感地认为林瀚纯来了，华生的父亲却说林瀚纯从来没有在这里出现过。

果然是林瀚纯来了。

林瀚纯的心情很好，毫不客气地喝了两碗鱼汤。他觉得鱼汤太好喝了，问那是谁煮的。华生的父亲指着华生。林瀚纯不说话，又喝了一碗鱼汤。

那天林瀚纯请华生和他的父亲到一个高级的酒楼去，花了好几千块钱吃了一顿饭。林瀚纯喝了一口轩尼诗XO，开宗明义地请华生的父亲把华生过继给他。没有征求华生的意见，华生的父亲就痛快地点头同意，一连跟林瀚纯干了三杯酒。林瀚纯把一张信用卡放在华生的父亲面前，说里头有五十万元。此时华生的父亲表现得豁达大度，把信用卡推到林瀚纯的面前，他借酒作势发表声明，他把华生过继给林瀚纯根本不是为了钱，请他喝酒他不推辞，给他钱他坚决不要！

成为林瀚纯的养子，华生没有找到反对的理由。当时他默不做声，这是他最恰当的表达形式。但是他弄不清楚父亲为什么一口答应让他过继到林瀚纯家里。事后父亲解释，过继到林瀚纯家里，他并不担心已经长大的华生会忘掉亲生父亲，反而因此有了一个如此强大的靠山，华生就能在省城站稳脚跟，并在大学毕业后顺理成章地找到称心如意的工作。

华生一下子明白自己的命运被改变了。省城里几百万元一套的房子，已经由遥不可及变成唾手可得，而且他还会在家盛地产有限公司占有一席之地。不称心的事儿他也想到了，他梦寐以求的警察职业离他越来越远了。同时华生也预料到，从天而降的好事儿，也必然会带来一些麻烦。华生成为林瀚纯的养子，林德巍不得不面对利益受损的被动局面，因此他必将会遭受林德巍及其母亲的强烈排斥和刁难。这个华生倒没有特别担心。他会向林瀚纯、林德巍及其母亲表明，他过继到林瀚纯家里根本不是为了钱，而是为了获得富有挑战性的工作的机会，实现自己的人生价值。他知道林德巍及其母亲永远不会接纳他的，他应对的措施是尽量避免跟林德巍及其母亲见面，减少与他们正面冲突的机会。

在一个四星级酒店里，林瀚纯开了一间四人房。这间客房由两个互通的双人房组成，其实就是两间双人房。

这天晚上林瀚纯和华生住在酒店里。华生的父亲丢不下鱼塘里的鱼，不顾林瀚纯的热情挽留，执意要回去。林瀚纯便叫司机开车送他。

林瀚纯和华生谈起家常来。

林瀚纯说家里房子多，让华生到家里住。

华生已经提前感觉到徐雪莲眼光里的寒意，仔细斟酌词句，“一下子住进你们家里，我有点儿不习惯，需要有一个过程。”

“这个你考虑一下吧，不强迫你。”林瀚纯说，“你考个驾照，到时公司给你配辆车子。你常回老家看看，陪你爸你妈吃顿饭。不过你有空儿的时候也要多到你的新家里坐坐，把那个过程走完，融入这个家里。”

华生说：“我知道。”

林瀚纯说：“当初鲁迅和郭沫若都是学医的，但是后来他们的谋生职业好像跟医学知识没多大的关系。华生，我建议你考个 MBA，还考个注册会计师。”

华生说：“伯父，你的话我明白。MBA 和注册会计师，这两个证书我一定拿下，不过我的医科专业也学了五年了，快到头了。我想先拿到医科文凭。下学期到医院里实习，学习相对轻松一些，我就利用空余时间看有关 MBA 和注册会计师的书。我也算是个读书人，考个 MBA 和注册会计师证书应该不难吧？”

“本科的任务一定要完成，拿个医科专业文凭是应该的。当年我学的也不是房地产，我是武汉大学生物系的。”林瀚纯说，“你们到哪个医院实习？省人医的院长我认识啊！”

华生说：“我们学校有两个附属医院，去哪里实习还没定呢。”

林瀚纯说：“我来给你安排吧，去省人医怎么样？”

华生说：“最好能安排十几个同学，小组集体实习，我向系里申请一下。”

林瀚纯说：“好，我会想办法的。”

就这样华生来到省人民医院实习。

庄秋玲问林瀚纯喝茶还是喝咖啡。她说有陈年普洱茶和蓝山咖啡。

林瀚纯的心思全然不在喝茶或喝咖啡，“喝咖啡吧。”

庄秋玲说：“蓝山咖啡的咖啡因含量比其他的咖啡低一半。低咖啡因含量的咖啡符合现代人的健康观念。”

“这些蓝山咖啡可能是假的。”林瀚纯说，“纯正牙买加蓝山咖啡的产量很低，而且其中的九成被日本人收购占有了。某些挂羊头卖狗肉的蓝山式咖啡，其实是由百分之三十纯正蓝山咖啡和百分之七十牙买加高山咖啡混合而成的，味道无法达到完美的境界。”

庄秋玲说：“我喜欢喝榛子口味的咖啡，杏仁和香草口味的也不错。”

“哦，那是你在星巴克喝的咖啡。”林瀚纯说，“那叫调味咖啡，它所采用的咖啡豆比蓝山咖啡的咖啡豆便宜很多，相差二十七倍左右。华生，你喜欢喝调味咖啡吗？”

华生说：“星巴克的咖啡可不便宜。我喝的是雀巢速溶咖啡。”

林瀚纯说：“还是喝茶对身体有好处。”

庄秋玲说：“这茶叶是真正的陈年普洱吗？”

“看上去不错，闻起来有陈香，符合清纯正气的那个标准，这普洱茶应该是不错的。”林瀚纯说，“不过不是我买的，可能是你哥买的吧。”

林瀚纯亲自动手泡茶。

林瀚纯提到庄传智，庄秋玲的脸上顿时浮现悲伤的表情。此后庄秋玲寡言少语，对于有些无法回避的话题，她就敷衍地哼哈几声。

原来喝茶和喝咖啡是回避现实的话题。有些话题是很沉重的，痛苦尽在不言之中。华生注意到，庄秋玲始终没有提起她见过华生，华生也不敢贸然谈及庄传智。

看来林瀚纯和华生继续待在这里只会增加庄秋玲的悲伤和痛苦。

林瀚纯看了华生一眼，华生会意地点一下头。他们都心照不宣地加紧喝茶。

林瀚纯把五万元现金放在茶几上，站起来告辞了。在同一时间内华生也站起来。庄秋玲没有说话，也没有做手势。对于那五万块钱，她也没有只言片语。

庄秋玲把林瀚纯和华生送进电梯里。电梯厅门关上了，有如舞台落幕，庄秋玲那张悲伤的脸消失了，但是剧情还留在观众的脑海里。然而林瀚纯和华生不是一般的观众，他们都不幸地跟剧情有所关联。

从电梯到地下停车场耗时五十七秒，但是林瀚纯和华生没有语言和眼神的交流。华生一直低着头。林瀚纯也觉得很尴尬。

林瀚纯不吭声，专心地开车。华生也不想说话。林瀚纯觉得车内没动静太沉闷了，打开车载音响。

那是去年最流行的歌曲。

“听吧，”林瀚纯指着车载音响，“这是庄传智下载的。他喜欢音乐，我也是。”

华生说：“伯父，我想问你一个问题。”

林瀚纯说：“我知道，你心里头有疑问，有很多个问题。你问吧，你有这个权利。”

华生迟迟没有开口说话。

林瀚纯的手指在方向盘上敲几下，“你想知道，为什么我一直不告诉你庄传智是我的亲生儿子，是吧?”

华生不便表态。

林瀚纯说：“在庄传智生前，既然我有庄传智这个亲生儿子，让他接我的班好了，为什么还要让你过继进我家里，培养你当我的接班人？是这个问题吗?”

华生说：“我愿意过继到你家里，不是为了钱。我会努力争取工作的机会，接班人的问题由你来解决。”

林瀚纯说：“庄传智是一个很有思想、很可靠的人。但是，这并不代表他可以管好一个庞大的集团公司。我估计他也不十分愿意当一个职业经理人，是我强迫他那么做的。所以我需要另一个林德巍，另一个庄传智。你明白我的意思吗？一些关键的问题，往往我只说一半。”

华生说：“我明白。”

林瀚纯说：“还有什么问题吗?”

华生犹豫了一下，“我喜欢读侦探小说，喜欢猜谜。伯父，你不要生气。我想知道庄秋玲那个婴儿是谁的。”

“这个问题不是秘密。”林瀚纯叹一口气，“那孩子是林德巍的。”

庄传智是林瀚纯的亲生儿子，但是他的亲生母亲是谁呢？林德巍的母亲徐雪莲是家盛地产有限公司的副总经理，在网上她的年龄是公开的。华生记得她还不满五十岁。所以她显然不是三十九岁的庄传智的母亲。庄秋玲是庄传智的妹妹，既然庄秋玲是林德巍的妻子，那么庄秋玲肯定不是林瀚纯的女儿，也不会是徐雪莲的女儿。那么庄传智和庄秋玲的确切关系是怎么一回事儿呢？是异父同母还是异父异母的兄妹关系?

如此错综复杂的家庭成员的关系所造成的结果，不是家庭悲剧就是儿女乱伦。

华生偷偷看了林瀚纯一眼，打算旁敲侧击地问一下庄传智和庄秋玲的兄妹关系是怎么样的。

没等到华生开口，林瀚纯又说：“庄传智和庄秋玲是异父同母的兄妹关系。庄秋玲跟我、跟林德巍的母亲都没有血缘关系。”

林瀚纯的潜台词是，林德巍和庄秋玲的关系不算乱伦。

华生觉得挺恶心的。那种事情是罪恶，他真的不想知道它的内容。林德巍和庄秋玲的关系是不是乱伦，他只想知道一两个字：是或者不是。

“林德巍和庄秋玲，庄传智和庄秋玲，他们的复杂的关系，是我造成的。我有不可推卸的责任。”林瀚纯沉重地说，并用下面一句话作为结束，“点到为止，我就不说了。”

华生说：“对不起，我不应该问这些问题。”

林瀚纯说：“你作为我们家庭成员中的一员，我应该主动告诉你，以免你过度猜测。”

华生说：“谢谢伯父对我的信任。”

奔驰在深夜的马路上行驶缓慢。

华生不知道林瀚纯要到哪里去。

华生说："伯父，现在我想跑跑步。早上起来太晚了，一直没跑步锻炼，身体不怎么舒畅。你就靠边儿放下我吧。"

林瀚纯说："明天晚上再跑步吧，穿上你的运动鞋和运动服。"

华生说："早睡早起，早上跑步最好。可是当医生的，生活没规律。"

林瀚纯专心开车，不过他回归今晚原来的话题，"你不要胡乱猜测。我有责任把我们家里一些历史遗留问题告诉你。华生，你要这么想，我们是平等的。尽管你没有出生在我们家里，但是你要相信我是信任你的。有时候，友情比亲情更长久更牢固，是吧？你看那些大人物，陪伴在他们身边的都是朋友，而不是亲人。"

华生说："这个我明白。因为各自的宗教和信仰有共同或交集之处，几个男人就结为生死与共的朋友。"

"有时我不那么认为。没有永远的朋友，只有永远共同的利益。"林瀚纯说，"所以我认为打虎亲兄弟，上阵父子兵，这也是真理。华生，我把你看做是亲人。明白吗？"

华生点一下头。

林瀚纯说："这几个月，你没向我提出过任何要求。可是，属于你的东西，你会得到的。"

华生说："我没有什么要求。我知道成为一个优秀的企业管理者，不容易。并不因为你是我的伯父、养父，你作为老板授权给我，我就能干好。我得接受市场和大家的检验。"

"你说得对。"林瀚纯说，"今晚不谈这些。现在肯定有一些事儿让你惴惴不安。你最想知道哪些事儿的真相呢？你可以问我。"

华生说："我不应该问你。"

林瀚纯说："我有责任要回答你的。"

华生说："我不会问你的，伯父。"

车子来到一个陌生的地方，华生在极力寻找周围熟悉的建筑标志。

林瀚纯说："知道这儿是什么地方吗？"

华生不再东张西望，也不问要到哪里去，"这地方我没来过。"

林瀚纯说："我们找个地方，今晚我们喝个痛快。"

华生说："我不会喝酒。"

林瀚纯说："那也要喝个痛快。不会喝酒也能喝得痛快。"

华生说："你有什么办法？"

林瀚纯说："一个人，如果用一种愤怒或者兴奋的心情喝酒，不管他会不会喝酒，他一定能喝个痛快。你可以试一下。你选择愤怒也无妨。"

出于缓解紧绷的对话气氛，华生矢口否认，"没有让我变得愤怒的事儿。"

林瀚纯说："人生不会没有愤怒的事儿。"

偶然遇上林瀚纯，接触那么多的家庭秘密，华生暂时忘记了电影《十二怒汉》，也忘记了今晚他去找庄秋玲的真正目的。林瀚纯说到“愤怒”这两个字，又让华生突然想起了他试图充当十二怒汉中第一个站出来表示反对的建筑师那个角色。

但是庄传智真的死于谋杀吗？华生始终觉得这是一个伪命题。问题的实质是，有关庄传智的神秘的隐私还没有解开。按照林瀚纯的说法，他和庄传智竟然也存在亲戚乃至兄弟关系。华生始料不及的就是这个问题，现在他竟然也卷入其中了。他不禁有点儿担心，他的下场会不会跟庄传智的相同呢？

华生最想知道的是，为什么庄传智会是林瀚纯的亲生儿子呢？

第十章　偶遇庄传智

林瀚纯和华生来到一个高级私人会所。这种地方必须要凭本人会员证才可以进去。林瀚纯颇费口舌才把华生弄进去。

高级私人会所位于高层大厦的顶层。在富丽堂皇的酒吧里，坐在窗边的位子可以俯瞰夜幕下的万家灯火。华生产生了幻觉，他认为这里是天堂。

林瀚纯和华生喝的是轩尼诗李察干邑白兰地。

华生无话可说，就找了一句话，“伯父，你觉得这个酒怎么样？”

林瀚纯说：“还不错，你认为呢？”

华生说：“我不会喝酒。伯父，葡萄酒和白兰地有什么不同呢？”

林瀚纯说：“那是两种不同的概念。葡萄酒是发酵酒，酒精度只有一二十度左右。白兰地是发酵蒸馏酒，蒸馏两次，酒精度更高。除了葡萄白兰地，还有苹果白兰地、樱桃白兰地，但是现在习惯把以葡萄为原料，经发酵、蒸馏、橡木桶贮存、调配而成的酒称为白兰地。产地位于干邑地区的白兰地就叫做干邑白兰地。白兰地也是葡萄酒。白兰地的意思是葡萄酒的灵魂。法国人说，男孩子和女人喝红酒，男人喝跑特，想当英雄就喝白兰地。”

林瀚纯这一番话，让华生不无钦佩。

林瀚纯说：“法国有很多好东西。除了葡萄酒，除了时装，法国大餐也不错。我有点儿饿了，你呢？我们吃法国菜好吗？”

华生看一下手表，“这么晚了，做法国菜的厨师还在吗？”

“法国人晚餐的时间大都在晚上八点左右。”林瀚纯说，“现在巴黎时间才下午五点多，法国成千上万的厨师正在厨房里忙着呢。法国人对饮食的讲究程度绝对可以跟我们中国人媲美。但是他们把饮食视为艺术，似乎更胜我们一筹。”

华生说：“听说法国菜很贵。”

林瀚纯和华生来到餐厅。

在等待上菜的时候，林瀚纯和华生极少说话。他们喝着开胃酒。一大杯茴香味儿的开胃酒，大部分是水和冰块，颜色黄中带白，酒精度极低，入口异常清凉。华生喝了不少。开胃小食也不错，华生喜欢吃法式鹅肝批和特制的奶酪。

这顿法国大餐一共有六道菜。

第五道菜尼斯羊排是主菜，给华生留下非常深刻的印象。尼斯羊排分外鲜嫩酥香，浓郁的肉味让人垂涎欲滴。吃它的时候华生几乎不顾吃相不雅，只有用狼吞虎咽的形式才能真正过瘾。

跟在甜品之后上来的咖啡也是令人回味无穷的。

一顿法国大餐如此功德圆满，也让华生眼界大开。

林瀚纯说："做个法国人不错吧？"

华生点一下头。

林瀚纯说："有时候觉得这个世界太美好了，不知道说些什么才好。"

华生说："人在饱餐一顿后，胃肠部的血流量增加，脑部血流量减少，因而人的意识相应地有点儿迷糊，或者昏昏欲睡，因此不想说话。"

林瀚纯说："每次吃法国菜，我都会想到基督教徒，我也想像他们那样在饭前祷告。"

深夜时分仍然有不少社会名流在这个高级私人会所里现身。林瀚纯没有呼朋引类的雅兴，他和华生躲进卧室里。

华生惊呆地看着卧室里的装潢和摆设，"这是五星级客房吗？"

林瀚纯说："大家把这儿叫做卧室，大概也达到五星级酒店客房的标准吧。一共有十多套。今晚不是周末，如果是，我们这么晚来就要不到房子了。"

"太高级了！"华生忍住没有把下面的话说出来，"看来有钱有地位真好！"

林瀚纯和华生喝着咖啡。

林瀚纯说："这咖啡是蓝山的。"

"真香！蓝山咖啡，这真是响当当的牙买加土特产。"华生说，"这儿有古巴哈瓦那雪茄吗？"

林瀚纯打了个电话，要五根哈瓦那雪茄，每根的价钱在三百至五百元这个空间内的即可。服务员很快就把东西送来了。林瀚纯想了一下，叫华生签收。华生也不怯场，龙飞凤舞地书写自己的大名，收下价值两千多元的雪茄。

林瀚纯给两根雪茄开烟，用专用雪茄剪刀把雪茄的密封端头适当地剪切去一部分，开了一个小口。

林瀚纯把一根雪茄递给华生。

林瀚纯说："我不喜欢吸烟。我偶尔会吸几根雪茄，在觉得烦恼的时候。"

这将是华生第一次吸雪茄，他有点儿兴奋，"真奇怪，就在今晚，几个小时前，我讽刺别人吸烟不吸雪茄。没想到今晚我也吸上雪茄了。"

华生有点儿急不可耐，掏出一次性打火机要给林瀚纯点燃雪茄。林瀚纯说绝对不能用有气味的蜡烛或液体打火机点燃雪茄，那会影响雪茄纯正的味道。必须用丁烷燃料打火机、低磷火柴或杉木条。林瀚纯说雪茄盒子里有杉木隔板，可以用小刀把它切成细条。他用一次性打火机点燃杉木条，让杉木条燃烧一会儿，杉木条天然的香味儿扑鼻而来。用杉木条的火苗小心翼翼地点燃雪茄，在杉木条天然香味儿推波助澜的作用下，雪茄的强烈的气息就让吸食它的人得到升华了。

林瀚纯指点华生吸雪茄。林瀚纯吸进一口雪茄的烟雾，含在口腔里。这跟吸香烟完全不一样，既不要吸进肺里也不要吸进鼻腔里，即使老烟枪的胸腔和鼻腔也承受不了雪茄那强烈的味道。烟雾在口腔里停留三秒钟左右缓缓呼出。完全是用口腔来品尝雪茄的天然烟草的独特味道。林瀚纯一再叮嘱华生一定要小口吸入雪茄烟雾，不能让烟雾在口腔里逗留更多的时间，在迅速呼出烟雾的同时慢慢地品尝雪茄的纯正烟草的味道。雪茄没有加入任何的助燃剂，比较容易熄灭。吸雪茄要讲究一个节奏，不能太快也不要太慢。

华生认真地听着林瀚纯说话。由于面对的是一根价值四百多元的雪茄将在半个小时内在他的手里灰飞烟灭，那不啻贵族式的奢侈享受，让华生不得不悉听尊便。

华生是烟鬼，把烟吸进肺里是他的习惯动作。现在他吸着如此昂贵的雪茄，首先想到的是不要浪费东西。他希望时间在他吸雪茄的那一刻停住，甚至希望有一个专业的摄影师给他拍照，他会把照片珍藏留念，并且向网友炫耀。

林瀚纯一再强调，其实吸雪茄要的是一种感觉。

华生被呛着了几次，当然有了强烈的感觉。十多分钟后，华生感觉到全世界就在他的眼前，但是他却产生了些许孤独、自负和自恋的感觉，甚至增长了智慧。更不可思议的是，他觉得他所思慕的女人就在伸手可及的地方。

林瀚纯说："也许你不知道雪茄比香烟好在哪里。"

华生说："我知道好在哪里。那就是做人的优越感。"

林瀚纯点一下头，"对，抽雪茄是一种庄重的行为，贵族式的行为。"

华生说："抽一根哈瓦那雪茄，也算是精神享受吧。四百多块钱一下子就烧掉了，很多人肯定会这么想，还不如好好吃一顿呢。只有那些有优越感的人才不会这么想。"

林瀚纯叹一口气，"庄传智也说过一句类似的话。"

华生吸着雪茄。

林瀚纯说："你一定很想知道我和庄传智的关系。"

华生不说话。

林瀚纯说："我和庄传智的关系，我不想说出来。不过，我不能不告诉你。"

林瀚纯希望有朝一日能把自己肩上的重担卸下来，放在一个可靠的人的肩上。林德巍毒瘾附体不可救药，庄传智撒手尘寰，华生成了林瀚纯唯一的希望。因此他和华生之间必须达成互信，很多问题都不能瞒着华生，尤其是有关庄传智的事儿。

林瀚纯和华生待在高级私人会所里，这些都是某件事儿的铺垫。林瀚纯磨蹭大半个晚上，只想达到一个目的，就是顺其自然地告诉华生，他和庄传智之间的关系到底是什么样子的。

三年前临近中秋节，林德巍腹痛难忍，吸食一些白粉后症状相应减轻。他坚持认为那是一般的腹痛，不想耽误打麻将，没有跑一趟医院。就这样吊儿郎当地拖了将近两天，终于在那天深夜，林德巍呕吐不停，痛得死去活来，林瀚纯亲自驾车把他送到庄传智所供职的省人民医院。经急诊室医生初步诊断，林德巍的症状为坏疽穿孔性阑尾炎，必须立即做手术切除。当时是深夜三时左右，庄传智仅仅花了二十多分钟就赶到医院。

林瀚纯非常疼爱林德巍，他希望由一个博导级别的外科医生来做这个手术。他认识院长，就给院长打了电话。但是这几天院长正在英国参加一个学术会议，此刻无法联系得上他。林瀚纯和妻子徐雪莲都很焦急。

"刘院长不在。"林瀚纯说，"庄医生，你有副院长或者书记的联系电话吗？请你告诉我，不要担心，他们绝对不会责怪你的。"

"林先生，先确诊患者的症状，才做手术。如果确诊为坏疽穿孔性阑尾炎，这个手术要抓紧做，不能拖延。"庄传智右手拿着一听红牛，左手拿着一听雀巢咖啡。他先喝红牛。

林瀚纯说："你肯定有你们科主任的电话号码，请提供给我。"

"科主任昨晚七点多开始，做了一个比较复杂的手术，总共耗时五个多小时。他很疲倦了，应该刚刚躺下睡着。"庄传智开始喝咖啡。

林瀚纯说："庄医生，据我所了解，你只不过是一个普通的医生。"

庄传智明白林瀚纯所要表达的意思，"1889 年 McBurney 提出用外科手术切除病体来治疗急性阑尾炎的观点，到了今天，由于外科技术、麻醉、抗菌药物治疗和护理日益成熟，绝大多数阑尾炎患者都可经过手术而治愈，死亡率已降至 0.1% 左右。林先生，请你放心，这是一个小手术，在一个小时内一定能完成。"

林瀚纯非常严肃地说："我跟刘院长是好朋友，但是这件事就不麻烦刘院长了。我求你了，庄医生，如果你能联系到博导级别的医生来主刀做这个手术，不管花多少钱我都愿意。同时你也会有好处的。"

庄传智没有计较林瀚纯的看法和态度，不厌其烦地自我介绍一下。他说省人民医院做阑尾切除手术最多的医生是他，他一共做了 324 例，其中坏疽穿孔性阑尾切除手术占 76 例。根部坏疽穿孔伴严重盲肠壁炎症的急性阑尾炎，在阑尾切除过程中，如果在临床上处理不好，就会出现粪瘘并发症。但是庄传智所做的手术切口大小合适，手术一气呵成，清洗腹腔和切口很彻底，阑尾残端缝合或结扎良好，并且用外观较正常的带蒂大网膜覆盖阑尾残端及炎症严重之盲肠区，确保粪瘘不会出现。

庄传智所说的专业性的东西，林瀚纯似乎没有听明白。

庄传智说："简单地说，这只是一个小手术。"

徐雪莲不由得怀疑，"可是，你做了十多年医生，博导还不是，科主任更不是。"

林瀚纯将信将疑地看一眼庄传智，对徐雪莲说："也不奇怪，大领导不做小手术，老实人受欺负。"

徐雪莲说："庄医生也说得头头是道，不过……"

林瀚纯说："你儿子痛不欲生，等不得啊！这是个小手术，只要庄医生认真负责，就不会有问题。"

庄传智把咖啡喝完了，"每次三更半夜我来做手术，我都喝一听红牛一听咖啡，喝过后几小时内是清醒的。不要再拖了！"

林瀚纯说："你这咖啡和红牛，是你私人掏腰包的，是吧？"

庄传智说："才十多块钱，这个没问题。"

林瀚纯朝徐雪莲使一个眼色，她下了决心，手脚麻利地往庄传智的白大褂的口袋塞钞票。

"我是不收红包的，一共多少钱？手术做完后我替你们转交住院押金。"庄传智说，"你们放心吧，即使贝拉克·奥巴马要做阑尾切除手术，我也有信心做好，不会给中国的医生丢脸的。"

林瀚纯说："红包是我们对你的尊重和敬意，没别的意思，请你收下，也请你务必做好手术！"

庄传智说："放心吧。我去准备了，确诊后就请你们签字做手术。"

庄传智快步走向卫生间。

林瀚纯敏感地说："他喝了一听红牛、一听咖啡，也应该上卫生间。"

徐雪莲小声说："这个庄医生看上去有几分像你，所以我对他还是有信心。"

林瀚纯说："像我？"

徐雪莲说："五官很像，脸型也很像。"

庄传智从卫生间走出来，匆匆走进手术室。

林瀚纯盯着庄传智的脸看。

徐雪莲说："你当真啊？"

林瀚纯说："是有点儿像。"

住院七天后，林德巍就完全康复了。医院住院结算中心为林德巍作住院医疗费结算，林瀚纯被告知庄传智真的如他所说的那样，把徐雪莲塞给他的红包，悉数作为林德巍的住院费用押金向住院结算中心代为转交。林瀚纯不以为然，亲自到住院结算中心了解情况。结算中心的工作人员早就见怪不怪，都说庄传智常常这样做。他每次来工作人员都不让他排队，并以最快的速度给他办理好为患者交押金的事儿。一个年长的财务人员说，她在省人民医院干了大半辈子了，她可以证明，庄传智自从成为医生那一天起就这样做，他是结算中心的常客。对此大家有各种各样的言论，但是庄传智充耳不闻。

林瀚纯打电话给庄传智，要请他吃顿饭。庄传智婉言谢绝了。但是院长给庄传智打了一个内容相同的电话，他不得不应邀赴约。

在一个极为讲究的餐厅包间里，林瀚纯和庄传智共进晚餐。院长也匆匆赶来了。

菜式很不错，还有林瀚纯特意带来的轩尼诗李察干邑白兰地。

院长不无遗憾地说："好酒啊，我就多喝一点点。庄医生，你就少喝一点点。做医生的命苦。"

林瀚纯不明白，"为什么说做医生命苦呢？我看你们救死扶伤，救人一命胜造七级浮屠，不是心里非常充实的吗？"

"我指的是喝酒这个问题，医生极少喝酒的。"院长说，"包括我在内，做一个医生即使会喝酒的也不能喝个痛快。特别是外科医生，说不定晚上有个十万火急的手术等着我们其中一个人。”院长又补充一句，“出于应酬，我喝过不少酒。最好喝的还是法国的葡萄酒，特别是干邑白兰地，还有玫瑰红香槟。如果有一天世界平安无事，人人永远健康，我真想痛快地不醉不归。”

林瀚纯请庄传智吃菜，他扭头问院长：“你知道庄医生拒收红包的事儿吗?”

院长说：“他们都这么说。庄医生不错。”

庄传智有点儿不好意思，“林老板，吃饭的时候不要谈钱的事儿。”

林瀚纯说：“庄医生，今晚请你吃顿饭，我有个想法。我肯定是感激你的，可是你不一定需要我感激你。虽然我也是读书人，但是我是搞房地产的，很迷信，相信一福二命三风水。说心里话吧，我不想跟医生做朋友。因为我不希望下次再麻烦你给我们家某一个人做手术。我希望我们家每个人都永远健康。可是我有一个疑问。你必须回答我，你为什么不收我的红包？其他患者的红包你收了吗？你是做给谁看的?”

庄传智苦笑，“听说国宴的标准是每人两百元。林老板，你请我吃一顿饭，这顿饭还有酒和饮料加起来要好几千块钱吧，远远超过国宴的标准了。我谢谢你，发自内心。但是我不想回答你的问题。”

院长轻描淡写地说：“这瓶是轩尼诗李察干邑白兰地，700ml的，价钱好像比路易十三还贵一点儿，前年才一万多块钱，今年二万多了。如果包装盒子完好的话，一个空瓶子都值两千多块钱!”

庄传智吓了一跳。

林瀚纯说：“请你回答我。虽然我是个商人，但是我首先是个读书人，你说的话我一定能理解。”

庄传智依然为难地摇头。

院长说：“我来说几句吧。林老板，你听说过《希波克拉底誓言》吗?”

林瀚纯说：“好像有这么回事儿。”

“现实中医患关系比较紧张，就是因为很多医生没有信守《希波克拉底誓言》。”院长说，“从前西方的医生就职之时，都要大声读出《希波克拉底誓言》。二战后，出现了《日内瓦誓言》，这是《希波克拉底誓言》的第二个版本。一九八八年，出现了第三个版本《后希波克拉底誓言》。三个版本的誓言大同小异，为的是表明一个医生信守职业道德。”

林瀚纯说：“你能背出《希波克拉底誓言》吗?”

院长喝了一点儿干邑白兰地，变得很天真活泼，“别忘了，我是美国约翰·霍普金斯大学的医学博士。我们这所大学在医学、公共卫生等领域科技成就卓越。”

林瀚纯说：“我知道，到目前为止，你的校友先后有三十三人获得诺贝尔奖。”

“林老板，你听着，我给你背一下《日内瓦誓言》。”院长开始背诵，“我要把我的一生奉献给伟大的人道主义事业。我凭着良心和人格行使我的职责。我首先考虑的是我的病人的健康。凡是托付于我的秘密我均予以严守。我将用博爱精神维护医务工作者的崇高荣誉。在我的职责范围内不允许把宗教、国籍和种族等因素掺杂进来。即使受到不公正的对待，我也将以最大的努力尊重从胎儿开始的生命，决不利用我所掌握的医学知识做违背人类道德的事情。我庄严地、神圣地并以我个人的人格作出上述保证。”

林瀚纯轻轻地鼓掌。

院长有点儿兴奋，让服务员给他倒酒，他举杯跟林瀚纯和庄传智碰杯。

林瀚纯惊奇地发现，庄传智的眼里噙着泪花。

林瀚纯说：“庄医生，你宣誓过吗？”

庄传智取下眼镜，用餐巾纸擦拭一下眼睛，“医科学生入学时都要宣誓的，誓言的内容跟《日内瓦誓言》大同小异。三个版本的《希波克拉底誓言》，我认为《日内瓦誓言》是最好的。它说到良心。如果没有良心这个世界将会不复存在，或者变得毫无意义。”

“好，说得好。”林瀚纯说，“你就回答我，你收过红包吗？哪怕就收过一次？”

庄传智没有回答。

林瀚纯说：“刘院长也在这里，他就做一个见证人吧。如果你庄传智医生从来没收过一次红包，为了弥补你的损失，也为了表彰你遵守誓言的行为，我奖励给你人民币一千万元！”

庄传智表情平静，但是他没有说话。

院长觉得不可思议，拍拍林瀚纯的手。林瀚纯朝院长点一下头。

林瀚纯说：“从医十多年，哪怕就收过一次两次红包，只要总金额不超过两千元，我仍然要奖励你人民币一千万元！个人所得税那些事儿你找税务人员解决。”

“还记住依法纳税的事儿，”院长说，“林老板，看来你没醉啊。庄医生那个奖金实至名归，什么时候能兑现啊？”

林瀚纯说：“我真的没喝醉。庄医生，我相信你是个有良心的医生，我最后问你一个问题。是什么东西促使你、刺激你拒收红包的呢？不会是《日内瓦誓言》吧？因为接触过《希波克拉底誓言》的中国医生实在太多了，为什么今天医患关系这么紧张呢？是因为《希波克拉底誓言》是空话假话？”

庄传智说：“林老板，我提议，今晚我们好好吃一顿饭，不提医患关系，也不提《希波克拉底誓言》。”

“庄医生，你告诉我，为什么你与众不同，一定要那样做？”林瀚纯说，“难道你是上帝派来的？”

“有人形容护士是白衣天使。天使当然是上帝派来的。”院长说，“庄医生，你回答林老板的问题。”

庄传智喝了一口酒，讲了一个故事。

医院里有一条内部规定，内容大致是医生的收入与自己的业务量挂钩。于是许多医生不顾实际情况，让患者去做没有必要的化验与检查，并在处方上尽量多开一些价格相对较高的药物。庄传智承认最初他也那么随波逐流地做过，虽然心里稍有一些不安，但是他觉得大势所趋，没什么大不了的。

一个星期五的上午，庄传智替一个同事坐诊。那时庄传智刚进医院不久，如果同事有急事不能当班，领导就会找他来顶班。

就在上午快要下班的时候，一个农民工模样的人走进诊室。

农民工怯生生地看着庄传智，庄传智没有理会他的心事，为他做了简单的检查。经诊断确认农民工的右下肢小腿上长了一个脂肪瘤，这种情况只需做一个门诊手术即可。但是庄传智埋头开出一张检验单，让他去做CT检查。

农民工问："医生，做CT检查要多少钱？"

庄传智说："几百块钱吧。做CT检查，就是用电子计算机进行图像处理、图像化的断层像检查，检查结果非常准确。如果不是恶性肿瘤，问题就好办了。"

农民工说："要用电子计算机？那就更贵了。听说在你们这个大医院，治个小感冒都要几百块钱。医生，我不治了。"

庄传智不再书写检验单，抬头看一眼农民工，看到一张黧黑的脸和惊惶的表情。

农民工说他是故意选择在这个时候来的，因为此时诊室里只有他们两个人。

农民工说："钱多的话我就不治了。我知道癌症是治不好的。去年孩子他娘得了卵巢癌，治了一年多最后还是走了，欠了一屁股债我还没还清。不能再欠债了，到时我拍拍屁股就走了，我家孩子这辈子也翻不了身啊！"

农民工说着，泪珠在他的脸上触目惊心地涌现了。

这让庄传智无地自容。

庄传智告诉农民工，他小腿上的脂肪瘤是良性的，让他到收费处交了不到一百块钱的费用，为他把脂肪瘤切掉了。

就是因为过不了良心这一关，庄传智不敢赚那些昧心的钱。后来有人给他送红包，他坚拒不受，作为患者的住院押金，代为转交到住院结算中心。实在退不掉的红包，他就送到红十字会或慈善基金会，有时也捐给希望工程。面对医药代表各式各样的诱惑，他总是严词拒绝。

林瀚纯说："庄医生，你爱人是哪个单位的？"

庄传智说："护士，跟我同一个医院。"

林瀚纯说："你们的收入不算高，灰色收入又不存在，日子过得怎么样？"

庄传智说："怎么说呢？各人见仁见智吧。"

林瀚纯说："你爱人没有埋怨你？"

庄传智苦笑不答。

"红包问题，老实说拿它没办法。只要不出大问题，君子好财，取之有道，就行了。这是社会问题，不是医院单方面的问题。学校教师，也是靠山吃山靠水吃水。各行各业都一样。"院长说，"不过庄医生，我向你致敬，你一定要坚持下去，好心得好报。"

庄传智点一下头。

"虽千万人吾往矣！"林瀚纯说，"我年轻的时候，也是这么天真善良，有一种虽千万人吾往矣的气势。"

院长说："初生之犊不怕虎。"

林瀚纯说："我承认，如果彻头彻尾讲良心的话，可能我就喝不上干邑白兰地了。但是我愿意表彰别人讲良心。庄医生，我奖励你一千万元，我说过的话算数。这些钱对于你来说，是干净的。你打算怎么花都可以。不过你不能把它捐献给希望工程或红十字会。如果要捐献出去的话，这等好事儿我早就做了，用不着你替我做。你要专款专用。"

院长说："如果他用于花天酒地，你会反对吗？"

林瀚纯说："那是庄医生自己的事儿了。当然，如果庄医生拿这笔钱去做一些对他自己有意义的事儿，我觉得会更好。"

庄传智摇一下头，"林老板，我不需要你的奖励。"

院长说："这是医生的荣誉，最高的荣誉！人民币升值了，一千万人民币在数额上超过诺贝尔奖金一百四十万美元了！"

庄传智说："我想到了好莱坞的电影《百万英镑》。"

院长说："我也欣赏那部电影。那张一百万英镑的钞票，是两个相互之间打赌的富翁兄弟借给格利高里·派克的，说好了一个月后归还。林老板这一千万人民币是奖励给你的，而不是借给你。区别在这儿。"

庄传智说："那两个相互之间打赌的英国富翁兄弟是好人，他们让派克过上了一个月的好日子。我相信你林老板是好人。但是鉴于你奖励给我的一千万元理由不够充分，而且我拿着这一千万块钱倒并不一定能过上好日子。所以我拒绝接受这笔资金，希望能得到你的原谅。"

林瀚纯说："给你奖金你觉得不好意思。我是搞房地产的，我送给你一套大房子，怎么样？你不好意思说你缺钱，但是你总不能说你不缺少房子吧？"

庄传智说："林老板，刘院长，今晚我们挺开心的，多喝点儿酒。其他的话就不说了，好不好？"

院长说："如果让我来判断的话，林老板没喝醉。而且，他所讲的也不是童话故事。"

林瀚纯微笑着，"我想做一件有意义的事儿。"

庄传智说："这世上有良心的人为数不少，林老板，他们不需要你逐一奖励他们。"

这让林瀚纯脸面上有点儿过不去。院长看在眼里，举起杯子对林瀚纯和庄传智说："作为一个医生，有很多地方我比不上庄医生。我自罚一杯。"

看着院长喝了酒，庄传智也自罚一杯。

院长戏谑地说："如果不是如此名贵的酒，我自罚两杯。"

林瀚纯笑了，"这酒是假的，用做自罚最合适不过。"他招手叫来服务员，"请给我们倒酒。今晚不论是医生、医院的院长，还是搞房地产的，一醉方休！"

服务员把咖啡送来。华生目送服务员走出去，扭头问林瀚纯："当时你知道庄医生是你的亲生儿子吗？"

林瀚纯说："没有。不过，过不了多久，我就知道他是谁了。"

"有个问题，"华生说，"你不知道他是你的亲生儿子，你为什么一下子就要给他一千万块钱？莫非你有预感？"

林瀚纯说："这个问题比较复杂，也算是秘密吧。等一下我只可以告诉你其中的一部分，秘密的那一部分以后再告诉你。"

华生说："你奖励给庄医生的钱，最后他还是接受了？"

林瀚纯说："他没有接受。"

华生说："这符合他的性格。我不明白，为什么后来他……"

林瀚纯示意华生喝咖啡，"这个私人会所的蓝山咖啡，是真正的蓝山咖啡。"

华生说："很不错。"

林瀚纯又点燃一根雪茄。

华生旁边的烟灰缸还有半截雪茄。刚才华生洗耳恭听林瀚纯讲述庄传智和一千万元奖金的故事，一不留神雪茄就熄灭了。华生重新点燃这半截雪茄。

林瀚纯说："我和庄传智吃过那顿饭，相互道别后就各奔东西了。他没有主动来找过我。我也没有去想我和他还会见面。"

华生说："后来你们为什么又见面了？"

林瀚纯吸着雪茄，却专心地看着窗外的夜景。看来他的心思没有全在享受雪茄这件事儿上。

林瀚纯提到林德巍的名字。

私人侦探的职业病就是怀疑一切。华生也有敢于怀疑、追求真相的习惯。

华生和林德巍只见过一次面，林德巍给华生留下富二代不可一世的印象。

庄传智不是在林瀚纯家里长大的，林瀚纯从来没有把他还有一个亲生儿子的事儿告诉过任何人。作为林瀚纯唯一的儿子，本来林德巍是林瀚纯寄予厚望的接班人，还是林瀚纯亿万家产第一顺序继承人，没有人会跟他争夺。但是庄传智以林瀚纯亲生儿子的身份从天而降，打破了林德巍先入为主的美梦。在华生的眼里，现在的林德巍深陷毒瘾，跟残疾之人无异。在林德巍看来，庄传智只是一个素质低下的暴发户，根本没有林家后代的高贵的DNA。最让林德巍愤愤不平的是，庄传智凭什么要跳出来跟他分蛋糕，而且有可能抢到大部分的蛋糕？

如果林德巍有权力剥夺某一个人的生命，那么林德巍会毫不犹豫地选择让庄传智去死。即使林德巍没有亲手把庄传智碎尸万段，但是最希望庄传智当即一病不起紧接着一命呜呼的人肯定也是林德巍。如果林德巍知道林瀚纯挑选华生作为接班人，华生猜测林德巍也一定会诅咒他死于非命。有些人是恶毒的动物，因此华生是这样忖度林德巍的心理的。

今天晚上林瀚纯一说到庄传智是他的亲生儿子，华生就敏感地推定林德巍是杀害庄传智的凶手。

华生希望能够顺利地接林瀚纯的班管理家盛地产有限公司，并且能够继承他的一部分财产。同时他也想到另一个问题：如果庄传智和他死于他杀的话，杀人凶手一定是林德巍。

两年以前，庄秋玲认识了林德巍。

庄秋玲在皇冠假日酒店的餐厅里整整干了两年了。这是一个五星级酒店，什么样的富豪和名人庄秋玲都见过。

有些富豪钱多得就算天天吃山珍海味、喝顶级葡萄酒和住总统套房也花不完。他们的娱乐之一就是在漂亮的女人面前烧钱，然后把她们一个个弄上床。不少服务员无法抵挡金钱的诱惑，跟他们进行不道德的交易。

庄秋玲洁身自好，对各种诱惑视而不见。

林德巍经常在餐厅里出现。在庄秋玲的眼里，林德巍是一个事业成功的年轻富豪。不过他戴着深度近视眼镜，书卷味儿颇浓。而且他的脸上常常挂着阳光般的笑容，似乎跟那些满身铜臭的富豪有所不同。

林德巍很快就把眼光聚焦于庄秋玲身上了。他告诉庄秋玲他不再到别的餐厅吃饭，即使在她的餐厅里天天吃同样的饭菜他也不会厌食。

庄秋玲捧着一瓶红酒从林德巍身边走过。

林德巍对庄秋玲说："雪碧小姐，请过来一下。"

庄秋玲笑容可掬地走近林德巍，"请问你叫我吗？先生。"

林德巍说："对不起，我想知道你怎么叫雪碧小姐？"

"我不叫雪碧小姐，那侵犯了可口可乐公司的版权。"庄秋玲指着胸牌，"我的工号是二十七号。请问先生要点儿什么？"

曾经有一个搞 IT 的年轻富豪公开地称呼庄秋玲为雪碧小姐。他认为女人是水做的，庄秋玲的肤色水润透亮，有如雪碧那样清澈剔透。而且她没有化妆，就像雪碧一样不含任何色素。

庄秋玲的脸蛋确实很纯很漂亮，就像那些做过美容手术的韩国女明星。但是那个年轻富豪却认为她那苗条的身材才是最吸引人的，由此可以看出她还没有干过那种事儿。

那个年轻富豪的那些言论让一个服务员听到了，渐渐地餐厅里所有的服务员都知道了。此后庄秋玲一听到"雪碧"这个词汇就羞愤不已。

林德巍说："我挺欣赏你这个名字，雪碧。文字很准确，很形象，很优美，也很洋气。给你起这个名字的雷老板很有水平啊！"

"对不起，你说的话我不明白。"庄秋玲正色地对林德巍说，"请问先生要点儿什么？"

林德巍说："谢谢，从此我不喝雪碧了，因为一喝就吃了你。"

"对不起。"庄秋玲走开了。

第二天餐厅值班经理安排庄秋玲负责一个 VIP 包间的餐饮服务。

林德巍一个人来吃饭。

领班走进来，热情地要为林德巍点菜。林德巍的心情似乎不佳，摆一下手示意领班离开，让他安静地坐一会儿。

包间里只有庄秋玲和林德巍两个人。林德巍低头坐着，许久都没有动一下。他的唯一动作是喝茶。庄秋玲不时为他倒茶。

林德巍问可以在这里吸烟吗，庄秋玲说请便。林德巍请庄秋玲站在离他较远的地方，他一下子吸了两根烟。

庄秋玲说："先生，我可以问你一个问题吗？"

林德巍说："问吧，我姓林。"

"林先生，"庄秋玲说，"香烟盒子上那行字，吸烟有害健康，是骗人的？"

林德巍说："你老爸吸烟吗？你家里有人吸烟吗？"

庄秋玲说："我也劝过他们。"

"谢谢你也劝过我。"林德巍掐灭香烟，"我坐着，你站着，这不公平。你坐下来好吗？"

庄秋玲说："对不起，上班时间我们不能坐下来。"

后来林德巍说不能让庄秋玲陪着他不开心，请她随意为他要三个菜。

庄秋玲说："请问要三个什么样的菜呢？我请领班来一下，好吗？领班比我会点菜。"

林德巍问："你在这儿待了多久了？你不喜欢我叫你雪碧小姐，是吧？"

庄秋玲朝林德巍摇头，"两年了。"

林德巍说："这儿所有的菜式你都见过了。你这么想，我就是你，你想吃什么菜，就给我点上。三个菜就行了，不要浪费。"

这个餐厅的菜式实在太多了，就像满汉全席，庄秋玲从来没有吃过，她都想尝一下。林德巍是这里的常客，庄秋玲依稀记得曾经给他上过的菜肴和点心，就说出三个菜名，他立即点头认可。

庄秋玲说："主食吃什么呢？"

"由你做主吧。我不是美食家，对饮食的要求不高。"林德巍说，"来两个荞麦包子吧。"

上菜还得在十多分钟后，林德巍要了一杯橙汁。

林德巍说："老实说，遗憾的是，服务员太漂亮了，会让我觉得自己成了配角，心有旁骛，吃不好饭。"

庄秋玲说："林先生，你真会开玩笑。你的朋友呢？"

林德巍说："我喜欢一个人吃饭。请问坐过飞机吗？"

庄秋玲说："没有。"

林德巍说："怎么不去当空姐？"

庄秋玲露出了职业性质的微笑。

林德巍说："不当空姐也不要紧，因为坐在这个餐厅里的客人的总体综合素质可能比飞机上的乘客的总体综合素质高，在这儿工作也不错。不过当空姐你是够资格的。你知道我为什么喜欢坐飞机吗？"

庄秋玲说："飞机是现代化的交通工具。"

林德巍点一下头，“一九〇三年，第一架可以被称做是飞机的飞行器仅仅飞了十二秒，二十七米的距离，但是这对后世的影响极为深远。现代人在享受乘坐飞机的乐趣的同时，远远不止是把飞机看做现代化的交通工具那么简单。”

庄秋玲微笑。

林德巍说：“相对于坐火车、汽车和轮船而言，坐飞机是最安全的。但是事实上，如果一旦发生空难事故，机上所有的人员都九死一生，那是非常危险的。尽管如此，飞机上的空姐太漂亮了，跟她们相处非常愉快，所以我仍然选择冒着危险乘坐飞机。”

庄秋玲说：“我给你催一下菜，好吗？”

“不用，”林德巍说，“你坐下来好吗？我们是平等的。就像在同一架飞机上，头等舱的乘客也好，普通舱的乘客也好，乘务人员也好，如果飞机掉下去了，大家都是平等的，要么一起死掉，要么谁死谁活听天由命。”

庄秋玲说：“对不起，服务员真的不能坐。”

林德巍说：“也许你不知道，我曾经好几次勇敢地捍卫了航班的飞行安全。”

庄秋玲忍不住扑哧一笑，“真的吗？”

林德巍说：“就在今天，我从北京回来，在飞机超低空飞行即将着陆时，邻座一位先生使用手机。原来他的手机根本没有关机。听说他是一个演员，比较有名气，什么名字我暂时想不起来了。他长得五大三粗，我根本不是他的对手，但是我还是大声命令他关掉手机。他不把我放在眼里，继续通电话。我不跟他理论，说时迟那时快，动手把他的手机夺下来，卸掉电池。他没想到我这么勇敢，一怒之下当胸打了我一拳。不过正义在我这儿，我还是忍痛警告他不能再使用手机，在飞机停下来之前。后来，我和全体乘客安全着陆了，我回到家里进了浴室，美美地洗了个热水澡。而那位创下国内在最高高度使用手机纪录的先生受到了应有的惩罚，进了拘留所，将在那儿待五天，能洗个冷水澡就谢天谢地了。我为了表彰自己的英勇行为，就请自己到这个城市最好的酒店大吃一顿。于是来到你这个餐厅。”

庄秋玲说：“林先生，你的确很勇敢，那你得多吃点儿。”

林德巍说：“过去当个空姐的确不简单，值得骄傲。今天不同了。能展现女性风采的平台实在太多了。比如当模特儿、偶像派影视演员、歌星、主持人、网球明星、体操明星、高级白领、大学教师、职业经理人，还有……”

庄秋玲叹了一口气。

林德巍说：“别叹气，应该叹气的是我。五年前，我和一个女孩爱得如痴如醉。但是，为了我们的未来，我不得不离开女朋友，到美国自费留学。”

林德巍开始吃饭了，庄秋玲站在较远的地方。

林德巍绘声绘色地讲起这个他自己杜撰的故事。到了美国后，林德巍刻苦学习，课余时间到一个中餐餐馆刷洗盘子，整天忙个不停。他常常给女朋友打电话。后来女朋友说越洋电话费太贵了，让他少点儿给她打电话。其实他相当节俭的，甚至舍不得喝可乐，两年后积攒了一笔钱。在回国前一天，他专门到珠宝专卖店倾尽所有给女朋友买了一只昂贵的钻石戒指。没有买机票的钱了，林德巍就上了货船，在海上摇摇晃晃半个多月，终于回到了上海港码头。他下船还没有站稳，就给女朋友打电话，希望尽快见到她。她却平静地告诉他，她刚刚跟一个年轻的百万富翁结婚，让他彻底忘掉她。林德巍一下子品尝到生不如死的滋味，一气之下把那只钻石戒指扔到海里去了。他跌跌撞撞地走进海边一个小饭店借酒消愁。他不再把一分钱掰成两半花了，痛痛快快地要了一瓶好酒。小饭店老板说正好有一条刚从海里钓上来的石斑鱼，林德巍说千金散尽还复来，今天老子豁出去了，少啰嗦给老子来一条清蒸石斑鱼。很快老板就把一条清蒸石斑鱼端上来。那条石斑鱼做得令人垂涎欲滴，林德巍拿起筷子拆下一大块鱼肚子那里的肉，那是他最爱吃的鱼腩，放进嘴里猛嚼。突然他的牙床让一个很硬的东西硌得生疼，他痛苦地哀嚎一声。

庄秋玲很有兴趣地听着。

林德巍故作神秘地问："雪碧小姐你说，那个硬东西是什么？"

庄秋玲不假思索地说："那当然是戒指啦！"

林德巍说："你猜那东西是戒指，这证明你很聪明，很有同情心，希望天下所有的爱情都有一个美好的结局。同时也证明了，你也非常向往美丽的爱情。"

庄秋玲再次露出职业性质的微笑。

"可是，事与愿违，这个世界必然会有一些事儿辜负了你的期望。当时，我的女朋友结婚了，新郎不是我，我正好倒了大霉，就是喝凉水也会塞牙的。你说我怎么会嚼到戒指，碰上天下最幸运的事儿呢？"林德巍无限痛苦地说，"我嚼到的那个东西是一个钓鱼的钩儿啊！当时我的舌头被弄破了，流了不少血。"

这个乍一听显得十分庸俗的爱情故事，就像刚才那些有关乘坐飞机的事儿一样，让庄秋玲觉得那不过是油腔滑调的语言技巧，不值得记在心里。然而一个钓钩的出现使这个爱情故事喷射出悲剧的色彩，一下子变得不同凡响。虽然它有点儿戏说的成分，但是庄秋玲还是非常同情林德巍。

庄秋玲说："那真是太不幸了！"

林德巍说："幸好今天你没给我上清蒸石斑鱼。谁敢保证你们这个五星级酒店做的鱼，它的肚子里没有钓钩呢？钻石戒指就没有，这个可以保证。"

庄秋玲说："今天你又失恋啦？谁又横刀夺爱抢走你的女朋友？"

林德巍说："轻量级的痛苦，还可以说出来，翻来覆去说来说去。重量级的痛苦，就让人沉默了。我的痛苦我说不出来。以后再告诉你吧。"

林德巍几乎没有动过筷子，那三个菜原封不动。

结账后林德巍没有立即离开，他一边喝茶一边看着庄秋玲收拾餐桌上的残杯冷炙。

林德巍说："很遗憾，天下没有不散的宴席，我该走了。"

"欢迎你再来。"庄秋玲的心里也是这样说的。她已经觉得林德巍是一个可以亲近、有情调的男人了。

林德巍在包间门口停下来，背对着庄秋玲，"你相信吗？我也会调酒，而且调得不错，有专业水平。你喝过龙舌兰酒吗？"

庄秋玲说："我不喝酒。"

林德巍说："鸡尾酒不算是酒，而是含有酒精的饮料。这样吧，到我家去，尝尝我调的玛格丽塔和特基拉日升，怎么样？"

庄秋玲摇头，身体也跟着摇晃。林德巍所看到的是，庄秋玲的屁股在扭动。她的肢体语言让林德巍看到了希望。

林德巍说："带上你的好朋友好姐妹一起去，我们可以打牌呀！你会打升级吗？"

庄秋玲想了一下，"会。"

林德巍说："那就明天晚上吧。反正明天晚上你不用上班。我来接你们。"

庄秋玲说："明天的事儿，就明天再说。"

林德巍说："好的，我有你的手机号码。"

庄秋玲有点儿惊讶，"这不可能吧？"

"我是特工，什么东西都找得到。"林德巍是这么说的。其实林德巍买通了餐厅的值班经理，从她那里要到了庄秋玲的手机号码。不过这个秘密不能告诉庄秋玲。

第二天傍晚庄秋玲领着两个女友，按时在约定的地点出现。林德巍驾车践约而来，让她们选定到哪里吃饭。

在火锅城吃完饭后，就到林德巍家里去。

宝马向北驶去，在环城高速公路行驶十分钟，然后在一条既宽阔又平坦的马路上走两分钟，进入一个高级住宅区。

林德巍住在第二十九楼层一个一百九十平方米的复式房子里。庄秋玲的两个女友都啧啧称羡。在庄秋玲的记忆里，只有在电影和电视剧里才会出现这样的房子，那实在太漂亮了。在客厅和书房里，都可以看到不远处的湖光山色。机场就在几公里之外，夜航的飞机不停起落。

林德巍在酒吧柜台那里调好了以龙舌兰酒为基酒的玛格丽塔。

客厅的灯光被调暗了。在方形大茶几上，一小截红蜡烛在广口玻璃杯里燃烧。林德巍把一个大盘子端过来，上面有一些食盐、四个圆口平底的玻璃杯、柠檬片和冰块。当然还有龙舌兰酒和玛格丽塔。

林德巍做出示范，先舔一点儿盐，再拿起杯子喝少许的龙舌兰酒，然后吮吸柠檬片。

庄秋玲极少喝酒，对嗜酒如命的父亲庄富强从来不抱有好感。不过此时她被品尝龙舌兰酒那种复杂的形式吸引住了。

庄秋玲和两个女友很有兴趣地品尝玛格丽塔。

林德巍说："味道怎么样？"

庄秋玲摇头，"没有感觉，还是酒！"

那两个女友也有同样的感觉。

林德巍说："过几天再喝，就有感觉了。我认为龙舌兰酒最适合现在这个时候喝。玛格丽塔比龙舌兰酒更淡，你们应该会喜欢上它的吧！"

庄秋玲摇头，那两个女友也摇头。

林德巍只好请庄秋玲和两个女友喝其他饮料了。

房子里的东西比较凌乱，脏乱差最严重的地方是厨房，那些有待刷洗的炊具和餐具被随心所欲地乱丢乱放。这证明了这所房子里没有固定的女主人。

庄秋玲说："你没有请钟点工打扫房子吗?"

林德巍说："钟点工是湖北孝感的，上月底她孩子生病，她得回家看一下。这一走就两个礼拜了，还没回来。这房子以前我曾经打扫过一次，整整花了大半天时间，浑身酸疼，骨头像散了架似的，划不来。"

庄秋玲突然想起那个林德巍所说的钻石戒指的故事。

庄秋玲说："哎呀，你又讲故事演小品啦！你还说你在美国勤工俭学，到餐馆刷盘子!"

林德巍不紧不慢地说："那时候有爱情的动力，不一样。"

到了这个时候，即使林德巍是骗子，庄秋玲也会认为他是一个可爱的骗子。

庄秋玲说："今晚你请我们吃饭，还请我们尝了你调的玛格丽塔，我们也不想欠你的。这样吧，不打升级了，给你打扫房子。"

林德巍说："不敢当，你们是尊贵的客人!"

庄秋玲说："这是我们的老本行。"

庄秋玲和两个女友一起，花了一个多小时搞清洁卫生。在此期间林德巍也没有闲着，他打开这所房子里所有的空调，确保每一个人都处身于舒适的环境里。他打开音响，让庄秋玲和两个女友点歌。还把冰箱里的雪糕分批次取出来，直到庄秋玲和两个女友再三声明吃不下去了。

这天晚上十一时前，林德巍分别把庄秋玲和两个女友送回家去。庄秋玲不想让林德巍知道她住在旧城区，就在热闹的商业街下车了。

几天后林德巍对庄秋玲说，他患上了那种害怕乘坐飞机综合征。但是他所担负的工作迫使他不得不频繁地选择空中交通工具。自从认识庄秋玲后，每次登机之前，在候机大厅里他都写下遗书，并放在贴身的衬衫口袋里。如果飞机失事了，那就可以避免没能跟她说最后一句话的遗憾。

林德巍这一番话使庄秋玲非常感动。由此庄秋玲追溯林德巍过去的一举一动和所说过的话，她觉得跟他待在一起的时候，她就像童话里一个美丽的公主，因而在未来的日子里更加盼望跟他见面。

第十一章　话剧《雷雨》

林瀚纯抬腕看一下手表。华生也偷偷看自己的手表，已是凌晨二时四十分。

林瀚纯所讲的这些故事，即使跟庄传智之死无关，也深深地吸引住他。但是很难说庄传智和林德巍之间有和谐共处的基础。华生预感到他们之间的矛盾不可谓不尖锐，由此引发的冲突将不可避免。

华生最想知道的是，庄传智怎么会是林瀚纯的亲生儿子呢？他们之间的亲子关系是在什么时候确认的呢？

华生担心林瀚纯会因为夜近三更而不再说下去。他没有直说，就拐个弯儿问林瀚纯："伯父，会所还在营业吧？我给你叫杯咖啡好吗？"

林瀚纯说："好的，两杯。"

在等待服务员送咖啡来的时候，林瀚纯缄口不语。华生也不便多说话。

林瀚纯指着角落那边的冰箱，"里面有咖啡，什么雀巢丝滑拿铁。在外面有时候我饥不择食，就喝它。"

华生说："蓝山咖啡很快就来了，那可真是个好东西，外面很难喝得上！"

林瀚纯站起来，在卧室里踱来踱去。

华生喝了一肚子的咖啡和水，有必要跑一趟卫生间了。但是他强忍住，他迫切地等待林瀚纯说话。

林瀚纯说："华生，你看过话剧《雷雨》吗？"

华生诧异于林瀚纯提到话剧《雷雨》。华生早就想到这个问题了。

话剧《雷雨》给观众留下的最深刻的印象就是，儿子爱上了自己母亲生下的女儿。即使没有看过话剧《雷雨》的人，也知道那种兄妹孽缘令人作呕。

"没有。我们八〇后这一代人不喜欢看话剧，更不喜欢看那种没有时代感的话剧。我们喜欢看港剧、韩剧、好莱坞大片和动漫。"华生说，"好像当年的中学语文课本里有节选自《雷雨》第二幕的剧本。我对文学不太关心，我完全忘了那个剧本的内容。"

其实华生对话剧《雷雨》的剧情是大致了解的。

话剧《雷雨》的主要剧情是这样的：在十九世纪末的无锡市，年少的周朴园和婢女梅侍萍私通，生下儿子周萍。后来梅侍萍被逐出周家之门，被迫投河自尽，幸而遇救，从此远走他乡。几年后梅侍萍和他人结合，生下女儿鲁四凤。又十多年后在无锡北面的一个城市，梅侍萍的儿子周萍和梅侍萍的女儿鲁四凤谈情说爱，鲁四凤怀孕了，惊世骇俗的悲剧就这样上演了。

周萍和鲁四凤是异父同母的兄妹关系。问题的关键就在这里。

华生一再推测林瀚纯言下之意，他的心紧揪了几下，他不希望话剧《雷雨》式的悲剧再次重演。那种悲剧太丑陋了。

此时华生恨不得马上给戏剧家曹禺的后人打电话，求证林瀚纯的儿子林德巍娶了林瀚纯的儿子庄传智的异父同母的妹妹庄秋玲为妻，算不算是话剧《雷雨》式的悲剧呢?

从家丑不可外扬的角度出发，华生不希望庄传智是林瀚纯的亲生儿子。

华生提醒林瀚纯，“伯父，周萍和鲁四凤是同母异父的兄妹关系，林德巍和庄秋玲的关系就不同了。林德巍和庄秋玲没有周萍和鲁四凤那种血缘关系。”

林瀚纯久久没有说话。

服务员送咖啡进来，也能感到卧室里的气氛很压抑，让人无所适从。她没有说话，做个手势示意华生签收，就悄悄退出去了。

林瀚纯说：“《雷雨》里的故事情节太丑陋、太恶心了，把它剔出中学语文课本我是举双手支持的。”

华生不敢对话剧《雷雨》予以评论，以免刺伤林瀚纯惶恐不安的心。

林瀚纯痛心地说：“这一切事情皆因我而起，我是有罪的。”

两年以前，有一天庄传智的母亲郭秀娟因肾结石病症住院，需要一笔医疗费。平时庄传智的工资悉数交给甄莉，甄莉只返还三百元给他作零用。庄传智从不跟医药代表合作，从不遵守开泡沫药方的潜规则，从不收取红包，所以他常常阮囊羞涩。一笔数额不大的医疗费难倒了英雄汉，庄传智只好赔着笑脸央求甄莉。最后甄莉把三千块钱扔在电脑桌上，竟然撞击了鼠标，千千静听的暂停按钮被点击一下，正在播放的《爱情买卖》顿时无声无息。此时甄莉说得比唱得还顺溜，劈头盖脸把庄传智痛骂了一顿。她说如果钱不够，庄秋玲就要掏钱。

第二天早上甄莉在出门上班前清理一下坤包里的东西，发现钱包里少了五百块钱。她急了起来，把坤包里的东西倒出来，还翻箱倒箧地把家里全找遍了，没找到她想找的东西。

甄莉怏怏不乐地去上班了。中午甄莉在医院职工食堂找到庄传智，说那五百块钱本来打算用于给她和庄岩买衣服和鞋子的，一个萝卜一个坑她记得一清二楚，怎么会不翼而飞呢？她肯定地说家贼难防，满腹狐疑地指出最有嫌疑的人是庄秋玲，庄秋玲也有筹集医疗费的任务，她一直把全部收入用于购买衣服和化妆品，现在拿不出钱来，就被迫行窃了。庄传智警告甄莉不要瞎猜。他们不欢而散。

当晚甄莉回到家里，就旁敲侧击地说她丢了五百块钱这件事儿跟庄秋玲有关。庄秋玲一下子明白了，发誓绝对没有拿甄莉的钱，后来气得说不出话来。郭秀娟抱怨甄莉冤枉庄秋玲，甄莉自然不是省油的灯，她回敬了几句让郭秀娟和庄秋玲无地自容的话。后来郭秀娟和甄莉大吵了一场。

庄传智费了很大的劲儿才平息这场冲突。他发现庄岩的表情不太自然，就紧咬庄岩不放，最后从庄岩的书包里找到三百多块钱。庄岩不得不承认他偷走那五百块钱，用于打游戏机、上网和请同学吃麦当劳。

庄岩受到了应有的惩罚，可是庄秋玲心里的伤口却一时无法愈合。

在那个五百块钱失窃事件发生后的第二天晚上，庄传智主动邀请庄秋玲喝咖啡。这天庄秋玲上中班，晚上八时半才下班。庄传智把地点说出来，让庄秋玲在九时半到达。

约定的时间快到了，庄传智来到咖啡馆门前。

一辆宝马行驶过来，在离庄传智不远的地方停下来。

庄秋玲打开车门，正要从车上下来。当时她的表情是轻松的。她没有想到庄传智会在咖啡馆门前等着她，于是她迅速把伸出车外的右腿缩回去。由于庄秋玲过于紧张，关上车门的声音较响。

宝马当即开走了。但是庄传智还是看清楚了宝马里的人。他目瞪口呆地看着宝马的背影。

庄秋玲在远处下车，徒步走回咖啡馆。

庄秋玲走近庄传智。

庄秋玲故作镇定，“为什么请我喝咖啡呢？吃点儿别的不好吗？”

庄传智指着宝马的方向，“那是谁？”

庄秋玲有点儿不自在，“你干嘛？像警察查身份证一样！那是我们老板。我担心家里出了什么事儿，想一下子飞过来，就请老板送我一下。老妈没事儿了吧？”

庄传智说：“老妈肾结石，做了手术休养好就没事儿了。你们老板？你们单位那么多职工，老板怎么会认识你，跟你这么熟，这么关照你？那家伙到底是谁？是不是一个糟老头？”

庄秋玲低下了头。

庄传智说：“这社会很复杂，你涉世未深，不要上当受骗啊！”

庄秋玲说：“好啦，我的大哥，你以为我们老板是一个糟老头啊？进去吧，我要巧克力咖啡，还要榴梿糕、杏仁饼。”

庄传智领着庄秋玲走进咖啡馆里，不过他还是揪着这件事儿不放。

庄传智说：“那些有钱人卑鄙龌龊，不要跟他们混在一起。鬼丫头，你让我这个当大哥的担心啊！”

“没有啊，我没干坏事儿呀！你不要瞎猜！更不要回家里乱说！”庄秋玲说，“再说了，你不打算做有钱人了？如果有一天你也是有钱人了，你还会骂有钱人卑鄙龌龊吗？”

庄传智说：“这件事儿确实是很严重的，我不能不管。不过我也管不了。我一定得跟老妈说，让她来管你。”

庄秋玲急了。

庄传智和庄秋玲围绕有钱人是否卑鄙龌龊的这个问题很不开心地争论，双方互不相让，很快他们都面红脖子粗了，一直没有结果，咖啡也没有叫上，周围的人侧目而视，服务员不得不出面劝告他们。

“如果我找了一个有宝马的男朋友，你老婆还会指认我是贼，诬赖我偷她五百块钱吗？”庄秋玲愤愤不平地说，“要偷我就偷宝马！”

庄传智做一个停止的手势，“今天请你喝咖啡，就想代替甄莉向你赔礼道歉，你想吃点儿什么呢？”

庄秋玲赌气地说：“你没有得罪我。谁得罪我谁就应该当面向我道歉。”

庄传智说：“算了。甄莉是什么人，你是知道的。不要跟这种人计较。”

庄秋玲说：“现在你是一个穷医生，甄莉就敢于骑在你头上吆五喝六，指桑骂槐，骂骂咧咧。如果你是个大富翁，别说甄莉，就是那些当红的女明星，也想找你当老公！”

庄传智说：“说什么你，乱七八糟的！”

庄秋玲说：“老实告诉你，老妈看到你让甄莉欺负得太惨了，快气炸了，这几天老妈总是鬼鬼祟祟地外出，一去好半天，神出鬼没的，你说老妈想干什么？”

庄传智没有搭碴儿，找来服务员，叫了咖啡和点心。

服务员一走开庄秋玲就说：“我怀疑老妈要给你找亲生父亲。假若找到一个有权有势的亲生父亲，你就扬眉吐气，一人得道，鸡犬升天！那个泼妇刁人立即变成你的哈巴狗了！”

庄传智苦笑，“你可以编童话，有梦想，但是你不能把人生想成那个样子。”

庄秋玲说：“难道你不想开奔驰宝马、住别墅洋楼吗？听说，在美国做一个外科医生收入很高的，工资跟总统差不多，开好车住大房子那是小菜一碟。”

庄传智说：“在美国做一个外科医生当然是幸福的。其实在我们国家做个外科医生也不错。你就不要议论我的工作了。”

“你不给病人开高价的药品，不收病人的红包，拒绝跟医药代表合作，你要做一个好医生，我是支持你的。”庄秋玲说，“但是，爱自己的亲生父母，寻找自己的亲生父母，有一颗感恩的心，这是人类之所以高级于其他生物的原因之一。你明白吗？”

庄传智说：“我怎么啦？”

庄秋玲说：“我就不相信，你从来没有动过寻找亲生父亲的念头？你就不希望自己的亲生父亲是一个有权有势、呼风唤雨的人？”

庄传智说：“庄秋玲，我们不能责怪自己的父母无权无势啊！”

庄秋玲说：“我什么时候责怪自己的父母无权无势？你应该放下成见，做一些实事儿！”

庄传智哭笑不得，“有你这么说话的吗？既异想天开，又想做实事儿，前后逻辑矛盾！”

“不想跟你说话了。甄莉说你喜欢说胡话和梦话，难以理解，气死人！”庄秋玲说，“这些，甄莉没有说错。”

庄传智说："我觉得有一天，你会从一个小姑娘变成泼妇的。"

庄秋玲冷笑一声。

庄秋玲有目的地看着人行道上来来往往的人，特别是上了年纪的男人。

一辆奔驰在咖啡馆前停下来，一个老头和一个年轻的女孩走进来。那女孩坐在庄传智对面不远处，那老头离庄传智更近。

庄秋玲示意庄传智看一眼那个老头。

庄传智小声地说："鬼丫头！"

庄秋玲笑了，在庄传智的耳边说："你别看人家女孩。我倒觉得那老头挺有风度的。对了，好像在哪儿见过他，挺眼熟的。"

庄传智说："你在酒店餐厅当服务员快两年了，什么样的男人你没见过？不要胡思乱想！"

庄秋玲却忍不住笑了。

庄传智说："你笑什么？"

庄秋玲说："最近我常到网吧里上网。几天前我看到了一个推销电脑软件的故事，跟你说说吧。"

一个电脑软件推销商到处吹嘘他手上的软件是目前世界上最神奇的，能回答任何复杂的问题。于是有一个顾客说，他的父亲失踪好几年了，他想知道父亲现在待在哪儿。电脑软件推销商当即把这个问题输入电脑，几秒钟后电脑给出的答案是，这个顾客的父亲正驾驶一辆奔驰，身边还有一个漂亮的女秘书，地点在深圳盐田区的高速公路上。这个顾客当即哈哈大笑，对周围的其他顾客说他的父亲根本不会开车，而且父亲并没有失踪，此刻父亲正待在家里头睡觉。这个可以马上打电话到他家里求证。推销商不慌不忙，又把这个问题输入电脑。电脑随即作出相应的解释：你说得不错，你母亲的丈夫当然是不会开车的，而且他这个时候正待在家里头看电视。可是，你的亲生父亲此刻千真万确正由他的漂亮的女秘书陪着驾车兜风，那辆奔驰刚好拐进深圳盐田区大梅沙酒店！周围的顾客顿时明白了，都笑得前仰后合。

庄传智觉得这个故事根本不可笑，而且亲生父亲这个字眼让他变得非常沉重。

"昨晚，我做了一个梦。你的亲生父亲突然来到我们家里，看样子他应该是很有钱的人，他要把你带走。老妈，还有我，都替你感到高兴。因为从此以后，甄莉就不会骑在你头上拉什么撒什么了，你的家庭你可以做主了……"庄秋玲说得绘声绘色的。但是她看一眼庄传智的表情，没有继续说下去。

庄传智说："我无话可说。"

庄秋玲说："我的亲生父母是庄富强和郭秀娟，这是一清二楚的，我没有胡思乱想的机会了。你就有所不同，庄富强不是你的亲生父亲。但是，倒不能说你对庄富强不好，而是他对你不太好。"

庄传智说："这是过去的事儿了。"

庄秋玲说："事情还没有过去。我算了一下，你的亲生父亲今年六十岁左右。人的平均寿命是七十多岁，按说你的亲生父亲应该还活着。你希望他是什么样子的呢？"

庄传智苦笑不已。

庄秋玲说："不用问，你肯定想过要找到自己的亲生父亲，你肯定会幻想，他是一个有钱有地位的人。很自然你不希望你的亲生父亲是个杀猪的屠夫、蹬三轮车的车夫，或者是个摆地摊卖假货的小贩。当然了，听说你的亲生父亲是个知识分子，现在也应该是个专家教授了吧？"

庄传智说："我的亲生父亲是知识分子？老妈跟你说的？"

庄秋玲说："老爸跟老妈吵架，我听到的！"

庄传智痛苦地摇头。

"谁都知道，三十多年过去了，那家伙还没有回来找老妈，这就足够证明他狼心狗肺！"庄秋玲气愤地说，"如果找到你的亲生父亲，我一定替老妈报一箭之仇，打人不打脸，我偏要打他一个响亮的耳光！"

庄传智说："可能他不在国内。"

"现在是网络时代，除非他在外星球，否则他早就在网络上寻人了！"庄秋玲说，"看来不能指望那家伙找上门来，他是不会回心转意的！"

庄传智不吭声了。

这时郭秀娟给庄秋玲打来电话，电话一接通郭秀娟就急巴巴地问她这么晚了怎么还不回家。庄秋玲说她和庄传智正在喝咖啡，让郭秀娟安心睡觉。刚才走进咖啡馆里，庄秋玲一度想给家里打个电话，以免郭秀娟担心。但是后来因为她和庄传智就宝马送她来这里的事儿争吵，就暂时忘了打这个电话。庄秋玲把手机递给庄传智，庄传智很有耐心地跟郭秀娟说，她刚做了肾脏超声波碎石手术，要保持心情愉快和休息好，才能早日完全康复。

庄秋玲挂断电话后，庄传智就催她回家去。

"还早着呢，言归正传，"庄秋玲说，"你告诉我，你到底找过你的亲生父亲没有？"

庄传智说："今晚别说这个了。"

庄秋玲说："我想，要找到其实也不难。老妈肯定知道你的亲生父亲的名字，让她告诉你。你搞一个寻人启事，在平面媒体或网络上到处登载到处贴，或者到大学校园、研究所那些地方去，很可能很快就找到了。搞个寻人启事并不难，为什么你不去办呢？"

庄传智说："我念大学的时候，也打听过。至今我一直对我所遇上的每一个人加以注意。可是没能找到。如果指望找一个是千万富翁的亲生父亲回来，那将是难上加难！"

"可是，你老婆也是这么想的。她不喜欢也看不起老爸，她是最希望你的亲生父亲是千万富翁的人。老实说，往大街上扔一块石头，被砸着的人谁不希望自己的父母是亿万富翁？就像比尔·盖茨的两个女儿一个儿子，他们是含着金汤匙出生的，一出生就注定是亿万富翁了！"庄秋玲说，"对了，那也许是一笔巨大的宝藏，你得去寻宝！你的亲生父亲叫什么名字，可以告诉我吗？我找私家侦探帮忙查一下！"

“来劲儿了！”庄传智有点儿不快，“巨大的宝藏？鬼丫头，什么时候你变得这么势利了？此刻你有如甄莉附体。顺便告诉你，比尔·盖茨很可能裸捐，他的儿女可继承的财产可能不多，甚至一分钱也得不到。”

庄秋玲不悦地说：“美国人不要管他。不管怎样，你是人，不是动物！你应该找到自己的亲生父亲！至于他是不是千万富翁，就看你的运气好不好了！”

庄传智说：“我也想过了，即使我的亲生父亲比我们的老爸还穷，找到他就得为他养老，但是找到他我将会感到非常欣慰，因为他毕竟是给我生命的人。”

庄秋玲说：“这么说，你早就想找到你的亲生父亲了。你可以上网贴帖子寻亲，或者请私家侦探。这些，老爸老妈是不会知道的。如果他们知道了，这件事儿我来搞定。我会跟他们解释清楚。”

庄秋玲不仅是庄传智的妹妹，还是他的好朋友，他们兄妹之间可以推心置腹地谈心。庄传智不忍心再瞒着庄秋玲，于是便如实告诉她，其实他一直没有放弃寻找自己的亲生父亲。当年庄传智第一次知道自己的身世时，就有寻找亲生父亲的打算。那一年庄传智十一岁，他渐渐长大懂事了。他和郭秀娟无端地被庄富强打骂是家常便饭，他无力改变他和郭秀娟的处境，他只有一次次地巴望他的亲生父亲能及时出现，把他和郭秀娟带出火海。在庄传智十四岁那一年的暑假里，他到市内各个科研机构、教育单位打听，却总是失望而归。念大学的时候，他在更广的范围里寻找亲生父亲，还是一无所获。但是庄传智相信亲生父亲一定活着，生活在一个他无法到达的地方。

庄传智说：“在有生之年，能跟我的亲生父亲见上一面，我也满足了！我也是奔四十的人了。”

庄秋玲点一下头。

庄传智说：“千万别泄露这个秘密。如果我们老爸老妈知道了，误解了我，就不好了。”

庄秋玲说：“这个你别担心。”

庄传智再次叫了两杯咖啡。他对庄秋玲说喝咖啡会让人清醒。

有一天林德巍请庄秋玲吃饭，饭后驾车送她回家。庄秋玲下车，跟林德巍道别，刚好让甄莉看到了。甄莉看到大功率的宝马，吃惊得直吐舌头。

“宝马没有山寨版的吧！”甄莉羡慕地看着庄秋玲。

“你说呢？”庄秋玲还记得甄莉诬赖她偷钱的事儿，就扬眉吐气地哼一声，不看甄莉一眼，转身走开了。

甄莉阴阳怪气地说：“问题是，不能让宝马里的人骗了，明白吗？”

甄莉很快就把这事儿告诉庄传智。她添油加醋地说庄秋玲是狐狸精，勾引开宝马的富二代。

庄传智气急败坏地把庄秋玲叫到阳台。

阳台堆满杂物，几乎没有立足之地。

庄传智煞费苦心地表达，他担心庄秋玲涉世不深，让有钱人家的公子给骗了，“他这种花花公子，是惯犯，不知道骗了多少女孩！”

“他对我很好，我不要你管！”庄秋玲说，“你还是管一下你自己的事儿吧！你老婆甄莉是最讨厌的人！”

“你小声点儿好不好！”庄传智压低声音，“你的事儿我不能不管，你得告诉我，那个花花公子姓什么？”

庄秋玲讪笑一声：“你是警察啊，查户口？”

庄传智严肃地说：“快回答！如果是姓林的，那绝对不行！”

庄秋玲吓了一跳，“为什么姓林的不行？”

“这个暂时不告诉你。”庄传智说，“他的全名叫什么？还有，他的工作单位呢？”

庄秋玲有点儿不满了，“怎么，你又变成私家侦探了！老实告诉你，你变得像甄莉一样令人讨厌了！”

庄传智步步进逼，“回答我的问题！”

庄秋玲索性一口气说出来，“他叫林德巍，是家盛地产有限公司的财务总监，年底将出任公司首席执行官。得了吧？私家侦探，你还有什么要说的？”

郭秀娟突然冒出来，朝庄秋玲喝问一声：“什么公司？”

庄传智和庄秋玲面面相觑。

郭秀娟追问，“什么公司？说呀！”

“老妈，你来找我帮忙做饭？我来做饭，做个麻辣豆腐！”庄秋玲急忙走开。

郭秀娟一把揪住庄秋玲，“你们鬼鬼祟祟躲在阳台，一定搞阴谋诡计！快告诉我，那个人是什么单位的？他开宝马的，我什么都知道了，岩岩他妈早告诉我了！”

庄秋玲说：“这女人又使坏了！”

郭秀娟很严肃，严肃得令人害怕，“是不是家盛公司？是不是姓林的？”

庄秋玲埋怨郭秀娟，“你都听到了，还问什么？”

郭秀娟说：“我说得没错？真是家盛公司，真的姓林？”

庄秋玲说：“是又怎么样？我又没做见不得人的事儿！”

郭秀娟一言不发地走了。

庄传智不明白郭秀娟怎么就这样走了。

尽管被郭秀娟一顿抢白，不过庄秋玲的心情还是挺好的。

庄秋玲问：“外科医生，不看电视剧的，知道王珞丹吗？”

“管她是谁，她的运气好，又不会是我的病人。”庄传智说，“不就是《我的青春谁做主》那个主演吗？”

“对，我的青春我做主！”庄秋玲告诉庄传智她可能搬走，住到更舒适的地方去。

庄传智说：“太不像话了！老妈不同意的事儿，你不能做主！”

庄秋玲说：“那你就把我的话转告老妈。”

庄传智想到另一个问题，“老妈怎么听到我们说的话了？还听得那么清楚？她那个耳朵是顺风耳？窃听器？”

“老妈的耳朵尖，听到了也不奇怪。”庄秋玲不以为然，“你怎么啦？”

庄传智始终想不明白，“家盛公司，姓林的。姓林的，这个老妈能记住。可是家盛公司这个词汇，我们这么小声一说，老妈就能听清楚、记下来了？”

庄秋玲说：“家盛公司听起来就像哪个百货公司、大超市一样，老妈想去买便宜货，能记不住吗？原来那个邮电所不是改建为家惠超市吗？老妈常去那儿买假冒伪劣商品。”

庄传智显得忧心忡忡的，庄秋玲不明白他怎么会这样。

庄秋玲说：“婚姻是天注定的，我的青春我做主，你就不用担心了！”

庄传智没有说话，转身离开的时候，撞到一个水桶，那种响声非常刺耳。

第二天庄秋玲晚上当班，凌晨二时下班。林德巍说好了来接她。但是庄传智也一再提醒她下班后打个车子即时回家。她当然听自己的。她爱上了林德巍，如果某一天她没有见到他，她的梦境将会沉重地空转，造成她的情绪非常压抑和烦躁。

好不容易才熬到凌晨二时。庄秋玲第一个快步走进更衣室，同事在她后面叫她，她没有时间理会。按酒店里的有关规定，当班时间她必须把手机留在衣橱里。因此她跟林德巍说好了，上班时间不要打电话给她，有什么事儿就给她发短信。每当约定的时间到了，林德巍一定会在约定的地点等她，到目前为止还没有迟到或爽约的记录。不用说现在林德巍正在约定的地点皇冠假日酒店地下停车场等着她。庄秋玲匆匆换好衣服后，觉得没有必要看手机，一阵风走向电梯。

庄秋玲完全没有想到，庄传智和郭秀娟正在电梯间等着她。他们那架势显然要把她的去路堵死，甚至要绑架她。

“老妈你怎么也来啦？”庄秋玲吃惊地问，随即她责骂庄传智，“多大的事儿，三更半夜，你怎么把老妈叫来了！”

郭秀娟生气地指着庄秋玲，“你不听话，我看你怎么个死法！我不来行吗！我自己要来的！”

庄秋玲又急又气，“到底怎么回事儿？没多大的事儿啊！”

郭秀娟说：“给你打这么多电话，你怎么就不听？”

庄秋玲从坤包里取出手机，给手机屏幕解锁，来电显示表明她有十多个未接电话，全是庄传智打来的。

庄秋玲想当然地认为，庄传智一如既往地跳出来反对她和林德巍谈恋爱，而且这一次他竟然小题大做地把郭秀娟搬出来。庄秋玲简直要发疯了。几个同事走过来，庄秋玲不想在这里丢人现眼，示意庄传智和郭秀娟走到离电梯间较远的地方。

富二代大都是花花公子，林德巍除了有这个嫌疑外，别的都是优点。因此庄秋玲愤愤不平地想，难道有钱人都是坏蛋吗？庄传智凭什么要对林德巍和她的事儿说三道四呢？就因为他是她的大哥，曾经资助她完成职业技术学院的学业？庄秋玲产生一种逆反的心理，决意从此对庄传智所说的话一概不予理会。

“你们的意思我明白了。我长大了，懂事了，我不是傻瓜。”庄秋玲说，“没什么事儿，你们可以走了，早点儿休息。”

郭秀娟说：“你哪儿也不能去，跟我们回家！”

庄秋玲瞪着庄传智，“老妈不懂，难道你还不懂？我问你我到底有没有自由？”

郭秀娟说：“死丫头，你说什么！”

庄传智让郭秀娟少安毋躁，对庄秋玲说：“你刚下班，来不及吃东西吧？一定饿了，我请你和老妈到咖啡厅去，有什么吃什么。”

庄秋玲冷冷地说：“这是五星级酒店，东西都很贵的！”

庄传智说：“不管多贵，老妈来了，无论如何也要请老妈见识一下啊！”

郭秀娟气度十足地说：“钱这东西，生不带来死不带走，该花就花！”

“今晚你们好像吃错了药？”庄秋玲对庄传智说，“你该吃点儿安眠药，早点儿休息。什么话非要现在说？明天再说不行吗？”

庄秋玲的手机鸣叫起来。她犹豫片刻，走到离庄传智较远的地方。林德巍打来电话催促庄秋玲尽快到停车场去。庄秋玲和颜悦色地请他稍等片刻。

挂了电话后，庄秋玲不耐烦地对庄传智说：“有什么话，快说！”

“咖啡厅就不去了！”郭秀娟对庄传智说，“你到那边去，我跟她单独说几句话！”

“有话好好说。”庄传智就走开了。

庄秋玲从来没有见过郭秀娟的脸色如此严厉和发狠，不禁有点儿害怕了。

郭秀娟开门见山地问：“你认识林德巍多久了？”

庄秋玲老老实实地说：“刚认识不久，不到一个月。”

郭秀娟痛心疾首地说：“鬼丫头，你要听我的，必须听我的，立即跟姓林的一刀两断！否则我立即从你们酒店的楼顶跳下去！”

庄秋玲惊呆地看着郭秀娟。

郭秀娟一字一板地说：“你不听我的话，我就死给你看！”

庄秋玲手上的手机又鸣叫起来。郭秀娟一把夺过手机，把它摔在地上。

庄秋玲呆呆地看着手机的尸体。这让庄秋玲慢慢地确信今夜有关她的那些事儿出现了天翻地覆的变化。一种震慑的力量从天而降，她倒吸一口冷气，在并不太冷的室温下不寒而栗。

庄秋玲强迫自己冷静下来，对郭秀娟说：“你告诉我到底怎么啦？我想死个明白！”

郭秀娟的表情较为僵硬，闭上眼睛朝庄秋玲摇头。

庄秋玲哀求，“告诉我吧！”

郭秀娟粗暴地摆摆手，让庄秋玲不要再问。

庄秋玲忍无可忍，变得有点儿歇斯底里，“林德巍出身于有钱人家庭，这不是他的罪过！并不是每一个富二代都是骗子，你明白吗？”

郭秀娟说：“即使林德巍是大骗子，这还不是天诛地灭的坏事儿！”

庄秋玲摇头，“你说什么？我听不明白。”

郭秀娟觉得非常难受，长吁短叹一会儿，用与她的身份不符的语气对庄秋玲说：

“你看过话剧《雷雨》吗?”

庄秋玲哭笑不得,“我的老妈,你怎么跟大哥一样,说话文绉绉的?”

庄秋玲没有看过话剧《雷雨》,郭秀娟所说的话就像一句庄秋玲根本听不懂的外语,无法撞击庄秋玲的心灵,她甚至连眼皮也不眨一下。

庄秋玲说:“话剧就像皮影戏、黄梅戏,你老妈都不看了,还有谁看?大哥说的话,有很多是强词夺理的、无中生有的,也就是错的!”

郭秀娟刚刚听庄传智说过话剧《雷雨》的故事,那个悲剧故事让她感受到极深的伤害。当郭秀娟看到庄秋玲那副无知、任性和执迷不悟的样子,真想痛打庄秋玲几个耳光,让她猛然醒悟。

郭秀娟咬牙切齿地说:“礼义廉耻你知道吗?有些话是说不出口的!”

庄秋玲说:“有什么话说不出口的?”

郭秀娟说:“你不见棺材不落泪!”

庄秋玲毫不示弱地回击郭秀娟,“你不能用死来压我!你必须告诉我,到底出了什么事儿!”

郭秀娟气得浑身发抖。

“老妈,我觉得你不应该这么生气!”庄秋玲换一种说话方式,“是不是林德巍早就成家了,是有妇之夫?”

郭秀娟斩钉截铁地说:“比这个更严重!”

庄秋玲不再打破沙锅璺(问)到底,也不相信郭秀娟说的话,“你们都疯了!”

郭秀娟说:“那些事儿以后会告诉你的,你现在跟我回家!”

庄传智走回来,默不做声地看着郭秀娟和庄秋玲。他把手机残骸捡起来,扔进垃圾筒里。

郭秀娟说:“苦海无边,回头是岸!”

庄秋玲对郭秀娟说:“好,现在我跟你回家。”庄秋玲对庄传智说:“我是王珞丹,我做过的那些事儿你是知道的!”

庄传智说:“即使你被王珞丹钱小样附体,这一次你也做不了主,这是原则问题!大是大非的问题!”

林瀚纯非常痛心,猛吸一口雪茄,随之而来的撕心裂肺般的猛烈咳嗽,几乎把他掀翻在地上,他手上的雪茄掉在他旁边的小圆桌上。华生急忙把雪茄捡起来,以免它掉在地毯上。华生左手拿着雪茄,右手在林瀚纯的背上轻轻拍打,以拍背的方式试图减轻他的肉体痛苦。

华生把矿泉水递给林瀚纯。林瀚纯喝了水,咳嗽渐渐平息了。

林瀚纯内心的痛苦是无法减轻的。

华生忍不住发问:“此后庄秋玲再也没有跟林德巍见面了,是吧?”

林瀚纯没有回答这个问题。

华生觉得此时实在不应该就这个问题刨根问底了。

不过对这个问题华生心里有底了。不管别人是怎么看和怎么想的，华生认为林德巍和庄秋玲之间的关系是丑陋的，那就是话剧《雷雨》式的悲剧故事。

看来庄秋玲不太了解郭秀娟的历史问题和话剧《雷雨》的故事情节。华生认为郭秀娟完全有必要撕破老脸孤注一掷，把她和林瀚纯之间的关系揭秘，以求达到让庄秋玲悬崖勒马的目的。

然而正是由于庄传智和郭秀娟刻意秘而不宣林瀚纯和郭秀娟之间的关系，也由于庄秋玲一意孤行不听劝告，最终导致话剧《雷雨》式的悲剧故事再次发生。华生对这个悲剧故事有他个人的看法。当年年轻的林瀚纯还不是呼风唤雨的人物，他和郭秀娟那些事儿应该被看做是偶然的事件。他所犯下的错误，本来他有办法、有能力予以纠正或弥补。事隔四十年后，林瀚纯和郭秀娟的孩子狭路相逢，理论上这个概率是微乎其微的。不过却由于林德巍有得是钱，庄秋玲是美丽的女孩，他们相互强烈吸引，一举突破所有的障碍，不可阻挡地走到一起。这个不是偶然事件，而是必然会发生的事件。不幸的是父辈的过错，给他们带来惩罚性的恶果。如果林德巍不名一文，庄秋玲没有半点儿姿色，这个话剧《雷雨》式的悲剧完全不可能发生。这都是金钱和美丽惹的祸。华生私下里认为金钱和美丽是有罪的。

在华生看来，林瀚纯应该把他和庄传智之间的亲子关系形成的来龙去脉给予解密。但是华生也猜测到，林瀚纯最难以启齿的心事，就是他和庄传智的血缘关系。如果不是迫不得已，他是不会说出来的。

林瀚纯还有要说的话，还想吸雪茄，但是他已经疲惫不堪。他手上的雪茄摇摇欲坠，眼睛不自觉地闭上。华生建议他睡觉。林瀚纯把雪茄递给华生，脱掉西服和鞋子，让华生到卫生间拿湿毛巾。林瀚纯洗了脸后，叮嘱华生抓紧时间休息。他慢慢地躺下去，选择一个较为合适的睡姿，很快就入睡了。

华生觉得林瀚纯很有绅士风度，不过一夜之间他仿佛老了，不再像照片和新闻里的他那样精神抖擞意气风发。不过林瀚纯这么快就睡着了，出乎华生的意料。在这种情况下华生很难入睡。

华生洗了一个澡，躺在非常舒适的床上却辗转反侧。他当然知道失眠的原因不在于他第一次睡在这么高级的床上，也不能怪这个卧室的收费过于昂贵。

华生又洗一个澡。

华生明白了一个道理：有得必有失，做个有钱人也不容易。林瀚纯和庄传智过得不容易。林德巍就更不容易了。他是一个瘾君子，说不定还是一个杀人凶手。

第十二章　音乐

下班时间早过了。

整个上午都在刑警支队开会。下午跑了一个现场，还在办公室里签了几份文件和一些发票、差旅费报销单据。下班的时候许健接到局长的电话，就一个案子谈了十多分钟。放下电话后许健呆呆地坐着，后来走到窗边吸烟。

夜幕渐渐降临了。

一阵敲门声传来，听起来是用脚打出来的。不用说张宾在外跑现场，这时候回来了。

许健走过去打开门。

张宾左手和右手都抱着一大摞文件和证物，右手的食指钩着一个食品袋，“土家族酱香饼，刚出炉的！”

许健顿时觉得肚子饿了。

张宾把文件和证物放好，返回许健的办公室，此时许健已把酱香饼吃掉了一大半。

许健说：“饱汉不知饿汉饥，你肯定也饿了，才买饼，你也吃点儿吧。”

张宾说：“头儿，你吃掉我三块钱了，我要你三十倍奉还！”

许健说回家去，顺路吃一顿兰州拉面，“我请你吃面条吧，给你多加一个牛肉什么的。”

“今晚我不想吃面条，”张宾说，“你家冰箱里有什么东西？我来做。”

许健说：“饺子、牛奶，都是刚过期一两天的。”

张宾说：“我全包了。吃了还不用领你的情！”

许健说：“你运气好。前天我刚从山姆会员店买了两块黑椒牛排。”

许健觉得很疲倦，想早点儿回到家里。他还希望今晚平安无事，让他做个好梦。在路上许健接到唐默凝的电话，她请他和张宾吃饭。许健一下子想起了庄传智，一口答应了唐默凝。

许健和张宾赶到唐默凝指定的农家菜饭馆。服务员打开包间的门，许健看到一个男人坐在餐桌旁喝茶。当然他也看到了唐默凝。

唐默凝看到许健和张宾，把他们视为救星。

唐默凝对许健说：“两位警官，这个男人不受欢迎，我要求你们把他请出这个包间！”

许健看了这个男人一眼，猜测他极有可能是戴高鸿。许健对他说："这位先生，请出示你的身份证。"

戴高鸿说："你们穿着便衣，请问你们真是警察吗？可以先看一下你们的证件吗？"

许健示意张宾出示警官证，他也把警官证递给戴高鸿。

戴高鸿看过两个警官证后，毫不客气地说："请问两位警官是来赴宴的？既然你们是来赴宴的，你们就不能以警察的身份执行公务。"

许健把警官证要回来，请戴高鸿出示身份证。

"你们是来赴宴的，不是来执行公务的。另外，我要说明一下，"戴高鸿指着唐默凝，"我是凝儿唐默凝的男朋友，我们之间的事儿纯属个人感情纠纷，根本不必兴师动众，更用不着有劳警察大驾光临出面干预。"

张宾严厉地说："请你出示身份证，配合我们的工作。"

戴高鸿只好把身份证递给张宾。

"戴高鸿！"许健对戴高鸿直呼其名，扭头看一眼张宾，张宾会意地点一下头，表示许健没有搞错。许健继续对戴高鸿说："这位小姐不欢迎你。因此请你尊重她的意愿，离开这里。"

戴高鸿寸步不让，"我是她的初恋情人，我爱她一如既往，谁敢说我不尊重她？还有，两位穿便服的警官，我再次提醒你们，这是我和这位小姐的私事，跟你们完全无关！"

唐默凝怒目圆睁，指着包间的门对戴高鸿怒吼："你给我滚出去！以后我再也不想见到你！"

戴高鸿央求唐默凝，"凝儿，你别这样。不管什么东西，即使死也无法把我们分开！"

唐默凝歇斯底里地怒吼："你给我滚出去！"

张宾说："虽然这儿是包间，却是公众场所。这位小姐不欢迎你，这是事实，请你不要无理取闹！我再次请你尊重她的意愿，离开这儿！"

戴高鸿冷笑一声："当警察的，除了会抓赌博捉暗娼嫖客，干些小儿科的事儿，你们还能干些什么？难道我们的私事是你们管的吗？你们的职责是扑灭罪恶，确保平安！"他做一个动作，请许健和张宾离开这里。

张宾气急败坏，一把抓住戴高鸿的衣襟。戴高鸿怒喝一声，警告张宾立即撒手，否则后果非常严重。服务员吓坏了，急忙走出去。

许健朝张宾摆摆手，张宾在撒手的当儿趁势推了戴高鸿一把。

戴高鸿整理衣服，嘲笑地看着张宾，"除了欺负平民百姓，你们还能干些什么好事儿？"

张宾指着戴高鸿，"你这个臭流氓，你干的好事儿你自己知道！你害了人家一辈子，我真想替天行道，把你人道毁灭了！"

唐默凝勃然大怒，把一个杯子砸向戴高鸿。杯子在戴高鸿的身上反弹一下，掉在地上摔破了。

戴高鸿坐下来，为自己倒茶，他还问唐默凝要喝茶吗。

唐默凝在餐桌上重重地拍了一下，“戴高鸿，你就是凶手！”

这句话的意思是，唐默凝认为戴高鸿是杀害庄传智的凶手。许健是这么想的。在他看来这显然是一句唐默凝脱口而出的气话。

戴高鸿试图抓住唐默凝的手，被张宾挡开了。他不理会张宾，真诚地对唐默凝说：“我伤害了你，伤害了你的心灵，我愿意用一生的时光来赔偿你！”

唐默凝说：“你就是凶手，我一定要找到证据，让你受到应有的惩罚！”

此时服务员和值班经理走进来。

唐默凝对许健说：“许警官，走，我们另找一个地方吃饭。如果这个人再跟住我，我就报警！”

张宾对值班经理说：“不好意思，打烂了一个杯子。由于发生了不愉快的事情，我们另找一个地方吃饭。请问应该付给你多少钱？”

此时戴高鸿把一张百元钞票递给值班经理，“我来负责，多还少补。”

唐默凝抢先走出包间。

在非公务活动或非执勤的情况下，警车不准违规停放于餐饮娱乐服务场所。张宾先走一步，到两百多米外的一个停车场取车子。唐默凝没有驾照，那辆卡宴的临时号牌也过期了，她不再动那车子，选择乘坐出租车。唐默凝跟着许健走出农家菜饭馆。

戴高鸿如蚁附膻地跟在唐默凝的身后，不停地哀求唐默凝回心转意。

唐默凝上了张宾开过来的警车。戴高鸿无法留住唐默凝，只好虚张声势地控告许健徇私枉法，要到相关单位控告许健。

戴高鸿看着远去的警车，无可奈何地咒骂几句。

许健对唐默凝说：“这个男人对你一往情深啊！”

唐默凝双手抱头。

张宾说：“他也不给警察面子。”

许健说：“他不犯法，他当然不怕警察。”

“我看他那是吹口哨壮胆。”张宾说，“小唐同学，你怎么说他是凶手呢？”

唐默凝说：“他真的是凶手！”

张宾说：“哦，你说他杀死了庄传智？”

唐默凝说：“可是我没有证据。”

张宾说：“即使李昌钰博士来了，也毫无办法。这本来就是一个自杀事件，不是凶杀案。”

许健说：“世界上成熟的刑法，都坚持疑罪从无的原则。但是我们作为刑警，是寻找犯罪证据的人，总会习惯于怀疑一切。看到涉案人员，我们心里总会有一些相关的想法。我们会认为某人极为可疑，某人是凶手的概率很低。”

唐默凝说：“那你觉得戴高鸿像凶手吗？”

许健说：“不像。他是一个很有文化、很有爱心的人。”

张宾说：“头儿，你不是有个大学的同窗，湖北籍的吗？他说过蔫狗更会咬人！”

“对呀，兔子急了还咬人呢！”唐默凝说，“最不像凶手的人，往往就是凶手！”

许健说：“庄传智死于自杀，那不是希区柯克的悬念电影。”

唐默凝说：“戴高鸿一辈子都不会杀人？我认为这个结论你下得太早了！”

“在这个世界上，在六十四亿人口之中，凶手只是极少数的人。绝大多数人终生都不会是凶手，尤其戴高鸿那种人。”许健说，“或许吧，他只会是感情上的刽子手，在感情上杀死别人！”

这句话刺激了唐默凝的神经，她按捺不住自己的情绪，“我对那个人恨之入骨，以后别对他直呼其名，就叫他狗熊！”

张宾说：“可是，他不像狗熊啊，他那个样子文质彬彬的，像个大学教授！”

“还拿我穷开心！”唐默凝说，“那就叫他蔫狗！我觉得，蔫狗更会咬人这句话是真理！”

张宾说：“我也觉得蔫狗这辈子不会跟凶手这两个字沾边儿，它最大的能耐只会狂叫几声吓唬对方。”

唐默凝又恢复双手抱头的状态。

张宾说：“我们的头儿看人很准的。他说蔫狗是一个很有文化、很有爱心的人，也就是说蔫狗值得你爱。前提是如果没有发生那件倒霉的事儿。”

许健更关心一个问题，“小唐同学，你不是做过整容手术吗？可能你老妈都认不出你了，蔫狗怎么能把你认出来呢？”

张宾立即响应，“是啊，你对他恨之入骨，怎么又要跟他见面呢？本来他是不可能找到你的，即使他是特工！”

唐默凝受到刺激，急忙朝车子后面看。

“蔫狗有可能打个车子，紧咬住我们不放！”

“你像江姐！”张宾有点儿同情唐默凝，“那条蔫狗不是007，不可能跟在我们后面的！”

唐默凝说：“我也觉得奇怪，我变了个样子，蔫狗竟然能认出来？同样让我不明白的是，蔫狗竟然知道我的住处，找上门来。我想，除了公安机关国家安全机关那些搞侦查的警察，即使私家侦探也不可能找到我的住处！”

许健问：“你什么时候整容的？”

唐默凝说：“去年三月份、七月份和十二月份，共整了三次。”

许健问：“戴高鸿，不，蔫狗是什么时候找到你的？”

唐默凝说：“半年前，今年七月份吧。当时我已做过第三次整容手术。手术非常成功，我的样子已经彻底变了。他找到我后，我立即搬家，住在现在那个地方，像地下工作者一样掩人耳目地深居简出。”

“你整了容，还能让蔫狗认出来？”张宾说，“你自己好好想一下，他是怎么找到你的？”

“蔫狗爱你胜过爱他的生命，即使你化成灰，他也能把你认出来。”许健说，“文学作品是这么写的。但是在现实生活中，蔫狗能找到你，把你认出来，确实有点儿匪夷所思。”

唐默凝说：“我就不相信他有特异功能。”

张宾说：“他是干什么的?”

唐默凝说：“作曲、搞音乐的。还会绘画。有点儿天赋，自命不凡。”

张宾说：“如果他是电脑专家，网络黑客，也许他能通过你上网的IP地址或其他方法，找到你的住处。”

唐默凝点一下头，“有时我上网看看新闻，通过QQ联系林寒水。不过，我也没有登录什么论坛贴帖子灌水，也没有发送电子邮件，即使他是黑客找到我也不容易吧?”

许健说：“问题是，他找到了。”

张宾突然想起每天夜幕降临之时的不变的主题，扭头问许健：“到哪儿吃饭呢?”

许健无意中看到一家川菜馆，“我提议吃川菜。小唐同学，你还有胃口吗?”

“蔫狗这么一闹，反而不觉得饿了。”唐默凝说，“不过说好了请你们吃饭的，吃川菜吃海鲜，由你们来定!”

许健说：“你请我们吃饭，我们就违反纪律了。我请你吃饭，可能不会挨批评。天气冷，吃羊肉也行，怎么样?”

“吃一顿饭就违反纪律，警察不是人啊!”唐默凝说，“今晚我请你们吃饭，请定了！就是你们局长来我也请了!”

张宾说：“查我们纪律的是督察!”

唐默凝说：“督察能给我破案的话，我也请他们吃饭!”

张宾说：“要吃请才破案，吃过受害者家属的饭就能破案，那么所有的刑警都变成福尔摩斯了!”

许健说：“张探长，你逻辑混乱。”

唐默凝看到一个川菜馆，指给许健看。于是便吃起了川菜。

唐默凝说有些案子不是办不了，而是警方没有竭尽全力。她的大表哥被一辆轿车撞倒在地，经抢救无效死亡。肇事车辆于第一时间逃逸，报警的市民提供了肇事车辆的车牌号，事发现场的监控录像证明报警的市民所言不虚。但是办案交通警察说那是套牌的外地车辆，实在无法找到它。

张宾说：“如果在更大的范围内调取更多的监控录像，应该能从中找到肇事车辆，甚至能找到肇事司机。”

唐默凝看着许健。

许健说：“现在监控录像的摄像头的像素都不低。对，就看有没有竭尽全力。”

唐默凝说：“我知道每个警察都很忙，但是出于对生命的尊重，如果是命案就应该全力追查。”

许健说：“在我这儿，如果是命案，我们一定全力追查的。即使我们不认识你，即使我们很讨厌你。”

唐默凝说："我觉得我们是朋友。华生呢？"

张宾扳动手指推算一下，"华生医生今天上中班，今晚十一点才下班。"

服务员说有水库里的鳙鱼，每个鱼头重两斤多。张宾问鳙鱼是什么样子的，服务员说就是黑鲢或胖头鱼。许健有点儿喜出望外。他最喜欢吃出产自水库的胖头鱼的鱼头，尤其重量超过两斤的鱼头。湘菜剁椒鱼头好吃，但是川菜酸菜鱼头更是人间美味。许健当即点了两个鱼头。

"我们头儿能吃一个大鱼头。"张宾说，"唐默凝你还想吃点儿什么？"

唐默凝说："要三个大鱼头，我也吃一个。"

张宾说："你能吃得下一个鱼头？两斤多一个。"

唐默凝说："请你们吃饭，我当然要多吃点儿。"

许健说："我们两个男子汉大丈夫，哪能让你请客。再说了，你要请的是海鲜大餐，这两个鱼头也就两百多块钱。你要请就请海鲜大餐！"

张宾说："我们头儿的老婆在澳洲吃大龙虾，我们自然心理不平衡。大龙虾我们吃不起，过几天你请我们吃吧。"

唐默凝有点儿伤心地说："本来我也想去澳洲，在悉尼的郊区定居。前期的工作都做了。"

许健对服务员说，就要两个既新鲜且最大的鱼头，做一道川菜酸菜鱼头。他还自作主张地为唐默凝叫一个尖椒炒鲜鱿。服务员说这里不是海鲜菜馆，没有跟海鲜有关的菜式。许健想了一下，要一个双笋辣炒草菇，不过不要太辣了。唐默凝说这个菜挺好的。

出产自水库的胖头鱼的鱼头真好吃，在这家川菜馆以酸菜鱼头的烹调方式吃最好不过。许健和张宾都吃得满头大汗。唐默凝对鱼头不太感兴趣，吃了一些酸菜和草菇。

许健说："你还想吃点儿什么？要不就亏大了，下次你要请我们吃海鲜大餐。"

唐默凝说："我想喝瓶冰冻的饮料。"

冰箱就在几步之外。许健叫张宾自己动手，去取一瓶王老吉和一瓶苹果醋，一定要挑选足够冰冻的。张宾很快就办妥这件事儿。

唐默凝舒服地喝着王老吉。

许健说："我顺便说一下，非正式的。我想，戴高鸿，不，蔫狗很有可能是通过林寒水找到你的。"

唐默凝说："我认为这不可能。蔫狗和林寒水从来不相识，从来没有见过面。"

许健说："你说过，你和林寒水是偶然遇见相识的。如果林寒水不是偶然顶替同事出差的话，你们就不可能相见相识。"

唐默凝说："对，完全是偶然的。"

张宾说："林寒水跟戴高鸿从来不相识，也就是说他们之间没有矛盾。"

许健说："林寒水跟戴高鸿从来不相识，这并不意味着他们之间没有矛盾。红颜祸水这个词汇，你听说过吗？"

张宾和唐默凝似乎意识到一个问题。

“红颜祸水只是一个假设，并不代表林寒水和戴高鸿之间存在你死我活的关系。即使戴高鸿对林寒水恨之入骨，我认为他也不会置林寒水于死地。”许健非常肯定地说，“他没有凶手那种冷血性。”

张宾说：“我们许大是刑警中的教授。他看人不会看错的。”

“小唐同学，听我一句话。用一颗感恩之心，忘掉他吧。”许健说，“你还小，争取回到大学校园去，完成学业。或者到社会去，参加工作也好。”

唐默凝似是而非地点一下头，“林寒水就这么走了，我挺伤心的。并不因为他在金钱上支持我，我就说他是好人。他是个真正的好人。”

许健说：“忘掉他吧，重新开始。”

唐默凝有气无力地摇头，“我始终觉得当时林寒水没有自杀的迹象，他完全没有自杀的必要。他活下去，可以活得好好的。”

张宾说：“你无法接受他的离去。”

唐默凝说：“当时，林寒水跟一个叫湖柳是歌的聊了几句有关音乐的事儿，湖柳是歌还给他发送来《Yesterday Once More》这首经典之作。如果林寒水万念俱灰决意赴死，他还有心情谈论音乐？”

张宾说：“我当过兵，我知道历史上不少英勇赴死的战士，都唱着雄壮的歌曲！”

唐默凝说：“还开玩笑！”

许健要送唐默凝回家，唐默凝却有点儿裹足不前的意思。她不想跟许健和张宾分开。

唐默凝说：“哪儿的房子租金最有性价比？市区内的。”

许健问张宾：“你知道吗？”

张宾说：“你那房子不是好好的吗？为什么要租房子？”

唐默凝说：“蔫狗整天缠住我，我觉得他是魔鬼。我要摆脱他。”

“虽然蔫狗能言善辩，有时还出口伤人，”张宾说，“但是看上去他风度翩翩，一副艺术家的样子，不像流氓啊。”

唐默凝说：“你们看到的只是他的外表。这相当于你们只接触他几分钟。他蛇蝎心肠，摧毁了我的一生。”

张宾说：“也是。我们头儿说过，斯文败类更可怕。”

“我什么时候说的？”许健推了张宾一把，对唐默凝说，“那些视频泄露出去，蔫狗是不可以原谅的。但是他不是故意的吧？他的心灵应该没有问题。”

唐默凝说：“即使你们认为蔫狗不是凶手，我也觉得他是凶手。我就是这么想的！”

许健对唐默凝说：“我们送你回家吧。”

唐默凝补充一句，“我永远也不想见到蔫狗！”

许健和张宾送唐默凝回家，一路上她很少说话。车子到了目的地，唐默凝磨磨蹭蹭的，很不情愿地下了车。唐默凝非常担心戴高鸿这个魔鬼正在等着她，她一再叮嘱许健和张宾在停车场等一会儿，直到她打来电话解除警报，他们才可以离开。如果她遇上了魔鬼，她就离开这里，另找地方住宿，决不让戴高鸿缠住她。

戴高鸿果然在守株待兔。

一个小时前戴高鸿就待在唐默凝租住的房子的门前，邻居认为他是可疑人物，给物业管理公司打电话，要求由保安出面请他走。但是戴高鸿执意不愿意离开，和保安闹翻了，保安当即报警。警察和唐默凝几乎同时到达。戴高鸿向刚走出电梯的唐默凝打招呼，唐默凝不予搭理。警察问唐默凝认识戴高鸿吗，唐默凝说不认识。警察和保安不理会戴高鸿的申辩，把他带往派出所。看到警察和保安要动真碰硬了，戴高鸿不再反抗，乖乖地走向电梯。

唐默凝返回停车场，找到许健和张宾。

许健说："怎么，戴高鸿在等着你？"

唐默凝一言不发上了车。

张宾开玩笑地说："清官难断家务事。"

唐默凝说："胡说，这哪是家务事？这是侵犯人权！"

许健说："走吧，先离开这停车场。我最讨厌待在地下室这种地方！"

车子行驶在马路上。

唐默凝心有余悸地朝后面看几眼。

张宾说："放心吧，没人跟着。"

唐默凝说："帮我找个地方，宾馆招待所都行。我将就住几天。"

张宾说："没问题。郊外那些小宾馆，一百二十块钱一天，有空调有网络电脑。"

唐默凝说："真是太感谢你们了！"

张宾说："不是说，有困难找警察吗？"

唐默凝说："我真想今晚就请你们吃海鲜大餐！"

张宾说："我们有空儿，陪你兜风不要紧。"

"还真别说，今晚挺安静的，没人打电话来。"许健检查了一下手机，"谢天谢地，我的手机没坏，还有电量。小唐同学，我又饿了。吃点儿什么好呢？"

唐默凝说："你们说吧，我请客。"

张宾说他有个战友搞个老兵猪什新餐馆，新开张快一个月了，地处城乡接合地段，就在前面不远处，听说生意很不错呢。一直没有时间，今晚顺路就应该去捧场了。

许健说："都快十点半了，打烊了吧？"

"不会。"张宾说，"城乡接合地段暂住人口多，厂子也多，不少厂子晚上十二点、凌晨一点才下班，喜欢吃宵夜的人也不少。"

许健说："不会又是川菜吧？今晚我不想再吃川菜了。"

唐默凝说："摆脱了魔鬼，我也有胃口了。老实说，上一顿饭我没吃饱。"

张宾说："这顿我埋单，小唐同学，我保证你吃饱！"

张宾给战友打电话，问到老兵猪什新餐馆的详细地址。到那个地方一看，几辆豪车已经捷足先登，它们的车牌号显示它们来自附近的城市。许健当即发表评论：看来这个地方是美食家的天堂。

张宾说："我那战友犯了错误，被连长发配去养猪，一干就是大半年。从那时起他喜欢上了猪。他搞的饮食都跟猪有关。他自己也长得越来越像猪了。"

战友站在餐馆的大门迎宾。他那胖乎乎的样子果然跟猪有相像的地方，许健和唐默凝不由得眉开眼笑。

战友说十一时半后才是正式营业时间。现在大部分厨师和服务员正在吃宵夜。

屠宰场就在不远处，电动三轮车只需跑半分钟就到了。晚上十一时左右屠宰场开始杀猪。从屠宰场火速送来的猪什还有体温，猪心仿佛还在跳动。猪什分为上水和下水。上水就是猪腰猪心猪肝，下水指的是猪肚猪肺猪肠。食客大都喜欢吃上水，因为上水比下水容易清洁干净。在老兵猪什新餐馆里，猪什的吃法主要有火锅、铁板和煮粥三种方式。

战友也不过分吹嘘，倒是旁边的食客说，新鲜的猪什异常鲜美。平时在农贸市场买到的猪什，跟这种开膛破肚取出来就在第一时间上餐桌的猪什简直有天渊之别。动物的内脏很容易变质，必须争分夺秒地品尝，才能尝到鲜美的味道。存放时间过长的猪什有点儿像死了的螃蟹，那种鲜美的味道不复存在，当即掉价好几倍。

许健听得垂涎欲滴，唐默凝嚷嚷要吃猪什粥。

张宾点了猪什粥和铁板猪什。

坐了一会儿，越来越多的车子聚集在附近。餐馆内人声嘈杂。

许健说："如果安静一点儿，会更好。"

张宾说："冬天到了，大家都喜欢吃羊肉狗肉，还有猪什，大口吃肉大碗喝酒，这儿不会安静的。"

唐默凝说："对呀，这儿不是吃牛排的地方。"

张宾看一下手表，有点儿不耐烦了，"快十一点了，屠宰场的肥猪正等待开膛破肚呢。"

许健制止张宾，"君子远庖厨，明白吗？"

张宾说："今晚我埋单，我可以言论自由吧？"

唐默凝说："怎么又是你们埋单呢？"

张宾说："你别跟我抢，这儿不贵，一百多块钱。我还想吃你的海鲜大餐呢！"

战友亲自送来苹果醋和王老吉等饮料。他问张宾喝酒吗，张宾说喝酒就要喝个痛快，下次再来痛痛快快地喝。战友表示理解。几个常客喝了一些白酒，七嘴八舌地追问猪什什么时候从屠宰场送过来，战友装模作样地看看手表，对他们说快了快了！

"为了消磨时间，我说几句多余的话。"许健说，"小唐同学，假若林寒水死于他杀，你认为最有可能是凶手的人是谁呢？"

张宾急忙向许健做一个手势，"你这么一问，有人可能吃不下这儿的东西了！"

"张探长，你说的那个人是我吧？你们不知道，如果是我最爱的人，我敢吃他的肉。"唐默凝作出说明，"我最爱的人，不是蔫狗。"

餐馆里没有包间，整个餐厅人声鼎沸。许健几乎听不清楚唐默凝所说的话，但是他明白她的意思。

唐默凝特意挪动椅子，坐在离许健更近的地方。

唐默凝说："我认为，如果有人要杀死林寒水，这个人就是蔫狗，戴高鸿。"

许健说："为什么呢？"

"最不可能是凶手的人，就是凶手？"张宾说，"这是电影或电视剧编剧的绝杀法宝。"

唐默凝说："对，以编剧的角度和逻辑，戴高鸿确实有杀人的动机，也有杀人的胆量。我也是这么想的。蔫狗更会咬人，这句话是真理。"

许健说："这么说，你认为戴高鸿有杀人的勇气？"

"对，我要找的字眼就是勇气这两个字！"唐默凝用肯定的口吻说话，"戴高鸿有杀人的勇气。"

许健说："看不出来。"

唐默凝说："那是因为你对他不了解。"

许健说："这么说，按照你的逻辑，你认为庄传智没有自杀的勇气？"

唐默凝想了一会儿，没有对许健所说的这一句话表态。

张宾请唐默凝多吃点儿猪什。

唐默凝说："不过，戴高鸿确实有杀人的勇气。"

三年多以前，一个秋天的早上，这天是星期天。那时唐默凝是大一新生。这天的天气不错，唐默凝打算乘地铁到市区去。她在校园里匆匆地走着，路过一号教学大楼前的大草坪，一串男低音飞进她的耳中。

这串男低音来自戴高鸿。

戴高鸿声称自己是画家。

许健打断唐默凝的话，"蔫狗不是搞什么作曲、音乐的吗？"

唐默凝点一下头，"这个人多才多艺，有音乐天才，也会绘画。就像达·芬奇。"

张宾说："《达·芬奇密码》我看过。达·芬奇思想深邃，多才多艺，是画家、雕塑家、发明家、哲学家、音乐家、医学家、生物学家、建筑工程师，好像他什么都懂。"

许健朝张宾摇头，示意唐默凝说下去。

戴高鸿向唐默凝提出以她为模特儿作画的要求，地点就在这里，报酬是每小时四十元，请她坐在石凳上。

校园里的景物优雅，那些历史悠久的建筑更是处处可以入画。经常有人在附近的地段写生，唐默凝对此早已产生熟视无睹的惯性。当时她的心情不佳，对绘画和报酬不感兴趣，也不抬头正眼看一下戴高鸿，甚至不愿意说话，稍作停留转身便走。

戴高鸿显然没有放弃，朝着唐默凝的背影大声地说："其实蒙娜丽莎根本不美！你比她美丽十倍！"

唐默凝听错了，以为戴高鸿出言污辱她。她转身面对戴高鸿，看他怎么着。

戴高鸿真诚地说："你是上帝派来的美丽天使！"

这一句不同凡响的夸奖，唐默凝听得一清二楚，但是她不以为然，更不会跟戴高鸿说话。她礼节性地朝戴高鸿点了一下头，在下意识驱动下正要走开，但是她惊愕于自己惊鸿一瞥所看到的东西。

毫不夸张地说，正是唐默凝转身似是而非地看一眼这样一个普通的举动，改变了她的一切。

唐默凝对戴高鸿的长相根本不感兴趣。她看到的不是他的体形和相貌。戴高鸿腋下拄着的那根拐杖有如戏剧道具极为引人注目，蓦地飞入唐默凝的眼帘，一把揪住她的心。她认为他有一条腿是残疾的。

同情弱者是人类最普遍的道德行为。

唐默凝希望戴高鸿身残志坚，成为一名画家。于是她乖乖地坐在他指定的地方，按他的要求摆出姿势，并声明她所做的这些是分文不取的。

戴高鸿画得很认真。一个多小时后，一幅素描画大功告成。

画中那个女孩有点儿卡通的气质，脸上挂满天真无邪的神色。唐默凝觉得画中之人跟照片和镜子里的她有所不同，那个女孩实在太漂亮了。这似乎让她看到了自己的另一面。她心里未免沾沾自喜，不过她还是如实地说画中那个女孩不像她。戴高鸿说那叫神似，不过他可以再思考一下，寻找她的容貌中最个性化的地方，以此为灵感而作一幅油画。他请她到他的画室去，具体时间是下个星期天上午九时正。唐默凝不假思索就答应了。

一个星期之后，戴高鸿以唐默凝为模特儿而作的第二幅画，是一幅跟真人体形大小相仿的油画，在艺术上仍然没有取得重大突破。唐默凝当然知道，要成为画家绝不是轻而易举的事儿，她很想帮助戴高鸿，就答应给他当模特儿，直到他实现他的梦想。

第三次跟戴高鸿见面，在一个月之后。唐默凝看到一个健康的男人驾驶摩托车而来，轻松地下车，根本没有残疾人的影子。他竟然是戴高鸿。这一次他没有把自己那些所谓杰作送给唐默凝，取而代之的是一束浅色的康乃馨。

唐默凝一时不敢相信自己的眼睛。

戴高鸿不是残疾人，这让唐默凝惊喜万分。唐默凝觉得自己好像做了一个梦。这个梦以悲剧开始，却以喜剧结束。

男人追求女人有两种办法：一是获得对方的崇拜，二是引起对方的同情。这是网上流传的求爱宝典。唐默凝不由得怀疑戴高鸿深谙此道，有预谋地采用第二种办法，假冒残疾人诈骗她的同情之心。

唐默凝责问对方："你不是残疾人吗？"

戴高鸿说："我什么时候骗过你，自称我是残疾人？"

唐默凝说："你不老实！"

戴高鸿气定神闲地解释，两个多月前他玩轮滑，在高速中跟一个女孩相撞，为了保护对方，自己心甘情愿地重重摔了一跤，右下肢跗骨骨折，在病床上整整躺了四十天。病情好转后，他便拄着拐杖外出作画，以此消磨时间。

戴高鸿说："爱是比诚实更高级的个人人生目标。"

唐默凝说："不对，诚信是最基本的道德规范！"

戴高鸿说："但是爱心才是道德的灵魂！"

唐默凝说："你不要浑水摸鱼偷换概念，你这叫强词夺理！"

"你无视一个事实。"戴高鸿说，"你认为，一个残疾的我比一个健全的我更好？"

唐默凝发现戴高鸿身体高大壮实，脸上始终挂着一种神秘的微笑，而且他的举止和谈吐优雅淡定，也不缺乏幽默感。

"如果你是骗子，你一定是一个全世界最大的骗子！"唐默凝欣然地接受了戴高鸿送给她的康乃馨。

戴高鸿是大学美术学院最年轻的副教授，也是很有前途的画家。他无限崇拜梵高和毕加索，企望有朝一日自己的作品也价值连城。戴高鸿不止一次说到，在他年老的时候就把不满意的作品烧掉，届时围观的市民一定会痛心疾首地大喊大师烧房子了，烧了一幢又一幢房子！因为出自戴高鸿的手笔的作品，那怕它有瑕疵或败笔，但是它的价格也不会低于一幢房子的价格。

一个体积庞大的东西，几块厚厚的特制绒布把它包裹得密不透风。它占用画室五分之一的空间。

"这儿是画室，不是琴房。"唐默凝指着这个东西，"不会是钢琴吧？"

戴高鸿犹豫片刻，把一部分绒布包装打开，那是一架三角钢琴。看样子它的岁数不小了，但是它的油漆仍然闪闪发光。

唐默凝说："哪个国家的产品？"

戴高鸿说："德国斯坦伯格，钢琴中的劳斯莱斯。不过这个品牌有两百多年的历史了。"

唐默凝说："你买的二手货？"

戴高鸿苦笑，"它年纪大了，但是它不老。解放前一位奥地利的音乐家送给我爷爷，我爷爷留给我老爸，最后我继承了这份文化遗产。"

"它值多少钱？"唐默凝只想知道这架钢琴本身的价值，如同认识一个人就想知道他的名字一样，"当然，我知道它不是钱，它跟钱截然不同。"

戴高鸿说："对，它不是钱。如果谈到钱的话，这架斯坦伯格跟一辆宾利或劳斯莱斯的价钱差不多，它的表面材质是皂荚木，音锤、音弦还很出色！它就像波尔多干邑地域中心地带大香槟区的白兰地，在酒窖中储存并生长的时间越长越珍贵。"

唐默凝说："我最感兴趣的是，你会弹钢琴吗？"

戴高鸿说："我会。"

唐默凝想当然，戴高鸿一定会为她激情地用钢琴演奏一曲。然而他根本没有露一手的意思。他用绒布把钢琴重新包裹起来，动作是那样的小心翼翼，就像它是一个易碎的远古瓷器。

"我没有资格弹奏这架钢琴。"戴高鸿说。

唐默凝说："为什么?"

戴高鸿转过身去，仰头望着天花板。

唐默凝说："哦，我明白了，你这个画室的防盗门和防盗网非常坚固，为的是形成一个保险柜，保护这架有历史的斯坦伯格!"

戴高鸿仿佛没有听到唐默凝这句话。

唐默凝说："钢琴王子克莱德曼用什么钢琴?"

戴高鸿却有另一个话题，"音乐是锁不住的。"

在戴高鸿看来，一幅传世的画充其量不过一张大额支票，到头来它只能被锁在坚不可摧的保险柜里，随着时光的流逝它不断地褪色，直至某一天它彻底腐烂了，变成了视觉上的垃圾，无论如何狡辩都不能再把它叫做画。而一首伟大的音乐，绝对经得起时间的考验，可以流传几百年，如莫扎特的作品《A 大调钢琴奏鸣曲》中的第三乐章《土耳其进行曲》。不少人以它作为手机的铃声。

唐默凝说："你觉得，音乐比画更有意义?"

戴高鸿说："音乐比画更能撞击他人的心灵，让他人邂逅激情!"

唐默凝觉得戴高鸿说得有道理。

"马克西姆钢琴独奏会用的就是斯坦伯格!"戴高鸿有感而发，"我认为，理查德·克莱德曼和马克西姆·姆尔维察这些钢琴演奏者，充其量只不过是按图干活儿的工匠而已。"戴高鸿说："天才是《克罗地亚狂想曲》的作者 Tonci Huljic 和《1492 征服天堂》的作者 Vangelis 这些人。当然，还有莫扎特，他的作品一直流传至今。"

唐默凝说："《1492 征服天堂》? 我没听过。"

戴高鸿哼了几句《1492 征服天堂》。他说他不是歌唱家，唱不出那种气势。《1492 征服天堂》完美地再现五百多年前哥伦布等探险者历尽惊涛骇浪和致命病毒的洗礼，最终到达新大陆的悲壮故事。它的旋律充满史诗般的壮丽辉煌和激越澎湃，每当他遭受挫折的时候就会在他的脑海里回荡，让他感觉到自己是如此的渺小，然而他的野心和血性却被唤醒，由此他迅速长成精神巨人，有了无所畏惧的勇气和力量。

"音乐的感染力远比绘画大。"戴高鸿说，"当年列宁格勒保卫战，《列宁格勒交响曲》应景而生，被用做鼓舞士气。"

唐默凝说："我情绪低落时，喜欢听《水手》。"

"我弹钢琴的水平，绝不亚于理查德·克莱德曼和马克西姆·姆尔维察。"戴高鸿指着钢琴，"我会为你作一首歌，用它来弹奏。"

唐默凝说："真的? 就像那首《给爱丽丝》?"

戴高鸿说："比《给爱丽丝》更有价值。"

"比贝多芬的作品更有价值?"唐默凝说，"我想知道，你真的会弹钢琴吗?"

戴高鸿说："我把音乐视为神圣的物质，视为生命。我不会随便弹琴唱歌的。"

唐默凝说："刚才你哼了几句《1492 征服天堂》。"

戴高鸿说："那是一首伟大的音乐。"

唐默凝说："为什么你这么喜爱音乐，我看到的是，你作画而不作曲?"

戴高鸿说："无论作画还是作曲，都需要天才。昙花一现就是天才。你见过昙花一现吗？"

"我有点儿明白了。"唐默凝说，"你爷爷、你老爸都跟音乐有关？"

"他们为音乐而生，他们全身的细胞都是音乐元素。遗憾的是，他们忙忙碌碌了一辈子，还是不能出人头地，一举成名。他们被埋没了！"戴高鸿看着斯坦伯格的外表包装，重重地叹息一声。

唐默凝说："你会成为天才的作曲家或音乐家吗？"

戴高鸿很有信心地点头。

戴高鸿苦苦地寻找缪斯女神，也苦苦地寻找值得他去爱的女人。

戴高鸿差那么一点儿就能彻底擒获唐默凝的芳心。然而戴高鸿一时过高地估计了自己。事实上他并没有彻底了解她的价值观和她所期待的东西是什么。那次戴高鸿在他的宿舍里喝醉了，他向唐默凝吹嘘他先后跟二十多个不同的女人发生过性关系，其中十多个是在校学生。他的本意不是夸耀自己很有男性魅力，而是向她表明他是非常了解女人的。他认定唐默凝是最适合于他的女人，他会一辈子以她为荣，一辈子爱她和珍惜她。戴高鸿的这一番话却让唐默凝对他产生了疑心和戒心。不久前戴高鸿好几次强行吻她，她接受了他这种示爱的方式，但是她坚决不让他越雷池半步，占有她的身体。她不是那种随便把身体交出去的女人，只希望让最爱她的男人拥有她。唐默凝一直担心一旦让他得逞了，他就会不那么爱她，最终会离开她，如同他离开那二十多个不同的女人一样。

其实爱的大部分内容是欲望。

戴高鸿费尽口舌，说服唐默凝为他的油画做裸体模特儿。

那天唐默凝来到戴高鸿的画室。戴高鸿跟她谈起十年前的电影《泰坦尼克号》里杰克以露丝为模特儿作画的那一幕。唐默凝很喜欢那一部悲剧电影，反复看了好几次，为剧中人物洒下了热泪。此时戴高鸿那些影评式的讲话很有艺术见解，也有一定的煽动性，让唐默凝自然而然地产生一种亲临其境的感觉。唐默凝非常熟悉露丝脱掉衣服躺在沙发上给杰克当模特儿的那个片段。戴高鸿是杰克，然而她不是露丝。尽管她答应为戴高鸿做人体模特儿，不过她非常羞涩，坚持让戴高鸿转过身去，磨磨蹭蹭地脱掉衣服，侧卧在床上。她偷偷把一把小号的美工刀藏在枕头底下，这是她的警戒措施。

戴高鸿还算认真地作画。灵感似乎在他的脑海里汹涌澎湃，他在画纸上走笔如飞。但是他终于把持不住了，嘴里激动地说着什么，扑向唐默凝。

唐默凝早有防备，从床上霍地坐起来，把美工刀亮出来，同时用毛巾被飞快地裹住自己。

戴高鸿完全没有想到唐默凝会奋起反抗，举起美工刀自卫，他在距离她一米多远的地方不得不停下来。他觉得她不像在开玩笑，不过他经验老到，露出一副嬉皮笑脸的模样，试图让唐默凝把美工刀放下来。但是她严词警告他，让他立即离开这间房子。戴高鸿仍然不死心，也不太担心唐默凝真的会刺杀他，就朝前走了一步。唐默凝当即用美工刀做出相应的防御动作，刀锋在他的面前一掠而过，把他的衬衫袖子划破了。戴高鸿没有理会美工刀的锋利，继续寻找机会向她发动进攻。唐默凝看到戴高鸿的衬衫袖子上沾染了血迹，看似他的手臂负伤了，急得大喊大叫。戴高鸿捋起袖子，原来他的右臂被刀锋拉了一个口子，鲜血不停地冒出来。

戴高鸿顿时失去了那种欲望，含混不清地说了几句话，跑到附属医院去缝了几针。

三天后唐默凝来到戴高鸿的画室。她没有想到一束鲜红色的玫瑰在等着她。戴高鸿一直等着她来，每天都为她买一束玫瑰，以花代替千言万语向她赔礼道歉，请求她原谅。画室里共有三束玫瑰，分别为鲜红色、紫色和橘红色的。其中鲜红色的玫瑰是今天买的，比其他两束玫瑰更娇艳欲滴。

戴高鸿说："如果你前天来，就送给你橘红色的玫瑰。昨天呢，紫色的玫瑰。今天呢，鲜红色的玫瑰属于你。"

唐默凝说："你要道歉，为什么不主动去找我？"

戴高鸿说："只要有心，不论地方。我在这儿等你三天，很苦啊！"

唐默凝说："鲜红色的玫瑰代表什么？"

戴高鸿说："鲜红色代表热情真爱，橘红色代表友情和青春美丽，紫色代表浪漫真情和珍贵独特。我觉得紫色的玫瑰最适合你，因为紫色最高贵。"

"鲜红色的玫瑰也不错。"唐默凝说，"一共有多少种颜色的玫瑰？"

戴高鸿说："这个问题很难回答。花店里玫瑰就那么几种，我打算明天买紫色的玫瑰，后天也是。"

唐默凝说："你只能喜欢一种玫瑰，不能每天看上不同的玫瑰！"

戴高鸿说："遵命！"

唐默凝动刀子让戴高鸿流血了，心里也不好受，这些天一直想打电话给他。面对这三束玫瑰，唐默凝自然原谅了他。

戴高鸿用花言巧语缠磨不休。他说他不能用一生的时光去创作一幅油画。原因很简单，即使他和唐默凝都能活到一百岁，但是在五十年之后，他的绘画才能已经过了巅峰状态，而且她也绝对不会同意自己老态龙钟的裸体被描绘下来奉献给广大观众。戴高鸿花言巧语地说只能够把唐默凝那最健康、最有活力和最苗条的裸体，也就是把她的那些最美丽的青春时光，用油画特写或定格下来，奉献给广大观众或者留待明日自我欣赏。然而唐默凝拒绝再次给他当裸体模特儿。她告诉戴高鸿，他只可以凭想象来画完那一幅油画。此后那幅油画属于她的个人财产，她把它藏在一个秘密的地方，不允许他再看上一眼。

"其实想象是更高级的艺术手段。我就用想象的手法来完成这幅油画。"戴高鸿狡黠地说，"你不让我看，难道我不可以想象吗？"

戴高鸿把那幅油画命名为《赤裸沉思》。在唐默凝面前，戴高鸿指天誓日，三天前在画室发生的事儿，那绝对是纯洁、神圣的创作冲动而不是卑鄙肮脏的情欲，更不是阴谋诡计。他会用一生的时光去爱唐默凝。

戴高鸿感叹人生苦短，断言自己没有活到一百岁的长寿基因。他说交通工具比老年疾病和癌细胞更加可怕，早已取而代之成为全世界头号杀手，国内每年九万多人死于交通事故。他担心他在拥有音乐和绘画天才的同时，也会陷入天才短命论的怪圈，在年轻力壮的年华死于交通事故，不能长时间陪伴唐默凝。

戴高鸿那一番话，却不幸地成了谶语。

那天戴高鸿借来一辆八成新的凯美瑞，带着唐默凝到郊外的波涛海廊游乐场欢度周末。戴高鸿和唐默凝在浴场里畅游，在沙滩上晒太阳，还在距离海边不远的度假酒店开怀大吃一顿海鲜。戴高鸿的心情非常好，吃饭的时候找服务员要一瓶红酒。唐默凝没有忘记他还得驾驶汽车，就极力阻止他喝酒。戴高鸿具有狂野不羁、无所畏惧的艺术家气质，不过这一次他接受了唐默凝的劝告，只是象征性地喝了一点儿红酒。他的脸有点儿滚烫和涨红，但是真的没有喝醉。

中午赤日炎炎，唐默凝和戴高鸿找一个避暑的地方，来到游乐场内新开业的咖啡馆，觉得环境非常不错，就坐下来喝了几杯咖啡。

在充满诗情画意和浪漫情调的咖啡馆里，唐默凝的某些想法被改写了。她大幅度地认同戴高鸿的看法，决定为艺术而献身，再次为戴高鸿充当裸体模特儿，竭尽全力帮助他完成一幅美丽的油画。戴高鸿和唐默凝约定，今晚共同踏上创作油画《赤裸沉思》的艺术之旅。在这幅油画完成后，如果戴高鸿有那个意思，唐默凝要不要把自己的第一次性爱奉献出来呢？她的心里好像没有答案。不过她已经猜想到她将会由少女变成女人。

戴高鸿驱车返回市区。

凯美瑞在飞驰，车内的音响反复播放《1492 征服天堂》。这张 CD 是戴高鸿自己刻录的，里面全是他喜欢听的乐曲。他说车载音响的品牌是富士通天，不是最好的，不过《1492 征服天堂》这首乐曲令人热血沸腾。唐默凝似有同感，反复地听着它。

夜幕渐渐地降临了，通往市区的高速公路上车辆比平时稍多一些。

唐默凝坐在副驾驶座位上，除了按音响的重复键欣赏《1492 征服天堂》外，还不断地提醒戴高鸿不要开快车。

戴高鸿说高速公路是全封闭的，司机都遵守交通规则，还是相对安全的。戴高鸿提醒唐默凝系上安全带，却开玩笑地说如果死在她身边那将是一种幸福。

戴高鸿渐渐地有了激情，他把音响的音量调小，喋喋不休地讲述那幅以唐默凝为模特儿的油画《赤裸沉思》的构思和创意。唐默凝对绘画不甚了了，但是此时她对那幅油画充满希望，身子不由得靠近戴高鸿。戴高鸿左手抓住方向盘，右手捏着唐默凝的手。

戴高鸿说：“我多么想就这样拉着你的手，永远也不撒手。”

“别说了。”唐默凝说，“你用心来跟我说话，我能听懂的。”

戴高鸿说：“不要轻易用心来说话，那太沉重了。今天我们的目的是周末度假，本该开开心心地玩个痛快。在当模特儿的时候，你更应该心情愉快。对了，你是咖啡发烧友，喜欢喝茶吗？”

唐默凝说：“平时也喝点儿。”

戴高鸿说："明年春天，我们到福建安溪去喝茶。清明前、未降雨前采摘的春茶铁观音是极品，一口饮下，绝对齿唇留香，回味无穷。降雨后采摘的第二批茶叶就没那么好了。"

唐默凝说："要是错过了时间，如果是夏天、秋天和冬天，就喝不到那么好的茶了？"

戴高鸿说："秋茶也不错，不过当然比不上雨前春茶了。茶也像花，昙花一现。"

唐默凝说："既然如此，我还是喜欢咖啡。我是绝对完美主义者。等待不一定是一件愉快的事儿。我不想在一不小心错过了时间后，就不得不再经历漫长一年的等待，那样的代价有点儿可怕。无论春夏秋冬哪一天，咖啡都是一样的香。"

戴高鸿说："你知道哪一个咖啡馆的咖啡最好吗？"

唐默凝说："不知道。"

戴高鸿说："我认为新世纪南路那个蓝色山峰咖啡馆的咖啡是最好的。我认识咖啡馆的老板和老板娘。这一对男女，早年留学英国，前年一起回国。他们原来分别有自己的情人，他们之间的悲欢离合就像电影电视剧里面的情节一样，反反复复曲曲折折上演了好几回。不过，他们最后还是真心相爱，发誓永不分开了。他们一起苦心经营那个蓝色山峰咖啡馆。我非常熟悉他们之间的爱情故事，因而我觉得他们的咖啡是有历史深度和感情浓度的，也是最好的。"他还说有人喜欢待在星巴克里，但是他喜欢喝一种独特的咖啡，在蓝色山峰咖啡馆里。

唐默凝说："经你这么说，我又想喝咖啡了。"

"说好了这车子要在今晚八点前还给人家，人家要用车。我先送你到蓝色山峰去，你在那儿等我。我把车子还给人家，然后以最快的速度赶来。"戴高鸿说喝了咖啡后他一定会灵感喷射，正是作画的好时候，提议今晚放弃睡眠，反正明天是星期天，可以好好睡一觉。

唐默凝同意了，不过她要跟着戴高鸿，一块儿把车子还给人家，再一块儿打车去蓝色山峰咖啡馆。

戴高鸿说："别跟着我，跑来跑去挺麻烦的。你就在蓝色山峰等我。"

唐默凝说："不，今天我不离开你，哪怕只有几分钟。"

戴高鸿扭头看了唐默凝一眼，心里再次热血沸腾。他把唐默凝的上半身拉过来，抚摸她的脸和头发。这时他的手机鸣叫起来。他没有理会，抚摸唐默凝的脖子，还把手伸进她的胸部。唐默凝有点儿抗拒，制止他的手。他没有停下来，把手伸向她的大腿。

一辆抛锚的大货车停在前面的行车道上。该车司机采取了一定的安全措施，比如把危险报警灯打开，并在大货车后面的马路上放置两个水桶以示警告。

戴高鸿总觉得高速公路是畅通无阻的，他的注意力和激情正高度汇聚在唐默凝的身上。唐默凝惊恐万状地尖叫一声，她的表情让他当即意识到大祸临头了。他比唐默凝更晚一些看到那辆该死的大货车。他在扭头看前方的同时紧急制动，本能地拼命转动方向盘做出让车辆躲避前方障碍物的动作。但是两车的距离太近了，一切都太晚了。

没有车辆制动磨擦的声音，但是唐默凝的喊声惊天动地。戴高鸿也在两车碰撞前狂叫起来。

此时唐默凝好像看到了死神和无尽的黑暗。唐默凝抱头躲避，此时她在无意中看了一眼戴高鸿。随即她闭上眼睛。在没有看到两车相撞之前，她失去了知觉。

《1492 征服天堂》的音乐也随之而中止。

第十三章　突然发疯

猪什粥和铁板猪什就摆在餐桌上。张宾一鼓作气地吃着，从他的吃相可以看出那真是不可多得的美食。

唐默凝讲着她和戴高鸿的故事，许健认真倾听。他们吃得比较少。

张宾说："在车辆追尾一刹那，你看了戴高鸿一眼，看到了什么?"

唐默凝说："我看到了一种东西，但是我不敢证实。"

"戴高鸿在那次车祸中没有死掉，也没有残疾，这个我知道。因为刚才我们还看到他。"张宾点燃一根烟，"小唐同学，你看到他做了一个什么样的动作? 或者你看到他的表情很奇怪?"

许健说："在那种情况下，在一刹那那个极短的时间内，他所做出的动作和表情都是他的内心世界的真实反应。那不可能是表演，他没办法在极短的时间内把动作和表情做得那么帅。"

唐默凝说："我也是这么想的。"

在唐默凝恢复知觉后，她首先发现自己被一团东西压住。这是充了气的安全气囊，在车辆相撞的瞬间弹出来。她迫不及待地寻找戴高鸿，看到戴高鸿的头埋在安全气囊里，整个身体纹丝不动。她把手伸向他，用尽全力呼喊他的名字。她多么希望他动起来，扭头看她一眼。她把手伸向他，可以感觉到他的身体还是温暖的，还有生命体征。

唐默凝知道刚刚发生了什么事儿，也推想到最坏的结果。她和戴高鸿有如置身于某个废墟里，被困在一堆烂铁中。她不再大喊大叫。她希望戴高鸿能够活下来，即使缺胳膊少腿也要活下来，他们不应该就此分离。唐默凝就这样静静地待着。当营救人员好不容易把她和一堆烂铁分离后，她再次昏过去。

唐默凝受到惊吓，身体并无大碍。救护车把她送到医院，她可以自行下车，走动和跳跃都没有问题。但是医生仍然坚持给她做了必要的身体检查。

后来唐默凝打听到，戴高鸿也被送到这所医院里。他的身体遭受不同程度的外伤和内伤，左上肢桡骨折断，左后侧第十一至第十三肋骨折断，右下肢腓骨折断，脾脏轻微破裂。幸好脑部的损伤不太严重。在交警的见证下，唐默凝以戴高鸿女朋友的身份签了三份知情同意书，医生一连给戴高鸿做了三个手术。在全身麻醉结束后，戴高鸿的神志和各种反应逐渐恢复，脱离生命危险。估计在重症监护室待两天后，可以转到普通病房。

两个负责处理这宗交通事故的交警赶到医院，找唐默凝询问交通事故发生时的一些情况。询问结束后，他们好心地告诉唐默凝，那个身负重伤的驾驶员很有可能是她最亲的人。

两个交警作出技术分析。如果一辆车子追尾撞过去，坐在车子副驾驶座位上的人肯定比坐在司机座位上的人更危险，也就是说乘客相对地更容易受伤和死亡。可以这么说，司机在危急的关头，求生的欲望驱使他本能地做出规避危险的驾驶动作，猛打方向盘，避免自己和别的东西正面相撞。这种本能表现在，他感到大祸临头而自身难保，根本顾不上其他人。坐在司机右边的乘客就注定要倒霉了，只能被动地随车撞过去。一旦撞击无处可避，往往是司机逃脱了劫难，而乘客束手无策，只能坐以待毙。

交警进一步告诉唐默凝，根据现场的具体情况，他们认为当时戴高鸿完全可以往左边猛打方向盘，即使无法逃脱追尾事故，却可以让自己避免跟前面的大货车正面相撞的后果，这样更有利于戴高鸿保全自己。可是在不到一秒的时间内，戴高鸿毫不犹豫地选择把安全留给他右边的唐默凝，自己却义无反顾地正面撞了上去。两个交警说在他们的职业生涯里，极少看到这样的情况。

由于车子的安全性能较好，而且戴高鸿系着安全带，他侥幸逃过了鬼门关。他在医院的病房里整整待了一个多月。

戴高鸿在行车过程中既驰心旁骛且鲁莽驾驶，这些行为是本宗车祸的主要原因。但是在车祸的背后，唐默凝不敢完全相信，在危险降临的刹那间他会义无反顾地选择把生的希望给她，把死的威胁留给他自己。她只是认为，也许那是由于戴高鸿的驾驶技术还不娴熟，在惊慌失措中脑海里一片空白，这才导致两个交警所说的那种不合常规的车辆追尾情况出现。

但是两个交警的说法长久地让唐默凝无法平静下来。她费了很大的劲儿求证这种说法的真伪。

唐默凝得到的答案大都是肯定的。不少有驾驶经验的人告诉她，在类似的交通事故中，司机身负重伤，而坐在副驾驶座位上的人却完好无损，这种事儿极少发生。这些说法让唐默凝深信不疑，以至她忽略了这宗交通事故的某些事实和细节，只记住一件事儿：戴高鸿试图用他的生命换取她的生命，他是深深地爱她的。

张宾说："蔫狗是爱你的，愿意用一生来爱你。这个你应该是心领神会的。所以他像幽灵一样追踪你，他始终放不下你。"

唐默凝看着地板。

许健说："既然如此，你为什么不原谅他呢？他做过的好事儿，足以抵消他做过的坏事儿。"

"我不想再见到他。我也不会原谅他的。"唐默凝说，"至于什么原因，我说不出口。我曾经服食安眠药自杀，就是因为我不能原谅他，也不能原谅我自己。"

张宾说："应该说那个车祸是蔫狗惊惶失措处理失当造成的。因此就不能说他愿意替你去死。我认为他不能因为那次车祸而获得利益。”

“他从我这儿获得了一些好处，感情上的好处。但是他不能一辈子获得好处！”唐默凝说，“我们不要谈论那个车祸了，好吗？之所以提起那个车祸，是因为我凭直觉认为他有勇气杀死林寒水。”

张宾说：“我建议你换一个居住的地方，最好换一个居住的城市。”

唐默凝说：“我觉得地球不安全，我想搬到其他星球。”

许健说：“这是一个未来的问题。目前的问题是，把餐桌上的东西全干掉，不能浪费。”

张宾说：“对，减肥也属于未来的事儿，不浪费东西要紧！”

还有不少猪什。

张宾觉得猪什没有热度了，就举手向战友打招呼，让战友用微波炉把猪什加热。战友有求必应，立即让服务员办好这件事。战友问唐默凝猪什好吃吗。

唐默凝向许健抱怨，“你们根本不认真听我说话，你们只喜欢吃东西。”

张宾说：“你不是请我们来吃东西的吗？”

许健说：“张探长，你说过由你来请客的。”

张宾说：“这个我没忘记。”

唐默凝的口气有所缓和，“据我所知，动物内脏胆固醇和脂肪含量很高，对人的身体不好。尤其许大你有点儿胖，人到中年，不能经常吃猪什。苦口良药，好吃的东西反而对身体不好。”

许健说：“你说得对。我也想减肥，可是缺少有效的监督。张探长也是美食家，我近朱者赤，近墨者黑，没办法啦！”

战友苦笑一下，悄悄地走开了。

许健说：“小唐同学，你还是忘了戴高鸿，忘了林寒水，忘了以前的事儿。心情好了，吃胖点儿也没什么。”

唐默凝说：“好，今晚我不说了。我有点儿像祥林嫂，对不对？”

张宾说：“如果是，你就是历史上最漂亮的祥林嫂。”

服务员把加热了的猪什端过来。

许健拿起公筷，给唐默凝的碗里夹了不少猪什。许健和张宾抓紧时间吃猪什。唐默凝也不示弱，一会儿就把碗里的东西一扫而光。唐默凝喝一口王老吉，横膈膜痉挛，不停地打嗝儿。她不好意思地摇头。

张宾说：“头儿，你不是有马上停止打嗝儿的办法吗？”

唐默凝曾经上网查过，有人说用汤匙柄压迫舌根，也有人说自己用手指按摩外耳道或者请别人用力压住双肩，都是解除打嗝儿的好办法。还有人说被强烈惊吓是中止打嗝儿的绝招。

“身体往前倾斜，一口气喝下一大杯凉水也是个办法。”张宾说，“要不你再来一听王老吉？”

唐默凝打一个嗝儿，“我不想喝一大杯水。”

张宾说："我们头儿的绝招是，深吸一口气，然后捏住鼻子和闭上嘴巴，憋着，不能呼气和吸气，拼死忍耐，直到你再也忍不住为止。只要你按这个标准做，做一次或两次就不打嗝儿了！"

许健说："绝对灵验，对于我来说。"

唐默凝说："奇怪了，林寒水也是这么说的。当时我不相信。如果我知道他的职业是医生，我就试一下了。"

这个办法真管用。

许健得意地说："小唐同学，以后你就这么办。"

"头儿，这不是你的办法管用。"张宾说，"刚才那一刻你有如林寒水附体，小唐同学吓了一跳，打嗝儿就魂飞魄散了。"

许健说："林寒水附体？这是什么意思？"

张宾说："你那个憋气治打嗝儿的秘方，跟林寒水的不谋而合。"他问唐默凝："你觉得我们许大又胖又老吗？"

"跟林寒水差不多。"唐默凝当即觉得有所失言，急忙吃东西，以此掩饰赧然的表情。

许健看一下手表，"快一点了。宾馆、酒店、招待所的客房应该五折优惠了吧？"

"头儿，你家里不是有地方吗？"张宾说，"小唐同学，就到他家去住！"

"太对了！"唐默凝说，"我差点儿忘了，我整容了，我这样子跟身份证上的照片严重不符，住宾馆酒店肯定不行！"

许健左右为难，"可是，我家里不是宾馆啊！"

张宾说："你认为小唐同学这样子能住宾馆吗？"

许健说："我们可以出面，以警察的身份证明小唐同学就是身份证上唐默凝本人。"

张宾朝唐默凝扮个鬼脸，"小唐同学，你长得太漂亮了，我们头儿有点儿害怕你。"

"怎么样？可以考虑吗？"唐默凝说，"你不但是警察，还是大队长，住在你家里一定很安全。我不想住宾馆酒店，住那些地方要登记身份证。蔫狗只要请黑客帮忙，就可以查到我住在哪儿。"

许健说："不行啊！我家老婆不在，来了个漂亮的女孩，纸包不住火，会像电视剧那么热闹的！"

唐默凝说："我相信你是正人君子，我都不害怕，你一个大男人害怕什么？"

张宾对许健说："我也可以住在你家里，保卫小唐同学！"

"你只会添乱。"许健说，"一个软弱的女孩，好吧，由我来安排。"

张宾说："那太好了，你家的房子住得舒服，跟宾馆差不多！"

许健用餐巾纸擦拭嘴巴，"我家实在太脏太乱了，我先回去收拾一下。我打车走。大概半小时后，你们再过去。"

张宾说："不用打车，我们一起过去。我和小唐同学可以帮忙搞卫生清洁，免费的！"

唐默凝说："对呀，我是最大受益者，我应该为你做点儿什么。"

许健用不容争辩的口吻说话，“就这么定了，我先打车回家。半小时内，你们就在这儿等我电话！”

许健走出餐馆。

唐默凝责怪张宾，“我们应该去帮忙啊！”

张宾说：“他是长官，有时候他作出的决定等于圣旨，不能违抗。还有啊，没埋单呢，我们走不了！”

“我来埋单。”唐默凝站起来找服务员。

餐馆里还热热闹闹的，服务员正忙着。

张宾说：“这是我的老战友，我来埋单。你别跟我争，这是命令！”

唐默凝说：“海鲜大餐我请，这个我也请。”

张宾说：“好了，这是命令。你多吃点儿，别浪费了！如果你不在这儿，我们两个男人早把东西吃光了！”

许健说过吃东西就要狼吞虎咽，这样才吃得香。身边多了一个漂亮的女孩，许健和张宾就不得不讲究吃相，这也是几个小时前在川菜馆许健和张宾没有吃饱的原因。

唐默凝说：“是吗？如果你们当我是兄弟，就不会觉得我碍手碍脚了！”

张宾说：“许大和我没有抱怨你碍手碍脚啊！”

唐默凝说：“本来我不想打扰你们。谁叫你们是警察？在你们身边，我就放心了。”

张宾看一下手表，“如果一个人运气不好，就会遇上警察。”

“你说得对。”唐默凝喝一口王老吉，“但是，不幸中的万幸，遇上了好警察。”她也看一下手表，“你们头儿正在忙于搞卫生吧？他那房子很大吗？”

张宾说：“三室两厅两卫，面积一百二十多平方米，是挺大的，彻底搞一次卫生要花几个小时。他老婆在澳洲，也算是个单身汉。早出晚归，够累的。如果是我，我也选择睡觉，不搞卫生。”

唐默凝说：“可以请钟点工啊。”

“今年钟点工工资很高。”张宾说，“再说了，请钟点工也不方便，我们头儿经常出差，不在家。把家里的钥匙交给陌生的钟点工，这不符合一个警察的性格特征吧？”

唐默凝说：“钟点工不敢偷警察的东西吧？”

“一个警察也想有一个安全的家，就像古代的国王需要一个坚固的城堡。”张宾没有把许健的家曾经遭受土制定时炸弹袭击那件事儿说出来。

“对，我也想有一个安全的家，自己的避风港。”唐默凝说，“你女朋友呢？”

张宾说：“我女朋友嫌我不是大队长，还嫌我长得丑，把我辞退了。对了，我的前女朋友曾经给我们头儿打扫过房子。当时她的感想是，如果她有一套那么大的房子就好了！”

唐默凝说：“其实看惯了，你也不是很丑。”

张宾笑得合不上嘴巴，“小唐同学，你挺可爱的！”

唐默凝低头想了一会儿，“张探长，你说蔫狗用什么手段找到我的？”

“这个问题我也想过了。”张宾说，“在网上人肉搜索你，有可能找到你。因为为你整容的医生或护士可能出卖你，那些知道你整容内幕的人也可能出卖你。另一种可能是，蔫狗通过林寒水顺藤摸瓜找到你。”

“问题是，蔫狗不认识林寒水呀！”唐默凝说，“蔫狗怎么这么神通广大呢？比你们专业的还厉害！”

张宾说：“你可以通过QQ，问一下蔫狗呀。”

唐默凝说：“我是被网络逼上绝路的。蔫狗再次把我晒在网络上，让我无处藏身，这等于再次把我往绝路上推。我是永远不会原谅他的！”

战友从身边走过，张宾递给他两百块钱，他还给张宾一百块钱。张宾小声地对战友说：“打了六折了吧？这么便宜，我常常来坐吃山空！”

战友说：“本来不该收你的钱，不过看你吃得开心，我就不客气了。小唐同学，锻炼身体就不容易胖了！”

唐默凝朝战友笑一下。战友请他们再坐一会儿，就跑过去陪食客喝酒了。

唐默凝说：“我只想有尊严地、体面地再活几十年。”

张宾说：“要是林寒水还在，你就不用那么担心了。”

唐默凝说：“林寒水是个大好人，他怎么会中途丢下我不管呢？”

张宾说：“其实你已经改头换面了，你有重新开始的权利了。”

唐默凝面无表情。

许健给张宾打来电话，张宾立即带着唐默凝赶过去。不到十分钟他们来到大金宾馆。

大金宾馆是新开张的小宾馆，正在搞餐饮和房费优惠大酬宾活动。唐默凝满腹狐疑，张宾向她解释，刚才许健在电话里说他家里实在太乱了，不得不在外面找个地方对付一个晚上。他给唐默凝开了位于四楼的单人客房4013室，已经预付住宿两天的住房押金，只需唐默凝拿身份证到服务总台作入住登记即可。今晚许健和他也住在这个小宾馆，现在许健在五楼的双人客房里，说不定正在洗澡呢。

由张宾以警察的身份作证，唐默凝顺利地完成住客资料登记。服务总台的服务员好奇地看着唐默凝，连续两次询问她在哪里做整容手术的。唐默凝假装没有听到。张宾以夜深了为借口，催促服务员快点儿办理入住登记手续。

电梯在第四楼层停下来，张宾把电子钥匙递给唐默凝，“我直接到五楼找我们的头儿，也许他睡着了。他太累了。”

唐默凝说：“你们的头儿是个好人，也很细心。他特意先来一步，把房费交了。”

张宾按住电梯的开门按键，不让电梯厅门关上，“他真是一个好人。”

唐默凝说：“跟林寒水差不多。可惜好人死得那么快，坏人却活着！”

“你尽管放心。”张宾说，“我们头儿从《易经》那儿学到了奥秘，那就是坏人是杀不尽的，好人是死不完的！”

唐默凝说：“有你们在，我就放心睡觉了。”

张宾说：“那当然，做个好梦吧。”

张宾来到第五楼层许健开的那间客房，在门上轻敲几下，稍等片刻没有动静。估计许健睡着了。张宾连打两个呵欠，到处找服务员。一个睡眼惺忪的服务员乘电梯匆匆赶来，弄清楚张宾的意思后，拿出电子钥匙开门。张宾叮嘱她动作要小，不要吵醒客房里的人。

许健睡得很沉，幸福地打着响亮的鼾。

张宾也不洗澡了，只想尽快入梦。

下午，唐默凝给张宾打电话，要请许健和他吃海鲜大餐。张宾正在跑现场，他敷衍地说到时再说。

一直到晚上十时许健和张宾才有空儿。唐默凝一直等着他们吃晚饭。

此时那些海鲜酒家都关门了。要吃鲜活的东西，只有潮汕沙锅粥、猪什和活鸡可供选择。唐默凝反对独沽一味吃猪什，而且猪什的上市时间还在两小时之后。张宾建议吃潮汕沙锅海鲜粥，那也算是海鲜大餐了。

在潮州粥馆，张宾毫不客气地叫了虾蟹粥。

许健说："这种天气，虾和蟹都不便宜吧？"

"才几十块钱！"唐默凝说，"这种潮汕粥我吃过，和林寒水。"

张宾说："沙虾挺干净的，我看过了，活的。海螃蟹也是活的。"

唐默凝说："虾蟹粥还好喝，不过说好了请你们吃海鲜大餐的，怎么连饭都吃不上，喝粥了？"

张宾说："这个粥是最贵的粥了。"

唐默凝对服务员说："有鲍鱼吗？那就来一锅鲍鱼粥！"

服务员说："对不起，我们这儿没有鲍鱼粥。"

张宾说："小唐同学，就虾蟹粥吧，我们头儿和我都饿得两眼发花了。"

唐默凝说："你们放心吧，请吃一顿两顿海鲜大餐，我还是请得起的！"

"我吃不下饭，就喝虾蟹粥吧。"许健示意服务员写菜单。

唐默凝又点了三只清蒸膏蟹和一个白灼菜心，才让服务员走。

许健朝唐默凝摇头。

唐默凝说："放心吧，我很快就有工作了。我打听过了，当个推销员每个月有两千多块钱呢！实在不行，当个幼儿园老师，也有两千多块钱！"

许健说："当幼师可能要文凭和上岗证。"

唐默凝说："这个你们放心，别忘了我曾经是大学生。"

张宾说："我们知道你是聪明的孩子。今天待在客房里，上了一整天网？"

"我不上网。"唐默凝敏感地当即作出否认。

张宾说："哦，看电视剧。"

唐默凝说："我上了一会儿网，到林寒水的QQ空间逛了一下。没什么东西。林寒水真的是一个医生？"

许健说："这个已经确定了。"

唐默凝说："他会不会患上绝症，实在忍受不了，选择一死了之？"

许健说："尸检报告没说他患上绝症。"

唐默凝说："可能尸体解剖检验得不彻底吧？"

张宾说："他死于自杀，这个就像好莱坞的电影一样，我们很感兴趣，但不是我们管的。"

"这不是电影。"许健说，"听说庄传智曾经写过日记，日记簿由庄传智的妹妹保存。你跟庄传智的妹妹见过面吗？"

唐默凝说："我不想跟林寒水的家人见面或联系。你们一定认为我是林寒水的小三。其实我不是。"

张宾显然不相信唐默凝的话，他盯着她的脸，试图找到一丝破绽。

唐默凝说："林寒水真是一个大好人，他完全没有趁火打劫的意思，也不是伪君子。可以说，他在我这儿没有得到半点儿好处。"

张宾看了一眼许健。

"那么，他会不会是……"许健不好意思说穿了。

张宾无所顾忌地说："是不是他的身体有问题，生理有缺陷，或者是同性恋？"

唐默凝说："看不出来。应该不是。"

张宾说："难道他这是花钱赚吆喝吗？"

许健批评张宾，"你在跟一个读书人说话，跟一个女孩说话。"

"花钱赚吆喝，我认为这恰恰是对林寒水的正面评价。"唐默凝说，"林寒水真是那种大好人。"

张宾看着许健，"头儿，你是我见过的最聪明的人，你可以告诉我，这是为什么？"

许健说："你看过《十二怒汉》吗？那十二个陪审员，就为三个美金吆喝。说穿了，他们根本不是为了钱。"

《十二怒汉》是五十四年前摄制的黑白电影，场景既单一又沉闷。几年来许健从网上下载了好几个这部电影的视频，总想找一个最清晰的视频。许健曾经把一个《十二怒汉》电影的视频拷贝进一个没有病毒的优盘里，并亲手交给张宾。张宾仅仅看了七分钟，由于无法抑制对画面的颜色和清晰度的渴望，而且觉得这部电影的故事情节也不吸引人，于是他忍无可忍，转而看电影《让子弹飞》。《让子弹飞》是大热门的彩色电影，已经取得压倒性的票房胜利，而且好评不绝于耳。尽管没有正值花季的当红女星亮相其中，但是三大影帝宝刀不老。

张宾说："《十二怒汉》好看吗？我真的难以忍受。"

"你可以上网问一下。"许健说，"华生医生也看过这部电影，你可以问他！"

张宾说："谁是第十三怒汉？"

许健说："如果有第十三怒汉，也是华生医生，不是你！"

张宾说："那我是第十四怒汉！"

许健说："这里不是水泊梁山，排定英雄座次。你是来喝粥的。"

服务员把三只清蒸膏蟹端上来。张宾挑了一只最大的膏蟹给唐默凝，那只比较大的膏蟹给了许健，剩下的那只膏蟹是最小的，那自然非他莫属。唐默凝要把那只最大的膏蟹给许健。

有些螃蟹乍一看块头不小，却不过虚有其表，简直就是一个一挤即破的空壳。许健喜欢吃螃蟹，对螃蟹的优与劣有一定的认知心得。许健把张宾那只最小的膏蟹给了唐默凝，唐默凝就把那只最大的膏蟹给张宾。张宾正要跟许健对换，被许健制止了。

张宾说："这么说，我这只最难吃了？"

"恭喜你答对了！"许健说，"螃蟹不是梨，不需要孔融让大梨。小唐同学，你最小，你自然要吃小螃蟹。"

唐默凝把膏蟹剥开，壳子内脂膏金黄油亮，肉质雪白鲜嫩。

许健和张宾的动作更快，不约而同地各自把膏蟹剥开了。但是他们的膏蟹都没有那么好。

"不错。"张宾说，"我怎么就忘了头儿你会选蟹，挑肥拣瘦。下次吃螃蟹，有劳头儿亲自选蟹。"

唐默凝说："我这只真好吃！许大真是神探！"

张宾说："过几天有空儿，我们找个好地方吃螃蟹！"

唐默凝说："住在许大家里，一块儿出去找饭局，那还不容易？"

热气腾腾的虾蟹粥端上来了，服务员正忙得不可开交，转身就走开了。唐默凝给许健和张宾盛粥。

许健和张宾都向唐默凝道谢。

唐默凝说："如果你们是我的亲哥，该多好，我就不用担惊受怕了！"

许健说："唐默凝，你真的跟林寒水什么关系什么瓜葛也没有？"

唐默凝不由得有点儿尴尬。

张宾看着许健，"头儿，你好像……"

许健苦笑一声，"我说得没头没尾，缺乏语言艺术，是吧？"

张宾点一下头。

许健说："小唐同学，我的本意是，我不赞同一个女孩给人家当小三。既然你不是那种女孩，如果你没地方住，如果你有意愿，你可以暂时住在我家里。期限为两三个月。张探长也住在我那儿。我不要你任何回报，你就当我是你亲哥，只要你在我家里再度出发，走好你的人生之路，我的目的就达到了。"

唐默凝说："真的？"

"小唐同学，中国话你听不懂吗？"张宾说，"这就是我们的头儿。"

唐默凝说："真太谢谢你了！"

许健说："那小宾馆明天中午十二点退房。你延长到下午六点。下班后我找个钟点工收拾收拾我家，你再进去。我还得看看，被子干净不干净，要不要清洗一下。张探长，你自备被子。"

张宾说："好的！"

唐默凝说："家庭卫生我可以搞，这点儿苦还吃不了？被子没有的话，可以到我住的地方拿，你们替我拿，就是蔫狗看到了，他也拿你们没办法。"

许健说："不要去招惹蔫狗，爱是疯狂的，我觉得他不好对付。如果他找到我家，就麻烦了。"

张宾说："蔫狗看过我们的头儿和我的警官证。他要找到我们并不难。"

唐默凝说："我明白了，以后出入我小心点儿，掩人耳目，不给你们添麻烦。"

许健说："小心点儿是应该的。不过，我也不相信他那么神通广大，比职业特工还厉害。"

唐默凝吃了一碗虾蟹粥，又问一个问题，"两位警官大哥，你们相信这世上有鬼吗？"

许健和张宾相视而笑。

张宾说："网络上灵异小说很盛行的，鬼神当道。我也看过几部灵异小说，挺抓人的，花了不少流量呢！"

唐默凝说："我说的是现实社会。"

张宾吃着白灼菜心，"我知道你的意思。你想说，林寒水惨遭恶鬼的毒手？"

"林寒水死得太奇怪了。"唐默凝说，"我觉得我好像恶鬼附体，蔫狗因我而出了车祸，林寒水因我而死于非命。我担心我把倒霉的运气带给你们。"

张宾说："这世上根本没有鬼。如果有鬼，那是稀有动物，抓到一个鬼可值钱了。"

唐默凝说："鬼是悲剧，抓到悲剧你敢看吗？"

张宾说："我当然敢看，不看我怎么找证据给鬼定罪？"

唐默凝说："缺心眼的人就敢看！"

张宾差点儿喷饭，急忙拿着筷子端着碗闪开了。许健动作敏捷地躲避张宾，露出一副因侥幸逃脱而偷笑的模样。

唐默凝说："这不是闹着玩的！"

张宾坐回来，"小唐同学，这世上鬼只是一个传说，我敢肯定林寒水不是让鬼害死的！"

唐默凝说："你太不聪明了，不相信这世上还有比人更凶狠的东西！"

张宾说："不会有比人更凶狠的东西了，热核武器也是人类发明的！"

唐默凝一时找不到反驳张宾的话。

许健说："小唐同学，喝粥！"

唐默凝说："我有预感，我会害了你们这两个好心人的。"

许健说："最坏的事儿，不就是蔫狗找上门大吵大闹吗？他是个读书人，没有暴力倾向吧？"

唐默凝说："你那个湖北籍的老同学说的话是对的，蔫狗更会咬人。"

许健说："只要你小心点儿，他是找不到你的。"

唐默凝说："他可以通过网络找到我。"

"没那么容易的。在网络上找一个人这么容易，我和张探长早就失业了。"许健想起昨晚入住的大金宾馆的双人客房里有可供上网的电脑，"你客房里应该也有能上网的电脑吧？用它来打发大半天的时间啦！六点半我们来接你，你在小宾馆的大堂等我们。”

唐默凝说：“有啊，我客房那电脑是新的，网速很快。不过我憎恨上网，最多只是下载音乐。”

张宾说：“上网看看新闻，这不算浪费时间。”

“你喜欢什么音乐？”许健对音乐感兴趣。

唐默凝说：“林寒水喜欢有点儿古典风格的音乐。他最喜欢阿根廷人卡洛斯·加德尔的《一步之遥》。”

张宾有如听不懂琴声的牛，看一眼许健。

许健说：“卡洛斯·加德尔出生于法国，单亲母亲把他带到阿根廷。但是卑微的出身并不妨碍他日后成为阿根廷探戈的化身。也有人把这首舞曲的中文名译为《只为伊人》。我觉得作为探戈舞曲，《一步之遥》更为贴切。”

唐默凝说：“蔫狗也很喜欢这首《一步之遥》。”

许健说：“我对那些经典音乐抱有一颗敬畏的心。戴高鸿是搞音乐的专业人才，他对音乐有更深的认识。”

唐默凝哼了一声，“别提那个混蛋！”

张宾说：“是你先提到他的。”

“让他去见鬼吧。”唐默凝对许健说，“说好了，晚上你家搞卫生，我包了。”

张宾说：“男女搭配，干活儿不累。也算我一个。”

唐默凝说：“被子的问题，也不用费心了。明天我到百货公司去，买一些床上用品，还买一些睡衣、牙刷、毛巾。”

许健说：“你住的小宾馆里应该有一次性牙刷，你就买一条毛巾吧。其他的不必买了，先凑合过一个晚上。”

唐默凝有了一个新的落脚点，心里踏实了。

喝完虾蟹粥，许健和张宾送唐默凝回大金宾馆。唐默凝下车后，张宾送许健回家。许健让张宾留宿在他家里，帮忙干些家务活儿。

张宾说：“头儿，我觉得你一个人住这么大的房子，没意思！”

许健说：“我老婆在澳洲，我家里来了一个女孩，这能行吗？”

张宾说：“这有什么？老婆不在身边，我就不信你不泡妞。说出去谁相信你不泡妞？干脆就名符其实，爱怎样就怎样！”

许健说：“泡你的头，要泡也不能这样干！你知道唐默凝是谁吗？全国大部分的网民都知道她是谁！要泡就不能把她带回家来！”

张宾说：“那你就在外面租个房子啊，这不容易解决吗？”

许健说：“第二次警告！这件事儿不能开玩笑！”

张宾说：“其实，唐默凝挺不错的，我也喜欢她。只是我长得太丑了，也没你官儿大。”

许健说：“你要泡妞我不管你，不过你不能这样。这件事儿确实不能开玩笑。”

“头儿，你别急嘛，我知道你想帮一个弱女子。”张宾走进厨房，从冰箱里取出两罐可乐。

“你知道就好。就是这么一回事儿，你不要想歪了。”许健喝着可乐，“我没你所想的那么坏!”

张宾说：“头儿，我没给你背后一枪啊！我也没想过你满肚子坏水!”

许健给张宾一根香烟，自己也专注地吸烟。

张宾说：“唐默凝住你家里，如果出了什么事儿，我会给你作证的。”

“我在想着另一个问题。”许健说，“不会出什么事儿的。不过，以后吸烟到阳台去。家里多了个女孩，有那么点儿不方便。”

今天许健忙个不停，几乎没有时间去想别的事儿。有时正想好好喘几口气，电话马上就打过来了。现在是下午四时半了，午餐还放在办公桌上。许健觉得有点儿胃口了，正想吃东西，手机却鸣叫起来。许健一听到张宾的声音就粗声粗气地问他有什么事儿，张宾一说到唐默凝的名字，许健就生气了。

“还没到下班的时间，我正想吃午饭！第二次警告，你该干什么干什么，干正事儿!”许健不分皂白地责备张宾几句，正要挂断电话。

“头儿，出事儿了!”张宾的语气显得急促和惶恐。

许健说：“快说!”

张宾告诉许健，唐默凝出事儿了。

在二十分钟前，唐默凝突然跑出4013室，跑到电梯间，拼命地拍打电梯的厅门。她衣冠不整，满脸恐惧的表情，全身不停颤抖，发出凄厉的叫喊声。她的发音含混不清，仿佛遇险呼救。看起来她的精神彻底错乱或崩溃了，几个女服务员根本无法制止她。后来她强行闯进消防通道，在楼梯上不慎重重摔倒，可能伤及头部。目前她正被送往医院。大金宾馆的经理从唐默凝的手机里找到张宾的电话号码，就把这一个令人吃惊的事件告诉张宾，要求张宾马上通知唐默凝的亲属或朋友赶到医院，也要求张宾本人马上赶到医院。

第十四章　身世

那晚一整夜，林瀚纯和华生待在那个高级私人会所里，林瀚纯讲了有关庄传智、林德巍和庄秋玲的一些事儿，华生洗耳恭听，没有一点儿睡意。后来林瀚纯心力不支，不再讲下去，躺下来很快就睡着了。

华生却怎么也睡不着。仿佛那些事儿都跟他有一定的关系。

这天华生上早班。上午十时左右华生给林瀚纯打一个电话，林瀚纯约他今晚七时一起吃饭。

华生好不容易熬到下午四时，一下班就急着找个地方睡觉。他必须在跟林瀚纯见面前睡一会儿。华生一度考虑关闭手机，避免来电打扰他的睡眠。但是他担心林瀚纯会打电话来。林瀚纯的来电非常重要，为此华生把手机的铃声音量设置为最低。

华生一下子睡着了，没过多久张宾的电话就打进来。尽管手机的铃声音量很微弱，但是华生心里想着林瀚纯和那些跟林瀚纯有关的事儿，三秒之内就被弄醒了。

张宾在电话里告诉华生，唐默凝可能疯了！

华生实在太疲倦了，很快就进入深睡阶段。在深睡阶段突然被唤醒会让人觉得很不舒服。华生既昏头昏脑且眼睛迷糊，根本不知道自己身处何处，即使天崩地裂也要再睡一会儿。至于唐默凝是谁，他暂时没有记忆，谁疯了他都不太在乎。不过当他意识到唐默凝是谁时，一下子彻底惊醒了！

华生说："唐默凝怎么会疯了呢？"

张宾说："我还在外面办案，没见过唐默凝，具体的事儿我不清楚。"

华生说："一定是弄错了！"

张宾说："弄错是不可能的！唐默凝现在正在医院里抢救，而且我们的头儿正赶往医院！"

华生以最快的速度赶到医院。

许健正在医院脑外科门前的走廊走来走去。

华生向许健打招呼。

许健愁容满脸，看一眼华生也不说话，又来来回回地踱步。

华生说："许大，唐默凝的伤势很严重吗？"

许健说："脑部受创严重，一直昏迷不醒。刚才我跟脑外科主任说了，赶快做手术，想尽办法解决问题！"

华生说："有生命危险吗？医生怎么说的？"

许健说："做过CT检查，颅底骨折，颅内有出血现象，左耳偏上方有碰撞的痕迹，血迹斑斑。需要马上做手术！"

华生说："怎么摔得这么重？"

许健说："一阵猛跑，从消防楼梯上摔下去。"

张宾匆匆走过来。

张宾说："情况怎么样？"

华生说："进了ICU，要做脑部手术。"

"怎么会这样？谁干的？"张宾更关心另一个问题，"做这种大手术，肯定还要进ICU，医疗费好几万能搞定吗？"

华生驾轻就熟地说："很难说。住一个星期ICU，一般也得花个四五万。"

张宾做一个吃惊的表情，"这么说，四五万是起步价钱、最低消费，搞不好要花个十多万？那个小宾馆要不要负责一部分医疗费？事儿可是在他们那儿出的！"

许健说："那个宾馆送唐默凝来，当时交了六千块钱押金。看来剩下的医疗费有问题了。"

华生说："另一个问题是，唐默凝伤的是脑部，即使手术成功，效果不错，但是我担心脑部某些功能不能逆转，到时人就会有点儿傻。"

张宾吓了一跳，"治不好了？残废了？"

华生说："现在还不好说，我还没有见到主治医生。"

张宾问许健："怎么办？"

许健说："庄传智在的话，找庄传智。庄传智不在了，找谁呢？找戴高鸿或是唐默凝的家人吗？"

张宾想了一下，"都要找，找她家人，还要找戴高鸿。估计戴高鸿正潜伏在唐默凝租住的那个小区里，痴痴地守株待兔。我这就去找他！"

张宾看一眼许健，拔腿走向电梯间。许健喊住他。

张宾说："戴高鸿不是有台斯坦伯格钢琴吗？他也是有钱人，说不定他愿意承担唐默凝的医疗费。"

"唐默凝未受伤前来找我们，是因为她极不愿意见到戴高鸿。"许健显得很为难，"这时候我们不应该把唐默凝推给戴高鸿。"

"都什么时候了？"张宾没有说完自己想说的话。

张宾认为许健是一个聪明的人，现在他怎么会变得如此优柔寡断呢？许健和唐默凝没有任何关系，他不可能为情所困，到底他想干什么呢？如果不尽快把唐默凝因意外受伤导致昏迷不醒这件事儿通知唐默凝的父母，到时唐默凝的父母就更有理由怀疑许健居心叵测，必然会把许健视为需要为唐默凝负上全部责任的当事人，把许健告上法庭。后果将是非常严重的。

许健说："我知道你想说什么。"

张宾说："即使现在第一时间通知唐默凝的父母，你也极有可能惹火烧身。因为那个大金宾馆的客房是你开的。”

许健问华生：“真的那么严重?”

“许大，你也是学医出身，你也接触过脑外科主任了，你应该比我更清楚唐默凝的脑部损伤情况。”张宾说，“别的暂且不说，那笔医疗费就够呛了!”

许健说：“如果几万块钱，我还拿得出来。”

张宾看一眼华生。

华生说：“刚才我说过了，几万块钱远远不够。”

张宾说：“头儿，你教导我们，基于慎重对待生命的原则，我们必须找人来拯救唐默凝啊！找跟唐默凝最亲近的人!”

许健看着华生，“难道因为一大笔医疗费，我们就把唐默凝推给戴高鸿?”

华生看着张宾。

张宾说：“头儿，充其量我们只是唐默凝的朋友。幸好她还没有搬进你家里，否则你跳进黄河也洗不清了！如果不可以找戴高鸿，就找她家里人。”

许健说：“找她家里人，那也太残酷了。唐默凝离开家里几年了，从来不跟家里联系。现在一个电话打过去，告诉她的父母唐默凝快要变成植物人了……”

张宾说：“头儿，你怎么了？一个漂亮的女人让你变得愚蠢了?”

许健说：“我怎么愚蠢了?”

“你同意让唐默凝住进你家里，但是你绝对没有让她当小三的意思。这个我一清二楚。”张宾说，“况且唐默凝在大金宾馆里出问题的，不是在你家里。如果需要有单位或个人要承担责任，是那个小宾馆而不是你！是戴高鸿或唐默凝的家人而不是你!”

这时一个电话打过来。在接听电话后，许健显得有点儿生气。

张宾说：“出了什么事儿?”

许健朝张宾摆一下手。

张宾掏出一盒玉溪，递给许健一根香烟，许健摆手拒绝了。张宾拍拍许健的肩膀，一定要他吸烟。

许健说：“这儿是医院，禁烟的，吸几百块钱一根的雪茄也不行!”

张宾说：“我们找个地方吸。”

许健看一眼华生，“你有什么高见?”

华生说：“通知唐默凝家里，这样做未尝不可，不过太残酷了。”

张宾说：“但是，你说医疗费怎么办？华生医生你也是知道的，没有钱，医院就不做手术了，停药了。”

许健想了一会儿，“那个小宾馆肯定会推卸责任的。我们先牵个头，管好唐默凝治疗的一揽子问题，同时看看能不能向小宾馆追讨赔偿或补偿。”

“为唐默凝向大金宾馆追讨赔偿或补偿，应该由戴高鸿或唐默凝的家人出面。我们的身份可能比较敏感，不合适。”张宾说，“我们不是把责任推给戴高鸿或唐默凝的家人，我也觉得把责任推给唐默凝的家人太残酷了。我认为戴高鸿不会对唐默凝坐视不救的，通知戴高鸿最合适不过。”

许健看着华生。

张宾说："还有一个办法，不过麻烦点儿，还要花费不少时间。我们找公证处的人来，在唐默凝的住处找出值钱的东西，然后变卖，以此筹集唐默凝的医疗费。庄传智不是有一辆卡宴、一块宝玑陀飞轮吗？"

许健说："宝玑陀飞轮在甄莉的手上，甄莉也需要一大笔钱作医疗费，她不会交出来的。处理卡宴也不容易，发票在甄莉手上，没有发票就处理不了。总之，要处理宝玑陀飞轮和卡宴，争议是很大的，最终肯定闹到法院去。搞不好就捅了马蜂窝，好心办坏事儿了！"

张宾抓挠头皮。

许健来得匆忙，没有带上香烟。他伸手向张宾要香烟。华生笑了一下。许健蓦地想到这里不能吸烟，走向消防通道，寻找可供吞云吐雾的地方。张宾和华生跟着他。

许健说："华生医生，你是富二代，有同情心吗？同情心是人类最普遍的道德基础。"

华生说："你是说，我没有同情心，一毛不拔？"

张宾停下来，转身问华生："这么说，你也会有钱出钱，没钱出力喽？"

华生犹豫了一下。

许健说："华生医生，人要是有钱了，责任就很大。"

华生最终下了决心，"我可以负责任地告诉你们，唐默凝的医疗费全部由我负责，不必麻烦戴高鸿，不必麻烦唐默凝的家人，更不必麻烦你们。小宾馆那边的责任，由我去跟进追究。"

张宾惊讶得合不上嘴巴，"头儿，你听到吗？"

许健朝华生点点头。

张宾在华生的胳膊上使劲儿地打一拳，"华生医生，我们头儿说，你可以永远欺骗某些人，也可以暂时欺骗所有人，但是你不可能永远欺骗所有人！"

许健说："这句话是林肯说的。"

华生对许健说："我向林肯保证，医疗费包在我身上，明天先给一部分，大概几万块钱。剩下的医疗费也不用担心，由我一揽子解决。许大，你尽快说服医生给唐默凝做手术，你就以病人家属的名义签字。"

"今天你打劫哪一个金库了？"张宾说，"你说得这么轻松，不是开玩笑吧？"

许健朝张宾做个手势，让他不要说了。许健对华生说："你跟庄医生一样，是个好医生！"

华生说："你不用夸奖我，你还是尽快找院长或脑外科主任，声明由你出面担保，先给唐默凝做了手术。"

华生的手机鸣叫起来。华生接听电话，表示立即赶到某个地方。张宾伸手拦住他。

华生说："我这就去争取解决医疗费的问题。你们放心，一定能解决的！"

张宾说："你找你老爸去？"

华生说："这个是我的事儿。"

“你真是唐默凝的救世主?”张宾突然想到什么，指着华生的胸部，“你想代唐默凝找大金宾馆索赔，然后你独吞这笔钱!”

华生也不生气，“小宾馆的赔偿或补偿肯定比医疗开支少，而且治疗在先，交住院押金在先，小宾馆赔偿或补偿在后。谁都不会这么骗钱的!”

许健想到另一个问题，“张探长，我们只想到解决唐默凝的医疗费问题，却忘了我们的职业习惯。”

张宾和华生都一时没有明白许健的意思。

许健说：“华生医生，你以你是唐默凝朋友的身份，向110报案，要求立即封存与此案相关的大金宾馆的监控录像，以便弄清楚唐默凝突然发疯和受伤的原因!”

华生说：“对，我也不明白，怎么唐默凝会突然发疯呢?谁干的?”

“有鬼?”张宾一拍脑袋，“昨晚唐默凝就说到鬼!”

华生说：“唐默凝说到鬼，这说明她的心理有一定的问题。”

许健表示赞同，“一个人突然疯了，就因为他的心理有问题。”

张宾说：“昨晚唐默凝好好的，根本看不出她的心理有问题。而且她今晚搬进你家里，你家固若金汤，她还担心什么?”

华生说：“许大，我这就报警。大金宾馆那个地段派出所的领导你认识吧?你要给他们打个招呼，请他们认真点儿，彻底查一下。”

张宾说：“那是新城路派出所。”

许健没说什么。

张宾说：“华生医生，你先报警吧。”

华生打报警电话。

华生匆匆地走了。

许健马上找到院长，要求立即把唐默凝的手术做了，住院押金最迟明天上午送来。院长核实了许健的身份和工作单位，就给脑外科和医务科打电话。

离开院长办公室，张宾顿时恍然大悟，朝许健轻轻地鼓掌。

许健说：“明白了吧?”

“你干得非常精彩。你磨磨蹭蹭，就想让华生医生掏医疗费。”张宾说，“但是我不明白，即使华生是富二代，有得是钱，但是他跟唐默凝非亲非故，你怎么知道他愿意掏一大笔钱?”

许健说：“华生跟庄传智有关系。”

张宾说：“什么关系呢?同事关系?”

许健摆一下头。

许健和张宾曾经到过唐默凝租住的那套房子，看过衣柜里的衣服。那里有一些男人的衣服，其中有一件阿玛尼风衣。

许健这么一说，张宾立即记起来了，华生也有一件阿玛尼风衣。

许健说：“两件风衣是一样的。”

张宾说：“这说明了什么?一起买的?”

前天分局领导打电话给许健，要求他认真接访一个叫林瀚纯的老板。许健放下电话，还未来得及猜透领导那些话的意思，办公室的门被敲响了。走进来的正是林瀚纯。林瀚纯把他和庄传智的关系告诉许健。

许健把他和林瀚纯的对话，原原本本跟张宾说了。

林瀚纯说："华生你认识吗？省人医的实习医生。"

许健说："认识，而且还挺熟的。"

林瀚纯说："我想知道，庄传智之死有可疑的地方吗？"

许健说："定性为自杀身亡事件。"

"你认为，华生有可疑的地方吗？"林瀚纯把他和华生的关系也告诉了许健。

许健反问林瀚纯："也许你认为，庄传智死了，林华生是受益者？"

林瀚纯说："确实如此。"

许健说："在庄传智出事儿前，好像华生不知道庄传智是你的亲生儿子。"

林瀚纯说："我们作个假设。假如华生早就知道庄传智是我的亲生儿子呢？"

许健翻来覆去想了一会儿，"外一科的医生休息室有一个监控摄像头管住。那段时间没有任何人进入医生休息室。"他进一步解释，庄传智没有服用致幻剂，没有人可以像电影《追捕》一样遥控他往楼下纵身一跳。

林瀚纯依然有点儿忧虑，"我还想说什么呢？"

许健说："你放心。虽然庄传智之死事件没有立案，但是我放在心上了。如果有新的证据，我们一定会认真侦查的。"

林瀚纯说："你要记住庄传智和林华生之间的关系。人的思维很特殊，什么事儿都会发生。有时候人比野兽更凶残。"

许健说："你放心，我记住了。"

林瀚纯替自己辩解，"我并不是不信任华生。但是，我总觉得庄传智是不会自杀的。"

林瀚纯请许健吃饭，许健婉言谢绝了。林瀚纯一再要求许健对他所说过的话保密。许健明白林瀚纯的意思是不能把他对华生的怀疑说出来，以免影响他们之间的关系。许健郑重地点头。

许健和张宾找到一个吸烟的地方，自由自在地吞云吐雾。

许健说："其实，谁也保证不了华生一点儿问题也没有。"

"对呀，明摆着，庄传智就是华生的竞争对手，如果庄传智消失了，华生就是最大的受益者。"张宾说，"华生会不会欺骗了我们？"

许健说："你说呢？"

张宾说："我们知道华生是富二代，但是华生从来没有跟我们说过他和林瀚纯的关系，也没有说过庄传智和林瀚纯的关系。这就证明了他有问题。"

许健说："也许他有苦衷，他不便公开那些秘密。作为富二代，华生相当低调，还算不错的。”

张宾说：“没想到，一个自杀事件搞得这么复杂。”

许健说：“你的职业是警察。社会上对职业的看法是，拿多少钱，干多少活儿。”

张宾说：“头儿，难道你的职业不是警察？”

许健说：“那是我的志业。”

张宾似懂非懂，“你是全国优秀人民警察，我不能跟你比。”

许健说：“我们扯远了。医疗费解决了，手术也开始做了，想办法尽快找到唐默凝的父母，把情况告诉他们。”

张宾说：“这个我最明白。”

林瀚纯和华生待在一个餐厅的包间里。一个服务员为他们泡茶。不包括吃饭的费用，光喝茶就要花一千五百块钱，但是华生没有把这个令人咋舌的茶钱放在心上，端起考究的紫砂杯子一饮而尽，却被烫着了。林瀚纯笑着提醒华生，要以心平气和的心态啜茗，茶过三道后内心会更加宁静。

华生承认自己有点儿浮躁。

林瀚纯说：“出了什么事儿？”

华生告诉林瀚纯唐默凝是庄传智的女朋友，接着他把唐默凝目前的情况一一道来。

华生问：“怎么办呢？”

林瀚纯显得比较轻松，“这个问题并不难处理。如果你是我，你会如何处理呢？”

华生说：“我是一个医生，救死扶伤是我的职责。伯父，你说医生会不会自己掏腰包救人呢？”

林瀚纯说：“你很快就不是医生了。任何一个人都要有爱心。”

华生说：“我认为，既然是庄医生的女朋友，就应该负责到底。”

“这个没问题。明天我通知出纳给医院送一张支票去，先给五万吧。什么时候要钱，你提前给我打电话。”林瀚纯想到另一个问题，“那个女孩怀上孩子了吗？”

华生说：“这个不知道。外表看不出来。”

林瀚纯说：“明天问一下。”

华生说：“好的。”

林瀚纯陷入深思。

华生明白林瀚纯在想什么，“明天有消息我会告诉你的。”

林瀚纯说：“我跟庄传智待在一起的时间不长。他是一个好人，我挺想他的。”

华生认为林瀚纯对庄传智的看法是，首先庄传智是一个好人，然后才是他的儿子。这让华生感到意外。父亲总是疼爱自己的儿子的，儿子是不是好人，这个问题在父亲的眼里并不重要。

服务员提醒还没有点菜。

林瀚纯说：“等一下吧，我们现在没胃口。”

林瀚纯和华生继续喝茶。林瀚纯机械地喝着一种叫茶的液体，很快就给自己灌了一肚子水。他再也没有心思品茗，请服务员把老板叫来，让老板想办法给他弄几根上品雪茄。林瀚纯向华生解释，他清楚地知道雪茄或香烟不是健康用品，要彻底戒烟也不容易，只好尽量减少吸食的数量。他认为平日不随身携带雪茄是一个好习惯。到了实在忍不住的时候，才能想办法解决。

林瀚纯说："为什么庄传智的女朋友突然发疯了？"

华生说："也许有一天我也会突然发疯。"

林瀚纯说："为什么？"

华生说："唐默凝怎么会突然发疯呢？我觉得很意外。如果我突然发疯，这是为什么呢？"

"那可能是阴谋。"林瀚纯说，"唐默凝的心理有问题吗？"

华生说："唐默凝曾经自寻短见，不过她想明白了，走在一条阳光灿烂的路上。按说她置之死地而后生，她的心理素质是很过硬的。"

林瀚纯说："她为什么自寻短见？"

华生把他所知道的唐默凝的历史，简单扼要地告诉林瀚纯。

华生说："唐默凝突然疯了，一定受到了一种剧烈的刺激，她瞬间崩溃了！这是不是阴谋，暂时不得而知。"

林瀚纯说："她的头是摔伤的，还是别人袭击打伤的？"

华生说："报警了，警察会查清楚的。"

林瀚纯说："女孩的肚子里有没有孩子，我认为这个很关键。"

华生突然明白，如果唐默凝的肚子里有孩子，那孩子是庄传智的，那么那孩子作为林瀚纯的孙子将有权利继承林瀚纯的一部分财产。理论上林德巍不希望有人从天而降跟他争抢财产。因此谋财害命的可能性是存在的，林德巍最有可能是主凶。

华生说："美国每年约有百分之二即七万五千个孕妇需要做手术，甚至做一些大手术，如开颅术、体外循环、肝移植，手术后孕妇和胎儿均恢复良好。随着腹腔镜技术的开展……"

林瀚纯朝华生做一个手势，不让他说下去。他特别叮嘱华生："庄传智和那个女孩的事儿，不能说出去。家里什么事儿都不可外扬。"

"我明白。"但是华生不知道林瀚纯到底是怎么想的。华生注意到，林瀚纯仅只关心唐默凝的肚子里是否怀有孩子这件事儿本身。假如她真的珠胎暗结，林瀚纯倒不关心这个孩子的存活情况。

林瀚纯说："庄传智什么时候有女朋友的？"

华生说："大概有两年多了吧。"

林瀚纯说："看来，男人一有钱就想着享受的事儿，不管他原来多么老实。不过，他老婆截瘫了，他这么做也无可厚非。"

华生说："但是，庄医生的女朋友说，庄医生是个大好人。"

林瀚纯特意说明，"我想起来了，庄传智说的是一个女性的朋友，没说是女朋友。"

华生说："也可能是普通的女性的朋友。我认为，按照庄医生的性格和品德，他不应该是那种贪图享受的男人。"

"他也不是清教徒啊。"林瀚纯说，"给庄传智一千万块钱，他不要，这个我见识过了。但是，如果一个年轻漂亮的女孩跟他单独相处，难道他没有生理上的反应？他真能做到英雄过了美人关?"

华生说："这个谁也保证不了。说不定都是月亮惹的祸。"

林瀚纯颇有同感，"我们都是俗人。我就有这个坏毛病。这个，我不指责他人。"

华生说："庄医生的女朋友你见过吗?"

"差一点儿。"林瀚纯叹一口气，"最后的晚餐没有吃上。"

华生说："是吗?"

林瀚纯说他于十二月十日从欧洲回到北京，当晚住在首都机场附近的饭店。购买明天上午返回的机票后，林瀚纯请秘书打电话给丹霞86私房菜馆，预订明天晚上三个人的宴席，标准是每人三百元。林瀚纯喜欢在丹霞86私房菜馆吃饭。一旦他有了食欲，那里的每一道菜都让他挂念。

林瀚纯在丹霞86私房菜馆预订的三个人的宴席，所请的客人就是庄传智和他的女朋友。

在林瀚纯去欧洲的前一个晚上，庄传智给林瀚纯打电话，希望跟林瀚纯共进晚餐，顺便介绍他的一个女性的朋友认识林瀚纯。接着庄传智解释，这个女性的朋友很想在家盛地产有限公司里找一份工作。

庄传智这个女性的朋友，应该在庄传智的心目中占有重要的位置。林瀚纯是这么想的。

林瀚纯也想见一下庄传智的女朋友，更想跟庄传智吃一顿饭，从欧洲回来他第一时间就安排了时间。他给庄传智发短信和打电话，对方一直关机。

第二天上午，林瀚纯刚好进入首都机场候机室，省人民医院院长打来电话。院长即将到美国公干，希望这几天跟林瀚纯见面，请作为美籍华人的林瀚纯聊一下美国。院长顺便把发生在十一月二十六日凌晨的庄传智自杀事件告诉林瀚纯。

当天傍晚时分，林瀚纯想起丹霞86私房菜馆，请秘书打电话取消当晚的宴席。

华生说："十二月十一日晚上，丹霞86私房菜馆三人的宴席……"

林瀚纯说："你在那儿吃过饭?"

华生回忆一下，"三个人的宴席，九百块钱。菜式有上汤白花菜、泡椒羊肚大乌贼、佛跳墙，那个汤是……"

林瀚纯有印象了，"我最喜欢喝母鸡杂菌汤或者生猛杂鱼香菜汤。"

华生说："对，是外婆母鸡杂菌汤。"

林瀚纯说："外婆母鸡就是生长一至两年的果园里的母鸡，它是外婆级的，它的女儿都下蛋了。"

"那天晚上，你取消了那个三人的宴席，我和两个警察朋友刚好去了丹霞86私房菜馆，吃到你预订的那些菜。"华生把那天晚上发生的事儿告诉了林瀚纯。

林瀚纯深有感触，"没想到会这么巧，真是无巧不成书。"

“什么事儿都有可能发生。”华生说，“伯父，庄医生购买的那辆卡宴，发票在他的老婆甄莉手上，车子在他的女性朋友唐默凝手上，暂时停放在丹霞86私房菜馆那儿的地下停车场。你说那辆车子应该如何处理呢?”

林瀚纯想了一会儿，“在我还不知道庄传智是我的亲生儿子之前，有一次我要赠送给他一千万元。你知道这是为什么吗?”

华生谨慎地摇头，“以我站的高度，我看不了那么远。”

林瀚纯说：“我就像电影《百万英镑》中那两个好心的富翁兄弟，要把钱给身无分文的格利高里·派克，看他能不能好好地活下去。另外，当时我还有一个目的……”

服务员送来几根雪茄，林瀚纯也不讲究雪茄的品牌，随即点燃一根，对华生说吸不吸雪茄由他自己决定。华生拿起了雪茄。

华生说：“当时你不担心，庄传智会携款潜逃，拿着一千万块钱找一个地方花天酒地？如果这样的话，你所做的事儿就没有意义了。”

林瀚纯说：“他不是贪官污吏，不会逃跑的。”

林瀚纯认为庄传智的人格和品德是无价之宝，他真的愿意为崇高付账，那笔一千万元的款子他完全给得起。在同一时间和同一地点，林瀚纯还有一个目的，那就是诱惑坐于上席的院长。当时院长管治的那个医院建设一座三十二层的住院大楼和一座二十八层的门诊大楼，据说那是亚洲最高的住院大楼和门诊大楼。那个摩天医院建筑方案是由前任院长提出的。数年前当院长处在书记那个二把手的位置的时候，他极力反对那个摩天医院建筑方案。然而在前任院长退休后，院长登上一把手的宝座，他的口风全变了，全力以赴支持那个摩天医院建筑方案，很快就立项和报建了，正着手准备公开招标。虽然形式上是公开招标，但是其中的猫儿腻，业内人士都是心知肚明的。此后不久林瀚纯用五百万元搞定了院长，再搞定有关单位几个关键的人物，那个住院大楼和门诊大楼的建设项目就稳稳地落在林瀚纯的手上了。特别要说明的是，院长作为一个知识型的贪官很有特点，他胃口很大而且也很狡猾。

华生说：“伯父，你所说的另一个目的是什么呢?”

林瀚纯暂时不想跟华生说那些见不得阳光的事儿。

“我说过了，那部分是秘密，商业秘密或潜规则，以后再告诉你。”林瀚纯说，“我给了庄传智不少钱。那辆卡宴应该是庄传智的遗产。庄传智不在了，发票在他的老婆甄莉的手上，这就相当于那辆车子的主人是甄莉了。当然，由庄传智的遗产引发官司也有可能。但愿能平安解决这些事儿。”

“我也担心庄医生身后引发官司。”华生说，“我不明白，为什么后来庄医生收下了你的钱?”

林瀚纯说：“也许，那个女性的朋友影响了庄传智。我是这么猜测的。但是他是我的亲生儿子，花我的钱是应该的。”

“伯父，恕我直言，你对庄传智和林德巍的看法截然不同。为什么你特别苛求林德巍……”华生没有说完自己要说的话。

林瀚纯有点儿激动，“林德巍吸毒，游手好闲，像疯狗一样追逐女人，已经令人讨厌。尤其他是我的独子，不可以原谅！”

华生指出林瀚纯的口误，“林德巍不是你的独子。”

“哦，别提那个家伙了。”林瀚纯说，“将来实习结束，你想留在省人医工作，我找刘院长就能办到。不过，我希望你能到我身边工作。”

华生说：“伯父，我不是那种孬种、软蛋。每做一件事儿，在困难和容易面前，我习惯于选择困难。”

“这就好。”林瀚纯想了一会儿，“给你朋友打个电话，确定一下那个女孩的手术做了没有。”

华生给张宾打了一个电话，告诉他医疗费的事儿基本落实了。张宾也当即告诉华生，唐默凝的脑部手术还在进行中。华生问唐默凝的肚子里有孩子吗，张宾觉得华生问得有点儿突兀。张宾问华生到底想知道什么，华生说没有。张宾就说他没有听医生说过唐默凝肚子里有孩子，他将在合适的时候找医生打听一下。

华生把唐默凝的情况告诉林瀚纯，接着他提出一个问题，“伯父，我知道你很疼爱庄医生。我想知道你和他的不解之缘是在哪儿结下的呢?”

四十年前，庄传智在这个城市一个不起眼的妇幼保健医院呱呱坠地。但是他的童年并不快乐。老鼠和蟑螂是他的熟悉的伙伴，他是在吵闹和暴力中长大的。

庄传智的养父庄富强烂醉如泥是家常便饭。每当庄富强醉醺醺时，他就口没遮拦地给郭秀娟揭疮疤和揭底，接着深仇大恨地咒骂她。虽然他酒后说话模糊不清，但是年幼的庄传智却听在耳里，并循序渐进地把断断续续的片段无缝地连接起来，从中弄清楚自己的身世。那一切也在郭秀娟偶尔透露的只言片语中得到了证实。至此长大了的庄传智渐渐地明白家里为什么长期处于大吵大闹、风雨飘摇的状态，也渐渐地明白作为养父的庄富强为什么易于发怒，对养家糊口的事儿不管不顾。有时庄富强在吃饱喝足后，惬意地躺在床上，哼几句越剧小调儿，才觉得这个世界没有亏待他。

当时是“文革”年代，知识青年上山下乡，极少农民到城里打工。

郭秀娟是远郊一个贫农家庭里的三女儿。她初中肄业后就在当地务农，几乎没有踏足外面的世界，但是她一直期望能够嫁给城里的工人，到城里过上好日子。

一个来自城里的农科技术员，到大队里指导公社社员栽种优质品种的西瓜和芒果。这个技术员风度翩翩一表人才，而且还有一肚子学问，据说由他培育的西瓜和芒果甜得就像王母娘娘的蟠桃，郭秀娟被紧紧地吸引住了，对他产生了强烈的爱慕之情，以至后来胡思乱想无法入睡。郭秀娟很快就察觉大队里的其他年轻的姑娘也有同样的想法，非常担心别人捷足先登。她是一个较为胆大的姑娘，不怕别人说三道四，想方设法接近这个技术员，跟他聊天和给他送鸡蛋和野果。很快她打听清楚了，他叫做林建国，是念生物化学专业的，刚毕业不久，在城里的农业科学研究所搞科研工作，还没有结婚。

林瀚纯当年的名字叫林建国。林建国对单纯、健康结实和漂亮的郭秀娟颇为关心。

郭秀娟由此产生了无穷的希望，心里盘算如果嫁给林建国，就可以离开这个贫穷的地方，这辈子不用愁了。

那时候林建国有一颗不甘寂寞、热血沸腾的心，他什么也不想，偷偷地跟郭秀娟约会。他跟她说了不少甜言蜜语，还为她描绘灿烂的未来。不久之后他向她许下诺言，在返城之后就把她带回去，并娶她为妻。因此林建国没有费多大的劲儿就占有了郭秀娟的身子。她无怨无悔，后来还和他发生了几次关系。

但是好景不长，有一天林建国突然被抓走了。郭秀娟从大队干部那里打听到，林建国是现行反革命分子，被揪回原单位批斗专政了。郭秀娟从广播里得知，文化大革命正在轰轰烈烈的进行中，全国人民群众奋起横扫一切牛鬼蛇神。郭秀娟怎么也不明白林建国为何会是现行反革命分子。

郭秀娟就如被抽掉了主心骨，再也站不起来。尽管她只是微恙缠身，但是她却在床上整整躺了一个星期，几乎不吃不喝。她在心力交瘁中等了两个多月，仍然不见林建国安然归来。后来她强撑身体下地干活儿，试图忘掉曾经发生的一切。邻近生产队一个小伙子看上了她，托媒人过来向她家里提亲，答应在订婚时送来一份风风光光的彩礼。郭秀娟没有见过那个小伙子，不过她很快就点头应允了。她索性以最快的速度把自己嫁出去，借此跟那件已经没有希望的事儿一刀两断。然而就在当天晚上，她腹痛难忍。大队里那个以老中医自居的老人来了，一把脉就惊奇不已，用鄙夷的眼光看着郭秀娟。老中医把郭秀娟的父母拉到屋外，幸灾乐祸地说郭秀娟怀上孩子，这肚子痛都是胎儿闹的，吃点儿安胎的中药就没事儿了。第二天中午，郭秀娟未婚先孕的消息便传遍周围的几个生产队。那个小伙子的家里人立即跳出来，逢人就说不要那个伤风败俗的女人了。那门亲事就此告吹。

郭秀娟的父亲是一个安贫乐道、老实善良的农民，一辈子夹着尾巴做人，从来没有遭受如此的奇耻大辱。他暴跳如雷，把郭秀娟痛打一顿。幸而郭秀娟的母亲苦苦哀求，郭秀娟才幸免被赶出家门。

郭秀娟在家里待不下去了，就到城里漂泊流浪，以捡破烂为生，祈求时来运转找到林建国。

郭秀娟遇上了庄富强的母亲。

那个老太婆目不识丁，一双缠裹而成的小脚显得很可怜，走路摇摇晃晃的。她是无业家庭妇女，有空儿的时候外出捡破烂。那天居委会两个治安积极分子截住郭秀娟，把她当做流窜犯，劲头十足地反复盘问。郭秀娟急得满头大汗。郭秀娟说话的腔调引起了老太婆的注意，她颤巍巍地走过去。郭秀娟如实地向两个治安积极分子交代自己从什么地方来及自己和家长的名字。

老太婆对老家的事儿较为清楚，终于想起来了，那不是自己远房表叔的三女儿吗？

老太婆老早就想回老家去，为儿子庄富强找个媳妇。

老太婆好说歹说，总算把两个治安积极分子打发走了。她和郭秀娟来到一个不太显眼的地方，拉了一会儿家常。郭秀娟不敢把自己的真实情况说出来，不得不向老太婆撒谎，说家里穷得揭不开锅，强迫她嫁给邻近生产队一个有钱人家的小伙子，她看不上对方，一怒之下就跑出来了。她恳求老太婆看在亲戚或老乡的份上，给她找一个落脚的地方。老太婆仔细地看着满脸尘垢、衣衫不整的郭秀娟，觉得她还是有几分姿色的，就开玩笑地说要给她找一个好婆家，郭秀娟也默许了。老太婆热情地把郭秀娟领回家去。

庄家的家境不太好，但是庄富强是独子，传递香火刻不容缓。前几年庄家倾尽所有的积蓄，还东挪西借不少钱，才给庄富强娶了一个当炊事员的老婆。可是两年过去了，胖乎乎的女炊事员就是怀不上孩子。庄家的人都急不可耐。庄富强更为急火攻心，本来就如同火药桶的脾气动辄激发，一不顺心就不要命地打老婆。女炊事员的娘家的人也不是好欺负的。终于在前年春节前狠揍庄富强一顿，把女炊事员领回去，后来还找到路子，迫使庄富强赔偿一笔钱，而且不费吹灰之力办理好离婚手续。至此庄家负债累累。

老太婆觉得郭秀娟不错，一心想要把她娶进庄家。当时庄富强的父亲还健在，两个妹妹早已出嫁。庄家的人都觉得，虽然郭秀娟稍带一点儿土气，没有城市户口，但是总的来说她比那个女炊事员好，而且还不用破费一大笔钱操办婚事，说不定很快就能怀上孩子。正当一家人乐不可支的时候，老太婆作为生过三个孩子的过来人，尽管年事已高老眼昏花，还是很快就从郭秀娟的某些身体状况和大腹便便的身形，得出她有了四个月的身孕的结论。老太婆强迫郭秀娟说实话，郭秀娟知道无法隐瞒了，不得不讲出实情。

庄家的人大失所望，密谋把郭秀娟扫地出门。他们看在亲戚和老乡的份上，让郭秀娟吃一顿饱饭，还给她几尺的确良衣料。就在郭秀娟要被送出门的时候，女炊事员的娘家的人又登门了。他们扬眉吐气地宣布，女炊事员半年前再婚，现在已经怀上孩子了，显而易见不是别人不会下蛋，而是庄富强没有那个能耐。他们得势不饶人地扔下一句话，祝愿庄富强尽早治好那个太监般的毛病。庄富强实在咽不下那口气，喝令他们不要走，跑进里屋把郭秀娟拉出来，指着她那微微突出的肚子说这是什么，女炊事员的娘家的人自讨没趣，悻悻地走了。

郭秀娟暂时没有被扫地出门。

庄富强悄悄地跑到医院做生殖系统检查，由此果然证实了他罹患不育之症，还被告知那种疾病不容易治好。一家人都为传宗接代问题而忧心忡忡。庄富强再也神气不起来，好几天像丧家之犬一样不吭一声。他开口说的第一句话，就是让庄家的人把郭秀娟留下来，借她肚子里的孩子壮门面。庄家的人无可奈何地同意了。对于郭秀娟来说，她没有选择的余地，她的家里人更加求之不得，这门亲事总算定下来了。

半年后郭秀娟生下一个男孩。庄家的人为这个男孩取名文革。

庄富强一直认为郭秀娟是破鞋和扫帚星，每天非骂即打，甚至不让她吃饭。

幼小的庄文革也享受同等的待遇。在满一周岁前，庄文革白天安睡晚上啼哭，而且头上长满脓疮。庄富强非常讨厌他，在酩酊大醉的时候屡次扬言要摔死他。庄富强始终对庄文革另眼看待，每次吃饭前总是愤愤不平地埋怨自己为别人养孩子，严格规定郭秀娟和庄文革必须等到庄家的人吃饱喝足后，方可进食残羹剩饭。最血腥的一次家庭暴力出现在庄文革小学二年级上学期开学前缴费注册的最后一天，几块钱的学费还没有着落。郭秀娟和庄文革都急了，硬着头皮找庄富强要。庄富强喝了几两白酒，正在埋怨没有好吃的，看到郭秀娟和庄文革伸手要钱，一下子被激怒了，一言不发就操起擀面杖往郭秀娟和庄文革的大腿狠命地打。郭秀娟拼死保护庄文革，被打得最重，她的惨叫声惊天动地。如果不是老太婆闻声而来出手相救，郭秀娟定会死于非命。为此她足足躺了一个月，左腿终身残疾，走路一拐一拐的。

尽管庄富强已经有了一个叫庄文革的男孩，但是他清楚地知道不孝有三无后为大，无时无刻不在想，庄文革只不过是别人的种，到了关键的时刻不一定会牢靠地向着他。唯有有一个跟他有血缘关系的儿子，才能确保老有所依。庄富强不停地求医问药，坚持不懈地治疗，在庄文革念初三那一年，好不容易让郭秀娟怀上了孩子。由于郭秀娟年龄偏大，腹中的胎儿必须被严格保护。庄富强的脾气有所收敛，不过某一天他因小事儿而大发雷霆，把郭秀娟推倒在地上，就这样流产了。在庄文革念高三那一年，郭秀娟再次怀孕。某一天庄富强又酗酒滋事，跳起来要打郭秀娟。正好庄文革在家里。此时庄文革身体消瘦，却比庄富强高出一截。他挺身而出保护郭秀娟，朝庄富强发出一生中第一次怒吼。庄富强跑进厨房取来菜刀，发誓要劈死庄文革这个杂种，只见庄文革举起凳子要跟庄富强拼了。面对庄文革那张长大了的面孔，庄富强猛然一惊，明白到自己为所欲为的时代一去不复返了。

郭秀娟顺利地生下一个女孩。庄富强觉得美中不足，不过总算有了自己的孩子。他雄心勃勃地打算再要一个男孩，但是由于种种内在和外部的原因而未能如愿。

庄文革给自己的妹妹取了一个文绉绉的名字，但是庄富强不同意。后来庄文革的妹妹叫做庄秋玲。

在庄秋玲出世那一年，庄富强的母亲去世了。庄文革非常怀念老太婆。他永远也忘不了，老太婆偶尔会偷偷地往他的书包里塞几块钱，千叮万嘱他一定要考上大学。

让庄富强百思不得其解的是，庄文革在困境中仍然刻苦求学，学习成绩一直在班级名列前茅。后来庄文革在报名参加高考之前，易名为庄传智。庄传智轻而易举地考上全国重点大学，毕业后进入省人民医院当上外科医生，收入颇为稳定。至此庄富强再也不敢在郭秀娟面前大声说话了。

庄传智有了收入后，那几年他把自己的工资都花在一家人的身上。他资助庄秋玲上学，直到她从职业技术学院毕业，在皇冠假日酒店里找到一份服务员工作。除了承担家里大部分生活费外，庄传智每月还按时给庄富强买酒买烟的钱。

家里的日子一天天好了起来，庄富强挖空心思办理好因职业病而提前退休手续，回到家里逍遥自在地安享晚年。从此他极少发脾气，即使喝醉了也不会重演骂人打人的闹剧。庄富强再也不会用那些廉价的白酒把自己灌醉，只爱喝那些口碑不错的酒，更喜欢喝进口的白兰地，逢年过节他就想办法讨好庄传智，双手比划不停让庄传智给他买叉圈，就是那个轩尼诗XO级白兰地。

在讲这个真实的故事的时候，林瀚纯不胜欷歔。茶水早就凉了。服务员要进来泡茶，华生做个手势请她离开。

华生说："郭秀娟知道你的情况吗？"

林瀚纯说："知道。"

华生说："这些年，你见过郭秀娟吗？"

林瀚纯说："仅仅有过两次见面。郭秀娟的意思是，见上一两次就可以了，她也不想要我的钱。"

华生说："郭秀娟不是一个从郊区农村里来的女人吗？一个小市民，她不要钱？"

"你不要这么说她。我问心有愧。"过了一会儿，林瀚纯说话的声音几乎听不见了，"当年我骗了郭秀娟，还乘机逃跑了，我觉得我不是人。我想即使用钱也无法弥补郭秀娟的损失。"

此时华生不敢看林瀚纯一眼。华生不忍心，也没有勇气去注视人类真实的感情。

林瀚纯喝一口凉了的茶水，吸一口雪茄，"即使在今天，我喝这么昂贵的茶，吸这么名贵的雪茄，我也觉得自己是一个可耻的小骗子。"

第十五章　亲生父亲

喝了很多茶水，林瀚纯和华生没有较大的饥饿感。但是人有日吃三餐的习惯，林瀚纯随便叫了一些食物。

华生接到新城路派出所一个警察打来的电话。华生是唐默凝意外受伤事件的报案者，警察请他于明天上午九时到新城路派出所去。华生追问在大金宾馆现场有没有发现可疑之处。对方一言以蔽之，请他明天按时到达。

华生无奈地挂了电话，考虑一下要不要给许健打个电话。

林瀚纯似乎对华生接听电话的内容充耳不闻，一味沉浸在回忆之中。

“真没想到，那一天郭秀娟自己会找上门来……”林瀚纯没有把话说完。

华生说：“伯父，中国有个成语叫大海捞针。我想知道，郭秀娟在茫茫人海中是怎么找到你的?”

“我和庄传智见过面，但是当时我做梦也没有想到他会是我的亲生儿子。”林瀚纯说，“我一直在国外，这么多年过去了，回国才八九年，名字也改了。郭秀娟找到我，原因可能是有时我在电视报纸抛头露面，让她认出来了。”

华生说：“你没有去找过郭秀娟吗?”

林瀚纯说：“我不会去找她的。我觉得那些事儿很丑陋，万万不能重提，能在不知不觉中忘掉了最好。当然，如果偶然遇见郭秀娟，我会偷偷地给她一笔钱。除了钱，我不想再给她做任何事儿。”

华生说：“庄医生是怎么找到你的？他要找到你，难度更大。”

林瀚纯说：“在我看来，庄传智没有找过我。我曾经跟他一起吃过饭，他没有任何反应，就像我们是陌生的路人。”

庄传智渐渐长大懂事了。他不断地追问郭秀娟，他的亲生父亲在哪里，叫什么名字?郭秀娟不得不告诉他，那个人叫林建国，是一个农业科学技术员，多年来去向不明。

庄传智一直独来独往地寻找林建国的下落，踏破铁鞋却遍寻不着。

尽管庄传智始终没有对任何人说过有关他的亲生父亲的事儿，但是他从来没有放弃寻找林建国的尝试。

庄传智长期搜集本地和外地的电话号码簿，从中寻找林建国的电话号码。每年年初他不遗余力地找来本地和外地最新版本的电话号码簿，把最新添加的林建国的电话号码找出来。在参加工作之前，庄传智曾经给一千一百五十六个名叫林建国的人打过电话，每次他都开门见山地询问对方认不认识一个叫郭秀娟的农村妇女。同情他并倾听他说话的人为数不少。一部分人不是怀疑庄传智居心不良，就是断定他是精神病患者。因此对方不是直截了当地骂他是骗子和疯子，就是用冷漠、嘲笑和粗暴的方式把电话掐掉。庄传智从来都相信电话的另一头的那一个人没有骗他，对方真的根本不认识郭秀娟。他不断总结经验教训，想了一个万全的办法，给每一个叫林建国的人寄明信片。万一对方有事儿找他，明信片上留下的地址就能帮上大忙。尽管始终没有好消息传来，但是庄传智毫不气馁，坚信总有一天能如愿以偿，见到亲生父亲。

给一千多人打电话和寄明信片，对于一个穷学生来说，那可不是一件容易的事儿。庄传智节衣缩食，还偷偷摸摸捡破烂换钱，为的就是筹集话费和邮费。

后来庄传智成了医生，互联网也形成了大气候。最容易做到的事儿，就是上网用谷歌或者百度搜索引擎，搜索林建国这个名字，找到的答案成千上万。但是他再给各个林建国打电话和发电子邮件时，绝大多数林建国都认为他是骗子，目的很简单，就是想骗钱。

当今社会众口一词，每一件事儿都跟金钱或利益有关。寻找亲生父亲，不是为了骗取别人的钱，就是想找一个大富翁让自己变成富二代。因此寻找亲生父亲的人，不那么容易得到别人的同情。

庄传智的心冷下来了，也变得麻木了。他渐渐地明白，要跟亲生父亲见一面，这是一件希望渺茫的事儿，只能听天由命了。

对于近年来在本市房地产业异军突起的家盛地产有限公司董事长林瀚纯，庄传智不可能不闻其名，甚至还应林瀚纯的邀请赴宴。但是庄传智不是那种趋炎附势、见钱眼开的小人，他不会异想天开地巴望林瀚纯是他的亲生父亲，同时他也不会胡思乱想他的亲生父亲是一个亿万富豪。庄传智的想法很简单，他希望他的亲生父亲还活着，他在亲生父亲的有生之年尽一个孝子的责任。

直到那一天晚上，庄秋玲说她的男朋友叫做林德巍，是家盛地产有限公司的财务总监。林德巍的姓氏，让庄传智蓦地想起了一件就发生在他身边的事儿。

郭秀娟整天忙于做家务，在空闲时间也不喜欢户外活动，唯一的爱好是沉迷于看本市电视台播放的电视节目。她最喜欢看电视剧，但是娱乐节目、新闻和广告，她也来者不拒，看得津津有味，极少拿起遥控器转换频道，就像她不会使用遥控器一样。不过三年前庄传智意外地发现郭秀娟突然学会转换频道了。后来庄传智进一步发现，电视里一旦出现新闻，郭秀娟就争分夺秒地寻找遥控器。庄传智觉得郭秀娟不喜欢看新闻，那倒是正常的事儿。然而前年除夕的晚上，庄家的人吃团圆饭，甄莉拿着遥控器转换频道。家盛地产有限公司的广告在电视里出现了，林瀚纯抱拳作揖，恭祝广大市民新春快乐和财源广进。此时郭秀娟有点儿失态，尖声叫甄莉换台。

庄传智敏感地认为，一定是林瀚纯的相貌刺激了郭秀娟。他没有向郭秀娟发问，不过他把这件事记在心里。

庄传智是一个富于幻想、有悲剧忧患意识的人。一方面他担心林德巍这个富家公子会欺骗庄秋玲，另一方面他竟然杞人忧天地猜疑话剧《雷雨》式的悲剧会重演。

第二天中午，庄传智没有去食堂就餐，而是来到一个配备上网电脑的办公室。他搜索家盛地产有限公司的官方网站，浏览林瀚纯的照片。

林瀚纯的照片真不少。在那些林瀚纯与某些高级党政领导干部、社会名流和外国贵宾的合影中，他大都摆出一副严肃认真诚恳谦虚的模样，乍一看他与庄传智没有特别的相像之处。当林瀚纯和下属在一起的时候，镜头前的他显得随随便便的，他那笑起来的模样里也没有一丝一毫的庄传智的影子。如果非要说有的话，那只不过是想象或错觉罢了。庄传智很想见到林瀚纯年轻时的照片，但是他失望了。

庄传智一直认为，他的五官和面部特征来自郭秀娟的遗传。他横看竖看总觉得林瀚纯的相貌和他没有相似的地方。

庄传智不敢想象林瀚纯就是自己的亲生父亲。

在家盛地产有限公司的官方网站的网页上，除了该公司的商业秘密外，其他方面的内容大都对外公布。家盛地产有限公司是一个特大民营企业，在国内创建并营运近七年，主营实业投资和建筑房地产，是海外上市公司，拥有的固定资产超过三亿美元，由九个分公司组成，还拥有一个规模较大的建筑机械制造厂。林瀚纯是该公司董事长，也是最大的股东。林德巍担任总公司财务总监。

最近国内一家大出版社出版发行了林瀚纯的自传体小说《梦想漫天遍地开花》。

林瀚纯的父亲林锡堃是民族资本家，于一九四九年底匆匆忙忙赶到广州处理家族财产和生意，随行的是林瀚纯的母亲和哥哥。当时中华人民共和国中央人民政府已经成立了，中华民国国民政府残余仓皇从广州和重庆逃往台湾。不少民族资本家远走海外。林锡堃有如惊弓之鸟，跟林瀚纯的母亲和哥哥一道，携带金条和细软，抓住最后的机会跑到香港。那一年林瀚纯未满两岁，他和三岁的姐姐被迫留在厦门姨妈的家里。林锡堃一直想把林瀚纯和女儿从厦门接到香港，但是始终没有办到这件事。一九五三年林锡堃和林瀚纯的母亲、哥哥去到美国，在波士顿定居和创业。解放初期姐姐和林瀚纯只收到林锡堃辗转捎来的几封信和一些财物，从一九五四年起双方失去了联系。林瀚纯是一个聪明的孩子，他有幸参加了“文革”前最后一次高考，进入武汉大学读书。当年他未满十七岁。然而林瀚纯的海外关系给他的政治前途蒙上了巨大的阴影。另一个要命的问题是，林瀚纯是专业技术人员。因此他在“文革”期间受到迫害是在所难免的。造反派捏造林瀚纯屡次乱搞男女关系的事实，这更加让他触犯众怒。林瀚纯被批斗和关押后，过着非人的日子。林瀚纯曾经想过一死了之，不过他以顽强的意志活了下来。他明白他的政治生命已经结束，他迟早会丧命于造反派的手上，唯一的生路是出逃境外。某一天那几个看守他的“革命小将”的警惕性稍有松懈，他趁着那个千载难逢的机会溜出关押他的地下室，从姨妈家里拿到几件母亲留下的贵重首饰，爬上火车向南逃窜，来到珠江三角洲一个叫鱼窝头的地方。那几件首饰起到关键的作用，两个贫穷善良的疍家渔民就看在它们的份上，冒死把素不相识的他送上了香港的海岸。林瀚纯在香港待了一个多月，终于见到了从美国闻讯赶来的林锡堃。后来林锡堃把林瀚纯带到美国。他在美国取得了两个博士学位，从事建筑和投资研究工作。后来林瀚纯继承了林锡堃的部分遗产，成了投资商、开发商和制造商。

七年前林瀚纯回国经商，创建家盛地产有限公司。

如果当年没有那两个疍家渔民拼死相助，很有可能林瀚纯早就不在人世了。所以他对珠江三角洲的山山水水情有独钟，经常在那个地域内游憩，吃当地的名菜荔枝柴烧鹅和清蒸黄眉头鱼。他还在那个地方投资建设项目。

庄传智还在网上了解到，林德巍是林瀚纯唯一的孩子，出生于美国，拥有两个硕士学位，一直跟随林瀚纯经商。某些熟知家盛地产有限公司内幕的网友，经常在网上论坛指名道姓地谩骂林德巍。据说林德巍是一个花花公子，到处寻找所谓的纯真爱情，欠下无数风流债。曾经有几个被林德巍抛弃的女孩到公司里吵闹，为此林瀚纯没少骂他。

如果说林瀚纯就是林建国，问题是在那本林瀚纯的自传体小说《梦想漫天遍地开花》里，没有一个发生在城市远郊的他和农村姑娘之间的爱情故事。庄传智猜想，也许那一部自传体小说，只不过是一种宣传企业或个人形象的文体形式，不会完全忠实于历史，因此那个小芳式的爱情故事就没有被提及。

下午上班时间快到了，庄传智把所能搜索到的林瀚纯的照片拷贝进优盘里。快下班的时候，庄传智请蔺藜看一下，蔺藜说这个人很面善。她想了一会儿，才记起他是某个房地产公司的老板。

庄传智挑一张最清晰的林瀚纯的照片，打印出来并带回家去，偷偷请郭秀娟看。

一开始郭秀娟还轻松地嗔怪庄传智鬼鬼祟祟要干什么。但是郭秀娟戴上眼镜仔细一看，拿着照片的手颤抖不停，很久都没有说话。

庄传智说："是他吗?"

郭秀娟明白庄传智的意思，又想了一会儿，"不像。这么久了我也记不起来了!"

庄传智不死心，"你再看看?"

郭秀娟说："真的记不起来了。他叫什么名字?"

庄传智故意撒谎，"林建国!"

郭秀娟有点儿生气了，"别胡闹，他叫林瀚纯，电视新闻里有时候有他!"

对于郭秀娟知道林瀚纯的名字，庄传智大为惊讶。他追问一句，"老妈，你再看看像不像?"

郭秀娟一棍子打死了，"一点儿都不像，你别白日做梦了!"

既然郭秀娟矢口否认，庄传智也无话可说了。庄传智把庄秋玲从酒店带回家后，又一次警告她不要再跟林德巍见面。庄秋玲一直心里有气，当即顶撞庄传智几句。郭秀娟竟然忍无可忍，掌掴庄秋玲。庄秋玲一下子被打蒙了。庄传智也愣住了。庄秋玲转身跑出去，庄传智在后面追赶。

庄秋玲没有吃饭。后来她偷偷跑掉了，当晚没有回家。

想起某些网友说林德巍是花花公子，庄传智几乎狗急跳墙，要跟林德巍拼命。

当晚庄传智失眠了，胡思乱想一个晚上。庄传智决定登门找林瀚纯解决问题。

庄传智没有保留林瀚纯的手机号码。打电话到家盛地产有限公司，得到的回答是林瀚纯不在公司里，他的手机号码恕不提供。

下午下班后，庄传智急匆匆乘坐出租车赶到家盛地产有限公司。

庄传智走向大门值班室，要求进入公司内拜访林瀚纯。门卫问清楚庄传智没有预约，就请他明天先跟林瀚纯预约，才有可能见到他本人。庄传智表示今晚一定要见到林瀚纯。门卫不得不向公司办公室主任请示。主任当即回复门卫，林瀚纯确实不在公司内，请来访者明天再来。

庄传智急中生智，对公司办公室主任说："我是市疾病预防控制中心的医生，我姓庄，林德巍是艾滋病病毒携带者，现在我必须跟林德巍的家长见面，请你安排时间。"

那个主任被吓了一跳，答应立即联系林德巍的家长。不到十分钟，那个主任来到家盛大厦的大堂接庄传智，把他带到林瀚纯办公室。林瀚纯示意那个主任不要进来，主任识趣地随手把门关上。

林瀚纯坐着不想动，劈头盖脸地问："检验报告呢？"

庄传智坐在沙发上，看着林瀚纯。

一年不见了，但是林瀚纯还是把庄传智认出来了。不过林瀚纯没有心情叙旧，他更关心林德巍是否被确诊为艾滋病病毒携带者。

林瀚纯说："林德巍是怎么感染上艾滋病病毒的？你们的检验结果可靠吗？目前林德巍应该怎么办呢？"

庄传智说："对不起，林德巍跟艾滋病病毒无关。因为我特别想见到你，我就信口雌黄编了这么一个谎言。"

林瀚纯生气了，从椅子上站起来。

庄传智也站起来，"对不起。我知道你很生气。可是我更生气呢，这就是我必须拼死找到你的原因。"

林瀚纯从冰箱里拿出一听咖啡，递给庄传智。

"你喜欢喝的丝滑拿铁！"林瀚纯突然笑了。

庄传智说："林德巍没有患上艾滋病，作为父亲你应该高兴。但是我高兴不起来。"

"怪不得，你不是疾控中心的，而是省人医的！"林瀚纯说，"什么事儿？你说。"

庄传智说："你的儿子林德巍，众所周知他是一个纨绔子弟，拈花惹草是他的本性。现在他把我妹妹视为猎物，我不得不来找你，林董事长。你必须立即制止林德巍，不让他再做伤天害理的事儿！"

林瀚纯叹一口气，"这家伙又闯祸了！我一定尽快找到他！"

庄传智说："你还找不到他？"

林瀚纯说："庄医生，你有所不知。林德巍最近几个月都不上班，早就在我的视野里消失了，他的手机号码我也不知道。"

庄传智说："他这个财务总监，你当董事长的还管不了他？"

"他是我儿子，难管啊。"林瀚纯说，"你能找到林德巍吗？请你妹妹协助一下，只要能找到他就好办了。"

庄传智说："找到林德巍应该不难。他每晚都在高档消费场所出现。"

林瀚纯想到什么，"你妈叫什么名字？"

庄传智说：“你问我妹妹叫什么名字吧？”

林瀚纯好像很不放心，“你妹妹叫庄秋玲吗？”

庄传智说：“这件事你知道了？”

林瀚纯再次站起来，“林德巍，你这混蛋！”

庄传智惊讶地看着林瀚纯。

林瀚纯在庄传智的身边坐下来，取下自己的近视眼镜，仔细地看着庄传智的耳廓和外听道。对于一个既近视又老花的人来说，裸眼看近处细微的东西，能看得更加清楚。

庄传智说：“林董事长，你看什么？”

林瀚纯说：“你是油性耳朵吗？”

庄传智说：“是啊。你怎么啦？”

林瀚纯慈祥地说：“你把衬衫打开一下，我看一下你的奶头。”

庄传智更加吃惊了，“你这是什么意思？”

“你妈郭秀娟中午来找过我。她来了以后，我谁也不想见了。”林瀚纯说，“所以，刚才你来找我，我不想见。你来找我，我有预感，不过没想到就在今晚。”

庄传智一时不明白，“我妈是家庭主妇，平时足不出户，最多到农贸市场买菜买米，她怎么会来找你呢？”

庄传智怔怔地看着林瀚纯，忽然恍然大悟。不久前他和庄秋玲在阳台悄悄地说话，郭秀娟突然冒出来，准确地捕捉到“家盛地产”那个词汇。平时郭秀娟一看到电视新闻出现林瀚纯的身影就动手转换频道，而且她还准确地知道林瀚纯的尊姓大名。这些事儿说明了原来郭秀娟并非一无所知，她早就注意家盛地产有限公司和林瀚纯了。

庄传智有点儿激动，一口气喝完那听丝滑拿铁。

林瀚纯走来走去。

庄传智觉得林瀚纯没有恶意，解开自己的衣服，让林瀚纯看自己的奶头。

林瀚纯示意庄传智整理好衣服，“真没想到，你妈说的是真的！”

“我老妈是个家庭妇女，没多少文化。她说什么了？”庄传智很吃力地问。

“我和你妈是老相识了。”林瀚纯字斟句酌，“你妈已经原谅了我。大人之间的事儿，你就不要管了。”

庄传智惊喜交加，“你的意思是，你和我之间有那种血缘关系吗？”

林瀚纯点一下头，“我不知道说什么好。”

庄传智说：“既然如此，林董事长，我就说你几句。你是个骗子，你的儿子林德巍也是个骗子。上梁不正下梁歪，有其父必有其子！”

林瀚纯说：“请你给你妹妹打个电话，让她马上到我这儿来，我跟她说清楚。”

庄传智冷静下来，“不能跟她明说，因为我觉得这件事儿太丑陋了，就像话剧《雷雨》！”

林瀚纯觉得很沉重，“是啊，有点儿遭报应的意思。”

办公桌上的电话鸣叫起来。林瀚纯非常不满，一边走向办公桌一边自言自语：“怎么搞的，不是说好了不要把电话接进来吗？”

在林瀚纯接听电话的时候，庄传智走到门口，做个手势向林瀚纯告别。林瀚纯不让庄传智走，急忙叫住他。庄传智拿出手机，打电话给庄秋玲，她的手机关机了。

林瀚纯匆忙结束通话，走到庄传智身边，“走，我推掉所有的事儿了，我们一起吃个饭。”

庄传智说：“首要之急，我要找我妹妹。她的手机关机，不知道待在什么地方。”

林瀚纯说：“你到哪里找她？”

庄传智愁眉苦脸，“我也不知道。”

林瀚纯说：“你妈跟我说，虽然她和我见了面，但是她不想从我这儿得到什么好处，也不想再次见到我。不过她要求我想个办法，让你和你妹妹庄秋玲过上好日子。我答应了她。”

庄传智看一眼林瀚纯，“曾经有一次你心血来潮，说过要给我一千万。但是我不想接受不属于我的任何东西。”他打开门走出去。

林瀚纯跟着庄传智，走进电梯间。

庄传智按电梯按键，“就送到这儿吧，拜托了，管好林德巍，我去找我妹妹。”

林瀚纯小声地说：“你妈说了，一切如旧，她不想再见到我，她也不会到处乱说。你要理解她的意思。另外，你妈答应捡几根你的头发给我，不如现在你就给我，我做个亲子鉴定。”

庄传智硬邦邦地说：“我的亲生父亲是不是你，我不感兴趣。是谁都可以。”

电梯厅门打开了，庄传智要走进电梯。林瀚纯一把抓住他。

林瀚纯说：“你对找到自己的亲生父亲不感兴趣？”

庄传智遭受感情震撼，不假思索地从头上揪下几根头发，递给林瀚纯。林瀚纯小心翼翼地捏着几根头发，还特意看了一眼。

林瀚纯说：“好好跟你妈谈一下，请她多多保重！”

庄传智点一下头，迫不及待地走进电梯里。

庄传智找不到庄秋玲，拿着一听啤酒回到家里。

甄莉喝问庄传智跑到哪里鬼混去了，他不予理会，继续喝着啤酒。

甄莉说：“看你这副垂头丧气的样子，你也没钱泡妞！我不想吵醒岩岩睡觉，暂时不骂你了！你为什么落到今天的地步，你好好反省一下！”

甄莉又在老调重弹，挖苦庄传智。庄传智当然明白甄莉的言外之意是骂他穷。不过今晚庄传智更没有心思跟甄莉拌嘴。找不到庄秋玲，他想跟郭秀娟说几句。甄莉一走开，郭秀娟就走过来，示意庄传智到阳台去。

郭秀娟急切地问：“找到鬼丫头了吗？”

庄传智说：“没有。”

郭秀娟说：“这鬼东西不听话，怎么办啊！”

庄传智说：“气死我了！”

郭秀娟说：“生气有什么用？给我找去啊！”

郭秀娟一急就碰到一个脸盆，在夜深人静的时候响声吓人。

庄传智说："都什么时候了，到哪儿去找啊！"

郭秀娟急得六神无主。

庄传智希望郭秀娟开口说话，特别是谈一下林瀚纯。可是郭秀娟却三缄其口。从她的脸上庄传智根本找不到她因找到林瀚纯而欣喜若狂的迹象。反而她露出一副忧心忡忡的样子。庄传智不由得不相信郭秀娟是一个文化浅薄、地位卑微的家庭主妇。

庄传智几乎点明主题了，"老妈，你没什么要说的吗？"

郭秀娟说："快点儿找到鬼丫头！"

庄传智意识到短期内郭秀娟是不会公开她和林瀚纯之间的秘密的。对于庄传智来说，现在最要紧的事儿，是尽快告诉庄秋玲，林德巍的父亲林瀚纯是庄传智的亲生父亲。或许这能让庄秋玲产生一种耻辱的感觉，再也不去想林德巍。

一个星期过去了，庄传智未能找到庄秋玲。除了催促庄传智去找庄秋玲，郭秀娟别的一概不提。

林瀚纯一再给庄传智打电话，请他共进晚餐。庄传智知道他和林瀚纯那份亲子鉴定报告出来了。说句心里话，他一直望眼欲穿，很想知道他的亲生父亲是谁。如果确实是林瀚纯的话，他不会觉得三生有幸，也不会因狂喜而死。

一辆奔驰把刚下班走出医院大门的庄传智接上，直奔家盛地产有限公司。

庄传智感到很奇怪，往日堵车严重的市内马路，今天几乎是畅通的。昨天天气闷热，今天竟然凉风阵阵。

林瀚纯在他的办公室等着庄传智。

林瀚纯说他是一个探险家和寻宝者，但是他从来没有想过会在某一个地方，找到一个属于他的宝藏，可供他永久开掘。

林瀚纯说得没头没脑的，但是庄传智大致明白他在说什么。

庄传智问他有没有跟林德巍联系上，林瀚纯摆几下头。他们之间很久没有说话。

林瀚纯想吸雪茄，他问庄传智："你吸烟吗？"

庄传智说："林董事长，你要吸烟，请便！"

林瀚纯说："我忘了，你和刘院长都不吸烟。医生嘛。"

庄传智说："吸吧，不要管我。"

"突然我又没有烟瘾了。"林瀚纯说，"我看过你的耳朵，那是油性的。你的奶头跟我的也一样，尽管都是几十岁的人了，仍然是暗红色的，而不像别人的，别人的是黑色的。这是什么？这就是遗传。"

庄传智让自己保持冷静，"这个我知道。一般地说，孩子的相貌和身材跟父母相似，有时简直就像用同一个模子复制出来的一样。特别在肤色、下颚、眼睛、眼皮、耳垂、鼻子、耳垢、身高、肥胖、秃头、青春痘、声音、萝卜腿、罗圈腿这些地方，父母最容易把自己的相貌特征和生理特征遗传给自己的孩子。"

林瀚纯说："太对了。你的耳垢是湿性的，你的奶头是暗红色的，根据遗传原理，你孩子的耳垢和奶头也跟你的一样。"

庄传智点一下头。

林瀚纯告诉庄传智，他委托一个机构做亲子鉴定，结果已经出来了，“我还是那句话，你妈没有说错。我对不起你妈，也对不起你。”

庄传智心里有很多话，却无从说起。既然林瀚纯这么说了，庄传智在心里也承认林瀚纯就是给自己生命的父亲，无论如何必须尊敬他。

庄传智说：“尽管你在无意中给了我生命，你没有陪伴我长大，但是我仍然感激你。”

林瀚纯说：“我问心有愧。”

庄传智说：“有一个问题，想问你很久了。”

林瀚纯认为庄传智的那个问题一定让他很难堪，“什么问题？很重要吗？你就不要问了吧。”

庄传智说：“我记得去年你曾经主动要赠送一千万元给我，我想知道，当时你是怎么想的呢？”

林瀚纯说：“哦，这个问题。我还想知道当时你是怎么想的呢！”

“当时刘院长也在场，你是一个境外上市公司的老板，我相信你必定一诺千金，把那一千万给我。但是我也想到，你肯定不会无缘无故这么做，你有你的想法。总之你那一千万不会白花的。那不一定是你的阴谋，但是起码会给你的公司形象加分，所以我猜测你另辟蹊径，剑走偏锋，你要我为你的公司做另类广告。”庄传智说，“现在你可以告诉我，当时你为什么要给我一千万？”

林瀚纯沉吟片刻。

庄传智说：“也许，当时你就知道我是你的亲生儿子？”

林瀚纯摆几下头，“大多数买彩票中了大奖的人，都会激动得半死。当时你没有见钱眼开，也没有受宠若惊，这很难得。”

庄传智说：“我很需要钱，但是不是我的钱，我不会要的。你应该告诉我，你为什么要把一千万块钱给别人？”

对于这个问题的答案，林瀚纯不愿意向庄传智和盘托出。不过他也无法借故推托，“我说，我真心把一千万元馈赠给你，你信吗？”

庄传智说：“恕我直言，直到现在我也不相信。”

“有些个人的事儿，说出来就没意思了。”林瀚纯稍作停顿，继续说下去，“别忘了，我在美国待了整整三十年，取得两个博士学位，还继承了我父亲的部分遗产，走上创业经商的路。作为一个人，特别是美国人，挣钱很重要，但是他的思想更重要。林德巍是美籍华人，但是我敢说，即使有一天，林德巍所拥有的财产和所掌握的学识跟我一样多，他也无法跟我相提并论。因为他没有思想。没有思想就没有灵魂，明白吗？什么是思想呢？乔治·华盛顿当了两届总统后挂冠而去。法律是极少数人制定的，却让绝大多数人受益。比尔·盖茨推广裸捐。这些就是为什么美国只有两百三十二年的历史，却成为世界上最强大的国家的根本原因。”

庄传智说：“那你为什么回到中国？”

林瀚纯说：“比尔·盖茨也赚中国人的钱啊，何况我本来就是中国人。”

庄传智说：“那你在国内经商，有没有做过违背良心的事儿？”

“那是另一个话题了，不属于今晚谈话的内容。”林瀚纯说，“你也算是一个有思想的人，即使你不是我的亲生儿子，我也愿意奖励你。对于一个有思想的人来说，他得到的越多，他的责任也就越大。”

庄传智不说话了。

林瀚纯说：“当年你怎么想到学医呢?”

庄传智说：“我一直认为，当个医生挺好的。我养父我老妈都说，司机、医生和杀猪的，是社会的精英人物。”

林瀚纯忍不住笑了。

林瀚纯说：“我就不喜欢当医生。也许我是把责任看得很重的人，当医生的责任太大了，特别是外科医生，开膛破肚的，我受不了那种压抑的气氛。”

庄传智说：“什么事儿都得有人去做。”

林瀚纯说：“你来自社会草根阶层，却没有被埋没，有思想有灵魂。这实在太好了！你比林德巍好多了!”

庄传智说：“林德巍和庄秋玲这件事儿，你就没办法处理?”

林瀚纯咬牙切齿地说：“几天前我给林德巍他妈下了最后通牒，让他妈立即把林德巍送回美国去。否则我把他妈也赶回美国去。他们太丢人了！也许你不知道，林德巍在他妈的庇护下，吸毒!”

庄传智非常惊讶。

“搞不好，林德巍这一生毁了!”林瀚纯说，“差不多给毁了!”

庄传智说：“我有责任保护好自己的妹妹。”

林瀚纯点一下头。

办公桌上的电话鸣叫起来。

“我说过不要接电话进来的，可能我们的晚餐送来了。”林瀚纯走过去接听电话。他在电话里说了几句话，稍为犹豫就让门卫把来者请进来。

庄传智隐约觉得庄秋玲来了，急忙走到林瀚纯身边。

庄传智说：“是不是……”

林瀚纯放下电话，朝庄传智点一下头。

庄传智说：“庄秋玲在哪儿，我去接她。”

林瀚纯指着门外，“她正进了大门。你先跟她说几句话。你们兄妹间更容易沟通。”

庄传智快步走到门口。

林瀚纯说：“等一下。你想怎么办，怎么做，我听你的。”

庄传智说：“我先跟她谈谈!”

庄传智快步来到家盛大厦的大堂。此时前台小姐下班了，这个地方更显得空空荡荡的。

庄秋玲一见到庄传智就火冒三丈，“你怎么在这儿? 你来恶人先告状?”

庄传智说：“这几天你跑到哪儿去了?”

庄秋玲一把抓住庄传智，“你搞什么鬼!”

庄传智不客气地说：“你也不想一下，我怎么会害你呢？”

庄秋玲说：“你一定知道林德巍藏在哪儿，我要见他！”

庄传智说：“你也不知道林德巍在哪儿？”

庄秋玲低喝一声：“庄传智，你别骗我了，我已经够惨的了！”

庄传智说：“这里说话不方便，你跟我来。”

庄秋玲跟着庄传智走进林瀚纯的办公室。庄秋玲诚惶诚恐地看着林瀚纯，有点儿猜到他是谁了。庄传智请林瀚纯暂时回避一下，他要借这个地方跟庄秋玲谈话。正在此时附近宾馆的西餐厅送餐来，林瀚纯帮忙把西餐摆放在茶几上。还有一瓶红酒。林瀚纯请庄传智和庄秋玲就在这里吃饭，他说他有急事儿，赶去见一个客人，两个半小时后回来。

林瀚纯匆匆地走了。

庄秋玲目瞪口呆，惊讶于庄传智和她反客为主。

庄传智说：“我们暂时是这儿的主人。”

庄秋玲说：“那个人是林德巍的父亲？”

庄传智说：“民以食为天，我们先吃饭吧，等一会儿我告诉你。”

庄秋玲的心情逐渐好转。她本来就是餐厅的服务员，很专业地整理好茶几上的食物，找来两个高脚杯子把红酒倒上。

“还有高脚杯子，喝红酒正好！”庄秋玲说，“这顿饭不便宜啊，五星级酒店的西餐，这牛排就几百块钱一份。”

庄传智说：“这红酒也是拉菲庄园的。”

“你喝过拉菲红酒？”庄秋玲喝了一口红酒，“真不错。”

庄传智埋头吃牛排。

庄秋玲说：“我不明白，怎么你跟林德巍的父亲这么熟？”

庄传智说：“你让我想一下。我想用几句话，简单地告诉你你应该怎么做。”

庄秋玲说：“我究竟做错了什么？难道我没有自由，没有选择的权利吗？”

“这可能不是你的错，是上帝的错。”庄传智说，“你先吃东西，不要浪费了。”

喝了那么高级的红酒，庄秋玲感觉良好。她不停地自斟自饮，庄传智不让她喝那么多。

庄秋玲说：“你少管闲事儿。我老爸是酒鬼，我能喝！”

庄传智说：“今晚你不能再喝了！这儿的主人很快会回来的！”

庄秋玲说：“告诉我吧，你们究竟有什么交易？”

庄传智说：“你想听真话吗？”

“快说！”庄秋玲说，“我的脑子很乱，我只希望你说真话。”

庄传智告诉庄秋玲，林瀚纯既是林德巍的父亲，也是他的亲生父亲。庄传智表示将拿出五万块钱给庄秋玲，让她到深圳逍遥自在地玩乐一段时间，以后就在深圳安身立命。至于林德巍，他毒瘾缠身，在国内无法成功戒毒，被送到国外强制戒毒，庄传智希望庄秋玲暂时不要再跟林德巍联系。庄传智特别要求庄秋玲找一个地方上网，把话剧《雷雨》的故事情节了解一下。

听了庄传智的话，庄秋玲很惊讶，脑筋一下子转不过弯来。她需要片刻的时间缓过劲儿来。

庄秋玲说："你一定喝醉了，胡说八道!"

庄传智说："醉的不是我。你看看这儿是什么地方?"

"林瀚纯这个大富翁真是你的亲生父亲?"庄秋玲说，"如果你骗我，我一定报复你的!"

庄传智哭笑不得地看着庄秋玲。

庄秋玲非常严肃地说："你在马路边捡到几块钱，就用这几块钱，这辈子第一次买超级大乐透而且还追加了投注就中了大奖？你能走这种狗屎运吗?"

庄传智生气地说："林德巍就走了这种狗屎运，生在豪门，这是你这么崇拜他的原因？用林瀚纯的话来说，即使你有朝一日嫁入豪门，你仍然是一个没有思想、没有灵魂的人！你觉得有意思吗?"

庄秋玲说："什么思想，什么灵魂！你知道你老婆甄莉为什么骂你、看不起你吗?"

庄传智说："你不要提甄莉!"

"如果你是林瀚纯的亲生儿子，那么，你将会在这儿、在林瀚纯的家里占有一席之地，甄莉想要什么，你都可以十倍给她！你甚至可以用钱压死她!"庄秋玲醒悟过来，"还有，我们老妈跟林瀚纯是什么关系？林瀚纯不仁不义，丢下老妈跑了，他打算补偿多少钱给老妈?"

庄传智脸色惨白，瓮声瓮气地说："庄秋玲，你太过分了！给你五万块钱，你不去深圳也行，不过一定要离开本市，忘掉曾经发生的那些事儿。"

庄秋玲固执地说："我要跟林德巍通话，就讲几句话!"

庄传智急了，"庄秋玲，你怎么就这么不懂事儿呢！林瀚纯骗了我们老妈，现在他的儿子又骗了你，你不觉得耻辱吗?"

庄秋玲说："你怎么知道林德巍骗我呢？你是林瀚纯的亲生儿子，林德巍还敢骗我?"

庄传智气得说不出话来。

庄秋玲说："老妈跟我提过《雷雨》，我觉得奇怪。老妈只看电视剧，《雷雨》是什么剧？我还没看过。我怀疑是你推荐给她看的!"

庄传智说："庄秋玲，你眼里只有钱，还恬不知耻!"

"那个话剧《雷雨》，"庄秋玲说，"我上网百度了一下，还请教过网友。你能够告诉我，你想借《雷雨》为名说什么东西呢?"

庄传智说："庄秋玲，你任性，不听话，大错特错了，你知道吗!"

庄秋玲说："庄传智，我知道你们想说什么，还拿《雷雨》来教训我！但是，林德巍又不是我亲哥，我和他没有血缘关系，八竿子也打不着，你们急什么呢？你苦苦相逼，反而害了我，破坏我一生的幸福!"

庄传智实在无话可说。

也许新新人类的精神集中在金钱和享受之上，他们对宗教和信仰一无所知，把孝悌忠信和礼义廉耻视若粪土。庄传智几乎无法抑制自己的情绪，真想动手打几下庄秋玲。

庄秋玲固执己见，拒绝接受庄传智的意见。她也不愿意离开林瀚纯的办公室，一定要等林瀚纯回来。

庄传智说："你想跟林瀚纯说什么？"

庄秋玲说："今晚来这儿，我早就想好了，找不到林德巍就找林瀚纯，向他讨个说法！"

庄传智说："你怎么像个无赖？"

庄秋玲冷笑一声，"一个灰姑娘变成皇后，是她的梦想。我有这个权利。你们不能棒打鸳鸯，我一定要见到林德巍！"

"你不要自作多情好不好！"庄传智发出怒吼。

庄秋玲气急败坏，拿起一个高脚杯子。不过她最终选择把自己的坤包掷向庄传智。

庄传智完全不明白，是谁把这个小姑娘变成泼妇的？庄传智觉得庄秋玲实在不可救药了。她就像安徒生童话中穿上了一双具有魔力的红舞鞋的姑娘，只能永无休止地不停地跳舞。

庄秋玲很快就恢复冷静，动手收拾茶几上的残杯冷炙。看起来她不像服务员，倒像谁家的小媳妇。

庄秋玲没有吃牛排，她指着牛排，粗声粗气地对庄传智说："你吃了吧，几百块钱一份，别浪费了！"

"现在我根本吃不下！"庄传智说，"对你和某个男人的事儿，老实说，我不想提到他的名字，我觉得耻辱。我跟你实话实说吧，这件事儿我说了算，某个男人的父亲也得听我的！"

庄秋玲呆呆地看着庄传智。

"我这就给你订一张机票，明天你去深圳。今晚呢，我给你在香格里拉酒店订一个房间。"庄传智看着庄秋玲，很有气势地说。

庄秋玲低下了头。

庄传智说："你也可以在香格里拉酒店先休息几天，晚几天才去深圳。你的工作就辞了吧。你想去哪儿旅游，你自己决定。"

庄秋玲还想说什么。

庄传智说："我这就给某个男人的父亲打电话，请他送我们去香格里拉酒店。"

庄秋玲坐下来，不知道自己将要到哪里去。她知道一切已经不是她可以做主的了。

林瀚纯亲自驾车，由庄传智陪同，送庄秋玲到香格里拉酒店。林瀚纯让庄传智开两间客房，他和庄传智住在庄秋玲隔壁。

林瀚纯叫了三杯咖啡，其中一杯咖啡是给待在另一间客房里的庄秋玲的。

林瀚纯和庄传智喝着咖啡。

咖啡是什么味道的，庄传智喝不出来。

庄传智说："你那本自传体小说《梦想漫天遍地开花》我看过，我看的是电子版。"

林瀚纯说："那是别人写的。瞎吹，里面有文学成分，有水分。"

庄传智说："书里面为什么没有提到你曾经叫林建国？没有写上你在远郊农村支农的事儿？"

林瀚纯一时语塞。

庄传智说："本来我没有资格质问你，我要问你的是，你为什么要骗我妈？"

林瀚纯说："我做错了，我愿意忏悔。"

"如果你愿意真心忏悔，那么你一定愿意说实话。你为什么一直没有去找我老妈？"庄传智有点儿激动，"可能你不会想到，三十八年前你被造反派揪走了，我老妈根本不相信你是反革命分子。还有，她认为你不在人世了。她认为如果你还活着的话，一定会去找她的！"

林瀚纯依然摇头，"当年的事儿，那不是一件愉快的事儿。我尽量不去想它。既然已经过去了，就不应该再提起来。你妈也是这个意思。你不能再往你妈的伤口上撒盐了。"

庄传智说："你太自私了。如果你觉得那是一件不愉快的事儿，那么你设身处地地想一下，对那件事儿我老妈会怎么想？"

"那是过去的事儿了，别再提了。没有人会觉得好受。"林瀚纯不愿意说。

庄传智说："我再说一次，尽管你在无意中给了我生命，你没有陪伴我长大，但是我仍然感激你，尊敬你，因为没有你就没有我，你是我的亲生父亲。你以前干了一些什么事儿，我没有权利去管。但是事关我的母亲，所以我不得不那样问你。"

林瀚纯说："那肯定是我的错。说起来没意思，很丑陋。这个问题我不愿意说实话。"

林瀚纯叫的一些食物早就送来了，但是他和华生仍然以茶当饭，各自灌了一肚子的茶水，不得不勤跑卫生间。

林瀚纯说："庄传智要我说清楚，为什么我抛弃他妈。对此我是不会说实话的。因为说不出口。但是我可以跟你说这是为什么。"

四十多年前林瀚纯到远郊的公社去，指导公社社员栽种优质品种的西瓜和芒果。那时他叫林建国。林建国是一个自由散漫的、成熟的年轻男人，很快他就注意到一个健康的农村姑娘常常目不转睛地窥视他。他并不喜欢这个淳朴和爱慕他的姑娘，却诱骗她跟自己发生了肉体关系。事后他后悔了。林建国承认自己非常可耻和堕落，就像动物一样蛮不讲理。尽管在心里他也觉得对方很脏，就像一个欧罗巴人种的白肤色男人认为一个尼格罗-澳大利亚人种的黑肤色女人很脏一样，但是后来他依然无法压抑体内的欲火，一再跟她发生关系。以至他认为自己不可救药，陷于万劫不复的境地。他曾经考虑过杀死她，或者自己上吊自杀。那时他最担心她会怀孕。

不过这种担心很快就消失了。因为更大的灾难在等着他。林建国被造反派揪回原单位批斗，面临灭顶之灾。最后他仓皇逃往香港，被父亲接往美国，改名为林瀚纯，在美国待了整整三十年。三十七年过去了，他不再年轻，有些事儿随着时过境迁需要被忘记。

林瀚纯最希望彻底忘掉他和郭秀娟之间发生的一切。事实上他几乎忘了郭秀娟的名字，更加忘了当年她是什么样子的。可以说他绝对不愿意再提起那些事儿，更不愿意见到她。

林瀚纯觉得自己能站在今天这个高度上，非常不容易，他也满足了。他在回望自己的人生历程的时候，更多的是想着与自己的事业有关的事儿。这些年来围着他转的年轻女人实在太多了，他心目中从来没有什么至关重要的女人。

华生说："都是月亮惹的祸。"

林瀚纯说："谈不上风花雪月，我觉得很丑陋，饥不择食。"

华生不便说话，只好端起茶杯。

"我什么都告诉你了。"林瀚纯说，"我都说出来了，说的是真话。这等同于我忏悔了。"

华生说："虽然我不是神甫，但是我觉得你忏悔了。"

林瀚纯说："我要给郭秀娟一笔钱，这个农村妇女，不，城市的家庭妇女，竟然不要。一分钱也不要。你见过不要钱的人吗？"

华生说："庄医生不是吗？"

林瀚纯说："对，他们母子二人，确实有与众不同的地方。"

华生说："我想问一下，郭秀娟是怎么找到你的？"

林瀚纯告诉华生，那天郭秀娟在家盛地产有限公司大门前等了他好半天。后来她拦下林瀚纯的车子。当时林瀚纯于心不忍，就痛快地承认了。郭秀娟没有什么特别的要求，林瀚纯想给郭秀娟一些钱，但是她坚决不要。她的要求是，既然庄传智是林瀚纯的儿子，那么林瀚纯就有义务让庄传智过上好日子。此外她强烈要求林瀚纯别让林德巍骚扰庄秋玲。林瀚纯都答应了。至今郭秀娟再也没有来找林瀚纯，也没有给他打过电话。

华生说："就是庄医生到家盛公司找你那天？"

林瀚纯说："对，那天郭秀娟刚走不久，傍晚的时候庄传智就来了。我还以为是郭秀娟特意让庄传智来找我要我兑现诺言的。"

华生说："庄医生的母亲，应该不是那种见钱眼开唯利是图的人。她教子有方，这是肯定的。庄医生拒收患者的红包，或多或少跟他的母亲的教育有关系。"

林瀚纯说："可能吧。那天跟郭秀娟见面，我给她十万块钱，算是补偿她的损失。本来我想给她二十万块钱，但是我担心她贪得无厌，就先给她十万块钱。如果以后她再找我，我就每次给她五万。可是她哭了，拒绝了。当时我误会了，我不得不承诺一次性给她二十万块钱。她不要钱，还把我臭骂一通。她向天发誓，她来找我绝对不是为了钱。郭秀娟不是那种贪财、不能保守秘密的女人。"

林瀚纯又打内线电话，向香格里拉酒店的咖啡厅要两杯咖啡。

林瀚纯说：“你妹妹睡着了吗？要不要给她也来一杯咖啡？”

庄传智说：“她喝了咖啡，更会睡不着。我们不用管她，这样可能她还好受一点儿。”

林瀚纯说：“你在庄家，我知道你受苦了。”

庄传智说：“我不觉得受苦。吃点儿苦也是应该的。”

“对，林德巍在未成年之前，从来没有吃过苦头，结果他给毁了。”林瀚纯说，“你跟林德巍不同。你打算一辈子当医生吗？”

庄传智说：“这是个大问题。”

林瀚纯说：“我给你讲一个故事。”

一九四九年夏天，当时林瀚纯的哥哥五岁。林瀚纯的父亲林锡堃是民族资本家。那时南京已经解放，国民政府摇摇欲坠，长江以南地区的物价天天暴涨，但是家里依然无缺衣短粮之虞。家里有两头羊和两只兔子，林锡堃让林瀚纯的哥哥到两里外的荒地打草。在打到足够的草后，哥哥必须往返三次才能把它们全部背回家里。哥哥年少力薄，一口气干了半个上午很累，不得不向林锡堃求情，要求每天上午和下午各打一次草，这样可以舒服一些。林锡堃一口回绝了哥哥，告诉他下午有别的事儿要干，如果上午不完成打草任务就不能吃午饭。林瀚纯长大后才明白，并非林锡堃冷酷无情，他的决定只不过表明了一个事实：成功是被逼出来的，而不是顺其自然得来的。

林瀚纯的哥哥和姐姐都是成功的企业家，在美国各自拥有几十亿美元的财产。他们将落叶归根，回国安度晚年。他们的遗嘱里有一条条款是完全相同的，那就是死后捐献全部财产。

林瀚纯说：“我哥哥和姐姐的故事，主要告诉我们两个道理。第一个道理你刚才听说过了，成功是被逼出来的。第二个道理更有意义，他们裸捐自己的财产，将会给很多人带来幸福和希望。”

林瀚纯的说话让庄传智觉得心理压力很大。

林瀚纯说：“你要明白，并非只有当医生才能帮助别人。如果你身后裸捐几十个亿，将会比拒收全部的红包更有作用。你可以用钱去扶贫、助学。抗战时期，国民政府教育部为来自沦陷区的贫困学生设立贷金制度，杨振宁和李政道就是靠贷金完成了学业的。你想一下，挽救一个病人的生命固然可喜可贺。但是帮助那些孩子去读书，改变他一生的命运，让他有机会去获得诺贝尔奖金，那是多么壮丽的事业！”

庄传智几乎无法喘气。

林瀚纯说：“我姐姐三十八岁才办好移民手续，踏进美国的领土。但是她后来者居上，艰苦创业成为企业家。你还不到四十岁，我想，你成功的故事从现在开始，犹未为晚。”

庄传智说：“你打算将来也裸捐？”

林瀚纯说：“我是不会把钱留给我的儿子的。”

此后林瀚纯和庄传智都很少说话。

第十六章　暂时失忆

林瀚纯说：“后来庄传智答应我，他将努力钻研工商管理知识，争取在两年后进入家盛公司，在五年内接我的班。”

华生说：“怪不得，我发现庄医生的抽屉里有很多经济方面的著作。有郎咸平的，甚至有哈耶克的。他还跟我说过，他认同郎咸平的那些观点。”

林瀚纯说：“庄传智是怎么说的？”

华生说：“庄医生说了好几点。其中有两大要点。一、因为在国内搞房地产赚大钱是不容置疑的，那些投资家电或汽车行业的公司或个人大都改弦易辙投资房地产行业，万无一失地赚大钱了。一窝蜂地搞房地产，当然房价掉不下来了。二、地方父母官也需要用不断增长的 GDP 数字来体现自己的政绩，他们不会让房价掉下来减少 GDP。”

林瀚纯没有正面回答，“你知道哈耶克是谁吗？”

华生说：“不太清楚，只知道他大概是经济学家。”

“哈耶克是英国自由主义经济学家。”林瀚纯说，“三十年前台湾的经济腾飞，就是以哈耶克的经济学说为蓝本。哈耶克说过一句很有名的话：通向地狱之路往往由善意铺就。”

华生似乎若有所思。

林瀚纯接听了一个较长的电话。挂了电话后，他低头凝思一会儿。

华生给林瀚纯倒茶。

林瀚纯说：“公司里的事儿。”

华生说：“庄传智老婆甄莉截瘫残废这件事，你知道吗？”

林瀚纯说：“知道。我还去医院病房看望过甄莉。”

华生说：“甄莉知道你是谁吗？”

林瀚纯说：“当时甄莉万念俱灰，也不睁眼看看来看她的人是谁。她可能以为我是同病房患者的家属。”

华生说：“这么说，据我所知，庄家六口人，除了庄医生、庄医生老妈和庄秋玲作为当事人，知道你和庄医生的关系。庄医生养父、他儿子庄岩和老婆甄莉，就一直蒙在鼓里？”

林瀚纯说：“可能是吧。”

华生说：“庄医生为什么要瞒住他家里的一半人呢？如果庄秋玲不是跟林德巍扯上

关系，庄传智也会瞒住她的。”

林瀚纯说：“他有他的想法。”

华生给张宾打了一个电话。

由于一个突发案子，许健和张宾都跑到现场去了。张宾说许健和他一直在忙着，如果华生有时间，请他到医院去看望唐默凝。

林瀚纯说：“你就去看看吧。”

华生说：“顺便我打听一下那女孩肚子里有没有孩子。”

林瀚纯驾车送华生去医院。

“我就是想不明白，那女孩好好的，怎么一下子说疯就疯了呢？”华生希望林瀚纯回答这个问题内在的玄机。

林瀚纯说：“她疯了谁是最大的受益者？”

华生说：“恕我直言，会不会是林德巍？或者是我？”

“林德巍目前不在国内。”林瀚纯说，“但是，如果那女孩疯了，庄传智的老婆甄莉也是最大的受益者之一。”

华生说：“问题是甄莉截瘫卧床不起，她怎么可能实施逼疯那女孩的计划？”

林瀚纯说：“华生医生，亏你还是传说中的福尔摩斯的助手！理论上，甄莉不可以借刀杀人，请杀手吗？”

华生说：“假若真的有那么一个杀手，那么杀害庄医生和伤害那女孩的应该是同一个杀手。鉴于庄医生突然死亡，对甄莉并没有好处。所以我认为甄莉不是那个杀害庄医生和伤害那女孩的杀手。”

林瀚纯说：“你当然可以推理一下。但是由推理而得到的结果正确与否，你慢慢求证吧。”

华生说：“伯父，我随便说说而已。”

林瀚纯说：“你的职业不是医生就是企业家，你不应该是侦探。搞刑侦工作是警察的事儿。不过你喜欢推理，这证明你的思维的逻辑性比较强。”

华生说：“我知道，我闹着玩的。”

华生来到医院的重症监护室门前，已经是晚上十一时。他以他是唐默凝的亲属的身份，按铃要找唐默凝的主治医生。一会儿之后一个护士出来见他。他被告知唐默凝的脑部手术做过了，手术相当成功。不过她还处在昏迷中，明天需要做一个核磁共振检查。华生还没有来得及说话，护士就说下午交的六千块钱住院押金早就告罄了，催促他在明天上午交两万块钱住院押金。

作为一个医科学生和实习医生，华生当然明白，在做了脑部手术后如果唐默凝能够尽快从昏迷状态中醒来，这将对她恢复脑部健康很关键。但是如果唐默凝一直昏迷不醒，这将意味着她的脑部机能受到不可逆转的损伤，最坏的结果是变成植物人或死亡。

在护士要返回重症监护室的时候，华生急忙叫住她，问她唐默凝的肚子里是否怀有孩子。护士当即作出否定的回答。华生把这一情况转告林瀚纯。

如果唐默凝肚子里没有庄传智的孩子，她将不会威胁到林德巍的利益，那么林德巍就没有必要置她于死地。华生是这么想的。他认为唐默凝突然疯了，跟林德巍没有丝毫的关系。

重症监护室外还有一个老年男人，他的妻子患严重的肺炎，处于病入膏肓状态，随时会死去。华生和他一样呆呆地坐着。这个时候进入重症监护室是不可能的，除非病人处在弥留之际。除非有非常特殊的情况，不然求见主治医生也不容易。华生呆呆地坐着，想的是唐默凝怎么突然疯了。

坐了一会儿，华生觉得疲倦不堪。

这些天林瀚纯不停地向华生掏心窝，为的是取得华生的信任，这是他看重华生的具体表现。现在庄传智不在了，在林瀚纯的心里他取代庄传智的位置是毫无疑问的。如艺术品的别墅、豪车和漂亮的女人是华生的梦想的一部分。华生有幸成为林瀚纯的养子，巨大的财富正在向他招手，他的梦想的一部分就要实现了。

与其拥有别墅、豪车和美人，痛快一阵子就撒手尘寰，还不如做一个有梦想的医生。

这是华生最基本的想法。

华生冥思苦想一会儿，许健和张宾走过来。

华生三言两语把唐默凝的情况告诉许健和张宾，接着追问新城路派出所对唐默凝突然发疯，并且在此之后受伤这件事儿是怎么说的。

张宾说新城路派出所查扣了当天大金宾馆内的监控录像，并调取事发时段前后的大金宾馆附近的路面监控录像，明天他和华生一起到新城路派出所看那些录像。另外接警的警察询问大金宾馆五个当班的服务员，没有发现可疑之处。

华生说："唐默凝就这样平白无故突然发疯，生命垂危了？"

张宾叹息不已，"这么漂亮的女孩。"

华生说："派出所看过唐默凝入住的那间客房吗？"

张宾说："看过了。他们说没有毒品，没有兴奋剂，也没有别的违禁物品。用他们的话说，没什么好看的。"

华生说："电脑呢？发疯前唐默凝用了电脑吗？"

"电脑关机。我特意问过派出所出警的警官，他们是这么说的。"张宾说，"你为什么说到电脑？难道看一部恐怖片，就会被吓坏吗？"

许健说起另一个人。大学时代某一年的暑假，历史系一个女同学不回家。当时晚上十一时后实行学生宿舍灯火管制。一天半夜女同学躺在床上，在烛光下看一本香港的恐怖小说。结果她起床上厕所的时候被一只老鼠吓着了，从床上摔下来。她睡上铺的，头部伤势也很重。

华生说："唐默凝一定受到某种剧烈的刺激。"

许健说："当初我最关心的是唐默凝的高额的医疗费，一下子忘了现场的事儿。唐默凝入住的那间客房，本来我应该第一时间去看看的。"

华生说："我认为，被恐怖小说或电影吓坏的人，就像外星人那么少。"

张宾说："如果当事人被吓死了，他是不会告诉你的，因为他已经死了。"

许健说："唐默凝还活着，说不定能彻底康复。到底是什么原因，她会告诉我们的。"

张宾说："如果她没被吓死，这就说明她不是被吓坏的。"

许健说："唐默凝不是受到剧烈的刺激吗？通俗地说，受刺激不是被吓着了，就是气坏了，都会发疯的。"

张宾和华生若有所思地看着许健。

许健继续说下去，刚才他和张宾跑到大金宾馆。当班的服务员说，那几个知情的服务员下班了。许健提出要看一下唐默凝曾经入住的那间单人客房4013室。值班经理同意了。

打开4013室的门，插上感应钥匙牌，灯光一下子亮起来。许健特意打电话询问在发生事件时当班的服务员，她承认唐默凝被送往医院后，为了节省电力，她把电源感应钥匙牌抽出来了。也就是说那时客房就断电了，电脑也随即被关闭了。

许健打开电脑，查询唐默凝这两天的上网记录，没有发现可疑之处。她上网看电影了，但不是恐怖电影。

华生说："你看过唐默凝的QQ吗？"

许健说："没密码，进不去。"

张宾说："怎么能断电？宾馆服务员的保护现场的意识等于零。也许吧，她们根本不会想到那可能是一宗刑事案件。"

华生说："派出所的警官也不会想到那可能是一宗刑事案件。"

许健说："什么时候那是一宗刑事案件了？"

华生朝许健耸一下肩膀。

张宾说："华生，今晚仔细想想，哪些人会出现在那些监控录像里。明天早上清醒后再想想，保持清醒状态，看监控录像认人！"

第二天华生来到新城路派出所，但是张宾公务在身，一时来不了。

华生全神贯注地看了半天监控录像，始终未能从中找到林德巍和戴高鸿的身影或头像。除了唐默凝、许健和张宾这三个人，录像里再也没有华生认识的人。华生担心会看走眼了，要求重看一遍，陪他看录像的警察提醒他下班时间就快到了，他只好作罢。华生给张宾打个电话，张宾说他想办法下午抽空来看录像。华生打算请假，下午再看一遍录像。

下午华生再看了一遍，还是一无所获。坐在华生身边的张宾，也摊开了双手。

重症监护室探视时间为每天下午五时。如果不用当班，华生就会准时来到医院，等候探视唐默凝。但是唐默凝一直昏迷不醒，这让华生非常着急。他担心唐默凝会变成植物人。不过唐默凝的五项生命指征稳定，她的脸色跟健康的护士的脸色相比相差无几。据此华生估计，唐默凝醒来的可能性还是相当大的，能不能根治后遗症，这才是最关键的问题。华生请教了主治医生，主治医生对此也较为乐观。

唐默凝持续昏迷，许健和张宾也非常担心。他们觉得唐默凝的父母来了，或许能尽早唤醒唐默凝。实在没有其他的好办法了。

终于联系到唐默凝的父母。他们匆匆赶来。

看到唐默凝的容貌大变，而且她还处于昏迷状态，她的父母非常伤心。在医院里她的父母调查到唐默凝的医疗费是由华生支付的，便认定华生是需要对此负上责任的人，揪住华生不放。华生百口莫辩，只得领着他们来到大金宾馆。服务员证实华生当时不在现场。他们坚决要求华生跟他们去新城路派出所。尽管警察证明唐默凝突然发疯这件事儿跟华生无关，不过她的父母还是将信将疑。

一个星期之后，鉴于唐默凝的五项生命指征稳定，主治医生建议把唐默凝转往普通病房，这样有利于家属陪护。如果家属经常给唐默凝擦身、按摩和在她耳边说话，这些等同于跟患者进行精神上的沟通，可能会起到意想不到的作用。

唐默凝的父母认为普通病房的医疗费便宜了一大截，还是重症监护室物有所值，因而不同意把唐默凝搬进普通病房。

华生颇费口舌才说服了唐默凝的父母。

在唐默凝整整昏迷了九天后，她终于慢慢地睁开眼睛。她的眼睛里没有那种带有感情的光亮，也没有灵性。

唐默凝茫然和胆怯地开始在所处身的空间里寻找熟悉的东西，寻找自己的立足点，重新给自己定位。但是病房里特定的环境和陌生的人让她无所适从。即使她曾经非常熟悉的父亲就站在她的身边，也未能引起她的注意。

此时此刻唐父正坐在唐默凝的身边看报纸。一个护士走进病房，要给患者做例行性血压测量。她无意中发现唐默凝睁着眼睛，急忙朝唐父做手势。

唐父惊喜得大喊一声，吓了唐默凝一跳。

唐父贴近唐默凝，“凝儿！凝儿！”

唐默凝的眼睛越睁越大，显得越来越有精神。她的嘴唇动几下，她的鼻翼两侧露出一对对称的娇嫩的小酒窝，却对唐父无动于衷。

唐父急切地问：“凝儿，我是你老爸，你认不出我了吗？”

唐默凝没有应声，似乎没有听懂唐父的话。

唐父说：“凝儿，我是你老爸！是谁害了你的？”

唐默凝不予理睬，把眼光投向其他地方。

唐父急得跺脚，“告诉我，是谁推你下楼梯的？”

唐默凝眨一下眼睛。

唐父急中生智，拉住唐默凝的手，用家乡方言轻轻地呼叫她的乳名，她依然不为所动，挣脱唐父的手。

唐父在唐默凝耳边说：“你不记得我了？我是你老爸！”

唐默凝尖叫一声，双手把自己的耳朵捂住。

护士急忙把唐父拉开。

主治医生闻讯赶来，简单地检查一下唐默凝的各项生命指征，满意地朝唐父和护士做一个 OK 的手势。主治医生把唐父叫到病房外，告诉他患者正处于意识恢复的初级阶段，提醒唐父要冷静，协助患者恢复记忆。

在唐默凝刚开始说话的时候，她的语言功能好像有点儿缺失，不过她很快就说话流利了。后来唐父发现，较响亮的说话声音和电视机里的伴音会让唐默凝感到恐惧，而且她也不愿意看到身边某些东西动来动去。主治医生认为这种情况并不反常，一个昏迷了好几天突然醒来的人就会是这个样子。他提醒唐父千万不要惊动唐默凝。

唐父既高兴又担心。他看一下手表，认为唐母就快起床，是时候给她打电话，把这个唐默凝醒过来的大好消息告诉她。唐母昨晚下半夜陪护，早上回到医院附近的桃园宾馆，倒下床就睡着了。唐母在半睡半醒中接听电话，高兴得从床上一跃而起。

唐母以最快的速度赶到医院。

唐默凝目不转睛地看着唐母，她的脸上那种漠然的表情渐渐地退去，好像有了一点儿亲情的亮色。

下午唐母给唐默凝喂稀饭。唐母后来动了感情，拉住唐默凝的手。

唐默凝竟然说出两个惊天动地的字："妈妈！"

唐默凝的眼睛不停地转动，似乎在寻找一个人。

但是唐默凝依然不认识唐父，说他是她的老师。

华生得知这个消息，第一时间通知许健和张宾。这天华生换科了，从儿科换到泌尿外科。这是他实习以来的第四次换科了。他急忙找个借口请假，以最快的速度赶到唐默凝住的那所医院。许健和张宾几乎同时到达。

当唐默凝见到许健的时候，她的眼睛突然闪亮，随即把一只既软弱且苍白的手伸向他。许健握住她的手，她却扳开他的手，让他以更亲密的方式捏住她的手。

唐父觉得不可思议，拉住唐默凝另一只手，"你怎么会认得他？他是谁？"

唐默凝说："他叫林寒水。"

许健摇一下头。

唐默凝说："你就是林寒水！"

"他不是林寒水。"华生说，"小唐同学，你看我，我是谁？"

唐默凝看了华生一眼，"不认识。"

张宾也凑过去，"小唐同学，认得我吗？"

唐默凝说："不认识。"

唐父问唐默凝："你是谁？"

唐默凝说："我不知道，我遇上车祸了！"

唐父说："你根本没有遇上车祸！遇上车祸的是别人，你慢慢想想，一定会想起来的！"

唐默凝说："我真的遇上车祸了！要不我怎么会住进医院里？"

许健和华生面面相觑。

唐父说："你妈叫什么名字？"

唐默凝说："孙岚。"

唐父说："你爸叫什么名字？"
唐默凝说："唐志琛。"
唐父急忙指着自己，"我是谁？"
唐默凝摇一下头。
唐父指着许健，"他叫什么名字？"
唐默凝微笑了，"林寒水。"
许健说："错了，林寒水已经永远离开我们了。我叫许健。"
唐默凝有点儿不明白，"永远离开？"
许健说："永远离开，去了另一个星球。"
唐默凝有点儿痛楚，"另一个星球？有多远？"
许健说："如果你现在乘坐宇宙飞船，起码要飞两千年。"
唐默凝说："可以买到宇宙飞船的票吗？"
许健说："现在的载人宇宙飞船飞不了那么远。"
唐默凝说："林寒水是乘坐什么飞行器去到另一个星球的？"
许健说："他乘坐唯一的一艘星际宇宙飞船去的，那艘星际宇宙飞船估计在三千九百八十年后返回。"
唐默凝的眼角渗出了泪滴，仿佛她听明白了。
唐父把许健拉到远处，小声地抗议，"说点儿实际的！否则她距离现实越来越远！"
许健朝唐父点一下头。
唐默凝指着许健，"回来！"
许健走到唐默凝的身边。
唐默凝说："你去找找，肯定有另一艘星际宇宙飞船。"
许健求援地看一眼唐父。
唐父对唐默凝说："对，我们一起去找找！"
唐默凝说："认认真真地找，一定能找到。"
唐父挺高兴的，小声地对华生说："看来智力受损不大。你说呢？"
华生轻松地点一下头。
唐默凝对病房里所有的人说："你们还不赶快去找？"
唐母说："我们吃过饭，马上去找。"
许健对唐默凝说："印度人好像缺乏进取精神，做事儿有气无力，走路慢吞吞的，却整天乐呵呵的，你知道这是为什么吗？"
"不知道。"唐默凝看一眼唐母。
唐母说："乐呵呵就好，人生就要乐观！"
许健说："因为印度人相信有来世。"
唐默凝说："林寒水有来世吗？"
许健说："有，某一天他会回来找你的。"
唐默凝指着许健，"你就是林寒水的来世。"

许健摇一下头。

唐父问许健："林寒水是什么时候不在的？"

许健说："一个月前，十一月二十六日凌晨。"

唐父小声地问许健："林寒水跟唐默凝的关系非同一般吗？"

许健贴近唐父的耳边，"这个我不是很清楚，也不便在这里说。"

"凝儿，我问过了，林寒水活着的时候，"唐父指着许健，"这个人已经三十多岁了。林寒水的来世，应该是一个这几天呱呱坠地的婴儿啊。他绝对不是林寒水。"

唐默凝有点儿赌气，"他就是林寒水的来世！"

唐父对此有所妒忌，不停地轻轻摇头。

唐默凝对许健说："你知道你是林寒水的来世吗？"

许健不知道如何应对，张宾代为回答："我知道！"

许健有一种恍如隔世的感觉。

唐默凝从昏迷中醒过来，对于唐父和唐母来说，这是天大的喜事儿。虽然唐默凝对某些曾经发生在她身上的事儿毫无印象，她的智力也有所下降，但是她的精神状态很不错，其他的身体状况也较为正常。

比如华生和张宾来探视唐默凝，唐默凝会朝他们微笑，示意他们坐在椅子上。看到别人打饭了，唐默凝会说他们去打饭了。她头痛或身上痒痒的时候，会让唐母帮她止痛和搔痒。更重要的是，她会不停地向唐母发问她是谁。

经过专家会诊得出如下的结论：唐默凝的脑部受到挫伤导致中枢神经受损，从而使大脑神经中枢的记忆功能失去作用，出现失忆的临床症状。最近三次对唐默凝的脑部所做的核磁共振检查结果表明，唐默凝的脑部外伤还在恢复之中，现在出现的失忆症状有可能只是暂时性的。究竟唐默凝是不是患上永久性失忆症，需要三个月的观察期才能确诊。

唐母追问："如果真的患上永久性失忆症，怎么办？"

华生说："由创伤引起的失忆可以通过脑部修复手术治愈。"

唐父是留美博士，既学识渊博且颇有急才。他想了一会儿，向唐默凝提出一个简单的问题，"一加一等于多少？"

唐默凝想了一下，"这个答案谁不知道？"

唐父认为这个答案离题不远。

几个小时后，唐默凝吃了一个蛋糕，喝了一杯牛奶，她的精神状态更好了。她可以准确地回答中国古代的四大发明是什么，还能告诉唐父她最想就读的学校是哈佛大学。

唐父又出了一道题。昨天唐默凝花了七十五元买一顶帽子，回家后越看越觉得不顺眼，就把它以八十五元的价格卖给医药代表。医药代表给唐默凝一张一百元的钞票，唐默凝身上没有钱，无法给对方找钱，就到楼下的小卖部那里，在好心的老板娘那里换到一百元的零钱。医药代表拿到十五元的找头，至此双方钱货两清。没想到很快老板娘就找上门来，说唐默凝给她的那张一百元的钞票是假的，还说了几句抱怨的话。

唐默凝接过那张老板娘指认的伪钞，仔细一看果真如此。唐默凝没有为自己辩护，一时找不到医药代表，当即找邻居借了一张一百元的钞票，还给老板娘。唐默凝拿着那张伪钞，好不容易找到医药代表，但是医药代表死皮赖脸地狡辩，怎么也不承认。唐默凝只好自认倒霉。

唐父对唐默凝说："请问，你一共损失了多少钱?"

这个问题唐默凝想了很久，迟迟没有回答。

唐父问护士："她一共损失了多少钱?"

护士说："挺简单的，不过那些数字我没听清楚。"

唐父重复了一遍那道数学题。

护士说："她一共损失了一百七十五元，一顶七十五元的帽子，还有一张一百元的假币。"

唐默凝说："不对!"

唐父一阵惊喜，"凝儿你一共损失了多少钱?"

唐默凝说："一百七十五元肯定不对。"

唐父问唐默凝："那你说，一共损失了多少钱?"

唐默凝说："不超过一百块钱。"

护士问唐父："答案呢?"

唐父说："她损失了一顶七十五元的帽子，还损失了给医药代表的十五元的找头。共计损失了九十元。"

护士说："不对吧，她不是赔给老板娘一百块钱吗?"

唐父说："那一百块钱是用伪钞换来的，后来还给了老板娘，一来一回的，也没有造成真正的损失。"

"她还找邻居借了一百块钱啊!"护士越想越糊涂了。

唐父说："她的确找朋友借来一百块钱，但是这一百块钱是还给老板娘的！她用假币换了老板娘一百元零钱在先，再借朋友一百块钱还给老板娘在后，这个过程她没有损失呀!"

"我不明白!"护士无奈地摇头，"这是政治经济学，不，高等数学!"

唐默凝看着护士，恰当地表示同情。

护士好奇地问："你知道你损失了多少钱吗?"

唐默凝说："损失了九十元是对的。医药代表用伪钞骗了我一百元，但是我卖帽子给她赚了她十元。亏赢相加就损失了九十元。"

护士相当惊奇，小声地对唐父说："放心吧，挺聪明的。"

唐父说："凝儿，你的智力好像没问题啊，你到底怎么啦？你知道自己为什么躺在医院里吗?"

唐默凝茫然无知地看着唐父。

走廊里有人在大声地说话，什么地方出了车祸，场面很可怕。

唐默凝捕捉到几个关键词，若有所思地说："难道我遇上车祸了?"

唐父说："什么车祸？"

唐默凝说："我不清楚呀，我遇上车祸了？"

唐默凝的身体状况和精神状态越来越好。问题是她的一部分记忆力迟迟没有恢复。对此许健和华生比较有信心。但是为人父母者唐父和唐母却忧心不已。

这天晚上由华生做东，在一个不错的海鲜酒家请唐父和唐母吃饭。华生坚决要求许健和张宾也出席，因为那些与唐默凝有关的事儿，他一个人无法跟唐默凝的父母说明白。

餐桌上的海鲜卖相诱人，除了张宾外，其他人都浅尝辄止。张宾大快朵颐，连膏蟹的小爪儿也吃得津津有味。

"一个人在世上生活了二十二年，必然会认识一些人。"唐父问许健，"你说，唐默凝大约认识多少人？"

许健说："一般地说，一个人一辈子可能认识一千多个人。"

唐父说："但是好朋友也就是寥若晨星。唐默凝必然会认识一些人，跟某几个人非常亲密。对于唐默凝来说，她当然很爱她的父母亲，一辈子也不会忘记他们。现在唐默凝失忆了，但是她竟然忘不了你，还认为你是林寒水的来世。你说，这说明了什么呢？另外我还想知道林寒水是谁。"

许健敲一下张宾面前的碟子。

张宾看着许健。

许健把一只膏蟹放在张宾面前的碟子里，"我这只你也吃了。你说，唐默凝为什么会认得我呢？"

张宾说："你有点儿像黎明。"

许健说："说正经的。"

张宾对唐父说："我看这个问题应该由唐默凝来回答。另一个问题，林寒水是谁，这个我可以告诉你。林寒水是一个医生，未满四十岁，三十多天前跳楼自尽了，死因无可疑之处。"

唐父说："现在唐默凝回答不了这个问题。我觉得你们不应该回避这个问题。"

张宾说："唐默凝记起她的 QQ 密码了吗？"

唐母说："我问了她好几次。还没有。最近三年她的 QQ 号码换了，我们都不知道。"

华生说："我们知道。"

张宾说："在唐默凝的 QQ 里，你们可能找到某些答案。"

华生说："对，唐默凝的 QQ 里一定藏有秘密。"

唐父说："没有密码怎么办？能不能申请一下，由当地公安机关出个证明，我找腾讯公司要密码？"

华生说："这个太慢了，也麻烦，腾讯公司在北京吧？还要跑到北京腾讯公司去。还不如逗唐默凝玩，她一开心就记起密码了！"

唐母说："这倒是真的。"

许健说："我有一句话，不知道该不该说。"

"唐默凝不在这儿，你想到什么说什么。"唐父是一个聪明的、反应快的人。

许健说："唐先生，唐太太，唐默凝三年前那件事儿，你们知道吗？"

唐父点一下头。

许健说："那件事儿，重创了她的心灵，几乎毁了她……"

唐母打断许健的话，"不要说了！"

许健说："请让我说下去。"

唐父朝唐母摆手。

许健说："唐先生，你是否觉得，唐默凝从昏迷中醒来的时候，就像小孩子一样，不，就像迷路的小孩子，急于找到她所信任的人，把她领回家去。此时她天真无邪，无忧无虑，流露真情。"

唐父点一下头。

许健说："如果唐默凝永久性失忆了，在某种意义上，就变成了一个没有过去的人，一切重新开始。唐先生，万一可以这样，这对唐默凝来说是不是上天赐给她的幸福呢？"

唐父看一眼唐母。

唐父和唐母的眼神里有交流，但是他们不说话。

唐父看着许健，"我觉得不合常理的是，为什么唐默凝会记住你呢？"

"应该这么说，唐默凝记住的是林寒水。"张宾作出纠正。

唐父看着华生，"林寒水对唐默凝怎么样，你是清楚的吧？"

"唐先生，你又提这个问题了。"华生说，"唐默凝和林寒水之间的事儿，我不清楚。但是唐默凝好几次说过，林寒水是个大好人。如果能打开唐默凝的QQ，可能你们就能亲眼看到唐默凝曾经说过什么。"

许健和张宾劝唐父和唐母多吃东西。

唐父说："我们不是来吃东西的。"

唐母说："我也琢磨了很久，我不明白，如果庄传智和林寒水是同一个人，怎么会一个姓庄，另一个姓林呢？这个人隐姓埋名，能干出什么好事儿来？到底这个人干了什么坏事儿，你必须如实说出来，在阳光下晒一晒！"

华生说："不好意思。有关庄传智和林寒水相关的故事，千头万绪，一时无从说起。我绝对没有隐瞒的意思。简单地说吧，即使我知道，我也不能说。因为那是庄传智的个人隐私。"

唐父警惕地看着华生，"对于你这个角色，我非常怀疑。"

华生百般无奈，低下头嘀咕一声："真是好人难做啊！我掏钱给唐默凝治病，并不代表我对唐默凝做了坏事儿。"

唐父说："那你更要解释一下，清者自清，你担心什么？"

华生不停地叹气，"那是庄传智或林寒水的个人隐私，我不能说的！"

"什么个人隐私，唐默凝都这样了，那还谈得上不能公开的秘密吗？都是一些乱七八糟的事儿！"唐父盯着许健，"你也脱不了干系，洪洞县里没好人！"

华生向唐父解释，"虽然那些是庄传智个人隐私，其中有一部分跟唐默凝有关，但是这并不代表那些事儿是罪恶。庄传智无私地帮助唐默凝，从来没有向唐默凝索取过什么。这个，最终能证实的。唐默凝不是在逐步恢复记忆吗？"

唐父摇几下头。

华生说下去，"唐默凝过去的男朋友戴高鸿就在这个城市，正在苦苦地寻找唐默凝。唐默凝为了躲避戴高鸿，才住进那个小宾馆的。房租由许健付的。许健还答应她，让她住进他家里，直到她找到工作。到时张宾也一起住进去。许健做的是好事儿，因此唐默凝记住了许健的大恩大德或小恩小惠，把许健视为帮助她渡过难关的人。"他特意补充一句话，"唐默凝有一颗感恩的心。"

唐父沉闷地哼了一声。

唐母更加直接了，"谁会相信？"

张宾说："林肯这么说过，你可以永远欺骗某些人，也可以暂时欺骗所有人，但是你不可能永远欺骗所有人！所以我们要骗你们的话，也骗不了多久。唐默凝可能很快就彻底恢复正常了，可以回答你们的任何问题！"

唐父和唐母不停地叹气。

张宾说："我记得，我们作为警察询问过唐默凝有关她和林寒水的关系。她说她和林寒水没有发生过关系。"

唐母朝张宾摆摆手，示意他不要说了。

唐父说："我还是不明白，为什么唐默凝突然会在那个大金宾馆里发疯了呢？"

"大金宾馆那地方，你们也看过了，没什么特别的地方。唐默凝为什么会那样，要从她的心理找原因。"张宾说，"我提一个建议。如果你们觉得有必要，跟唐默凝以前的男朋友戴高鸿见面，问他一些问题，或许能弄清楚唐默凝为什么会突然发疯。因为戴高鸿可能是最了解唐默凝的人。"

唐父说："我不想见到那个混蛋！"

唐母说："如果没有那个混蛋，唐默凝就不会落到今天的地步，有时我真希望唐默凝永久性失忆，忘掉那个混蛋，忘掉那些事儿，重新开始！"

华生说："我们三个人都是给唐默凝帮忙的人。我们不需要你们感谢我们。不过，你们怀疑我们，我们可以理解。"

唐父和唐母不做声。

许健和华生吃点儿东西。

唐父说："唐默凝一下子发疯了，可能她突然受到剧烈的刺激。"

唐母说："会不会是那混蛋突然出现在她的面前？我指的是戴高鸿。"

华生说："我和张探长看过大金宾馆当天的监控录像，还看了出事儿那段时间大金宾馆附近地段的监控录像，我还特意看了两次，专门搜寻戴高鸿的身影。不过，没有找到。"

张宾说：“我提一个合理的建议。你们首先要做的是，多跟唐默凝沟通，也多跟医生沟通，想办法让唐默凝尽快彻底恢复健康。”

华生说：“既然唐默凝能认出她的母亲，过不了多久，她一定能认出她的父亲。这是必然的。你们就没有这个信心吗？”

唐父和唐母点头。

华生说：“如果是大金宾馆的错，你们作为唐默凝的家长，有权利向大金宾馆索赔。”

唐父说：“如果唐默凝能彻底恢复记忆，一切就水落石出了！”

第十七章　网上聊天

华生认为玩扑克牌有助于加快恢复唐默凝的智力和记忆力，于是他买了两副扑克牌。

唐默凝和唐母便打起扑克牌。唐默凝喜欢玩争上游，因为这种扑克牌的玩法最简单，不用耗费多少脑筋。唐母问唐默凝会不会玩打百分、升级和拱猪，她想了又想。在玩升级的时候，唐默凝却举牌不定，好像对这种扑克牌的玩法没有全盘精通。

唐母害怕加重唐默凝的思想负担，没有强求唐默凝玩更复杂的扑克游戏。争上游是最简单的扑克牌玩法之一，既可以磨练唐默凝的智力，也可以消磨时间。

晚上许健和张宾来探视唐默凝。唐母请他们看住唐默凝，她上卫生间。

张宾给唐默凝讲一个笑话。唐默凝觉得这个笑话缺乏起码的幽默元素，不让张宾讲下去，夺走他手上的晚报，递给他一个苹果和一把小刀。张宾自讨没趣，动手削苹果。

许健打算给唐默凝倒水，拿起床头柜上的暖壶，不小心把一副扑克牌碰掉了，从床头柜上掉向地板。唐默凝坐在床边看晚报，离床头柜不远。她的反应比较敏捷，试图用脚背接住扑克牌，结果却像踢足球一样踢个正着，扑克牌如同天女散花般纷纷飞扬和落下，有的朝天打开，有的反盖于地板上。

许健说了一声对不起，蹲下去要把扑克牌捡起来。

唐默凝低喝一声："不要动！"

就像面对一个既顽皮且不懂事儿的孩子，许健抬起头，很有耐心地解释，"我把纸牌捡起来，可以吗？"

唐默凝说："别动。"

许健说："好，我不动。等它们睡着了我再捡。"

唐默凝指着地上的扑克牌对许健说，世上每一件事儿都绝对不是单纯的，都跟其他事物有着必然的、千丝万缕的客观联系。因此每一件事儿的发生都有预兆。唐默凝告诉许健，他的近期的命运启示就由地板上这一副扑克牌来诠释。

唐默凝犹如一个少不更事的小孩，突然说出石破天惊的话，把所有在场的人都吓了一跳。

张宾停止削苹果，"小唐同学，你不会欣赏我讲的笑话，你怎么可能破解别人的命运启示？"

唐默凝没有理会张宾，指点许健把所有反盖于地板上的扑克牌捡起来，特别提示他不要搞错了。许健悉听尊便。一共有二十四张扑克牌符合条件。其他的扑克牌不用管它。

许健和张宾很感兴趣地看着唐默凝。

唐默凝没有看这二十四张扑克牌，仔细地洗牌，让许健按六张一列把它们排成四列。这时唐默凝才仔细地看清楚这些扑克牌花色和数字，把这个排列阵运算一下，抬头看着许健，想说什么却把自己的嘴巴掩上了。

张宾说："我们的头儿有没有桃花运呀？"

许健非常感兴趣，却有点儿紧张，"小唐同学，我想听听你说什么。"

唐默凝说："天机不可泄露。除非你掏钱，五百块钱。"

许健说："只要你泄露天机，我一定付钱！"

张宾说："我做见证人。"

唐默凝微笑地摇头。

许健说："不能说吗？我接受命运的判决！"

唐默凝煞有介事地说："不能说。泄露天机，必遭天谴。"

张宾说："不用担心，上帝会保佑你的，你说吧。"

许健说："好人一世平安，我不相信苍天会惩罚一个可爱的女孩！"

"好吧，我拼了老命告诉你。"唐默凝对许健说，"你将在事业上遇上重大挫折，感情也不顺畅，半路上杀出个小人横刀夺爱。但是好心得好报，你会逢凶化吉，冲破阻挡，心想事成的！"

许健说："所有的坏事儿，所有的好事儿，都让我遇上了？"

唐默凝说："世上所有的事儿都是相对的，有福就有祸，有生就有死。"

许健说："我最想知道我什么时候死掉，你可以告诉我吗？"

唐默凝摇头晃脑，"你是林寒水的来世。死，是生的继续。"

张宾说："最近他有桃花运吗？"

唐默凝说："桃花劫。"

许健付诸一笑，"看来做算命先生骗人赚钱的不光有男人，还有女人。"

唐默凝说："谁骗你！骗你是小狗！"

病房里所有人都笑了。

此时唐母走过来，不明白众人为何而笑。

因为某一件事儿在电话里一下子说不清楚，许健走出办公室，正要去找教导员。

戴高鸿迎面拦住许健。

许健说："有事儿吗？"

戴高鸿说："没想到吧，可让我找到了。许大队长，你还记得我吗？"

许健说："请问你有事儿吗？我正忙着。"

戴高鸿说："看过你的警官证，我记住了你的尊姓大名，还记住了你的警号。你跑不掉的！”

许健说：“你想干什么，我知道。请你不要再骚扰唐默凝，这是唐默凝自己的意思，也是她父母的意思。”

戴高鸿毫不示弱，“请你不要拿支鸡毛当令箭！今天我必须见到唐默凝，如果你加以阻拦，人为地设置障碍，我将到督察那儿投诉你！”

许健说：“我想，下面你也许还想说，到局长那儿投诉我。你有得是时间，你到哪儿投诉我都不要紧，但是我告诉你，你没有权利骚扰一个人。”

戴高鸿说：“你究竟把唐默凝藏在哪儿？你这样做超越了你作为警察的权利，你究竟想做什么？你别低估我的智慧，觉得我的投诉只不过是隔靴搔痒。告诉你，我会把话说得很难听，让你欲哭无泪！”

许健说：“我正忙着。再给你一分钟，你想说什么我听着。不过，唐默凝极度不愿意见到你，这也是她的父母的意思。”

戴高鸿说：“姓许的，我可以告你金屋藏娇，我要把你这身虎皮扒下来！”

戴高鸿说话的音量不低，引起了附近办公室的警官的注意。

张宾走过来。

戴高鸿虚张声势地说：“姓许的，你金屋藏娇，心灵肮脏！如果你不悬崖勒马，把少女交出来，我就去公安厅告你，让你摔下万丈深渊！”

许健对张宾说：“我去找老刘谈工作，你看住他，请他出去，别让他乱跑！”

许健去找教导员。

张宾对戴高鸿说：“我们的警服就那么容易扒下来的吗？除暴安良是我们的职责，都把我们的警服扒光了，用一句广东话说，你水鬼升城隍，痴心妄想！”

戴高鸿说：“张警官，你别当帮凶，我把你一起也告了！”

“承蒙抬举，把我和我们大队长一起告了！不过我告诉你，唐默凝把你视为恶鬼，不想再见到你。做人要做好人，不要做违法的事儿！男人以你为耻！”张宾做一个手势，“请吧，你不适合站在这儿，影响我们工作！”

戴高鸿声嘶力竭地说：“我就不相信没有讲理的地方！”

唐父觉得很有必要再到大金宾馆仔细看一下。

华生陪同唐父到大金宾馆去。

唐默凝曾经入住的那间位于第四楼层的单人客房4013室，现在正住着一对远足旅游的大学生情侣。服务员陪着华生和唐父来到第四楼层时，刚好那对大学生情侣从外面回来。看样子他们很开心，买了很多橘子。他们问服务员附近有没有好玩的地方，华生代为回答这个问题。唐父提出到他们的客房看看，他们不问原由就答应了。

据许健和张宾回忆，当晚唐默凝入住这间单人客房，是两手空空走进去的。最值得一看的，是她是否使用电脑上QQ。不过当时服务员强行关机，她的聊天内容肯定没有保存到网络上，也没有自动保存于本机硬盘里。唐父决定碰一下运气，或许能找到一些蛛丝马迹。

唐父给唐母打电话，让她继续努力，一定要从唐默凝的嘴巴里套出她的 QQ 密码。华生觉得这暂时是不可能的。因为唐默凝不是不愿意说，而是她一时想不起来。

华生一味讨好那对大学生情侣，详细地向他们介绍本地的景点和饮食特色。

突然唐父猛拉一把华生的衣领，让他赶紧找一支笔。

华生知道唐父要作文字记录，急忙拿出手机，打开录音功能，“你说吧，我这手机能录音！”

唐父大声地对华生的手机说：“达·芬奇密码！”他觉得不对头，急忙追问唐母：“什么达·芬奇密码，你要彻底问清楚，应该是数字或字母，绝对不是汉字。”

唐母说了几句话。

唐父说：“什么达·芬奇密码？很难猜对的！”

华生提醒唐父，“从她的生日或手机号码或者能推断她的 QQ 密码。”

唐父不理会华生，继续跟唐母通话。后来唐父急了，说了几句埋怨的话，就中断了通话。

唐父说：“达·芬奇密码，谁猜得出来？”

华生说：“登录林寒水的 QQ，可能会发现一些秘密。以前唐默凝常常登录林寒水的 QQ。”

“小伙子，你就不懂了。为了保护好我的宝贝女儿，我宁愿永不提起林寒水这三个汉字。”唐父说，“男人没一个好的，林寒水跟戴高鸿一样可恶，我永远不想看到他勾引我女儿的字眼！”

华生说：“我们来这儿，只想搞清楚到底为什么唐默凝会突然发疯这个问题。我觉得不应该忌讳林寒水。”

唐父说：“我真想杀了戴高鸿，林寒水也是。”

“唐默凝说过，林寒水是一个大好人。”华生说，“两害相权取其轻。我们曾经登录过林寒水的 QQ，密码是唐默凝提供的，我见过，可惜记不起了。”

华生给许健和张宾打电话，他们也忘了林寒水的 QQ 密码。

华生说：“可以通过唐默凝她老妈，向唐默凝打听林寒水的 QQ 密码吗？”

唐父说：“让唐默凝忘了林寒水，也是一件大好事儿。”

华生说：“不能回避现实。如果不找到唐默凝突然发疯的原因，我担心她会重蹈覆辙。”

唐父有点儿生气了，“你这是威胁我！强迫我！”

华生说：“找到原因，就能对症下药，做好预防措施！”

唐父皱着眉头。

华生说：“达·芬奇密码是什么意思呢？”

唐父说：“她是这么说的，我茫无头绪。”

华生一时也不明白，“我上网查一下。”

那个男大学生说：“《达·芬奇密码》是一部美国的畅销小说。”

华生对充满智慧的小说很感兴趣，《达·芬奇密码》正是一部如此的小说。从中破解唐默凝的QQ密码，不是一件容易的事儿，对此他不抱有任何希望。华生随便地问男大学生："你看过电影《达·芬奇密码》吗？"

男大学生说："我下载了一个视频，看起来电脑屏幕黑咕隆咚的，阴沉沉的，不好看。听说原著更好看，可是我没时间看。"

华生看一眼唐父。

唐父说："我不喜欢看小说。"

华生说："我也看过《达·芬奇密码》这部小说。"

唐父说："难道看过这部小说，就能知道唐默凝的QQ密码？那还叫密码吗？那叫开卷考试！"

华生说："《达·芬奇密码》这本书里，有关密码的文字很多。对我来说，印象最深的是斐波那契数列。因为那一章节的故事发生在银行的保险柜密室里，非常精彩。你是留美博士，意大利数学家斐波那契你听说过吗？"

唐父也知道斐波那契数列。如果一对兔子每月能生一对小兔子，而每对小兔子在它出生后的第三个月里又能生一对小兔子，假定在不发生死亡的情况下，由一对初生的兔子开始，一年后一共能繁殖多少对兔子？这个问题就可以用Fibonacci数列轻易地解决。自然界中的植物的叶、枝和茎等排列，在某种假定的情况下也可以由斐波那契数列来刻画。

华生说："我认为唐默凝的QQ密码也许跟斐波那契数列有关。"

唐父顿时有了灵感，坐在电脑前，麻利地打开电脑，焦急地等待电脑启动完毕。

唐父问："QQ密码设置最少是几位数？"

华生看一眼大学生情侣。

女大学生点一下手指，"最少十位数，我猜。"

男大学生说："对，十位数。"

唐父问："华生医生，你记得唐默凝的QQ号码吗？"

华生指着屏幕，"在本地电脑登录过的QQ号会留下记忆的。唐默凝的号码我大致记得。"

QQ页面弹出来了，华生找到唐默凝的QQ号码，唐父迫不及待地输入密码，竟然一举登录成功。

华生鼓掌欢呼，"果真是斐波那契数列！"

唐父严肃地说："我丑话说在前头，唐默凝的QQ密码你知道了，一时改不了，你可不要随意登录进去！"

华生说："尊重别人的隐私，这个我绝对能做到。"

华生回头看一眼大学生情侣。对方正在惊奇地看着华生和唐父。

"我们保证不会登录人家的QQ。"男大学生说，"请问发生了什么事儿？"

华生对大学生情侣说："一言难尽，请问你们还在这儿住几天？"

男大学生说："不超过三天，我们订好大后天上午的火车票，去重庆。"

华生说："我们商量一下，你们这间客房让给我们。我们给你们开个双人房，现在到大后天中午的房租全部由我们支付，好不好？”

“以小换大，我们没有任何损失，不过你们破费了。”男大学生看一眼女友。

女大学生说：“如果这样，就换了吧。”

唐父说：“有这个必要吗？才一两个小时。”

华生说：“大家都方便。”

华生和男大学生到服务总台，很快就办好了换房的手续。大学生情侣的行李不多，华生主动帮忙搬，一下子就搬到第五楼层的双人客房。

唐父端正地坐在电脑前，眼睛死死地盯着电脑屏幕，就像他在做着一个科研课题。

唐父推开键盘和鼠标，低头看着地板。

华生说：“找不到有价值的东西吗？”

唐父说：“唐默凝的QQ里，几乎只跟小林飞刀一个人聊天。小林飞刀是谁？”

华生说：“就是林寒水、庄传智，他的QQ网名不是小林飞刀就是小庄飞刀。林和庄是他的姓，飞刀可能是外科一把刀的意思吧。”

“怎么说呢，林寒水……”唐父欲言又止。

华生说：“在唐默凝的眼里，小林飞刀是一个什么样的人？”

唐父说：“在网络上大家可能都不喜欢说真话。”

华生说：“以你的智慧和经历，你应该能分清楚真伪。”

唐父无可奈何地看着华生，让华生坐在电脑前，“你来看看。你比我更熟悉QQ的玩法，更熟悉年轻人的心理。还有，你是医生。”

华生说：“你找不到，我也找不到了。”

唐父惘然地看着华生，华生摊开双手。

唐父说：“你给那对大学生换房，是错的。”

“才花了几百块钱，没关系。”华生说，“本来我认为，唐默凝突然发疯的原因将被揭秘。”

唐父说：“把房退了，待在这地方更伤心。”

华生和唐父走到电梯间。不知道什么原因，电梯久久不上来。华生急着赶到医院上班，有点儿不耐烦了，反复按了几次电梯的按键。

唐父一拍脑袋，“客房不用退了。它一共开几天？”

华生说：“明天十二点为止。”

唐父说：“我不能白来一趟，今晚我就住在这儿。我看看它是不是鬼屋！”

大金宾馆离唐默凝所留医的那所医院不远，大概只需花十七块钱的出租车费用，就可以快捷地到达。

这天晚上唐父是这么安排的：他让唐母代唐默凝向主治医生请假，由唐母带唐默凝回他们所入住的桃园宾馆住一个晚上；而唐父则自己跑到大金宾馆，对号入座回到那间单人客房4013室。有时唐父甚至埋怨华生多此一举。如果华生不让那对大学生情侣换房子，唐父今晚就不会回到那个让他忐忑不安的大金宾馆去。

唐父登录唐默凝的QQ。他带来一个优盘，打算到时拷贝一些东西。此后唐父觉得无事可做，就躺在床上看电视。唐父一度提醒自己，他待在这里就是为了寻找唐默凝突然发疯的原因。不过他认为床单换过了，卫生间打扫过了，电视里的节目也不同了，电脑当时被强行关机，他不会找到什么灵感和启示的。

唐父在百无聊赖中起床，再一次坐在电脑前。在这台电脑里唐默凝的QQ内没有聊天记录。她也没有用上QQ内的网络保存功能。经过仔细的搜索，唐父在唐默凝的QQ邮箱里，找到往日的聊天记录。

原来唐默凝把QQ的聊天记录，以Word文档的形式，上传到QQ邮箱的草稿箱内，这样就可以相对地永久保存。文件名由时间和文字组成，可供简捷地查找在某天跟某人的聊天记录。至于聊天记录是否齐全，只有唐默凝本人才清楚了。

唐父一阵激动。

看自己的女儿跟别人聊天，这好像窥探女儿的隐私，不那么理直气壮。不过唐父觉得搞清楚那个唐默凝为什么突然发疯的问题实在太重要了，不必畏首畏尾。他浏览过小唐菜和小林飞刀的聊天记录，现在他开始仔细地研究其中的问题。

小林飞刀应该是庄传智，这是华生说的。那么小唐菜就是唐默凝了。

小林飞刀和小唐菜在聊天。时间是2008年9月17日23时。

小唐菜说：“不是说好了，你请我喝点儿什么吗？”

小林飞刀说：“今晚有事儿，差不多办好了。你说，到哪儿喝点儿什么最合适呢？”

小唐菜说：“找一个没人的地方，好吗？”

小林飞刀说：“没人的地方，怎么理解呢？应该在地球之外。”

小唐菜说：“在侏罗纪也是没人的啊。”

小林飞刀说：“我们有办法回到侏罗纪吗？”

小唐菜说：“当然，相对来说离开地球容易一些。”

小林飞刀说：“我们用力跳一下，就可以离开地球一会儿，零点零几秒。”

小唐菜说：“如果我们像小鸟一样，自由自在地飞翔，该多好！”

小唐菜发给小林飞刀一张飞鸟的动漫图片。

小林飞刀说：“有时我也想变成一只小鸟。”

小唐菜说：“哈利·波特有隐身衣和飞天扫帚。”

小林飞刀说：“那是童话。小鸟在天空翱翔，就得不停地排泄，这样可以使它的身体变得更加轻盈。为了飞得更高更快，就要不拘小节了。”

小唐菜说：“我要作最优美的飞行，飞向火星。”

小林飞刀说：“不是说喝点儿什么的吗？为什么要离开地球去火星呢？”

小唐菜说：“在地球，我担心会迷路。”

小林飞刀说：“那就飞往塞浦路斯吧，那儿有全世界最美丽的蓝色。看到那种蓝色，你不会迷路的。”

小唐菜说：“塞浦路斯？在欧洲吧？我得百度一下。”

小林飞刀说：“亚洲国家，在地理位置上它属于西亚，但是在文化、政治上它早已经和欧洲紧紧相连。这个地中海岛国很美丽，可以说地中海把所有的美丽的蓝色都用光了！”

小唐菜说：“如果你在我身边陪我高飞，我闭上眼睛也能找到路。”

小林飞刀说：“闭上眼睛，那你就违反交通规则了。哦，不对，童话里是没有交通警察的吧？”

小唐菜说：“有警察的地方就不可爱了。我喜欢待在一个没有人认识我，也没有人认识你的地方。你闭上眼睛想想吧，那是一个什么样的地方？”

小林飞刀说：“莫非是异度空间？”

小唐菜说：“异度空间讲的是鬼故事吧？那不可爱。”

小林飞刀说：“哦，你喜欢童话。”

小唐菜说：“可惜，我又不是白雪公主。”

小林飞刀说：“我相信，世上有不少白雪公主，你就是其中一个！”

小唐菜说：“别叫我白雪公主，有些事儿说出来就没意思了。”

小林飞刀说：“在QQ上，不说，还能做什么？”

小唐菜说：“我总希望能碰上一些神秘而美好的事儿，亲身经历。”

小林飞刀说：“心诚则灵，你会心想事成的。”

小唐菜说：“我能看到你的内心去吗？”

小林飞刀说：“当然不能。”

小唐菜说：“如果你是一个纯洁的人，就能看透你的心。”

小林飞刀说：“你透视我的心，请问我有心脏病吗？”

小唐菜说：“你无欲无求，不会有心病的！”

小林飞刀说：“扯远了，也太晚了。我们明天晚上再一块儿吃饭吧。”

小唐菜说：“哎呀！好吧！”

小林飞刀说：“那件事儿，还得等一下。一有好消息我会马上告诉你的！”

小唐菜说：“你慢慢来，我不着急。”

……

以上是两年多以前小林飞刀和小唐菜的对话。下面也是小林飞刀和小唐菜在两年多以前的对话，对话的时间稍为接近现在，是2008年10月23日22时。

小林飞刀说：“告诉你一个好消息！”

小唐菜说：“我知道了，谢谢你！”

小林飞刀说：“拖的时间比较长了。本来你早日改头换面，更好。”

小唐菜说：“谢谢你！说到钱就应该赤裸裸的，公平公正。你说吧，我应该怎样报答你？”

小林飞刀说：“你不用报答我，因为这些钱不是我的。能把钱用在有需要的人的身上，真是物尽其用了！”

小唐菜说：“你不心疼钱？如果我是一个蹲在马路边要饭的老太婆，你会这么慷慨解囊，把一大把钱给我吗？”

小林飞刀说："我更喜欢资助小孩子，因为他们是明天的希望。一个人付出了，就希望有所收获。如果能够改变别人的一生，这将是我最大的收获。"

小唐菜说："我害怕。因为免费的东西往往是最昂贵的，莫非你要我的一生？不是这样的吧？"

小林飞刀说："你仔细想一下，没有人可以陪伴你一生，包括你的父母和丈夫。"

小唐菜说："真的没有阴谋？世界真的是那么的美好？这怎么有点儿像做梦？"

小林飞刀说："梦境是最美的。你就当是做梦吧。"

小唐菜说："梦从来都不是长久的。如果你没有心怀鬼胎的话，你跟我非亲非故，你为什么要搭救我，对我这么好？"

小林飞刀说："帮助一个女孩，这种事儿不一定跟性爱有关，你就不必瞎猜了。"

小唐菜说："那天晚上在宾馆的客房里，只有我们两个人，我刚洗了澡只裹着一条毛巾身上没有衣服，你为什么不要了我？"

几分钟后小林飞刀才回答："世界上很多东西不能用钱来交换！"

小唐菜说："也许你很高尚，不过你不食人间烟火，让我有点儿害怕。你不会是阴谋家吧？"

小林飞刀说："谁说我不食人间烟火？我不是有几个臭钱吗？我宁愿用钱去买另一个女人的肉体，也不能对你做那样的事儿。你还是个孩子。我憎恨戴高鸿。他的欲望祸害了你的一生！"

小唐菜说："因为你有钱，你可以在另一个更漂亮的女人身上发泄欲望。你很坦白，但是我真的不知道你在干什么。"

小林飞刀说："我也知道我有点儿虚伪。"

小唐菜说："不过你挺可爱的。谢谢你把钱借给我。以后我一定会还给你的。"

小林飞刀说："能还给我，那最好不过了。那说明你长大了。"

小唐菜说："你相信我会还钱给你吗？"

小林飞刀说："我本来就没有等着你还钱。我相信什么事儿都会发生。"

小唐菜给对方发送窗口抖动，"你一直觉得我毫无价值吗？你不问我要一点儿东西？无法报答你，我于心不安！"

小林飞刀说："我得到了无价之宝。"

小唐菜说："不可能吧，我怎么一无所知？"

小林飞刀说："我内心很安静，心静如水。这就是无价之宝，用钱是买不到的。"

小唐菜说："你用钱去买一个女人的肉体，你觉得心静如水？"

小林飞刀说："如果是公平的买卖，就没有埋怨。"

小唐菜说："这是有钱人的逻辑！你不知道你大错特错了吗？你如此糜烂，我不想理睬你了！"

小林飞刀说："告诉你，你做什么都是对的。你是否尊重我，是否听我的话，是否永远记住我，这些都不重要。其实我并不需要你的真心。我只求我自己心静如水。"

小唐菜说："真的不理睬你了！跟你在一起，我有一种做梦的感觉。"

小林飞刀说："但愿不是噩梦，相信自己，你会梦想成真的！别想那么多，赶快联系好整容医生。他有博士头衔，是吧？"

小唐菜说："他是真正的来自韩国的整容医生，给一些当红明星做过整容手术。"

小林飞刀说："如果他名不虚传，我就放心了。"

小唐菜说："告诉你，等我整容成功后，我就变成另一个女人了。我打算改名为令狐新雪。我想把我的第一次献给你！"

小林飞刀说："等你整容成功，你就向着梦想再度出发吧。你挣到钱，请我吃一顿好点儿的西餐，这个我欣然赴约。至于你说的那个宝贵的第一次，我重复一句话，世界上很多东西不能用钱来交换！我不需要你的回报！"

小唐菜说："我不相信，世界上没有不需要回报的人！我遇上的人不可能是圣人！"

小林飞刀说："我不想跟你聊有关圣人的问题。我也不想解释自己的做法和行为。你就当自己真的是做了一个好梦吧！"

小唐菜说："有一天你将会找不到我了。整容后，我变成什么样子，不告诉你！就像我穿上隐身衣，骑上飞天扫帚，你再也找不到我！即使我们擦身而过，我也不会向你打招呼！这样的话，你不会感到悲伤？"

小林飞刀说："我会为不明飞行物UFO而感到悲伤吗？"

小唐菜说："如果你有第六感觉，你能感觉到的话，你会有点儿悲伤的。我觉得你是那种多愁善感的人。"

小林飞刀说："我已经说过了，那些钱不是我的。以后我会告诉你，那个善长仁翁是谁。你打算要感谢谁的话，你就感谢他！"

小唐菜说："你骗人！那个善长仁翁就是你！"

……

庄传智和唐默凝的聊天记录跟大多数男人与女人的聊天记录一样，谁想到什么就说什么，每个话题都招致一番或数番对白。这些啰嗦的对白不会有吸引人的故事情节，也不够短小精悍，更没有犯罪证据，甚至没有揭示什么秘密。唐父很快就失去耐性，用走马观花的方式浏览一下。

唐父本来就不太相信网络上的东西。

唐默凝整容所花的大笔费用来自庄传智之手，这是毫无疑问的。但是唐父不会贸然感激庄传智。唐父不明白庄传智为什么要帮助唐默凝。

唐默凝的QQ里加到的好友不到十个，大部分在线，唐父就以小唐菜的名义，跟其中的一个好友"快乐宝贝"交谈。

小唐菜说："快乐宝贝你说，我漂亮，是一个小女孩。一个中年男人在我困难的时候出手帮助我。他会是雷锋吗？"

快乐宝贝说雷锋是不存在于现世的，最后快乐宝贝说："……南京徐老太指认市民彭宇是撞倒她的罪魁祸首，南京市鼓楼区人民法院一位姓王的法官，判决彭宇赔偿徐老太四万多元医疗费。王法官的逻辑推理是，公共汽车靠站，彭宇是第一个下车的人，他没有抓到撞倒徐老太的凶手，因此他有撞倒徐老太的嫌疑。彭宇把徐老太送到医院，并在徐老太家人在场的情况下，没有自行离开，反而为徐老太付医药费两百元。如果彭宇没有撞倒徐老太，他完全不必这样做。这些行为显然与情理相悖。因此彭宇就是撞倒徐老太的罪魁祸首，必然要分担徐老太的医药费。同样，你小唐菜是一个年轻漂亮的女孩，一个中年男人解囊相助，如果他不心怀鬼胎，莫非他愿意没吃到羊肉，反惹一身骚?”

当今社会道德沦丧是不争的事实，唐父为之喟叹不已。因此南京鼓楼区那个法官的逻辑推理有一定的道理。庄传智在唐默凝身上花了这么多钱，唐父不得不认为庄传智对唐默凝有非分之想。他不相信庄传智是一个纯粹的热心助人的人，也不相信唐默凝会遇上好人。

但是唐父并不觉得庄传智是一个坏蛋。

第十八章　第二境域的诞生

华生两次登门看望庄秋玲。在每次见面的后半段时间里，华生都不厌其烦地提出要看庄传智留下的日记。但是庄秋玲都没有同意。

林瀚纯给庄秋玲打电话，做了她的思想工作，还特意说明华生是庄传智的堂弟，不会做出对不起庄传智的事儿。

庄秋玲终于同意复印一份庄传智的日记作为副本。不过她声称她要先看一遍庄传智的日记，再把它的副本交给华生。

第三天上午华生正在泌尿外科例行查房时，特快专递投递员就给他打电话，问他此刻在哪里。华生请医院大门值班室的门卫代为签收。

下午四时华生下班后，他立即找一个清静的地方，仔细地看庄传智留下的日记。

庄传智写日记的习惯形成于他入住康乾庭院的豪宅后。在日记簿的首页，第一句话是这么写的：今天我搬到什么地方住了？这不像实现了梦想，反而有如做梦一样。

可以看得出来，只要庄传智来到康乾庭院这个家，他就会提笔写日记，把自己的一些事儿和一些想法写下来。

庄传智入住康乾庭院的豪宅，这种说法是不太恰当的。因为庄传智极少在这套房子里过夜。他偶尔会在有空儿的时候在这里待几个小时，就像匆匆的过客。因此，他的不少日记是日后补写的。凡是补写的日记，他都作出注明，有时还有所针对地特意写下记得不太清楚这些字眼。

至于庄传智和林瀚纯的关系，华生从林瀚纯的嘴里获得了它的大致的轮廓和认知。华生最想搞清楚的问题是，为什么在唐默凝的面前庄传智是一个乐善好施、挥金如土的富翁，在家里或单位里他却是一个手头拮据、坚守医德的普通医生。

在林瀚纯和庄传智还处于偶然相识的阶段，林瀚纯曾经执意要送给庄传智一千万元的现金。当时庄传智婉拒了。

后来一份亲子鉴定报告拉近了林瀚纯和庄传智的心灵距离。他们几乎到了无话不说的地步了。

庄传智说："我不明白，去年你为什么偏要塞给我那么多钱呢？一千万元是一百块钱吗？现在你可以告诉我了吧，那是真的吗？"

林瀚纯说："去年那个时候你为什么不这样问我？"

"那个时候不能这样跟你说话，那时候我们的身份不对称。"庄传智说，"而且，当时你不会说真话。"

林瀚纯笑了，为庄传智倒了一点儿轩尼诗李察干邑白兰地。这是庄传智喝过的最好的酒。他极少喝酒，但是今晚他觉得喝酒当个醉鬼也是人生一大乐事。

林瀚纯说："如果我是标题党的话，我就以百万英镑为标题。我年轻的时候，最喜欢看的一部电影叫《百万英镑》。我崇拜格利高里·派克，也尊敬那一对富翁兄弟。如果有一天，我也能满怀信心地把一张百万英镑的钞票送给一个值得信任的人，那将是我最成功的人生时刻，我觉得那样做很有价值。总之，那一千万元我是真心送给你的。"

庄传智有点儿遗憾了，"当时我觉得你不像开玩笑。如果早知道你是这样想的，我就收下你那一千万了。有时我很需要钱。"

林瀚纯说："当时你怎么拒绝了呢？"

庄传智说："我知道天上不会掉馅饼的，而且我还想减肥，所以我不能要你的钱。"

林瀚纯说："没有贪婪，是因为诱惑的力度不够。我就是这么想的。当时我真想把两千万放在你面前，让你情不自禁。"

庄传智说了一个笑话。主教大人和一个商人边走边谈，一个神甫在后面跟着。神甫听到商人说五十万，主教大人摇头，继续往前走。商人又说一百万，主教大人还是摇头。商人绝望地喊出一千万，主教大人也痛苦地摇头。商人垂头丧气地走了，神甫赶紧对主教大人说，有了这一千万能建多少所学校和医院，能救助多少病人和帮助多少孩子啊！主教大人说，那一千万是可口可乐的广告费，那个商人要求以后做祷告和礼拜时，不再说阿门，而是说可口可乐！

林瀚纯说："你的意思是，我给你一千万元，违反了你的《希波克拉底誓言》？现在我们的身份是平等的，我想知道，当时你为什么不要那一千万元？那跟患者或患者家属给你的几百块钱的红包截然不同吧！"

"有些事情很难解释清楚。"庄传智说，"我可以告诉你，后来我为什么会接受你给我的一千万元。"

林瀚纯说："也许当时我没有看错人吧。没想到我们还有缘分做父子。不用说了，既然是父子关系，你就不必客气了，因为谁都知道老子打江山，儿子坐天下。前人种树，后人乘凉。"

庄传智说："我遇上一个女孩。我跟她毫无关系，今后我也不想跟她有任何关系。但是我想帮助她。帮助她就需要一大笔钱。我不得不开始接受你的钱。渐渐地我就习惯于享受或挥霍你的钱了。"

林瀚纯说："你用享受和挥霍这些字眼不准确。据我所知，你的同事和你的家里人，都不知道你有宝马和豪宅。在家里你仍然粗茶淡饭，布衣在身，安步当车。你不要胡乱猜测，我没有请人调查你。因为完全没有这个必要。"

华生正在看着庄传智的日记。他突然记起来，林瀚纯曾经好几次向他打听，庄传智是否买房购车。暗地里庄传智购买了豪车和豪宅，但是华生一无所知。

庄传智说："那个女孩跟我毫无关系，请你相信我。但是她的确影响了我。我不应该把你的钱用于享受或挥霍。"

林瀚纯说："即使你享受了，挥霍了，但是在家里，在医院里，你没有享受，也没有挥霍。你家里人也没有享受、挥霍。你能告诉我这是为什么吗？"

庄传智说："自古雄才多磨难，从来纨绔少伟男。富贵不过三代。基于上述原因，我希望我的儿子不是二世祖，请他从零开始，做一个顶天立地的男人。我老婆虚荣心铺天盖地，唯利是图，更不能满足她的欲望。我的养父养母习惯了粗茶淡饭，血压偏高。过温饱的生活，远离花天酒地，更有利于他们延年益寿。我自己呢，一半享受挥霍，一半粗茶淡饭，保持一颗平常心，享受内心的平静，也许对自己有好处。"

林瀚纯说："你说的是深层次的问题。你是有思想的人。展望未来，你有什么打算呢？"

庄传智说："我家里人都骂我不会挣钱，人家白给的红包也不敢要。我没有经济和工商管理的天赋。我最大的经营理想是创办一个私人医院，以低廉收费的方式，服务那些来自社会贫困阶层的患者。你希望我当你的接班人，可能勉为其难。你为什么不聘请职业经理人来当总经理呢？很多大公司都聘请经验丰富的职业经理人，他们会管理得更好。"

"创办和管理一个非盈利性的医院，更难。"林瀚纯说，"不能说你没有经济和工商管理的天赋，你肯定有这方面的遗传基因。你将是有成就的职业经理人。可能吧，角色转换需要时间。"

庄传智说："我不惧怕压力和挑战，我只担心我做不好。"

林瀚纯说："我给你五年的缓冲期，不是九十度大转弯、赶鸭子上架了。不过，你必须在五年内接我的班。我六十有二了。"

庄传智说："我模仿你，可能会模仿成功。何况你还在背后压阵。"

林瀚纯说："以你的性格，做事情的认真程度，你会成功的。那天晚上你给林德巍做个小手术，你喝了一听红牛和两听咖啡，给我留下深刻的印象。这意味着你胸有成竹，什么都准备好了，连咖啡都准备好了。你这么想吧，给生命动刀子你都不害怕，你还害怕什么呢？"

庄传智说："我知道了。"

林瀚纯微笑，"美国常常搞外科手术式空袭，以小规模战争屈人之兵。我们家盛公司有时候也要搞一些外科手术式的变革。有变革才有发展。就看你的了。"

庄传智点一下头。

林瀚纯说："你有一套好房子，一辆好车子，这是必须的。不是因为你是我的儿子，你就可以不劳而获，像林德巍一样奢侈和腐化。做人就要大气，才能做大事情。你将会是一个大公司的高管，你必须学会花钱。有时花钱就像你喝红牛和咖啡，可以确保一个小手术万无一失。你要学会做到有胆量花掉一吨红牛和一吨咖啡的钱，比如喝一瓶人头马路易十三，确保跟对方搞好关系。一个大公司如果能胸有成竹地花掉几十个亿，就能收获一百个亿。没有信心把钱花出去，或者钱没有花好，将会一无所获。”

庄传智点一下头。

华生继续阅读庄传智的日记。华生喜欢看倒叙叙述手法的小说。如果是顺叙叙述手法的小说，他也习惯地先看书的下半部分。华生看庄传智的日记也如此，按时间顺序的反方向看，就是倒着看。

庄秋玲曾经试图大闹林瀚纯办公室，为的是让林瀚纯和庄传智把林德巍交出来。这件事发生在庄传智拥有豪宅和豪车之前。

当天晚上林瀚纯亲自驾车，由庄传智陪同，送庄秋玲到香格里拉酒店。那辆车就是林德巍的座驾。

第二天一大早，林瀚纯叫醒庄传智。

林瀚纯说：“昨晚你没睡好吗?”

庄传智说：“咖啡喝多了，跟自己有关的事儿也多，所以很难入睡。”

林瀚纯说：“你有驾照吗?”

庄传智说：“有，五年前考的。”

林瀚纯说：“我的司机开奔驰来接我。停在酒店车库里的宝马，你拿去使用吧。”

庄传智说：“那不是林德巍的车子吗？我见过。”

“他到美国去，车子他暂时用不上了。资产就要利用上，你就暂时用一下吧。如果用得不开心，到时给你换一辆。”林瀚纯把车钥匙放在床头柜上。

庄传智没有推辞。即使他不想接受这辆车子，他也想试驾一下，亲身体验驾驶大功率的宝马的乐趣。

林瀚纯走后，庄传智立即打电话给住在隔壁客房的庄秋玲。

庄秋玲有点儿生气了，“你这是干嘛！我刚睡着，几点了?”

庄传智说：“六点多，起来吧，退房了。”

庄秋玲说：“你不是说过，让我在香格里拉酒店住几天吗?”

庄传智说：“跟你商量一下，请你屈尊到二星级的酒店住几天，节省下来的钱就给你买衣服和鞋子，行吗?”

庄秋玲说：“你会计算吗？这是香格里拉酒店的房子，一千多块钱一个晚上，我怎么也赖到十二点。衣服我当然要买。”

庄传智说：“我们不能那么小气，就便宜了香格里拉酒店吧。起来吧，我们换个地方。”

庄秋玲很不高兴地起来，跟着庄传智走了。庄秋玲板着脸，不停地责怪庄传智。

庄传智微笑，“庄秋玲，你怎么变得像甄莉了！这样不好!”

庄秋玲说：“气死你!”

庄传智的手机鸣叫起来，是甄莉打来的电话。甄莉昨晚值夜班，现在还在医院里。甄莉质问昨晚庄传智跑到哪里去了，庄传智说他和朋友一起看欧洲冠军杯，两个多小时前曼联击败切尔西夺冠了，他输了几百块钱。甄莉骂了庄传智几句。后来甄莉说她打电话叫庄岩起床了，问题是这几天郭秀娟感冒，绝对不能让她接近庄岩。因此庄传智必须马上买到庄岩最喜欢吃的早点，十万火急地赶回家里，督促庄岩尽快吃完早餐，再送庄岩去上学。

“你看你，知道没钱有多麻烦吗？有钱能使鬼推磨，有钱你就请个保姆做家务，接送岩岩去上学，甚至你老婆不用上班了，当全职太太。”庄秋玲一想，“幸好，苍天有眼，突然给你掉下一个好爸爸。我的运气就没那么好了！”

庄秋玲唉声叹气。

走进停车场，看到了那辆宝马，庄秋玲就不吭声了。庄传智拉开车门，让她坐进去。庄秋玲选择坐在后排。她终于觉得一切都变了。

宝马在马路上行驶。

庄秋玲说：“头一次开宝马吧？小心驾驶！蹭一下剐一下都一两千块钱！”

庄传智说：“为了安全起见，以后我开 J-20。”

庄秋玲说：“什么车子？是悍马吗？这车子是 BMW。”

庄传智说：“J-20，又叫黑丝带，中国的重型隐形战机。”

庄秋玲说：“开什么玩笑，开车你都不合格，还想开飞机！”

庄传智说：“你说我不会开车？”

庄秋玲心情不好，“不跟你说了。别跟我说话。”

庄传智看一眼庄秋玲。

后来庄传智伸手在庄秋玲眼前晃一下。

庄秋玲说：“别跟我说话！”

庄传智说：“庄秋玲，我有话必须要说。告诉你，我有个有钱的亲生父亲，但是与此有关的我的所有事儿，千万不要说出去。你就这么想，我是一个特工，你一说出去，暴露我的秘密身份，我就有杀身之祸！”

庄秋玲说：“一朝得志，语无伦次！不知道你说什么！”

庄传智说：“反正与我有关的事儿，你不能对任何人说，包括我们的父母。否则，我这个特工会杀人灭口。”

庄秋玲说：“我看你病得不轻！”

庄传智严肃地回头看了庄秋玲一眼，“记住我说过的话。”

庄秋玲用听不见的声音说了一句话。

庄传智把车子停在路边。

庄秋玲左右看看，不解地看了庄传智一眼。

庄传智说：“就停在这儿了，大概需要三十分钟。你先闭目养神吧，不要离开车子，到处走。车钥匙给你。”

庄秋玲说：“为什么停在这里？直接开车过去啊！”

未等庄秋玲说完，庄传智就扔下车钥匙，用力关上车门。车门发出的声音较响，这说明了庄传智还不习惯用这辆车子。

庄传智跑向点心店。买到蛋糕和牛奶后，他跑向他居住的住宅小区。

庄秋玲看着庄传智身影消失的方向，越想越觉得糊涂。

十分钟后庄传智跑过来，在车子旁不停地喘气。庄秋玲要出来，他急忙示意她别动。庄传智坐进车子里，塞给庄秋玲一大把钱。

庄传智说："你送岩岩去上学，打车去。这些钱，你自己拿去开房，买衣服。住在哪个宾馆，你发短信给我，中午下班我去找你，我们一起吃饭。"

"你有病啊！"庄秋玲拍着真皮座椅，"这是什么？时间还早，完全来得及，你怎么不用它送岩岩去学校？刚才你就应该把车子开到蛋糕店旁边，买到蛋糕再开车回家！"

庄传智急了，"笨蛋，我开车回家，岂不泄露我的特工身份了？难道你想我有杀身之祸？"

庄秋玲说："你害怕露富，有人追杀你？太可笑了，你这么怕死！"

庄传智说："庄秋玲，我说过的话你怎么忘了？有关我的事儿，你不能对任何人说。快去送岩岩上学，他在小区门口等你，你们打车去。"

庄秋玲看一眼庄传智面前的方向盘，不得不听他的，把钱分成两部分，分别塞进牛仔裤的两个口袋里，打开车门下车。

庄传智马上把宝马开走了。

中午庄传智到庄秋玲下榻的宾馆找她。这个宾馆的餐厅的粤菜做得很好，他们到餐厅里吃饭。

庄传智说："你问过了吗？老妈去接岩岩了？"

庄秋玲说："岩岩回到家了，饭吃了一大半了。其实老妈根本没感冒，只是打几个喷嚏。你老婆狗眼看人低，不让老妈碰岩岩。你应该用林瀚纯压一下你老婆。"

庄传智说："不能这样。你忘了我的特工身份？"

庄秋玲说："你到底怎么想的，我真不明白。什么事儿在你这儿都变得复杂得不得了！"

庄传智说："你知道为什么林德巍会变成一事无成的瘾君子吗？"

庄秋玲说："这个跟你无关。"

庄传智说："我不想岩岩变成纨绔子弟，这是第一。"

庄秋玲说："不是所有的富家子弟都会变成纨绔子弟的。"

庄传智说："第二，那种自给自足的升斗市民生活我习惯了，比上不足比下有余，我不想放弃。"

庄秋玲说："你不想让老妈跟着你过上好日子吗？"

庄传智说："第三，我有自己的梦想。"

庄秋玲说："你到底有什么梦想，荒诞不经、神神秘秘的？"

庄传智说："我的梦想你永远不懂。你不要嘲笑别人的梦想。"

庄秋玲揶揄地说："请问还有第四吗？"

庄传智说："第四，甄莉要学会尊重别人，也要学会尊重自己。"

"甄莉要是知道她的公公是林瀚纯而不是庄富强，她一定尾巴翘上天了！"庄秋玲冷笑一声，“还有第五吗？”

庄传智说：“第五，我再次奉劝你，不要嘲笑别人的梦想！”

庄秋玲敲一下车窗玻璃，“梦想值多少钱？”

庄传智受到刺激，有点儿激动，“年轻的一代，八〇后，九〇后，你们大部分人无法赡养父母，一味朝钱看，甚至为了一套或两套房子，终生做房奴。既然是房奴，必然会有某种奴性。因此你们把人生所有的梦想放弃了。你们被毁了。你们根本不知道人生最重要的是什么！”

庄秋玲说：“那你凭什么说你没在被毁掉呢？”

庄传智说：“当年我是热血青年，至今我仍然不愿意为了钱而放弃我的梦想。”

庄秋玲说：“你的梦想是什么？不就是住上洋楼、开上豪车吗？如果还能当上大老板泡上几个年轻漂亮的女朋友，你就会觉得更加完美！网上说，这是男性人类共同的梦想！”

庄传智说：“我不能被别人代表。”

庄秋玲说：“你也不能倚老卖老，指责八〇后和九〇后！”

庄传智模仿林瀚纯的口吻说话，“也许，有一天你可能跟比尔·盖茨一样有钱，跟他一样有高科技天才，但是你永远无法跟他相提并论，知道为什么吗？因为你在思想和文化层次上永远无法望其项背！”

“我知道钱不是万能的，没那么了不起！”庄秋玲说，“但是比尔·盖茨的事儿我也知道。他驾车，和朋友去希尔顿酒店开会，由于晚点到达，找不到车位。朋友建议他把车子停在贵宾车位，比尔·盖茨说那要付十二美元，可不是个好价钱，酒店过度收费。朋友说由他来付，比尔·盖茨坚决不同意，固执地把车子停在酒店之外，再走路回来。”

庄传智说：“你知道比尔·盖茨为什么为几美元斤斤计较吗？”

庄秋玲说：“哪怕是几分钱，也要花在最有用的地方，让它发挥最大的效益，制造最大的利润。李嘉诚也做过类似的事儿。他不小心把一元硬币掉进排水沟里，为此花十块钱请别人把一元硬币捞起来。”

庄传智说：“时间就是生命。难道比尔·盖茨和李嘉诚那样做不是浪费时间吗？你知道比尔·盖茨和李嘉诚在一分钟内赚多少钱吗？有人假设，如果比尔·盖茨的脚边有十美元，他会建议比尔·盖茨不要停步、弯腰去捡起来，目测钞票的真伪。因为比尔·盖茨为此所花的时间有好几秒，跟他每秒钟赚二百五十美元相比，捡起十美元得不偿失。”

庄秋玲说：“你别以为我不懂。如果比尔·盖茨不是很赶时间的话，他肯定会捡起那十美元，看看是不是真钞。因为比尔·盖茨每秒钟赚很多钱但是这些钱和他的时间没有直接的关系。只要他的微软全球员工没有跟着他弯腰捡钞票、看个究竟，钱还是一分不少地往他的口袋钻。你也不想想，你还让比尔·盖茨上厕所吗？那要花多少时间？睡觉就更不用说了！”

庄传智说：“问题的关键不在这儿……”

庄秋玲得意地追问："那你说比尔·盖茨为什么要省那几美元？"

庄传智说："那就是你所不知道的精神和思想。比尔·盖茨那样做，并非为了省钱，更不是锱铢必较地追求最大的利润。总有一天你会发现，比尔·盖茨不是商业动物，而是一个有精神和文化的人。他说过他裸捐，我相信他不会骗我们。"

庄秋玲说："你是我哥吗？怪不得甄莉早就说你疯了。要是甄莉知道你隐瞒你是林瀚纯的亲生儿子，她一定也疯了！"

庄秋玲话音未落，服务员上菜了。此时庄秋玲无意中看到甄莉跟着一个中年男人走进来。咨客为他们引路，他们走向包间。

庄秋玲示意庄传智看过去。

庄秋玲说："看到了吗？"

庄传智说："甄莉昨晚上了大夜班……"

庄秋玲说："按理此时她应该在家里休息才对吧？你还不现身，把老婆夺回来？"

庄传智说："她和朋友吃顿饭，不行吗？"

庄秋玲说："吃顿饭还不容易，你过去叫她过来，你这儿不是有海鲜吗？干嘛要跟其他的男人吃饭？"

庄传智说："大白天吃顿饭，不一定风花雪月啊！"

庄秋玲说："皇帝不急太监急。"

庄传智和庄秋玲闷声不响地吃了这顿海鲜大餐。

午饭后庄秋玲要去购物，不愿意打车，非要庄传智开车送她。庄传智无法推托，带着庄秋玲来到停车场。庄传智发动引擎，迟迟没有开车。

庄秋玲说："走啊，还等什么？"

庄传智说："这是私家车，要爱护好发动机，它是车的心脏。"

庄秋玲说："这叫预热发动机，是吧？"

庄传智说："是。"

庄秋玲说："你不是有经验的马夫。"

庄传智不解地看着庄秋玲。

庄秋玲说："开宝马的，就是马夫！告诉你吧，冷车启动后，在所有自检完成，故障灯熄灭后，就可以起步了。低转速驾驶一会儿，在油温七十摄氏度以上，就可以正常驾驶，开多快都没问题。"

庄传智看一眼庄秋玲，没有把想说的话说出来。

庄传智正要挂挡，此时甄莉和那个中年男人走过来。

庄传智急忙地说："快趴下，睡觉。"

庄传智当即趴在方向盘上，做出埋头睡觉的样子。庄秋玲不得不效仿，也抱头假装睡觉。即使甄莉看过来，也无法看清楚他们是谁。

甄莉和那个中年男人匆匆地上了旁边的车，一阵风走了。

庄秋玲看了一下，"一辆中宝马，五系列的，第五代2004款的。你这大宝马，七系列第五代2008款的，要不要快马加鞭追上去？"

庄传智说："不管她。你要去哪儿，我这就送你去。我还要上班呢。"

庄秋玲说："追上去，你也不丢人啊。你在这七系列宝马里露脸，也算是在甄莉面前出一口恶气了。她怎么骂你的，你忘了？"

庄传智说："庄秋玲，你不再是那个天真无邪的女孩了！"

庄秋玲说："我觉得你越来越古怪了，像个外星人。你说的话我听不懂。"

庄传智说："不要跟马夫说话。晚上我们还一起吃饭。找一个好地方。还有，我要跟你好好谈一下。"

庄秋玲哭笑不得，"算了吧，你还想给我洗脑？"

傍晚庄传智下班后，在约定的地点接上庄秋玲，拐弯抹角地走了一段长长的路，来到一个农家菜馆。

庄秋玲很惊奇，"你怎么能老马识途找到这儿来？你来过这儿吗？"

庄传智说："不是有卫星导航吗？"

庄秋玲说："卫星导航是美食家吗？你什么时候听说这儿的东西好吃的？"

庄传智说："这两天我们吃肉吃海鲜，肚子可能吃不消。吃点儿野菜，粗纤维的东西最好。我上网查了一下，这儿的农家菜最出名。"

找了一个包间，庄传智和庄秋玲懒洋洋地坐下来，喝着还算不错的茶。

庄传智点了菜心和蘑菇，还有清蒸黄辣丁鱼和荞麦包子，汤是土鸡炖山药。

庄秋玲自得其乐地说："这个地方不错，很多有钱人跑过来吃饭。你看外面的豪车。"

庄传智说："吃这么一点儿东西，大老远跑过来，就是花钱买健康。"

庄秋玲说："你点的三个菜一个汤一个主食，最贵的应该是土鸡炖山药吧？"

庄传智说："相对地说，那个菜心最贵。"

种植这个菜心的菜地，从不施放化肥和喷洒农药。所施放的是有机肥料。为了扑灭虫害，就得有人手持电子灭蚊拍，一天三次全方位打扫菜叶上的虫子。网上是这么介绍的。

庄传智说："我们就像回到十九世纪吃蔬菜了。"

庄秋玲说："能够回到十九世纪的人，都是有钱的人。相比之下，去火星还容易一些。你知道去火星要花多少钱吗？"

庄传智说："要忘了钱，才能赚到大钱。"

"什么意思？"庄秋玲说，"既然远道而来，在同一间房子吃饭，我就听你说几句。"

庄传智说："你有没有发现，你老是企图在马路边捡到钱包，你总会一无所获。美国人罗纳德·里根在伊利诺斯州洛维尔海滩公园当救生员的时候，曾经救了七十七条人命，但是从来没有获救者向他说一声谢谢。后来他是美国总统。"

庄秋玲说："你这傻瓜，不要钱，结果偏偏有一个有钱的亲生父亲。真是人算不如天算啊！"

庄传智说："你又说到钱了。"

庄秋玲说："以前没感觉到，现在如果没了钱，我还真的活不下去了！"

庄传智说："你真的不再是那个天真无邪的女孩了！"

庄秋玲说："我长大了，不行吗？"

"你的事儿，我管不了那么多。"庄传智反复叮嘱庄秋玲，不要把他的那些秘密的事儿说出去了。

庄秋玲说："我不明白，你到底想干什么？你以为我们在演电影，有人演《雷雨》，有人演《无间道》？要是演电影，你可以获得金像奖！"

"你说我是外星人。"庄传智说，"我突然想起一个词儿：第二境域。"

庄秋玲说："什么第二境遇？你想去火星？"

庄传智说："我和我的亲生父亲林瀚纯的那些事儿，就是属于第二境域的事儿。这是全新的规则。"

庄秋玲说："什么叫做第二境遇？全新的规则？不是医学专用名词吧？"

庄传智说："第二境域不是医学名词，更不是鬼魂的境地。我也不是见人说人话、见鬼说鬼话那种人。这么说吧，我和甄莉、岩岩、老妈和老爸在家里一起过日子，我在医院里上班，那是现实社会中的事儿。如果我和林瀚纯在一起，我开着宝马当马夫，我在这种高消费的地方吃饭，这就是第二境域的事儿。现实社会和第二境域是分头并存的，却像平行线，永远不会交叉。"

庄秋玲说："你的意思我明白了。你坐在宝马里，即使老爸老妈、甄莉、岩岩就在你身边，你也不会跟他们打招呼，更不会请他们上车。甚至永远不告诉他们你是有资格开宝马的人。"

庄传智说："我这是用心良苦，以后你会明白的。"

庄秋玲说："为什么你偏偏要针对家里人，建立'第二境遇'这个全新的规则？这个概念有什么实质性的意义吗？"

庄传智说："并非针对家里人。大部分时间我也待在家里过日子。"

"你就装吧！拿金像奖吧！"庄秋玲说，"有什么意思呢？"

庄传智说："我们来吃饭的。暂时停止争论吧。"

庄秋玲说："你为什么非要当思想家，非要当什么践行者，这不是非要跟自己过不去吗？你性格怪僻，认死理儿，不可救药。你是医生，你应该学会心理学，拯救自己！"

庄传智说："你可以随便骂我，但是不能泄露我的秘密，把我的第二境域晒出来，它就变成现实社会了！这就没意思了！"

庄秋玲说："哦，你就像双面特工。不，你像有双重性格的人。"

庄传智说："不，我不是双重性格的人。之所以有第二境域存在，是因为我是被迫接受它的。本来我不想成为有钱人。我最大的梦想是创办一个小型的私人医院，非盈利性质的小医院。"

庄秋玲说："我警告你，你这个样子，我会提醒林瀚纯董事长小心，我担心你何德何能接他的班！"

庄传智说："这个问题我会解决好。我不要钱并不代表我没有雄心。你不要低估我的雄心。"

庄秋玲说："老实说，甄莉长得这么漂亮，你应该让她过上与她的美貌相匹配的幸福生活。不然的话，我也觉得鲜花插在牛粪上了。"

庄传智面无表情，随即打了两个喷嚏。

庄秋玲说："没有幸福不是老爸老妈的错！你必须提高老爸老妈的生活质量！"

庄传智点一下头。

服务员端菜进来，庄传智和庄秋玲不再说个不停。

土鸡炖山药汤很不错，其他几个菜也很清淡可口。

庄秋玲说："有钱真好，可以享受生活。"

庄传智不想说话。

"不知道是我的错觉，还是你疯了。我不知道我身处哪一个星球，我不知道我穿越到哪一个世纪。现在我首先关心我自己。"庄秋玲说，"你说，我该怎么办？"

庄传智说："如果你晚一年出生，你就属于九〇后了。你为钱而生，注定是房奴。除非给你一套房子，否则根本无法改变你的想法。你该怎么办，你慢慢去想吧。"

庄秋玲跟华生说她没有听过庄传智提及第二境域这个词汇，这分明是撒谎。庄传智在日记里详细地记述他和庄秋玲谈及第二境域的事儿，还对这个词汇有所论述。为此庄秋玲在日记的复印件副本第二境域这个词汇的旁边，用红笔写上眉批，以此注解她为什么撒谎。当时庄秋玲不愿意说。她认为一个人已经不在了，再翻来覆去地说那些有关他的事儿，已经没有多大的意义，还不如为他保留那些隐私。

不久之后庄传智有了工行白金卡和那套位于康乾庭院的豪宅。

庄秋玲经常在那套房子小住几天。

华生又一次接触第二境域这个词汇。在看过庄传智的日记后，华生渐渐地明白庄传智是怎么想的了。庄传智那些在普通人的眼里与常规和逻辑相悖的行为和思想，正是因第二境域而起。

华生假设庄传智死于自杀。因此华生还试图在庄传智的日记里，找到他走向绝路的外部或内在的原因。

当天傍晚华生打电话给蔺藜，要请她吃饭。蔺藜下班了，正在更衣室换衣服，她一口答应了。

华生在医院的停车场等蔺藜。蔺藜一见到华生就说："这几天很忙吗？很少见到你，电话也不打一个。"

"天天想你啊。"华生说，"请你到一个较远的地方吃饭。"

蔺藜说："两个人吃饭，餐费才一两百块钱，跑太远了划不来吧。最近汽油价钱又创新高了！"

华生说："汽油我也请了。"

"我的波罗吃油不多，我是那么小气的人吗？去哪儿吃饭？"蔺藜看见了她的波罗，示意华生走过去。

华生叫住了蔺藜。华生掏出车钥匙，蔺藜认出是宝马的车钥匙，却有点儿不相信。蔺藜夺过车钥匙，在上面按一下，几米之外一辆宝马轻轻地鸣叫一声，车内电子保安系统开锁的声音隐约传来，把蔺藜吓了一跳。

“大宝马啊，挺眼熟的！”蔺藜惊奇地说。

华生给蔺藜拉开车门，“上车吧。”

蔺藜做贼心虚地坐在车内，问坐在驾驶座位上的华生：“不是偷来的吧？”

“对我来说，偷车比买车更难。”华生发动引擎。

蔺藜说：“你真是传说中的富二代？你那件风衣真是几万块钱的阿玛尼？”

华生说：“二〇〇六年那年开始，大学生就热衷于学车，为谋职成功加码。我去年考到驾照的，手艺还在呢。”

蔺藜说：“驾照花几千块钱就能拿到，这是几千块钱的问题。宝马七系列，即使二手货也要几十万吧？这是几十万元的问题。问题大得多！”

华生说：“总之不是偷来的，以后再告诉你吧。”

蔺藜想起来了，“你跟庄医生是什么关系？我说一句话，你别骂我。”

华生说：“我不迷信，你说什么都行。”

蔺藜说：“庄医生在沃尔玛地下停车场，开的那辆车子就是这种大宝马。那辆车子曾经不止一天停在这儿。我怀疑是庄医生开过来的，不过我问他，他矢口否认。车号我忘了，大概就是这几个数字字母。”

华生说：“你有没有当场看到他从大宝马里出来？”

蔺藜说：“这倒没有。就像男人偷情一样，没有捉奸在床，打死他他也不会认。”

华生说：“这就叫第二境域，你会懂的。”

蔺藜说：“第二境域？”

华生打开车载导航仪，要去那个农家菜馆。

在农家菜馆里，华生也照葫芦画瓢，所点的菜式和汤跟庄传智那天所点的毫无二致。

蔺藜说：“你好像经常来这儿吃饭。那车子是庄医生的？”

华生说：“庄医生请过你吃饭吗？我说的是这两年的事儿。”

蔺藜说：“有过几次。”

华生说：“你有没有感觉到他出手阔绰，口出狂言？”

“这个倒没有。”蔺藜想了一会儿，“他的塑胶拖鞋破了，他自己动手用针线补，我还笑话过他呢！”

华生说：“他那种暴富的迹象，你一点儿也没有察觉到？”

“那车子真是庄医生的？”蔺藜盯着华生，“怎么会在你手上？”

华生说：“说起来话长。今天我们好好吃顿饭吧，别谈这个。”

“你吊人胃口，我不吃了！”蔺藜说，“我问你，你跟庄医生到底是什么关系？他那辆宝马为什么会落在你手上？”

华生不得不说，“一言难尽，我简单地说一下吧，庄医生是我的堂哥。别的我暂时不愿意说了。”

蔺藜一时没有思想准备，惊讶地看着华生，“你父亲是谁？叫什么名字？”

“以后再说吧。”华生说，“庄医生一夜暴富的迹象，甄莉一点儿也没有察觉到吗？”

蔺藜说：“这个问题你问过了。”

华生说：“庄医生有没有改变某些习惯？”

蔺藜说：“人总会变化的。过去他经常买彩票。不过后来他越来越不沾那东西了。”

华生说：“我记起来了，庄医生请我代买过彩票。才买了五注。”

蔺藜说：“哦，去年他给我发过短信，说他的手机里收到沃尔玛发给他的短信，沃尔玛十五周年店庆疯狂大促销。他还打电话给我，也是去年的事儿了，说展览中心有世界名牌皮鞋大展销，四五百块钱就可以买到样式不错的国际品牌皮鞋。”

华生陷入沉思。

“有一次他在医院大门前碰上我，找我换零钱乘坐公汽。”蔺藜说，“两年前他埋怨甄莉乱花钱，老花钱买不必要的东西。还有，今年他还抱怨医院食堂里的饭菜贵，不好吃。”

华生说：“你听过他提及第二境域这个词儿吗？”

蔺藜说：“什么？”

华生说：“第二境域？”

蔺藜有点儿不耐烦了，“这个问题你问过了。一切都过去了，没意思。”

这时服务员上菜了，蔺藜好奇地看着这些普通的菜式。她不知道庄传智曾经在这里品尝过如此的菜式。

华生找到了许健和张宾，把那本庄传智日记的复印件副本递给他们。许健和张宾好奇地看着华生开来的宝马。

张宾说：“华生医生，神马都是宝马？”

华生笑而不语。

张宾说：“原来有钱人的脾气真怪，想当个私家侦探或007，执行危险任务。”

许健说：“张探长，这是人家的嗜好。”

华生说：“我是为破案而生的。我真想当个福尔摩斯。”

许健说：“好了！柯南道尔笔下的警察都是傻乎乎的，注定是福尔摩斯的陪衬。你别说我们是你的陪衬。”

华生说：“庄传智的日记找到了，你们看看吧。”

许健说：“你看过了吗？”

华生说：“看过了。”

许健说：“看得仔细吗？”

华生说：“还算可以吧。”

许健说："那我们就不看了。你把你的读后感告诉我们吧。"

张宾说："还有，既然年纪轻轻宝马开上了，我们是朋友，请吃宵夜，怎么样？"

华生说："要吃，就要吃有特色的东西！"

"晚饭没吃好，才扒拉了两口。"许健说，"汽油贵，时间更贵！别跑太远了。附近找找看，喝点儿稀饭就行了。吃完了锤子剪刀布，谁输了就尽地主之谊吧。"

又来到潮州粥馆。

精明的广东籍老板还记得他们，一再宣称今天的虾和蟹很生猛。许健要了虾蟹粥。老板画蛇添足地说，他的潮州粥馆从来都采用生猛或新鲜的食材，从不用地沟油。

许健和张宾最关注的还是庄传智当面一套背后一套这个问题。

张宾说："为什么庄传智在唐默凝和失学儿童的面前是救苦救难的慈善家，在其他人面前是一个普普通通的医生呢？"

华生把由庄传智自我定义的现实社会和第二境域这两个概念转告许健和张宾。

许健说："一时是现实社会，一时是第二境域。他为什么要一分为二，画地为牢，偏偏要把自己有区别地限制在两个不同的区域内？他在日记里是如何解释的？"

"这个我不能转述他的语言，以免以讹传讹。你最好自己看看。"华生把庄传智的日记的复印件副本翻到某一页，请许健和张宾看。

许健看了一会儿庄传智的日记。

张宾说："去年有个医生收回扣的视频，当时我看过了。不收红包、不跟医药代表勾搭的医生，可能像大熊猫一样稀少了。谁给庄传智那么深刻的教育，让他从不越雷池半步收红包和收好处？"

华生给张宾说了起来。

庄传智决不会忘记他的恩师柳真卿。没有他就绝对没有庄传智的今天。庄传智念小学四年级时，柳真卿是他的班主任。当过右派的恩师年近花甲还没有成家，行为和言辞不合时世，被说成是怪人。当时庄传智的养父庄富强对他不管不顾，正是恩师不断地给他钱买食物、衣服和书，更鼓励他发奋读书。庄传智中考成绩优异，进入全市重点中学，在学校里寄宿，生活费成了大问题，依然是恩师全力资助才解了燃眉之急。恩师还把舍不得穿的皮鞋和大衣送给庄传智。在那些血统高贵的同学的眼里，穿在贫困寒酸的庄传智身上的皮鞋和大衣，理所当然地被认为是偷来的。同寝室的同学丢了一台微型录音机，班长领头兴风作浪，把矛头直指庄传智，未经他申辩就把他扭送到校长那里。面对校长和同学们的咄咄逼人的质问，庄传智一言不发，从大衣的口袋里摸出一封皱巴巴的信递给校长。这封信是恩师发来的，他经常拿出来看，早已熟读于心。校长大声念出这一封信。恩师鼓励庄传智永远奋发向上，成为一个有用于社会的人。信中还说到那件大衣和那双皮鞋，虽然都大了一点儿，但是过两年就合身和合脚了。恩师一再叮咛庄传智在天寒地冻之际一定要穿上它们御寒，千万别冷着了。这一封信让养尊处优的同学们不由得低下了高傲的头颅。在庄传智填报高考志愿时，恩师希望他将来能当一个医生，直接服务于大众。正是这个原因促使庄传智改变做一个工程师的初衷，进入了医科大学。参加工作后庄传智有了收入，要回报恩师。恩师只吃过庄传智一顿仅花费一百多元的宴请。恩师一边吃一边说，有一次他乘坐公共汽车，看到一个乘客失声痛哭。原来那个乘客的母亲病重住院，需要天文数字的医疗费，那个乘客好不容易才借来五千块钱，却由于他的全副精神集中在母亲的病情上，一不小心就让小偷把救命钱全扒走了。恩师认为医生收取红包和开高价药品的行为，说得严重一点儿等同于趁火打劫，比扒窃更恶劣，让贫穷的患者雪上加霜。恩师一再提到《希波克拉底誓言》。在西方社会，每个从医学院毕业的行将成为医生的人，都会按照数千年的传统立下誓言，即《希波克拉底誓言》：作为一个医生，要尽其所能为患者谋利益。恩师声明从此谢绝庄传智的所有回报，只要求他将零红包和零高价药品的行为进行到底，做一个好医生，做一个好人。六年前恩师突发重病，在生还无望的情况下，立下遗嘱指定庄传智参与对他的尸体进行病理学解剖检验的工作，就当是给庄传智上最后一课。面对一生郁郁不得志、穷困潦倒却无私助人的恩师的遗体，庄传智欲哭无泪。

庄传智长久地感觉到，柳真卿一直在天上看着他，那种眼神是慈祥和真诚的。但是庄传智认为恩师不应该对他这么好，这使他受到了永远的折磨。他意识到即使他是亿万富翁也无法报答恩师的关爱，因此恩师的所作所为使庄传智在很长的一段时间里不敢欢笑和享乐。

有关恩师的事儿，庄传智极少跟老婆甄莉说过。因为甄莉曾经对恩师出言不逊，这让庄传智非常痛心。此后庄传智再也没有跟任何人提过恩师的尊姓大名。他觉得，甄莉和某些市侩的人即使仅仅浮光掠影地提一下恩师的名字，那也是对恩师的无私行为的亵渎。

永远谨记恩师说过的话，才是庄传智必须做的。

庄传智一直是这样做的。

庄传智记起自己在恩师柳真卿面前的承诺，而且他也是那种一诺千金的人。他真的希望自己能一辈子当医生。

庄传智在日记里，抱怨现实社会充满浮躁、尔虞我诈的乌烟瘴气。他对社会贫富两极分化深表忧虑，最反感不公平的社会现象。他对中青代白领沦为房奴痛心疾首，对贪官污吏普遍性地拥有众多的房产义愤填膺。

华生记起林瀚纯说过，庄传智曾在林瀚纯面前宣扬《希波克拉底誓言》。即使没有林瀚纯那些话作为印证，华生也相信庄传智的日记的内容和情感都是真实的。

许健说："庄传智的恩师柳真卿是庄传智精神上的耶稣，对他的影响极为深远。但是庄传智却无法回避现实社会。这个社会绝大部分人，特别是年轻人，众口一词，谁有了权力或者谁有了豪车和别墅，谁就事业成功了。"

张宾说："比如说有个还算漂亮的女人说过，宁在宝马车里哭，不在自行车后笑。她宁愿嫁给一个年纪一大把的男人，也不愿意嫁给志同道合、年轻帅气的男孩子。"

"这话说得太厚颜无耻了，别打断我的话。"许健说，"我也读过很多书。我知道慈悲为怀、救苦救难、普度众生、舍己为人，需要很高的道德修养。我想知道，是什么给了庄传智那么大的道德勇气？"

张宾说："你不是说，柳真卿是他的恩师和耶稣吗？"

华生说："柳真卿老师桃李满天下吧？估计像庄传智这种学生是独一无二的。"

张宾说："庄传智是清教徒。"

华生说："我觉得他是机械人，可以随时切换工作环境……这个说得不准确。准确地说，他是外星人，可以随时穿梭两个星球。"

许健说："不是两个星球，是两个区域。现实社会，我们谁都知道的。第二境域，就算是一个特区吧。"

华生借用一个词汇，"对，一国两制。"

许健说："庄传智的性格和经历也决定了他甘于低调，默默地劳作。他为什么是这个样子，我们不得而知。但是他的现象很有趣。"

华生说："谈起庄传智，许大，你像一个哲学家、社会学家，而不是刑事警察。"

张宾说："一个出色的侦探，他本身就是社会学家。"

"张探长，好像越扯越远了。"许健说，"在日记里，庄传智是如何评判唐默凝的？"

华生说："唐默凝拿了庄传智的钱做了整容手术，很感激庄传智，一直想以身相许，但是庄传智没有接受。甄莉瘫痪了，庄传智宁愿找别的女人发泄肉体的欲望。这个也很有趣吧？"

许健说："庄传智找什么样的女人？"

张宾问华生："这个，庄传智的日记是怎么写的？"

华生说："你们有兴趣，自己看吧。"

张宾急忙推托，"我们才没有兴趣窥探别人的隐私。"随即他又说："我有个朋友下载日本的 AV 电影。"

华生说："你打算告发他们？"

张宾说："下载毛片的人可多了。我问朋友，你最喜欢哪一个日本成人电影里的明星？他回答是谁，我就能推测他喜欢哪一种女孩。"

华生说："你认为哪一个 AV 女优最漂亮？"

张宾说："你说呢？"

华生说："饭岛爱、武藤兰、松岛枫、苍井空、波多野结衣。"

许健说："离题万里，你们的说话应该打马赛克！"

"此处省略二百七十一个字。"张宾说，"不过我还想问一下，庄传智找什么样的女人？"

华生说："他的同事，一个护士。"

张宾说："我们见过那个护士吗？"

华生支吾半句。

张宾说："不漂亮是吧？跟那些 AV 女优对不上号？"

华生点一下头。

"庄传智的品位不高啊！"张宾说，"我觉得唐默凝挺不错的。"

华生说："唐默凝是网络名人，人气很高的。她被公认为智慧与美貌并存。"

许健说："庄传智和唐默凝真的没有发生那种关系吗？"

张宾说："并非死无对证，唐默凝不是还活着吗？她什么事儿没见过？她说的话应该是真的。她说过，庄传智是一个大好人，拒绝了她以身相许。"

华生说："在他的日记里，庄传智说他宁愿去嫖娼，也不玷污唐默凝的身体。"

许健说："我们的庄医生不容易啊！"

张宾说："这么个活法，很郁闷。要是我，我也选择自杀，一死了之。"

似乎一言惊醒梦中人，许健和华生一起盯着张宾。

张宾说："怎么啦？"

华生说："就是郁闷这个原因，庄医生自杀了？"

张宾说："我是这么想的。我看书不多，说话不经过脑子。"

许健说："因为郁闷而自杀？谎言重复一万遍，不知道是不是事实。"

虾蟹粥早就端上来了，但是他们都没有食欲。

张宾说："做一个警察，有时可以遇上一些与众不同的故事、离奇古怪的故事。也许吧，这是做警察的好处之一。"

许健说："我有个大学同学，喜欢写侦探小说。可惜他不是当警察的，缺少素材，巧妇难为无米之炊。"

华生说："写侦探小说的作家的头脑里需要有一种无法被肢解的逻辑。"

张宾说："我们的头儿就有那种逻辑思维。"

许健对华生说："对了，第十三怒汉，我想知道，庄秋玲那个小孩是谁的？"

"不瞒两位警官先生，我正在想办法提取那个婴儿的唾液或头发，做 DNA 比对鉴定。我也想知道那个婴儿是不是林德巍的孩子。"华生小心翼翼地说。其实这是林瀚纯吩咐他这么做的。

张宾说："如果庄传智死于他杀，你觉得林德巍也是怀疑对象吗？"

华生看着张宾，既没有点头也没有摇头。

张宾继续追问："华生医生，你认为林德巍可疑吗？"

华生说："我和庄传智的关系，我和林瀚纯的关系，我跟你们说过了。你们觉得我也很可疑，是吗？"

张宾微笑一下，"如果想身败名裂你就做天气预报员吧。同样，你想身败名裂你就做侦探吧。"他指着许健，"这是我们头儿说的。"

华生说："林德巍和我，你们都可以怀疑。"

张宾说："这不是鸿门宴。鸿门宴没有虾蟹粥喝吧？"

"今晚来这儿，主题是喝粥。"许健端起碗喝粥。

张宾赞叹虾蟹粥味道不错。

“庄传智的日记，写在一本很精致的日记本上，它的每一页都印上日历、页码。我发现庄秋玲给我的日记，少了那么几页。我怀疑那几页日记涉及更深的隐私，而且可能跟庄秋玲有关。”

张宾说：“那几页，会不会是空白页，庄传智早就随手撕掉了？”

华生说：“那是精致的日记本，每一页都印上日历，每天只有一页。这么精致的日记本，我相信庄传智这个细心的外科医生是不会撕掉几页的。我想，庄传智不会随身携带日记本。日记本大概只可能在他家里，在他家里他要找几张便笺，那还不容易吗？”

张宾说：“庄秋玲藏起那几页日记，秘而不宣，一定有原因。”

许健说：“不能说死了。说不定在复印的时候，无意中漏了几页。”

“那几页日记是哪几天的？”张宾说，“会不会跟那个婴儿有关？”

华生说：“去年年初的。我也觉得，它的内容可能跟那个婴儿有关。”

“找庄秋玲问一下吧。”张宾看一眼许健。

许健说：“华生医生，要是你有好奇心，你可以问一下庄秋玲。她可以告诉你，也可以保持沉默。”

“老实说，我也不想管那些东西。我也觉得庄医生的死因无可疑之处。”华生说，“我们就是因为庄传智自杀事件认识的。这是我们的共同话题。就当它是我们茶余饭后的谈资吧。”

许健说：“听说，庄传智的父母，还有他的老婆，要求省人医赔偿或补偿给他们四十万元，他们立即签字同意火化庄传智的遗体。”

华生点一下头。

许健对华生说：“喝粥吧，凉了不好吃。”

许健的手机突然鸣叫起来。许健和张宾立即对视一下。许健马上站起来，以最快的速度从裤子的口袋里取出手机。

张宾嘟哝一声，“这个时候就怕电话响！”

第十九章　自杀未遂

说不定有紧急任务，这一走到嘴的美食就要抛弃了。在许健接电话这几分钟时间里，张宾急忙狼吞虎咽地吃东西。

华生听到许健讲话的只言片语，知道唐默凝那边出事儿了。许健挂了电话，华生和张宾正要问他，华生的手机又鸣叫起来。华生看一眼来电显示，是唐默凝父亲打来的。

张宾问许健：“唐默凝父亲打来的？出了什么事儿？”

华生正在接电话，扭头对许健和张宾说：“唐默凝失踪了！”

张宾说：“到底怎么回事儿啊！不是说唐默凝的精神状态越来越好，失忆问题也逐步好转了吗？怎么一下子失踪了？”

许健说：“唐默凝自己出门走失了！”

张宾说：“她爸她妈怎么这么不小心！唐默凝在哪儿走失的？”

许健说：“就在她住的那所军医大学附属医院附近那个桃园宾馆。她爸报警了。”

张宾说：“成年人口走失，报警暂时可能没多大用处。不到二十四小时不立案。一个女孩，看上去挺正常的，毫无特点，即使现在这个时候市区路上的人还不少，巡警或交警会那么容易一眼就发现她吗？”

许健说：“失踪一个多小时了，唐默凝应该走了四到六公里，没走多远。她穿米黄色风衣。如果尽快去找，应该不难找到。”

张宾说：“晚上看不清米黄色风衣。”

许健说：“可能晚上更容易找到。因为路上行人少，大多数商店饭店关门了。”

“要是姚明丢了，那还容易找一些。”华生通话结束了，“就等瞎猫碰着死老鼠吧！”

张宾对许健说：“唐默凝不一定只走了四到六公里。她不会打车吗？”

华生说：“那要看她有没有钱。”

张宾说：“打车到达目的地才付钱的。她可能忘了自己没钱。”

华生说：“我脑筋一时短路，对，到达目的地，如果要不到钱司机会怎么样呢？”

许健说：“如果司机选择报警，问题就会变得简单了。”

华生说：“如果司机不报警呢？”

许健说：“快点儿吃吧，吃完了去找人。”

华生说："粥可以不喝了，浪费就浪费了吧。问题是，去哪儿找？"

许健说："你说呢？华生医生。"

华生说："唐默凝不会跨省打车去蓝色山峰咖啡馆吧？"

许健看一眼张宾。

张宾说："她会不会走回原来她住宿的地方，那套庄传智为她租下的房子？"

许健说："当然有这个可能。什么可能都存在。"

"许大，你是庄传智的来世啊。"华生说，"你说唐默凝此刻在哪儿？这个问题除了你，谁也说不准。"

许健说："张探长，你说唐默凝为什么称我为庄传智的来世？"

张宾嬉皮笑脸地说："那是你自己桃花运来了，你们心有灵犀一点通才对啊！"

许健说："这个别开玩笑，最后一次警告！"

华生对许健说："是不是你像庄医生一样，无私地帮助唐默凝，留给她很好的印象？"

张宾说："很有可能。说不定唐默凝正待在那个大金宾馆，等着我们的头儿把她带回家去。我们的头儿曾经答应让她借住两个月。"

"期限是两个月。"许健朝老板喊一声，"埋单，请快点儿！"

华生扔下一百块钱，告诉老板不用找了。

华生发动引擎，问坐在他身边的许健："去哪儿？"

许健问张宾："从桃园宾馆走到大金宾馆，大概要多少时间？"

张宾说："你不知道吗？"

许健看一下手表，"如果她没走错路的话，到了。"

张宾说："如果她打车的话，早到了。"

十万火急赶到大金宾馆。

一个小时前，大金宾馆的酒吧里保安和客人斗殴，新城路派出所的警察正在忙着。

找不到唐默凝的身影。

大金宾馆大门的保安和服务总台的服务员还记得有关唐默凝的事儿。不过他们都说今晚没有看到那样一个女人。

许健非常失望，向新城路派出所的警察做个模糊不清的手势，领着张宾和华生走出大金宾馆的大门。

华生说："唐默凝就是在这儿吃苦头的，她不会来这儿的。"

张宾说："她会在哪儿呢？"

华生问："许大，唐默凝知道你住在哪儿吗？"

许健说："她没去过我那儿。"

张宾说："头儿，你忘了，那天你答应让唐默凝住到你家去，她很高兴，当即问你家是什么样子的，在什么地方。你不是说你住在燕岭花园吗？还有，她问你住几楼，你随口说出一个你非常熟悉习惯的词汇，G323B。"

华生说："对，以一个大学高材生的水平，唐默凝难道记不住你住在燕岭花园 G 座

3 幢 23 楼 B 室吗？说不定唐默凝正在你家门前等着你呢！”

许健说：“有这么巧吗？我不相信巧合，巧合就是阴谋！”

华生说：“我的许大队长，这你就说错了。这不是巧合，而是自然而然地发生了。”

许健说：“我们赶过去看看吧。”

夜深人静之际马路顺畅，十分钟内赶到燕岭花园 G 座的地下停车场。许健领着张宾和华生，以最快的速度乘电梯至一楼，一走进大堂就看到唐默凝站在大堂的大门外。唐默凝为门禁的密码而发愁。

一个保安走近唐默凝。

许健快步走过去，为唐默凝打开了门。

唐默凝看到许健喜出望外，张开双臂跑进大堂，几乎要抱住许健，不过她在原地转了一个圈，动作挺优美的，看得保安目瞪口呆。

张宾和华生也很开心。张宾示意华生给唐父打电话。

许健说：“小唐同学，你能找到我这儿，真聪明！你来多久了？”

唐默凝指着大堂的大门，“为什么我不会开门？”

“你没有密码。”许健说，“你等我们很久了？”

唐默凝说：“密码？这又不是保险柜！”

许健觉得唐默凝的思维和记忆功能并未完全恢复，因此他认为不必跟唐默凝钻牛角尖辩论。他请唐默凝坐下来。唐默凝疲惫不堪，一屁股坐在大堂里的沙发上。

张宾说：“走了很远的路吧，累了吧。饿吗？想吃东西吗？”

唐默凝说：“不累，不想吃东西。”

张宾说：“你来找谁？”

唐默凝指着许健，“他说过的，让我住在他家里。他家里最安全。从今晚开始，我要住在他家里。”

华生拿着手机，走到唐默凝身边，“你爸让你听电话。”

唐默凝接过手机，一下子摔在地板上。手机没有支离破碎，但是电池飞出来了。

唐默凝突然发脾气，谁也不敢冒犯她，只能顺着她的意思。

华生笑容可掬地捡起手机。

张宾指着许健对唐默凝说：“我们到他家去，好吗？”

唐默凝点点头。

许健问华生：“刚才她爸说什么？”

华生看着许健。

许健说：“她爸正在赶过来？”

华生说：“她爸说，请我们把小唐同学送回去。”

唐默凝一口回绝，“我不回去！”

许健说：“回去吧，你要听你爸的话。”

唐默凝说：“我没有爸爸，只有妈妈。”

华生说：“你妈让你回家睡觉！”

唐默凝说："我妈说，不要相信狼外婆！"

唐默凝像一个受惊的孩子，谁的话也不相信。许健也无法说服她。既然唐默凝认为许健家里最安全，只好把她带到那里去了。

唐默凝不愿意回去，唐父和唐母就赶过来了。

唐父和唐母一番苦口婆心劝说，唐默凝不为所动。

唐默凝对许健说："你家里有毛巾、牙刷吗？今晚我在你家里睡觉。对，还得有睡衣。"

许健面有难色，"你住在我这儿不方便。华生医生有车，送你和你爸妈回去很方便的。"

唐默凝不高兴地噘嘴，"你不是答应我，让我住在你家里的吗？"

"我是狼外婆的孩子，叔叔我有时候会骗人。你跟你爸你妈住在一起，更安全。"许健以安全为遁词，其实他内心里也愿意让唐默凝住进他家里，问题是由此滋生的啰嗦的事儿将会让他百口莫辩。

唐父下了决心，示意许健跟他走到阳台。

唐父用恳求的语气说："许警官，我丝毫不怀疑你的人品。我有个请求，如果你可以容忍的话，请让唐默凝和我老婆在你家里住一天或几天。"

许健不吭声。

唐父更加迫切地说："唐默凝很疲倦了，不宜再去桃园宾馆。由此给你带来的种种麻烦，请你大人有大量，不要见怪。我就不打扰你了，我回宾馆住。"

唐母走过来，"老唐，你跟许警官说什么？"

唐父说："我谢谢许警官，请许警官特许凝儿在他家里住一两天。"

唐母说："许警官，凝儿住在你家里，肯定会给你带来不便，但是这很可能促使凝儿更快地恢复身体健康。请你帮个忙，让凝儿住下来。"

许健说："给你们住几天没问题，但是我担心这会影响我的工作。我有我的难处。"

唐父说："凝儿把你看做是庄传智的来世，这证明她没有看错你，她会永远感激你的。"

"我也不好赶你们出去。"许健同意了，他让张宾也留下来。

当晚唐默凝和唐母住进许健家里。

华生驾驶宝马，向省人民医院的方向行进。他在省人民医院附近租了一间窄小的房子，晚上回那里休息。

华生看一眼车上的时钟，刚好凌晨一时。开着这么好的车子，他实在不想回到那个窄小的房子里形单影只地就寝。他希望某些刺激的事儿能在他身上发生。

此时放在副驾驶座位上的手机鸣叫一声，他扭头一瞥，那是蔺藜发来的短信。他想蔺藜怎么还不睡觉，还好像知道他的心事。华生没有看短信，直接给蔺藜打电话，说他很快就会赶到她的家里。

华生做完自己想做的事儿，就浑身无力了。蔺藜用嘲笑的眼神看着他。

华生无奈地说：“别笑，太累了，给我按摩一下。”

蔺藜坐在华生的身上，给他按摩腰和背。

蔺藜说：“整天忙个不停，不找女朋友，想做福尔摩斯？”

“我想睡觉。”华生让蔺藜停止按摩，“不用费劲儿了。”

蔺藜说：“洗个澡再睡。”

华生说：“明早起来再洗。”

“不行，要形成讲卫生的习惯。开上宝马了，还不洗澡！”蔺藜要把华生拽起来。

华生就是赖在床上。

蔺藜在华生的屁股上打一下，“下次不能这样啊！”

华生闭着的眼睛又睁开了，“那天晚上你给庄医生打电话，说笔记本电脑电源适配器的事儿，你觉得庄医生的语气和声调有什么特别的地方吗？你真的什么也没听到？”

蔺藜说：“如果我能听到死神的脚步声，我会马上跑过去救人的！”

华生说：“难道当晚庄医生也不知道自己的死期到了？”

蔺藜盯着华生，“你这是什么意思？”

华生说：“庄医生像在糊里糊涂中自杀的。”

蔺藜说：“见鬼了，三更半夜，你到底想说什么？当晚庄医生头脑非常清醒的。如果头脑不清醒，他就说不清笔记本电脑电源适配器的事儿。”

华生说：“也许他对自己怎么死的也不知道，因此那不是自杀！”

“你怎么啦？”蔺藜说，“说你胖你就喘，给你个热炕暖暖你就上床！”

华生说：“今晚我听到一句话，深有感触。”

蔺藜打开衣橱，找一件衣服。

华生说：“巧合就是阴谋！”

蔺藜说：“巧合就是缘分。”

“巧合就是阴谋。”华生说，“人世间不会有那么多巧合的，买中了六合彩只是极端少数。”

蔺藜说：“六合彩总会有人中奖的，所以说巧合也是存在的！”

华生说：“巧合是人为的，是阴谋！”

“巧合就是阴谋，这句话你哪儿听来的？”蔺藜说，“这句话你听过吗？日不可讲人，夜不可讲鬼。香港的恐怖电影就是这么说的！”

华生说：“我就是觉得庄医生死得不明不白。”

蔺藜说：“你不是认为庄医生死于自杀吗？你有什么证据证明庄医生死于他杀呢？”

华生说：“凭直觉。”

蔺藜说：“很多人凭直觉相信自己会中六合彩，结果呢？”

华生说：“这跟六合彩不同！”

蔺藜突然冒火儿，“整天疑神疑鬼，此一时彼一时！”

华生从床上爬起来，一下子找不到衣服。

蔺藜说：“衣服在客厅！滚吧！”

华生说："帮个忙，把衣服拿来！"

蔺藜从客厅拿来华生的衣服。

衣服口袋里的手机鸣叫了一声。

蔺藜说："这么晚了，谁还发短信给你，通知你中大奖了？"

华生说："最近垃圾短信不少。"

华生看完短信后，猛地站起来。他百思不得其解，看着蔺藜的脸。

蔺藜说："真的中大奖了？"

华生说："我没有做梦吧？"

"你没有做梦。"蔺藜在华生的胳膊上掐一下，很老练地说，"不过你不会中大奖的，那都是骗你的。我都不用看你收到的短信。"

华生说："不，不是那个。我告诉你，庄医生自杀了，接着他的女朋友突然疯了，在宾馆的消防楼梯上重重摔了一跤，患上暂时性失忆症，现在还没有彻底治愈……"

蔺藜打断华生的话，"穿上衣服，给我滚！"

华生提高语调，"今晚噩梦重演，庄医生的女朋友的父亲突然疯了，在马路上乱跑，被一辆轿车撞上了！"

蔺藜关注的关键字是庄传智的女朋友，"庄医生的女朋友？谁是庄医生的女朋友？"

华生说："我可以带你去看看她。"

蔺藜说："那个女人漂亮吗？什么样子的？"

华生说："你总是关心一些不痛不痒的问题，庄医生的死活你却不关心！"

蔺藜说："有那么严重吗？即使庄医生有女朋友，她突然疯了，她的父亲也突然疯了，这跟庄医生有什么关系呢？"

华生说："问题是，接二连三，到底发生了什么事儿？"

蔺藜说："那是意外！"

华生说："巧合就是阴谋！"

蔺藜说："你这是捕风捉影，不，你有精神病，不是精神强迫症就是精神分裂症，赶快就医吧！"

华生没有理会蔺藜，打电话给张宾，"……为什么唐默凝她爸又在那个大金宾馆出事儿？他不是住在军医大学附属医院附近那个桃园宾馆吗？"

张宾在电话里对华生说："我也不知道他为什么会在那个地方出了车祸。不过大金宾馆的保安说，他在大金宾馆开了房，就是那天唐默凝出事儿住的那间四楼的客房。"

华生挂了电话，穿着裤衩走来走去，身子不停地颤抖。

蔺藜把衣服摔在华生身上，"别冷着了！"

"我不冷，不过我害怕！"华生穿衣服。

蔺藜看着华生，"你要去哪儿？"

华生说："我去看看。"

蔺藜说："你看什么？你是实习医生，你也可能是其他角色，但是你绝对不是警察！那些事儿是警察管的，你根本管不了，也不用你管！你还是洗洗睡吧！"

华生执意要走，“有些事儿，以后我会跟你说明白的。”

蔺藜伸手拦住华生，“我不让你走。”

华生说：“你刚才不是轰我走吗?”

蔺藜说：“庄传智千真万确死于自杀!”

华生说：“我知道，我有精神分裂症或者强迫症。”

蔺藜说：“你坐下来，喝杯咖啡。”

“明天晚上我再来。”华生急着要走。

蔺藜假笑一下，“有一个秘密我一直想要不要告诉你。”

“什么秘密？明天晚上再告诉我吧。”华生打开卧室的门。

蔺藜说：“这个秘密跟庄传智有关!”

“明天晚上我们吃晚饭还是宵夜，到时候我给你打电话。”华生走出去。

蔺藜走进客厅，一把抓住华生，“不行，现在我一定要告诉你!”

华生根本不感兴趣，“明天晚上再说吧!”

“明天晚上好像晚了一点儿!”蔺藜在华生的胸部打一拳，“我必须告诉你，庄传智绝对是自杀死掉的，因为他有自杀倾向!”

华生说：“你让我走吧!”

蔺藜说：“在庄传智出事儿的前一天中午，他一个人待在办公室里，尝试自杀，差一点儿跳下楼去。幸好让我发现了。我制止了他。”

华生像被重击了一下，“真的?”

蔺藜说：“真的。”

华生说：“你为什么不早点儿告诉我?”

蔺藜说：“既然庄传智都不在了，那是自杀事件，讲与不讲又有什么区别呢?”

蔺藜说：“第二天晚上，就是庄传智自杀那个晚上，我给庄传智打了个电话，开导和安慰他一番，顺便还问他笔记本电脑电源适配器的事儿。不过，那天晚上他没跟我说真话，直接就跳下去了。”

华生说：“你说的都是真的?”

蔺藜说：“这个问题很严肃，我为什么拿这种事儿开玩笑呢!”

华生说：“去年十一月二十四日中午，在医生办公室，你亲眼看到庄传智试图跳下楼去?”

蔺藜说：“我重复一遍，我亲眼看到了。”

华生说：“这么巧？不会是阴谋吧?”

蔺藜说：“我完全没必要拿这种事儿开玩笑！希望你那些精神病，到此为止!”

“你可以重复一遍，当天中午在医生办公室庄传智究竟做了一些什么事儿?”华生说，“当时他真的要自杀吗?”

蔺藜让华生去冲调两杯速溶咖啡。

蔺藜小口喝着滚烫的咖啡，讲起了一个多月前发生的事儿。

就在庄传智自杀死亡的前一天。蔺藜记得一清二楚，因为第二天庄传智就自杀死亡，那是铭心刻骨的参照日期。那天中午庄传智没有吃饭，留在医生办公室里。蔺藜也没有到食堂去，因为她觉得女人胖了不好看，她用吃水果的方法减肥。蔺藜路过医生办公室，发现里面有人，猜测庄传智可能在里面。她推门进去，问庄传智为什么不吃午饭呢，庄传智无动于衷。蔺藜揉一下眼睛，看到庄传智的脸上流露出一种无可言状的痛苦。可以肯定庄传智极度痛苦，因为那种痛苦一目了然。蔺藜进一步看到了庄传智的两耳中都有耳机，耳机的音量不小，蔺藜能听清楚那是音乐。蔺藜知道庄传智的手机是最高硬件配置的索爱产品，专门为播放音乐而设计的，娱乐功能也非常强大。蔺藜正想动手推庄传智一下。庄传智突然拿起一摞医学杂志重重地砸在自己的头上，猛地站起来，快步走到窗边，怔怔地探头朝下看着。几分钟之后，庄传智回到办公桌前，写下一张便条。蔺藜就在他身边，但是他似乎浑然不觉。蔺藜伸头一看，便条上写着如此的文字：我决定结束自己的生命，我的死亡与任何人无关。

看到庄传智这样了，蔺藜立即抱住他。在随后的几分钟时间里，庄传智冷静下来，恢复本来的面目。

蔺藜对华生说，几年前省人民医院里有个拥有博士头衔的医生自杀了，遗书也是这么写的。说不定庄传智模仿了那个博士的遗书的语言方式。蔺藜还补充说明，当时庄传智脸上流露的表情可能不是痛苦，而是恐惧和失望。

华生说："为什么你就在他的身边，他竟然视而不见呢？这不合常理啊！"

蔺藜说："我也不知道，事实确实如此。他一直戴着耳机，音量很大，我都能听到。因此很有可能他听不到其他的声音。"

"他听谁的歌？"华生说，"谁唱的？"

蔺藜说："听不到。他的耳机的声音不至于像喇叭一样响亮。"

华生说："大概是什么样的音乐？欢快的还是悲怆的？"

蔺藜说："听不清楚。听说他的手机摔坏了。如果能复原，就能知道他大概喜欢听什么样的歌。"

华生说："你知道他喜欢听什么样的歌吗？欢快的还是悲怆的？"

蔺藜说："我不知道。卡拉 OK 的时候，他唱俄罗斯的老歌，有点儿悲伤。"

"他喜欢听一些国外的充满激情的音乐，如《一步之遥》、《克罗地亚狂想曲》、《1492 征服天堂》。"华生说，"他喜欢听什么音乐，这不重要。那张便条呢？应该说是遗书，它去哪儿了呢？"

蔺藜说："那不是什么好东西，当时我把它撕掉了，撕得差不多跟米粒一样。庄传智看着我认真地撕着、撕着，渐渐地他恢复了理智，脸上好像呈现出感激的表情。他还说，他很坚强，他不会有事儿的，让我不用担心。后来虽然我很担心，却警惕性不高，没有对其他人说庄传智的事儿，痛失拯救他的时机，铸成大错。"

华生说："对了，还有一个关键的问题。庄传智为什么要自杀呢？是一件什么样的事儿刺激了他呢？"

"当时我没有问他。平时他的心理压力比较大。主要是他的老婆卧床不起……"蔺藜说，“后来我们知道，庄传智有豪车有豪宅，肯定也很有钱。最近还听说，他找到亲生父亲了，亲生父亲非常有钱。难道是这些好事儿刺激了他？”

华生说：“是啊，他苦尽甘来，过上好日子了，有什么东西能让他产生厌世的念头，撒手尘寰呢？”

蔺藜说：“事实摆在这儿，庄传智有自杀倾向，最后死于自杀。你听着，一个人活得好好的，因思想受到刺激而选择一死了之，这在国内外都有不少类似的例子。所以我奉劝你，不要再胡思乱想，好自为之！”

华生说：“像甄莉那种人才会万念俱灰，打算结束生命。出于对生命的敬畏和尊重，我认为庄传智不至于自杀！”

蔺藜说：“我再也不想听你陈词滥调！而且，你反复无常也令人讨厌！”

华生更加迷乱了，“巧合就是阴谋。”

蔺藜说：“巧合就是一举拿下六合彩特等奖，根本不是什么阴谋！”

华生把话咽回肚子里，轻轻地推开蔺藜，走向客厅的大门。

蔺藜走过去，堵住华生的去路。

“你不听我的劝告，”蔺藜把话说得结结巴巴的，“我额外说一句，你不能因为我撞见庄传智试图自杀，就认定我与他的死亡有关系吧？那绝对是巧合，那绝对是巧合，不是阴谋！”

“我看过庄传智的日记。但是没有去年十一月二十四日那一天的日记。”华生很快就想到，庄传智当天晚上没有回到康乾庭院的家里，当然就不会写下那天的日记。第二天庄传智就魂归西天了，更不可能补写那天的日记。

华生的记忆力不错。他凭着记忆在自己的脑海里翻阅庄传智的日记，在日记里没有找到庄传智试图自杀的只言片语。他没有厌世的想法。甚至他从不抱怨任何人。不过庄传智在日记里意有所指：在现实社会和第二境域中穿梭不停，他觉得身心疲倦。

蔺藜想了一下，“庄传智的日记里没有十一月二十四日那天的日记，恰恰表明了庄传智没有勇气面对当天所发生的事儿。”

华生说：“那是你个人的看法。”

蔺藜也不示弱，“庄传智曾经用过的大宝马，现在落在你的手上，你能解释清楚吗？”

华生说：“这个说起来话长，以后我会全盘告诉你的。”

“你在推托！但是即使你解释了，解释就是掩饰！”蔺藜说，“毫无疑问，你跟庄传智有秘密的关系！你敢说庄传智之死与你无关吗？”

第二天傍晚，华生跑到唐父住院的军医大学附属医院。

唐父还在重症监护室中，据医生说他还没有脱离生命危险。

张宾陪着唐默凝和唐母。

张宾拉着华生走到一个角落。

张宾小声地说："太凑巧了，唐默凝她爸的下场，不，她爸的遭遇跟唐默凝的几乎一模一样，就像拙劣的盗版。"

华生说："唐默凝她爸她妈不是一直住在桃园宾馆吗？昨天晚上他们应该不会退房吧，按照惯例，即使要退房，也要等到今天中午。为什么她老爸偏偏舍近求远，跑到大金宾馆去开房，还特意住进那间单人房，4013 室？"

张宾说："唐默凝住在我们头儿家里，唐默凝她爸担心人多了，影响头儿休息和工作，就没有住在头儿那儿，说回桃园宾馆去，反正房子开好了，房费付了，不住白不住。"

华生说："我就不明白，她老爸为什么不打个车回桃园宾馆，那才花十多块钱。而他偏偏跑到更远的大金宾馆去，花了一百二十块钱住进 4013 单人客房。前几晚她老爸曾经住进 4013 房，当晚他安然无恙。"

张宾说："我到大金宾馆问过了，大金宾馆的人说，唐默凝她爸先给服务总台打电话，问清楚 4013 房是空着的，他就过去了。大金宾馆的人一看来者是唐默凝她爸，知道来者不善，就不愿意把 4013 房开给他，希望他选择别的客房。因为最近两天她爸正在跟大金宾馆的领导严正交涉，要求大金宾馆就唐默凝突然发疯而且身负重伤的事件给他家赔偿二十万，否则就请记者和律师跟大金宾馆全面打官司，把大金宾馆的名声搞臭。大金宾馆的人当然对她爸敬而远之。但是她爸是留美博士，也算厉害的角色。最后大金宾馆的人妥协了，认为她爸入住 4013 房也不会对宾馆不利，就让他住进去了，没想到悲剧再次出现了！"

华生说："难道大金宾馆 4013 房有鬼？"

张宾说："我也不明白。我们头儿说，也许唐默凝她爸特意回去感受一下，试图找到唐默凝突然发疯的原因吧。"

华生说："这么说，4013 房真有鬼了？"

张宾说："年轻人，网上那些灵异小说你看多了吧？我认为，如果世上有鬼，也是美丽的女鬼！"

华生说："如果 4013 房有鬼，为什么那个鬼不找别人，偏偏找上唐默凝和她老爸？"

张宾说："你说，那是因为冤有头债有主？但是我不相信有鬼，那只不过是意外。"

华生说："她老爸在马路上出车祸，那就是意外。可是他在 4013 房突然疯了，那可不是意外。我认为 4013 房真的有鬼。"

张宾说："那你今晚住进 4013 房去。如果你真的疯了，我会掏钱给你治好，我照顾你一辈子！如果你没有发疯，你的宝马归我，我只用一个月，到时完璧归赵！"

华生突然想到什么，"有人报警了吗？"

张宾说："你说的是唐默凝和她妈有没有报案是吧？报了。"

华生说："监控录像你们看过了吗？"

张宾说："她们没心情看，我看过了。平淡无奇，流水账。"

华生说："没看到你认识的人？"

张宾说：“没看到可疑的人。过两天吧，我会安排唐默凝和她妈看一下，辨认一下。”

华生说：“唐默凝还记不起当天在大金宾馆 4013 房发生的事儿吗？”

张宾说：“能记起来就好了，我就不用花时间看监控录像了。”

华生说：“到底是为什么？”

张宾说：“这个我无法回答你。你请教你的师傅福尔摩斯吧。”

华生说：“巧合就是阴谋，我相信这句话是正确的。”

“巧合就是阴谋，这句话是我们头儿的名言金句。”张宾说，“但是我们头儿还说过另一句名言：巧合也有其存在的理由，不然这个世界就永远不会出现奇迹！”

华生不服气地把眼光投向别处。

张宾说：“你太多疑了，比我更适合做刑警。”

华生说：“张探长，你比我有经验，即使你睡着了，也能继续工作。”

张宾说：“你这是什么意思？”

华生说：“你到大金宾馆 4013 房住一晚，怎么样？反正也是工作。那大宝马，借给你开两天！”

“作为朋友，你借大宝马给我玩几天，这是应该的。问题是，你真是太多疑了，”张宾说，“说你胖你就喘……”

华生记起蔺藜也是这么说他，打断张宾的说话，“张探长，你说的话跟护士的一模一样！”

张宾不明白华生所说的话，“护士也不容易，挺辛苦的。”

华生说：“这儿是医院，如果护士听到了你的知心话，一定会很感激你的。”

张宾说：“未经那些漂亮的女护士同意，你不能主动代表她们！”

华生的手机鸣叫起来。

张宾说：“谁给你的电话？”

华生说：“一个护士。”

张宾说：“说曹操，曹操就到。”

唐默凝和唐母愁眉苦脸，在重症监护室大门前坐立不安。张宾回头看一眼唐默凝和唐母，看到华生结束通话，示意华生走过去。

华生拉住张宾，不让他走开，“要不，我自己今晚到大金宾馆 4013 房住宿。”

“大金宾馆没搞房费大酬宾吧？你去那儿干什么？”张宾说，“有个四十多岁的男人，搞 IT 的，平时看上去挺正常的，几乎没有丝毫的自杀倾向和迹象。但是前天他服用过量的安眠药自杀了，在乐都宾馆的客房里。这说明了什么？”

华生说：“这说明了，他肯定有自杀的倾向和迹象，只是当时没有人注意到。”

张宾说：“也许吧，没有人留意。我认为，庄传智在出事儿前也有自杀的倾向。”

华生不得不说，“其实，庄医生曾经自杀未遂，就在他坠楼身亡前一天。”

张宾说：“你为什么今天才说这个问题？”

华生说：“我也是刚知道的。”

张宾说：“消息可靠吗？谁说的？”

华生说：“应该是可靠的！”

张宾说：“庄医生有自杀倾向和历史，这说明了什么？”

华生说：“你说呢？”

“你懂的。”张宾说，“庄医生死于自杀的结论更加顺理成章，不容置疑！”

华生说：“庄医生是怎么死的，这个问题先存而不论。但是在同一地点，唐默凝和她老爸突然疯了，这个问题我怎么也想不明白。你不是当过兵吗？老兵说，同一个弹坑不会落下第二发炮弹。在同一地点……那种事儿也太巧合了，就是阴谋！”

张宾不说话，在华生的肩膀上拍两下。

第二十章　不是亲生孩子

庄秋玲给华生打电话，想跟他见面。

华生安慰唐默凝和唐母几句，然后赶到康乾庭院。

给华生开门的是郭秀娟，她怀里抱着婴儿。

庄秋玲待在书房里，正在心神不安地上网。她请华生在她身边坐下来，郭秀娟问华生要喝水吗，庄秋玲把郭秀娟推出去，她跑到厨房的冰箱里拿来一听咖啡，一进书房就关上门。

庄秋玲打开咖啡，放在华生的面前，“喝吧。”

华生慢慢地品尝冰冻的咖啡，“你好像有话要说。说吧。”

庄秋玲说：“我哥遇上林瀚纯，可谓苦尽甘来，荣华富贵唾手可得，日子过得有滋有味的。他的精神境界是富有而精彩的，而且他的心理素质历来都很稳定，可以抵抗物质的冲击。我真的不明白，是一件什么样的事儿，刺激他从精彩无限的当今世界走向另一个谁也不知道是怎样的世界呢？”

华生不知道咖啡喝完了，用力地吸了一口。

庄秋玲说：“再来一听？”

华生摇一下头。

庄秋玲等着华生回答，华生喟然长叹。

庄秋玲说：“华生医生，我上网查到，你是偶像级大侦探福尔摩斯的得力助手。这么久了，你真的一点儿蛛丝马迹也没有找到吗？你真的认为我哥是自杀的？”

华生说：“我先问你，你们家，包括你，不是签字同意火化庄传智的尸体了吗？一切都盖棺论定了。而且你说过，庄传智是自杀的！”

庄秋玲说：“你当然举起双手欢迎警方认定庄传智是自杀的。”

华生说：“你这是什么意思？”

庄秋玲欲言又止，转换话题，“你看过日本的电影《追捕》吗？”

华生说：“听说过。一部二十世纪七十年代的日本电影。”

庄秋玲说：“在电影《追捕》里头，只要给受害者吃一种药，过不了多久，受害者就会变成傀儡，可以随意操纵。让他从高楼跳下去，他就乖乖地跳楼自杀。”

华生说：“但是，庄传智的血液和胃内容都化验过，没有发现致幻剂化学成分。”

庄秋玲盯着华生：“林德巍被废黜了，庄医生死了，你是最大的受益者。所以你举起双手欢迎警方所作出的庄传智自杀的结论。”

华生说：“言外之意，我是最可疑的人物？”

庄秋玲说：“你懂的。”

华生说：“你不能断章取义。首先你要注意时间的先后次序问题。在庄传智离世后，我才被林瀚纯告知，庄传智是他的亲生儿子。当时，我对庄传智的第二境域的事儿一无所知。你说，即使我心怀鬼胎，我会谋害一个跟我无关的人吗？”

庄秋玲说：“我哥一直把自己打扮成一个穷医生，目的就是为了迷惑你。但是，你当然有办法弄清楚我哥和你的关系。一山难藏两虎，于是你就对我哥下毒手，占山为王！”

华生冷笑一声：“这是你的猜测，你很聪明。问题是你为什么不找林瀚纯核实一下呢？林瀚纯会告诉你我是在什么时候知道你哥的真实身份的。在此之前，你哥神龙见首不见尾，我只知道他是外科医生，不知道他是林瀚纯的亲生儿子！”

庄秋玲说：“你再喝一听咖啡好吗？”

华生摆一下手。

庄秋玲说：“今天下午我老妈说了一句话，我感到震惊，万分震惊，身体不停地发抖。”

华生做出洗耳恭听的样子。

庄秋玲说：“我打算告诉你一个秘密。我怀疑你早就知道这个秘密。”

华生说：“关于庄传智的？”

庄秋玲说：“是的。你好像明知故问。”

华生想不到庄秋玲说话如此的犀利，“我不说话了。我只点一下头或摇一下头。”

庄秋玲说：“你这样子，就是明知故问，装模作样！”

华生不再说话，看着庄秋玲。

庄秋玲告诉华生，今天中午她上网查资料。她想知道亲子鉴定的准确程度是多少。她正忙着的时候，郭秀娟走进书房。

庄秋玲说：“准确程度是多少，你可以告诉我吗？”

“你没查到吗？”华生说，“可以说百发百中，百分之一百。”

庄秋玲冷笑一声：“过去我和我老妈都曾经掩耳盗铃。中午的时候我上网查资料，查阅有关亲子鉴定的资料，我老妈进来看我，我问她，我哥和林瀚纯做过亲子鉴定吗？我老妈说不知道。我说肯定做过，不然林瀚纯怎么会那么冒失，贸然在我哥身上花那么多钱？仅仅是那套房子，就好几百万啊！”

华生说：“做过亲子鉴定。我听我伯父林瀚纯说过。”

庄秋玲说：“当时林瀚纯还说了什么？他说过我哥是谁的亲生儿子？”

华生说：“看你说的！我伯父说，庄传智是他的亲生儿子。”

庄秋玲说：“真的？”

华生说：“我不是太监，我不会假传圣旨的。”

庄秋玲说：“欲盖弥彰！你在掩饰什么？”

华生说："我觉得你说话越来越聪明，也越来越咄咄逼人了。但是你找错了审判的对象。我必须声明我不是你的审判的对象。我不想跟你废话，我保持沉默。但是善于倾听是一种美德，你就随便长篇大论地说吧。我想喝一听咖啡。"

庄秋玲走出书房。

华生看一下电脑屏幕，那是百度的网页，庄秋玲所用的搜索关键词是亲子鉴定。

庄秋玲从厨房取来三听咖啡。

华生喝着咖啡，"我就当自己在香港廉政公署喝咖啡。"

庄秋玲说："廉政公署的咖啡没这么贵！"

华生朝庄秋玲眨一下眼睛。

庄秋玲说："林瀚纯对我哥挺好的。即使在林瀚纯不知道我哥是他的亲生儿子之前，他也执意馈赠给我哥一千万元，可是我哥不愿意收下来。这是真的吗？"

华生点一下头，"你听谁说的？"他想不会是庄传智吧。

庄秋玲说："我看过庄传智的日记。"

华生说："这两年，在我大伯林瀚纯的眼里，庄传智是他最信任的人。我大伯爱他甚于林德巍和我。"

庄秋玲说："林瀚纯和你一唱一和，别有用心！"

华生无动于衷，津津有味地品尝咖啡。

"林瀚纯和你精心地设计了一个骗局。"庄秋玲用挑战性的眼神看着华生。

华生说："请问，这个骗局的目的是什么？"

庄秋玲说："你心知肚明。"

华生说："尽管我们之间是亲戚关系，但是既然你这么说了，捅破了那层纸，你就不必去管林瀚纯是谁，我是谁。你想说什么，说吧。如果林瀚纯和我有共同的阴谋，我愿意坦白交代。"

庄秋玲说："今天早上我老妈突然问我，亲子鉴定是不是绝对准确，是不是不能瞎蒙的？于是我上网寻找答案。你是医生，你可以解答我老妈这个问题吗？"

华生说："DNA 亲子鉴定，就是利用人类基因组中的短串联重复序列和聚合酶链反应技术进行个体识别。鉴定的精确性和准确性几乎达到百分之一百，答案不存在任何悬念。"

庄秋玲指一下电脑屏幕，"也就是丁是丁卯是卯，绝对不会张冠李戴。是张家的孩子就是张家的孩子，不会被说成是李家的种。"

华生点一下头。

庄秋玲说："问题是，我老妈明白后，半天不说话，好像吓坏了。"

华生意识到将会有一个惊人的秘密被揭开，半信半疑地看着庄秋玲。

庄秋玲说："到吃晚饭的时候，我老妈心神不安，我一问她就坦白了。她告诉我，可以肯定我哥庄传智不是林瀚纯的亲生儿子。"

华生不相信庄秋玲所说的话，轻松地微笑一下。

庄秋玲说："所以说，林瀚纯和你精心地设计了一个骗局。"

华生说："你老妈不是在外面吗？你请她进来好吗？"

庄秋玲说："我老妈可能无法识破林瀚纯和你的阴谋，但是我哥庄传智真的不是林瀚纯的儿子。"

华生说："虽然庄传智的尸体火化了，但是林瀚纯和他的亲子鉴定报告还在，那不可能是假的吧？"

庄秋玲说："你们敢公开那份亲子鉴定报告吗？"

华生突然想到他没有看过那份亲子鉴定报告。

庄秋玲说："那份亲子鉴定报告是假的，或者是偷梁换柱，把庄传智的血液换成林德巍的血液，捏造出庄传智是林瀚纯的亲生儿子这个结果！"

华生说："如果你这么说，我无话可说。"

庄秋玲说："事实胜于雄辩，也胜于狡辩！现在你就给林瀚纯打个电话，问他庄传智是不是他的亲生儿子。"

华生说："现在不方便打这个电话。不过，我会尽快问他的。"

庄秋玲说："不敢打这个电话？"

华生无言以对。

庄秋玲说："如果庄传智是林瀚纯的亲生儿子，他就不会死了！是不是这样？"

华生看着庄秋玲，"是谁把一个可爱的小姑娘变成了泼妇？你哥说的。"

庄秋玲说："最终我会变成双枪老太婆的，替我哥讨还公道，替我哥报仇！"

华生说："你这是疑心生暗鬼！庸人自扰！你根本不知道，你哥和我伯父林瀚纯是那种宽宏大量、品格高尚的人！他们怎么会有害人之心呢！"

庄秋玲说："那些道貌岸然的人物，往往正是内心险恶的伪君子！我说的是林瀚纯和林德巍！我一定要让他们浮出水面，让他们受到应有的惩罚！"

华生说："你所说的根本不是事实！我清楚地记得，我伯父林瀚纯告诉我他和你哥做了亲子鉴定。如果你哥不是我伯父的亲生儿子，那份亲子鉴定报告就会如实反映这个问题的。我伯父不是傻瓜，要骗他不容易。"

庄秋玲说："林瀚纯不是被骗，而是他别有用心地骗人！"

华生清楚地记得，林瀚纯说庄传智的耳垢是湿性的，而且他的奶头是暗红色的而不是黑色的，这些都跟林瀚纯完全相同。这就是遗传因素决定的。他们应该是亲生父子。

华生说："我可以跟你老妈说几句话吗？"

"我老妈可以肯定庄传智不是林瀚纯的亲生儿子。我老妈会拿这种事儿开玩笑吗？"庄秋玲说，"有什么事儿，就问我吧。"

华生说："最多说三句话。"

庄秋玲说："我老妈明知我哥不是林瀚纯的亲生儿子，但是为了能让我哥过上好日子，她玩弄小聪明，骗林瀚纯说我哥是他的亲生儿子。没想到正中林瀚纯的下怀。我老妈已经吓坏了，而且很后悔。不要打扰我老妈了，她很可怜！"

华生拿出手机，"你打电话到客厅，问你老妈两个问题。第一，你哥的耳朵是油性还是干性的；第二，你哥的奶头是什么颜色的。也许吧，你老妈并不知道庄传智的奶头是什么颜色的。因为你老妈平时不注意。”

庄秋玲想了一下，拿起手机把电话打到客厅的座机，接电话的是保姆，保姆立即把郭秀娟叫来听电话。华生让庄秋玲打开扬声器，她不假思索地照办了。郭秀娟通过电话回答庄秋玲提出的问题：庄传智的耳朵是干性的，奶头的颜色跟普通人的并没有什么两样。庄秋玲打断郭秀娟的话，匆匆挂了电话。

传来敲门声。华生被吓了一跳。华生感到自己有点儿紧张。

庄秋玲说：“是我老妈。”她走过去让郭秀娟不要再敲门。

华生冥思苦想一会儿。

“我问我老妈，我哥的耳朵是油性还是干性的，我老妈是怎么回答的？这个问题，我老妈是不会弄错的！”庄秋玲说，“你相信了吧？”

华生说：“可以告诉我吗，你老妈凭什么说你哥不是林瀚纯的亲生儿子？”

郭秀娟在客厅里咳嗽几声，声音传进书房里。

庄秋玲说：“其实那个问题很简单，根本不用做亲子鉴定。”

郭秀娟是这么说的：当年她跟林瀚纯发生了关系并怀上孩子是事实。但是后来郭秀娟在家里待不下去了，跑到城里去，此举既是避难也是为了寻找林建国。郭秀娟不得不以捡破烂为生。有一次她挑着分量很重的碎玻璃不慎摔倒，怀了五个月的孩子就这样流产了。更不幸的是，大半年之后她在建筑工地被强奸了，雪上加霜的是又怀上孩子了。然而这个孩子后来却在庄富强家里顺利地呱呱坠地，他就是庄传智。

华生不寒而栗，“你老妈说的是真的？”

庄秋玲说：“她有必要拿这个来开玩笑吗？”

华生说：“我有一个问题，一个很关键的问题。庄传智的身份证上的出生年月日是真实的吗？”

庄秋玲说：“这个我不知道。”

华生说：“你有庄传智的身份证、户口簿、身份证复印件或者身份证号码吗？”

庄秋玲说：“你想知道我哥的出生日期，是吧？”

华生说：“对。在这房子里，肯定能找到庄传智的身份证资料。”

庄秋玲说：“我可以找一下。我根本不打算隐瞒！”

华生说：“只要我伯父林瀚纯看一眼庄传智的出生年份，就可以推算出庄传智是不是他的孩子。当然，身份证和户口簿上的出生日期是可以修改的。国内体育界某些人为了巧取豪夺冠军而改年龄弄虚作假的事儿层出不穷。”

庄秋玲说：“这台电脑有庄传智身份证的扫描件。”

庄秋玲很快就把庄传智的身份证扫描件找到了。庄传智的出生日期为 1970 年 12 月 21 日。

华生仔细辨认这个身份证扫描件的真伪。后来华生在网上百度一下那本林瀚纯的自传体小说《梦想漫天遍地开花》。

庄秋玲说：“找到了吗，林瀚纯什么时候逃到香港的？”

华生说："1968年9月3日。"

庄秋玲说："你是医生，你说，我老妈会不会珠胎暗结两年多，才生下林瀚纯的儿子？"

华生说："当然不会。"

庄秋玲说："如果我哥的出生日期没问题，那么林瀚纯就有问题了，而且是大问题！你就是林瀚纯的同谋！"

华生百思不解。

庄秋玲说："你说，林瀚纯为什么这么做？"

华生说："我真的不知道。我伯父亲口告诉我，庄传智是他的亲生儿子。我相信，如果我伯父故意将错就错，把庄传智视为亲生儿子，那么他肯定是出于善意。"

"出于善意？"庄秋玲说，"既然是出于善意，怎么我哥会死于非命？"

华生特别强调，"你哥的事儿，那是意外，完全跟我伯父无关。"

庄秋玲说："你推得一干二净。"

华生说："我可以陪你去见我伯父，就在两天之内！"

庄秋玲说："林瀚纯一定会百般狡辩，把问题推得一干二净的！"

华生说："我们之间，我们跟林瀚纯之间，确实需要沟通一下。"

庄秋玲说："不是沟通，是交锋！我考虑过了。即使我被林瀚纯赶出这套房子，我一无所有，我都毫无怨言，但是我一定要向林瀚纯讨还血债！"

华生说："你一定错怪了我伯父。"

庄秋玲说："请你把我的话传递给林瀚纯。"

华生点一下头。

庄秋玲说："最近你见过林德巍吗？"

"没有。我只见过他一次，还是五年多以前的事儿了。"华生犹豫一下，还是指名道姓地说，"你怀疑林德巍也跟庄传智之死有关？"

庄秋玲说："林德巍和你，是两大嫌疑人。因为我哥不是林家的后代、嫡传子孙，却要瓜分林家的财产，所以林德巍和你理所当然容不得我哥。我担心，林德巍和你的下一个目标会是我。"

华生叹一口气。

庄秋玲说："你觉得我在恐吓你们？"

华生说："听了你说的话，我心里不好受。"

庄秋玲说："我哥是怎么死的，你心知肚明，我心里也有数。你一定要转告林德巍，不要再伤害我及我的家人。"

华生说："我不明白，你为林德巍生下了孩子，他为什么要害你及你孩子呢？"

庄秋玲说："那孩子不是林德巍的亲生女儿。因为亲子鉴定准确程度为百分之一百，连我老妈都知道纸包不住火了，我早点儿说出来，或许更好一些。"

华生说："真的不是林德巍的亲生女儿？"

两年以前的冬天，庄秋玲来到深圳，在海边的一个酒店住了半个月。由于花费太大了，她租了房子。她从失恋的阴影走出来，渐渐地恢复了信心，花了半个月时间找到一份工作，在一个规模较大的公司当文员。这份工作不太理想，庄秋玲还是坚持下来。工资不够用，只好继续花庄传智给她的那些钱。虽然她在深圳安身下来，却不想把自己的情况告诉家里人。她感觉到她和林德巍的那种关系让她伤透了心，也让她无地自容。她只写了一封仅有十多个字的电子邮件，发进庄传智的邮箱，说明她在深圳，过得还马马虎虎。庄秋玲只给家里打过一次电话，接电话者正好是庄传智的儿子庄岩。她跟庄岩简单地说了几句话。庄岩正要叫来他的奶奶郭秀娟的时候，她随即挂断电话。

庄秋玲想让自己的日子过得快活一些。她没有男朋友，晚上寂寞的时候她就到咖啡馆或者酒吧里喝点儿什么。她当过高级酒店的服务员。她为不必重操旧业而高兴，却习惯于进出高消费的地方。

在深圳那么一个地方，如果一个女人遇上一个合适的男人，跟他发生一夜情，那可不是稀奇古怪的事儿。不用说那个靠近香港的地方每晚都会发生无数的一夜情。不过庄秋玲一直没有沉醉其中，因为她相信在咖啡馆或者酒吧那种既挥霍金钱且醉生梦死的场合根本不会遇上值得她去苦恋的男人。

在庄秋玲二十一岁生日的那天晚上，她来到一个精英人物经常光临的酒吧，跟调酒师说要一杯带薄荷味儿的、浅蓝色的酒。蓝色代表忧郁的爱情，她要浅蓝色的，因为她心里总有一些带有悲伤味儿的感情挥之不去。还因为在日常所见的食物里，极少有蓝色的，她要品尝一些特别的东西。

酒精在血管里流动之后，内心里的野性被激活，庄秋玲渴望今晚自身的一切有所变化。

不知道是不是野性的感觉使然，庄秋玲模糊地觉得一个走近她的年轻的男人正是她想要的那种外形和气质的白马王子。那个男人坐在她的旁边，扭头望向她，她也因此看清了他的脸。从中学时代开始，庄秋玲容易在视觉上受到那些具有些许女性化的男性脸孔的强烈冲击。那个男人正好有一张那样的脸。她觉得这个男人就是林德巍，却跟庄传智没有任何血缘关系。这让她获得一种无拘无束的心情。

那个男人好像是律师，用机智幽默的语言跟她聊天，还煽动她喝红色的血腥玛丽。他有极强的艺术触觉，指出庄秋玲所流露的气质和所穿的衣服，让他不得不想起数年前的影视演员高圆圆。他们之间那些热情洋溢的共同语言源源不断。最后他们无所不谈，甚至还露骨地谈及性感和性。

庄秋玲和那个男人在酒吧一直待到凌晨三时。酒精在他们的体内燃烧，他们觉得还应该尽情地喝下去，却睡意渐浓。

庄秋玲依稀记得，当晚他们互相搀扶，上了一辆出租车，来到某个地方，不过她感觉到那不是那个男人的家里，而是一个星级宾馆的客房。反正庄秋玲迷迷糊糊的，去哪里她都不会反对。

第二天清晨，庄秋玲比那个男人先醒过来。她的第一个反应就是努力让自己知道自己身处何处。她睡得不是很好，心情也不是特别的轻松。她不想吵醒他，就蹑手蹑脚地下床，到卫生间稍作盥漱，就匆匆地离去了。

庄秋玲没有后悔，也没有继续作寻根式的追思和再次回到那个酒吧。这样的故事实在太平常了，她很快就把它放到一边去了。那张帅气的男人的脸，也在她的记忆里一天天地褪色和模糊了。她明白到不去想他就会彻底忘记他。几天之后她在工作上遇到重大的挫折，部门经理对她失去了信心和耐心，她的工作岗位将被有经验的人所取代。虽然她可以辞职而去，到别的业务类型相似的公司寻找工作机会，但是她觉得自己的学识和工作经验无疑是匮乏的，一种巨大的压抑感长久地停留在她的脑海里。她的心情越来越坏，尽量避免接触别人。下班后她就把自己关在住处，没完没了地看电视，专看那些谍战剧，偶尔还关心一下那些香港制造的电视剧。在这种情况下，她几乎忘了那个男人。

在度日如年的日子里，那个男人竟然打了庄秋玲的手机。庄秋玲也不去想他是怎么拿到她的手机号码的，一听到他的声音就答应跟他去喝酒。酒后他们又干了公式般的事儿，做一个共同的好梦。

半个月后庄秋玲突然发现自己的月经没有如常出现。

当时庄秋玲从药店买来早早孕检测试纸，还跑到妇幼保健医院去，都得到了相同的结论。

庄秋玲不是一个滥交的女孩。她知道肚子里的孩子是谁的。

那个男人又给庄秋玲打来电话，她拒绝接听。

庄秋玲早就注意到，现在的女孩根本不把打胎当做一回事儿。她很快就从惊慌和紧张中镇定下来，并不觉得这是一件丢人的事儿。她往医院产科跑一趟，试图把孩子打掉。产科医生建议她在停经四十天后再做检查，并在那个时候打胎。

但是在二十多天之后，庄秋玲却于心不忍毁掉一个幼小的生命，她甚至渐渐地想象出腹中的孩子是什么模样的了。更为重要的是，庄秋玲围绕腹中的孩子还有一个讹诈林德巍的计划。将来她打算跟林瀚纯或林德巍说，这个孩子就是林德巍的，他们必须让这个孩子获得应有的权利。

那个男人不断地给庄秋玲打来电话。庄秋玲更换了手机号码。她永远也不想见到那个男人，就因为他的座驾是一辆中等排量的丰田汽车，而不是大宝马。

庄传智反对庄秋玲生下这个孩子，但是庄秋玲对他的说教充耳不闻。

庄传智和庄秋玲为此经常争吵。庄秋玲一意孤行，十头牛也无法把她拉扯回来。有一天他们正在争吵时，庄传智接到交警打来的电话：甄莉遭遇车祸严重受伤。

庄秋玲说："我做过掩耳盗铃的事儿。我是愚蠢的。今天我才知道，亲子鉴定是如此的精确，完全不可能蒙混过关。如果我拒绝做亲子鉴定，就等于告诉别人我心虚，我是骗子。如果早知道这样，我就不会生下这个孩子了！"

华生说："珍惜生命，把孩子生下来，也没有过错。"

庄秋玲说："可是……林瀚纯和林德巍认为，庄传智和我一起，讹诈他们林家。你看一下这封伊妹儿。"

庄秋玲的电子邮箱里有一封邮件，是前天发过来的。它的内容是：你的孩子是谁的种，你心知肚明。我手头上甚至还有你和那个该死的律师的性爱视频。你好自为之，立即停止讹诈我家的行为，否则你将得不偿失，你的未来将不会有一天轻松的日子。

这封邮件里还有一个附件，那是一个视频的截图。庄秋玲点击打开它，惊鸿一瞥后随即关闭。那果然是一帧男女做爱的图像。

庄秋玲说这种警告性的邮件经常发进她的邮箱里。

庄秋玲说："你说，这说明了什么？"

华生说："你的意思是，你在深圳遇上的那个律师认识林德巍？"

庄秋玲说："准确地说，他是林德巍派去的。"

华生说："那个视频的截图，真是你和那个律师吗？"

庄秋玲说："我有必要骗人吗？"

华生说："你曾经骗过林德巍和他的家人。"

"我承认，不过那是过去的事儿了！"庄秋玲说，"正因为当时我有那个企图，激怒了林德巍，他想彻底毁了我在他家占有一席之地的企图。我哥对他的威胁更大，所以我哥就……"

华生说："这是你的推测。你有具体的证据吗？"

庄秋玲大喝一声："老实交代，林德巍现在在哪儿？"

华生许久没有说话。

"你不是林瀚纯的亲生儿子，我觉得林德巍有一天也想干掉你。你得当心点儿。"庄秋玲说，"说吧，我希望你说真话。"

华生说："我不知道他在哪儿，我跟他不是一伙的！"

庄秋玲说："目前你们之间的共同的利益是一致的，你们就是一伙的！"

"你挖空心思跟我促膝谈心，为的是套我的话。"华生叹一口气。

庄秋玲说："你是林德巍的堂弟，不能指望你做出公平公正的事儿。如果警察出面侦查这个案子，一定能查个水落石出，林瀚纯、林德巍和你就是杀人凶手！你们等着吧！"

华生说："我伯父林瀚纯并不是你所说的那种人。你所说的话，我一定转告我伯父。如果你觉得有必要，我会促请我伯父跟你见面，双方沟通一下。"

庄秋玲说："沟通？那是对牛弹琴。从你嘴里，从林瀚纯嘴里，能套出什么话来？那是与虎谋皮！"

华生说："我也不是你所想所说的那种人。我会尽快找我伯父林瀚纯，问清楚他到底是怎么想的！"

"你不是我所想所说的那种人？"庄秋玲说，"你怎么证明呢？"

华生说："你肯定觉得我没那么坏，才把我找来，对我摸底、攻心的！"

庄秋玲说："如果你是个好人，你得证明一下。"

"说什么好呢？说什么你都不会相信！"华生又叹了一口气。

庄秋玲说："就说林德巍的事儿！"

的。看来她撒了一个弥天大谎。如果那不是阴谋，就是藏着掖着的诡辞。

华生的上衣口袋里放着一支录音笔，副院长的说话被作录音。

华生迫不及待地跑到蔺藜家里。看着华生的表情和动作，蔺藜有点儿害怕。

蔺藜说："你怎么啦?"

华生说："你为什么撒谎?"

"撒谎?"蔺藜糊涂了，"有吗?"

华生说："你说去年十一月二十四日中午庄传智在医生办公室里自杀未遂，我调查过了，根本没有那么一回事儿，你撒谎！你为什么要骗我!"

蔺藜理直气壮地说："我没有撒谎！那天庄传智真的尝试自杀！谁说没有那么一回事儿?"

"蔺藜，你还敢撒谎? 你所说的庄传智自杀未遂那一天，是十一月二十四日。胡院长可以证实，十一月二十四日那天中午庄传智和胡院长他们在一起，他们老同学忙中偷闲聚会两小时。"华生拿出录音笔，"你要不要听胡院长的证言录音?"

蔺藜将信将疑，"是吗?"

华生播放了录音。

蔺藜哑口无言。

华生得理不饶人，"蔺藜，你为什么骗我，你到底想干什么?"

蔺藜说："我没有骗你。庄传智真的自杀未遂。只不过地点不在医生休息室，时间也不是十一月二十四日中午。"

华生嘲讽地说："编，你继续编吧!"

蔺藜恼羞成怒地说："混蛋，我真想把你推下楼去，让你摔得身首分离!"

华生说："凶也没用！今晚你不坦白交代，我就……"

蔺藜说："你就什么? 给你的警察朋友打电话? 打110?"

"看你的表现!"华生说，"你说，庄传智自杀未遂，地点在哪儿? 时间是什么时候?"

蔺藜让华生坐下来，"喝点儿什么?"

华生说："喝什么? 你自己喝廉政公署的咖啡吧！赶紧坦白交代!"

蔺藜说："我可以说，竹筒倒豆子，干脆利索，一个不留，全抖出来！但是我有一个条件，你必须答应我。否则我宁死不说!"

华生说："你的条件我不能答应！你的所作所为说不定触犯了法律!"

蔺藜长叹一声，"混蛋，听着，地点就在这儿，准确地说，在我家卧室里，时间是十一月二十四日晚上。"

华生说："你就继续撒谎吧!"

"我所说的千真万确!"蔺藜警告华生，"如果你说出去，大家都知道了，我身败名裂，没脸做人，我也能让你痛不欲生、欲哭无泪!"

华生倒吸一口冷气，"到底是怎样的一件事儿?"

蔺藜不停地叹气，“庄传智人都死了，再说那些跟他有关的事儿，我觉得没意思。对我也有百害而无一利。早知道我不告诉你了！”

华生说：“本来你就不应该骗人，明白吗？”

蔺藜说：“我真的没有骗你。你不相信更好。我警告你绝对不能说出来！如果警察来调查，把我搞得身败名裂，我活不下去了，我就跟你同归于尽！”

华生说：“你的意思是，庄传智在你的卧室里，突然想不开，想一死了之？”

蔺藜点一下头，“我跳进黄河也洗不清了！”

华生说：“怎么会这样？你有证据吗？”

蔺藜暴跳如雷，“混蛋，你还让我提供证据？这个证据能提供吗？你的良心让狗吃了！如果你敢说出去，碎尸万段！”

华生说：“你确实说不清楚，你说的话我不相信。”

蔺藜说：“你不相信，这不要紧。庄传智不在了，旧事重提绝对没意思！”

华生说：“你就不能竹筒倒豆子，全抖出来吗？我保证一辈子也不说出来！”

蔺藜说：“你说的话更不可信！”

华生说：“什么时候我说话不算话？”

蔺藜说：“我说的是真话。庄传智在我家里尝试自杀，这个事件在我心里窝了很久。我战战兢兢地保守这个秘密，不能跟任何人诉说，我非常难受。如果能全抖出来，我心里一定好过一些。”

华生有点儿相信蔺藜的话了。

“如果我全抖出来，这将暴露自己的隐私，付出惨重的代价！”蔺藜说，“口说无凭，除非你立字为据！”

华生说：“为什么要立字为据？你有什么，说出来不就行了吗？”

蔺藜说：“我有全抖出来的想法，你是唯一的倾听者。但是我不得不担心你背信弃义，把我的秘密公之于众。你必须立字为据，在未经我同意的情况下，如果你胡乱说出去，你必须赔偿我精神损失费五百万元整！”

华生说：“五百万元？这是天文数字！”

蔺藜说：“对你来说，这不是天文数字，而是一个小零头。但是只要你保守秘密，你不用花一分钱。怎么，担心自己不能做到守口如瓶？”

蔺藜激将收到了效果。华生有挖空心思套取秘密的嗜好，此时到了不择手段的地步。他不假思索地按照蔺藜的意思，写下了保证书。

蔺藜拿着保证书，示意华生跟她到书房去。

蔺藜在说话前，先把电脑开启。

华生说：“秘密就在电脑里？”

“听着，希望你不要再走弯路，寻找庄传智死于他杀的证据。”蔺藜说，“庄传智确实有自杀倾向。”

电脑的启动需要一分多钟。华生有点儿迫不及待，伸手敲几下桌子。

蔺藜说：“你会看到一段视频。我用 DV 拍的。画面上有时间显示。”

华生目瞪口呆，“庄传智尝试自杀，你拍下录像？”

蔺藜不说话。

暴风影音播放器开始播放那段视频。蔺藜马上来一个暂停，指着屏幕对华生说：“看到时间了吗？这是图像摄制的时间，不是后来加上去的！”

华生说：“的确是2010年11月24日那天的，不过16时11分，是下午而不是晚上啊！”

蔺藜说：“我的DV时间设置有误差，我没有按北京时间调校准确，这不奇怪吧？其实这个时候是晚上八点多。”

华生说：“你往下播放，这是你家里的卧室吗？”

蔺藜说：“是啊。”

华生说：“是不是庄医生即将出现在里面？”

蔺藜让华生看下去，她走到较远的地方，

视频的内容就是庄传智和蔺藜做爱。地点在蔺藜家的卧室里。华生断定这个视频是偷拍的，依据是镜头一直正对床上，始终没有动过，某些时候画面只有一张空床。这让华生想起了他曾经看过的璩美凤性爱偷拍视频。那是用针孔摄像机偷拍的，效果马马虎虎。不过蔺藜提供的这段视频的图像比较清晰，完全可以看清人物的五官。背景声音是电视里正在播放的央视三套的《快乐中国行》节目，董卿的说话声悦耳动听。

这个视频的情景不堪入目，华生几乎不想看下去。

华生调整播放速度，看到了另一个情节。

庄传智始终不变换性爱体位，看上去他并不卖力，倒是蔺藜较为主动。做爱草草地结束了，蔺藜离开了画面，画面里的光线有所增强。此时蔺藜插话，说她到卫生间洗澡，在离开卧室的时候，她顺手把吸顶灯打开了。在此之前只有床头灯亮着。庄传智留在卧室的床上。他显得有气无力，懒洋洋地滚到床边，在床头柜上找到他的手机。他戴上两个耳机，从手机中挑选歌曲。后来他躺在床上欣赏音乐。

这个视频里后来发生的事儿，就跟蔺藜对华生所说的一模一样，只是地点由医生办公室改为蔺藜家的卧室。

华生说：“你那数码摄像机的镜头一直对准床上，庄传智写遗书的地方是梳妆台吧？只能看到他的背影，怎么能确定他在写遗书呢？”

蔺藜说：“他在写东西，是吧？”

“他确实在写字。”华生说，“假如他真的写了遗书，那份遗书，你撕掉了吗？”

蔺藜不说话。

华生说：“这个视频看起来，不能确认庄传智尝试自杀，不过疑似程度很高。”

蔺藜说：“确实如此。”

华生说：“你为什么要录制这个视频？”

蔺藜说：“我本来的意思是，一时心血来潮，好玩。”

华生反复地审视这个视频里关键的画面。他不得不相信他的眼睛所看到的东西。

华生说："这个视频不像是PS的。"

蔺藜说："当然不是伪造的。我知道伪造的视频，过不了公安局的技术鉴定这一关。你说我还伪造这样一个视频干什么？我伪造这个视频对我有什么好处？"

"我相信这个视频是当时现场庄传智真实情况的反映。"华生说，"但是，你为什么现在才告诉我呢？"

蔺藜说："我担心最终警察会传唤我去问话，怀疑我，甚至强迫我交出视频的原件。那样的话我会非常难堪，我做人的底线也守不住了。至于为什么我把这件事的发生地点改为医院的医生休息室，你可以理解了吧？"

"假如我相信你没有任何企图，没有可疑之处。"华生说，"但是，说真的，这个视频里的庄传智，是尝试自杀还是精神上有问题，这个从画面上看不清楚啊！"

蔺藜说："看不清楚也没办法了。这是偷拍，而且是不预设前提、固定方向的偷拍，不是拍电视剧！"

华生想了很久，"你这么聪明，我不相信你把庄传智的遗书撕掉了。"

蔺藜说："撕掉遗书跟我的聪明无关。那是无意识的行为。"

"我不相信你把庄传智的遗书撕掉了。这个视频你都让我看了，那份遗书你还藏着掖着？让我看看吧，我请你吃日本菜，很贵的。"华生故作轻松地说。

蔺藜说："吃日本菜，吃得好一点儿才一两千块钱。但是这不是一个一两千块钱的问题。"

华生点一下头，"我知道，这是一个五百万元的问题。"

蔺藜不再犹豫，从床头柜的抽屉里取出一本叫做《消失的符号》的书，郑重地递给华生。

华生顿时明白，蔺藜果然保存了那份遗书，它很有可能就夹在《消失的符号》这本书里。华生用颤抖的手打开书本，取出一页皱巴巴的纸。上面写着一句话：我决定结束自己的生命，我的死亡与任何人无关。还有签名和时间。

华生拿着这页纸，仔细研究笔迹、书写用的笔和纸张。

蔺藜说："是庄传智的笔迹吗？"

华生点一下头，"庄传智写的字，我认得。"

蔺藜说："遗书上面有时间，2010年11月24日。时间对得上号吧？"

华生说："时间不是问题。你说，世界上有人刚刚结束做爱，随即想到要结束自己的生命的吗？"

"一般情况下，不会。"蔺藜说，"男人常常后悔没有跟某个女人做爱，女人常常后悔跟某个男人做爱。"

华生说："庄传智做爱的时候，精神状态怎么样？"

蔺藜敲一下桌子，"混蛋，你不是看到了吗？"

华生说："一般地说，做爱后谁都会心旷神怡的啊。虽然庄传智可能觉得有点儿疲倦，但是他有闲情逸致听音乐，这足以说明他的心情不错吧？"

蔺藜说："他的心情切换得太快了。一下子就想到了死。难道听音乐会发疯？"

华生说："听音乐会发疯？这是文学性质的夸张。"

蔺藜说："你仔细看清楚录像。庄传智听着音乐就突然想到了死。"

华生说："会不会有电话打进来？"

蔺藜说："可是你听到手机的铃声吗？"

华生说："这个视频里的音频不清楚，电视的伴音几乎覆盖了所有的声音。不过也可能庄传智的手机开了振动。"

蔺藜说："如果有必要的话，可以到移动通信公司查一下。"

华生说："是啊，说不定有一个内容恐怖的电话打进来，吓坏了庄传智。"

蔺藜说："这个我可不明白了。难道有人说几句话，就能吓得庄传智急忙自杀吗？庄传智是那种既十恶不赦且意志薄弱的人吗？"

华生觉得蔺藜有些话说得不无道理。他停止播放视频，低头想了一会儿。

蔺藜说："又在想什么？"

华生说："那我和你那些事儿，你有没有偷拍呢？"

蔺藜说："混蛋，那倒没有！"

华生不说话了。

蔺藜说："有些事儿的确难以说清楚。可是我偷拍这个视频，确实是闹着玩的。"

华生说："巧合就是阴谋。"

"我自作自受，自认倒霉！早知道我就什么也不告诉你！"蔺藜说，"我警告你，你不要开玩笑，这个玩笑价值五百万元！"

华生说："你待在监狱里，怎么找我要五百万元？再说我也没有五百万元！"

蔺藜打几下华生，"你怎么可以这么无耻？"

华生说："这个视频，我可以拷贝一份吗？"

蔺藜说："不行！现在我就要你给那五百万元！"

华生说："我保证不会传出去，而且我会作剪辑，我把所有与你有关的画面剪掉，只留下庄传智的。"

蔺藜说："绝对不行！我之所以把这件事儿的发生地点改为医生休息室，就是因为我担心警察会找我麻烦，惹祸上身！"

华生看着蔺藜，正想着要说服她。

"我警告你，林华生，如果你害得我身败名裂，我绝对不会放过你！"蔺藜越想越气愤，"要是我跳楼了，我就拉你垫背！而且还要找你赔偿精神损失费五百万元！"

华生离开蔺藜家。此时是深夜十一时二十分。

华生估计林瀚纯睡觉了，试着给他发一条短信。没想到林瀚纯立即打来电话。华生觉得有些话电话里说不清楚，想跟林瀚纯见面。林瀚纯也想跟华生见面。

地点是那个高级私人会所。

华生毫不掩饰地说："伯父，请问你和庄传智做过亲子鉴定吗？"

林瀚纯很惊讶，"你为什么问这样一个问题？"

华生说："本来庄传智不在了，我不应该刨根问底。对不起，伯父，请你回答我。"

"亲子鉴定，这是一个必然的、关键的步骤。当然有这个步骤。我和他做了亲生鉴定。"林瀚纯说，"我不是跟你说过了吗？"

华生说："结果如何？"

林瀚纯产生了警觉，"结果不是告诉你了吗？你不会如此健忘吧？而且这样一个结果你也猜得到。"

华生说："但是，庄传智他老妈说庄传智不是你的亲生儿子。"

林瀚纯说："郭秀娟真的这么说过？"

华生点一下头，"现在他们家的人怀疑你承认庄传智是你的亲生儿子是你假戏真做，是别有用心的，甚至认为庄传智之死跟你有关。"

对于林瀚纯来说，这是始料未及的事件。林瀚纯许久没有说话。华生示意他喝茶，他无动于衷。

林瀚纯说："既然如此，我承认庄传智不是我的亲生儿子。我所说的亲子鉴定报告，以及庄传智的油性耳朵、暗红色奶头，实属子虚乌有。亲子鉴定确实做过，但是我隐瞒了真正的结果。"

华生低着头喝茶。

林瀚纯说："你知道我为什么这样做吗？"

华生不说话。

林瀚纯说："在我刚认识庄传智的时候，我就打算向他敬赠一千万元。当时你们刘院长也在场。这一千万元给他，是无条件馈赠，不需要他做任何事情，只需要他继续做一个好医生，做一个好人。你相信我说的话吗？"

"我相信。"华生叫来服务员，吩咐她把雪茄拿来。

林瀚纯示意服务员尽快离开。

服务员离开后，林瀚纯迫不及待地说："后来郭秀娟来找我，跟我说庄传智是我的亲生儿子，恳求我好好照顾庄传智，让他过上好日子。我毫不犹豫就答应了。即使在庄传智跟我萍水相逢的时候，我也愿意无条件向他敬赠一千万元。郭秀娟恳求我那样做，正中我下怀，我一拍即合，求之不得。因为在我心里，我非常尊重庄传智，我把他看做是亲生儿子，视若己出。甚至我还希望他接我的班，成为一个合格的职业经理人。你相信我说的话吗？"

华生说："我相信。我知道你是一个站得高看得远的人。"

林瀚纯说："我装模作样，跟庄传智做了亲子鉴定，我告诉他一个相反的结果，为的是让庄传智彻底相信他是我的亲生儿子。他相信了。从此我和他像传统意义上亲密无间的父子。我的目的达到了。"

为了取信于华生，林瀚纯滔滔不绝地说话。

林瀚纯说："我知道庄传智是一个理想主义者，有一颗道德的心脏。但是在国内搞房地产或做其他的生意，庄传智这种栖守道德者可能吃不开，反而会自取灭亡，被别人吞噬。所以，后来我又偷偷地把你找来。即使把你找来，我也并不想排斥庄传智。

我需要他做你的伙伴或对立面，成为公司里道德的镜子，也成为你的道德的镜子。他一定会使我们受益匪浅。我承认我没有一颗道德的心脏，但是我的血管里流着道德的血液，我有我活着和做生意的原则。对于庄传智的死亡，我万分悲痛。但是他家里人的说法是不成立的！你相信我说的话吗？”

华生说：“即使一个傻瓜也不会相信你用一千万元，用豪宅、卡宴、宝玑陀飞轮手表作道具，阴险毒辣地剥夺庄传智的生命！据我所知，请职业杀手杀一个人远远不需要这么多钱！别人说什么，随他说去吧。我来替你辩护！我完全相信你的血管里流着道德的血液！”

服务员把雪茄送来了。林瀚纯草草地点燃雪茄，当着服务员的面对华生说：“如果郭秀娟不作更正，我将三缄其口。我真的希望庄传智是我的亲生儿子。”

华生说：“伯父，你是一个什么样的人，我完全明白。今晚我没有质问你的意思。看电影听故事都想知道最终的结局，我就是这个意思。”

“如果没有我，庄传智的生活模式和工作模式就不会有所改变，也许庄传智还活着，还是省人医一个普通的外科医生。”林瀚纯说，“我无中生有地承认庄传智是我的亲生儿子，既为了补偿郭秀娟，也觉得庄传智是可用之材，善意的谎言开始了，就必须不断地重复。你觉得我像凶手吗？我觉得我就是庄传智的掘墓人。”

华生是这么想的：如果林瀚纯为了谋杀庄传智而把他视为亲生儿子，这未免太迂回曲折和拖泥带水了。任何一个凶手都不会这么做。世上没有类似的谋杀案。

华生说：“伯父，这根本不能怪你。比如交通工具带来如此多的交通死亡事故，但是谁会指责交通工具的发明者呢？”

林瀚纯说：“逝者已矣，来者可追。我认为庄传智有很多精神上的东西是不会熄灭的，是值得我们学习的。”

华生给许健打电话，要求跟他碰头。

许健和张宾陪着唐默凝跑一趟医院，刚从医院出来，正要找地方吃饭。

唐父还待在重症监护室里，仍然处于昏迷状态中。唐母在重症监护室外守候，不愿意离开。

华生和许健在电话里约好见面的地方。

在见到许健前，华生不知道怎么跟他说。华生总不能口无遮拦，把有关蔺藜偷拍的那个视频的全部内容告诉许健吧？但是如果用半遮半掩的手法，又担心许健不能理解那些关键的信息。

今天晚上吃的是酸菜鱼。

华生说：“为什么吃酸菜鱼？”

许健说：“又便宜又好吃！我们人多，你少数服从多数！”

华生说：“我老爸是耕鱼塘的，我吃得最多的食物，不是米就是鱼。”

张宾说：“那你少吃一点儿，这样正好。”

许健说：“我们班那个自封的作家，最喜欢吃鱼，尤其爱吃鱼头。他说吃鱼头补脑子。我的前半生比较遗憾的事儿，就是当年读书的时候没有请作家同学吃一顿酸菜鱼头。”

张宾说：“那你参加工作后，有钱了，怎么不请作家同学撮一顿呢？”

许健说：“毕业后我们各奔前程，天各一方，偶尔电话往来，还没见过面呢！”

张宾说：“他写的侦探小说有人爱看吗？”

许健吃得高兴，讲起那些十多年前大学校园里的往事。作家同学是一个瘦高个子的家伙，跟许健同处一个寝室。他沉迷于看侦探小说，也尝试写侦探小说。某个周末晚上，同寝室的同学倾巢而出，不是约会就是参加舞会，还有看电影、喝啤酒和溜冰的，总之大都出去寻欢作乐了。许健和作家同学没有女朋友，也没有找朋友聊天，两个人在图书馆自习室待了两个多小时，不约而同地返回寝室。顺便说一下当时没有网络，上网聊天有如天方夜谭。许健枯坐了一会儿，作家同学洗了个澡回到寝室，扔给许健一根香烟，就开始大吹大擂他打算写一个这世上最难侦破的、对智慧型的警察是重大挑战的谋杀案。他问许健有没有独辟蹊径的杀人创意，许健说他茫无头绪。对于念法医专业的学生来说，他们的工作性质注定了将来他们都极有可能跟犯罪分子交锋，作家同学笑话许健一无所长。当时许健根本不打算从事法医工作，而是希望做一个救死扶伤的医生。然而作家别无选择，只好把许健视为知音，拽住许健畅谈他所构思的侦探故事。那些侦探故事编得漏洞百出，而且作家同学的语言表达能力一般，这使许健听起来味同嚼蜡，真想跑到寝室外面去。

说到这里许健停下来，津津有味地吃着酸菜。

张宾显然没有把许健所讲的故事听进去，故作捧场地说：“那位瘦高个子的作家同学，今天一定胖得要命，成为大作家了吧？”

华生说：“他一定是一个优秀的法医！”

许健遗憾地说：“听说现在他不写小说了。他也没有成为法医。他有个大伯在美国，他炒美元发财了，移民美国三藩市。”

“作家同学应该请你吃正宗的美国牛仔肉，”张宾说，“而不是你请他吃酸菜鱼头、谭鱼头、剁椒鱼头。”

许健说：“都是好吃的东西，以后一吃鱼头我就想起美国牛仔肉。”

华生看一眼唐默凝，她正心神不宁地吃着麻婆豆腐。

许健说：“小唐同学，你最想吃什么菜？”

唐默凝说：“我老爸在医院里有饭吃吗？”

这一句话有如铁树开花。这表明唐默凝终于记起了她有一个爸爸，还知道身负重伤的爸爸正躺在医院的病床上。许健欣喜不已，张宾和华生也喜形于色。

“小唐同学，记起我是谁吗？”华生指着许健和张宾，“他们又是谁呢？”

唐默凝没有回答华生的问题。

华生说：“小唐同学，你还记得大金宾馆吗？你在大金宾馆发生了什么事儿？”

唐默凝低下头，不愿意说话。

华生说：“是不是有人威胁你？”

唐默凝双手抱头，像一只惊弓之鸟。
华生还想说什么，许健示意他不要着急。
许健说：“作家同学给我讲了一种异想天开的、诡秘的杀人方法。用这种方法杀人，有如杀人于无形，即使被怀疑、被抓到了，也无法被定罪。”
华生说：“什么样的杀人方法？醉酒驾驶？”
张宾说：“这两年醉驾致他人死亡非常引人关注！”
许健说：“作家同学说的不是醉驾。醉驾撞死了人，那要蹲监狱的。”
张宾说：“公之于众吧，作家同学有什么杀人的高招？”
许健说：“手中无剑，心中有剑。”
华生问唐默凝：“这是谁的武侠小说？”
唐默凝摇一下头，“不知道。”
华生对许健说：“作家同学写侦探小说的，还看金庸的小说啊？”
张宾说：“头儿，我看你那作家同学中毒太深了！”
许健说：“你们放心，我深入虎穴，和他同住一个寝室足足三年，他没把我杀了，毁尸灭迹。”
华生说：“不要转换话题。作家同学杀人于无形的手法到底是什么样子的？”
许健说：“你们猜一下嘛。”
唐默凝突然说一句，“金庸的武侠小说好看啊！”
张宾说：“小唐同学，你看过金庸的什么小说？可以说说吗？”
唐默凝说不出来。
张宾说：“《鹿鼎记》你看过吗？”
唐默凝茫然不知。
张宾有点儿失望。
许健说：“当年作家同学说过一句很经典的话。他说金庸讲的是从肉体上杀死某些人的故事，鲁迅讲的是从精神上毁灭某些人的灵魂的故事，两人不可同日而语。”
华生说：“我明白了，作家同学的意思是，从精神上消灭目标人物，让他发疯，彻底发疯，即使没把他关进精神病医院里，他也如行尸走肉，虽生犹死！”
张宾问许健：“是这样吗？”
许健说：“杀人诛心，从精神上摧毁一个人以达到彻底消灭一个人的目的。”
张宾说：“头儿，我看书不多，你可以具体说说吗？”
许健一笑置之。
“中国有多少个鲁迅？平庸的武侠小说作者就多如牛毛，上网可以搜到成千上万！作家同学想兵不血刃，不战而屈人之兵，这个想法很好。但是实现得了吗？”张宾扮个鬼脸，“我呼风唤雨、撒豆成兵、弹指杀人，你们信吗？”
许健对张宾说：“你会魔术吗？把一元变成一百元？”
张宾说：“我说会，你们一定认为我是骗子！”
唐默凝说：“如果你是骗子，以后我不理你了！”

许健说："小唐同学，别担心，他是世上最愚蠢的骗子，骗不了人，成了大家的笑话。"

唐默凝说："我相信。"

这顿饭差不多吃完了。

华生说："许大，我有个请求。吃完饭后，我想请你陪我去看一个人。"

许健说："看谁？你想当第十三怒汉吗？"

华生说："对。你一定不会白走一趟。"

许健说："真的吗？"

华生说："如果我是你，不管工作多忙，一定跑一趟。"

许健看着华生。

华生说："如果我骗了你，你可以一辈子不理我。"

许健说："你这么有把握？"

张宾说："这么说，我得带几副手铐去？"

华生说："恰恰相反，我们只是澄清一个事实，不需要手铐。"

蔺藜刚洗完澡，还待在卫生间里，听到门铃声大吃一惊。她实在想不到谁会在没有预约的情况下来找她，不过她知道来者不善。她走到门后，久久不敢吱声。

门铃声又响起来。

蔺藜低喝一声："谁？"

华生说："我，开门。"

蔺藜大声地说："怎么不先给我打电话？"

华生说："开门再说。"

蔺藜打开门，看到华生就粗声粗气地说："冒失鬼，这么晚了你还想干什么？"

蔺藜看到华生手上提着的果篮，觉得有点儿奇怪。接着她看到了许健，就更加不明白了。此时蔺藜衣冠不整，她理所当然地把来者拒之门外，堵住门不让华生进来。

华生满脸笑容，"伸手不打笑脸人，我来负荆请罪的！"

蔺藜板着脸，"林华生，你给我滚！"

"给我一次机会吧，我真的来负荆请罪的！"华生把果篮塞给蔺藜，被她推开了。

许健说："也太晚了，以后我们有时间再来！"

华生对蔺藜说："他就是刑警大队的许大队长，我跟你说过的。让我们进去喝杯茶，好吗？"

蔺藜硬邦邦地说："不行，明天我还要上班，太晚了，我得休息了！再说了，警察也不能随意扰民吧？如果要进屋搜查的话，请出示搜查证！"

许健对华生说："改天再来吧，人家不愿意，的确不能打扰人家！"

华生赌气地说："不行！"

蔺藜说："林华生，我没想到你这么过分！"

华生说："我觉得我没有过分！"

许健说："蔺藜女士，今晚我来，是以平民的身份来的。我们地位平等。我想跟你谈一下，不会超过五分钟。如果你不愿意，我就走了。"

蔺藜说："如果我拒绝呢？"

许健说："我手头上的案子多着呢，刑警大队有限的资源必须全部投放在刀刃上。今晚华生拉我来看望朋友，我就来了。华生来这儿不是为他自己办事儿，而是为了尊重一个逝去的生命。我呢，我个人辛苦一点儿也没什么，我就是那种命。我实话实说吧，庄传智医生死亡事件达不到刑事立案的条件，我也认为他死于自杀。不过，如果你能配合我做点儿什么，这也是你作为一个公民的基本义务，我将非常感激。"

"你这么说的话，我欢迎你进来坐一会儿，"蔺藜的口气变软了，"不过请等一下，我刚洗完澡，我得穿好衣服。请等一分钟。"

一分钟后蔺藜穿好了衣服，但是她反悔了。

蔺藜隔着门对外说："对不起，太晚了，以后你们有空儿再来，好吗？"

许健说："就几分钟时间。"

蔺藜说："警官先生，请尊重我的意愿，好吗？"

华生说："上门都是客，请我们喝杯速溶咖啡，不行吗？"

蔺藜说："改天吧，好吗？何况我家没有速溶咖啡。"

许健不让华生拍门或按门铃，硬把他拉走了。

蔺藜松了一口气，仔细地给门上锁，摸黑来到卧室。她蒙头大睡，却不停地埋怨华生多管闲事儿。看来华生并不惧惮他所写下的保证书。蔺藜想着这个翻脸不认人的家伙，恨不得踹他两脚，再打他一个响亮的耳光。

蔺藜怎么也睡不着。

蔺藜的手机鸣叫一声，这是收到短信的响声。这个时候收到的短信，不是垃圾短信，就是华生发来的。过了很久蔺藜才把手伸向床头柜。不过手机不在那里。蔺藜突然打算把华生骂个狗血喷头，就起床到梳妆台拿手机。

华生发来的短信只有一句话：上 QQ 聊一会儿好吗？

蔺藜打开手机里的 QQ。不过她觉得用手机输入汉字太慢了，用电脑才过瘾。

蔺藜来到书房，用电脑挂 QQ。华生果然在线。

华生早就发话了，"在吗？"

蔺藜说："混蛋，先给我五百万元，否则免开尊口！"

华生说："Q 币你要吗？"

蔺藜说："你这个人，说话不算数，人人得而诛之！"

华生说："我罪该万死！不过，在死之前，我想跟你说一件事儿！"

蔺藜说："应该把你暴尸三日，你会遗臭万年的！"

蔺藜通过 QQ 不顾一切地把华生痛骂一顿。

华生说："我想跟你说一件事儿！"

蔺藜说："我知道你想说什么！给我闭嘴，先给我五百万元！"

华生说："我先向你道歉，深切道歉！另外我想告诉你，钱好说，可以商量！今晚我来找你，主要是冲着那个视频。你不要觉得丢人，那不犯法，也不丢人。请问你是否愿意把那个视频的复制件交给我？”

蔺藜说：“我真想把你碎尸万段！等我死了，我就交给你！”

华生说：“蔺藜，我们商量一下。你相信我，我是不会害你的！”

蔺藜说：“你在哪儿？”

华生说：“你家楼下，如果你答应了，我就上去取。”

蔺藜说：“正在跟我 QQ 的，是你，而不是那个警官吧？”

华生说：“是我。”

蔺藜说：“好，验明正身了，你受死吧！混蛋！愿你在九泉之下不再言而无信，做一个诚实的鬼！”

华生说：“我冒死请求你，把那个视频给我，好吗？”

蔺藜说：“你死了，不能再说话了！”

华生说：“华生医生确实死了，我是他的朋友，我姓许，华生医生生前一再恳求我，让我找你要那个视频。我们谈一下，好吗？”

在 QQ 聊天工具的窗口，蔺藜弄不清楚此刻跟她说话的对象是华生还是许健。网络构造了一个虚拟环境，双方之间或各方之间似乎只存在一种关系，那就是网友关系，双方都是平等的。利用网络交谈最大的好处是，有时可以完全不用顾及对方的脸面，劈头盖脸地痛骂对方一顿，这比唾液横飞更淋漓尽致。蔺藜觉得通过网络聊天工具交谈实在是妙不可言。

蔺藜说：“我不管你是谁，也不想核实你的身份。我只想说一句，华生你这混蛋，你不要装腔作势，拉大旗作虎皮！我骂累了，以后再也不想骂你了，更不想见到你！”

华生说：“且慢！钱的问题好办！给你三十万，怎么样？”

蔺藜好久不说话。

华生说：“五十万，怎么样？”

第二十二章　天才之作

“混蛋!”蔺藜骂了一句，再发给华生一个再见的动漫手势，就匆匆地下线了。

“请等一下，求你了，请把那个视频拷贝给我!”华生发送这句话后，发现蔺藜的QQ头像已经褪去色彩，不禁大失所望。

许健说：“对方下线了?”

“不在了。”华生说，“难道她想要更多的钱?”

许健说：“欲速不达。给她留言吧。”

华生说：“再跟她说，给她八十万?”

许健说：“我来给她留言。”

华生把手机递给许健。

许健跟蔺藜说了一句话，“我姓许。请把你保存的那个视频交给我们。向我们提供证据，是每个公民应尽的义务。我们拿到那个视频后，可以对其作技术处理，辨别视频人物说的话。甚至可以请读唇专家帮忙，看到那些一般人从视频中听不到的话。或许会有新的发现，使之确切地成为证据。晚安！做个好梦！你可以明天给我!”

华生说：“有用吗？如果蔺藜拒绝合作，怎么办?”

许健说：“继续说服她。”

华生说：“如果她把那个视频销毁了，无法还原了，怎么办?”

许健说：“她对电脑知识并不通盘了解吧？无论她如何销毁，总有电脑高手能还原的。不过，你还是应该继续努力，争取她把那个视频交出来，这才是最好的结局。”

华生说：“你们不能出面找她要证据吗?”

许健说：“没有立案，就没有进入司法程序，不能强制性取证。”

华生说：“用美男计恐怕不行了，因为我不是美男子。像间谍一样去偷那个视频，你们又说我违法取证。那就只好花钱买了。”

许健说：“用美男计恐怕不违法。你就想尽办法跟她沟通吧。”

华生说：“明天我再跟她谈谈。”

许健和华生正待在宝马里，就在蔺藜家楼下。华生问许健要到哪里去，许健说太晚了，宵夜就不吃了。

许健说：“还是回家洗洗睡最舒服。”

华生说："对不起，打扰你休息了。"
许健说："看你说的，你不像山寨版的华生医生。"
华生说："谢谢！"
华生的手机突然鸣叫起来。他知道是谁打来的，急忙接听电话。
华生才说了一句话，就把手机递给许健，"蔺藜指定由你听电话。"
许健跟蔺藜通电话。
蔺藜说："我们都不用拐弯抹角，就直截了当地说吧。那个视频涉及我的个人隐私，如果泄露出去，我将没办法做人。我把那个视频给你们，你们能替我保密吗？"
许健说："那当然，我以我的人格保证。法律也不容许泄露个人隐私。除非你违法，受到公开的审判。"
蔺藜说："我不违法！某些患者以医生为朋友，为的是治病。相反，我不想跟警察交朋友，以免成为受害者。有些事情，我知道躲不过去，也应该尽到自己的公民责任。我想尽快结束这件事。但是今后我不希望再见到你和别的警察。这是我的愿望。你可以尊重我的愿望吗？"
许健说："如果没有特别的原因，以后我们不会打扰你的！但是如果庄传智之死有可疑的地方，我能不来找你吗？"
蔺藜说："庄传智的死亡是正常的，无可疑。废话少说，我愿意把这个视频交给你们警方。你们现在就来我家里取，你们要写个收条给我！"
许健说："好的，收条可以给你。"
蔺藜说："快来，五分钟内到达我家门前。收条从门缝塞进来。"
许健和华生火速赶到蔺藜家门前。
华生赶紧按门铃。许健发现门前的地板上有一个小纸包。他拿起来一看，小纸包上面写着几个字：那个视频在优盘里。
小纸包里有一个优盘。
华生继续按门铃，"怎么不开门？"
此时夜深人静，在外面应该能够听到屋内门铃的响声的。许健说："别按了，里面没响声。蔺藜把门铃摘下来了。"
"她真的生气了。"华生说，"这优盘里有东西吗？"
许健说："我们回去看看！"
华生举手要敲门，许健制止了他，"不要弄出声音，左邻右舍都睡觉了。"
华生说："她不要收条吗？"
许健扬一下手上的纸，"就写在这儿。"
华生说："她没看到怎么办？"
许健说："如果以后她要，你随时可以来找我。明天你也应该找她好好谈一下呀！"
许健迅速地写下收条，塞进蔺藜家里。
华生一只手拿着优盘，另一只手两指相捻打一个响榧子。
许健的公文包里有笔记本电脑。他和华生马上到一楼的大堂看这个视频。

这个视频的前半部分令到许健昏昏欲睡。他让华生选择性地播放视频中关键的部分。

许健看到庄传智在戴耳机听音乐时，庄传智的脸上堆满恐惧和痛苦的表情。

许健说："华生医生，为什么庄传智听音乐的时候会露出这种表情？上次遥若☆辰发来的两分多钟的视频，也是这个样子。"

华生说："会不会他被音乐所刺激，像女人做爱一样，在高潮时呈现痛苦的表情和发出呻吟？"

许健严肃地说："他的脸上，呈现的是恐惧和痛苦，而不是高潮！"

华生说："不可能。如果音乐让他痛苦，他可以不听音乐。哪首歌勾起他的痛苦回忆，他可以删除这首歌！"

许健再一次看这个视频。

华生想了一下，"庄传智是音乐爱好者，在工作之余经常戴耳机欣赏音乐。他沉醉的样子我见过，没什么特别的地方，完全不是这样的。"

许健说："也许龙王陈琼说的是对的。"

华生说："音乐！该死的魔鬼！魔鬼不会只带来一包毒药！"

许健说："这是陈琼说的。张探长就不信邪，不相信陈琼的读唇术出神入化。他认为陈琼与目标人物面对面现场读唇准确程度较高，而对显示屏幕上的人物读唇准确程度不到百分之五十。"

华生说："可以肯定，陈琼的智商比较高。如果他不是聋哑人，他可能是神偷！"

许健说："不一定。他可能是警察，也可能是医生。"

华生点一下头，"他很勇敢，也有毅力。"

第二天上午许健和张宾赶到那个位于兰石村公安基地的市第一看守所，把龙王提到讯问室。

由于龙王帮忙，许健获得侦查线索，破获一个特大入室盗窃团伙。经分局领导批准，许健分别请求相关的检察院和法院，以龙王有将功赎罪的情节而对其予以从轻处罚。

穿着橘红色马甲的龙王看到许健和张宾，激动得热泪盈眶。

狱警告诉许健，目前龙王关在一个较为宽松的监室，每天不用操练和学习，而是离开监室在伙房里帮工。尽管他是个哑巴，但是他非常机灵，干活很认真也干得漂亮。

龙王朝狱警打手语。

许健对狱警说："你知道他说什么吗？"

狱警说："谢谢管教！"

许健说："他还说，每天待在监室操练和学习，不能出来走走，太苦了。在厨房帮工，还可以在看守所里一定的范围内活动，偶尔还能吸烟，算是有自由了！谢谢管教，谢谢所长！"

狱警说："许大，你会手语？"

许健说："跟龙王打交道多了，略知一二。"

龙王跟着许健和张宾来到讯问室。

龙王打手语，还要笔和纸。

龙王拿起笔，飞快地写出自己要说出来的话，"两位警官大人，我想立大功，立功赎罪，早日离开看守所。请你们把大案要案交给我，我一定尽力协助破案！"

"你不用写，我们知道你的意思！"张宾使用激将法，"陈琼，我们是欣赏你的。我们许大在法庭上向法官和检察官为你求情，你是知道的。但是，对你的读唇能力，我们领导不太满意。我们今天特意再来测试你一次。你一定要认认真真地把测试做完。"

龙王说："我会加油的！关在看守所里，如果我没事儿可干，就整天研究人家说的话，琢磨出水平来了。"

许健递给龙王一根香烟，亲手为他点燃。

蔺藜偷拍的那个视频，数码摄像机被装在一个纸盒子里，而且藏在较为隐蔽的地方，还有节奏强劲的电视伴音干扰，这些原因都造成了庄传智和蔺藜现场说的话录制效果不佳，只有电视里陈慧琳演唱的《不如跳舞》隐约可闻。即使对庄传智和蔺藜的音频信号进行技术处理，仍然无法分辨他们说的话。

许健和张宾很想知道当时庄传智说了一些什么话。

张宾用电脑播放一个视频。这个视频经过剪辑，其中涉及性爱的内容已经不存在。

龙王看得很认真，马上捕捉到两个问题。这两个问题也引起了许健的注意。

龙王特别强调，这个视频里这个男人所说的话跟上次那个视频里他所说的话大同小异。

许健马上想到了：音乐！该死的魔鬼！魔鬼不会只带来一包毒药！

龙王说了两个问题。在戴耳机听音乐时，这个男人像被惊吓，嘴里念念有词。他反复说的一句话是，音乐就是魔鬼！魔鬼不会只带来一包毒药！这是问题之一。另一个问题是，龙王说那个女人向这个男人提出借十万块钱。如果按时间顺序排列，后一个问题在先，前一个问题在后。

"音乐就是魔鬼！魔鬼不会只带来一包毒药！"张宾说，"陈琼先生，你又老调重弹了！你干得不怎么漂亮啊！你再认真看一次，好吗？"

龙王立功心切，一边打手势，一边用笔写字，力求准确地表达自己的意思。

龙王说："真的如此，我可以保证没有弄错。"

"陈琼先生，你是个聪明人，你仔细想一下，你觉得那手机里有什么东西传到这个男人耳朵里，能把他吓得半死？如果是一首歌的话，真能把一个大活人吓得半死，不得不自寻死路吗？"张宾还把他说的这句话写下来，让龙王看个明白。

龙王说："我知道，一首歌不会吓死人。"

张宾说："视频中那个人戴耳机，他不听音乐，他干什么？你理所当然地认为他在听音乐，但是你看准了吗？如果他在打电话，你就会说他是被对方吓得要自杀的，是不是这样呢？"

"我发誓我没有弄错！如果你们不相信我，你们可以另请高明！"此时龙王显得真是有口难言。

张宾说："手机的耳机可以用来听音乐，也可以用来接听电话。这个你知道吗？你说，这个男人是不是被对方吓得要自杀的？"

龙王说："他真的亲口说了，音乐就是魔鬼。他没有说哪一个人是魔鬼。"

张宾说："陈琼先生，你说，这个男人叫什么名字？"

"庄传智。"龙王说，"你们说过他的名字，那个女人也说过他的名字。"

许健和张宾对视一下。

龙王说："我说得对吗？"

许健没有正面回答，"那个女人问这个男人借十万块钱，有什么用途？"

龙王说："那个女人想做医疗器材生意，手头缺钱，就找这个男人借。她说这个男人肯定有钱，因为她亲眼看见他开好车。那辆好车值十多个十万。"

许健不由得看了张宾一眼。

张宾忍不住追问："这个男人开什么样的好车？"

龙王说："什么品牌的车子，他们没说。"

张宾说："这个男人说什么？"

龙王说："你们也看见了，这个男人不说话了。"

张宾说："是不是有人吓唬他，要把他干掉？"

龙王说："那男的只是说，音乐就是魔鬼，魔鬼不会只带来一包毒药。"

张宾看一眼许健。

龙王说："上次我就说过了，这个男人那个表情，说明了他将不久于人世了。"

许健做个手势，示意张宾不要说话。他递给龙王一根香烟，再次亲手为他点燃。

龙王说："我说的全是真话，没骗你们！"

"陈琼先生，你听着！"许健用他的家乡腔调说话，"音乐就是魔鬼，魔鬼不会只带来一包毒药。"

张宾当即问龙王说："我们许大队长说什么？"

龙王用笔写下来：音乐就是魔鬼，魔鬼不会只带来一包毒药。

许健和张宾对视一下。

许健说："陈琼先生，庄传智说音乐就是魔鬼吗？"

龙王说："也许吧。如果视频的图像可以更清晰一点儿的话，可能我会看得更准。"

许健从公文包里取出巧克力，放在龙王面前。

龙王丢了烟蒂，美美地吃巧克力。

离开看守所后，许健马上到处寻找电脑高手，请他们把那个视频中有关庄传智的图像作清晰化处理。

许健接到华生打来的电话，华生告诉他一件事儿。

华生在军医大学附属医院的重症监护室大门前看到了戴高鸿。由于担心戴高鸿对他纠缠不清，他特意躲开了。

许健说：“他去看唐默凝的父亲吗？”

华生说：“是的。”

许健说：“唐默凝的父亲有所好转吗？”

华生说：“暂时没有。”

许健说：“戴高鸿看到唐默凝了吗？”

华生说：“正是，唐默凝差点儿又发疯了！”

许健说：“看住唐默凝。”

华生说：“唐默凝她老妈很生气，把戴高鸿赶跑了，牢牢看住唐默凝。不过我怀疑戴高鸿就躲在军医大学附属医院附近，他还想接近唐默凝。”

许健说：“你尽量接近戴高鸿。最好跟他吃饭，尽量走近拉拉话。俗话说，言多必失，如果有条件，把他的说话录音。”

华生说：“录音？有那么严重吗？”

“也许你不相信，戴高鸿有可能是杀人凶手。”许健说，“我以作家同学的身份说这话，而不是以刑警大队长的身份。”

华生说：“那是不可能的。”

许健说：“我跟你说过的话，你不能向戴高鸿透露。现在不可能把戴高鸿抓起来，因为我没有那个权力。如果呈报上去，因为没有足够的证据，分局领导也不会同意刑拘他。你要记住我说的话，理解我的难处。以后我会跟你说明白的。”

华生说：“戴高鸿把谁杀了呢？我想不出来。”

许健说：“我们需要证据。好了，我只能把话说到这儿。”

华生说：“你为什么向我泄密呢？你们不是有保密纪律的约束吗？如果戴高鸿是凶手，你也不应该告诉我呀！”

许健说：“我信任你，也想利用你。你是聪明的华生医生，你知道你应该怎么做。不要辜负了我的嘱托。”

华生说：“我好像不太明白你的意思，为了让我做得更好，你是否可以说得更深入一些，更具体一些？”

许健吭哧半天，华生在电话里听不到他的完整的语句。华生也没有追问。后来许健不吭声了。

一会儿之后华生问：“许大，你还在吗？”

“我还在，但是我不知道如何跟你说。也许吧，我正在做着一件最异想天开的事儿，这件事儿不是刑事案件，而是鬼故事。就让我做一个身败名裂的天气预报员吧，尽量把台风的级数说大一点儿，把寒冷的气温说低一点儿，往最坏处想，这不是防患于未然吗？如果我冤枉一个人，这倒不是我的初衷。现在的法律观点是疑罪从无，我要证明那究竟是不是疑罪，是不是铁证如山。”这时许健的言语既极其隐晦且迂回曲折。

“许大，你的意思我大致明白了。”华生说，“请你坚持到底，我对你有信心。”

许健说：“好吧，我会坚持到底的。”

华生说："我会小心谨慎地对付戴高鸿，这个你就放心吧。我希望过不了多久，你就把所有的秘密告诉我！"

在电话里华生跟许健说了一声再见，走出医院大门，却不知道到哪里找戴高鸿，戴高鸿却突然冒出来，挡住华生的去路。

戴高鸿说："知道我是谁吧？"

华生不动声色地点一下头。

戴高鸿说："可以谈一下吗？"

"好啊，你想谈什么呢？"华生说，"我希望今后你不要骚扰唐默凝。"

戴高鸿说："你可以把凝儿的情况告诉我吗？"

华生用欲擒故纵的方式微笑一下。

戴高鸿急了，"请你告诉我，凝儿为什么住院呢？"

华生说："你先告诉我，你是怎么认识我的？"

"这个我一会儿告诉你。"戴高鸿递给华生一根香烟，"我们可以好好聊一下吗？"

华生说："现在电视剧电影里也禁烟。"

戴高鸿竟然在不到三分钟的时间内吸完一根香烟。他不知道如何开口，因吸烟过猛而不停地咳嗽。或许他觉得用咳嗽来打破沉默是一个不错的办法。

戴高鸿又点燃一根香烟，在猛吸两口后盯住华生。

华生说："你真聪明，你是怎么认识我，找到唐默凝的？"

戴高鸿说："等一下我告诉你。我们找个地方坐下来，好吗？"

华生说："你在网上搞人肉搜索？"

戴高鸿说："我对互联网深恶痛绝，但是我真心爱凝儿，永不改变！真的，如果在荒山野岭、林海雪原，我和凝儿不得不面对冻死饿死的未来，我愿意提前结束自己的生命，让凝儿吃我的肉，继续活下去。就这样，我的肉在凝儿的体内变成她的自身的元素，永远留在她的体内，我的灵魂将会因为她而永远不会孤独和寂寞！"

华生说："你愿意为唐默凝去死，而唐默凝对你恨之入骨，永远不想见到你。你为什么不选择去死呢？"

戴高鸿扔掉烟蒂，双手紧紧地抱头，好像随时要蹲下去。

华生说："我们找个地方坐下来吧。"

戴高鸿求之不得。

不远处有一个星巴克，华生和戴高鸿走进去。他们在一个角落坐下来。

华生叫了两份大号的摩卡咖啡和两份蓝莓奶酪蛋糕。

华生当然不会忘记许健的吩咐。他耐心地跟戴高鸿说话，还和戴高鸿互相留下电邮地址和电话号码。

华生说："我觉得你并非蛮不讲理。"

戴高鸿说："确实如此。这辈子，我爱女人，爱音乐，爱画画……我最爱女人。"

华生说："女人就是唐默凝？"

戴高鸿说："可以这么说。"
华生说："最近发生在唐默凝身上的事儿，你知道吗？"
戴高鸿有点儿紧张，"到底发生了什么事儿？凝儿为什么住院？请你告诉我吧！"
华生说："唐默凝恨透了你，如果我告诉了你，这就伤害了她。"
戴高鸿显得生气了，"你不要这么矫情好不好？我们都是男人，有什么说什么！"
华生说："唐默凝出院了，基本上她的病问题不大。你想让我告诉你她的情况，你必须先告诉我你的情况。我也想知道你是一个怎么样的人。"
戴高鸿说："我知道，凝儿恨透我。但是，我想用一生的时光去爱她。我相信她一定会再给我一次机会的。"
"她不但恨你，还愿意为你去死！"华生说，"她宁愿死也不想见到你！"
戴高鸿说："这是带有你的感情或想法的说法，事实上并非如此。凝儿恨透了我，但是这种恨是可以转化为爱的。"
华生摇一下头，"据我所知，这不可能。除非你有特异功能。"
戴高鸿仰头，"我的音乐天才在莫扎特、贝多芬之上，我是世界上最好的作曲家！"
华生不无挖苦地说："用百度可以搜索到你吗？你的代表作是什么？"
戴高鸿幽幽地说："这世上，有很多天才被埋没了。那些被炒作出来的所谓歌星，仅仅会哼几声，还不会唱。他们一身铜臭，只是某些老板的赚钱工具。昙花一现，很快就会被别人忘记！"
华生说："你在抱怨自己被埋没了？"
戴高鸿说："不久前我找到了凝儿的手机号码，也找到了她的 QQ 号码。但是三年多了她从不搭理我。我和她失去语言交流足足三年了。我知道说什么也没有用，因为她不会听。但是我有我的想法。三年多了我只做两件事儿，一是寻找凝儿，二是谱写一首歌，一首为凝儿而作的歌！那是一首充满才情和激情的歌！这首歌我已经写好了，名字暂时叫做《爱就像死亡一样令人颤抖》。你说这个名字好吗？"
华生说："这首歌可以百度得到吗？"
"我百度过了，暂时还搜索不到。"戴高鸿说，"可能还没有录制好。"
华生说："你委托哪个影音公司录制的？由哪个明星主唱？"
戴高鸿说："这是一首电子音乐，类似电子交响乐或者电影配乐。"
华生说："既然是电子音乐，把它演奏并灌录下来并不难啊！找一个乐队，或者乐队也省掉了，找'玖月奇迹'那两个人，用双排键电子琴演奏。录音棚也不难找吧？花个几万块钱不就搞定了？"
戴高鸿说："看来你对流行音乐有一定的了解。流行音乐只是音乐的皮毛，但是这些皮毛却是音乐的外表符号，真正的音乐却被埋没了。"
华生说："音乐比文学更直接，更容易分出优劣。几万块钱你筹不到吗？你把你的天才作品灌录制作好，先在网上播放一下。是骡子是马，拉出来遛遛，一目了然！"
戴高鸿喟叹不已，"天才是最容易被埋没的。我把我潜心三年创作的音乐，托一个老师转交一个音乐界的权威。这个权威竟然说，我的音乐过分悲伤，缺少进取心。"

华生说："也许那个权威的评论是正确的。"

戴高鸿说："天才的作品，从来都缺少知音。天才是孤独的。"

华生说："我认为，天才是不会被埋没的！被埋没的只是心比天高自命不凡的人，所以他命比纸薄！"

戴高鸿说："你不知道，这世上有多少天才被埋没！"

华生用手机上网，查阅梵高的人生资料。他对梵高不很了解，只知道梵高的画很值钱，"梵高只活了三十七岁，在他的有生之年，他只不过是一个不入流的画家，贫困潦倒，精神病患者，只卖出一幅叫《红色的葡萄园》的画。但是他终究没有被埋没，时至今日他的作品价值连城。"

"梵高的《加歇医生》和《鸢尾花》这两幅画都是二十世纪八十年代后期成交的，分别是八千多万和五千多万美元，如果放在现在，也过亿了。现在市场上毕加索的画更值钱，鲁本斯的画也受到热烈追捧。但是我认为，追问一幅画值多少钱，这好像农贸市场里问萝卜青菜的价钱。某些画如《蒙娜丽莎》，它的名气更大，不过它只会永远在博物馆里收藏，属于国家保护的艺术品，不管多少钱也不卖。所以我认为艺术品没有最贵的，也不能简单地以其出售的价格来判定它的艺术价值。"戴高鸿说，"梵高死后受到追捧，可以说他的天才的确没有被埋没！比如苏珊大妈就没有被埋没，被埋没的天才你根本不知道他姓甚名谁！"

华生说："那么，除了你自己，哪一个天才被埋没，你举不出例子了？请问，你是天才吗？你凭什么证明自己是天才？"

"世间无限丹青手，一片伤心画不成。"戴高鸿说，"我就办得到。"

华生说："《爱就像死亡一样令人颤抖》。汉字这么多，为什么用一个'死'字？"

戴高鸿说："这是我的向死求生之作，明白吗？"

华生说："你认为这首乐曲里哪一句最画龙点睛、最传神、最关键，请你哼出来，让我听听。我有音乐细胞，对音乐有一定的鉴赏能力！"

戴高鸿想了很久，不停地喝咖啡。

华生说："你对自己如此有信心，为什么不哼几句呢？"

戴高鸿说："这首乐曲我为凝儿而作，我要把它送给凝儿。对不起，我不能在这儿给你哼几句。"

华生拿出手机，"你哼几句，我录音，替你转交给唐默凝，怎么样？"

"你会替我转交吗？我很怀疑。"戴高鸿说，"其实凝儿为什么住院，得了什么病，我是知道的。你能告诉我，为什么凝儿会这样吗？"

华生说："你问得好。我还想问你呢！"

戴高鸿把咖啡喝完了，华生为他要了一杯大号的焦糖玛琪雅朵。

戴高鸿说："我要苦的咖啡。"

华生说："美式咖啡比较苦。更苦的是意大利浓缩咖啡，还能加双份，即提高浓度。"

戴高鸿要了意大利浓缩咖啡。

戴高鸿说："请你告诉我凝儿为什么会这样。"

华生说："你到军医大学附属医院调查过唐默凝的情况？"

"实不相瞒，确实如此。"戴高鸿说，"但是这不能证明我的心理阴暗狭隘。我的心地是善良的，我很爱她。你可以告诉我吗，她为什么会发疯？"

华生说："一个人发疯了，绝对不会是无缘无故的。你是最了解唐默凝的人，你比谁都清楚她为什么会发疯。"

戴高鸿说："我真的不知道！我和她已经足足三年没有沟通了！"

华生说："基于这一点，你是她的噩梦，她不会听你的乐曲！"

戴高鸿不满地看着华生，"你说什么？"

华生说："唐默凝突然疯了，在消防通道重重摔了一跤，暂时失去记忆，快一个月了，现在还不能治愈失忆症。祸不单行，唐默凝老爸也突然疯了，遭遇车祸还躺在重症监护室里。这些，都是拜你所赐！我想听听你怎么解释！"

戴高鸿说："你凭什么说跟我有关系？"

华生说："因为你阴魂不散！"

戴高鸿感到愕然，"凝儿的老爸也疯了？他们家里有某种疾病的遗传基因吗？"

华生说："这个我问过了，绝对没有！"

戴高鸿说："可以回答我，这是为什么吗？"

华生盯着戴高鸿，"这个问题应该由你来回答！"

戴高鸿说："最近凝儿喜欢听什么音乐？"

华生说："反正不是听你的。"

戴高鸿说："凝儿她老爸也喜欢听音乐吗？"

华生说："这个我不知道。"

戴高鸿说："凝儿她老爸是怎么疯的？"

华生把唐父的那些事儿原原本本地告诉戴高鸿。

戴高鸿说："哪个宾馆？"

华生说："大金宾馆。"

戴高鸿说："大金宾馆在什么地方？"

"就在军医大学附属医院附近，一个小宾馆，刚开业不久。"华生心不在焉地说，接着他想起另一件事，"你认识庄传智吗？他是一个很喜欢音乐的医生。"

戴高鸿没有回答。

华生说："庄传智死了，你知道吗？"

意大利浓缩咖啡送来了，小杯子里的东西分量太少了，戴高鸿一口喝完，那样子像喝酒。此时华生觉得戴高鸿的表情有点儿怪异。

华生说："你不是到处寻找唐默凝吗？我不相信你不知道庄传智。"

戴高鸿说："他怎么死的？"

华生说："这些难道你不知道吗？"

戴高鸿说："我真的不知道！"

华生说："你想隐瞒什么东西？"

"我真的不知道，不骗你。"戴高鸿想了一会儿，"告诉我吧，庄传智是怎么死的？我不想花时间去人肉搜索。"

华生说："告诉你，你花时间也搜索不到真实的内容。"

戴高鸿说："庄传智死因不明吗？"

华生说："你先告诉我，你是怎么认识庄传智的？这是前提条件。"

戴高鸿左右为难。

华生说："还要告诉我，你是怎么找到唐默凝的。唐默凝整容，面貌大变，你能找到她我实在不明白！"

戴高鸿拿出手机上网。

"好了，别浪费时间了。"华生说，"庄传智上夜班，听音乐，突然跳楼自尽了。音乐天才，你能告诉我，一个人会为音乐而发狂吗？"

戴高鸿说："梵高曾经为作画而发疯，最后为作画而在麦田里饮弹自杀！"

华生说："但是庄传智不是音乐家，只是音乐爱好者！"

戴高鸿脸色大变，"庄传智是在欣赏音乐的时候跳楼自尽的？"

华生点一下头。

戴高鸿惶惶不安地坐着。他习惯性地掏出香烟，双手不由自主地发抖。这里不准吸烟，华生给他做了一个手势，他的反应似乎较为迟钝。

华生说："我还问你，你认识林德巍吗？"

戴高鸿矢口否认。

"我要逼供。"华生说，"再来一杯意大利浓缩咖啡，怎么样？"

戴高鸿条件反射地站起来。

华生说："想逃跑？"

戴高鸿说："我喝了不少咖啡，要上卫生间。"

华生说："快点儿回来！"

戴高鸿从卫生间回来。华生注意到他似乎洗了一把脸。

华生说："再要一杯意大利浓缩咖啡吧。"

"换一个逼供的地方吧。"戴高鸿说，"快到吃晚饭的时候了。"

小圆桌上还有两个完好无损的蓝莓奶酪蛋糕。

华生没有食欲，看一下手表，"还早着呢。"

戴高鸿说："我们不吃蛋糕。我想吃有刺激性的食物。"

华生说："你也喜欢吃川菜？"

戴高鸿说："我喜欢吃鱼、芥末。"

华生说："好，我舍命陪君子。"

华生和戴高鸿走出星巴克。

戴高鸿说那个饭店比较远，坐出租车要半个多小时。华生带着戴高鸿去军医大学附属医院停车场取宝马。当戴高鸿见到宝马时，有点儿不相信自己的眼睛。

戴高鸿坐进宝马里，看华生发动引擎就问："请问，你跟林德巍是什么关系？"

华生说："你认识林德巍？"

戴高鸿说："我见过这辆车子。我是五线谱之王，也认识数字简谱。这辆车子的车牌号跟数字简谱的七个音有关。"

华生说："你说对了。听说这个车牌号是拍卖来的。"

戴高鸿说："我想知道，你跟林德巍是什么关系？"

一路上华生和戴高鸿没有说话。戴高鸿不时用手指路，看来他对这个城市非常熟悉。

华生和戴高鸿通过十多米的小木桥，走进一个高脚木楼里。木楼是河面上的空中楼阁。附近还有几个大同小异的小饭店，这里的风景实在太好了。戴高鸿径直来到玻璃鱼箱边。老板用网兜子捞起几条河豚让戴高鸿看，戴高鸿伸出一个巴掌。

第二十三章　最后的晚餐

华生有点儿惊讶，“我们吃河豚吗？”

戴高鸿说：“是呀，这种鱼漂亮吧？”

华生说：“可是……”

戴高鸿跟老板说要五条河豚，就把华生拉走了，进入一个包间。

华生说：“众所周知，河豚有毒，卫生部明文规定禁止销售。”

“日本人喜欢冬天吃河豚刺身。”戴高鸿说，“我们来得早。一会儿这儿宾客满座，都吃河豚呢！不过，我跟这些饕餮大餐者不同。”

华生说：“不同在哪儿？”

戴高鸿答非所问，“听说野生河豚几乎绝迹了，一万多块钱一条。要吃野生的绝非有钱就能一饱口福，还要看缘分呢！”

华生说：“还有其他鱼吗？”

戴高鸿说：“我专门请你来这儿吃河豚的。如果你害怕，我先吃，半小时后你再吃。如果你还害怕，你可以吃其他鱼，还有虾和蟹。”

华生说：“我一时没有心理准备。”

戴高鸿说：“我和凝儿都喜欢吃鱼。过去我和凝儿吃河豚，都是我先吃。十多分钟后她才吃。最好吃的是肝脏，鲜嫩肥美，入口即化，鲜味留在齿颊之间。肝脏我让给凝儿吃。”

华生说：“吹牛吧。河豚毒素的潜伏期一般为一个小时左右。你先吃十多分钟，有用吗？还有，据我所知河豚的内脏是有毒的，尤其是肝脏。你敢吃肝脏？”

戴高鸿说：“一会儿你看我的。凝儿不在这儿，肝脏我就当仁不让了。鱼皮我也吃。”

华生说：“不可思议。”

华生借口上洗手间，走到包间外面，给许健打了一个电话，请他无论如何也要赶来吃这顿晚餐。许健答应了。华生提醒许健，吃河豚是一件不那么名正言顺的事儿，最好不要身着警服。

服务员打开电视，华生选择音乐风云频道，听了一会儿音乐。华生的目光一直落在烟灰缸上，看着烟草是怎么变成灰烬的。

华生注意到，戴高鸿对电视里的音乐不感兴趣。

华生悄悄跑去找老板，要求长时间高温蒸煮和烧焖河豚，以求达到彻底降解河豚毒素的目的。老板不停地接待食客，忙中偷闲地请华生放心，一再吹嘘他的厨师既经验丰富且小心谨慎，还有独门绝活儿把河豚烹调得很好吃。

许健来到了，跟华生谈了一会儿。

许健和华生走进包间，电视里的节目还是音乐，戴高鸿依然在吸烟。

尽管许健穿着便服，戴高鸿一眼就认出了他。戴高鸿吓了一跳，他屁股下的椅子的腿儿跟地板撞击，发出一声尖叫。

“还认得我是吧，就不用自我介绍了。”许健说，“我姓许，欢迎吗？”

戴高鸿说：“请问吃河豚犯法吗？”

许健说：“这个问题请等我吃饱了再问好不好？我彻底饿了。”

第一道菜是白汁河豚。

“让我先尝一下吧。十分钟后我没事儿了，你们再吃。如果堂堂一个刑警大队大队长因为吃河豚一命呜呼了，那真是天大的笑话了。”戴高鸿吃了几口，“汤汁浓白鲜美，可以跟上等浓汤鱼翅媲美！”

许健压抑食欲，倔强地对华生说：“鱼翅不好吃，其实鱼翅就是粉丝！”

戴高鸿说：“不要认为鲍鱼是鱼，河豚不是鱼。还有一道菜，糖醋河豚，更好吃。你们坐在这儿看着我狼吞虎咽，也不是个滋味。外面河边风景如画，你们先望梅止渴地欣赏一下风景，好吗？”

华生实在忍不住了，大口吃河豚。许健紧随其后。

“值得冒着生命危险大吃一顿，”华生说，“不会是最后的晚餐吧？”

戴高鸿说：“这顿最后的晚餐，比耶稣那顿丰盛许多。”

许健和华生不约而同地抬头看戴高鸿。

戴高鸿说：“我好像从容赴死，是吗？”

此时电视里MJ跳将出来，声嘶力竭地劲歌狂舞。许健和华生一起扭头看电视。

许健问戴高鸿：“你喜欢听什么歌？”

戴高鸿说：“你是问凝儿喜欢什么歌吧？这个我无法影响她。她总是随波逐流地喜欢街知巷闻的歌曲，谁红了就崇拜谁。”

华生说：“你是音乐天才，我请教你了，你说，音乐是给人娱乐、使人振奋的精神食粮，对吗？”

戴高鸿说：“有节奏、旋律或和声的人声或乐器音响等配合所构成的一种艺术就叫做音乐。这是理论上说的。”

华生说：“我不喜欢听理论上的东西，只想听听你的独到的见解。”

戴高鸿说：“音乐当然不能以说教的方式来传播，更多的是通过熏陶及感染的途径，潜移默化地影响人的心灵，使人的灵魂得到更多的美的滋润。”

“《哀乐》让我很难受。”许健说，“如果这样，《哀乐》是不是音乐？”

戴高鸿说：“《哀乐》当然是音乐。在我看来，它并不悲怆，它能告慰逝者的灵魂，让其安息和永生。”

华生摇一下头，“我不想听到它。”

戴高鸿说：“有一次在地铁里，我心里想着凝儿，不知道为什么，竟然哼起《哀乐》来。后来我发现车厢里的人一起瞪着我，把我视为怪物。”

许健说：“你作了一首爱什么死……”

“是《爱就像死亡一样令人颤抖》，”华生说，“这是一首哀伤的乐曲吗？”

戴高鸿说：“这是我的呕心沥血之作，我的初衷是让凝儿领略到我的音乐天才和爱情忧伤。爱情有其忧伤的一面，如果它彻头彻尾是激情，那么它将很快就完全释放、干瘪。只有忧伤、失魂落魄，才有足够的张力和连绵不绝，让爱情永恒。”

许健和华生一齐点头。

戴高鸿问许健：“你相信这世上有天才无法破土而出，被永远埋没的吗？”

许健说：“我有个大学同窗，喜欢写侦探小说。过去他老是抱怨自己被埋没了。”

戴高鸿说：“他放弃了，不再思考不再写侦探小说了，所以他才会被埋没。如果他真的有天才，天才就会驱使他一直坚持下来，他注定会成功的。”

许健说：“我同意你的观点。如果一个人有天才，他就有勇气，就会坚持下去，直到成功。”

华生说：“有时天才会灵光一闪，比如一只苹果砸在头上。”

戴高鸿说：“这世上被埋没的天才，不止是我一个。”

许健问戴高鸿：“你为什么提出天才论呢？”

戴高鸿看着华生，“在星巴克你问我，一个人会为音乐而发狂吗？”

华生点一下头，许健也很关注这个问题。

戴高鸿说：“《爱就像死亡一样令人颤抖》是为凝儿而作的。在没有定稿前，这几年我一直不断修改，并寻找知音，倾听意见。有几个音乐界的人看过这首乐曲的乐谱。他们对这首乐曲的评价是，太悲伤了。他们认为爱情不可能如此悲伤。”

华生说：“有《哀乐》那么悲伤吗？”

戴高鸿说：“我并没有觉得《哀乐》是悲伤的。”

华生说：“什么样子的？吊足我们的胃口。你就在这儿给我们哼几句吧？”

戴高鸿说：“去年五月份，我尝试录制这首乐曲。我花了五万块钱，租了录音棚，请了乐队和和声团。演奏开始了，乐队和和声团的指挥不忍卒听，狠揍了我一拳！在场的人员都说这首乐曲让他们心烦意乱，让他们受罪，因此他们都拒绝跟我合作。”

华生说：“是不是这首乐曲又长又臭？”

戴高鸿说：“不是这个原因。原因是它比《哀乐》还《哀乐》！”

许健说：“后来《爱就像死亡一样令人颤抖》录制出来了吗？”

戴高鸿说：“后来，我遇上一个老板，年轻的老板。”

华生敏感地说：“是不是林德巍？”

戴高鸿吃一口刚上餐桌的糖醋河豚，示意许健和华生快吃。

许健和华生等着戴高鸿答话。

“人之将死，其言也善。”戴高鸿说，“我承认，我认识林德巍。”

华生说：“唐默凝整容了，相当于隐藏起来了。如果没有林德巍，你根本找不到她。”

戴高鸿点一下头。

华生说：“你是怎样认识林德巍的？”

戴高鸿说：“我在网上搞人肉搜索，林德巍主动联系我，给我发来几张照片。照片里的女孩有几分像凝儿，但是我不敢确定。我跑过来，林德巍带我找到那个女孩。当时我和那个女孩之间相距十多米吧。不过她发现了我的踪影，一下子跑进电梯，不见了。这更加让我确定那个女孩就是凝儿。后来还是林德巍帮我找到了凝儿。”

华生说：“你说，林德巍为什么这么热心，帮你找到唐默凝？”

戴高鸿说：“这个我不知道。”

华生说：“最近你见过林德巍吗？”

戴高鸿说：“半年前，我和林德巍喝酒……”

华生打断戴高鸿的话，“半年前你见过林德巍？你知道现在林德巍在哪儿吗？”

戴高鸿说：“不知道。林德巍一高兴就找我喝酒。他总是这样。有时想找他，怎么也找不到。”

华生说：“林德巍找你喝酒，他有什么开心事儿吗？”

戴高鸿说：“林德巍对我感兴趣，我知道他绝对不是同志，但是他为什么总是热心帮助我，我不知道。”

许健说：“现在你知道了吗？”

“不知道。”戴高鸿说，“林德巍再次帮忙，让我把《爱就像死亡一样令人颤抖》的乐谱交给他，他为我灌录数码唱片。为了确保我自己的版权利益不受侵犯，我提出他给我写一份保证书。他答应了。”

华生说：“于是半年前，你把乐谱交给林德巍，他免费为你灌录唱片。你觉得乐队演奏和和声团演唱理想吗？总体感觉怎么样？”

戴高鸿说：“没有下文。”

华生说：“是不是乐队和和声团受不了，撕毁合同，拒绝合作？”

戴高鸿说：“不得而知。这个你们要问林德巍。”

许健说：“如果乐队和和声团的人都受不了，那么普通听众接受得了吗？”

戴高鸿说：“普通听众对音乐的理解程度不很深刻，也许吧，他们不会有特别的感觉，即使有，他们也认为没什么大不了的。”

许健说：“你认为音乐真的可以使人发疯？”

戴高鸿说：“我说过，我就不那么想。我觉得《哀乐》也很动听。悲伤也是感情的兴奋剂，让感情生生不息。”

“不久前，唐默凝和她老爸都突然发疯了。到底怎么回事儿？”许健说，“你有破解的灵感、密码、钥匙吗？”

戴高鸿说：“我希望能跟凝儿见面，好好地谈一谈。这样的话，可能我会找到灵感、密码和钥匙。”

许健看一眼华生。

华生说："唐默凝本人和她老妈都不愿意见到你。不过，你这个愿望我会转达的。"

戴高鸿说："你们怀疑凝儿和她老爸都突然发疯这件事儿跟我有关？"

华生说："你不要多心，吃吧，这鱼好吃。"

"话不投机，但是还想说下去。"戴高鸿说，"不过，天下没有不散的宴席，曲终人散。我吃饱了。"

许健让服务员用微波炉把剩菜加热。

戴高鸿说："我埋单，先走了。你们心情好，吃完再走。"

许健指着华生，"他是林德巍的堂弟，有钱人，让他来埋单。"

"说好了我请客的。这顿饭我一定要埋单，请你们尊重我这个愿望。"华生说，"吃完饭后你们先别走，一个小时后再走。饭店里有芦根汤，解河豚毒的。如果真有问题你们就喝它吧！"

华生站起来，"我送你回去。"

戴高鸿说："不用了。管好你们自己。"

戴高鸿走出包间。

华生没有坐下来，在包间内踱来踱去。

华生说："唐默凝和她老爸都突然发疯这件事儿跟他有关吗？"

许健说："你相信音乐可以使人发疯？"

华生说："我当然不相信。你相信吗？"

许健不说话。

华生说："那是唯心主义！"

华生担心戴高鸿找到唐默凝，"唐默凝在哪儿？"

许健说："在我家里吧。你打个电话问一下？"

"我担心薅狗戴高鸿会咬住她不放。她的记忆力正在一点点地恢复，如果让薅狗咬了，肯定又疯了。"华生给唐母打电话。

唐默凝在许健家里。

华生把没有吃完的河豚打包带走。在高脚木楼附近，华生不停地四处张望。

许健说："找谁？"

华生说："你知道的。"

许健的手机收到短信。他一边回复短信，一边对华生说："他不在这儿。"

许健请华生到他家里去。

唐默凝和唐母正在许健家里睡觉。

唐母听到动静，从卧室里走出来。唐母用手整理头发，但是她的脸上的哀愁和疲倦无法掩饰。

许健说："吃过饭了吗？"

唐母说："不想吃。"

“小唐同学也没有吃吧。”华生说，“不吃怎么行呢？你们想吃什么，我叫外卖。”

唐母说：“不用麻烦了。反正不想吃，一会儿我泡个方便面。”

华生说：“许警官和我刚在外面吃过饭，吃剩的菜不多，几块鱼肉，我打包回来了，放厨房里。”

“那是河豚肉，还是剩菜，你和小唐同学最好别吃了。”许健说，“你看一下冰箱里有什么菜，有什么就做什么吧，不吃饭不行。”

唐母说：“我煮个稀饭吧。”

许健说：“冰箱里可能有牛奶，身体要紧，你和小唐同学都要保证足够的营养。”

唐母说：“给你们添麻烦了！”

唐母走进厨房。许健坐下来，华生在他身边走来走去。

华生的手机鸣叫起来。许健的手机铃声跟华生的类同，都是老派英式电话铃声。许健习以为常地以最短时间从口袋里掏出手机。认识许健之后，华生觉得许健的手机铃声极为简单，金属感很强烈，那仿佛就是一道命令，于是华生照搬过来。华生正想跟许健解释其中的原因，但是他看到这是林瀚纯打来的电话，抱歉地看了许健一眼，马上跟林瀚纯通话。

华生打算坐下来，但是电话的内容让他大为震惊，他大声地追问。

许健看着华生，敏感地跳起来，“怎么，谁死掉了？”

唐母从厨房走出来，惊恐地看着华生。

华生挡住手机的话筒，大声地对许健和唐母说：“林德巍，林德巍也疯了！”

许健示意华生继续通话，让唐母返回厨房。

跟林瀚纯通话完毕后，华生的心情非常复杂。

许健说：“为什么林德巍疯了？”

华生说：“据我伯父说，无缘无故，一下子就那样了！”

许健说：“林德巍在哪儿？”

“我伯父说他在美国西雅图。”

华生给林瀚纯打电话，谨小慎微地问及林德巍发疯的原因。林瀚纯心情很坏，不大愿意开口。他断断续续地透露，林德巍发疯的确切地点在他姑妈家的后花园里，当时他正独自一人坐在秋千吊椅上，用 iPad 欣赏音乐。林德巍的姑妈怀疑他在发疯前吸食了毒品。

华生说：“林德巍怎么会疯了呢？认识戴高鸿的人都疯了！”

许健小声地说：“就四个人疯了，包括庄传智。另外还有唐默凝、她老爸和林德巍。”

“严格地说，庄传智不是疯了，是死了。”华生说，“恕我直言，许大，你似乎曾经作出暗示或者话中有话，你的意思是戴高鸿的犯罪嫌疑很大。我没有误解你的意思吧？”

许健说：“我不是语言学家、演讲家。老实说，需要很高的语言技巧才能回答你的问题啊！”

华生说："我只想听不加修饰的话。戴高鸿到底有没有嫌疑？"

许健说："一道我正在求解的难题，答案还没有出来，我能告诉你什么呢？"

华生正想说什么，他的手机鸣叫一声。收到短信了。

这是戴高鸿发来的短信："唐默凝恨我是对的。我非常对不起她，我做下的是无法弥补的事儿。我创作的那首乐曲《爱就像死亡一样令人颤抖》还显得很幼稚，不够成熟。请你立即转告唐默凝，不要听那首乐曲，千万不要听！收到短信请回复。"

许健说："给他打个电话。"

但是戴高鸿拒绝接听电话。

华生说："这家伙到底想说什么？"

许健说："不让小唐同学听他那首乐曲《爱就像死亡一样令人颤抖》。"

华生说："这是表面上的文字游戏。"

许健说："他的本意就如此。"

戴高鸿又发来一条短信："今后我永远不会在唐默凝的面前出现了，也永远不联系她。这是真的。我衷心祝福唐默凝。另外，我请你转告唐默凝，千万不要听我创作的那首乐曲《爱就像死亡一样令人颤抖》！我在天堂会精心修改它。几十年后唐默凝到了天堂，到时她一定会原谅我，我再请她听。"

华生问许健："这是什么意思？"

许健说："你说呢？"

"他不想活了？"华生说，"也许吧。今晚他大吃一顿河豚，就有最后的晚餐的意思？"

许健说："吃河豚的人多了，我们也吃。那都是最后的晚餐吗？"

华生说："你也知道，戴高鸿跟别人不同。"

许健和华生来到书房。许健把门关上。

华生警觉地说："戴高鸿真的有问题？"

许健让华生坐下来。

许健的手机收到一条短信。

"你的手机每天都会收到很多垃圾短信？"华生说，"从吃完饭到现在，据不完全统计，你收了超过十条短信。"

许健说："你会回复垃圾短信吗？"

华生说："你存心捉弄某些用短信搞诈骗的人。"

"今晚我没那个心情。"许健说，"你知道张探长在哪儿吗？"

华生说："今晚吃河豚，我特意给美食家打电话。他说他没空儿，他没吃过河豚，想尝个鲜，让我给他打包一些河豚肉。"

许健说："我安排张探长办一件事。因为我想知道戴高鸿到底想干什么。"

华生很想知道戴高鸿在哪里，正在做什么，"张探长在盯着戴高鸿？"

许健说："你猜一下，现在戴高鸿在哪儿？"

华生说："他不会再找地方吃河豚吧？"

许健说：“在大金宾馆4013房。”

“他为什么偏偏入住4013房？就因为那是单人房间，省钱？”华生大为惊讶，接着他想起来了，“今天下午我和他在星巴克喝东西，把唐默凝和她老爸发疯的地点告诉他了，也许他就记住了大金宾馆那个地方，记住了4013房。”

许健说：“怪不得他会那样做。”

华生说：“他想干什么？”

“还是老调重弹，”许健说，“这道难题我正在求解，答案还没有出来，我能告诉你什么呢？”

华生说：“亲爱的许大队长，你能不能破例透露一点儿小道消息？看在今晚我们一起出生入死吃河豚的份上？”

唐母送来了两杯茶。

唐母离开书房后，华生继续对许健死缠硬磨。许健无奈地摊开双手。

许健不断收到短信。

华生说：“戴高鸿正待在大金宾馆4013房吧？他挺逍遥自在的。我就不相信他有法术，法力无边。张探长河豚没吃上，还没吃饭吧，正在盯住他？”

许健不置可否，“华生医生，你看一下你的邮箱，看看戴高鸿有没有发邮件给你。”

“如果他有兴致发邮件给我，为什么他不直接打我的电话呢？”华生说，“他不会找我吐露心声的。”

许健说：“张探长刚才通过服务员查房，发现戴高鸿不见了。”

华生说：“4013房小得要命，戴高鸿跑到外面透气，喝杯什么，这不奇怪吧？一会儿他就回来睡觉了。”

许健说：“张探长到大金宾馆对面的沙县小吃店吃碗馄饨，一时没看住，目标人物就不见了。”

华生说：“戴高鸿不是通缉犯，不是重大犯罪嫌疑人，他会跑掉吗？”

许健说：“看一下你的邮箱。”

华生用手机上网。

戴高鸿给华生发来了电子邮件，就在半个小时之前。他告诉华生他已经服毒自杀了，此刻他在殡仪馆附近。他的身上有一份遗书，那也是写给唐默凝的信，请华生务必替他转交。

华生跳了起来，许健还稳稳地坐在大椅子上。

华生说：“去找戴高鸿！”

许健说：“先给他打个电话。”

电话打通了，但是对方没有接。

许健通知张宾赶到殡仪馆。他对华生说：“我们也到那儿走走。”

华生说：“就我们三个人？你不是有枪有人吗？”

“张探长跟踪戴高鸿，是我私下作出的决定，大队其他领导都不知道。我不想把这件事儿闹大了。”许健说，“也许这是个笑话。明白吗？”

华生点一下头。

许健和华生匆匆赶到殡仪馆的大门。张宾早已在此等候。

通过观看殡仪馆的监控录像，在殡仪馆保安的协助下，在殡仪馆后面的荒地里找到了戴高鸿。

戴高鸿中毒弥深气息奄奄。在他的身边一个显眼的地方，一部手机压着一沓钞票，钞票下面是遗书。

救护车在七分钟后赶到。但是戴高鸿在半路上断气了。

华生明白今天戴高鸿为什么选择河豚作为晚餐的主菜了。但是他的死亡绝对跟河豚毒素无关。

遗书是这么写的：我送给我的爱人 Lydia 的那首乐曲《爱就像死亡一样令人颤抖》，请我的爱人 Lydia 千万不要听！这是我的遗书的第一句话。我的遗书的第二句话是，尊敬的拾获此遗书者，钞票属于你。请你十万火急地把我的遗书送到我的爱人 Lydia 手上，让我的爱人 Lydia 尽快知道我下面的话。我选择死在殡仪馆附近，是因为我实在不想再给任何人添麻烦。请用一把猛火把我的尸体烧掉，骨灰随意处理。……我的爱人 Lydia，我是非常非常爱你的。我敢肯定你也是非常爱我的。为什么我们之间爱得很深？我们都是上帝为对方派来的！我曾经对你说过，等到我们老的时候，我一定会比你晚死一天。为什么不在同一天死掉呢？如果我晚死一天，你将不会面对失去至爱亲人的痛苦。所有的痛苦，都让我一个人承受。而且我要亲手埋葬你。就是这么一个简单的理由，我一定无论如何也要比你晚死一天。然而我犯下了弥天大错，我的爱人 Lydia，我要告诉你我有罪。……我送给你的那首乐曲《爱就像死亡一样令人颤抖》，是我的呕心沥血之作。倘若失去我的爱人 Lydia，对于我来说就等于失去了一切。那首乐曲是我在历尽苦难之后写作的。可以说它是我爱心的经历。站在我个人的角度，我觉得它写出了我的心声，我能够从中获得一种无法言表的慰藉。我相信那些和我有同样经历的人，也能让自己的感觉获得如此的升华和涅槃。如果一个人处于痛苦之中，千万不要试图用快乐来安抚他，这样只会适得其反。要试图用更加悲惨的东西来安抚他，效果必然非常明显。我要把这首乐曲送给他们，更要送给我的爱人 Lydia。但是《爱就像死亡一样令人颤抖》太忧伤了，请我的爱人 Lydia 千万不要听！我的爱人 Lydia，这首乐曲是邪恶的，是异端邪说，我坚决把它收回来。在天堂里我会修改它，让上帝演唱它，让它成为人类的福音！……我说过我爱你，我说过你可以吃我的心，所有我说过的话我在天国里永远记住。不必再说什么，我选择以死谢罪……

许健一连看了三遍。

许健对华生说："这封遗书是写给唐默凝的。"

华生说："如果唐默凝恢复记忆，她一定能解开一些谜团。"

许健说："你回家休息吧。以后多点儿陪陪唐默凝。也安慰一下唐默凝老妈。你还可以告诉她们，恶有恶报，坏人已经得到惩处。"

华生说："现在是说这种话的时候吗？"

许健说："是时候了。"

华生说："她们不是住在你家里吗？这些话你可以跟她们说呀！"

许健说："还是由你来说。"

华生说："今晚我睡不着了，我想到你家去，我睡客厅的沙发。"

许健说："你先到我家去。我回单位看看。"

许健和张宾从单位回来后，闭口不提有关戴高鸿的事儿。华生不得不问他们。

许健说："这个还是一道难题，我正在求解，答案还没有出来，我能告诉你什么呢？"

第二十四章　那首乐曲是寓言

林瀚纯约见华生。他们在一个清幽的茶馆见面，喝的是大红袍。

这茶真好喝，但是华生觉得林瀚纯变了。林瀚纯消瘦了不少。他的面部消瘦得最明显。看上去他苍老了不少。

首先开口的是华生，“伯父，最近林德巍怎么样？有所好转吗？”

林瀚纯说：“那次他突然发疯后，经过几次治疗，但是他的精神状态不佳，始终无法达到正常人的水准，一些较为复杂的事儿他根本应付不了。比如让他包顿饺子吃，他就不会，只会到唐人街买速冻饺子。他甚至连煮饺子也不会，不明白煮饺子先煮皮后煮馅，盖锅盖煮馅，敞锅盖煮皮。”

华生说：“林德巍出身名门，说得难听点儿他就是富二代，他不会包饺子不会煮饺子，这不奇怪啊。”

“反正现在他什么也学不会了。这辈子他完了。”林瀚纯说，“不过也有好消息，虽然他还念念不忘毒品，但是他在精神病医院里没有机会吸毒。”

华生说：“伯父，你更应该去美国看看他。”

林瀚纯点一下头。

外面有正在执勤的警车经过，警笛声传进茶馆里。

林瀚纯首先开口，“那些警察认为林德巍是凶手？”

既然林瀚纯导出了话题，华生就直言不讳地说：“他们觉得林德巍很可疑。”

林瀚纯说：“林德巍真的杀了人？那些警察有证据吗？”

华生说：“他们有纪律，不会告诉我的。”

林瀚纯说：“你就说你知道的。”

华生说：“他们怀疑林德巍录制了一首恐怖的音乐，并向目标人物定向投送音乐，如果目标人物听那首恐怖的音乐就会发疯或自杀。”

林瀚纯冷笑一声：“音乐会使人发疯？逼人自杀？我闻所未闻。一定是天外之音。”

华生说：“他们是这么说的。”

林瀚纯说：“林德巍在哪儿找来的音乐？总不会是他创作的吧？”

华生说：“是另一个人创作的，林德巍只是录制和投送。”

林瀚纯说：“那个音乐家呢？”

“自杀谢罪了。”华生说，“据推测，林德巍也是因为听了那首恐怖的音乐而发疯的。”

林瀚纯说：“听起来都是笑话，特大的笑话。那个警官姓许，大队长是吧？怎么像蹩脚的电影编剧、导演一样瞎编故事？有这么办案的吗？我找他们的局长去！”

华生说：“伯父，你找他们的局长也没用，因为这个事件没有立案，也就没有进入司法程序。”

林瀚纯说：“那他们忙活什么？”

华生说：“像我一样，是侦探迷，瞎折腾。”

林瀚纯说：“瞎折腾总比没干事儿好，不过瞎编故事就不对！什么音乐逼人自杀、音乐家自杀谢罪，简直是一派胡言！”

华生说：“我也不相信。”

林瀚纯说：“我的确要找个时间到美国去，跟林德巍好好谈一谈。”

华生说：“也许私下里他会透露一点儿什么。你们毕竟是父子关系。”

林瀚纯说：“问题是林德巍的精神状态还是迷迷糊糊的，恐怕问不到什么。假如他是清醒的，你说，哪个凶手愿意痛痛快快地承认自己是凶手呢？”

华生看着林瀚纯，不知道他想说什么。

林瀚纯说：“恕我直言，你觉得你自己有可疑之处吗？”

华生说：“你怀疑我吗？”

林瀚纯说：“庄传智死后，我也怀疑过林德巍。但是林德巍疯了，在我确定他并非装疯卖傻后，我就不怀疑他了。我觉得最可疑的人是你。”

华生说：“伯父，现在我需要两种东西。”

林瀚纯说：“什么东西？”

华生说：“雪茄和测谎仪。”

林瀚纯叫来服务员，要两根雪茄。

华生吸着雪茄，抬头问林瀚纯：“林德巍在美国，难道动用什么法术伤害他、让他发疯的人就是本尊我吗？”

林瀚纯说：“你认识美国人吗？”

华生说：“除了贝拉克·奥巴马和迈克尔·杰克逊，其他的我都不认识。”

林瀚纯说：“你的手伸不到西雅图。”

华生说：“那得气功大师发功。”

林瀚纯说：“用气功杀人还可以想象一下，用音乐杀人根本不靠谱！”

林瀚纯去了一趟洗手间。回来的时候他把手伸向华生，“你把那首恐怖的音乐给我，我听一下。”

华生说：“我没有。”

林瀚纯说：“谁有呢？”

华生说：“如果林德巍确实是因为那首恐怖音乐发疯的，那么林德巍的 iPad 里肯定有那首恐怖音乐。他的电脑里肯定也有。那首恐怖音乐曾经叫做《爱就像死亡一样令人颤抖》，也可能有别名。”

林瀚纯说：“我跟美国那边联系一下。”

华生说：“伯父，你可以请你的仇人、死对头和竞争对手欣赏那首音乐。”

林瀚纯说：“难道我不会欣赏音乐吗？”

“在饭店里吃河豚大餐未必会中毒，但是你就不必吃河豚了，你可以选择吃鲍鱼、东星斑、龙虾、鱼翅。”华生说，“你可以欣赏别的音乐。”

林瀚纯说：“你也觉得那首音乐有问题？”

华生说：“三言两语说不清楚。如果我有可疑之处，那两个警察肯定不会放过我的。我可以约那两个警察，请他们谈一下谁最有可能是凶手。”

林瀚纯说：“我也想知道林德巍为什么会突然疯了。好吧，你约请他们，什么时候我都奉陪。”

华生拿出手机，正在找许健的手机号码，张宾打来电话，告诉华生戴高鸿的尸体昨天火化了，他的亲人把骨灰带走了，今天唐父在军医大学附属医院重症监护室停止了呼吸。

林瀚纯得知唐默凝和唐母住在许健家里，就提出去看望她们。

华生提着两个果篮，领着林瀚纯来到许健家里。

唐默凝和唐母不在。许健说她们去殡仪馆守灵了。这是她们家乡的习俗。按她们家乡的习俗，她们的戴孝之身一个月内不能出现在许健的家里，以免给他带来霉运。

许健说：“我曾经是法医，我不在乎，可是她们不听我的。”

厨房里突然传出响声，林瀚纯和华生有点儿受惊。

许健说：“那是豆浆机，做豆浆方便了，问题是声音有时比较大。”

门铃响起来，许健说张宾回来了，让华生去开门。

张宾一进门就问：“蛋糕买好了，豆浆做好了吗？”

许健说：“还要等十多分钟吧。你歇一会儿吧。”

华生说：“又蹲点盯梢？”

张宾说：“不是，陪小唐同学母女。她们在殡仪馆。我们头儿说，帮人帮到底，送佛送到西。”

许健说：“锅里有饺子，你可以吃一半。”

张宾走向厨房。

林瀚纯说：“别的先不说，如果需要在资金上帮忙，我一定帮忙。”

华生对许健说：“唐家办丧事一定要花钱。既然医疗费都花了，我伯父也愿意出丧葬费。”

许健说：“丧事从简，才几千块钱，这个钱她们有，林董你就不必费神了！”

林瀚纯说：“华生，明天你到医院结算医疗费，另外把两万块钱现金交给她们母女。”

华生说：“好的。”

林瀚纯说："许警官，今晚我带来了二两极品茶叶。你这儿有茶具吗?"
许健说："茶具我有，不过不是上好的东西，也很久没用了。"
林瀚纯说："有茶具就行。"
许健找出茶具，让华生清洗干净。
张宾把豆浆倒入保温瓶，提着保温瓶，匆匆走向房门。
许健叫住张宾，"你这家伙，竟然一语成谶。"
张宾有点儿委屈，"我没有说过唐志琛的坏话啊!"
许健说："你说过我像那个天王级歌手演员，为一首音乐而坠楼身亡。"
张宾完全摸不着头脑，"那是一个梦啊！我没有诅咒谁的意思!"
许健说："辛苦了，去陪陪她们吧。明天我再跟你详说。"
张宾匆匆地走了。
华生泡好茶。
林瀚纯和许健品茗。
许健说："好茶，多少钱一斤?"
林瀚纯说："估计不便宜，这种茶叶店里只有不到一斤，我要了二两。"
林瀚纯示意华生喝茶。
许健说："哪个老板把茶叶炒得像黄金一样贵？其实喝白开水也符合健康要求。"
林瀚纯说："许警官，今晚我只想跟你讨论我最关心的问题。"
许健瞟一眼墙上的时钟。
林瀚纯说："你说，林华生有没有嫌疑呢?"
许健觉得林瀚纯问得太赤裸裸了，以至他无法回答这个问题。
华生说："要不，我回避一下。"
林瀚纯向华生做一个手势以示大可不必。
许健说："林董，你也是个聪明人。林华生有没有嫌疑，你肯定有感觉的。"
林瀚纯说："我想听听你的高见。"
许健说："作为一个聪明的人，也许他没有能力创造奇迹，但是他至少知道自己为什么不能够创造奇迹，知道自己错在哪里，有反思的能力。"
"你说得对，你在说谁呢？请你慢慢说，我们都有时间。"林瀚纯说，"你家里最舒适的椅子是哪一把?"
华生说："好像没有柯布西耶躺椅。"
林瀚纯说："不能半躺着。"
许健说："华生医生，你到书房搬电脑椅来!"
华生很快就把电脑椅搬来了，林瀚纯马上坐上去。
许健说："满意吗?"
林瀚纯说："其实平时我对椅子并不讲究。关键是你能说服我。吵架的时候一方把另一方气死，那不奇怪。只要另一方的血管、心脏或脑子有问题，他就有可能被气死。但是一首音乐把一个身体健康的人逼疯了，甚至逼死了，这个我不认同。除非你能说服我。所以，我选一把舒适的椅子。”

许健走进卧室，拿来庄传智的日记的复印件副本，“这两天我都在研读这个东西。这是完整无缺的版本，我亲自找庄秋玲复印的，而且核对了原件。”

华生说：“有新的发现吗？”

“你看这儿……”许健翻找某一天的日记。

唐默凝经过三次整容，达到了改头换面的目的。唐默凝决意重新回到社会，寻找适合自己的位置。她热切祈盼成为一名大学生。如果这个不能成事，她希望在一个好的环境里打工。

许健作出注释：那是半年多以前的事儿了。

庄传智和唐默凝来到大学城。

找不到愿意接收唐默凝的学校，唐默凝很失望。

庄传智说：“还有别的大学呢。”

唐默凝说：“别的大学没这么正规。”

庄传智安慰唐默凝，“别急，慢慢来。”

庄传智打算到跟大学城一水之隔的果园去，吃那个荔枝柴烧鸡。他估计唐默凝一定会吃得满面春风，觉得不虚此行。

庄传智和唐默凝来到果园。正是吃午饭的时候，但是今天不是双休日，停车场的利用率不高，根本不用把车子停在马路边。

庄传智向往在清静的地方吃一顿饭。但是事与愿违，戴高鸿从天而降，死死缠住唐默凝。

自从那个女大学生性爱视频曝光后，唐默凝把戴高鸿拒于千里之外，心里强烈排斥他。这是他们久别重逢，戴高鸿高兴得大喊大叫。但是唐默凝冷若冰霜地否认她认识戴高鸿，狠狠打了他一个耳光，喝令他滚蛋。戴高鸿像一个痴情的小伙子，一直处于兴奋状态，丝毫没有退缩的意思。唐默凝叫庄传智拽住戴高鸿，她拔腿就跑。

唐默凝跑掉了，但是庄传智被戴高鸿当做人质，再也走不了。最后警察来了，把他们带到派出所。

唐默凝被迫来到派出所，向警察提供证言，认定戴高鸿是骚扰她的人，也是恶意地挑起事端者，要求警察对戴高鸿作出惩戒处罚。

警察让庄传智和唐默凝先走了。

半个小时后戴高鸿离开派出所，庄传智正在等着他。

戴高鸿有点儿意想不到，“好一个伪君子，你会受到惩罚的！”

庄传智说：“想跟你谈一下，可以吗？”

戴高鸿兴师问罪，“不要以为你有几个臭钱就可以为所欲为！没什么好谈的，赶紧把唐默凝交出来！”

庄传智说：“唐默凝整容成了这个样子，你怎么能找到她？你是中央情报局的？”

“我和凝儿是相恋之人，自然心有灵犀一点通！”戴高鸿说，“我认为凝儿没有必要整容，我要跟她讲清楚，我要立即见到她！”

庄传智说：“你的话我会转告唐默凝。但是你要告诉我，国内这么多城市，唐默凝整容了，你凭什么找到唐默凝的？”

戴高鸿冷笑一声，“告诉你，你是跑不掉的！”

庄传智说：“一定有人暗中帮助你！”

戴高鸿说：“这个不用你管！你为富不仁，失道寡助！我心中有爱，得道多助！”

庄传智说：“心有灵犀一点通？你自视甚高，竟然不知道自己是什么东西！你害了唐默凝，毁了唐默凝，她永远也不会原谅你！”

戴高鸿再次拿出鱼死网破的气势扣留庄传智。

戴高鸿露出一副视死如归的样子，“你报警吧！我不担心牢狱之灾。我不入地狱，谁入地狱！”

庄传智说：“你这样做肯定会逼死唐默凝的！”

戴高鸿说：“满身铜臭味儿的家伙，你只不过是一个医生！你要有爱心！”

庄传智说：“你听谁说的，我是个医生？”

戴高鸿说：“你是谁我完全知道！今天我算客气了，如果你不把凝儿交出来，明天我到你单位闹去！”

庄传智非常生气，“岂有此理，我要跟你决斗！看谁死在这儿！”

“除非你杀死我，否则我一息尚存，一定能找到凝儿。要找凝儿，先找你！”戴高鸿说，“你也不希望我到省人医闹事吧？不过你必须安排我跟唐默凝见面！我和她的事儿，让我们两个人自己决定！”

当晚唐默凝和戴高鸿在公众场所见面。那是一个普通的咖啡馆。唐默凝戴着墨镜，在半个小时里不吭一声，对戴高鸿说的话充耳不闻。最后她举起一个玻璃瓶子，重重地砸在自己的头上。

戴高鸿想不到会这样。庄传智坐在较远的地方，他看到唐默凝趴在桌子上。

唐默凝伤得不重，但是她向戴高鸿展示了她愿意去死的决心。

许健说：“你说，庄传智这天的日记说明了什么？”

华生看一眼林瀚纯。

林瀚纯说：“字面上的东西或者嘴上说的……我们看到的、听到的东西，往往都不是事实。”

华生说：“我怀疑，有人暗中帮助戴高鸿找到庄传智和唐默凝。唐默凝整容了，戴高鸿先找到庄传智，才能找到唐默凝。那个人肯定认识庄传智。”

林瀚纯看一眼华生。

华生说：“半年多以前，那个时候我还不认识庄传智。”

林瀚纯说：“庄传智死了，唐默凝和她的父亲疯了，林德巍也疯了。我想知道谁是罪魁祸首！”

“时光倒流十七年，我那个作家同学曾经设想某个人用一首恐怖的音乐杀人。”许健说，“他灵光一闪，构思出那么一个用恐怖音乐杀人的故事。”

林瀚纯说：“音乐从来就不是杀人工具。”

许健说：“这世上某个人有音乐天才，却被埋没了，听众不可能知道他的名字。这种情况肯定是存在的。”

林瀚纯说：“为什么你总是提到音乐呢？”

许健说：“华生医生，你上网百度一下。”

华生拿出手机。

许健说：“关键词是音频毒品。”

华生搜索到目标网页。

音频毒品通常都有一个引人注目的文件名，如“地狱之门”和“上帝之手”。它的每段音乐长约十分钟，听起来就像轮船的汽笛声或单调的机械音。据说音频毒品能够使欣赏者产生和吸食毒品相同的致幻感觉。大量与音频毒品相关的视频被上传到 YouTube 网站。从那些视频中可以看到，戴着耳机的欣赏者会突然惊起或剧烈颤抖，仿佛正在忍受巨大的痛苦，但是他们的面部表情如痴如醉，显然已经脱离了现实。

当一个人的两只耳朵同时分别接收到频率稍有不同的相同声音时，他就会产生一种错觉，认为那些声音是直接从他的大脑深处发出来的。这就是一个德国心理学家于 1839 年发现的双耳节拍效应。音频毒品的构思来自双耳节拍效应。但是实验表明双耳节拍效应其实并不能够使欣赏者产生和吸食毒品相同的致幻感觉。某些研究人员认为音频毒品之所以能够使欣赏者产生致幻感觉，只是因为欣赏者主观上需要得到那样的感觉。

这种音频毒品主要于 2010 年在美国流行。另一种叫做 I－Doser 的音频毒品，最早源于意大利，正通过互联网迅速传播，在韩国受到追捧。

I－Doser 的发布者作出说明，I－Doser 主要通过影响人脑中控制情绪的 α 波、令人处于清醒和梦幻之间的 θ 波以及令人紧张和兴奋的 β 波等，使人进入幻觉状态。欣赏者应该戴上耳机，双手整齐地放在一起，闭上眼睛倾听，以此方式最容易获得精神上的幻觉。

心理学家对此解释，如果欣赏者在安静、私密的空间里闭眼专注于某一事情，此时他的脑波和他处于清醒状态时的脑波就会有所不同，当声音经由耳朵传递到听觉中枢时，就会激发起欣赏者不同的情绪体验。在众多的 I－Doser 欣赏者中，有的听到的是噪音，有的听到的是乐音，那是因为每个欣赏者的生活背景和经历都不尽相同或迥然不同，因此由声音所激发的每个欣赏者的情绪体验也各有不同。

手机屏幕里的文字较小，华生揉几下眼睛，“明天我下载一个听听。”

许健说：“拉倒吧，网络上流传的各种音频毒品，都是忽悠，为的是吸引公众的眼球，浪费网虫的流量，你没有必要特意去体验。”

华生说：“试一下也无妨。”

许健说：“即使某些人听过之后会产生所谓的某种奇特感觉，那也仅仅是心理作怪。音频毒品的制作者显然夸大其词了，其实这种音频只不过有一些心理暗示作用，而且这种作用并非对所有人都有效的。听了音频毒品，只有那些心理脆弱者或心理敏感者才比较容易接受这种暗示，借酒消愁，抒发他们的情绪。”

“网上有学者说，如果某些人的心境与音频毒品不合拍，那么这些人不但不会产生幻觉，反而会产生烦躁或焦虑的心理，患上失眠症。看来音频毒品是有副作用的。”华生想了一下，“但是，这个音频不会让人发疯吧?”

林瀚纯说：“网上的东西不靠谱。听说淘宝网有直升飞机出售，起价六十万元。还有人叫卖猛禽 F-22。”

华生说：“网上订购机票还是可靠的。”

许健说：“我还是提到音乐。曾经有一首恐怖的音乐，听过它的人或者会发疯，或者会自杀。这是道听途说，我没有亲眼看到、听到。”

华生突然笑了。

许健说：“你笑什么?”

林瀚纯说：“堂堂的许大队长，你向我们暗示庄传智有可能是让一首音乐吓死的?”

许健说：“华生医生，你再搜索一下，关键词是黑色的星期天。”

华生告诉许健，他搜索到很多与一首叫《黑色的星期天》的音乐有关的网页。

Gloomy Sunday 的中文译名是《黑色的星期天》，是自学成才的匈牙利作曲家赖热·谢赖什于一九三三年谱写的一首乐曲。据说谢赖什和他的女友分手后，他的心情极度悲恸，创作这首乐曲以求直抒胸臆。不久后《黑色的星期天》在欧美流传开来。一个柏林的售货员在誊抄《黑色的星期天》的乐谱后自缢。在罗马的街头，一个报童听到一个乞丐哼唱《黑色的星期天》的调子，报童居然把身上所有的钱都交给乞丐，随即投河自尽。一个纽约的女打字员出于好奇心借了一张《黑色的星期天》唱片，翌日她被发现在自己的住所内因煤气中毒而死。她在遗书中写道：我无法忍受这首乐曲的旋律，我现在只好告别人世了，《黑色的星期天》就是我的葬礼进行曲。在这首乐曲出名后，谢赖什的女友也服毒自杀了。欧美各地不少人手持《黑色的星期天》的乐谱或歌词结束自己的生命，其中年纪最小的只有十四岁。

这就是传说中诱人自杀的乐曲，当时被称为魔鬼的邀请书，至少造成一百个人因听了它而自杀，因而它曾经被查禁。

“但是没有法律文献或官方统计数据证实《黑色的星期天》诱发自杀。所谓《黑色的星期天》诱发自杀，只是民间的非权威非正式的传说。”许健说，“我宁愿相信那是忽悠，那些死亡故事是胡编乱造出来的。”

华生说：“我不信邪，如果真有《黑色的星期天》，我肯定会下载一首。”

许健说：“网上有人说，现在可以成功下载的《黑色的星期天》是原作的改良版本，严格地说它只是原作中的某一小节。也就是说，它所带来的悲哀和绝望，远远没有原作那么摄魂夺魄。”

林瀚纯说：“网上就是这么忽悠的。”

许健转述十七年前作家同学说的那些话。二十世纪四十年代某一天，在比利时的一个热闹的酒吧里，乐队正在演奏管弦乐《黑色的星期天》，宾客一边品尝美酒一边欣赏音乐。突然一个匈牙利青年绝望地发出一声长嚎，一口喝掉杯里的烈酒，掏出手枪朝自己的太阳穴射击。一个女警察着手对此案进行调查，但是这个匈牙利青年的自杀动机却成了疑团。后来这个女警察抱着死马当活马医的心理买来一张唱片，她觉得也许可以从唱片里面那一首管弦乐《黑色的星期天》中找到破案的蛛丝马迹。这个女警察在办公室里审听唱片，结果《黑色的星期天》成了她最后听到的音乐。她在写下遗书后就饮弹自尽了。她留给警察局长的遗言是，这个案件可以结案了，其实罪魁祸首就是那一首乐曲《黑色的星期天》。《黑色的星期天》也是杀害她的凶手。她也无法忍受它的悲伤的旋律的刺激，只好告别人世。

许健说："我那个作家同学就是从《黑色的星期天》里找到灵感，要写作一个凶手用音乐杀人于无形的故事。"

华生说："某个人的心情本来就糟透了，如果他听到一首忧伤的歌曲，他的心情雪上加霜，情何以堪，这种可能性是存在的。但是用一首乐曲作杀人利器，我就不相信了。"

林瀚纯说："不能用网上的东西来证明你的观点。"

许健对华生说："你记得龙王陈琼吗？"

"当然记得，不就是那个聋哑人、读唇专家吗？"华生向林瀚纯讲述龙王陈琼是一个什么样的人。

许健说："我们请龙王看庄传智的视频，你还记得吗？"

"音乐就是魔鬼，魔鬼不会只带来一包毒药。"华生突然想到什么，惊呆地看着许健，"这真是巧合吗？"

许健的手机鸣叫起来，他走到阳台接听这个电话。

华生抓紧时间向林瀚纯说明龙王判读唇语的成果。林瀚纯将信将疑。

华生说："龙王陈琼是如假包换的读唇专家。也许吧，那一次他没有搞错。"

许健说："音乐就是魔鬼……也许有的音乐真的是魔鬼。"

"庄传智一下子拥有享不尽的富贵荣华，他的好日子还在后头。他在现实社会和第二境域来回穿梭，过得有滋有味的。如果他实在受不了，他可以放弃自己的理念，把第二境域过渡为现实社会，合二为一，不就日子好过了吗？"华生说，"问题就在这里。"

许健说："这个问题，庄传智永远也无法回答我们了。"

华生说："许大，你迷信吗？"

许健摇一下头。

华生说他家乡有一种习俗叫做问米。神婆施法术把阴间某个亲友的鬼魂带到阳间，附体于神婆身上，借神婆的嘴巴与阳间的人对话。做这种仪式时神婆的身边都千篇一律地放一碗米，当地人称之为问米。

林瀚纯责怪华生，"不要病急乱投医！"

"庄传智的想法与众不同。"许健说，"即使神婆有那个法术，她能把庄传智的想法原原本本地向我们转述吗？"

林瀚纯说："对，庄传智很有思想见地。你们说，庄传智为什么要一分为二，把自己的世界分为现实社会和第二境域呢？”

许健说：“他是一个很有思想的人。他有限度地奉行墨翟思想，以清苦为乐，超然物外。另外，我觉得他很像宁采臣。宁采臣在美色和金钱面前真的毫不动心，抗住了诱惑。但是他富有同情心，愿意倾其所有帮助聂小倩。我总是把庄传智看做是宁采臣，把唐默凝看做是聂小倩。”

华生说：“宁采臣是谁？聂小倩又是谁？”

林瀚纯说：“这两个人都是蒲松龄著作《聊斋志异》中的人物。你可以上网百度一下。”

华生用手机上网。

林瀚纯对许健说：“庄传智的确有点儿像宁采臣。他跟别人不同。这个社会早就人心不古、背信弃义了。”

“言归正传。”许健说，“常言道说得比唱得好听。你们想一下，某个人唱几百首歌，就能让选民投票给他，当选美国总统？那么MJ岂不是总统了？麦当娜岂不是首位女总统了？”

华生听不明白，但是他装出洗耳恭听的样子。林瀚纯换一个坐姿，打起精神听讲。

许健继续说下去。在庄传智的日记里，唐默凝曾经向庄传智透露，作为画家的戴高鸿同样也有作曲的天分。戴高鸿曾经说过，要创作一首令人叫绝的歌曲送给唐默凝。

“我突然想起来，”华生说，“蔺藜曾经跟我说过，庄传智在坠楼身亡前一天无缘无故地说有一首音乐比那个《哀乐》还难听，非常非常的恐怖。当时蔺藜没有把这句话放在心上。”

林瀚纯说：“《哀乐》？就是殡仪馆里的《哀乐》吧？”

华生说：“是的。”

许健说：“怎么说都好，唱歌可能赚个几百万、几千万块钱，却根本吓唬不了别人。只有说话才能吓死人，不战而屈人之兵。”

林瀚纯说：“音乐本来是艺术，不是用来吓唬别人的，而是用来感染人类的。音乐无国界，是世界语言。”

许健摇一下头，“林董，我不同意你的观点。这个世界有很多事情是我们所不知道的。水可载舟，亦可覆舟。”

林瀚纯和华生没有说话。客厅里可以听到外面的风声。

一会儿之后，林瀚纯对许健说：“说吧，你说什么，我们姑且听之。”

许健说：“戴高鸿是画家，但是他的音乐天赋更加匪夷所思。不可否认，他很爱唐默凝。但是他偷拍那个性爱视频，最终铸成大错。正是音乐天赋和爱恨的叠加，促使他呕心沥血创作出那首《爱就像死亡一样令人颤抖》。本来这首音乐是为唐默凝而作的。由于它过于悲伤，使人崩溃，夺人魂魄，最终被用于谋害庄传智。戴高鸿恨透了庄传智，但是有人比戴高鸿更恨庄传智。”

“一首歌吓死人，这不符合逻辑。”林瀚纯说，“我来提出一个问题，假若这首音乐有一箭穿心的杀伤力，为什么不会误杀唐默凝呢？谁是第一个知道这首音乐有杀伤力的，他还活着吗？”

许健说：“如果庄传智是林董的亲生儿子，林德巍会恨他。如果庄传智不是林董的亲生儿子，林德巍会更恨他。所以我说有人比戴高鸿更恨庄传智。如果庄传智出事儿了，林德巍一定是最高兴的人。当林德巍了解到《爱就像死亡一样令人颤抖》是一首忧伤的音乐的时候，他想到用它来摧毁庄传智的精神支柱。于是林德巍出一笔钱，请来高水准的乐队，在顶级的录音棚里灌录这首音乐的数码唱片。没想到乐队的人快发疯了，拒绝再继续干下去。”

华生说：“戴高鸿是这样说过。如果有这种事儿，怎么没有新闻报道呢？”

林瀚纯说：“我们保留意见。许警官，你继续说下去。”

“林德巍发现这首音乐有魔性和毒性，真的可以摧毁一个人的精神意志。”许健说，“林德巍一直想兵不血刃地除掉庄传智，他敏感地意识到，借刀杀人的机会终于来了。”

华生说：“如果这首音乐使人发疯，请问演奏这首音乐的乐团的人不会发疯吗？他们发疯了，谁来演奏这首音乐，使它可以走完录制程序？如果它没有变成数码文件，怎么可以拷进林德巍的 iPad 里、庄传智的索爱手机里？”

“只要林德巍愿意花钱，乐队成员、和声团成员和录音师忍受一时精神煎熬，就把它搞出来了。或者，用大型电脑来代替乐队和和声团，让那些数字化的音符通过程序转变为具体的声音，同样可以把这首音乐活生生地演奏和演唱出来。”许健说，“不过，我对录制音乐不熟悉。”

林瀚纯说：“为什么那些乐队成员、和声团成员不会发疯，而庄传智、林德巍、唐默凝和她爸这些人却发疯了？”

许健说：“同在一辆车上，坐车的害怕，而开车的却不害怕，有这种说法吧？今年春晚那个《晃管》杂技，杂技演员不害怕，观众都吓坏了。这就是艺高人胆大。这些艺高之人只在此山中，云深不知处。这是其一。其二，不同心境的人，在不同的环境里听这首音乐，有的人疯了，有的却未必。这两个原因使然，那些乐队、和声团成员可能在精神上受到煎熬，却没有疯掉。”

华生问：“为什么戴高鸿创作这首音乐，他不会发疯、死掉呢？也是因为只在此山中云深不知处这个原因？”

许健说：“对。毒蛇自身携带的毒素不会毒死毒蛇自己。我甚至猜测，在音乐方面戴高鸿郁郁不得志，不知道自己有天才。”

林瀚纯说：“这是陈词滥调，你甚至有为戴高鸿推脱罪责的嫌疑！”

华生使劲儿地摇头，“许大，你所作出的推理靠不住，捡到篮子里的就是菜，但是我们无法吃下去消化掉。这不是真凭实据。”

许健解释《爱就像死亡一样令人颤抖》是一首什么样的音乐。在某个地方，某个人以特定的心境倾听这首音乐，很快地他听到了死神的召唤，音频变成主宰一切的魔鬼。此时他的世界犹如陷入黑暗和幻灭之中，世界末日的感觉铺天盖地，坠落的方向直达地狱。渐渐地他心理上和身体内求生的欲望和意志荡然无存，他变成没有灵魂的躯壳，只能麻木地接受死神的宰杀。

许健说："唐默凝、唐默凝她老爸和林德巍就是因为听了《爱就像死亡一样令人颤抖》疯了。更有甚者，庄传智自杀身亡。"

华生说："我说一下林德巍。林德巍崇尚那种锦衣玉食、挥金如土、寻花问柳的生活。他以大功率的宝马或卡宴代步，跟世界著名的厂商或经销商谈生意，业余时间跟女时装模特儿或女影视明星谈情说爱。要是对女时装模特儿或女影视明星腻烦了，就找体育明星打球或下棋。另外他还有顶级精神享受：吸食毒品。他的日子过得多姿多彩、有滋有味的，他的心理肯定没阴影没问题，他怎么会突然发疯了呢？就因为听了一首音乐？"

"上帝要其灭亡，必先使其疯狂！"许健说，"难道林德巍的心理真的没问题吗？难道他不是一直处在疯狂之中吗？"

华生看一眼林瀚纯。

林瀚纯说："心理疾病，谁都有点儿。说不准。也许吧，表面坚强的人，其实内心是软弱的。"

许健说："华生医生，你也看过庄传智的日记。其实他的意志也有所动摇，心理也有所摇摆。"

华生说："庄传智就处于那种锦衣玉食、挥金如土、寻花问柳的生活的边缘。但是他的理智还是存在的。他觉得自己过的生活并不美好。"

"还有唐默凝和她爸。也许他们都是惊弓之鸟，心理有问题。但是即使这些人的心理有问题，一首音乐就可以发起致命一击，让他们发疯，让他选择自杀？"林瀚纯对华生说，"你上网查一下，关键词是诺列加、梵蒂冈使馆。"

一九八九年十二月二十日，美军大举入侵巴拿马，巴拿马独裁者诺列加被迫躲进梵蒂冈使馆。美军包围诺列加的藏身之地，并对诺列加展开心理战。美军架设高音喇叭，反复播送刺耳的摇滚乐。其他的声音还有成千上万的巴拿马市民怒骂诺列加是刽子手的呐喊、空中直升飞机的呼啸和地上坦克轰鸣。诺列加整日惶惶不安。十四天后诺列加终于抵挡不住，走出梵蒂冈使馆向美军投降。

林瀚纯说："当时我在美国，至今我还记得，那首反复播放的摇滚乐是《无处可逃》。诺列加生平最讨厌摇滚乐。也许《无处可逃》让诺列加屈服了，但是《无处可逃》让诺列加发疯了吗？在中国，你反复播放《十面埋伏》，可能会达到四面楚歌的目的，但是能够逼疯一个人吗？"

许健说："世界上有一种人叫做天才。天才之上是疯子。比如《星球大战》的导演乔治·卢卡斯曾经说过，凭空创造出一个世界不是一件容易的事儿，世界上只有一小部分疯子才能够完成这个创举。詹姆斯·卡梅隆就是疯子，因为他创造出《阿凡达》。你们应该相信，戴高鸿是真正的疯子，比所有的音乐家更有才华。"

"无法理解。我先上洗手间。"林瀚纯站起来。

许健站起来，拦住林瀚纯，"《晋书》有一句话：吾虽不杀伯仁，伯仁由我而死。

翻译成现代汉语，意思就是虽然我没有杀死伯仁，伯仁却因我而死。你能理解这句话的意思吗?”

林瀚纯慢慢地走向卫生间。

华生说：“你的意思是，戴高鸿或林德巍没有杀死庄医生，庄医生却因戴高鸿和林德巍而死?”

许健说：“以后如果有人问我戴高鸿或林德巍是不是杀死庄传智的凶手，我就会说吾虽不杀伯仁，伯仁由我而死。”

许健掏出优盘，放在茶几上。

华生瞪着眼睛，“这就是那首《爱就像死亡一样令人颤抖》?”

许健说：“《Yesterday Once More》，中文是《昨日重现》。从庄传智的笔记本电脑里找到的。”

华生拿起优盘，眼睛瞪得更大。

许健说：“我在大金宾馆 4013 房的电脑硬盘里，也提取到一个同样的文件，文件属性是一样的。在唐默凝她老爸出事儿当天，我查看过那台电脑窗口里的最近使用项目，唐默凝她老爸曾经打开了这个文件。而且我敢说，在林德巍的 iPad 里肯定也有这个文件!”

华生说：“你听过吗?”

许健说：“为了验证蘑菇有毒，难道我们要亲口品尝吗?”

华生说：“要不，我试听一下?”

许健说：“你得找一个灰暗的地方，一个人听。”

“让我考虑一下。”华生却把优盘放在茶几上。

林瀚纯走回来，“一会儿我给美国打个电话，让他们把林德巍用过的 iPad 寄回来。收件人是你。”

“好的。”许健让林瀚纯坐下来。

“刚才我想了一下。”林瀚纯说，“退一万步，假如戴高鸿或林德巍借《爱就像死亡一样令人颤抖》之刀杀人这个命题是成立的，请问你打算控告他们违反哪一条法律呢?”

许健说：“你研究过中华人民共和国刑法和刑事诉讼法?”

林瀚纯说：“是啊。你要首先判断犯罪嫌疑人是否有罪，保障无罪的人不受刑事追究。请问，一个人用音乐杀人，用刑法可以给他定罪吗? 我认为，在世界各地，用音乐杀人都是无罪的，因为根本没有相应的刑法罪名和刑罚规定。”

许健为林瀚纯倒茶。

林瀚纯说：“我曾经在谷歌搜索过‘许健’这两个字，结果有二十多万项搜索结果。我逐项查看，看到一个叫许健的警察写的文章《我要做一个零口供的刑事警察》。许健还写过几篇类似的文章。他提倡证据第一。”

许健说：“我喜欢舞笔弄文。”

林瀚纯说：“一个命案就应该相应地存在一个或几个杀人凶手。”

许健让林瀚纯说下去。

林瀚纯说："一个人死了，现场没有凶手的DNA、脚印、指纹，没有任何暴力痕迹，也没有场面录像。通过搜查犯罪嫌疑人的QQ或邮箱，找到一首乐曲。读唇专家也出面作证。但是我认为这些都不是有效的证据。我相信，犯罪嫌疑人不会痛痛快快地承认自己的所作所为的。即使他痛痛快快地承认了，也是痴人说梦一派胡言，不能单凭他的口供给他定罪。"

许健和华生同时看一下茶几上的优盘。

林瀚纯说："也许吧，有些犯罪你们抓不到他们的罪证。可以假设戴高鸿很有天才，就把戴高鸿叫做天外来客。他所犯下的错误或罪行，我想说那是天外来的犯罪。天外的东西，你们拿他有办法吗？"

许健说："你说的我明白。按照你的逻辑，你怎样看待林德巍和戴高鸿的错误或罪行呢？"

林瀚纯说："戴高鸿死了，林德巍还活着。如果用美国的法律能给林德巍定罪，我会大义灭亲，建议美国的检察官或聘请美国的律师检控他。"

华生说："美国的法律对林德巍更有利。因为对于无法证明的事项，一切利益归属于被告。"

林瀚纯说："这是一个发疯和自杀的罗生门，谁也说不清。人世间最遥远的不是生与死。生命与死亡的密码总可以被破译，但是案件的真相也许永远也找不到。"

许健攒眉苦思。

林瀚纯说："哈耶克曾经说过，通向地狱之路往往由善意铺就。这句话用来说戴高鸿挺合适的。"

"爱因斯坦说，上帝是不掷骰子的！"华生说，"那应该怎么说林德巍呢？"

林瀚纯说："戴高鸿创作一首极度悲伤的音乐，也许他未必出于恶意，未必动了杀机。戴高鸿自杀了，以死谢罪，我相信这是发自他的内心的举动。在知道那首音乐具有逼人发疯的能量的情况下，林德巍把它当做杀人利器并加以利用，为此可以说林德巍比戴高鸿更加接近凶手的角色，林德巍比戴高鸿更加令人绝望。林德巍让我非常绝望！"

华生说："假定戴高鸿或林德巍就是凶手。他们杀了人却无罪，这将令人更加绝望！"

林瀚纯说："我还有一个问题。如果戴高鸿没有自杀身亡，林德巍没有发疯，那么我们应该用什么方法惩罚他们？难道你们束手无策，让他们逍遥法外，等着苍天有眼收拾他们？"

"我打算请电脑和网络专家帮忙。还有音乐家和声学家。但是……"许健欲言又止。

林瀚纯说："不难预测，到时还将一无所获。"

许健说："关键是我们知道我们错在哪里，在哪里失败了，以后如何作出预防。"

林瀚纯想了一会儿，"你推定戴高鸿或林德巍是凶手，或许你可以自圆其说，但是最大的问题是你没有找到关键的证据，法官没有可供采信的证据，这样就无法给戴高鸿或林德巍定罪。”

华生指着茶几上的优盘，“那首音乐就在这里。”

林瀚纯说：“到时在法庭上公开播放这首音乐，请法官评判，还是先请音乐家和声学家对其作出鉴定？”

“老实说，我不希望这首音乐再播放，再让人听到。”许健说，“有两种人最容易身败名裂，他们分别是天气预报员和刑事警察。天气预报员说台风在哪儿登陆，阵风几级；或者说明天本地极度寒冷，雨雪纷飞。结果成了大笑话。最可悲的事件是，刑事警察认定谁是凶手，结果谁被判处死刑后，真凶却现身了！”

华生说：“凶手被执行死刑后，真凶却现身了，这种情况反复出现过！”

林瀚纯痛心地说：“不知道我是不是杀害庄传智的凶手，但是我可能是他的掘墓人。”

“你不是掘墓人。”许健幡然明白，其实那首忧伤的乐曲具有象征意义，是一个寓言故事的无形道具。那首忧伤的乐曲不就是对现实的真实的写照吗？它充满对金钱的强烈渴望，对社会前景、道德沦亡的无尽担忧……所以它会逼人发疯，甚至诱导某些人自杀。庄传智为了自己的信仰和理想，不得不在日常生活中一身两任，在第二境域和现实社会两个环境穿梭，活得身心疲惫，当庄传智听到一首忧伤的音乐时，他选择放弃奋争，以死的方式取得内心的永久的安逸。

“你不是掘墓人！”许健向林瀚纯重复一遍。

“是吗？”林瀚纯不停地喝茶。

到底谁是掘墓人，林瀚纯没有追问，许健也不说出来。

林瀚纯说：“没能抓住凶手，这并不代表你们白忙了一场。至少许大队长你假设有一首恐怖的音乐存在于这个社会上，它的曲名叫《爱就像死亡一样令人颤抖》。如果今后再没有人因为听音乐而无缘无故地发疯，那么许大队长你胜利了！”

许健对华生说：“你努力过，你也胜利了！”

“你的书房里有一本《正义论》。它的作者罗尔斯说过，无知才能公平。没有偏见就是无知，也就是不知道自己是什么人。当一个人不知道自己在社会中的地位，不知道自己属于哪个阶层，不知道自己的天赋和才能，甚至不知道自己喜欢什么追求什么的时候，他的决策就是毫无偏见的。”华生说，“我不认为一首乐曲会诱人自杀，逼人发疯。因此我是无知的，我认为戴高鸿和林德巍有罪！”

许健拿起茶几上的优盘，狠狠地咬了它一口，把它扔进电水煲里。

这个优盘就这样给销毁了。

林瀚纯对许健说：“你必须删除所有的《爱就像死亡一样令人颤抖》音频文件。也要删除可疑的《昨日重现》音频文件和可疑的《Yesterday Once More》音频文件！”

“不久前，我的同事张宾发现我待在网上浪费时间，怎么也想不明白。”许健说，“我告诉他，最愚蠢的事儿，往往是最聪明的人做出来的。”

华生说："天啊，你试图删除所有的《昨日重现》和《Yesterday Once More》音频文件?"

许健说："凡是占用空间 14.3MB 的音频文件，或者占用空间 14.1MB 的 WinRAR 压缩文件，能删除的我全部格杀勿论!"

林瀚纯说："今晚说话很吃力，我有点儿晕。我想留宿这儿。"

华生觉得林瀚纯像唐默凝一样认为这个地方是安全的，"伯父，你……"

林瀚纯说："今晚我就住这儿了，睡沙发也行。"

华生看一眼许健。

许健说："书房里有个行军床。当然睡沙发也行。"

第二十五章　沉默是大智慧

半年的时光一下子过去了。

日本福岛核电站的核污染问题基本上受到控制了，利比亚两大阵营的战争也基本上结束了。

华生完成本科学业，离开大学校园。不久之后他将进入家盛地产有限公司工作。

但是华生有一件要紧的事儿。

随着时间的推移，唐默凝一星半点地恢复记忆。但是她依然无法回答在大金宾馆4013室她为什么一下子疯了。包括华生在内，至少有五个人等着这个答案。

唐默凝和唐母租了一套房子住下来。租金是华生支付的。

华生找到唐母，希望唐母同意他带着唐默凝到国内几个著名的风景区旅游。

华生对唐母说："我将告诉凝儿，我爱她，我会保护她一辈子。当然，她可以选择我，可以选择许警官，也可以选择别的优秀的男人。但是我是真心爱她的。因为她的确值得我去爱！"

唐母说："恐怕你更想知道她是不是让一首音乐逼疯的，是吧？"

华生不说话了。

唐母说："我们家花了你不少钱，算上凝儿和她爸的医疗费，好几十万吧。你是大恩人，你想干什么，我都会同意。但是你一定要照顾好凝儿。"

华生说："我一定如影随形地跟着凝儿，食住在一块儿，像个贴身保镖，确保她的人身安全。不过那种见不得人的事儿，我决不会做！"

唐母说："你和凝儿外出旅游，为什么不让我陪着？"

华生说："阿姨，你还未满五十岁，今后人生之路还很漫长。你应该重返工作岗位，凝儿就交给我吧。那些噩梦结束了，我一定要给唐默凝一个美好的未来！"

唐母说："凝儿老爸走的时候，虽然他昏迷不醒，但是他一定忐忑不安，放心不下凝儿。他在天堂拜托你，请你照顾好凝儿。我就替凝儿她老爸谢谢你了！"

华生说："你就放心吧！"

华生和唐默凝来到华南一个城市。这里的夏天比较热，但是水果和鲜花遍地都是。唐默凝最喜欢吃荔枝，他们就入住一个叫荔园酒店的地方。

为了确保唐默凝的人身安全，也出于节省费用的目的，华生只开一间双人客房，跟唐默凝同居一室。不过唐默凝并没有意见。

华生和唐默凝分别躺在两张床上。
华生说："知道这儿是什么地方吗？"
唐默凝说："我累了，睡觉了，别说话！"
华生说："你知道我是谁吗？"
唐默凝说："我老妈请你来保护我的。"
华生说："你安心睡觉吧，我是上帝派来的，来保护你的！"
唐默凝颇感意外，抬起头看华生，"上帝派来的？你像天使吗？天使会没有翅膀吗？"
华生说："真正的天使是你！"
唐默凝重新躺下去。
华生说："天使，你喜欢听音乐吗？"
唐默凝说："不要开电视，我要睡觉。"
华生说："凝儿，明天晚上我们卡拉OK好吗？"
唐默凝很久没有说话。
华生说："你喜欢唱什么歌？"
唐默凝用被子蒙头。
华生说："你喜欢唱英文歌吗？比如《昨日重现》——《Yesterday Once More》？"
华生不停地发问，但是唐默凝一言不发。
华生看一下手表。深夜十一时多了。
华生不再向唐默凝提问，但是他毫无睡意，在被窝里辗转反侧，饥饿感让他很难受。他悄悄地起床，在客房里找吃的东西。他找到一筒老坛酸菜牛肉面。为了不影响唐默凝，他打算在卫生间里吃这种味道浓烈的食物。他正要用电水煲烧开水，唐默凝突然在床上坐起来，双眼紧盯住华生。
华生说："我吃个方便面，你要吗？"
唐默凝说："你到哪儿去？"
华生说："哪儿我都不去，烧开水泡方便面。"
"你不能离开这间屋！"唐默凝说，"不要离开我啊！"
华生说："你放心吧！"
唐默凝说："看看门上锁了吗？"
想不到唐默凝这么细心，可以看得出她内心还是很害怕的。
华生说："放心吧，我检查过了，上了两把锁了，双保险！"
就在这个时候，两个警察领着几个辅警查房。
华生和唐默凝被抓个正着。
在这个三星级的酒店里发生突击查房的事儿，这让华生和唐默凝被打个措手不及。
警察看过华生的身份证，接着问唐默凝要身份证。
唐默凝做过三次整容手术，她的面容跟身份证上的照片货不对板。
由于唐默凝无法提供有效的身份证明，而且她和华生孤男寡女待在荔园酒店的客房里，自然逃脱不了卖淫嫖娼的嫌疑。

华生很清楚这个问题，向警察作出解释。

领头的警察说："口说无凭，我们要调查一下！"

华生底气不足地辩解，"唐默凝是我的女朋友，我们快要结婚了！"

领头的警察说："这儿是文明酒店，极少出现卖淫嫖娼的丑恶现象，但是我们有办案的实际经验。现在我们分头问话，问一些你们各自的爱好和日常生活习惯，如果你们的答案分别对得上号，那么你们就确实是一对恋人，这样的话我们的处理也就不一样。"

华生更加紧张了，"你不能把我们分开！唐默凝的精神有点儿问题，医生说唐默凝绝对受不了刺激！你们要问话，一定要当着我的面。我保证不吭声。"

警衔较低的那个警察说："胡扯，知道什么叫分头问话吗？现在不是开玩笑的时候，先带回去再说！"

华生生气了，"你们想罚多少钱，说吧！不过，你们不能把我们分开！唐默凝绝对受不了刺激！"

领头的警察说："你们卖淫嫖娼触犯治安管理处罚条例，应予以收容教育或者治安罚款等处理。我们公正执法，不能简单地罚款了事。"

华生说："你们到底想干什么？这位女生的精神有点儿问题，不能离开我，明白吗？"

领头的警察说："请问，你如何证明你自己和她没有金钱关系的性行为，只有恋爱性质的性行为？"

华生百口莫辩。

唐默凝朝华生做一个手势，让他冷静一下。

唐默凝说："各位警官，我和林华生乘坐高铁从杭州过来的，车票还在呢。而且一路上我们照了不少照片，还在数码相机里。你们还可以给我老妈打个电话。你问我老妈，她的女儿叫什么名字，唐默凝现在的相貌跟身份证上的照片是否相符，她正在跟谁外出游玩。就麻烦你给我老妈打个电话吧，我老妈的电话号码，我手机里有，林华生的手机里也有。"

华生目瞪口呆。他想不到唐默凝竟然如此的聪明，她的语言逻辑性极强。

华生惊喜得说不出话来。

唐默凝说："两位警官先生，你们认为我们卖淫嫖娼，太小看我们了吧！那种几百块钱的事儿，不是我们干的！"

领头的警察说："对不起，我们公事公办，请跟我们回派出所协助调查！"

唐默凝不慌不忙地抱住华生，华生一下子变得非常勇敢，两个人闪电般地接吻。

领头的警察大喝一声："停下来！"

两个辅警动手把华生和唐默凝剥离。

唐默凝说："各位警官，这间客房我们已经付了住房押金，因此这间客房变成了我们的私人空间，等同于私人住宅。非法侵入他人住宅是违法行为，违反了刑事诉讼法，而且违反了宪法的有关规定。如果你们非要搜查不可，请向被搜查人出示搜查证。”

领头的警察说：“由于你不能出示有效的身份证明，我们有权力依法传唤你到派出所去核实你的真正身份！”

唐默凝对华生说：“没办法了，我就跟他们去派出所吧。不用一天我就能回来。不用担心，我没问题的！我不怕受刺激！我的精神没问题！”

华生说：“真的？”

唐默凝说：“放心吧，不用告诉我老妈。”

华生走到领头的警察身边，有话要跟他说，但是他一把推开华生，强行把唐默凝带走了。华生强烈抗议，但是没有收到应有的效果。

华生打个车，尾随警车来到派出所。

半小时后唐默凝获得了自由。派出所领导一再向华生和唐默凝解释，昨天晚上在荔园酒店某个客房发生强奸案，受害者是一个十九岁的女大学生。犯罪嫌疑人跑了，派出所正组织警力全力追捕，并且要求荔园酒店严格执行一人一证入住制度。刚才警察查房就是因为上述这个原因。

尽管派出所领导对有所打扰一再表示歉意，并主动提出派车送华生和唐默凝返回荔园酒店，但是华生不依不饶，坚决要求派出所领导严肃处理那两个警察。

唐默凝使劲儿地把华生拽走了。华生要求派出所领导把他们送到本地最热闹的不夜城食街。

华生和唐默凝在食街大门前下车。

华生说：“都饿了，想吃点儿什么？”

唐默凝说：“我不想吃东西，这儿离荔园酒店不远，我们走回去吧。”

华生说：“刚才我们路过荔园酒店，你怎么不叫下车？”

唐默凝说：“我们不能在警察面前颠三倒四，也不应该麻烦警察。走回去也好，不是有两个人吗？不会寂寞的。”

晚上浓雾如雨。华生担心唐默凝着凉，要脱下自己的T恤。

唐默凝说：“得了，你才穿一件T恤，你想裸奔吗？我们走快点儿，就是有氧运动。”

找不到出租车，华生和唐默凝快步走向荔园酒店。

华生说：“小唐同学，我发现你的眼睛闪着智慧的光芒！”

唐默凝说：“警察查房，对我来说这是第二次了。”

华生四处张望，“很晚了，我们找车回酒店吧。”

唐默凝说：“你不问我上一次警察查房的事儿？”

华生说：“对于你的历史，我毫无兴趣。我不想知道。不过，你能恢复记忆我非常开心。”

唐默凝说：“你想知道一个秘密，你想知道我是不是让一首音乐逼疯的。”

“这句话是你老妈说的。”华生瞪大眼睛，随即停下脚步，一把抓住唐默凝，“你真的可以告诉我这个秘密吗？”

唐默凝抬头看着夜空。

华生说："今晚我发现你的眼神充满智慧。你是什么时候恢复记忆的？"

唐默凝觉得有点儿冷。华生抱住了她。

华生说："你在颤抖。"

"这是因为我知道的事儿太多，属于不寒而栗。"唐默凝说，"不是因为你是男性而颤抖。"

华生说："刚才你对付警察很淡定。"

唐默凝说："上次警察查房，我和庄传智什么也没做，我当然不害怕。对付警察查房我是有经验的。"

华生恍然大悟，"原来你早就恢复记忆了？在今晚之前？"

唐默凝点一下头。

华生更加糊涂了。很多事儿他一下子想不明白。不过他觉得唐默凝非常可爱，真想永远把她抱在怀里。

华生说："你早就恢复记忆了，但是你什么也不愿意说。"

唐默凝伸手掩住华生的嘴巴。

华生抓住唐默凝的手，"我只需要你告诉我一个问题。许警官的假设是正确的吗？"

唐默凝用另一只手掩住华生的嘴巴。

华生抓住唐默凝的另一只手，"是不是真的有一首让人发疯的音乐？"

华生死死地盯住唐默凝。唐默凝看着星空。

唐默凝说："有些人活着，对社会贡献很大，因为他有大智慧！"

华生说："你这话是什么意思？"

唐默凝说："我也不完全了解。"

华生心里急不可耐，絮絮叨叨地追问唐默凝。但是她守口如瓶。

这天晚上华生和唐默凝还同居一室。夜半时分唐默凝噩梦连连，她大声吼叫，从床上滚到地上。

华生扑过来，紧紧地抱住唐默凝。她猛醒过来。

唐默凝说："你有钱吗？"

华生说："有啊！你想买什么东西呢？"

唐默凝说："我们搬到其他星球住，好吗？"

华生话中有话，"你很讨厌音乐？"

唐默凝回到床上，把客房里大部分的灯打开，让华生给她倒一杯水。

华生看着唐默凝喝水，"你可以告诉我吗？真的有一首诱人自杀的音乐？"

唐默凝说："冰箱里有咖啡吗？"

华生说："有红牛。"

唐默凝说："给我拿个橙汁。"

华生也喝一听橙汁。

华生说："是不是许警官不让你说？"

唐默凝摇一下头。

"许警官不知道你已经彻底恢复记忆了，"华生想了一下，"他一直等着你恢复记忆，到时他会迫不及待地问你戴高鸿创作的那首《爱就像死亡一样令人颤抖》是不是魔鬼音乐。这个问题对他来说很重要。"

唐默凝走到窗边，掀开窗帘看外面的夜景。

华生说："为什么你要刻意隐瞒这个事实?"

唐默凝说："谁记得一切，谁就会感到沉重。"

华生说："你说得太抽象了！我想知道你心中的秘密!"

唐默凝说："有些人有大智慧，比如龙王陈琼、许警官。经历过死亡的人也有大智慧。请你记住两句唐诗。忽如一夜春风来，千树万树梨花开；花径不曾缘客扫，蓬门今始为君开。华生医生，你并不愚蠢，你会明白这两句唐诗的意思!"

华生一口喝掉瓶子里的橙汁，重重地躺在床上，"前无古人，后无来者!"

唐默凝说："独钓寒江雪。"

这天晚上华生失眠了。

华生觉得唐默凝真的具有大智慧。

华生渐渐地相信有那么一首音乐可以置人于死地。

华生家乡有一种诡异的传说：那些离世的人可以给在世的人托梦，借此把想说的话告诉对方。华生闭上眼睛，希望庄传智托梦给自己。

华生怎么也睡不着。他觉得唐默凝也没有睡着。他轻轻叫她两声，但是她没有应声。

华生把自己假设为庄传智。

林德巍把戴高鸿的音乐作品《爱就像死亡一样令人颤抖》发进庄传智的电子邮箱里。庄传智欣赏这首音乐。它展现出一种统治性的激情，首先让庄传智感觉到一种精神上的强力麻醉和一个未知世界的吸引力。

但是一种被吞噬或者被毁灭的感觉出现了。那是不可抗拒的。因为那是精神上的黑洞。

对于一个沉浸于不能自拔的幻觉中的人来说，音乐和精神上的黑洞不再是风马牛不相及的事情。

一个人走向灭亡之路，他的心情是恐惧和痛苦的。如果用毒性强烈的针剂、强大的电流、贯穿心脏的子弹、砍断脖子的快刀来结束受刑者的生命，那么受刑者的恐惧和痛苦指数是最低的。但是这首音乐仿佛故意地延长死刑的操作时间，就像古代中国的酷刑凌迟处死，受刑者的恐惧和痛苦指数是最高的。

几乎没有人可以忍受如此漫长的死亡历程。

于是庄传智选择自杀了。其实杀死他的是一首音乐。或者是他自己。

此时华生竟然杞人忧天地担心自己也惨遭那首音乐的毒手。

也许许健就是如歇洛克·福尔摩斯和赫尔克里·波洛那样的大侦探。许健曾经说过华生是第十三怒汉。其实许健才是真正的第十三怒汉。正是因为有了许健这个警察，尽管没有正式抓住凶手，但是至少知道庄传智是怎么死掉的。华生想到这里，当然会设想自己所处的位置。如果没有华生的鼎力帮助，许健将找不到足够的依据，从中断定庄传智被一首极度悲伤的音乐所挟持从而选择跳楼自杀。此时一种成就感自然而然地滋生于华生的心中。

在凌晨六时左右，华生睡着了。

四个小时后，华生醒过来，脑际一片混乱，不知道自己身处何方。客房里静悄悄的，让他觉得很不对头。

华生脱口而出喊一声："唐默凝！"

客房里更加幽静。

华生猛地坐起来。唐默凝不在客房里，卫生间里也没有人。

华生急忙拿起手机，给唐默凝打电话。

唐默凝在电话里说："我知道你会找我的，你是个好人。"

华生顿时警觉起来，心里非常担忧，"你在哪儿？"

唐默凝说："你是个好人。但是我打算忘掉你。许警官和张探长也在我要忘记之列。"

华生说："为什么？"

唐默凝说："我不太想说话。不过，我会在三天内给你发一个电子邮件。"

华生说："是不是我想知道的，你都会告诉我？"

唐默凝说："你为我，也为我老爸花了不少钱。那些钱我会还给你的。"

华生说："钱不是问题，我们可以不提钱吗？"

唐默凝说："你是个好人，再见了，林华生！"

华生说："别挂电话！唐默凝，我真的很爱你！"

华生的话还没有说完，就听到了电话挂断的声音。他非常失望，如同打破了一个价值连城的花瓶。华生再次拨号，电话尚未接通，他却使劲儿地挂断了。他把手机重重地扔在床上。

华生知道不是所有的事儿都能心想事成，爱情更不能用钱来交换。

第二天晚上华生收到唐默凝的电子邮件。

唐默凝谈得最多的是庄传智和他的第二境域。

在现实社会里庄传智的养父庄富强只是一个退休工人，庄传智仅仅是一个普通的外科医生。一家三代同堂，六口人像罐头里的沙丁鱼，挤迫在旧城区一套既窄小且陈旧的房子里。庄传智没有宝马、豪宅和内有巨款的信用卡。然而在庄传智三十八岁那一年奇迹出现了，一个叫林瀚纯的亿万富豪成了他的亲生父亲，于是他有了宝马、豪宅和内有巨款的信用卡。在别人看来，摆在庄传智面前的是苦尽甘来、三生有幸的大好日子。

庄传智是这样定义第二境域的：这是他所涉足的一个全新的境域，其间的这些人都是新认识的，对他的过去一无所知，而且这些人跟过去认识他的那些人全然没有关系。在第二境域里，庄传智叫林寒水，他有一个叫林瀚纯的亿万富豪亲生父亲，从而相应地有宝马、豪宅和内有巨款的信用卡。比如像唐默凝这种他新近认识的人，不是他生活和工作圈子里的人，是属于第二境域的人。甚至庄传智在第二境域书写的字也跟平常不同。他在唐默凝租住的房屋的卫生间门口粘贴一张条子，那些字就让华生无法辨别是他书写的。

庄传智在柳真卿生前立下誓言：以悬壶济世为己任，当一辈子医生，帮助那些迫切需要帮助的病人。他一诺千金，完完全全地履行了诺言。然而庄传智在甄莉和蔺藜等人的眼里，却变成了一个不入时、不思进取的男人。甄莉经常咒骂庄传智是窝囊废、烂泥扶不上墙。

庄传智面对如此两极化的人生价值观和生活方式，不用说他非常痛苦。社会上此起彼伏的高度物质生活的浪潮，也是庄传智无法回避的。

但是庄传智却出人意料地保持低调，刻意对不知情者隐瞒他所面临的重大事变，甚至还采取抵抗的态度来对待眼前的巨大的人生变化。庄传智就像一个苦命的人，既一身两任且勇于担当，在现实社会和第二境域两个空间穿梭往返。

既然有了第二境域，相对而言就有现实社会。简单地说现实社会和第二境域绝对是两个割裂的、不同的生活空间。显而易见庄传智是一个一半处于现实社会，另一半处于第二境域的人，扮演两个不同的角色。不过他实在不喜欢用扮演这个词汇来概括表达自己的某种日常行为。无论在现实社会或第二境域，尽管他确是刻意地去做某件事儿，但是那都是自然而然的心理活动的结果，绝对不能冲击他的理念和道德的底线。他需要的正是那种结果。

庄传智被迫无中生有地构造第二境域，这是因为林瀚纯是他的亲生父亲，那些宝马、豪宅和内有巨款的信用卡是他以儿子的身份得到的。他在第二境域所过上的物质生活，是无数人求之不得的上等人的生活，那种诱惑非一般人所能抵挡。正是由于有了宝马和那张内有巨款的信用卡，他才有能力帮助唐默凝，并吸引她逗留在他的身边。然而归根结蒂第二境域毕竟被庄传智最大限度地压制住，始终不能无限地膨胀，第二境域和现实社会之间存在一个难以逾越的分水岭。这就证明了他骨子里对第二境域是抗拒的。正是有一股精神力量让他获得最大的勇气，才使他没有把第二境域和现实社会合二为一，变成一个崭新的现实社会。还有一股力量要把他从第二境域拉出来，彻底抛弃第二境域。然而这股力量还没有积聚到足够的强度。

社会上恐怕不会另有其人会像庄传智那样把自己的世界划分为现实社会和第二境域。能这样做实在匪夷所思。尽管唐默凝是一个女人，她也向往轰轰烈烈的人生，她渴望像林瀚纯那样在商海中乘长风破万里浪，实现人生的价值。她也渴望过上贵族式的生活，不愿意让自己受委屈和被误解。

凡是有思想的人，痛苦一定不离不弃。

有多少人爱他，就有多少人恨他。

唐默凝一辈子也忘不了庄传智，也为他感到悲哀，但是她永远尊敬他。

国外有一个好心的医生，租住一套位于二楼的小房子。他常常免费给附近的贫民治病。由于买不起招牌，就在一块小木板上写下“在楼上”这三个字，挂在二楼的窗外，意思是他的诊所在楼上。这个一生贫寒的医生死后，邻居合力埋葬了他，却拿不出钱买墓碑，就把写着“在楼上”这三个字的小木板架设在坟墓上。

唐默凝会常去庄传智的墓地看望他的。

唐默凝以上的言论，就是她尝试给庄传智作最后的盖棺论定。

至于自己为什么会在大金宾馆4013室突然发疯，她只字未提。不过唐默凝浮光掠影地说，她希望许健不会再次一语成谶。至于那个一语成谶的内容，唐默凝没有透露只言片语。

唐默凝最后对华生说，她非常喜欢音乐，不想生活在阴影里，所以她到了一个陌生的地方。唐默凝说，陌生的地方也许就在不远处。她还说她会记住华生的。

唐默凝寻找属于她的第二境域去了。她也将在第二境域和现实社会中给自己定位。

不久前国内有一个研究房地产的教授对他的学生发出警告：他的学生在踏入不惑之年时，如果挣不下四千万的财产，就不要来见他，也别说是他的学生。

林瀚纯告诉华生，几年前他之所以要赠送给庄传智一千万元，就是因为他对整个社会信任缺失、价值观混乱和道德沦亡感到绝望，对庄传智的出现感到欢欣鼓舞。如果林瀚纯有机会再一次遇见另一个庄传智，他愿意赠送给他五千万元。如果那个庄传智拒绝接受，林瀚纯会成人之美，不再自以为是地宣称他是自己的亲生儿子。

此时庄传智离世大半年了。一封发自大洋彼岸旧金山的信来到省人民医院，收信人是庄传智。写信的人是一个三十而立的美籍华人，在加州大学旧金山分校任教，是一个医学教授。他在信中感谢庄传智在十五年前认真地为他的母亲治病。当年他的母亲曾经好几次打电话到庄传智家里，庄传智不厌其烦地安慰他的母亲，指导他的母亲服药，并坚决拒收她的红包。现在他的母亲在旧金山安度晚年，身体比十五年前更加健康。他的母亲经常想起庄传智的名字，特地嘱咐他给庄传智写这封信，祝愿庄传智好人一生平安。

华生在这个风景如画的城市继续游玩。唐默凝不在身边，让他觉得惘然若失，身处溽暑之中却感觉到寒冬的冰冷。

也许唐默凝还在这里。但是对于华生来说，唐默凝大隐隐于市，很难再找到她。即使找到她，也不会对她的幸福做加法。于是华生打算忘掉唐默凝。

华生在酒吧里借酒浇愁。他出手阔绰，喝的都是好酒。

一个年轻的女人走近华生，要他请她喝酒。

华生说：“你叫什么名字？”

这个女人说：“叫我小薇吧。”

华生说：“如果你叫小唐、Lydia、凝儿，我就请你喝酒。”

“这三个人都是你的女朋友吗？她们比我漂亮？但是我比她们更喜欢喝酒，”这个女人抓住华生一只手，“我用心来喝酒，明白吗？”

华生轻轻地挣脱，“谢谢，你走吧，我想一个人喝酒。”

这个女人嘴里嘟哝几句，心有不甘地走开了。

酒吧里突然播放《Yesterday Once More》。

华生喝问调酒师：“王牌酒保，谁叫你们播放这首歌的？”

调酒师说：“这是世界名曲《昨日重现》，不是很好听吗？”

华生说：“不会让人发疯吧？”

调酒师也不看华生一眼，“世界名曲，就像美酒一样让人陶醉！”

调酒师忍不住笑了一下。

华生仔细听着这首歌曲。

华生强迫自己往好的地方去想。

庄传智死了，他的思想也盖棺论定了。

去年这个时候，华生设想自己的职业是外科医生，最好能进入省城大型的医院。但是现在他是亿万富翁林瀚纯的过继子嗣，他面对更开阔更有希望的前景。

《Yesterday Once More》就要播放完毕。

华生对调酒师说：“请重播一次！”

调酒师用英语回答：“好的！”

华生真的醉了。他走进卫生间，翻江倒海吐个不停。

但是华生心里明白，他也要像唐默凝一样，寻找属于自己的第二境域，在第二境域和现实社会中给自己定位。

图书在版编目（CIP）数据

真凶快跑之心灵风暴 / 王界 著. -- 北京 : 作家出版社，2014. 4

ISBN 978-7-5063-6070-8

Ⅰ. ①真… Ⅱ. ①王… Ⅲ. ①长篇小说－中国－当代 Ⅳ. ①I247. 5

中国版本图书馆CIP数据核字（2011）第196788号

真凶快跑之心灵风暴

作　　者： 王　界
责任编辑： 懿　翎　陈颖琦
装帧设计： 牡丹平面
出版发行： 作家出版社
社　　址： 北京农展馆南里10号　　**邮　　编：** 100125
电话传真： 86-10-65930756（出版发行部）
86-10-65004079（总编室）
86-10-65015116（邮购部）
E-mail:zuojia@zuojia.net.cn
http://www.haozuojia.com（作家在线）
印　　刷： 北京谊兴印刷有限公司
成品尺寸： 170 × 240
字　　数： 496千
印　　张： 23
版　　次： 2014年4月第1版
印　　次： 2014年4月第1次印刷
ISBN 978-7-5063-6070-8
定　　价： 38. 00元